Catherine Alliott

# Beim zweiten Mann wird alles besser

Roman

Deutsch von Kattrin Stier



blanvalet

Die Originalausgabe erschien 2011 unter dem Titel »A Rural Affair«
bei Michael Joseph, an imprint of Penguin Group, London.

MIX
Papier aus verantwortungsvollen Quellen
FSC® C014496

Verlagsgruppe Random House FSC® N001967
Das FSC®-zertifizierte Papier *Holmen Book Cream*
für dieses Buch liefert Holmen Paper, Hallstavik, Schweden.

1. Auflage
Taschenbuchausgabe Oktober 2014 bei Blanvalet Verlag, München,
in der Verlagsgruppe Random House GmbH

Umschlaggestaltung: www.buerosued.de unter Verwendung
eines Motivs von Getty Images/Maria Vaorin
Redaktion: Susann Rehlein
wr · Herstellung: sam
Satz: Buch-Werkstatt GmbH, Bad Aibling
Druck und Einband: GGP Media GmbH, Pößneck
Printed in Germany
ISBN: 978-3-442-37815-9

www.blanvalet.de

# 1

Wenn ich ganz ehrlich bin, dann hatte ich mir schon hin und wieder vorgestellt, Phil könnte sterben. Ich spreche hier nicht davon, dass ich des Nachts wachlag und sein Ableben plante, nein, ich konnte an einem ganz normalen Donnerstagmorgen meinen Einkaufswagen durch die Gänge schieben, eine Packung Weetabix hineinlegen oder unterwegs sein, um Clemmie aus dem Kindergarten abzuholen, und dabei an seinen Tod denken – und zwar eher so halbherzig, beiläufig. Wie das eben ist, wenn man sich langweilt und zwei kleine Kinder zu versorgen hat und seit geraumer Zeit mit einem eher nervigen Mann verheiratet ist. Da fragt man sich schon mal, wie das Leben eigentlich ohne diesen Ehemann wäre. Und denkt dabei natürlich immer nur an das Leben danach, den schönen Teil, nicht an die unschönen Details des Todes selbst.

Die Vorstellung, das Haus ganz für mich zu haben, gefiel mir. Diese scheußlichen Ledersofas in Durchfallbraun rauszuschmeißen, sie nie mehr bis in die letzte Falte absaugen zu müssen und nie mehr das Haus so klinisch sauber zu halten, wie er das wollte, weil er es von seiner Mutter so gewohnt war. Nicht mehr wöchentlich die Scheuerleisten abwischen oder einmal pro Monat die Matratze wenden müssen. Nicht mehr Fleisch und zwei Gemüse, sondern lieber viel öfter Nudeln. Oder nur ein gekochtes Ei. Nicht mehr die Herbstblätter zusammenrechen müssen, stellte ich mir vor, während eines auf meine Windschutzscheibe geflattert kam, ein schönes, blutrotes Ahornblatt, das abwärts trudelte und mir dabei zuzwinkerte. Ich könnte sie einfach liegenlassen, wo sie hinfielen, ein rot-goldener Teppich auf dem Gras, so wie es von der Natur vorgesehen war, anstatt wie eine Verrückte nach draußen rennen zu müssen, sobald das erste Blatt fiel, während Phil brüllte: »Schnell! Jetzt geht's los!«, und wie wild harkte. Solcherart waren meine Gedanken an seinen Tod – ganz und gar unverfänglich und harmlos –, die an die Oberfläche stiegen, dann versanken, nur um ein paar Wochen später wieder aufzutauchen. Beispielsweise wenn ich mit meinen Kindern alleine war; ich warf beim Fahren einen Blick in den Rückspiegel und sah, wie meinem kleinen Sohn der Daumen aus dem Mund rutschte und sich seine Augen langsam schlossen. Ich streckte die Hand nach hinten und nahm ihm die Saftpackung weg, die er mit seinen Patschehändchen umklammert hielt.

Es stimmt schon, wenn ich mich dann wieder am Lenkrad zurechtsetzte, konnte es passieren, dass meine Gedanken, nur manchmal und nur ganz flüchtig, zu den technischen Details der Sache wanderten. Vielleicht ein Teil von einem Gerüst, das ihm auf den Kopf fiel bei der Baustelle, unter der er jeden Morgen auf seinem Weg von Charing Cross zum Ludgate Circus hindurchging: die vor dem Savoy, an der sie schon seit Monaten herumbauten. Oder einer der Arbeiter ließ seinen Hammer fallen. Klonk. Aber nach sechs Monaten hatten sie das Gerüst schließlich abgebaut – das hatte ich kontrolliert. Tja ... wie wäre es dann mit einem Mückenstich, der zu einer Sepsis führte? Schnell und schmerzlos im Jahresurlaub – es war immer Spanien, immer zum Fahrradfahren. Jedes Jahr das gleiche Hotel, mit anderen Radsportbegeisterten. Ich las meistens und kümmerte mich um die Kinder. Aber der Sommer verging und Phil blieb ungestochen. Um gelassen den Wintermonaten entgegensehen zu können, stellte ich mir gern vor, wie er auf dem Weg zum Dorfladen, wo er sich jeden Morgen seine Zeitung holte, auf dem Eis ausrutschte.

»Es ging alles so schnell«, würde Yvonne, die Besitzerin des Dorfladens, sagen. »Im einen Augenblick hat er noch gesund und munter den Laden verlassen mit seinem *Telegraph* und im nächsten lag er schon platt auf dem Rücken und das Blut quoll aus seinem Kopf!«

Nein, kein Blut, das wäre abscheulich. Nur innere Blutungen. Ich bog in die Straße ein, die zu unserem Haus führte und die an manchen Stellen so schmal war, dass die Hecken seitlich das Auto streiften. Außerdem war das wirklich unwahrscheinlich, wann war denn schon mal jemand daran gestorben, dass er ausgerutscht war? Dann fiel er in meiner Vorstellung von der Leiter, während er die Regenrinne säuberte, aber Phil säuberte nicht oft die Regenrinne, weswegen auch das nicht funktionierte; aber eigentlich sollte es ja auch gar nicht funktionieren. Es war nur eine ganz gewöhnliche Alltagsphantasie, wie sie sicherlich die meisten Hausfrauen mal durchspielen, wenn sie mit einem nicht eben besonders interessanten oder aufregenden Mann verheiratet sind – dafür muss er noch nicht mal böse sein oder ein echter Blödmann.

Ich kniff die Augen zusammen gegen die niedrig stehende Herbstsonne und klappte die Sonnenblende hinunter.

Was die Sache nicht unbedingt besser machte: Seit ihn vor ein paar Jahren das Radsport-Virus befallen hatte, war er fast ausschließlich in blaues Lycra gekleidet. Selbst zu Clemmies erstem Elternabend war er in dieser Montur, mitsamt der hässlichen Lycra-Schuhe, erschienen. Er stand in der Tür zum Gruppenraum, wo Miss Hawkins und ich schon warteten, wie Jacques Cousteau, der soeben noch die Tiefen des Meeres erforscht hatte. Miss Hawkins hatte vor lauter Verblüffung ihre Listen fallengelassen, und als er sich dann neben mich auf einen Kinderstuhl schob und wie ein Gartenzwerg über seine Nylonknie lugte, da dachte ich: Nicht ganz der Mann, mit dem ich mein Leben verbringen möchte. Aber andererseits bezahlte er die Rechnungen, arbeitete hart, war treu, schlug mich nicht, liebte seine Kinder – auch wenn er sich manchmal benahm, als wären sie irgendwelche nervigen Verwandten von mir, die zu Besuch waren: »Deine Tochter glaubt, es wäre eine gute Idee, ihr Essen auf den Boden zu schmeißen!« War sie nicht auch seine Tochter? Und obwohl er gerne unseren kleinen Haushalt komplett kontrollieren wollte – was so weit ging, dass er selbst die Fernbedienung für den Fernseher mit aufs Klo nahm, – so konnte ich ihm nicht wirklich böse sein. Wollte nicht wirklich, dass er starb.

Daher war es ein Schock, als plötzlich ein Polizist vor der Tür stand.

»Mrs Shilling? Kann ich Sie kurz sprechen?«

Während er über die Dunstable Downs geradelt war, das ist die Hügelkette oberhalb unseres Hauses, hatte sich gleichzeitig ein easyJet-Flieger, der auf dem Rückweg von Lanzarote war, auf die Landung in Luton vorbereitet. Während das Flugzeug aus eiskalten Höhen in wärmere Luftschichten sank, hatte ein Eisblock von einem knappen halben Meter Durchmesser sich vom Rumpf gelöst, um 1500 Meter tiefer den wild strampelnden Phil zu treffen. Während mein Ehemann sich abmühte, seinen Körper zu einem Tempel zu machen, schien Gott andere Pläne mit ihm zu haben.

Ich weiß noch, wie schwer es mir fiel, zu begreifen, was geschehen war, wie ich den Polizisten verständnislos anstarrte, der mir gegenüber auf dem Sofa saß und seine Mütze in den Händen drehte.

»Ein Stück Eis? Und von wo genau?«

»Vom Unterboden.« Er räusperte sich verlegen. »Genauer gesagt von der Toilette.«

»Von der Toilette?«

»Ja. Man nennt es auch Blaues Eis. Das kommt, weil es mit einem Putzmittel vermischt ist.«

»Was?«

»Der Urin.«

Ich starrte ihn an. Nicht in einer Million Jahren hätte ich mir so etwas ausdenken oder im Supermarkt davon träumen können. Phil war von Pisse getötet worden. Ein gewaltiger, gefrorener Pisseblock, der ihn, wie sich später herausstellte, nicht etwa beim Fahrradfahren erwischt hatte, sondern an einem Zauntritt, wo er stehengeblieben war und seinen Helm abgenommen hatte, um sich am Kopf zu kratzen und zu überlegen, wie er sein Rad am besten hinüberkriegen würde. Ein äußerst ungewöhnlicher Unfall, aber keine einmalige Sache, wie mir der Untersuchungsrichter später mit einem mitfühlenden Blick über den Rand seiner Gleitsichtbrille hinweg mitteilen sollte, als ich in meinem dunkelblauen Kostüm hinten in seinem Gerichtssaal saß und meine Hände knetete. »Fünfunddreißig ähnliche Vorfälle allein im vergangenen Jahr.«

»Allerdings in den letzten *vierzig* Jahren nur fünf tödliche Unfälle«, hatte der Mann von der Luftfahrtbehörde steif hinzugefügt. Das machte dann sechs mit Phil.

»Aha. Vielen Dank. Ich meine, vielen Dank, dass Sie mich informiert haben«, hatte ich zu dem Polizisten in meinem Wohnzimmer gesagt und war zitternd aufgestanden.

Auch der Beamte hatte sich unsicher erhoben. Er streckte hilflos die Hände aus.

»Wollen Sie … ihn sehen?«

Meine Gedanken wirbelten durcheinander. »Wo ist er?«

»In der Pathologie im Krankenhaus.«

Ich hielt den Atem an. Oh Gott. Auf einem Rollwagen. In einem Sack. »Nein«, keuchte ich instinktiv.

»So ist es wahrscheinlich besser.« Er zögerte, wollte offenbar nicht so schnell gehen. »Also, gibt es … irgendjemanden, den Sie gerne benachrichtigen würden? Den Sie hier haben möchten?«

»Nein, niemanden. Ich meine, schon. Gibt es. Viele. Aber … nicht jetzt. Ich komme klar, wirklich.«

»Ihre Mutter vielleicht?«

»Nein, die ist tot.«

Er wirkte schockiert.

»Wirklich. Ich komme klar«, versuchte ich ihn zu beruhigen, er war wirklich noch jung.

»Und die Kinder?«

»Ja, die hole ich gleich vom Kindergarten ab.«

Und dann hatte ich Clemmie abgeholt. Archie hatte oben in seinem Kinderbett geschlafen, und ich hatte ihn mitgenommen, wie er war, und war sehr langsam gefahren, weil ich mir ziemlich sicher war, dass ich unter Schock stand. Ich war eine stille Mutter am Tor zur Kita, aber ich war nicht von Trauer geschüttelt, und so merkte Clemmie nichts, und dann war ich zurückgefahren und hatte ihnen Abendbrot gemacht. Chicken Nuggets, das weiß ich noch, was bei mir wirklich nur im äußersten Notfall auf den Tisch kommt. Beim Essen hatte Clemmie mir von Miss Perkins erzählt, »das ist die Diktatorin, Mami«.

»Die Direktorin?«

»Ja, und sie hat einen Schnurrbart.« Hinterher hatte ich sie gebadet und ins Bett gebracht.

Und dann war ich im Haus umhergegangen an diesem kühlen, windigen Abend, die Arme fest um meinen Leib geschlungen, und hatte aus dem Fenster auf die fröstelnden letzten Rosen gestarrt und auf die Wolken, die über den dunkelblauen Himmel eilten und lange Schatten über den Rasen warfen. Ich hatte gewartet, gewartet, dass etwas geschah. Dass sich alle Schleusen öffneten. Dass sich meine Hand auf meinen Mund legte, während ich »Oh Gott!« stöhnte und zusammenbrach, so wie Phil wohl zusammengebrochen war. Ich versuchte mir vorzustellen, wie er dort im Gestrüpp gelegen hatte, sein Rad ein Schrotthaufen, sein Gesicht eingeschlagen, zerquetscht. Aber die Tränen wollten einfach nicht kommen. Also lief ich noch ein wenig länger im Haus umher, in dem wir mehrere Jahre zusammen gelebt hatten – glückliche Jahre, wie ich mir streng einredete. Dieses in diesem hübschen Dorf gelegene hübsche alte Haus, das wir uns nur mit Mühe hatten leisten können und das wir mit großer Sorgfalt hergerichtet hatten, mit eigens aus Italien beschafften Terrakottafliesen, antiken Lichtschaltern aus Somerset, gusseisernen Türgriffen aus Wales, und von dem aus Phil täglich in einem überfüllten Zug nach London gependelt war, um Geld zu verdienen. Ein selbstloser, pflichtbewusster Mann. Ich wartete. Keine Träne.

Das musste am Schock liegen. Das war definitiv der Schock. Ich hatte davon gelesen.

Einer Eingebung folgend, kramte ich zwischen den Büchern neben dem CD-Spieler unser Hochzeitsalbum hervor. Mein Blick huschte schuldbewusst über Phils Neil-Diamond-CDs und seine Glen-Campbell-Sammlung, die ich nun nie mehr würde hören müssen. Ich zog das lederne Album auf meinen Schoß. Seidenpapier flatterte und ein bisschen Konfetti fiel heraus. Da war ich in einem Fehlgriff von Kleid am Arm meines Vaters, der mich zur Kirche führte. Dad sah schon ein wenig mitgenommen aus, vielleicht stand er unter dem Einfluss eines kleinen Stärkungstrunkes vor dem großen Ereignis. Dann ich und Phil, wie wir aus der Kirche kommen, aber Phil hatte die Augen zu, das taugte also auch nicht, ebenso wenig wie der graue Cutaway, den er sich bei Moss Bros geliehen hatte und der heller war als die der männlichen Hochzeitsgäste, viel heller, und den er noch mit einer roten Nelke versehen hatte, während seine besten Freunde unauffällige weiße Rosenknospen bevorzugt hatten. Ich blätterte rasch weiter. Ich und Phil, wie wir die Torte anschneiden – schade, dass der Zuckerguss so rosa war, aber den hatte seine Mutter gemacht. Und als Nächstes – oh nein. Ich klappte das Album eilig zu, weil ich schon wusste, dass das nächste Bild Phil und mich bei unserer Abfahrt zeigen würde. Nicht etwa in einem eleganten Oldtimer oder einer Ponykutsche, nein, Überraschung von Phil, auf einem Tandem. Und so hatte ich unter unglaublich lustigen Anfeuerungsrufen wie »Dann mach mal die Beine breit, Poppy!« genau das getan. Und dabei meinen rosa Bleistiftrock zerrissen, den ich mir eigens für diese Gelegenheit gekauft hatte, und zwar von oben bis unten, sodass ich schließlich hinter meinem frisch angetrauten Ehemann die halbe Meile vom Country Club bis hierher hatte radeln müssen, mit weiß hervorblitzender Unterhose, einem eingefrorenen Lächeln auf dem Gesicht und unter großem Gejohle und Gewinke unserer Freunde und einem Großteil des Dorfes.

Es wurde langsam kühl, aber ich war nicht in der Lage, das Feuer anzuzünden, das Phil, der immer schon um sechs Uhr aufstand, jeden Morgen für den Abend vorbereitete, indem er sorgfältig Anzünder, Holzspäne, Scheite und ein paar Kohlenstückchen aufstapelte. Ich starrte das oberste Holzscheit an. Das hat er für mich gemacht, sagte ich mir. Für mich und meine Kinder. Er war ein sehr fürsorglicher Mann. Immer noch keine Träne.

Vielleicht sollte ich jemandem davon erzählen? Wenn man so etwas aussprach, wurde es einem überhaupt erst richtig bewusst. Tränen würden fließen, das konnte man überall nachlesen. Sobald ich das Telefon in die Hand nehmen und sagen würde: »Hi, Dad, hör mal, Phil ist tot«, würde es losgehen. Phil war nicht der Traumschwiegersohn meines Vaters, aber er würde dennoch schockiert und entsetzt sein, alles fallen lassen – vermutlich die Zügel eines Pferdes – und in seinem klapprigen alten Pick-up von Flampton hierher brettern, um an meiner Seite zu sein, noch immer in Reithose und Schirmmütze. Aber er würde nicht weinen. Er würde neben mir auf dem kackbraunen Sofa sitzen, meine Hand halten und nicht wissen, was er sagen sollte. Und dann würden wir gemeinsam trockenen Auges düster auf den Teppich glotzen. Ich nahm das Telefon und tippte eine Nummer.

»Jennie?«

»Oh, hi, Poppy. Warte kurz, ich nehme nur grad die Würstchen vom Herd. Hör auf, Jamie. Nein, du kannst nicht vor dem Fernseher essen, komm her und setz dich an den Tisch – und zwar sofort!« Dann war sie wieder da. »Sorry. Ein alptraumhafter Tag. Frankie hat hier gestern eine Party gefeiert und natürlich ist ein paar von den Jugendlichen schlecht geworden. Ich hab schon den Großteil der Kotze weggeputzt, aber um 2 Uhr früh hab ich noch welche auf der Treppe entdeckt und sie dann einfach mit dem Staubsauger weggesaugt. Schwerer Fehler. Mrs B war heute früh als Erste am Staubsauger und jetzt stinkt es gewaltig im ganzen Haus. Keine Ahnung, warum noch keiner auf die Idee gekommen ist, diese Duftnote für Lufterfrischer zu verwenden.«

»Äh, Jennie, ich muss dir was sagen, Phil ist tot.«

Danach ging alles ziemlich schnell. Innerhalb von Sekunden flog die Hintertür auf, weil Jennie nämlich direkt nebenan wohnt. Innerhalb weniger Minuten flog sie erneut auf, weil Angie, die nur ein Stück die Straße entlang im Herrenhaus wohnt, eine SMS von Jennie bekommen hatte, und dann wiederum dauerte es nur noch wenige Minuten, bis ein Windstoß anzeigte, dass nun die Vordertür aufgerissen wurde, weil Peggy, die gegenüber wohnt, es von Angie gehört hatte. Mit klimpernden Ketten, die Kippe noch im Mundwinkel, stürmte sie herein.

Angie weinte und zog mich an ihre teure Kaschmir-Brust, wo sich ihre Perlen in mein Gesicht drückten und mir der Duft von Chanel in die Nase stieg. Jennie hatte die Arme um ihren Leib geschlungen, lief im Kreis herum und sagte: »Ich kann's nicht glauben. Ich kann's einfach nicht glauben.« Peggy bediente sich an meinem Famous Grouse Whisky und schenkte mir auch einen ein, den sie, als ich ihn nicht trinken wollte, selbst vernichtete.

Wir alle waren uns darüber einig, dass ich mich in einem Schockzustand befand.

Darauf einigten sich die drei noch einmal eine Stunde später, als ich immer noch sehr gefasst und still und wahrscheinlich nicht besonders blass dasaß, während sie geschäftig herumwerkelten, Wasser aufsetzten und sich in die Arme fielen, sich um die Kinder kümmerten und dann dasaßen und mir den Rücken streichelten und dabei »Arme, arme Poppy« murmelten.

Noch ein wenig später überlegten sie zögerlich, ob ich wohl lieber alleine wäre. Dass bei Jennies Kindern drüben der Teufel los war, konnte man schon durch die Wand hören, an die sie bereits mehrfach geklopft hatte, und jetzt war da diese verdächtige Stille. Sie hatte schon wie wild SMS geschrieben, die allerdings ohne Antwort geblieben waren. Angie fing an, in ihrem vornehmen Tonfall etwas von einer Kirchenvorstandssitzung zu murmeln, bei der sie als Vorsitzende *eigentlich* das Grußwort sprechen sollte, aber natürlich *musste* sie das nicht unbedingt, und Peggy hatte den einen oder anderen verstohlenen Blick auf die Uhr geworfen, weil jetzt *Coronation Street* lief. »Obwohl Sylvia es ja vielleicht aufgenommen hat«, murmelte sie.

»Geht ruhig«, sagte ich, als mir die Situation bewusst wurde. »Ich komme ab jetzt wunderbar alleine zurecht.«

Angie und Peggy standen bereits.

»Sicher?«, fragte Jennie besorgt und streichelte mir über den Rücken.

»Klar.«

»Aber du rufst an, wenn du mich brauchst, ja? Ich komme sofort. Du kannst mich auch um drei Uhr früh anrufen, wenn du willst.«

»Danke.« Ich wandte mich zu meiner besten Freundin um, deren goldbraune Augen besorgt aus ihrem hübschen, herzförmigen Gesicht schauten. Wenn sich meine Augen mit Tränen hätten füllen können, dann jetzt. Ich wusste, dass sie es ehrlich meinte.

Sie drückte noch einmal meine Schulter und dann machten

sich die drei leise davon und zogen sanft die Tür hinter sich zu. Das Käsebrot, das Angie mir gemacht hatte, vertrocknete auf dem Couchtisch, während sich draußen vor den Fenstern kühl die Dämmerung herabsenkte und das Holz, an das Peggy ein Streichholz gehalten hatte, im Kamin vor sich hin kokelte.

Ich richtete den Blick auf Phils Medaillen und Pokale von Fahrradrennen, die auf dem Kaminsims standen. Dann erhob ich mich mühsam. Die Beine waren mir eingeschlafen. Es war noch früh, aber ich wollte einen neuen Tag. Nicht den Tag, an dem mein Mann gestorben war. Und so ging ich nach oben, sah nach den Kindern, die tief und fest schliefen, und ging zu Bett.

Um genau drei Uhr, nachdem ich sechs Stunden lang tränenlos in die Dunkelheit gestarrt hatte, setzte ich mich kerzengerade hin und griff nach dem Telefon. Jennie war sofort dran. Schlaftrunken, aber sofort.

»Die Kinder!«, heulte ich. »Meine Kinder werden keinen Vater haben!« Tränen rannen mir die Wangen hinunter. »Sie werden vaterlos sein – sozusagen Waisenkinder!«

Sie war so schnell da, wie sie brauchte, um einen Mantel über ihr Nachthemd zu ziehen, meinen Ersatzschlüssel aus ihrer Obstschale zu fischen, ihren Gartenweg hinunter- und meinen heraufzurennen und zu mir nach oben zu sprinten. Sie umarmte und wiegte mich, während ich schluchzte und für meine Kinder trauerte und an Jennies Schulter schniefte und gurgelte und hervorstieß, dass das Leben der Kinder zerstört sei, sie solle sich doch bloß mal ihre völlig verbaute Zukunft vorstellen – die Narben auf ihrer Psyche, der drohende Hang zur Kriminalität, später dann kaputte Familien und gestörte Kinder. Als nach einer Weile das quälende Schluchzen verebbte und mein Redeschwall versiegt war, da lehnte Jennie sich zurück und hielt mich ein Stück von sich weg.

»Allerdings hat er im Leben der Kinder nicht gerade eine besonders große Rolle gespielt, oder?«, sagte sie ruhig. »Er war ja nicht viel da.«

»Nein«, gab ich zu, »aber er hat sie geliebt, Jennie. Da wird eine Lücke bleiben.«

»Ja, klar hat er sie geliebt. Er hat auch Leila geliebt.«

Leila war Jennies verrückte Irish-Terrier-Hündin, die nichts lieber mochte, als Phil auf seinen Fahrradtouren zu begleiten und meilenweit neben ihm herzuhecheln.

»Ja, er hat Leila geliebt«, pflichtete ich ihr bei und wischte mir mit einem Zipfel der Bettdecke die Augen.

»Hat viel Zeit mit ihr verbracht.«

Ich wusste, worauf sie hinauswollte. »Mehr als mit den Kindern, was?«

Sie verzog entschuldigend das Gesicht, als wolle sie sagen: Das zu beurteilen, steht mir nicht zu.

»Nicht jeder Mann ist ein begeisterter Vater«, wandte ich ein. »Schon gar nicht, solange die Kinder noch klein sind.«

Sie blickte mir in die Augen. »Nein, aber er schien sie kaum zu mögen. Weißt du noch, dass du die schreiende Clemmie oft mitten in der Nacht ins Auto gepackt hast und mit ihr auf die M25 gefahren bist, weil sie im Auto immer sofort einschlief? Nur damit Phil seine Ruhe hatte.«

»Er hat so hart gearbeitet und brauchte seinen Schlaf.«

»Stimmt. Aber an den Wochenenden, hat er da jemals eine Windel gewechselt? Oder den Kinderwagen geschoben?«

»Ein, zwei Mal«, log ich. Aber um drei Dinge hat er sich zu genau gleichen Teilen gekümmert: seine Arbeit, sein Fahrrad und seinen Körper. Alles andere störte da nur. Wir bekamen ihn eigentlich kaum zu sehen. Die Kinder und ich waren immer allein. Und genauso würde es in Zukunft sein. Ich schloss die Augen. Betete um Mut. Überlegte, ob ich es ihr sagen konnte. Schließlich machte ich die Augen auf und holte tief Luft.

»Es ist nämlich so, Jennie«, sagte ich mit leiser Stimme, »ich hab es mir ganz oft vorgestellt.«

»Was vorgestellt?«

»Dass Phil stirbt.«

»Ja.«

»Was meinst du mit, ja?«

»Das ist ganz normal.«

»Echt?« Ich war schockiert.

»Na klar. Und wie hast du es angestellt?«

»Aber ich hab doch gar nichts getan!«, erwiderte ich erschrocken.

»In deiner Vorstellung, meine ich.«

»Ach so. Na ja, ich ... hab mir gedacht, er könnte von einem runterfallenden Stein getroffen werden, an einer Baustelle.«

»Aha, der alte Gerüst-Trick. Oder vielleicht auch ein Hammer?«

»Ja«, gab ich zu. »Und ein Mückenstich in Spanien.«

»Das ist gut«, sagte sie bewundernd. »Ich bin immer nur auf verdorbene Krabben im Urlaub gekommen.«

»Und dann dachte ich, er könnte sich am Bleichmittel vergiften, mit dem ich die Flecken aus den Teetassen entfernt habe.«

»Ich hab das Bleichmittel sogar schon mal in den Teetassen gelassen. Aber später hab ich es natürlich ausgekippt.«

»Echt?« Ich blinzelte nervös durch die Dunkelheit des Schlafzimmers zu ihr hinüber. »Du hast also auch so was gedacht?«

»Natürlich! Das Leben wäre so viel einfacher ohne Dan.« Dan war ihr langjähriger Ehemann, den ich toll fand und für den witzigsten Mann auf Erden hielt, an dem sie allerdings oft verzweifelte.

»Weißt du, Jennie, ich liege hier und denke mir: Vielleicht hab ich so viel daran gedacht, dass ich es schließlich verursacht habe. Verstehst du? Vielleicht war ich es, die ihn getötet hat? Ich meine, was war das für ein absurder Tod? Das war ja wie aus einem meiner Träume – hätte mein nächster sein können!«

»Bild dir bloß nichts ein, so viel Phantasie hast du gar nicht. Natürlich warst du das nicht. Bist du etwa zum Flughafen gefahren und hast einen Klumpen Pisse an eine 747 gehängt?«

»Nein, aber …«

»Siehst du.« Sie hielt inne. »Hast du gebetet?«

»Gebetet?«

»Ja, bist du auf die Knie gefallen und hast zu Gott gebetet, dass er ihn abtreten lässt?«

»Natürlich nicht.« Ich war baff. »Hast du etwa?«

»Oh ja«, schniefte Jennie. Sie setzte sich gerade hin und schüttelte trotzig die dunklen Locken nach hinten. »Am Fuß von meinem Bett, genau wie Christopher Robin in *Pu der Bär*. Mit fest zusammengekniffenen Augen. Was noch lange nicht heißt, dass ich es auch *tun* würde, Poppy. Aber da hatte er gerade innerhalb einer Woche zwei Autos zu Schrott gefahren, die Badewanne überlaufen lassen, dass es durch die Decke in unsere neue Küche tropfte, war besoffen von der Büroparty nach Hause gekommen und hatte Brian Cunningham im Zug erzählt, dass seine Frau, also ich, mit unserem Maurer ins Bett ging. Als er schließlich das Pauspapier, auf dem Jamie in mühevoller Kleinarbeit für Erdkunde die Great Lakes abgezeichnet hatte, dazu benutzt hat, sich den Hintern abzuwischen, bin ich auf die Knie gefallen und habe Gott um Erlösung angefleht, gebetet, er möge bei einem Zusammenstoß in seinem Auto verbrennen. Ich hatte eine Schrecksekunde, als er ein paar Wochen später einen Unfall mit dem Quad Bike hatte, aber wir sind nur Menschen, Poppy. Wir können solche Dinge nicht herbeiführen. Hast du dir auch seine Beerdigung vorgestellt?«

Ich starrte sie entgeistert an. »Ja«, flüsterte ich schließlich.

»Das mache ich auch manchmal.« Sie zog die Knie an und umfing sie mit den Armen. »Was dachtest du, würdest du anziehen?«

»Den Rock mit der Kellerfalte und meinen guten Wollblazer.«

»Und drunter deine graue Seidenbluse?«

»Ich dachte eher an ein Top.«

Sie verzog das Gesicht. »Ein bisschen zu freizügig.«

»Auch wenn die Jacke ganz zugeknöpft ist?«

»Ach so, na dann.« Sie nickte und machte ein nachdenkliches Gesicht. »Ich werde bei Dan das Hahnentritt-Kostüm von Country Casuals tragen. Elegant und doch schlicht. Hast du geflirtet?«

»Was, bei Phils Fantasie-Beerdigung? Nein! Du etwa?«

»Ein bisschen. Nur ganz am Schluss. Nur ein paar schmerzerfüllte Blicke durch tränenumflorte Wimpern und nur mit dem Leidenschaftlichen Luke.« Das war der örtliche Hufschmied, der Angies Pferde beschlug. Er war groß, blond und extrem gutaussehend und verursachte immer einiges Aufsehen, wenn er mit seiner mobilen Schmiede durchs Dorf rumpelte.

»Und warum sollte ausgerechnet der Leidenschaftliche Luke zu Dans Beerdigung kommen?«

»Ach, keine Ahnung. Die Einzelheiten hab ich mir nicht so genau überlegt, Poppy.« Sie fuhr sich matt mit der Hand durchs Haar und sah plötzlich müde aus. Wir saßen noch eine

Weile zusammen in geselligem Schweigen, das einzige Licht fiel vom Flur herein.

»Es wird in der Dorfkirche stattfinden, nehme ich an«, sagte sie schließlich. »Ich meine, in echt.«

»Ich denke schon. Ja. Sicher.«

»Alle werden kommen«, warnte sie mich. »Du weißt, wie sie hier in der Gegend sind. Denen ist jeder Anlass recht.«

»Ich weiß.«

»Sonnenbrille?«

»Ich glaube schon.«

Um die trockenen Augen dahinter zu verstecken, dachten wir beide.

»Und übrigens«, sagte sie gedehnt, »es wird ganz furchtbar. Du wirst diese Sonnenbrille brauchen. Glaub mir, du wirst heulen wie ein Schlosshund.«

»Wirklich?« Ich warf ihr einen besorgten Blick zu und hoffte auf Trauer.

»Wirklich.« Sie musterte mich ruhig. »Hier ist ein Menschenleben beendet worden. Ein junger Mann, gefällt in seinen besten Jahren. Und das ist sehr traurig. Du wirst weinen. Aber fühl dich nicht schuldig, wenn du meinst, nicht genug zu trauern oder zu weinen. Du hast diesen Mann nie heiraten wollen, du bist da einfach so hineingeschlittert. Du hast diese Ehe anständig durchgestanden, weil er der Vater deiner Kinder war, aber wir wollen es mal nicht übertreiben. In ein paar Jahren wärst du sowieso nicht mehr mit ihm zusammen gewesen.«

»Meinst du?«

»Das *weiß* ich. Früher oder später wärst du auf und davon, Poppy. Und wie es aussieht, passiert es eben ein wenig früher.«

Eine ganze Lastwagenladung von Schuldgefühlen wurde

über mir ausgekippt wie Schutt, woraufhin ich mich wieder heulend aufs Bett warf, aber ich beruhigte mich schnell. Jennie, in ihren alten Kamelhaarmantel gewickelt, hielt ihre Knie umschlungen, und ich kuschelte mich in meine Bettdecke. Durch die Wand konnten wir Dan schnarchen hören. Jennie wandte sich mir entgeistert zu.

»Ich wusste nicht, dass man ihn hier hören kann!«

»Nur manchmal.«

»Ich drücke ihm ein Kissen aufs Gesicht!«

»Tu's nicht. Es macht mir nichts aus. Gefällt mir eigentlich ganz gut. Klingt irgendwie … männlich.« Und ganz automatisch dachte ich daran, dass Phil ziemlich weiblich gewesen war. Penibel. Sauber. Zweimal täglich duschen. Nägel bürsten. Und er schlief leise wie eine Maus.

»Na ja, wenigstens laufen wir nicht Gefahr, dass du irgendetwas anderes hörst«, sagte sie düster.

Ich gab keine Antwort. Jennies Desinteresse an der körperlichen Seite ihrer Ehe hatte Zeit bis zum nächsten Mal. Und außerdem stimmte das auch nicht ganz. Es hatte durchaus die eine oder andere Gelegenheit gegeben, bei der ich Ohrstöpsel benutzt hatte.

»Danke, Jennie«, sagte ich leise, »geh schlafen.«

»Sicher?«

»Sicher.«

»Ich bin morgen wieder da.«

Ich nickte, lächelte ihr matt zu. Dann umarmte sie mich und schlüpfte hinaus. Ich horchte auf ihre Schritte auf der Treppe und auf die Tür, die hinter ihr ins Schloss fiel. Ich wusste, sie würde gleich morgen früh zurückkommen, wusste, dass ich Glück hatte, solche Freundinnen zu haben; wusste, dass der Umzug in dieses Dorf das Beste gewesen war, was ich jemals getan hatte. Und obwohl mir das Herz schwer war, als ich nun zur Toilette ging und dann wieder in mein Bett kroch – ich fürchtete mich vor der nächsten Hürde, nämlich Clemmie am Morgen alles erzählen zu müssen –, dachte ein Teil von mir, als ich die Augen schloss, bereits darüber nach, dass ich die Medaillen vom Kamin räumen, die Tour-de-France-Bilder in der Toilette abhängen und die Rudermaschine auf eBay verkaufen würde. Nicht mehr aufwachen müssen, während er am Morgen neben dem Bett Liegestützen machte. Nicht mehr nach unten gehen und einen Zettel in der Küche vorfinden mit der Überschrift: »Poppy – erledigen!«. Und ein anderer Teil von mir dachte noch: Jetzt nicht mehr, Poppy Shilling. Jetzt kannst du nicht mehr sagen, dass bei dir nie was passiert. Endlich hat sich auch in deinem Leben etwas ereignet.

# 2

Phil war natürlich nicht immer so gewesen. Langweilig, pingelig, gesundheitsbewusst, auf sein körperliches Wohlbefinden bedacht – eitler als er konnte man kaum sein. früher hatte er sich nicht ein Blutdruckmessgerät zu Weihnachten oder einen Hometrainer zum Geburtstag gewünscht, er war nicht immer so gewesen. Es hatte eine Zeit gegeben, da war er, wenn schon nicht unbedingt amüsant, dann doch wenigstens normal gewesen. Er war immer schon in meiner Nähe gewesen, gehörte zu den Leuten, mit denen ich in London ausging, als ich noch in Clapham wohnte. Jedenfalls war er da, bei Partys, mit uns zusammen in Kneipen, vielleicht nicht an dem lärmenden, bierseligen Tisch, an dem ich saß, aber am Nachbartisch. Er war ein netter Typ. Oh ja, hätte Ben gesagt, Phil ist ein netter Typ, aber ich kenne ihn nicht besonders gut.

Ben war mein Freund. Schon seit Jahren. Wir hatten uns mit fünfzehn in der Schule kennengelernt, waren ein Jahr zusammen gewesen, hatten uns für ein Jahr getrennt, waren dann in der Oberstufe wieder zusammen, diesmal etwas ernsthafter, hatten uns dann während des Auslandsjahres nach der Schule getrennt und waren schließlich an der gleichen Uni gelandet. Nach dem ersten Jahr waren wir wieder ein Paar und das für die nächsten drei Jahre. Da gab es die unvermeidlichen Witze über uns, wir wären wohl an den Hüften zusammengewachsen, und meine Freundinnen fragten mich, ob ich jemals mit einem anderen zusammen gewesen wäre, aber ich zuckte nur mit den Schultern. Später in London waren wir immer noch zusammen; auf Partys, Konzerten, Einladungen, immer Ben und Poppy, Poppy und Ben.

Es war nichts Ungewöhnliches. Und es war gemütlich. Aber eines Abends kam Jennie in unsere gemeinsame Wohnung in Lavender Hill, flog förmlich die Treppe bis in den dritten Stock herauf, mit wehendem Mantel und rot glühenden Wangen, und rief strahlend: »Ich hab ihn gefunden! Ich hab den Mann kennengelernt, den ich heiraten will! Er heißt Dan, er ist Weinhändler und er ist ein bisschen älter als ich und ich ... ich liebe ihn, ich liebe ihn ... und, oh mein Gott, so was hab ich in meinem ganzen Leben noch nicht gefühlt. Noch nie!« Als ich in ihre leuchtenden Augen blickte, wie sie sich neben mich aufs Sofa fallen ließ, da fragte ich mich, ob ich das je gefühlt hatte – diese reine, uneingeschränkte Verliebtheit, diese Euphorie. Und als sie dann losgezogen war, um sich mit Dan in einem Restaurant in Chelsea zu treffen – Ben und ich konnten uns nur das Pub leisten –, noch immer völlig eingesponnen in ihr Glück, da fühlte ich mich ein wenig lau. Ein wenig eifersüchtig. Jennie hatte ein paar Jahre lang keinen Freund mehr gehabt und hatte immer deswegen gejammert, aber nun war sie anscheinend nicht nur auf den Füßen gelandet, sondern hatte mich mit einem Satz überholt, übertrumpfte mich mit einem echten romantischen Helden, der ihr Blumen ins Büro schickte, sie in edle Restaurants ausführte, älter war, weltläufig und der sie darüber hinaus anbetete.

Und dann war Ben vorbeigekommen und hatte sich über seinen beschissenen Tag beklagt und die Schuhe in die Ecke gekickt, so als wären wir tatsächlich verheiratet, um sich schließlich vor den Fernseher zu knallen, während ich uns in der Küche Spaghetti Bolognese machte und während Jennie bei Chez Philippe an ihren Artischocken knabberte und dekorativ errötete. Und als ich unser Abendessen hereintrug, damit wir es vor dem Fernseher bei unserer Lieblingsserie verspeisen konnten, hatte Ben die Füße aufs Sofa gelegt, gähnte laut und kratzte sich an den Eiern. Aus irgendeinem Grund brannte bei mir die Sicherung durch. Ich fuhr ihn an, ich wäre doch hier verdammt noch mal nicht die Bedienung. Ein paar Wochen später habe ich mich von ihm getrennt.

Dann gab es ein Zwischenspiel mit einem Typen namens Andy, der hervorragend aussah, sich aber als Ganove erwies, und den ich verließ, nachdem er mich bei einem Streit gegen die Wand gestoßen hatte.

Als ich wieder zu mir kam, war Ben fort. In Amerika, wie es hieß, New York, wohin ihn seine Investment Bank versetzt hatte, befördert. Also habe ich ihn angerufen, ihn gefragt, wann er denn zurückkäme und ob wir uns dann treffen und zusammen Mittag essen könnten. Ich machte mir keine übermäßigen Sorgen. Ich war sogar derart locker, dass ich mir dort auf der Treppe in Clapham während des Gespräches die Zehennägel lackiert habe, den Telefonhörer unters Kinn geklemmt. Aber er sagte, fürs Erste nicht, mindestens noch sechs Monate und überhaupt, er habe in New York jemanden kennengelernt. Caroline, eine Amerikanerin, die mit ihm zusammenarbeitete. So alt wie er, vierundzwanzig. Bankerin. Sie würden heiraten.

Schwer zu beschreiben, wie mich das damals getroffen hat, richtig körperlich, mit Kurzatmigkeit und Schmerzen in der Brust. Jennie hat damals viel Gejammer und Geheule ertragen müssen. Dazu den Rauch von viel zu vielen Zigaretten, Gerede von tickenden Uhren und schließlich, es waren inzwischen einige Monate vergangen, musste sie sich abmühen, ihre Heiratspläne vor mir zu verbergen, nachdem sie immerhin zugegeben hatte, dass sie verlobt war.

Wenn wir uns nach der Arbeit trafen, hatte sie Stoffmuster von changierendem Seidentaft in ihrer Handtasche versteckt und trug CDs mit geeigneter Musik für die kirchliche Trauung an ihrem Körper verborgen. Geduldig hat sie mich beraten, mich bedauert und mir Männer als Ersatz für Ben vorgeschlagen, die aber samt und sonders inakzeptabel waren. Alle waren nur zweite Wahl. Will Thompson war ja ganz nett, fand ich, als sie mir sagte, er hätte ein Auge auf mich geworfen, aber ihm fehlten Bens Charme und seine lockere Art, Harry Eastgate war auch ganz lustig, aber der arbeitete so viel, war ein ziemlicher Streber.

»Und was ist mit jemand von deiner Arbeit?«

»Da ist keiner«, sagte ich und starrte düster in mein Glas, ohne weiter auf das Thema einzugehen.

Als Jennie heiratete, war das kein Problem, weil ich mich so für sie freute und Dan wirklich genau so war, wie sie ihn beschrieben hatte, und außerdem wahnsinnig verliebt in sie. Doch dann hat sich auch noch Tess verlobt, ein nettes Mädchen aus unserem Freundeskreis, und im Jahr darauf Daisy, eine echt gute Freundin, und dann Will Thompson und dann Harry Eastgate. Sodass eigentlich nur noch ich übrig blieb. Und ich kann gar nicht sagen, was für eine Panik ich empfand. Ich versuchte, ganz entspannt zu bleiben, aber ich hyperventilierte. Ich ging zum Wellness und lag da in Algen verpackt herum. Ich fuhr auf die Kanaren, um schon früh Sommerbräune zu bekommen. Einmal ging ich sogar zu Madame Sheriza – sie ist keine Wahrsagerin, um das klarzustellen, sondern ein echtes Medium, in einem angesehenen Institut für Psycho-Dingsbums in South Kensington. Und sie sagte mir, ich würde jemanden über meine Schwester kennenlernen, allerdings hatte ich gar keine Schwester. »Entschuldigung, ich meinte Ihren Bruder.«

»Habe ich auch nicht.« Auf jeder Party ließ ich meine Blicke umherschweifen und eines Tages landeten sie auf Phil. Er stand am Rand, war groß, gutaussehend, blond, schlank – Phil war doch sicher ein Netter, oder?

»Oh ja, Phil ist ein ganz Süßer«, versicherte Tess mir eilfertig. Er war ein guter Freund ihres Bruders. Ja, Phil war wirklich süß.

»Ganz nett, dieser Phil«, sagte Jennie eher zögerlich. »Vielleicht irgendwie ein bisschen … nichtssagend? Und denk dran, Tess' Bruder hat Soziologie studiert.«

Aber ich hörte nicht hin, sondern fing an, mich mit ihm zu treffen, und er war wirklich entzückend. Er hatte seit Jahren keine Freundin mehr gehabt und hatte wohl das Gefühl, etwas oberhalb seiner Gewichtsklasse zu kämpfen, und zog deswegen alle Register: Lud mich in schicke Landhotels ein, zu Wochenenden in den Cotswolds, ja sogar auf Kurztrips nach Paris.

»Phil ist super!«, jubilierte ich, wenn ich auf einen Sprung bei Jennie und Dan in Twickenham hereinschaute, wo Jennie gerade ihrer Stieftochter Frankie etwas vorlas oder Abendessen machte zwischen den Kisten, die schon bereitstanden für ihren Umzug aufs Land. »Und er ist verrückt nach mir. Gestern hat er mir sogar Rosen ins Büro geschickt!«

»Gut. Bist *du* verrückt nach *ihm?*« Sie machte mir einen Drink und wir hockten uns auf eine Kiste.

»Natürlich.«

»Bringt er dich zum Lachen?«

»Na ja – lachen. Gestern Abend waren wir im Kino und

haben uns *Airport* angesehen und da konnten wir gar nicht *aufhören* zu lachen!«

»Ich glaube, dann war es eher Gene Wilder, der dich zum Lachen gebracht hat, aber gut, Poppy. Ich freue mich für dich. Mist. Moment.«

Sie schoss wie der Blitz die Treppe hinauf, um die vierjährige Frankie abzufangen, die nass und verweint oben aufgetaucht war, weil sie ins Bett gemacht hatte.

Ich leerte meinen Drink, fuhr nach Hause und freute mich an meinem Glück. An meinem Leben, in dem jetzt endlich alles in Ordnung war. Und falls ich irgendeinen Zweifel hatte, dann war der nur sehr klein. Zum Beispiel angesichts der Art, wie er mit Bedienungen im Restaurant umsprang. Wie er zu dem jungen Mädchen im Bistro gesagt hatte: »Ich hätte die Salatsauce gerne ohne Essig. Wie hätte ich die Salatsauce gerne?«

Sie hatte ihn überrascht angeschaut. »Ohne Essig.«

»Genau.« Er hatte dünn gelächelt. Und sie hatte ebenfalls gelächelt, erleichtert.

»Das muss ich so machen«, hatte er mir anvertraut, als sie gegangen war. »Sonst vergessen sie es und ich kann Salat mit Essig nicht ausstehen.«

Natürlich nicht.

Ein paar Monate später machte Phil mir einen Heiratsantrag und von da an wurde alles nur noch besser. Wir sind mit unserer Hochzeitsliste durch die Haushaltswarenabteilung von Peter Jones gegangen und haben zu unserer großen Freude festgestellt, dass wir genau denselben Geschmack hatten. Wir neigten zu dem roten Le Creuset anstelle des blauen, zu dem Retro-Toaster im Fifties-Look, zu der antiken Waage, verschmähten ein richtiges Essgeschirr zugunsten von handbemalten portugiesischen Tellern, die viel mehr zu gemütlichen Abendessen in der Küche einluden, die wir unendlich viel besser fanden als Dinnerpartys. Und wir machten ganz entschieden unsere Kreuze auf den Listen, die an unseren Clipboards klemmten. Noch ein Punkt erledigt. Ein entscheidender, wie wir fanden, während wir uns unter den hellen Lichtern der Porzellanabteilung in die Augen sahen.

Wir waren uns auch beide einig, dass wir aus London raus wollten.

»Zu hektisch«, sagte Phil und runzelte nachdenklich die Stirn, »und zu …«

»Oberflächlich«, setzte ich den Satz fort und er lächelte. Meine Güte, jetzt beendeten wir schon gegenseitig unsere Sätze.

Er bevorzugte Kent, wo seine Mutter lebte, aber ich wollte in Dads Nähe sein, weswegen wir nach Orten in dieser Richtung suchten, von denen man nicht länger als eine Stunde bis in die Stadt brauchte. Schließlich mussten wir ein wenig verlegen zugeben, dass Jennie und Dan ihre Hausaufgaben wirklich gut gemacht hatten. Dass es schwer war, etwas Besseres zu finden. Verschlafen, idyllisch, mit zwei Pubs und einem Ententeich, aber alles in allem noch ein funktionierendes Dorf mit einem Laden und einer Schule.

»Hättest du denn etwas dagegen?«, fragte ich Jennie besorgt, als ein Haus am anderen Ende des Dorfes zum Verkauf stand.

»Ob ich etwas dagegen hätte?«, kreischte sie ins Telefon. »Natürlich hätte ich nichts dagegen, ich würde mich freuen!«

Sie hatte, wie sie mir anvertraute, bisher eine Freundin hier gefunden, eine total nette Frau namens Angie, unglaublich elegant und reich und superwitzig, aber ansonsten war sie vollkommen ohne Gleichgesinnte und konnte sich nichts Schöneres vorstellen, als ihre Freundin gleich um die Ecke zu haben. Und wenn es nur zur moralischen Unterstützung war, die sie gut gebrauchen konnte, wie sie düster hinzufügte, wenn sie sich mal wieder mit Frankies Wutanfällen und Dans Unfähigkeit auseinandersetzen musste, an einem Gebrauchtwagenhändler vorbeizufahren, ohne irgendeine Klapperkiste zu kaufen – zurzeit befanden sich vier Autos im Besitz der Familie – mit denen er dann rasant über die Landsträßchen kurvte. Mal ganz abgesehen von der sich immer mehr verfestigenden Gewissheit, dass sie wohl schwanger war.

Leider war das Haus am anderen Ende des Dorfes doch nicht geeignet, aber dann rief sie an, um mir zu erzählen, dass das Haus nebenan zum Verkauf stünde.

»Bisschen nah, oder?«, meinte ich zweifelnd. » Ich will dir schließlich nicht zu sehr auf die Pelle rücken …«

»Solange es dir nicht zu nah ist, Wand an Wand mit jemandem zu wohnen, der ständig Sodbrennen hat und solche Hämorrhoiden, dass ich mich jetzt schon auf 'nen Gummiring setzen muss und nicht erst nach der Geburt. Bitte komm, Poppy, sonst werde ich hier noch verrückt.«

Noch am selben Tag war ich vor Ort, um mir das Haus anzusehen: ein süßes, kleines weiß gekalktes Cottage, geduckt, so als hätte sich ein Riese auf das Dach gesetzt, mit dicken Wänden und einem Paar Erkerfenstern unten – je einem zu beiden Seiten der grünen Eingangstür –, zwei weitere lugten unter den Dachsparren hervor, ein Stück Garten, das hinten an die Felder angrenzte, und dahinter der Wald. Es stand auf der einen Seite Wand an Wand mit Jennies Häuschen, das ganz ähnlich war, an der anderen Seite schlossen sich ein paar entzückende alte Reihenhäuser an. Innen sah es allerdings schlimm aus: winzige, niedrige Zimmer, Küche und Badezimmer waren völlig veraltet, aber Phil und ich beschlossen, dass wir hier einen Durchbruch machen und dort einen Stahlträger einziehen konnten und dort drüben gerade genügend Platz für einen Aga-Herd sein würde. »Und hier im Eingang können wir Steinboden verlegen«, sagte er und deutete auf den halben Quadratmeter direkt hinter der Tür.

»Ja!«, juchzte ich und fand es geradezu unheimlich, dass ich eben genau dasselbe gedacht hatte. »Kalkstein oder Schiefer?«, fragte ich und hoffte auf Letzteres.

»Vielleicht am besten Schiefer«, sagte er nachdenklich und ich schnurrte fast vor Glück.

Beim Einzug waren wir bereits verlobt, und nachdem die groben Bauarbeiten beendet waren, machten wir uns an die Arbeit. Wir rissen gemeinsam die Tapeten von den Wänden, schliffen die Türen ab, schrubbten die Dielen, erneuerten den Belag der Badewanne, arbeiteten jedes Wochenende, auch an den Abenden, wobei das Radio auf vollen Touren lief, weswegen wir kaum miteinander sprachen. Manchmal kamen Dan und Jennie, die in ihrem Haus alles durch ein Team von Innenausstattern hatten machen lassen, zu uns rüber, um unser Werk zu bestaunen. Inzwischen lag Jamie in Jennies Armen und Frankie schmollte. »Klar schmollt sie«, stellte Jennie fest, »auch wenn ihre Mutter eine Säuferin war und mit einem argentinischen Polospieler durchgebrannt ist, war sie verdammt noch mal ihre Mutter. Und die Kleine vermisst sie.«

Und so schrubbten und lackierten und tupften und schliffen Phil und ich und es gelang uns sogar noch, ein Zeitfenster zu finden, innerhalb dessen wir an einem Samstag heiraten konnten, was von Phil mit militärischer Präzision geplant wurde. Wir einigten uns problemlos auf eine Musik, auf die Anzahl der Gäste, die Blumen; das einzige Haar in der Suppe war wie gesagt das Tandem für unsere Abfahrt, das Überraschungsmoment sozusagen. Es folgte ein weiteres Jahr rastloser Hausrenovierung, bevor wir unsere müden Beine hochlegen konnten und einander anlächeln. Aber ich weiß noch genau, wie ich Phil an diesem Tag sah, spröde und blond, mit dem Spachtel in der Hand und dem eher schmalen Mund, der nicht allzu oft lächelte, ich weiß noch, dass ich ihn ansah, als hätte ich ihn schon eine ganz Weile nicht mehr gesehen, sondern nur Tapetenmuster von der Designers Guild oder Farbkarten von Farrow & Ball, und dass es ein ganz schöner Schock war. Als hätte ich ein Jahr lang geschlafen. War das mein Mann? Dieser Mann, der so gänzlich frei von Humor und Witz und Lachen war, aber voller Pläne für den Garten. Dieser Mann, der davon träumte, den offenen Kamin wieder funktionsfähig zu machen oder Rosen um eine Gartenlaube ranken zu lassen – beides durchaus romantisch, wie ich fand –, doch der im Bett alles so schnell und leise und fast, ja, verstohlen hinter sich brachte? Der danach nicht bei mir im Bett bleiben, sondern lieber die Tulpenzwiebeln einpflanzen und endlich weitermachen wollte?

Freudlos war das Wort, das mir erschreckend schnell in den Sinn kam. Und wie ich ihn so über meine hochgelegten Beine hinweg betrachtete, fragte er mich, ob ich eigentlich schon den Teppichboden fürs Schlafzimmer bestellt hatte. Ich verneinte, woraufhin er mich tadelte. »Das ist jetzt schon das zweite Mal, dass ich dich darum bitten muss, Poppy«, sagte er gedehnt. Ich fröstelte ein wenig.

»In der Küchenschublade liegt ein Muster«, fuhr er fort. »In dem Ordner, auf dem ›Bodenbeläge‹ steht.«

»Okay.«

»Auf der Rückseite ist die Nummer von John Lewis«, fügte er geduldig hinzu, als ich mich noch immer nicht rührte. »Mach das jetzt gleich, bitte.«

Langsam stand ich auf und bewegte mich küchenwärts.

Im Nachhinein wäre das der richtige Augenblick gewesen. Bevor wir Kinder bekamen. Der richtige Augenblick, um noch einmal tief Luft zu holen und zu denken: Was habe ich getan? Diesen Mann zu heiraten, der sich im Baumarkt auskennt, aber nicht mit dem menschlichen Herzen? Der auf zwanzig Schritt Entfernung einen feuchten Fleck bemerken kann, aber nicht die Andeutungen von Zweifel bei seiner jungen Frau? Aber das wagte ich nicht zu denken. Und überhaupt, redete ich mir ein, während ich das Teppichmuster aus dem Ordner holte, einem von sieben Ordnern, alle sauber beschriftet in Phils exakter Handschrift, wir passten so gut zusammen. Alle sagten das. So ein gutes Team. Ich bestellte den Teppichboden und setzte dann schnell Wasser auf in dem Kessel mit der gebogenen Tülle, den wir gemeinsam im Trödelladen erstanden hatten. Dann machte ich uns einen Tee.

Wenn das alles ein wenig zu unterwürfig klingt für eine doch recht lebenslustige junge Frau, ein typisches Gewächs des 21. Jahrhunderts und nicht des 19., dann will ich hier mal etwas zum Thema Selbstvertrauen sagen. Meins hatte nämlich eine ziemliche Delle bekommen: Zuerst hatte ich Ben verloren und dann, zumindest schien es mir so, auch noch alle anderen. So viele waren glücklich verheiratet. Und ich hatte schon reichlich Erfahrung mit Verlusten in meinem Leben und wollte nicht noch mehr. Was mich zum Thema Familie bringt. Ich hatte keine große, glückliche Familie im Hintergrund, die sich einmischte und Ratschläge erteilte, wo man mit Teebechern in der Hand um einen Küchentisch saß, bevor mütterliche oder schwesterliche Kritik fällig wurde, wenn es nötig war. Ich hatte Dad. Der war lieb, aber – eben ein Vater. Und noch nie hatte ich meine Mutter so sehr vermisst. Hatte mir nie so sehr gewünscht, dass ich mit ihr reden könnte, dass sie nicht gestorben wäre. Was vielleicht erklärt, warum ich an die Seite meiner besten Freundin geflohen war. Ich will mich hier gar nicht entschuldigen – natürlich hätte ich dagegenhalten sollen, widersprechen, ihm sagen, dass er den blöden Teppich doch selbst bestellen sollte. Ich will nur die mildernden Umstände skizzieren. Ich war erst kurze Zeit verheiratet; ich wollte den Frieden bewahren. Wollte, dass wir glücklich waren. Wollte nicht gleich mit Töpfen um mich werfen.

Und sowieso, was hätte ich ohne Phil getan? Phil, der es mit dem gesamten Baugewerbe aufnahm – mit Klempnern, die Heizkörper verkehrt herum einbauten, Fliesenlegern, die die falsche Fugenmasse verwendeten, mit dem Antikholz-Küchenbauer, der mittendrin verschwand, als vier von sieben Schränken noch nicht eingebaut waren, und der, als wir Nachrichten auf seinem Anrufbeantworter hinterließen, sich in Luft aufgelöst zu haben schien. Phil gelang es schließlich, ihn zu erreichen. Wie sich herausstellte, hatte seine Frau eine Fehlgeburt gehabt. Aber Phil sorgte dafür, dass er umgehend wieder an die Arbeit ging, auch wenn er dabei so elend aussah, dass ich ihm erst mal eine Tasse Tee vorbeibrachte.

»Es ist das zweite Baby, das sie innerhalb von zwei Jahren verloren haben«, sagte ich zu Phil, als ich zu ihm in den Garten hinaus ging, wo er damit beschäftigt war, die Stangenbohnen hochzubinden.

»Anscheinend. Aber das Leben geht weiter.«

Ich warf ihm einen Blick zu. »Ich hoffe, das hast du ihm nicht so gesagt.«

»Warum?«

»Es wäre nicht besonders taktvoll.«

Er zuckte mit den Schultern. »Vielleicht nicht, aber so ist es nun mal.«

Schweigend banden wir den Rest der Bohnen auf.

Teamwork, das war das Geheimnis. Und natürlich würde das Team noch viel stärker sein, wenn wir erst zu dritt waren. Wenn wir ein Baby hatten. Selbst ich konnte die Lüge hinter dieser Vorstellung erkennen, dachte aber nicht mehr daran, sobald ich feststellen musste, dass es gar nicht so leicht war, schwanger zu werden. Als nach anderthalb Jahren noch immer nichts passiert war, hatten wir nach dem Haus etwas Neues, das wir uns als Ziel setzen konnten.

Phil las Bücher, surfte im Internet und erklärte, dass man als Erstes herausfinden müsse, wessen Schuld es sei.

»Schuld?«

»Ja. Um zu sehen, an wem es liegt.«

»Bisschen früh, oder?«, sagte ich zweifelnd. »Sollten wir nicht – du weißt schon – erst noch ein bisschen länger probieren?«

»Und noch mehr Zeit vergeuden?«

»Könnte ja auch Spaß machen. Ich hab irgendwo gelesen, wenn man es einen Monat lang jeden Abend tut, dann hat man mehr Chancen darauf, das Ei zu treffen. Flächenbombardement sozusagen.«

Ich lächelte verführerisch, aber er hatte sich bereits wieder zum Computer umgedreht. Und im Handumdrehen Termine für uns beide bei Spezialisten in London ausgemacht. Für mich, um die Eileiterdurchgängigkeit zu prüfen, für ihn, um mithilfe eines Schmuddelheftchens ein Reagenzglas zu füllen. Das faszinierte mich. Nicht so sehr, dass eine smarte Praxis in der Harley Street so etwas parat hielt, sondern die Vorstellung, dass Phil es sich ansah. Die Ergebnisse kamen und wir wurden beide für unschuldig erklärt, was Phil offensichtlich überraschte.

»Warum? Dachtest du, dass du mit Platzpatronen schießt?«

»Oh nein, ich wusste schon, dass es nicht an mir liegt.«

Danach kam unsere Ehe so richtig in die Gänge, Phil kannte meine Körpertemperatur bis aufs Zehntelgrad, er wusste, wann meine Eierstöcke reif waren und einladend rumpelten, konnte genau die Stunde bestimmen, zu der die besten Bedingungen für den Beischlaf herrschten. Um es mit einem Begriff aus dem Tierreich zu beschreiben: Er wusste genau, wann ich in Hitze war. Es gab kein Flächenbombardement, aber einmal pro Monat rief er mich im Büro an, um mir zu sagen, ich sollte so schnell wie möglich nach Hause eilen und mich ausziehen, und falls sich das jetzt sexy anhört – das war es nicht. Nicht, wenn der Ehemann seine Hoden zuvor mit bitterem Ernst in eiskaltes Wasser hängt, ohne die Miene zu verziehen – ich versuchte es mit einem Witz über abgeschreckte Eier, aber das kam nicht sehr gut an – und es ist auch nicht toll, wenn man angewiesen wird, hinterher mindestens eine Stunde stillzuliegen, und der einzige Lacher kommt, wenn man vorschlägt, er könnte sich ja dazulegen. Ich persönlich fragte mich ja, ob die enge Lycra-Radlerhose, in die er sich gleich anschließend quetschte und die er neunzig Prozent der Zeit trug, besonders zuträglich war, aber da ich schon bald immer mehr das Interesse an der Sache verlor, beschloss ich, nichts weiter zu sagen.

Und warum verlor ich das Interesse? Warum geriet ich letztlich immer mehr in eine Art Erstarrung, während ich jeden Abend im Zug vom West End nach Hause juckelte, in das Zuhause, das mein beneidenswertes Liebesnest auf dem Lande hätte sein sollen? Weil ich langsam, aber sicher zu der erschütternden Erkenntnis gelangte, dass ich den größten Fehler meines Lebens gemacht hatte.

Die Erleuchtung kam, als ich eines schönen Donnerstagmorgens, an einem meiner kostbaren Urlaubstage, am Küchenfenster stand und auf die Liste der »zu erledigenden« Dinge schaute, die er mir hingelegt hatte. Beim letzten Punkt stand: »Haare schneiden lassen«.

Ich griff nach dem Telefon, um Jennie zu sagen, dass ich einen Kaffee brauchte, und zwar sofort, und um ihr außerdem zu sagen, dass ich ihn verlassen wollte. Ihr Anrufbeantworter war dran. Ich wusste aber, dass sie zu Hause war, weil ich sie noch vor wenigen Augenblicken im Garten gesehen hatte. Ich wollte schon rüber und es ihr sagen, aber ich ging noch kurz unten zur Toilette und sah den Schwangerschaftstest, den er mir dort hingelegt hatte. Er war bereits offen und ein Zettel klebte an einem der Sticks.

Poppy – hier heute draufpinkeln. Du bist Tag 14.

Ich seufzte, pinkelte aber trotzdem drauf und dachte dabei, dass dies das Letzte wäre, was ich je für ihn tun würde. Dann sah ich, wie die blaue Linie dunkel wurde. Während ich langsam in die Küche zurückging, klingelte das Telefon.

»Poppy? Hattest du angerufen?«

»Ja, hi, Jennie.«

»Alles okay mit dir? Du klingst ein bisschen niedergeschlagen.«

»Nein, nein, mir geht's gut.«

»Willst du schnell auf einen Kaffee rüberkommen? Ich hab

grade noch zwanzig Minuten, bevor ich Jamie vom Kindergarten abholen muss.«

»Äh, nein. Lieber nicht. Ich muss noch die Bügelwäsche fertig machen.«

»Und heute Nachmittag? Auf einen Tee?«

»Da hab ich, glaube ich, einen Termin beim Friseur.«

# 3

Die Beerdigung fand eine Woche später statt und war tatsächlich furchtbar. Viel schlimmer, als ich es mir vorgestellt oder Jennie es vorhergesagt hatte, wenn auch aus anderen Gründen. Dass der Tag so strahlend war und der Himmel so blau, machte alles nur noch eindrücklicher, ließ den Anlass noch deutlicher hervortreten. Uralte Eiben warfen lange, dramatische Schatten über den Kirchhof und die Dorfbewohner, viele mit Kränzen in der Hand, erschienen als scharfe Silhouetten, wie sie einer nach dem anderen oder in stillen Grüppchen ihre Häuser verließen, um dem durchdringenden, unnachgiebigen Ruf der Glocken zu folgen. Drinnen erfüllte der trübsinnige Geruch von feuchtem Stein, Politur und Kerzenwachs die Luft. Unsere winzige Kirche war voll, genau wie Jennie es vorhergesagt hatte, die respektvolle Stille wurde nur durch gelegentliches gedämpftes Flüstern oder das Rascheln von Röcken unterbrochen, als die Leute sich in die Bänke setzten und mitfühlend zu mir in die erste Reihe blickten. Eine Woche war vergangen und ich fühlte mich vollkommen ausgelaugt und erschöpft. Ein kleiner Teil von mir war darüber erleichtert. Wie furchtbar wäre es gewesen, hier zu stehen, bei der Beerdigung meines Mannes, *Der Herr ist mein Hirte* zu singen und dabei keinen Kloß im Hals zu haben? Nicht bis zehn zählen und mir die Fingernägel in die Hand drücken zu müssen, damit ich nicht lauthals in Tränen ausbrach, während die Orgel traurige Melodien spielte, alle sich erhoben und der Sarg durchs Kirchenschiff getragen wurde?

Drei von Phils Radfahr-Kumpels waren die Sargträger – große, dünne und ausgemergelt wirkende Männer, genau das, was mein Dad als Spargeltarzan bezeichnen würde. Der vierte war mein Vater selbst, ein kleiner Mann mit mittlerweile gebeugtem Rücken, sodass der Sarg, wie ich zu meinem Schrecken feststellte, auf seiner Seite gefährlich kippte. Die Trauergemeinde hielt kollektiv den Atem an, während der Sarg sich besorgniserregend nach vorne geneigt durch die Kirche bewegte und Dads Knie unter jedem Schritt vor Anstrengung einzuknicken schienen. Die Radfahrer mussten mehr als einmal stehenbleiben, damit er nachfassen konnte, aber schließlich war der Altar erreicht. Als der Sarg abgesenkt wurde, schloss ich die Augen. Zugegeben, es gab ein kleines Gerumpel und ein ersticktes »Fuck« von Dad, aber das hatte wohl nur ich gehört. Als mein Vater sich aufrichtete, warf er einen Blick in die Runde und konnte sich nicht verkneifen, Augenkontakt mit mir aufzunehmen, als wollte er sagen, dass er seine Sache doch recht gut gemacht hatte, wenn man die Umstände bedachte.

Ich erwiderte seinen Blick mit einem kleinen Lächeln, während er die Brust vorstreckte und einen Augenblick respektvoll stehenblieb. Die anderen Sargträger hatten sich bereits verzogen. Das reicht jetzt, Dad, dachte ich nervös, während die Sekunden verstrichen. Mein Vater ist zwar klein, 1,70 auf Socken, aber er wirkt ungeheuer wichtig, wie das bei kleinen Männern ja oft der Fall ist. In seiner Jugend hatte er, wenn er nicht Pferderennen geritten oder zu diesem Zweck im ganzen Land umhergefahren war, viel Laientheater gespielt und etwas an seinem Gebaren wirkte, als ob er sich jederzeit einen Umhang über die Schultern werfen, Yoricks Schädel in die Höhe halten und seinen Text deklamieren könnte. Nachdem er seinen Auftritt zur Genüge ausgekostet hatte, machte er auf dem Absatz kehrt und kam mit gesenktem Kopf herüber, um sich neben mich zu setzen, und man merkte deutlich, welches Vergnügen ihm diese spezielle Vorstellung bereitet hatte.

Nachdem wir dann das erste Lied gesungen hatten, setzte Mike, der Pfarrer, beherzt zum Nachruf an. Beherzt deswegen, weil er Phil nie kennengelernt hatte, sich also auf ziemlich unsicherem Gelände bewegte. Ich hatte beschlossen, die Sache ihm zu überlassen, obwohl er besorgt nachgefragt hatte: »Wirklich, Mrs Shilling? Sind Sie sicher, dass das niemand anderes machen kann?«

»Ganz sicher.«

Und jetzt erzählte er uns, was für ein toller Kerl Phil gewesen war, was für eine Stütze des Gemeinwesens, was für ein Verlust für die Dorfgemeinschaft sein Tod war. Das war natürlich alles Quatsch, weil Phil nie am Dorfleben teilgenommen hatte, ja diese Kirche nur ein einziges Mal von innen gesehen hatte, und zwar bei unserer Hochzeit. Doch dann sprach der Pfarrer darüber, was für ein wunderbarer Vater er gewesen war und welch ein Verlust sein Tod für seine Kinder sei, und da stiegen mir die Tränen in die Augen. Er war kein wunderbarer Vater gewesen, aber jeder Vater hinterlässt eine Lücke. Man hat nur einen und meine Kinder würden nie mehr mit ihm Weihnachten feiern oder Urlaub machen. Nicht dass sie unbedingt durch die Pyrenäen radeln wollten, während jemand sie die ganze Zeit anschrie, sie sollten sich beeilen ... Aber er würde an ihren achtzehnten oder einundzwanzigsten Geburtstagen keine Rede halten. Soweit ich wusste, hatte Phil ohnehin nur eine einzige Rede in seinem Leben gehalten, und zwar als Trauzeuge eines Radfahr-Freundes, und die hatte sechsundvierzig Minuten gedauert und war so todlangweilig gewesen, dass alle irgendwann anfingen zu husten und rasch aufs Klo oder an die Bar zu huschen und irgendwann der Brautvater, ein schlichter, bodenständiger Mann, aufgestanden war und in bestimmtem Ton gesagt hatte: »Lass gut sein, mein Junge.« Ich hätte es selbst nicht besser sagen können.

Ich seufzte. Dennoch. Meine armen Kleinen. Clemmie vor allem. Archie war mit seinen zwanzig Monaten noch zu klein, es zu begreifen, aber Clemmie hatte mir ganz vernünftig zugehört, als ich ihr die schlimme Nachricht am folgenden Morgen erzählt hatte. Ich hatte mich mit ihr hingesetzt, bevor sie in den Kindergarten ging, und ihr vorsichtig erklärt, was genau geschehen war. Sie hatte die braunen Augen riesengroß aufgerissen in ihrem blassen kleinen Gesicht, da sie vor allem am Ton meiner Stimme, gar nicht so sehr an dem, was ich sagte, merkte, dass etwas Schlimmes geschehen war.

»Und atmet er noch?«

»Nein, mein Schatz. Er ist tot.«

»So wie Pervers?«

»Ja, genau wie Pervers.«

Das war ein Schafbock auf der Weide hinter unserem Haus, der letzten Monat plötzlich steif und kalt dagelegen hatte und der so hieß, weil er vor dem Frühstück erst einmal jedes einzelne Schaf auf der Weide zu besteigen pflegte, woran Phil Anstoß genommen hatte, während er sein Müsli löffelte.

»Das ist pervers!«, hatte er dann immer ausgerufen und so dachte Clemmie, das wäre der Name des Tiers.

»Wo ist Daddy jetzt?«

»Er ist ... also ...« Ich zögerte. In der Leichenhalle klang so furchtbar. »Im Beerdigungsinstitut. Das ist ein Ort, wo tote Leute hinkommen, bevor sie beerdigt werden.«

»Nicht in den Himmel?«

»Ach so, ja, natürlich. Ja, seine Seele kommt in den Himmel. Das ist ziemlich kompliziert, mein Schatz, aber der Punkt ist, dass du ihn nicht wiedersehen wirst. Verstehst du das?«

Sie nickte. »Kommt Pervers auch in den Himmel?«

»Ja, bestimmt.«

»Auch wenn er so viele Freundinnen hatte?«

»Ja, ich wüsste nicht, was dagegen spricht.«

Sie aß den Rest ihres Müslis schweigend und stand dann vom Tisch auf – ganz ohne Tränen, was mich beunruhigte. Aber schließlich war sie ja erst vier; vermutlich hatte sie das Gesagte gar nicht begriffen. Und es war ja auch so, dass Phil unter der Woche nie nach Hause kam, solange die Kinder noch wach waren, und an den Wochenenden fuhr er den ganzen Tag Fahrrad, also hatte sie ihn bestimmt weniger oft gesehen als den Schafbock auf der Weide hinter unserem Haus, wo meine Kinder fast jeden Tag spielten, auf Bäume kletterten und in Pfützen herumplantschten.

Aber als ich sie aus dem Kindergarten abholte, kam Miss Hawkins zu mir hergeeilt, nachdem sie mich entdeckt hatte.

»Kann ich Sie kurz sprechen, Mrs Shilling?«

»Natürlich.«

»Mein Beileid.«

»Danke.«

»Ich dachte nur, Sie sollten wissen, dass Clemmie sagt, ihr Daddy wäre von einem Flugzeug erschlagen worden.«

»Stimmt ja irgendwie auch.«

»Und dass er tot und im Himmel ist.«

»Ja.«

»Und dass alle in den Himmel kommen, selbst wenn sie jede Menge Freundinnen hatten und pervers sind.«

Ich blinzelte.

»Aha. Danke ... Miss Hawkins.«

Sie eilte davon, bevor ich die Sache klarstellen konnte. Ich seufzte. Nun, sei's drum, dachte ich, während ich ihrer sich entfernenden Rückenansicht hinterherschaute. Sollte ihn doch das ganze Dorf für einen Schürzenjäger halten. Nichts konnte weiter weg von der Wahrheit sein als das. Wenn es dabei nicht gerade um Zeugung ging, war Sex für ihn eher eine lästige Pflicht gewesen. Etwas, was ein Workaholic mal eben abhakt, ehe er sich wieder an seinen Blackberry hängte. Seit Archies Geburt war mit Sex nicht viel gewesen, wofür ich, wie Jennie mir düster anvertraute, meinem Schicksal dankbar sein sollte. Dan hatte nicht mal bis zur Nachuntersuchung sechs Wochen nach Jamies Geburt warten können, und als sie dann wie zum TÜV aufgebockt dalag, hatte sie dem netten jungen Arzt, der ihr züchtig erklärte, sie dürfte sich jetzt wieder ihrem Mann hingeben, nicht sagen mögen, dass der sich schon seit Wochen bediente.

Aber nein, Phil war nicht gerade ein Held im Schlafzimmer gewesen, die Vorstellung, er könnte sich anderweitig vergnügt haben, schien fast so weit hergeholt wie sein ehrenamtliches Engagement als »Stütze der Kirche«, womit der Pfarrer nun glücklicherweise zum Ende kam, da sein Material ja ziemlich dünn war. Er räusperte sich und forderte uns auf, uns zu erheben und das letzte Lied zu singen, Nummer einhundertzweiundsiebzig: *Jerusalem.* Dankbar standen alle auf.

Ich hatte mich schon immer gefragt, ob die Füße unseres Herrn, wie es in diesem Lied heißt, wirklich in alter Zeit einmal über Englands grünende Hügel gegangen sein könnten, und war zu dem Schluss gelangt, dass es einfach nicht sein konnte. Ich grübelte immer noch über diese Frage nach, als wir wenige Augenblicke später aus der Kirche traten. Blake, der Dichter des Liedes, hatte das sicher nur im übertragenen Sinne gemeint und keinesfalls buchstäblich, und doch wurde es Hunderte von Jahren später im ganzen Land mit patriotischem Elan als Gemeindelied gedröhnt. Ob Blake sich wohl darüber amüsiert hätte, dass sein Text mit solcher Inbrunst gesungen wurde, überlegte ich und hatte schon fast das Tor zur Straße erreicht, wo ich die Augen zusammenkniff gegen die tief stehende Sonne, die derart blendete, dass man fast nichts sehen konnte.

»Mrs Shilling!«

Eine Stimme schnitt durch meine Gedanken. Geistesabwesend drehte ich mich am Tor um.

»Mrs Shilling?« Die Stimme hatte einen ungläubigen Unterton.

Oben am anderen Ende des Weges, auf dem grasbewachsenen, sanft hügeligen Gelände links von der Kirche, das auch Friedhof genannt wurde, wartete mit weit aufgerissenen Augen der Pfarrer mit geöffnetem Gesangbuch und wehendem Talar, umgeben vom Rest der Trauergemeinde. Sie schienen alle um ein großes, klaffendes Loch im Boden herumzustehen, das … Mist! Ich hatte vergessen, meinen Ehemann zu beerdigen.

Der Schock natürlich, trösteten mich Jennie und Angie rasch, als ich an ihre Seite geeilt kam. Ich nickte stumpf. Entsetzt und mit schwitzigen Händen beugte ich den Kopf, in dem tatsächlich ein großes Durcheinander herrschte, sodass ich, als mir etwas Erde gereicht wurde, die ich auf den Sarg werfen sollte, dies vor lauter Nervosität auch sofort tat und Angie, ganz in schwarzen Nerz gehüllt, meinen Arm berühren und flüstern musste: »Ruhig, Brauner. Warte, bis der Pfarrer zu der Erde-zu-Erde-Stelle kommt. Wir wollen die Sache doch nicht zu sehr überstürzen, hm?« Sie reichte mir noch etwas Erde in ihrer in feinstes Wildleder gehüllten Hand.

Eine halbe Ewigkeit später – es war schrecklich, zu sehen, wie er da in dieser furchtbaren Kiste in der Erde lag, so endgültig – stand ich dann wieder am Friedhofstor, diesmal mit dem Pfarrer. Ich wusste doch, dass es Teil des Plans gewesen war, ich war nur etwas vorschnell dort hingeeilt. Einer nach dem anderen defilierten die Dorfbewohner an mir vorbei, um mir ihr Beileid auszusprechen, meine Hand zu drücken und tröstende Worte zu nuscheln. Yvonne, die Besitzerin des Dorfladens – der Phil, bloß weil sie ihn gebeten hatte, sein Fahrrad nicht gegen ihr Schaufenster zu lehnen, mitten ins Gesicht gesagt hatte, sie wäre eine Wichtigtuerin, die meinte sich überall einmischen zu müssen –, sagte, wie sehr sie sein strahlendes Lächeln vermissen werde. Sylvia Jardine, die in dem stattlichen alten Pfarrhaus wohnte und sich deswegen schon fast für ein Mitglied des Landadels hielt, sagte mit lauter, durchdringender Stimme, dass Phil immer so schön die Glocken zum Gottesdienst geläutet hätte, was ein Missverständnis aufgrund des aktuellen Gemeindebriefes war, in dem sich jemand darüber beklagt hatte, dass Phil um sechs Uhr früh seine Fahrradglocke betätigt hatte, während er ungeduldig darauf wartete, bis Bob Groves seine Kühe durchs Dorf getrieben hatte. Dan, Jennies Mann, nahm mich in den Arm und flüsterte: »Das machst du super, Mädel«, was mir die Tränen in die Augen trieb. Und Frankie, in schwarzem Minikleid und mit passendem Nagellack, die mit ihren sechzehn Jahren noch nie auf einer Beerdigung gewesen und aus Neugier gekommen war – später einmal vertraute sie mir an, dass es ihrer Meinung nach nicht annähernd genug Tränen oder schwarze Schleier gegeben hätte –, drückte mir fest die Hand und sagte, das Ganze würde mich bestimmt »megaanpissen«.

Glücklicherweise galten viele der Beileidsbekundungen den Kindern, die mir zu jung für die ganze Zeremonie erschienen waren und die ich bei Peggy von gegenüber gelassen hatte. Peggy, die kurz mit den Kindern vorbeigekommen und ganz hinten in eine Bank geschlüpft war, hatte mir zuvor, während sie an der vierten Zigarette des Vormittags zog, mit heiserer Stimme erklärt, dass sie nicht viel mit Beerdigungen am Hut habe, und überhaupt habe sie ihn nie gemocht. Ich lächelte in mich hinein. Wenigstens eine Stimme der Wahrheit ertönte in unserem Tal. Ich hatte Peggy wirklich gern.

Sie konnte nicht unbedingt als Vorbild für mich dienen – sie war verwitwet und kinderlos und eine exzentrische Erscheinung in ihren langen, fließenden Mänteln und perlenbestickten Schals, auf die sie ständig Zigarettenasche fallen ließ – das einzige Mal, als ich Peggy kochen gesehen hatte, hatte ich fasziniert beobachtet, wie zwei Zentimeter Asche von ihrer Zigarette direkt in die Bolognese gefallen waren, und sie hatte seelenruhig umgerührt und etwas von Ballaststoffen gemurmelt. Peggy verfügte über eine gewisse objektive Weisheit – objektiv vielleicht deswegen, weil sie keine verwandtschaftlichen Beziehungen zum Rest der Welt hatte, wodurch sie unparteiisch sein konnte – und eine grandiose Abneigung gegen allen Klimbim. Wer Lust hatte, mit ihr im Hinterzimmer des *Rose & Crown* zu sitzen und Backgammon zu spielen, größere Mengen von Wodka zu vernichten und ihrer leisen, vornehmen Stimme und ihrem heiseren Lachen zu lauschen, der konnte viel lernen. Ich mochte ihre erfrischende Herangehensweise an das Leben. Das Gedicht *When I am an old woman I shall wear purple* könnte für Peggy geschrieben worden sein, obwohl ich vermutete, dass sie schon immer Lila getragen hatte.

Während wir alle von der Kirche weg und über den Dorfanger marschierten, um bei mir zu Hause Kaffee zu trinken und Sandwiches zu essen, reihte sich mein Vater neben mir ein und hakte sich unter.

»Gut gemacht, mein Mädchen.«

»Danke, Dad.«

Taktvoll beließ er es dabei. Auch wenn ich anfangs nicht gleich zu ihm gelaufen war, um mich über Phil zu beklagen, hatte ich doch ein enges Verhältnis zu meinem Dad und er hatte in der letzten Zeit durchaus mitbekommen, dass es zwischen meinem Mann und mir Probleme gab.

»Und mir tut es leid, dass du das Rennen von Tick-a-Tape verpasst hast.«

Das war das Pferd meines Vaters, vielmehr besaß er in einer Eigentümergemeinschaft gewissermaßen ein Bein dieses Pferdes, von dem er bislang nicht ein einziges Rennen versäumt hatte, und heute lief Tick-a-Tape das Rennen seines Lebens, ein Hindernisrennen in Kempton.

»Sei nicht albern, das ist doch nur ein Rennen. Da werden noch mehr kommen. Himmel noch mal, schließlich war er mein Schwiegersohn.«

Abstinenzler, von erbittertem Ehrgeiz getrieben und allergisch gegen Pferde: Alles, was Dad nicht war. Schweigend gingen wir weiter.

»Hast du genügend Bier besorgt, Liebes?« Inzwischen folgten wir der Prozession den Weg hinauf und ins Haus.

»Also, ich dachte eigentlich an Kaffee und vielleicht ein paar Flaschen Sherry.«

Dad hielt entgeistert inne. »Okay. Mach dir keine Gedanken. Ich fahr schnell rüber zum Getränkemarkt und hol noch ein bisschen was. Nur sicherheitshalber. Bin gleich zurück.«

Er machte kehrt und eilte über die Straße zu seinem dreckverkrusteten Pick-up, um nach Leighton Buzzard zu fahren, und ganz sicher würde er gleich zurück sein, da er mit Lichtgeschwindigkeit Auto fuhr. Das war eines der Dinge, an denen meine Mutter schier verzweifelt war.

Mum. Was sie jetzt wohl denken würde, überlegte ich, während ich kurz gen Himmel blickte, bevor ich die Schwelle überschritt. Was würde sie über diese ihre Restfamilie denken – ihren verwitweten Ehemann, ihre einzige Tochter, die jetzt selbst Witwe war? Mum hatte Phil nie kennengelernt, da ihr eigenes Auto, das sie so überlegt und vorsichtig fuhr, wie sie ihr ganzes Leben lebte, in einen Massenunfall auf der M4 verwickelt gewesen war, lange bevor er die Bühne betreten hatte. Dieser schreckliche zweite Weihnachtsfeiertag, als ich elf war und sie sich verpflichtet gefühlt hatte, Tante Pam zu besuchen, die ganz alleine war, und dann zurückzukommen und uns kalten Truthahn und Rote Bete zum Abendessen zu servieren; wie immer hatte sie zu viel in einen einzigen Tag gepackt und sich beinahe zerrissen.

Die Kontrolllampe in Dads Leben und in meinem war für lange Zeit fast erloschen gewesen, aber nach und nach hatten wir gemeinsam und mit zitternden Händen die Sicherung wieder eingeschraubt. Meinen Dad würde sie wohl noch erkennen, dachte ich, während ich mich umdrehte, um ihm hinterherzusehen, wie er in seiner nur allzu vertrauten Art davonraste und mit einer Hand das Autoradio auf den Sender mit dem Pferderennen einstellte, aber würde sie *mich* wiedererkennen? Ihre bislang so willensstarke Tochter, die sich dann jahrelang mit einer schlechten Ehe abgefunden hatte? Sicher hätte sie anderes von mir erwartet. Aber schließlich kannte sie ja die Nachwirkungen ihres eigenen Todes nicht; wusste nicht, dass ich ein ganz anderer Mensch geworden war, dass ich eine sehr ängstliche Seite hatte und keinesfalls diejenige hatte sein wollen, die ohne Mutter und Ehemann auskommen musste, die als Letzte zurückblieb. Oder vielleicht wusste sie das auch. Vielleicht war ich schon die ganze Zeit so gewesen und sie würde mich sowieso wiedererkennen.

Mein winziges Wohnzimmer war überfüllt mit Leuten, von denen ich mir sicher war, einige noch nie zuvor gesehen zu haben. In Gedanken noch immer bei meiner Mutter, begrüßte ich sie herzlich, so wie sie es getan hätte, bevor ich in die Küche ging, wo vertrautere Menschen damit beschäftigt waren, Sandwiches von Frischhaltefolie zu befreien oder Tee zu kochen. Jennie und Angie drehten sich zu mir um, als ich hereinkam, und lächelten mir zaghaft zu.

Vielleicht hatte sie ihn schon kennengelernt, dachte ich erschrocken, während ich zum Kühlschrank ging. Im Licht der offenstehenden Tür verharrte ich, mein Herz klopfte. War meine Mutter vielleicht gerade eben dabei, dort oben auf irgendeiner Wolke Phil die Hand zu schütteln? Hitze stieg mir den Hals hinauf. Ich konnte ihr liebenswertes, großzügiges Lächeln sehen und wie sie sich bemühte, freundlich und nett zu ihm zu sein, aber im Stillen vielleicht dachte: Himmel, wer ist *das* denn? Was ist denn bloß mit Ben geschehen?

»Alles okay mit dir, Poppy?« Jennie stand direkt neben mir und musterte mein Gesicht. Ich hatte anscheinend die Milchflasche fallen gelassen. Sie überschwemmte den Terrakottaboden mit einem großen weißen See. Jemand anderes, Angie, hockte in einem eleganten Etuikleid und High Heels auf dem

Boden und wischte alles rasch auf. Ich sah, wie sie sich einen besorgten Blick zuwarfen.

»Tut mir leid.«

Peggy brachte meine Kinder. Kreischend rannten sie herum und turnten zwischen den Beinen der Erwachsenen hindurch, völlig überdreht, weil so viele Leute in unserem Haus waren. Peggy kam hereingesegelt und positionierte sich auf einem Hocker neben dem Herd, ihrem üblichen Platz. Man konnte noch immer erkennen, dass sie einmal schön gewesen war, sie war bei den gesträhnten blonden Haaren geblieben und hatte sich die überschlanke Figur bewahrt. Heute trug sie Leggins, Stiefeletten, einen langen, schwarzen Rollkragenpullover und jede Menge Hippie-Schmuck. Sie rauchte eine Zigarette nach der anderen und beobachtete mich genau, wobei ein kleines Lächeln von ominöser Respektlosigkeit um ihren Mund spielte.

»Alle mal wieder ganz geschäftig, wie ich sehe«, bemerkte sie mit einem Unterton, als könnte sie sich das Lachen nur mit Mühe verkneifen.

»Ist doch nett von ihnen«, ich ignorierte den Unterton. So sehr ich Peggy auch bewunderte, war ich mir nicht so sicher, ob dies der rechte Augenblick für ihre erfrischenden Lebensansichten war.

»Bei so einem Trauerfall benehmen sich die Leute, als könntest du weder sehen noch hören«, erklärte Peggy mir. »Es ist, als hättest du selbst einen Unfall gehabt.«

Ich ging zum Kühlschrank, um neue Milch zu holen. Ich füllte sie in einen Krug, aber Jennie blickte skeptisch drein. »Ich hab dran gerochen«, sagte ich zu ihr. »Die ist okay, da hat sich nur die Sahne ein bisschen abgesetzt.«

»Es gefällt ihnen, dass sie was zu tun haben«, murmelte Peggy. »Dann haben sie das Gefühl, dass sie gebraucht werden, und es lenkt sie von dir ab.«

Jennie holte eine frische Milchflasche aus dem Kühlschrank, goss die erste geschäftig weg und füllte dann den Krug erneut.

»Und überhaupt«, schloss Peggy, »wissen sie einfach nicht, was sie zu dir sagen sollen.«

»Das weiß auf Beerdigungen keiner«, bemerkte Jennie.

»Besonders auf einer wie dieser«, ergänzte Peggy düster.

Ich war froh, als Angies Töchter hereinplatzten. Die Mädchen sahen ein wenig zerzaust und einfach hinreißend aus mit ihren langen Haaren und superkurzen Röcken.

»Hi, Poppy. Oh Gott, das mit Phil tut mir ja so leid.« Clarissa schlang die Arme um mich.

»Und es tut mir leid, dass wir nicht zur Beerdigung kommen konnten, der Zug hat buchstäblich Stunden gebraucht.« Felicity umarmte mich ebenfalls.

Die beiden waren liebe, nette Mädchen mit weichem Haar und wunderbaren Manieren, die dank Vollzeitmutter und teurem Internat genau wussten, was sie sagen sollten, wie sie sich zu verhalten hatten. Ich erwiderte ihre Umarmung und wünschte mir dasselbe für Clemmie eines Tages, hoffte, dass ich es ihr vermitteln konnte.

»Offenbar hat er es nicht geschafft, sie früher hierher zu kriegen«, sagte Angie säuerlich, als sie mit der leeren Würstchenplatte zurückkam. Sie knallte den Teller auf die Arbeitsplatte und umarmte ihre Töchter. »Oh nein, es ist wirklich zu viel verlangt, mal rechtzeitig aufzustehen und sie zum Bahnhof zu bringen. Zu viel Aufwand.«

Ihre Töchter blickten betreten drein, selbst ihre perfekten Manieren reichten nicht für eine Antwort auf diese Bemerkung, die gegen ihren Vater, Angies Ex-Mann Tom, gerichtet war. Tom war ein wahnsinnig netter, witziger Charmeur, der vor einem Jahr den Reizen von Angies Stallmädchen erlegen war. Ja, die beiden waren mittlerweile in einem netten kleinen Häuschen in Dorset installiert, wo Angies Töchter offenbar gerade herkamen. Schweigend verdrückten sie sich.

Durch Toms plötzlichen Abgang war diese perfekte, beneidenswerte Familie auseinandergebrochen und Angie war nicht mehr die schöne, ein wenig verwöhnte Gattin, die in Knightsbridge zum Shopping ging, im Sommer Tennis auf ihrem eigenen Tennisplatz spielte und im Winter mit ihren Pferden zur Jagd ritt, sondern eine der vielen verlassenen Ehefrauen, die nicht mit so etwas gerechnet hatten. Bis dahin hatte sie immer jemanden gehabt, der sich um ihren Haushalt, den Garten und die Pferde kümmerte – und, wie sich herausstellte, eben auch um ihren Mann –, aber auch wenn der eine oder andere sie für verwöhnt gehalten hatte, so etwas hätte ihr wirklich keiner gewünscht. Der Schock hatte sie über Nacht altern lassen und man hatte ihr die einundvierzig Jahre wirklich angesehen. Aber Angie war eine Kämpferin und in letzter Zeit war sie besser angezogen denn je, noch sorgfältiger zurechtgemacht – selbst wenn sie nur schnell im Dorfladen Brot holen wollte –, allerdings musste man sich nicht allzu große Mühe geben, um den Schmerz zu sehen, der über diesen klaren blauen Augen lag, oder die Anspannung um die vollen, glänzenden Lippen. Ihre Töchter wirkten so selbstsicher und charmant wie immer, aber ich konnte mir nicht vorstellen, dass diese Erschütterungen ihnen nicht auch zugesetzt hatten, und Angie bestätigte mir traurig, dass es so war: Sie weinten öfter, wenn sie sonntagabends aus der Schule anriefen, und hingen viel mehr an ihr. Und diese Erschütterungen würden auch Clemmie und Archie bald erreichen, dachte ich voller Panik, wenn sie die Abwesenheit ihres eigenen Vaters zu spüren begannen.

»Du hast doch nichts dagegen, dass sie gekommen sind, oder?«, fragte Angie mich besorgt.

Ich starrte sie verständnislos an.

»Ich hab sie doch nur den einen Tag, weil Tom sich mal wieder wichtiggemacht und gesagt hat, dass er sie sehen will. Sie müssen schon nach dem Mittagessen wieder in die Schule zurück.«

»Natürlich nicht«, beschwichtigte ich sie, »ich freue mich, dass ihr da seid. Und meine Kinder werden begeistert sein.«

Ich sah, wie die kleine Clemmie strahlte, als sie die beiden bemerkte. Sie hängte sich sofort an Clarissas Beine. Angies Stieftochter Frankie hingegen kaute auf ihrem Daumennagel herum und wirkte eher zurückhaltend. Ich wandte mich um und zwang mich weiterzumachen.

»So, und was muss jetzt als Nächstes nach drüben?«

»Nichts«, knurrte Peggy. »Es läuft wie am Schnürchen. Alle sind beschäftigt.«

»Ja, mit Ausnahme von dir, also könntest du das hier bitte mal nach drüben bringen?« Angie drückte ihr einen Teller mit Würstchen in die Hand. »Nervt sie dich?«, fragte sie, als Peggy von ihrem Hocker gerutscht und mit einem schiefen Grinsen außer Hörweite verschwunden war.

Ich zuckte mit den Schultern. »Du kennst doch Peggy.«

»Allerdings. Null Sozialkompetenz. Als Tom weg war, hat sie gesagt, ich hätte ihm Tatiana auf dem Silbertablett serviert«, meinte sie grimmig.

Ich sagte nichts mehr, weil genau das natürlich wir alle gedacht hatten. Als Angie dieses lächelnde, blonde, vollbusige Mädchen aus Auckland angeheuert hatte, um ihren Pferdestall auszumisten und in dem Häuschen daneben zu wohnen, hatten wir uns alle gefragt, auf welchem Planeten sie eigentlich lebte, und hatten dann entgeistert zugesehen, wie Angie in aller Seelenruhe montags zum Yoga und donnerstags zum Bridge gegangen war, während sich die Vorhänge in Tatianas Schlafzimmer schlossen, fast noch bevor Angies Wagen die Auffahrt verlassen hatte. Peggy hatte übrigens nichts davon mitbekommen, denn sonst hätte sie es Angie sofort erzählt, und bis Jennie und ich über zahllosen Tassen Kaffee das Thema hin und her diskutiert und uns gerade durchgerungen hatten, ihr davon zu berichten – da war es schon zu spät. Angie blieb in ihrem wunderschönen barocken Herrenhaus am Rande des Dorfes sitzen, mitsamt Glockenturm und Tennisplatz und Giebeln, während Tom sich von nun an mit seiner willigen Neuseeländerin in einem Dorf mit dem entsetzlich sexy klingenden Namen Tussle-under-Winkwood vergnügte. Zu unser aller Genugtuung wurde ihr aber, nachdem das Paar den weiten Weg nach Neuseeland gereist war, um ihren Eltern die gute Nachricht zu überbringen, bei der Rückkehr die Einreise verweigert. Aber natürlich fand sie einen Weg, sich wieder hereinzuschleichen, genau wie in Angies Haus und in das Herz ihres Mannes.

»Weißt du, was Peggy zu mir gesagt hat, als sie das von Phil gehört hatte?« Angie hielt inne und drehte sich um, um ihr Hinterteil am Herd zu wärmen.

»Ich wette, du wünschst, es wäre Tom?«, riet Jennie.

»Genau.«

»Und, hat sie recht?«, fragte ich und überlegte, wo ich wohl das Tortenmesser hingelegt hatte, falls ich je eines besessen hatte. Sie schüttelte die flammend rotgoldenen Haare zurück. »Dann wäre alles viel einfacher«, seufzte sie. »Keine Stiefmutter, die kaum älter ist als meine Töchter, kein Hin und Her zwischen zwei Elternhäusern. Ich beneide dich zutiefst. Und sieh nur, wie viel Mitgefühl du von allen Seiten bekommst.« Sie machte eine wedelnde Handbewegung in Richtung der Versammlung im Nachbarzimmer, der Blumen und der Karten. »Alle denken: Ja klar, das hat sie sich doch selbst eingebrockt.«

»Das ist nicht wahr«, murmelte Jennie, obwohl sie genau wusste, dass es stimmte.

»Und, mal ganz ehrlich: Wenn ich meinen Mann nicht selbst haben kann«, fuhr Angie fort, »dann sehe ich ganz gewiss nicht ein, warum eine andere ihn haben sollte.«

»Ich fände es gar nicht so schlecht«, warf Jennie leichthin ein, »wenn Dan woanders wohnen und mich nur an den Wochenenden besuchen würde. Jemand anderes könnte seine dreckigen Unterhosen waschen, die Versicherungsmeldungen und die Rechnungen sortieren.«

»Das glaubt dir doch sowieso keiner, Jennie«, sagte ich.

»Ihr traut mir das nicht zu«, erwiderte sie und ihre dunklen Augen blitzten auf. »Glaubt ja nicht, dass ich nicht eines Morgens – zum Beispiel wenn wieder so eine Troy-Geschichte passiert – aufwache und sage: ›Genug!‹«

Damit bezog sie sich auf letzte Weihnachten, als Dan auf dem Heimweg von einem ausgedehnten feuchtfröhlichen Mittagessen sein Auto an eine Leitplanke auf der A41 gesetzt hatte. Da ihm bereits schwante, dass er zu betrunken war, um den Abschleppdienst anzurufen, hatte er sein Gefährt auf dem Randstreifen stehengelassen und war einfach zu Fuß weitergegangen. Doch der nächste Streifenwagen – ein Hundeführer, wie es der Zufall wollte, mitsamt seinem Schäferhund Troy – fand Dans verlassenes Fahrzeug. Innerhalb kürzester Zeit waren sie ausgestiegen und verfolgten Dan querfeldein. Dan, der wusste, dass sein Haus buchstäblich hinter dem nächsten Hügel lag, nahm den Spazierweg Richtung Dorf, wo sich zufälligerweise gerade an diesem Abend im Mondschein das gesamte Dorf am Weihnachtsbaum auf dem Dorfanger versammelt hatte, um Weihnachtslieder zu singen. Und plötzlich tauchte Dan im schwankenden Licht der Taschenlampe seines Verfolgers auf, wie er im Nadelstreifenanzug und mit wehender Aktentasche und einem Schäferhund auf den Fersen Hals über Kopf den Hügel hinunter auf uns zugerannt kam. Als der Hundeführer rief: »Fass, Troy!«, tat Troy wie geheißen, und vor den Augen seiner Kinder, die mit großen Augen vom Dorfanger her zusahen, wurde Dan am Hosenbein umgerissen und festgehalten bis ein Polizeiwagen zur Verstärkung auftauchte, in dessen Laderaum er dann ohne viel Federlesens verfrachtet wurde.

»Glaubt ja nicht, ich würde ihn nicht verlassen, wenn sich so ein Schauspiel jemals wieder vor den Augen der Kinder ereignet«, bebte Jennie. »Jeder Mensch hat seine Grenzen.«

Wir standen jetzt alle drei an den Herd gelehnt da – ein durchaus vertrauter Anblick in dieser Küche –, obwohl wir hier jetzt eigentlich gar nicht hingehörten, ich am allerwenigsten.

»Ich hab meine Pflicht getan«, verkündete Peggy, die zu uns in die Küche zurückkam. Sie stellte den leeren Teller ab, nahm ihren Platz auf dem Hocker wieder ein und zündete sich eine Zigarette an.

»Mit wem redet er da?«, fragte Jennie nach einer Weile und reckte den Hals. Wir sahen Dan, der sich abmühte, eine harte Nuss zu knacken.

»Phils Schwester«, erklärte ich. »Wenn ich euch sage, dass sie seit 2006 nicht mehr gelacht hat, dann wisst ihr, was er sich da vorgenommen hat.«

Die säuerliche Cecilia, einen verwirrten Ausdruck auf ihrem reizlosen, ungeschminkten Gesicht, war die Adressatin von Dans Charme-Offensive, einer einstudierten Abfolge von witzigen Anekdoten, wie er sie üblicherweise auf hübsche Sekretärinnen losließ, die sich dann immer kichernd in die Ecke warfen.

»Ich glaube, ich muss ihr mal zu Hilfe kommen«, seufzte Jennie und stellte ihr Glas ab.

»Nicht«, sagte Peggy und hielt sie am Arm fest. » Das wird ihr guttun. Sie ist eine Nervensäge, hab mich vorhin zwei Minuten mit ihr unterhalten. Und dein Dan gibt sich doch so viel Mühe.«

»Und das da ist dann vermutlich die Mutter«, murmelte Angie, als eine ältere, aber attraktivere Version von Cecilia ins Blickfeld geriet.

»Gebt mir Deckung!«, flüsterte ich und versteckte mich hinter Peggy. »Ich habe meine Pflicht getan. Stundenlang am Telefon letzte Woche und ein ganzer Tag in Kent mit den beiden. Mehr ist nicht drin.«

»Recht hast du«, pflichtete Peggy mir bei. »Aber dein Dad gehört nicht zu denen, die sich von so einem Schrumpelmund abschrecken lassen, was?«

Wir sahen zu, wie mein Dad, der nach seiner Rückkehr von der Einkaufstour in seiner jovialen Art Gin Tonics ausgeschenkt hatte, sich nun mit der Feststellung zu Marjorie gesellte, sie seien sich schon mal irgendwo begegnet, was natürlich stimmte: bei unserer Hochzeit.

»Margaret, nicht wahr?«, dröhnte er. Für einen kleinen Mann hatte mein Dad eine sehr laute Stimme.

»Marjorie«, sagte sie sichtlich irritiert.

»Genau. Waren Sie nicht vor einiger Zeit beim Gold Cup? In derselben Box wie die McLeans?«

»Nein, war ich nicht«, sagte sie pikiert.

Er überlegte. »Haben wir nicht bei den Fosbury-Westons einmal zusammen getanzt?«

Jetzt war ihr Mund fast ganz verschwunden. »Haben wir nicht. Ich bin Philips Mutter.«

Es war ein herrlicher Anblick, wie die Erinnerung auf Dad einstürzte. Der Hochzeitsempfang im Country Club hier um die Ecke, wo er sie herzlich von der obersten Stufe dieses herrschaftlichen Hauses herab begrüßt hatte, als sie in Unmengen von lila Seide gepresst und mit einem Fascinator auf dem Kopf angerauscht kam. Ein Fascinator ist ein komischer kleiner Hut und auf diesem hier thronte ein Pfau, aber als er sie ungestüm an sich drückte, hatte sich die Federkrone des Pfaus irgendwie in seinem von der Floristin mit einem Tüll-Sträußchen geschmückten Knopfloch verfangen, sodass ihr Kopf an seiner Brust festsaß. Es folgte ein erbitterter Kampf. Marjorie schweigend, während Dad brüllend vor Lachen eine Stufe hinunterstieg – was nicht hilfreich war, sondern Marjorie in die Knie zwang. »Sie kann gar nicht genug von mir kriegen!«, hatte er gejohlt.

»Mein Fascinator!«, hatte Marjorie gejapst und an ihrem Hut gezerrt, der an ihrem Kopf festgenagelt schien.

»Oh, vielen Dank«, hatte Dad gescherzt und mit den Augenbrauen gewackelt.

Schließlich war Cecilia mit einer Nagelschere herbeigeeilt, um die beiden zu trennen, und Marjorie war keuchend zurückgewichen, wobei sie die Hände seitlich zu Fäusten geballt hielt.

Nachdem ihre Identität nun geklärt war, blickte Dad hilfesuchend zu Dan, aber Dan mühte sich schon seit gut zehn Minuten mit diesen beiden ab und hatte hilflos zugesehen, wie mein Vater ihnen ins Netz gegangen war.

»Nette … Party, nicht wahr?«, sagte Dad vor lauter Verzweiflung.

»Ja, wirklich«, pflichtete Dan ihm bei.

Marjorie und Cecilia machten entsetzte Gesichter.

»Ich meine … den Umständen entsprechend«, fügte Dad mit einer matten Handbewegung hinzu.

Dan starrte dumpf in sein Bierglas, mein Vater auf seine Füße.

Wir vier, die da an den Herd gelehnt standen, betrachteten dieses kleine Schauspiel mit Interesse.

»Schaut sie euch genau an, Mädels«, sagte Jennie. »Das ist es, was für uns noch im Männer-Pool geblieben ist: zwei Männer, die noch immer nicht den kurzen Hosen entwachsen sind. Nichts gegen deinen Dad, Poppy.«

»Kein Problem«, sagte ich.

»Aber würdet ihr einen von den anderen haben wollen?«, murmelte Angie.

Wir nahmen einen Schluck Wein und ließen die Blicke nachdenklich über die Versammlung schweifen.

»Also Angus Jardine würde ich nicht von der Bettkante schubsen«, meinte Peggy schließlich.

Das war natürlich nur Theater, aber wir staunten alle pflichtschuldigst. Angus Jardine war der silberhaarige, eloquente Ehemann von Sylvia, der ungekrönten Königin des Dorfes, die Phils Einsatz beim Glockenläuten so gelobt hatte. Er war im Ruhestand, nachdem er früher ein hohes Tier in der Londoner City bei Warburg & Co gewesen war. Jetzt lebte er zufrieden und zurückgezogen in seinem ehemaligen Pfarrhaus am Fluss. Er war eindeutig nicht unsere Liga.

»Peggy, du Luder!«, schalt Angie.

»Ich hab ja nur von meiner Bettkante gesprochen. Wenn ich

ihn erst mal hätte, dann würde ich ihn ziemlich sicher gar nicht mehr haben wollen. Es heißt, dass er unglaublich geizig ist. Wenn er dir *einen Schluck Whisky* anbietet, dann ist es auch buchstäblich nur ein Schluck. Du musst dich gar nicht so aufspielen, oder willst du mir etwa erzählen, dass du nicht insgeheim in den Leidenschaftlichen Luke verknallt bist?«, erwiderte Peggy.

»Kann schon sein«, gab Angie zu, »aber er ist ja nicht hier, oder? Es ging um die Männer hier im Haus.«

»Ach, die eine oder andere Ausnahme ist schon erlaubt«, erklärte Peggy ihr. »Und du, Jennie?«

»Du meinst rein theoretisch?«

»Natürlich rein theoretisch. Das hier ist eine Trauerfeier. Wir dachten nicht, dass du auf der Stelle jemanden bespringst.«

Jennie zögerte. Einen Augenblick zu lange, fand ich. Überrascht drehte ich mich zu ihr um. »Nee«, sagte sie und steckte die Nase in ihr Weinglas. »Ihr kennt mich doch. Das mit den Männern hab ich aufgegeben. Punktum.«

»Und du, Poppy?«, fragte Peggy ganz locker.

Ich blinzelte verblüfft. »Ach, seid doch nicht albern«, stotterte ich und schnappte mir einen Teller mit Würstchen. »Ich hab gerade meinen Ehemann begraben.«

»Eben«, hörte ich im Weggehen Peggy leise sagen.

# 4

Der Tod bringt es mit sich, dass sich die Spreu vom Weizen trennt. Manche Leute hielten jetzt Abstand, und falls sie mir doch begegneten, eilten sie mit gesenktem Kopf vorbei. Meistens waren das Männer. Andere hingegen konnten nicht widerstehen, das Thema bei jeder sich bietenden Gelegenheit zur Sprache zu bringen, draußen vor dem Dorfladen zum Beispiel oder am Tor zum Kindergarten. Das waren meistens Frauen. Anteilnehmende Hände lagen auf meinem Arm: »Wie geht es dir? Alles okay, Poppy, kommst du klar?« Sie blickten mir dabei tief in die Augen. Und dann waren da noch die, die nicht viele Umstände machten, sondern einfach Lasagne für mich kochten, die Kinder abholten, mich wieder in die Spur bringen und wirklich helfen wollten. Meistens waren das Freundinnen. Und in erster Linie Jennie.

Ein paar Wochen nach der Beerdigung kam sie mit einem Schwung kalter Luft durch meine Hintertür gestürmt und ließ sie hinter sich zuknallen. »Okay, Geld«, verkündete sie bestimmt und stellte einen blauen Kochtopf zur Seite.

»Geld?«, fragte ich abwesend und wandte mich nach ihr um. Ich saß noch immer im Morgenrock am Küchentisch und starrte Löcher in die Luft, während Archie seinen Vormittagsschlaf hielt. So hielt ich es oft in letzter Zeit.

»Hast du schon darüber nachgedacht?«

»Nicht wirklich«, sagte ich trübe.

»Hatte er welches?«, fragte sie ungeduldig, schaltete hinter sich den Wasserkocher ein und setzte sich mir gegenüber, ohne den Mantel auszuziehen. »Ging es euch gut oder war es immer so haarscharf wie bei mir und Dan? Kurz vor dem Hungertuch?«

Dan war selbständig und schien jetzt, da die Rezession sich so richtig festgefressen hatte, immer seltener nach London zu fahren. Vielleicht tranken die Leute weniger Wein? Ich hatte bisher nie nachgefragt.

»Nein, ich glaube, es ging uns ganz gut. Ich meine, da war immer genug auf meinem Konto, und ich bin immer gut ausgekommen mit meinem …«

»Haushaltsgeld«, beendete Jennie den Satz trocken.

Jennie hatte sich schon immer über Phils Regelung mokiert, nach der er monatlich eine gewisse Summe auf ein Konto für mich einzahlte, von dem ich dann alle Haushaltsausgaben bestreiten konnte.

»Aber was ist, wenn du einen neuen Mantel willst oder so?«, hatte sie gesagt.

Jennie und Dan hatten ein gemeinsames Konto, von dem sie sich beide bedienten. Sofern überhaupt etwas drauf war, wie Jennie sarkastisch bemerkte.

»Na ja, entweder spare ich jede Woche ein bisschen oder ich frage ihn und er sagt ja«, hatte ich geantwortet, während sie die Augen verdrehte.

»Ja, aber schon der Gedanke, dass du erst fragen musst. Das ist ja wie in den Fünfzigern.«

»Es ist schließlich sein Geld«, sagte ich. »Du verdienst wenigstens selbst ein bisschen was, Jennie.« Jennie war Köchin und organisierte Dinnerpartys. »Er verdient bei uns jeden einzelnen Penny.«

»Tja, ich will jetzt gar nicht näher erörtern, dass du schließlich deinen Beruf aufgegeben hast, um seine Kinder großzuziehen«, meinte sie dann, »oder dass meine Kinder eben schon in der Schule sind, weswegen ich überhaupt arbeiten kann, und du hast noch ein Kleinkind zu Hause und kannst nicht.« Ich war froh, dass sie es nicht weiter erörtern wollte. Im Gegenzug erwähnte ich nicht, dass Phil mein monatliches Taschengeld als mein Gehalt bezeichnete. Ich konnte ihren Schrei des Entsetzens förmlich hören.

Aber heute würde ich anscheinend nicht damit durchkommen, allzu viel im Dunkeln zu belassen. Jennie hatte diesen entschlossenen Gesichtsausdruck, der bedeutete, dass sie vorhatte, den Dingen auf den Grund zu gehen.

»Hatte er eine Lebensversicherung?«

»Keine Ahnung.«

»Poppy, hat dir die ganze Geschichte wirklich alles Hirnschmalz aus der Rübe geblasen?«

»Wie meinst du das?«

»Na ja, selbst die tieftraurigste Witwe könnte sich in einem lichten Augenblick doch mal fragen, ob für ihre Küken gesorgt ist. Und übrigens, wolltest du dich heute eigentlich noch mal anziehen?«

Ich blickte auf meinen Bademantel hinunter. »Meinst du, ich sollte?«

»Allerdings meine ich das; gestern hast du's nämlich nicht getan. Wer hat Clemmie heute Morgen in den Kindergarten gebracht?«

»Die Mutter von Alice hat sie abgeholt. Das tut sie schon seit einer Weile.«

»Okay. Gut. Aber … putz dir wenigstens die Zähne, ja?«, sagte sie verlegen.

Ich zuckte mit den Schultern. Das war viel verlangt. Und dazu noch die ganzen Fragen.

Sie schluckte, leckte sich die Lippen, war sichtbar um Geduld bemüht. »Okay, Poppy, noch mal zurück auf null. Geld. Wo hat Phil seine Unterlagen aufbewahrt?«

»Da drin.« Ich deutete hinter mich, durch die offene Küchentür ins Wohnzimmer, wo unter dem Erkerfenster ein Sekretär aus Walnussholz stand.

»Hättest du was dagegen, wenn ich ...?«

»Nur zu.«

Sie schlüpfte aus ihrem Mantel und warf ihn aufs Sofa, bevor sie quer durchs Wohnzimmer eilte, um dann die nächste halbe Stunde sehr geschäftig herumzukramen. Ich sah zu, wie sie seine Ordner durchblätterte, die, typisch Phil, sehr systematisch und übersichtlich waren, die ich aber bislang nicht hatte anrühren können, obwohl ich schon ein paar Mal zum Schreibtisch gegangen war und draufgestarrt hatte. Ich wandte mich wieder um und setzte die Betrachtung meines winzigen Gartens fort, mitsamt der Schafe auf der Weide dahinter. Jetzt waren es nur noch weibliche Schafe, die dort friedlich grasten. Ob sie wohl froh waren, dass Pervers endlich fort war? Oder war jeder Mann, wie anstrengend er auch sein mochte, besser als keiner? Auf mich machten sie eigentlich einen ziemlich zufriedenen Eindruck, wie sie dort draußen vor sich hin kauten.

Hinter mir konnte ich das Rascheln von Papier hören, während Jennie sich immer tiefer in die Dokumente grub. Ich saß weiter nur da. Als ich einmal kurz hinüberschaute, entdeckte ich Angie, die von der Straße aus durchs Wohnzimmerfenster hereinlinste und ihre perfekt gezupften Augenbrauen unter dem Pelzhütchen hochzog. Jennie signalisierte rasch, dass alles gut war. Angie nickte und ging vorüber. Abgesehen vom Ticken der Uhr und dem gelegentlichen Schnaufen meines Lieblings Archie durchs Babyphon war es ganz still im Haus.

Schließlich kam sie zu mir in die Küche zurückgerauscht und hielt einige Papiere vor sich hin.

»Also. Die gute Nachricht ist, dass er anscheinend eine Lebensversicherung hatte, aber ich habe keine Ahnung, wie hoch die ist. Außerdem scheint er einen Rechtsanwalt gehabt zu haben, der dir sicher mehr sagen kann.«

»Oh, gut.« Ich blickte an ihr vorbei. Komisch. Dieser feuchte Fleck auf der Küchenwand war mir früher noch nie aufgefallen. Vielleicht musste ich da mal ein Bild hinhängen.

»Kein Testament – wenigstens konnte ich keins finden –, aber das ist ganz normal. Das liegt vermutlich bei dem Anwalt.«

»Aha.«

»Soll ich einen Termin für dich machen?«, fragte sie ungeduldig.

»Ist das notwendig?«

»Ja, ich glaube schon. Da gibt es viel zu besprechen. Irgendwann diese Woche?«

»Hat das nicht Zeit?«

»Nein, hat es nicht. Ich nehme dir an dem Tag die Kinder ab.«

Sie hatte bereits ihr Handy gezückt und eine Nummer gewählt, die sie von dem Briefkopf in ihrer Hand ablas. Warum konnte ich den Termin eigentlich nicht selbst ausmachen, fragte ich mich. Vielleicht weil sie glaubte, dass ich es nicht tun würde. Und, würde ich? Schwer zu sagen. Der fieberhafte Adrenalinschub, der mich noch vor ein paar Wochen beinahe manisch angetrieben hatte, wie ein wirbelnder Derwisch die Beerdigung zu organisieren, einen Zettel im Dorfladen aufzuhängen, dass jeder zur Trauerfeier willkommen war, und von einer Sache zur anderen zu eilen – so wie ich auch vom Grab meines Mannes fortgeeilt war –, war jetzt verflogen. In mir hatte sich etwas anderes breitgemacht. Kälte. Ich fror und fühlte mich wie taub. Schon seit über einer Woche. Es war, als müsste ich für immer und ewig nur noch hier sitzen, den ganzen Tag, um meine Kräfte zu schonen. Wenn die Kinder da waren, ging es ganz gut, dann zwang ich mich, unbeschwert zu sein, aber am Abend und am Vormittag, wenn Archie schlief, dann saß ich hier auf diesem Stuhl.

»Gut, dann ist das also geregelt. Morgen um vier. Okay?« Jennie wollte gerade ihr Handy wieder einstecken, doch in diesem Augenblick klingelte es. »Hallo …« Sie drehte sich zur Seite, um ihr Gesicht zu verbergen. »Ja, hab ich gemacht«, sagte sie leise, als wäre sie eine Geheimagentin. »Leider immer noch ziemlich mies.«

»Wer war das?«, fragte ich abwesend.

»Äh, Peggy. Wollte wissen, ob ich, äh … noch einkaufen gehe. Soll ich den Termin in deinen Kalender schreiben?«

»Wenn's sein muss.«

Offenbar. Im Handumdrehen hatte sie ein Blatt weiter geblättert, wobei sie etwas murmelte von wegen, ich sei eine Woche im Rückstand, den Termin mit Bleistift eingetragen und dick unterstrichen.

»Alles okay?«

»Alles bestens.«

»Ich hab eine Fleischpastete für dich in den Kühlschrank gestellt. Falls du dir ganz sicher bist, dass du nicht lieber mit uns essen möchtest.«

»Ganz sicher.«

Jennie hatte mich so gut wie jeden Abend eingeladen, ebenso wie Angie und Peggy. In den ersten paar Wochen war ich oft bei Jennie gewesen und hatte das Babyphon mit rüber genommen, aber in letzter Zeit war ich ganz zufrieden auf meinem Küchenstuhl.

»Allerdings ist mir dabei aufgefallen, dass da noch eine steht.«

»Was denn?«

»Eine Fleischpastete.«

Ach so. Die hatte sie am Wochenende da reingestellt. Und ich hatte vergessen, sie den Kindern zu geben.

Ich seufzte. »Ich mag Cracker, Jennie. Und Clemmie auch. Aber danke. Das ist wirklich lieb von dir, ich weiß das zu schätzen.«

Sie blickte mich mit einem unruhigen, besorgten Blick an, den ich in letzter Zeit oft an ihr gesehen hatte. Ich zog den Bademantel noch enger um mich und strich mir eine lose Haarsträhne hinters Ohr. Hoffentlich war bei ihr alles in Ordnung. War Dan schon wieder angehalten worden, weil er zu schnell gefahren war? Er hatte seinen Führerschein gerade erst wiederbekommen. Ich musste sie unbedingt mal danach fragen. Mich erkundigen. Aber irgendwie fiel es mir in letzter Zeit immer so schwer, überhaupt Worte zu finden. Wo kamen die sonst her, all diese Worte? Wenn ich andere Frauen sah, die auf der Straße standen und ein Schwätzchen hielten, fragte ich mich unweigerlich, worüber reden die? Es war zu mühsam. Genau wie Haare waschen. Oder einkaufen. Gott, es war so unendlich weit bis zum Dorfladen. Mir war gar nicht klar gewesen, wie weit draußen wir wohnten. Wie gut Jennie es hatte, die einfach ein Stückchen näher dran war. Mindestens fünf Meter.

»Und dann dachte ich, dass wir nachher zusammen zum Kindergarten gehen.«

»Du hast doch gar keine Kinder mehr im Kindergarten.«

Jennies Kinder waren älter: Jamie war zwölf und Hannah sieben, beide gingen in die Schule hier am Ort, die erst um halb vier zu Ende war.

»Ich weiß, aber Leila könnte einen Spaziergang gebrauchen und ich trau mich nicht mehr in den Wald mit ihr.«

Leila wilderte, ein Vergehen, auf das ein Bußgeld von fünfzig Pfund stand, der Förster hatte außerdem gedroht, beim nächsten Mal scharf zu schießen. »Darf ich zusehen?«, war Jennies Erwiderung gewesen. Ich war Zeugin dieses Zusammenstoßes gewesen, nachdem Jennie wie üblich so dumm gewesen war, den Hund von der Leine zu lassen, um anschließend wie üblich die nächste halbe Stunde durchs Unterholz zu stolpern und »Leila! Leila, du Mistvieh, komm her!« zu zischen. Nicht zu laut, versteht sich, um den Förster nicht zu alarmieren. Wir waren schon eine Weile umhergestolpert, als wir plötzlich in der Ferne ein unheimliches Donnern von Hufen vernahmen. Um den richtigen Serengeti-Effekt zu erzielen, muss man sich dazu noch die Rehe in wilder Flucht vorstellen, das Weiße in ihren Augen, die Staubwolken – während wir uns gerade noch rechtzeitig gegen einen Baum drücken und Archies Buggy zu uns herziehen konnten – und hinter den Rehen eine Irish-Terrier-Hündin, die uns mit einem begeisterten Seitenblick bedachte, bevor sie mit hechelnder Zunge fröhlich an uns vorüberjagte. Natürlich kam wenige Augenblicke später der Förster mit seinem Land Rover durch das Farnkraut gebraust, puterrot im Gesicht vor Wut, und natürlich bekam Jennie auf der Stelle ein Bußgeld aufgebrummt und war vernünftigerweise seither nicht mehr dort gewesen.

Aber dennoch war der Weg zum Kindergarten, zwei Minuten den Hügel hinauf, kaum ausreichend als Spaziergang für Leila. Denn man darf sich keinesfalls durch das Wort Terrier in die Irre führen lassen. Wenn »Irish« davor steht, ist das Tier eher ein kleines Pferd.

Ich seufzte. »Okay«, sagte ich gehorsam, wie ich es in letzter Zeit so oft tat.

»Und später hast du vielleicht Lust, mit mir zur Chorprobe zu gehen.«

»Wirklich? Warum?«, fragte ich.

»Weil wir heute Abend das *Gloria* singen und dir das gefallen wird.«

»Aber ich singe doch gar nicht.«

»Jeder kann singen. Und überhaupt: Ich hab neben dir in der Kirche gestanden und du kannst wunderbar den Ton halten. Frankie wird für dich babysitten.«

»Na gut«, sagte ich matt. Singen. Ich wusste ja nicht einmal mehr, wie man redete.

Und siehe da, als ich mich ungefähr eine Stunde später mit Archie auf den Weg machen wollte, tauchte Jennie wundersamerweise mit einer zerrenden Leila vor ihrer Tür auf – ich hätte übrigens schwören können, dass sich auf der anderen Straßenseite Peggys Vorhang bewegte –, und wir marschierten den Hügel hinauf. Wir holten Clemmie ab und gingen dann wieder den Hügel hinunter, was ungefähr fünfzehn Minuten dauerte, ein bisschen länger als normal, da Jennie noch ganz kurz mit Miss Hawkins sprechen wollte, aber lange nicht genug für Leila, die eine gute Stunde brauchte.

Als Jennie sich von uns verabschiedete, beugte sie sich hinunter, um mit Clemmie zu sprechen.

»Das ist ein hübsches Kleid, Clemmie.«

»Ich weiß. Da ist ein Kaninchen vorne drauf.«

»Genau. Und außerdem ein bisschen Bratensoße. Du hast es gestern schon getragen, nicht wahr, mein Schätzchen?«

»Ja, jeden Tag. Sechs. Ich hab gezählt. Mummy sagt, ich darf das.«

»Gut, gut.« Sie richtete sich wieder auf. Hatte wieder diesen besorgten Gesichtsausdruck. Ich musste sie unbedingt mal nach Dan fragen.

»Dann also bis um sieben, ja?«

»Hm?«

»Chorprobe. Ich schicke Frankie rüber, aber wir müssen uns dort treffen, weil ich Jamie vorher noch zu den Pfadfindern bringen muss.«

»Alles klar.«

Gehorchen. Widerspruchslos. Das war das Beste.

Die Kinder und ich waren mit dem Abendessen fertig, als Frankie erschien. Sie war ein mürrisches, dünnes Mädchen mit einem müden Gesicht, was durch das schwere, dunkle Augen-Make-up und die langen, blondierten Haare seltsam kontrastiert wurde. Sie ging auf die örtliche Gesamtschule, wo alle so oder so ähnlich aussahen. Während sie sich am Küchentisch auf einen Stuhl sacken ließ und düster an ihrem schwarzen Nagellack herumkratzte, fragte ich mich, wohin nur die sensible, niedliche Achtjährige verschwunden war. Aber Archie schien ihr mürrischer Charme zu gefallen, er grinste und schlug begeistert auf den Tisch.

»Hi, Arch.« Sie nahm den ihr angebotenen angesabberten Keksmatsch und seine Augen weiteten sich vor Freude. »Cracker und Limo. Lecker. So was hat es bei uns noch nie zum Abendessen gegeben.«

Die Kinder strahlten vor Stolz.

»Gestern hatten wir Pommes«, prahlte Clemmie.

»Du Glückliche, Clem. Das mit fünfmal täglich Obst und Gemüse ist doch Quatsch, was?« Sie wandte sich mir zu. »Jennie hat gesagt, du gehst heute mit ihr zur Chorprobe. Ist das nicht ein bisschen traurig? Als Nächstes organisierst du noch den Blumenschmuck in der Kirche mit ihr.«

»Deine Mum ist sehr fleißig, Frankie«, erklärte ich ihr. »Und irgendjemand muss es ja machen.«

»Warum?«, fragte sie provokant. »Würde gar keinem auffallen, wenn da keine Blumen in der Kirche wären.«

»Manchen Leuten bestimmt.«

»Leuten wie Jennie. Das heißt also, dass sie es eigentlich nur für sich macht.«

Ich merkte, dass ihr der Spruch gefiel. Vermutlich speicherte sie ihn gerade ab, um ihn ihrer Stiefmutter später an den Kopf zu knallen, wenn Jennie müde nach Hause kam. Normalerweise hätte ich sie verteidigt und Frankie erklärt, dass, wenn alle so dächten, es keine Dorfgemeinschaft mehr gäbe, aber ich brachte einfach die Energie nicht auf.

»Das ist wie mit dem Staubwischen«, sagte sie weiter. »Sie bildet sich ein, dass du es nicht mehr tust und dass du auch nicht staubsaugst, aber was spielt das für eine Rolle? Ist doch scheißegal, wenn sich der Staub ansammelt, oder? Wer hat das noch mal gesagt, dass es nur bis zu einem bestimmten Punkt mehr wird und dann nicht mehr?«

»Quentin Crisp«, sagte ich und war in Gedanken ganz woanders. Warum redeten wir über Staub? Ach so, wie in Asche zu Asche.

»Siehst du?«, sagte sie bewundernd. »Du weißt solche Sachen. Weil du liest, was Jennie nicht tut. Wer war das überhaupt?«

»Der letzte echte Dandy. Jedenfalls hat er sich so gesehen. Möchtest du einen Cracker, Frankie?«

»Nein danke. Aber du solltest jetzt lieber gehen. Sie wird rumstressen, wenn du da nicht auftauchst. Willst du dir vorher noch die Haare kämmen?«

»Nein danke. Und du?«

»Nicht wirklich. Soll ich die von Clemmie kämmen?«

»Klar.«

Meine Tochter rannte los, um ihre Barbie-Haarbürste zu holen. Ihre Bewunderung für Frankie war so groß, dass sie in den ersten fünf Minuten ihres Besuches kaum sprechen konnte. Ich erhob mich schwerfällig und ging an die Hintertür, um meinen Mantel zu holen.

»Die Schule ist bald vorbei«, sagte Frankie plötzlich ohne jeden Zusammenhang. »Ferien. Kann's kaum erwarten.«

»Stimmt«, pflichtete ich ihr bei. Eigentlich waren die Ferien noch eine ganze Weile hin, aber für eine Sechzehnjährige waren sie wie eine Oase in der Wüste, eine Unterbrechung der täglichen Fron, die sich am Horizont abzeichnete: morgens lange ausschlafen und abends Party machen. Was natürlich nie ganz der Realität entsprach: Strömender Regen und endlose Langeweile und dazwischen der eine oder andere tiefschürfende Austausch mit einer ähnlich gelangweilten Freundin bei McDonald's, aber die Vorfreude war gut. Das galt auch für Ehe und Kinder. Die Vorfreude und das Planen machten eindeutig immer am meisten Spaß. Das musste ich mir merken. Mehr planen, weniger tun.

»Und, was hast du so vor in diesen Ferien?«, zwang ich mich zu ein bisschen Small Talk. Sollte doch keiner behaupten, ich könnte keine zwei zusammenhängenden Wörter sagen, was ich gerade erst bei Yvonne gehört zu haben meinte, die genau das über mich zu Mrs Pritchard gesagt hatte, während ich dabei war, ihren Laden mit einem Liter Milch zu verlassen.

»Ich dachte, ich könnte mich vielleicht schwängern lassen.«

Ich schlüpfte gerade ungeschickt in meinen Mantel und hatte ihr den Rücken zugewandt. Ich drehte mich um.

»Warum nicht? So hat meine Mum es auch gemacht.«

»Jennie hat doch nicht ...«

»Nein, meine richtige Mutter. Sie war sechzehn.«

»Oh.«

Wir starrten uns an. Sie zeigte die Andeutung eines Lächelns. »Du bist also doch gar nicht so daneben, nicht wahr? Nicht völlig durchgeknallt.«

Ah. Schocktaktik. »Guter Versuch, Frankie.«

»Aber das könnte ich doch wirklich tun«, verteidigte sie sich.

»Denkst du an jemand Bestimmtes?«

»Nein«, sagte sie mürrisch und mutlos, sobald ihr diese Schwachstelle ihres Plans bewusst wurde. »Da wäre Jason Crowley in der Schule, aber der würde nie mit mir zusammenziehen. Da krieg ich höchstens eine schnelle Nummer. Und darum geht es ja«, sagte sie und ihre dunklen Augen blitzten.

»Worum, um die schnelle Nummer?«

»Nein, ums Ausziehen, hier wegkommen.« Sie machte eine Kopfbewegung nach nebenan. »Oder da wäre noch Mr Hennessy, mein Bio-Lehrer; er ist echt cool, aber er hat eine Frau und Kinder, was nicht ideal ist.«

»Nein ... nicht ideal.« Wo wollte ich noch mal hin? Ich starrte die Tür an. Ach ja, in die Kirche.

»Alleinerziehende Mütter haben aber Vorrang bei Sozialwohnungen«, erklärte sie mir. »Man überspringt die Warteliste.«

Ich seufzte. »Frankie …«

»Aber er ist sowieso nicht scharf auf mich. Mr Denis, der Physikheini, schon, aber der ist scharf auf alle. Oder ich könnte mir vielleicht auch den Typ schnappen, den sie für dich vorgesehen haben. Ich komme einfach mit zur Chorprobe.«

»Was?«

»Nichts.«

Sie stand auf, als Clemmie mit ihrer Bürste zurückkam mitsamt dem Spiegel von meinem Frisiertisch, unter dessen Gewicht sie fast zusammenbrach.

»Oh, das wird ja ein richtiger Frisiersalon!« Frankie nahm ihr den Spiegel ab und hievte ihn auf den Tisch. »Was darf's denn sein, Madam, eine Hochsteckfrisur oder sollen wir alles kurz schneiden?«

»Alles kurz!«, jubelte Clemmie und sprang vor Aufregung auf und ab.

Frankie grinste. »Nee, das könnte deiner Mum auffallen. Wobei«, sie verzog das Gesicht und warf mir einen Blick zu, »in ihrem Zustand vielleicht auch nicht. Hier, gib mir die.« Sie nahm ihr die Bürste ab. »Wir haben uns für die Hochsteckfrisur entschieden, ja? Und hinterher rücken wir mal Archies Haaren zu Leibe.«

Die Haarpracht meines Sohnes war noch dünn, aber das, was er hatte, war lang, plusterig und wuchs vor allem am Rand des Kopfes entlang. Archie strahlte und streckte ihr in seiner Faust noch ein vollgesabbertes, matschiges Stück Cracker entgegen. Sie nahm es und legte es sich auf die gepiercte Zunge.

»Wetten, dass ich es tue?«

Clemmie nickte. Frankie schluckte. Die Kinder brüllten vor Lachen und freuten sich.

»Unterschätze diese Harpyien nicht«, sagte sie, als ich mich umdrehte, um zur Hintertür hinauszugehen. »Wenn die erst mal die Köpfe zusammenstecken, bist du dem Untergang geweiht. Glaub mir, ich hab da Erfahrung. Oh, und vielleicht möchtest du noch deinen Bademantel unter dem Mantel ausziehen. Wenn sie das sehen, brauchen sie Riechsalz.« Ich blickte an mir herab und sah fünf Zentimeter hellblauen Frotteestoff unten aus meinem dunkelblauen Blazer hervorlugen. »Aber vielleicht auch nicht. Mir persönlich gefällt ja der Lagenlook. Aber unsere Jennie ist in letzter Zeit so schrecklich bieder geworden. Sie hat es nicht so mit Quentin Crisps Ansichten.«

Ich nahm ihren Rat an, streifte den Bademantel ab, zog den Mantel wieder an und setzte einen Fuß vor den anderen, auf meinem Weg die Straße hinunter zur Chorprobe. In einem kleinen Winkel meines Denkens war ich mir schwammig dessen bewusst, dass Frankie mich im Weggehen forschend gemustert hatte und ich einen verrückten Augenblick lang versucht gewesen war, kehrtzumachen und mich ihr anzuvertrauen. Fast wäre ich wieder hineingegangen, hätte die Tür hinter mir zugemacht und ihr mein Herz ausgeschüttet. Aber ich hatte es nicht getan. Natürlich nicht. Nicht nur, weil ich mich schämen würde – und das würde ich garantiert –, vor allem weil ich keine Kontrolle mehr darüber haben würde, wenn es erst einmal draußen war. Dan würde davon erfahren. Anschließend würde irgendjemand im Pub es hören und so würde es weitergehen, bis meine Kinder in der Schule deswegen gehänselt wurden. Entschlossen ballte ich meine Hände in den Manteltaschen zu Fäusten. Es musste ein Geheimnis bleiben. Mein Geheimnis. Keiner durfte je erfahren, dass ich ihrem Vater, meinem Ehemann, nicht genügt hatte – emotional. Dass er ein Leben mit einer anderen Frau gehabt hatte. Dass sie mir vor zehn Uhr einen Besuch abgestattet hatte. Dass sie hier gewesen war zu seiner Beerdigung, ohne dass ich davon gewusst hatte. Die Kinder durften nie erfahren, dass ihr Vater unglücklich mit mir gewesen war, sogar verzweifelt. Es war meine Schande und mit der musste ich alleine fertig werden. Tränen strömten mir die Wangen hinunter und benetzten mein Gesicht, während ich weiterging.

# 5

Auf den Stufen zur Kirche wischte ich mir sorgfältig übers Gesicht und gestattete mir einen Augenblick der Ruhe, atmete tief ein und aus. Dann schob ich die schwere Tür auf. Der Chor war bereits im Gestühl am Altar versammelt. Ich kannte die meisten: Freunde und Nachbarn, die sich umdrehten und lächelten, als ich zehn Minuten zu spät hereinkam. Aber schon als ich die schwere Eichentür hinter mir zufallen ließ, fragte ich mich, was um alles in der Welt ich hier eigentlich sollte. Ich war seit Phils Beerdigung nicht mehr hier drinnen gewesen und der vertraute Geruch von kaltem Stein, Kerzenwachs und Feuchtigkeit, den ich normalerweise eher als tröstlich empfand, versetzte mich in Panik, als hätte man mir eine Kapuze über den Kopf geworfen. Das Atmen fiel mir schwer. Ich machte kehrt und streckte eine zitternde Hand nach dem Türknauf aus. Ich könnte ja so tun, als hätte ich etwas vergessen, und dann einfach nicht zurückkommen. Aber der Knauf ließ sich nicht drehen und dann war auch schon Jennie neben mir. Sie hielt meinen Arm wie im Polizeigriff umklammert.

»Gut, dass du da bist«, schnurrte sie. »Wir haben noch nicht angefangen, weil wir auf den Organisten warten. Komm mit, ich hab dir einen Platz freigehalten.«

Sie führte mich den Mittelgang der winzigen Kirche hinunter. An diesem Abend schien mir die gewölbte Decke mit den Reihen von geschwärzten Balken allzu hoch und gewaltig; Johannes der Täufer in dem bleiverglasten Fenster nicht freundlich und gütig, eher bedrohlich, wie er sich umwandte, um mich über seine in Lumpen gekleidete Schulter hinweg mit blitzenden Augen durchdringend anzustarren. Angie winkte uns von der letzten Reihe aus zu sich her. Peggy war nicht da, sie war eine überzeugte Agnostikerin.

»Papistischer Unsinn«, pflegte sie zu sagen.

»Es ist doch die anglikanische Kirche, Peggy.«

»Trotzdem. Dieses ganze Gebimmel und der Weihrauch.«

»Aber doch nicht in der anglikanischen Kirche.«

»Das hab ich selbst, vielen Dank.« Und dann zog sie an ihrer Zigarette und klimperte mit ihren Ketten, als hätte sie einen nicht gehört.

»Hallo Poppy.«

Molly, eine etwa siebzigjährige Witwe, saß mit zitternden Händen und in Pantoffeln ganz vorne in der ersten Reihe, neben ihrer Pflegerin. Sie wirkte ein bisschen verwirrt und lächelte mich zahnlos an, den Großteil ihres Abendessens hatte sie auf ihren Pulli gekleckert.

»Hallo Molly.«

»Möchtest du dich neben mich setzen, Poppy?«

»Natürlich.« Ich machte Anstalten, mich zu setzen.

»Angie und ich haben dir einen Platz freigehalten.« Jennie verstärkte ihren Griff um meinen Arm und warf erst mir, dann Molly einen scharfen Blick zu.

Aber irgendwie hatte ich keine Lust, den Abend eingequetscht zwischen meinen beiden besten Freundinnen zu verbringen. Und überhaupt wäre Molly dann beleidigt gewesen. Ich machte mich los und setzte mich da hin, wo ich war. Jennie zögerte – ich glaube, sie überlegte einen Augenblick lang, ob sie mich hochheben und wegtragen sollte –, dann verdrehte sie die Augen, zuckte hilflos mit den Schultern und schaute Angie an, die ebenfalls die Augen verdrehte, und setzte sich genervt neben mich, wodurch sie neben Jed Carter zu sitzen kam, einem Bauern, der ein Stück weiter das Tal hinauf wohnte. Molly war nicht die Einzige, die an diesem Abend in Begleitung gekommen war. Jed ging nirgendwo hin ohne seinen Schäferhund Spod, einen alten Lüstling, der immer hinter Leila her war und jetzt zu seinen Füßen lag. Die Freude in Spods Augen, als er Jennies Knöchel beschnüffelte und einen Hauch seiner Geliebten aufschnappte und feststellte, dass er die Augen zumachen und so tun konnte, als wäre ihr linkes Bein Leila, war schwer zu beschreiben.

»Siehst du jetzt, warum wir uns hier nicht hinsetzen«, zischte Jennie, während Spod sich an sie klammerte und wild drauflosrammelte. Wütend schüttelte sie ihn ab.

»Tut mir leid.«

»Und Spod ist nicht der einzige Grund, wie du bald selbst schmerzlich feststellen wirst«, flüsterte sie ärgerlich, während Hilda Lomax, hellblond und zu heftigem Erröten neigend, ihre Position am Pult einnahm und ein paar Mal zackig draufklopfte. Gehorsam erhoben wir uns. Hilda, auch bekannt als die heilige Hilda, war auf dralle Weise attraktiv, aber sie neigte zu langen Sermonen. Als ehemalige Schulsprecherin, Lacrosse-Spielerin in der Landesliga und Chorleiterin war Hilda über jeden Zweifel erhaben – obwohl Jennie und ich sie eher für frustriert und mannstoll hielten. Sie räusperte sich und machte ein bedeutendes Gesicht.

»Willkommen allerseits. Wir beginnen mit Ron am Klavier, weil Mr Chambers mir eben eine SMS geschickt hat, dass er sich etwas verspäten wird.« Sie betrachtete das Handy in ihrer Hand mit einem Blick, den ich gerade erst in den Augen eines anderen gesehen hatte. Ach so, ja, in denen von Spod.

»Der Organist«, informierte Jennie mich wichtigtuerisch.

Also widmeten wir uns Mozarts *Gloria* unter der Begleitung von Ron, der normalerweise eher im Pub spielte und auch hier wacker in die Tasten drosch. Alle schmetterten drauflos, einschließlich mir selbst, ich war auf Autopilot, machte den Mund auf und hatte das Stück parat, das ich seit meiner Schulzeit nicht mehr gesungen hatte. Es war ein ziemlicher Schock, aber eigentlich gar nicht so unangenehm. Ich konnte förmlich spüren, wie das Blut warm und lebendig durch meine Adern pulste. Molly neben mir war allerdings ein bisschen störend, weil sie etwas ganz anderes sang.

»Sie singt *Nights in White Satin«,* flüsterte ich Jennie zu, als Hilda aufs Pult klopfte, um uns zu unterbrechen, weil Ron nicht mehr wusste, wo er war.

»Macht sie immer«, flüsterte Jennie zurück. »Aber sie ist schon seit dreißig Jahren im Chor, was will man da machen? Wir setzen uns einfach nicht neben sie«, fügte sie mit Nachdruck hinzu.

In diesem Augenblick flog die Kirchentür auf.

»Da bist du ja, Pete!« Die heilige Hilda schwang erfreut herum und ihr Gesicht wirkte noch geröteter als sonst.

Ein großer, gutaussehender, dunkelblonder Mann in Jeans, einem beigefarbenen Leinenjackett und mit goldgerahmter Brille eilte den Mittelgang entlang.

»Der neue Organist«, flüsterte Angie mir ins Ohr, während wir uns bemühten, unsere Liedzettel einzufangen, die wie ein Schwarm Tauben in dem kalten Luftzug aufflatterten.

»Tut mir leid, dass ich zu spät bin«, sagte er und kam mit breitem Lächeln auf uns zumarschiert. »Es gab ein kleines Problem bei der Arbeit und ich konnte nicht weg«, sagte er mit jungenhaftem Charme und einem überaus gewinnenden Lächeln.

»Oh, das macht gar nichts«, schnurrte Hilda, strich sich die Haare zurück und zog den blauen Lambswool-Pulli über ihrem ausladenden Busen glatt. »Wir waren ein bisschen zu früh dran. Aber ich bin immer so scharf drauf!«

Das war vielleicht nicht genau das, was Hilda eigentlich hatte sagen wollen – Jennie prustete los –, aber weil mir auch schon gelegentlich etwas rausgerutscht war, was ich sofort bereut hatte, tat sie mir leid, als ihre Hand sich auf ihren errötenden Hals legte.

»Dann geh ich mal rauf«, sagte Pete nach einer kleinen Pause, in der sich ihre Blicke trafen, wobei seiner etwas amüsierter schien als ihrer. Er zeigte auf die Orgel, die über unseren Köpfen schwebte. »Und mache weiter?«

»Oh ja, tu das«, sagte Hilda, als wäre das eine fantastische Idee, auf die sie selbst noch gar nicht gekommen war. »Super!«

»Ihr klingt übrigens toll«, sagte er zu uns. »Ich konnte euch von der Straße aus hören – wunderbare Musik!«

Er schenkte uns ein weiteres gewinnendes Lächeln, das alle einschloss, und alle strahlten ihn hocherfreut an. Alle, mit Ausnahme von einer. Ich mochte mich erinnern, wie das *Gloria* ging, aber zu einem strahlenden Lächeln war ich noch nicht in der Lage. Meine Mundwinkel zuckten höflich, aber auch erst später, als die Situation bereits vorbei war, wie es in letzter Zeit des Öfteren der Fall war.

»Hinreißend, der Typ, was?«, hauchte Jennie mir ins Ohr, während Pete sich mit seiner schlaksigen Eleganz an der Orgel in Position brachte.

»Nicht schlecht«, sagte ich ohne große Begeisterung.

»Er kommt ganz frisch von der Guildhall Musikhochschule«, zwitscherte Angie mir von hinten in mein anderes Ohr. »Postgraduate natürlich. Hat sich gerade ein Häuschen in

Wessington gekauft. Macht jetzt was mit Versicherungen. Selbständig.«

Ich gab keine Antwort.

»Unglaublich charmant«, flüsterte sie noch einmal. »Ich meine, im Gespräch.«

»Na, dann nichts wie los, Angie«, sagte ich, drehte mich um und brachte das erste Lächeln des Abends zustande. »Ich passe auf deine Handtasche auf.«

»Ich?« Sie fuhr ungläubig zurück und legte die Hand aufs Herz. »Oh nein, er ist viel zu jung für mich. Er ist in deinem Alter, Poppy.« Abwehrend wedelte sie mit der Hand in meine Richtung.

Ich drehte mich um, schloss die Augen. Warum war ich hergekommen? Warum saß ich nicht zu Hause auf meinem Stuhl?

Und jetzt ging's wieder los, allerdings diesmal mit weniger Erfolg. Während Ron dankbar zur Seitentür hinausschlüpfte und zu seinem Bier im Rose & Crown zurückkehrte, legte sich Pete oben an der Orgel richtig ins Zeug. Und zwar so sehr, dass wir gar nicht mehr wussten, wo wir waren. Eine Folge von einleitenden Akkorden schwappte über uns hinweg und wir kamen zu einem vorzeitigen Erguss, nur um festzustellen, dass Pete noch immer auf etwas Großes hinarbeitete. Alle schwiegen betreten, lediglich Molly fuhr unbeirrt fort mit ihrer schrillen, zittrigen Version dieses Top-Hits der Siebziger. Molly war im siebten Himmel und Spod natürlich auch, dessen lustvoll starrer Blick sich fast bis zur Euphorie steigerte, als Jennie bei dem Versuch sich zu konzentrieren ganz vergaß, ihn abzuschütteln. Während die Orgel unaufhaltsam dem Höhepunkt zustrebte, schien Spod sogar noch ein Stückchen näher dran zu sein.

Als wir anschließend nach Hause gingen, beziehungsweise,

als ich nach Hause gebracht wurde, waren sich meine Freundinnen über meinen Kopf hinweg einig, dass wir noch mehr Proben brauchten.

»Was ja kein Problem ist, weil wir viel Zeit haben. Die Hochzeit ist erst in ein paar Wochen«, sagte Jennie.

»Hochzeit?« Ich war überrascht, den Klang meiner Stimme zu vernehmen.

»Na, das ist doch der Sinn und Zweck der Sache, deswegen proben wir ja.«

»Oh.«

»Jeden Montag«, erklärte Angie mir nachdrücklich. »Und vergesst nicht, ihr kommt alle morgen zu mir.«

»Ach ja?« Ich spürte Panik in mir aufsteigen. »Warum?«

»Weil wir morgen mit dem Buchclub anfangen. Das haben wir dir doch schon vor einer Woche gesagt, weißt du nicht mehr?«

Doch, ich erinnerte mich vage. Aber das war an diesem schrecklichen Tag gewesen. Dem Tag, an dem sich alles verändert hatte. An dem alle Uhren stehengeblieben waren. Der schwarze Freitag. An dem ich plötzlich nicht mehr die Witwe war, die zur großen Erleichterung ihrer Freundinnen alles in allem prächtig zurechtkam, sondern innerhalb von fünfundzwanzig Minuten eine ganz und gar andere.

»Und ich hab gesagt, dass ich …?«, tastete ich mich zaghaft vor.

»Dass du kommst«, erklärte Angie mit Bestimmtheit. »Dass du auf jeden Fall kommst. Und dich an den Vorbereitungen beteiligst. Alle bringen eine Kleinigkeit zum Knabbern mit.«

»Aber das können wir ja übernehmen«, sagte Jennie rasch und wechselte einen Blick mit den anderen. Knabbereien von mir einzufordern, ging dann vielleicht doch einen Schritt zu weit.

»Und wenn du sagst, alle …«

»Nur wir vier«, erklärte Angie mir freundlich. »Wir drei und Peggy. Wir dachten, dass wir uns diese Woche erst mal nur treffen, um alles zu besprechen und zu entscheiden, wen wir noch dazu einladen wollen und welche Sorte Bücher wir lesen wollen und so weiter.«

»Oh.«

»Schaffst du das?«, fragte Jennie, als wir an meinem Gartentor ankamen.

Ich nickte stumm. Starrte meine Schuhe an. Fühlte, wie mein Körper steif wurde, als mich beide zum Abschied umarmten.

Beim Hineingehen fiel mir auf, dass meine beiden Freundinnen noch draußen standen und mit gedämpften Stimmen hinter meiner Hecke flüsterten. Ich lehnte mich innen gegen meine Haustür und zählte bis zehn. Dann löste ich mich mühsam und bewegte mich mittels einer großen Kraftanstrengung in Richtung Wohnzimmer.

Frankie saß an meinem Sofatisch und stopfte eilig ihre Schulsachen in ihre Tasche, als ich hereinkam. Auch wenn sie immer so große Töne spuckte, lernte sie doch insgeheim und war sogar eine gute Schülerin. Ich mochte Frankie gern und wusste, dass sie das eine oder andere Geheimnis hatte, von dem Jennie nichts wissen sollte.

»Danke, Frankie«, sagte ich, tat, als bemerkte ich die Schulsachen nicht, und gab ihr Geld. »Alles okay?«

»Ja, alles bestens. Wir haben ein bisschen gespielt, dann haben sie Zähne geputzt und sind gleich eingeschlafen. Wie war dein großer Abend?«

»Oh, gigantisch.«

»Gut. Du siehst ein wenig, du weißt schon …«, sie beäugte mich kritisch, »… besser aus.«

Ich nickte, brachte aber kein Wort heraus. Ich kam damit klar, wenn Angie und Jennie sich um mich sorgten, aber bei Frankie, die wirklich genug eigene jugendliche Probleme hatte, würde ich in Tränen ausbrechen.

Nachdem sie fort war, ging ich nach oben und sah nach meinen beiden schlafenden Kleinen. Clemmie lag auf der Seite, sie hatte einen Wust von winzigen Zöpfchen auf dem Kopf, die sich hinten zu einem komplizierten Gebilde verschlangen. Sie hatte die Faust fest um das Ohr ihres Kaninchens geschlossen. Archie im nächsten Zimmer lag platt auf dem Rücken, die Arme wie ein Seestern von sich gestreckt, mit offenem Mund, seine dünnen Haare mit einem rosa Bändchen zu einem Schwänzchen oben auf dem Kopf zusammengefasst, wie ein Baby von den Feuersteins. Er wirkte so ungeheuer verletzlich, dass ich fast losgeheult hätte. Meine Hand fuhr an meinen Hals. Ich stand einen Augenblick so da und sah zu, wie er ein- und ausatmete, und bemerkte den Mond, der durch einen Spalt im Vorhang schien und einen silbernen Streifen auf die gegenüberliegende Wand warf. Dann machte ich kehrt und ging wieder nach unten in die Küche. Zurück zu meinem Stuhl.

Auf der Pinnwand gegenüber hing ein Foto von Clemmie und ihrer besten Freundin Alice. Es war beim Ballettunterricht aufgenommen worden, nur wenige Tage vor Phils Tod. In den ersten Tagen hatte ich das Foto oft angesehen. Zwei kleine Mädchen mit den gleichen Ballettschuhen, den gleichen rosa T-Shirts, den gleichen Privilegien – doch von nun an war für meine Tochter alles anders. Und sie wusste es selbst noch nicht. Die eine Hälfte der bedingungslosen Liebe war weg, die Hälfte der Kraft, die sie durchs Leben bringen sollte. Es machte mir Angst, wie beeinträchtigt sie nun war. Sie war nicht mehr dasselbe Kind wie auf dem Foto, und wann immer ich es betrachtete, bekam ich panische Angst. Über die letzten Wochen hatte ich es geschafft, diese Panik zu kontrollieren. Ich hatte mich gezwungen, positiv zu denken, hatte mir all die Leute in Erinnerung gerufen, die diesen Mangel an elterlicher Zuwendung überlebt hatten, mich eingeschlossen oder Peggy, deren Vater jung gestorben war. Ich hatte sogar mit der Zeit das Gefühl entwickelt, dass ich es schaffen würde, dass wir zurechtkommen würden, Clemmie, Archie und ich. Womit ich nicht gerechnet hatte, war meine eigene Beeinträchtigung. Das Schrumpfen meiner Seele, als ich diese Tür aufgemacht, in eine mir bislang unbekannte Vergangenheit geblickt und erkannt hatte, dass ich gar kein richtiger Mensch war.

## 6

Sie hieß Emma. Emma Harding. Ich erinnerte mich daran, wie sie mit ihrem Auto die Dorfstraße entlanggefahren war. Erinnerte mich an ihren kleinen schwarzen Mini. Ein cooles Auto. Eines, das mir, obwohl ich eigentlich mit Autos gar nicht viel am Hut hatte, gefallen hatte. Ich hatte es ganz genau gesehen, weil ich in dem Augenblick gerade das Fensterbrett abstaubte und eine Lampe hochhob. Es blieb vor meinem Haus stehen. Und heraus stieg Emma, hübsch, zierlich, blond, ihre schulterlangen Haare wippten, als sie sich umwandte, um die Autotür hinter sich zuzumachen. Ein weißes, gesmoktes Top, Jeans, perlenbesetzte Pantoletten. Nicht zu vergessen der zarte, glitzernde Schal um ihren Hals, in Hellblau und Silber. Ich sah zu, wie sie den Weg heraufkam, und war überrascht, dass sie offenbar mein Haus ansteuerte. Sie sah mich durchs Fenster, blieb stehen und winkte unsicher. Ich ging zur Tür. Ich konnte mich noch an ihr Lächeln erinnern. Schüchtern. Nervös. Es tue ihr leid, dass sie hier so unangemeldet vorbeikomme, sagte sie und fummelte dabei am Riemen ihrer Schultertasche herum. Sie wisse ja, dass es eine schwere Zeit für mich sei.

Ich runzelte die Stirn. »Verzeihung, kenne ich …?«

»Ich heiße Emma Harding. Ich war eine Freundin von Phil. Eine gute Freundin.«

Ich dachte mir nichts dabei. Sie folgte mir ins Wohnzimmer, und als ich mich umwandte, begegnete ich schließlich ihrem

Blick, dem eines verängstigten Kaninchens. Ich bedeutete ihr, auf dem kackbraunen Sofa Platz zu nehmen, und setzte mich ihr gegenüber, noch immer den Staubwedel in der Hand. Und in dem Augenblick wusste ich, wo ich sie schon einmal gesehen hatte. Bei der Beerdigung, in einem schwarzen Wollkostüm, ziemlich elegant. Sie hatte viel geweint. Den Kopf gesenkt gehalten, ein Taschentuch an den Mund gepresst. Jemand hatte beschützend den Arm um sie gelegt, einer von Phils Radfahr-Freunden. Vielleicht seine Frau, hatte ich gedacht und mich ein bisschen geschämt, weil ich nicht weinte. Jedenfalls nicht so.

Sie fing mit leiser, brüchiger Stimme an zu sprechen und rang dabei die Hände. Sie und Phil hatten sich bei der Arbeit kennengelernt. Sie hatten versucht, nicht ... »Also, Sie wissen schon.« Hatten dem gegenseitigen Verlangen sehr lange Zeit widerstanden, die Anziehung verleugnet, aber bei einer Konferenz in Manchester ... »Tja, also«, da war es dann nicht mehr zu kontrollieren gewesen, schließlich waren sie ja weit weg von zu Hause. In den letzten vier Jahren hatten sie sich dann richtig ineinander verliebt. Und natürlich war da immer das Radfahren, das machten sie am Wochenende. Fast jedes Wochenende. Und sie, Emma, wusste ja, wie falsch es war, aber sie war nicht verheiratet und betrog keinen. Und Phil war doch so einsam. So traurig.

Emma blickte mich nervös an. Aus einem bleichen Gesicht. Verängstigt. Die Finger in ihrem Glitzerschal waren in ständiger Bewegung.

»Und warum erzählen Sie mir das?«, brachte ich mühsam hervor, nachdem ich meine Stimme gefunden hatte, die sich tief in meinem Brustkorb versteckt hatte, dort in Deckung gegangen war.

»Weil ich weiß, dass Phil für mich vorgesorgt hat. Ich weiß, dass er mir in seinem Testament etwas hinterlassen hat, weil wir schon so lange zusammen waren, und ich möchte, dass Sie wissen«, hier fing ihre Stimme an zu zittern, »ich möchte, dass Sie wissen, dass ich nichts davon haben will.«

Ich starrte geradeaus auf den Spielplatz des Kindergartens, wo ich jetzt mit Archie stand und auf Clemmie wartete. Meine Augen fühlten sich vom Schlafmangel trocken und verklebt an. Zugleich erinnerte ich mich an ihre Augen: Voll Traurigkeit waren sie gewesen. Voll echter Trauer. Ich dagegen hatte vor mich hin gesummt, während ich an diesem Vormittag das Fensterbrett abgestaubt hatte. Nur ein klein wenig, aber dennoch.

»Mrs Shilling?« Miss Hawkins stand plötzlich neben mir und hielt mir ihr besorgtes Gesicht entgegen. »Mrs Shilling, haben Sie kurz Zeit?«

Clemmie stand neben ihr und hielt sich an ihrem Rock fest. Sie schaute zu Boden und lutschte am Daumen, was sie tagsüber schon seit Ewigkeiten nicht mehr getan hatte. Glücklicherweise saß Archie in seinem Buggy und weinte, weinte schon seit einer ganzen Weile.

»Ich wollte noch mal mit Ihnen über neulich reden«, sagte Miss Hawkins und musste ihre Stimme erheben, um Archies Geheul zu übertönen. »Als Sie vergessen haben, Clemmie abzuholen.«

»Tut mir leid, Miss Hawkins, ich muss jetzt wirklich mit Archie nach Hause. Er will sein Fläschchen.«

So ein langer Satz, aber irgendwie schaffte ich es, ihn zu Ende zu bringen. Dann nahm ich schweigend Clemmies Hand, die sich nicht instinktiv nach meiner ausgestreckt hatte, und wir marschierten den Hügel hinunter, während sich, wie ich wusste, Miss Hawkins' Blicke in meinen Rücken bohrten. Archie schluchzte noch immer, aber er weinte überhaupt viel in letzter Zeit. Manchmal den ganzen Vormittag lang. Vielleicht fehlte ihm seine sonnige Mutter und er fragte sich, wer diese introvertierte, zerstreute Frau war, die vorgab seine Mutter zu sein.

Als ich unten angekommen um die Ecke bog, tauchte mein Haus auf. Ein vertrauter roter Pick-up parkte vor der Tür. Der war noch nicht da gewesen, als ich vor ein paar Minuten in Richtung Kindergarten aufgebrochen war. Es kam vor, dass er einfach so ohne Vorwarnung auftauchte, aber normalerweise erst nach einem Zeitraum von ein paar Monaten, und ich hatte Dad doch erst kürzlich bei der Beerdigung gesehen. Außerdem hatten wir seitdem des Öfteren miteinander telefoniert. Dad und ich standen uns nahe, aber wir waren beide eher Einzelgänger und ich hätte geglaubt, dass wir fürs Erste genug in Familie gemacht hatten. Er stieg gerade aus dem Pick-up – dem, wie ich bemerkte, noch immer der Kühlergrill fehlte, den er vor ein paar Jahren in einer Hecke verloren hatte – in seiner Arbeitskleidung, also in Reithosen, Stiefel und einem uralten karierten Hemd. Er drehte sich zu uns um und blickte uns, die Hände in die Hüften gestemmt, entgegen.

»Hallo, mein Schatz.« Besorgt musterte er mich aus seinen strahlend blauen Augen.

»Hallo, Dad. Was machst du denn hier?«

»Grandpa!« Clemmie strahlte und ließ meine Hand los, um zu ihm zu laufen. Lächelnd hob er sie in seine Arme.

»So gefällst du mir, meine Kleine! Hey, sieh dich nur an. Hast du gemalt?«

»Nein, wir haben gestern Abend Ketchup gegessen.«

»Wirklich, du meine Güte. Na, da brauchst du wohl mal

einen Waschlappen. Du hast es auch überall auf deinem Kaninchenkleid.« Er stupste sie auf die Brust.

»Ja, und ich darf es jeden Tag tragen. Aber morgen will ich es nicht mehr anziehen.«

»Kluge Entscheidung, Clemmie.« Er setzte sie ab.

Archie hatte aufgehört zu weinen und lächelte und strampelte heftig mit den Beinen in Richtung seines Großvaters. Dad beugte sich hinunter, um ihn an den Knien zu kitzeln, und linste derweil zu mir empor.

»Alles in Ordnung, mein Schatz?«

»Bestens, danke«, sagte ich, als er sich wieder aufrichtete, um mir einen Kuss auf die Wange zu geben. »Kommst du mit rein?«

»Tja, das hatte ich vor.«

Ich wandte mich um und öffnete das Tor und er folgte mir den Weg zum Haus hinauf. »Was machst du hier überhaupt?«, fragte ich über die Schulter zurück. »Du hast doch momentan ziemlich viel zu tun.«

Dad handelte mit Pferden, insbesondere Jagdpferden, und zu Beginn der Saison ging es hoch her. Er verbrachte jeden freien Augenblick damit, seine Tiere fit zu machen, und führte sie dann entweder potentiellen Käufern vor oder er verpachtete sie für Fuchsjagden, auf die er seine Kunden oft begleitete, wenn sie nervös waren.

Er kratzte sich am Kopf. »Ach … ich war gerade in der Gegend. Nicht weit von hier gibt es eine Irish-Draught-Zucht, die ich mir mal ansehen wollte. Scheinbar ganz passables Erbmaterial.«

»Aha. Wo denn genau?« Ich schloss uns die Tür auf.

»Ähm …« Sein verzweifelter Blick blieb an dem Schild eines Immobilienmaklers auf der anderen Straßenseite hängen. »Dunstable?«

»Dunstable ist aber ziemlich städtisch, Dad. Bei irgendjemandem auf dem Hinterhof, oder wie?«

»So in etwa.«

Wir gingen hinein.

»Alles in Ordnung, Poppy?«

»Das hast du mich schon mal gefragt«, sagte ich, während er an mir vorbei quer durchs Zimmer ging, um geschäftig die Vorhänge in dem abgedunkelten Raum zu öffnen und dann, obwohl er eher nicht der häusliche Typ ist, auf dem Rückweg gleich die Ketchup-verschmierten Teller vom Teppich aufzulesen und mit besorgter Miene in die Küche zu tragen.

Ich machte ihm eine Tasse Tee, leider war die Milch aus, die Kinder turnten aufgeregt auf ihm herum. Ich hatte den Verdacht, dass er nicht nur wegen einer Tasse Tee gekommen war, und so stellte ich auf dem kleinen Küchenfernseher *Bob der Baumeister* an, um meinen Nachwuchs mal für fünf Minuten ruhigzustellen, und gab ihnen je einen Schokoriegel. Dad musterte sie nervös.

»Mittagessen?«

»Na ja, du weißt schon, manchmal muss das eben reichen.«

Meine Güte, er sah wirklich besorgt aus. Ich hoffte nur, dass er keine geschäftlichen Schwierigkeiten hatte. Dad behauptete immer, dass die Wirtschaftskrise die Welt des Pferdehandels nicht erreicht hatte, aber vielleicht sagte er das nur, um mich zu beruhigen, und die Wirklichkeit sah ganz anders aus? Oder war er von einem seiner ungestümen Vierjährigen gestürzt? Ich machte mir Sorgen, weil er in seinem Alter immer noch Pferde zuritt, aber das Problem war, dass sowohl Dad als auch ich so eigensinnig waren, dass wir nicht anfangen konnten, uns gegenseitig Vorschriften zu machen. Aber jetzt gingen wir erst mal zurück ins Wohnzimmer, setzten uns nebeneinander auf das Sofa und tranken unseren Tee.

»Ich hatte ein schlechtes Gewissen, dass ich dich nach der Beerdigung so alleine sitzengelassen habe«, sagte er schließlich.

Ich runzelte die Stirn. So tiefschürfend waren seine Kommentare sonst nie. »Du hast mich doch nicht sitzengelassen. Du bist nur nach Hause gefahren.«

»Ich weiß, aber …«, er zuckte hilflos die Schulter. »Du weißt schon. Ich hätte dir ein bisschen helfen können. Hätte das hier«, er wies auf die Wäscheberge auf den Stühlen und das Spielzeug, das den gesamten Tisch bedeckte, »verhindern sollen. Aber trotz allem …«, er schluckte, »ich hab immer an dich gedacht. Und jetzt bin ich ja da. Besser spät als nie, schätze ich. Und Jennie und ich haben überlegt, ob ich nicht … oder ob du nicht …« Er zögerte und ich musterte ihn überrascht. Er und Jennie? Er hatte Jennie doch seit der Beerdigung nicht mehr gesehen. »Also, hör mal, mein Schatz«, sagte er und holte tief Luft, offenbar um etwas ziemlich Bedeutendes vorzubringen, »was ich mir überlegt habe, ist, ob du nicht für eine Weile zu mir kommen möchtest.«

Ich runzelte die Stirn. »Was, in deinen Saustall?« Dads Haus war unfassbar chaotisch: Bis unter den Dachstuhl voll mit halb geputztem Zaumzeug und Sattelseife, überall kroch die Feuchtigkeit hoch und es stank nach einer Mischung aus Pferden und Hunden, Klauenöl, Socken und Whisky. Dads Haus war eine extrem gut abgehangene Junggesellenhöhle und vollkommen ungeeignet für Kinder, die es natürlich toll fanden dort, aber dennoch.

»Das ist lieb von dir, Dad«, sagte ich erstaunt. »Aber, nein danke.«

»Oder ich könnte hierher kommen.«

Jetzt machte ich mir wirklich Sorgen. Dad konnte seinen Stall keine fünf Minuten alleinlassen, geschweige denn eine ganze Nacht. Schon allein die Tatsache, dass er auf eine Tasse Tee vorbeigekommen war, war bemerkenswert. Plötzlich wurde mir kalt vor Schreck.

»Oh Gott, Dad, ist alles zusammengebrochen? Dein Geschäft? Alles den Bach runter?«

»Nein! Nein, es läuft prächtig, könnte nicht besser sein. Erst letzte Woche hab ich drei Vielseitigkeitspferde verkauft, eines an den Stall von Mark Todd. Nein, es ist nur ... Ich mache mir Sorgen um dich.« Unbeholfen legte er den Arm um mich.

»Um *mich?*«

»Ich bin für dich da, mein Kind, wenn du mich brauchst.«

Ich nickte, wie vom Donner gerührt.

»Und ich liebe dich, mein Schatz. Das darfst du nie vergessen.« Er seufzte und zog seinen Arm weg. »Aber wenn du sicher bist, dass du zurechtkommst ...« Er tätschelte mir vorsichtig den Rücken und wir saßen eine Weile schweigend da. »Äh ... soll ich den Kindern Mittagessen machen?«

»Die hatten doch schon was«, sagte ich ungläubig, weil ich mir sicher war, dass ich ihm das gerade erst gesagt hatte. Hatten wir uns nicht eben erst über dieses Thema unterhalten? Buchstäblich vor wenigen Augenblicken? Jetzt machte ich mir wirklich Sorgen. Hatte er Alzheimer?

Dad stand auf und trug seine Tasse in die Küche. Dann verbrachte er die nächsten zehn Minuten damit, einen wackeligen Turm von Geschirr abzuwaschen, das bereits in der Spüle stand. Als er nach dieser für ihn eher ungewöhnlichen Tätigkeit wieder ins Wohnzimmer kam, wirkte er niedergeschlagen. Er verabschiedete sich bald und ging los. Ich sah ihm von der offenen Tür aus hinterher, wie er den Gartenweg hinuntermarschierte. Beinahe wäre er mit einer stattlichen Frau mittleren Alters zusammengestoßen, die einen eng gegürteten grasgrünen Mantel und eine Brille trug und eine gewichtige Ausstrahlung hatte.

»Oh, hallo.« Sie linste an Dad vorbei, um mich anzusprechen, wobei ihr Lächeln nicht sehr überzeugend wirkte.

»Hallo.«

»Mein Name ist Trisha Newson, ich bin von der Fürsorge.«

Ich starrte sie unverwandt an. Dad war ziemlich blass geworden.

»Könnte ich Sie kurz sprechen?«, murmelte er und zog sie mit sich hinter meine kleine Buchenhecke. Ich stand in der Tür und überlegte. Plötzlich wurde es mir klar: Mrs Harper von nebenan. Sie fuhr jeden Monat ins Chiltern Hospital wegen ihrer Venen.

»Nebenan«, rief ich über die Hecke. »Mrs Harper wohnt nebenan.«

Sie schienen mich allerdings nicht zu hören und so zuckte ich nur mit den Schultern und schloss die Tür. *Bob der Baumeister* war in der Küche in vollem Gange und ich wusste, dass diese DVD noch eine ganze Stunde laufen würde, außerdem wusste Clemmie, wie man danach eine neue einlegen konnte, also ging ich nach oben, um mich ein wenig ins Bett zu legen.

An diesem Nachmittag stattete ich widerstrebend Phils Anwalt einen Besuch ab. Ich hatte gehofft, Jennie hätte es vielleicht vergessen, aber auf meine Nachbarin war Verlass und sie kam rechtzeitig meinen Gartenweg heraufgeeilt. Ich hatte überlegt, ob ich einfach nicht da sein oder mich im Keller verstecken und alle Vorhänge zuziehen könnte oder mich schlichtweg weigern, mit ihr zu gehen, aber ich musste mir resigniert eingestehen, dass dies nur unangenehme Fragen nach sich ziehen würde, und so fügte ich mich. Allerdings fühlte ich mich dabei so, als wäre ich auf dem direkten Weg zu meiner Hinrichtung. Jetzt würde doch bestimmt das Testament eröffnet werden. Und alles vernichten, was noch von meinem Leben übrig war.

»Möchtest du, dass ich mitkomme?«, fragte Jennie, während wir die Kinder anzogen. »Vielleicht gibt es da eine Empfangsdame, bei der wir die Kinder lassen können.«

»Auf gar keinen Fall«, erklärte ich derart bestimmt, dass wir, glaube ich, beide überrascht waren. Ich richtete mich auf, nachdem ich Clemmies Schuhe zugemacht hatte, und starrte sie mit blitzenden Augen an.

»Okay, Poppy«, sagte sie sanft, »wie du es willst, wird es gemacht. Ich werde draußen warten.«

Ihr war anzusehen, dass sie dachte, ich hätte schon seit langem nicht mehr so viel Gefühl gezeigt.

Nichtsdestotrotz bestand sie darauf, mich in die Stadt zu fahren, weil ich, wie sie meinte, das Büro niemals allein finden würde, dabei befand es sich direkt neben dem Rathaus mitten auf der High Street. Aber anscheinend musste ich eine bestimmte Bluse und einen bestimmten Rock tragen, mir das Gesicht waschen und die Haare kämmen und schließlich bis direkt vor die Tür gebracht werden. Ständig kommandierte sie mich neuerdings herum.

Im Gegensatz zu mir hatte der Mann, den zu treffen man mich geheißen hatte, keine ihn herumkommandierende beste Freundin, denn er hatte nicht nur vergessen, sich die Haare zu kämmen, er hatte auch Kekskrümel überall auf seinem Hemd.

Ich hatte ein paar Stockwerke die Treppen hinauf gemusst,

um zu seinem Büro zu gelangen, und obwohl Jennie bei den Kindern im Auto bleiben wollte, hatte Archie sich in einer plötzlichen Abweichung vom Drehbuch geweigert, von mir getrennt zu werden, sodass ich ziemlich außer Atem war, als ich schließlich, meinen Sohn im Arm, die oberste Treppenstufe erreicht hatte. Eine Reihe von Türen offenbarten mir keinerlei Hinweise auf die Funktion der Räume dahinter, und so drückte ich die nächstbeste auf und gelangte in eine Art Empfangsbereich. Allerdings ohne Empfangsdame, es war eher ein ziemlich unordentliches Wartezimmer, in dem ein paar Zeitschriften herumlagen. Ich spürte, dass ich vielleicht gerade noch so davonkommen könnte, wusste aber zugleich, dass Jennie keine Ruhe geben würde, wenn ich es nicht wenigstens einmal probierte – sie würde möglicherweise sogar selbst die Treppen hinaufsprinten und darauf bestehen, die Situation mit eigenen Augen zu begutachten – also beschloss ich, eine der Türen aufzudrücken, und wenn dahinter kein Rechtsanwalt saß, würde ich die Sache abblasen.

Die Tür klemmte und so drehte ich mich zur Seite und stieß sie mit der Schulter auf, wobei ich wohl ein klein wenig zu viel Druck ausübte, sodass ich mit Archie in meinen Armen hindurchflog, auf einem der vielen Papiere, mit denen der Fußboden übersät war, ausrutschte, als wären wir ein Tanzpaar vom Ballet Rambert, das eine neue und komplizierte Hebefigur probte. Der Raum war klein und unsere schwankende Pirouette endete vor einem prunkvollen Schreibtisch. Dahinter saß ein Mann, der gerade ein Marmeladenplätzchen in einen Becher mit Tee stippte und erstaunt aufblickte, als ich mit einer letzten Drehung vor ihm zum Stehen kam. Er hatte dunkle, wirre Haare, die mal wieder einen Haarschnitt gebrauchen konnten, und er hatte sehr breite Schultern, genauer gesagt sah er aus wie ein Rugbyspieler, den man zur Feier des Tages in ein rosafarbenes Hemd gequetscht hatte, in dem er sich eher unwohl fühlte. Selbst in meinem desolaten Zustand bemerkte ich, wie gut er aussah. Hastig legte er das Plätzchen aus der Hand, fegte sich ein paar Krümel vom Hemd, stand auf und streckte mir die Hand entgegen.

»Tut mir leid. Ich habe nicht gehört, wie Sie angeklopft haben.«

»Ich bin mir nicht sicher, ob ich überhaupt geklopft habe.«

»Mrs Hastings?«

»Nein, Mrs Shilling.« Ich schob mir eine Strähne aus dem Gesicht und hob Archie auf meine andere Hüfte, um die mir angebotene Hand schütteln zu können.

»Oh.« Er wirkte überrascht. »Wirklich?«

»Ja, da bin ich mir ziemlich sicher.« Ich schaffte es, zu lächeln, fühlte mich danach aber ein bisschen seltsam. Ein wenig ... schwindelig. Mussten wohl die Treppen sein. Und der Schlafmangel. Ich musste mich hinsetzen. Ich tastete hinter mir nach einem Stuhl, der glücklicherweise existierte, sank dankbar darauf nieder und setzte Archie auf meinem Schoß zurecht. Der zerzauste Mann setzte sich ebenfalls, konsultierte hastig einen vor ihm liegenden aufgeschlagenen Ordner und schob rasch die Kekspackung in eine Schublade.

»Gut. Mrs Shilling. Ihr Mann ist also nicht mit einem portugiesischen Gepäckabfertiger von Heathrow durchgebrannt?« Ein sehr sympathisches Glänzen lag im fragenden Blick seiner tiefbraunen Augen. Er wirkte belustigt. »Und Sie haben nicht seine Golfschläger genommen, sie in der Mitte durchgebrochen und dann wieder in die Golftasche gesteckt, bevor er für eine Woche mit besagtem Gepäckabfertiger nach Sotogrande geflogen ist?«

»Nein, mein Mann ist vor ein paar Wochen gestorben.«

Er machte ein entsetztes Gesicht. »Oh Gott. Oh verdammt. Das tut mir entsetzlich leid.« Betreten klappte er den Ordner zu und warf ihn auf die Seite, bevor er sich mit den Händen durch die Haare fuhr. »Wie höchst unpassend von mir, ich entschuldige mich aufrichtig.«

»Bitte, machen Sie sich keine Gedanken!«

Er wirkte ehrlich erschüttert. Während er sich hastig zum Computermonitor auf seinem Schreibtisch umwandte, wo er zweifellos meine Daten aufrief, nutzte ich die Gelegenheit, mich zu fragen, wie er es wohl geschafft hatte, seine Schultern in dieses Hemd zu quetschen. Die Ärmel waren aufgerollt, eine Krawatte lag einsam und verlassen auf dem Schreibtisch. Aus irgendeinem Grund erinnerte er mich an meinen Sohn Archie und an das erste und einzige Mal, das ich versucht hatte, ihn schick anzuziehen – für die Beerdigung. Die Knöpfe an seinem Hemdchen waren innerhalb weniger Sekunden abgeplatzt.

»Es tut mir so leid«, murmelte er, während er auf den Bildschirm blickte und mit der Maus vor sich hin klickte. »Wie Sie vielleicht festgestellt haben, bin ich momentan ohne Sekretärin. Janices Mutter ist krank, weshalb ich ein wenig desorientiert bin. Sie zeigt mir normalerweise, wo's langgeht.«

»Aushilfe?«, schlug ich vor.

Er drehte sich vom Bildschirm weg, um mich anzustarren. »Wie bitte?«

Meine Sätze waren in letzter Zeit etwas bruchstückhaft, ich holte tief Luft und versuchte es noch einmal. »Sie könnten sich eine Aushilfe holen.«

Er blickte mich einen Augenblick verständnislos an, bis sich seine Miene erhellte. »Was für ein unglaublich genialer Einfall.

Darauf muss man erst mal kommen.« Er kritzelte etwas auf einen Block, warf mir noch rasch einen bewundernden Blick zu, bevor er sich wieder dem Bildschirm zuwandte. »Ah ja, jetzt wird mir alles entsetzlich klar. Mrs Hastings kommt am nächsten Dienstag, während Sie heute hier sind. Ich hatte das Datum verwechselt. Mrs Hastings will vermutlich wissen, ob sie die Türschlösser austauschen und seinen Jaguar SJS verkaufen kann, während Sie hier sind, um über ein Testament zu sprechen, das in genau diesem Augenblick bei mir zu Hause ganz oben auf dem Wäschekorb in meinem Badezimmer liegt.«

»In Ihrem Badezimmer?«

»Ich habe gestern die Unterlagen mit nach Hause genommen. Und sie dort vergessen.«

»Ach so.«

»Tut mir leid, das wollten Sie jetzt vermutlich nicht wissen, aber es ist einfach so, dass ich oft Unterlagen in der Badewanne lese. Ich stelle immer wieder fest, dass Entspannung die grauen Zellen ungeheuer beflügelt.«

»Das finde ich durchaus nachvollziehbar, ich lese Romane in der Badewanne.«

»Obwohl ich mich vage erinnere, dass ich nicht ganz bis zu dem Shilling-Stapel vorgedrungen bin, sondern nur bis zu dem zwielichtigen Gepäckabfertiger. Es tut mir wirklich sehr leid, Mrs Shilling, Sie sind heute ganz umsonst gekommen, weil Ihr Anwalt nicht nur die Unterlagen nicht gelesen, sondern sie auch noch zu Hause liegengelassen hat.« Er wandte sich vom Bildschirm ab und streckte seine Handgelenke über den Schreibtisch. »Handschellen. Oder Rohrstock.« Er legte die Hände ab und machte ein ernstes Gesicht. »Oder möglicherweise gleich feuern. So würde ich es jedenfalls machen.«

Ich lächelte. »Keine Sorge, das regt mich nicht auf. Ich

bin mir gar nicht so sicher, ob ich momentan schon in der Lage bin, über Testamente zu sprechen, aber eine von meinen Freundinnen hat darauf bestanden.«

»Ach wirklich? Na ja, wenn Sie nicht gerade völlig zahlungsunfähig sind, dann besteht kein dringender Handlungsbedarf. Da ist nichts, das nicht warten könnte. Kommen Sie einfach wieder, wenn Sie so weit sind.«

»Wirklich?« Dankbar erhob ich mich. »Das werde ich tun.« Ich hatte keine Ahnung, ob ich zahlungsfähig war oder nicht. Legte die Rechnungen einfach in eine Schublade. »Es könnte noch ein paar Wochen dauern.«

Er erhob sich ebenfalls. »Was mir genügend Zeit gibt, den Stapel mit Ihren kostbaren Unterlagen von meinem Wäschekorb zu holen und Ihnen die nötige Aufmerksamkeit zu widmen – das ist die perfekte Lösung.«

Wir lächelten uns an und waren vermutlich beide gleichermaßen zufrieden mit dem Ergebnis unseres Treffens: Beide hatten wir das Gefühl, etwas erreicht zu haben. Er trat rasch vor mich, um mir die Tür zu öffnen, während ich mir einen Weg zwischen den auf dem Fußboden verstreuten Blättern hindurch bahnte – worauf er sich für die Unordnung entschuldigte und ich ihm versicherte, das spiele gar keine Rolle, es sei ein wenig so, als würde ich Twister mit meinen Kindern spielen –, und während ich dann durch Janices Zimmer in Richtung Treppenhaus ging, spürte ich, dass er mir von seiner Tür aus hinterhersah.

Jennie hockte mit gestresster Miene hinter dem Steuer, da ihr Wagen im Halteverbot stand.

»Und?«, fragte sie, als ich Archie in seinen Sitz neben Clemmie steckte und festschnallte. Ich stieg vorne ein.

»Ja, es war gut.«

»Wie meinst du, es war gut? Ach, leck mich doch!« Das galt einer Politesse, die dabei war, ihr Kennzeichen aufzuschreiben, aber wahrscheinlich nicht weit kam, weil Jennie einfach losfuhr und sich inmitten eines Hupkonzerts in den Verkehr einfädelte.

»Ich meine, es ist gut, die haben alles im Griff. Aber es gibt noch ein paar Dinge, die vorab geklärt werden müssen, und deswegen schaue ich in ein paar Wochen mal wieder rein.«

»In ein paar Wochen!« Sie wandte sich mir entgeistert zu.

»Tagen. Ich meinte, in ein paar Tagen. Aber ich komme schon zurecht, Jennie. Jetzt weiß ich ja, wo seine Kanzlei ist. Ab jetzt schaffe ich das alleine.« Plötzlich war ich sehr müde. Der totale Erschöpfungszustand.

»Also, um ehrlich zu sein, überrascht es mich, dass du überhaupt noch mal hinmusst«, sagte sie und fuhr sich mit der gespreizten Hand durch die Haare. »Hatte er nicht schon alles parat? Hat er es dir nicht einfach vorgelesen, das Testament? Er ist doch hoffentlich kein Chaot, oder?« Sie warf mir einen kritischen Blick zu.

»Nicht im Entferntesten.«

»Es ist nur so, dass irgendjemand – ich glaube, Laura Davy – meinte, er wäre ein bisschen desorganisiert. Sie ist zu ihm gegangen, nachdem man ihrer Mutter den Blinddarm rausgenommen hatte, anstelle der Leistenbruchoperation, und sie meinte, er wäre total chaotisch. Dir ist doch klar, dass er nicht Phils Rechtsanwalt war, oder?«, sagte sie spitz.

»Äh …« So viele Fragen.

»Nein, der ist nämlich gestorben. Der hier ist der Neffe, er hat die Kanzlei geerbt.«

»Aha.«

»Ich hab das alles überprüft, nachdem ich dir den Termin

gemacht habe, weil mir aufgefallen war, dass der Name nicht mit dem Briefkopf übereinstimmt. Der Onkel war anscheinend hier am Ort sehr angesehen, während es sich bei dem Neffen eher um eine unbekannte Größe handelt. Er war in einer großen Kanzlei in der City, aber seine Frau hat ihn verlassen und er ist rausgezogen, um ein ruhigeres Leben zu führen, wollte ein anderes Tempo, was ja alles schön und gut ist, aber nur weil wir hier in der Provinz sind, heißt das ja noch lange nicht, dass wir blöd sind, nicht wahr? Und wenn er sich noch nicht mal mit einem einfachen Testament auskennt …« Sie verkniff ihren Mund zu einer grimmigen Linie und schüttelte den Kopf. »Da muss er schon ein bisschen fitter werden, fürchte ich, oder er kann einpacken.«

Ich dachte an das rosa Hemd, das an den Schulternähten nur mit Mühe zusammenhielt.

»Er ist eigentlich ziemlich fit«, sagte ich vage. »Und er ist extrem organisiert. Ich glaube, er wird sehr erfolgreich sein. Wie heißt er noch gleich?«

Sie drehte sich entgeistert zu mir um. »Du weißt noch nicht einmal, wie er heißt?«

»Natürlich weiß ich das, ich hab es nur vergessen.«

»Sam Hetherington.«

»Richtig. Sei nicht so streng mit mir, Jennie, ich bin ehrlich gesagt ziemlich fertig.«

Und das stimmte. Fix und fertig. Erleichtert, dass ich das hinter mir hatte, aber erschöpft von der Anstrengung. Und ich war ganz sicher nicht in der Lage, mit meinem Sohn fertigzuwerden, der auf dem Rücksitz wieder angefangen hatte zu quengeln. Seit wann weinte er eigentlich so viel? Er war immer so ein braves Baby gewesen. Ich lehnte mich gegen die Kopfstütze und schloss die Augen.

»In meiner Handtasche ist ein Saftpäckchen«, sagte Jennie zu mir.

Ich schlug die Augen auf. Drehte langsam den Kopf zu ihr. »Willst du das jetzt gleich haben?«

»Nein, aber Archie vielleicht«, sagte sie geduldig.

»Oh.«

Ich beugte mich vor und fummelte gehorsam in ihrer Handtasche zu meinen Füßen herum, fand den Saft und reichte ihn Archie, nachdem ich zunächst noch den Strohhalm hineingesteckt hatte. Er setzte ihn an die Lippen, drückte mit der Hand auf den Karton und der Saft schoss aus dem Strohhalm über sein Gesicht und seine Klamotten. Aus unerfindlichen Gründen brach Clemmie, die im Autositz neben ihm saß, in Tränen aus.

»Du hast vergessen zu sagen, dass er nicht drücken soll!«, heulte sie. »Du sagst sonst *immer,* dass man nicht drücken soll.«

Archie betrachtete entsetzt seinen durchtränkten Pulli, riss dann den Mund auf, so weit er konnte, und brüllte los, wobei er die Saftpackung zu Boden fallen ließ. Jennie fluchte leise vor sich hin und griff dann hinter sich nach Clemmies Knöchel, den sie streichelte und dabei tröstende Geräusche machte. Während wir inmitten der Kakophonie meiner aufsässigen Kinder nach Hause fuhren, warf Jennie mir einen entnervten Blick zu. Gab es ein Gesetz, fragte ich mich, während ich aus dem Fenster auf die zunehmend kahler werdenden Zweige der Bäume blickte, das einem verbot, nur mal eine kleine Weile still sitzen zu bleiben? Ein bisschen Ruhe zu haben?

# 7

Noch am selben Abend fand in Angies Haus, einer umgebauten Scheune, das Gründungstreffen des Buchclubs von Massingham statt. Peggy, Angie, Jennie und ich versammelten uns in der großen, gemütlichen Küche, in der Angie und Tom im Laufe der Jahre überschwängliche Feste gegeben hatten: manchmal waren sechzehn Gäste zum Essen da gewesen und immer hatten wir jede Menge Spaß gehabt.

An diesem Abend waren es allerdings nur wir vier, die um den riesigen Eichentisch unter der hohen, gewölbten Decke mit ihren alten Balken saßen – beschienen von zahllosen glitzernden Deckenspots. Draußen vor den riesigen Panoramafenstern hatte sich bereits die Dunkelheit herabgesenkt, doch im sanften Schein einer Kutschenlampe konnte man hinter dem Bretterzaun Angies Pferde sehen, die bereits winterlich mit Decken ausgerüstet in einer Reihe dastanden. Drinnen brannten Kerzen über dem Kamin und in großen Glasvasen daneben, während das Feuer heimelig knisterte und Michael Bublé leise im Hintergrund säuselte.

»So. Haben alle Papier und Stift?« Angie hatte offensichtlich beschlossen, den Vorsitz zu übernehmen – schließlich war es ja ihr Haus. Sie sah wieder ganz besonders hinreißend aus auf ihre dezente Art: rotgolden schimmernde Haare, elegant trotz Jeans und Ugg Boots. Wir nickten alle. »Okay. Nun, wir sind heute Abend hier, um in erster Linie darüber zu sprechen, wen wir in unserem Buchclub haben wollen«, sagte sie bedeutend und schlug die mageren Knie übereinander.

»Und welche Bücher«, ergänzte Jennie, die es nicht gewohnt war, die zweite Geige zu spielen.

»Oh. Ja, natürlich.« Angie sackte in sich zusammen. »Welche Bücher wir lesen sollen. Hat da jemand eine Idee?«

»Das *Who's Who?«,* knurrte Peggy. Wir alle schauten sie fragend an. »Dann können wir feststellen, ob es hier im Radius von zwanzig Meilen irgendjemanden gibt, den anzubaggern sich lohnt.«

»Hat jemand einen vernünftigen Vorschlag?«, fuhr Jennie ungerührt fort. »Angie?«, fragte sie dann diplomatisch, nachdem sie die gerade erst von ihrem Thron gestürzt hatte.

»Tja, also, ich hab tatsächlich schon darüber nachgedacht«, sagte Angie und errötete ein wenig. Sie hatte das ganz offensichtlich geprobt. »Wie wäre es mit *Silas Marner?* Das ist von George Eliot, ziemlich bedeutend, aber seht nur, wie kurz es ist.«

Sie zog ein Exemplar seitlich aus einer Schublade, damit wir es bestaunen konnten. Es war auf jeden Fall erfreulich schmal. Nicht mehr als hundert Seiten.

»Und dann könnten wir sagen, dass wir Eliot lesen«, sinnierte Jennie.

»Genau«, sagte Angie triumphierend. »Und seht her, die Hälfte davon ist die Einleitung, die wir nicht lesen müssen, und dann gibt es noch ziemlich viel Anhang. Ansonsten wäre da auch *Stolz und Vorurteil«,* sagte sie. Sie lehnte sich raumgreifend in ihrem Stuhl zurück und wedelte mit ihrem Bleistift herum. Offensichtlich freundete sie sich mit der Rolle der literarischen Doyenne in ihrem Salon an. »Ich meine, ich weiß ja, dass wir das alle schon gelesen haben, aber sozusagen als Appetithäppchen? Damit wir in Stimmung kommen und …«

»Wer hat es schon gelesen?«, unterbrach Peggy sie.

Angie und Jennie grinsten selbstzufrieden, streckten die Finger in die Höhe und blickten mitleidig auf Peggy.

»Poppy, du hast das doch auch gelesen.« Jennie stupste mich an.

»Oh.« Ich streckte meinen Finger in die Höhe. Ich hatte gerade eine Spinne beobachtet, die einen Balken in Richtung Dach hinaufgekrochen war.

»Echt?«, fragte Peggy. »Ihr hab das wirklich alle gelesen?«

»Natürlich«, sagte Jennie.

»Oder habt ihr nur den Film gesehen?«

Drei Finger schwankten leicht und senkten sich dann.

»Ich habe beide Fassungen gesehen«, verteidigte sich Angie. »Die mit Keira Knightley und die alte.«

»Kommt schon, machen wir uns doch nicht vor, dass wir uns hier durch die Klassiker ackern wollen«, sagte Peggy trocken. »Ich finde, wir sollten mit Wilbur Smith anfangen.«

Jennie verzog das Gesicht. »Ja, das könnten wir, aber die Idee ist doch, dass wir uns ein bisschen anstrengen.«

»Wirklich?« Peggy zündete sich eine Zigarette an. »Ich dachte, wir wären zu unserem Vergnügen hier.« Sie blies eine dünne Rauchfahne aus. »Okay, wie wäre es dann mit Lawrence? Der ist ein bisschen anstrengender, obwohl die Anstrengungen meistens in Heuhaufen stattfinden.« Sie lachte kehlig in sich hinein.

»Poppy?« Jennie wandte sich mir zu. »Sonst noch Ideen?«

Ich löste mich von der Spinne, die bis ganz nach oben in die Giebelbalken am Dachfirst hinaufgekrabbelt war.

Ich blickte verständnislos drein. *»Anne auf Green Gables?«*

Wie seltsam. Dad hatte versucht, mir das vorzulesen, nachdem meine Mutter gestorben war. Wir hatten mit *Black*

*Beauty* angefangen, mussten aber aufhören, als Ginger starb. Ich kann mich noch an die Tränen erinnern, die Dads wettergegerbte Wangen hinunterrollten, als er da auf meinem Bett saß. Ich kann mich sogar an meine rosa geblümte Bettdecke erinnern. *Anne* hatte uns aber nicht gefallen, da sind wir nie bis zum Ende gekommen. Wir fanden sie irgendwie lasch.

Meine Freundinnen wechselten überraschte Blicke. Angie machte den Versuch, meinen Vorschlag ernsthaft zu prüfen.

»Ja … Wir könnten auch *Anne auf Green Gables* lesen«, stimmte sie zu, »aber …«

»Ach, lasst uns doch mal die blöden Bücher vergessen und lieber besprechen, wen wir einladen wollen«, Peggy rutschte mit ihrem knochigen Hintern auf dem Stuhl hin und her. »Das ist doch viel aufregender.«

Jennie zog die Augenbrauen in die Höhe und schob ihren Schreibblock zusammen. »Okay«, sagte sie leicht genervt. »Peggy? Du scheinst ja darauf zu brennen loszulegen.«

»Wie wäre es mit Angus Jardine, dem Hufschmied Luke, dem schmierigen Antiquitäten-Typ, den Jennie so toll findet, und Pete, dem Organisten?«

Wir schauten sie entgeistert an.

»Peggy, das hier ist ein Buchclub und keine Partnervermittlung für frustrierte Frauen!«, echauffierte sich Jennie. »Ich dachte an andere Frauen aus dem Ort!«

»Warum müssen es unbedingt Frauen sein?«

»Müssen es ja gar nicht *ausschließlich*. Aber normalerweise, weißt du …«

»Normalerweise sind es die kleinen Frauchen, die sich da treffen. Indem sie sich aufbrezeln und ausgehen, können sie ihren Jägern und Fallenstellern zeigen, dass sie auch ein Leben haben, was?«

Jennie und Angie sahen sich an.

»Peggy hat Recht«, murmelte Angie.

»Aber wir können nicht nur *uns* vier und vier *Männer* haben. Wie sieht das denn aus? Wir brauchen noch ein paar Frauen, verdammt noch mal«, insistierte Jennie.

»Die heilige Hilda?«, schlug Angie vor. »Wenn wir ihren Heiligenschein ertragen können. Und meine Schwester könnte auch kommen.«

Jennie schlug die Beine übereinander und sog die Wangen ein. Angies Schwester war eine furchteinflößende Ex-Londonerin, die in der Werbebranche tätig war. Sie war vor Kurzem in die Nähe gezogen, nachdem sie ihren Mann, einen reichen Hedge-Fonds-Manager, verlassen hatte. Jennie hatte für Angie ein Dinner gegeben, zu dem Virginia und verschiedene andere Überflieger geladen waren, aber sie hatte Probleme mit dem Steinbutt gehabt und sich infolgedessen vor lauter Nervosität katastrophal betrunken. Um zwei Uhr früh war Jennie dann in das Doppelbett in Angies Gästezimmer gekrochen, um ihren Rausch auszuschlafen, ohne zu merken, dass Virginia sich in ähnlich abgefülltem Zustand dort bereits befand. Am nächsten Morgen war Virginia aus dem Bett gesprungen und hatte gebrüllt: »Teufel noch mal – kaum hab ich meinen Mann verlassen, ist der erste Mensch, mit dem ich schlafe, eine Frau!«

Jennie hatte es nicht übermäßig eilig, sie bald wiederzusehen.

»Ja, deine Schwester«, sagte sie, als würde sie eingehend darüber nachdenken. »Die ist natürlich ganz reizend. Ich frage mich nur, ob sie nicht ein bisschen zu hochgestochen ist für uns?«

»Oh Gott, ja, sie ist unglaublich klug«, pflichtete Angie ihr bei. »Hat ein Top-Examen in Oxford abgelegt.«

»So ein Mist, das bringt doch alles nichts«, murmelte Peggy und drückte ihre Zigarette aus.

»Also«, fuhr Jennie fort, »wir könnten die heilige Hilda fragen, aber andererseits weiß ich nicht, ob das so eine gute Idee ist, wenn man bedenkt …« Sie machte vielsagende Kopfbewegungen in meine Richtung. Es war, als wäre ich gar nicht mehr am Leben. Existierte überhaupt nicht mehr. »Ich meine, wenn wir wirklich Pete einladen, was ich eigentlich für eine ziemlich gute Idee von Peggy halte, obwohl die anderen nicht unbedingt …«

»Warum die anderen nicht unbedingt?«, wollte Peggy wissen.

Jennie seufzte. Wandte sich mir zu. »Was hältst du denn davon, Poppy?«

»Wovon?«

»Na, dass wir Pete Chambers einladen.«

»Wer ist Pete Chambers?«

Alle starrten mich ungläubig an. Es entstand eine lange und bedeutungsvolle Pause. Schließlich legte Jennie ihren Bleistift aus der Hand. Sie biss die Zähne zusammen und atmete fest durch die Nase aus, was ein leises Pfeifgeräusch verursachte.

»Okay«, sagte sie ruhig und im äußerst gemäßigten Tonfall einer Frau kurz vor dem Nervenzusammenbruch. »Okay. Wir sind ja angeblich hier, um über den Buchclub zu sprechen, darüber, wen wir dazu einladen und welche Bücher wir lesen wollen. Aber eines unserer Mitglieder, eine unserer allerliebsten Freundinnen, hat Probleme, und ich persönlich kann nicht einen einzigen Tag, ja keine einzige Minute so weitermachen, ohne herauszufinden, warum. Was ist passiert, Poppy? Was zum Henker ist eigentlich mit dir los?«

»Wie meinst du das?« Ich spürte, wie mir kalt wurde.

»Noch vor zwei Wochen kamst du ganz gut zurecht. Warst traurig, aber gefasst. Hattest dich mit Phils Tod und mit deinem Leben als Witwe abgefunden. Aber dann – und weil ich dich so gut kenne, würde ich es wagen, den Zeitpunkt auf Freitag vor zwei Wochen festzulegen – ist etwas Schreckliches geschehen.«

Mein Mund war trocken. Alle Augen waren auf mich gerichtet. Möglicherweise sogar die von Angies Kindern in ihren silbernen Rahmen, die an der Seite auf dem alten Buffet standen: diese wunderschönen, selbstsicheren jungen Mädchen, die jetzt wieder auf ihrem Internat waren, und die von Jennies Stieftochter Frankie verächtlich als Edeltussis bezeichnet wurden. Vielleicht waren sie nicht mehr ganz so selbstsicher in letzter Zeit, seit ihr Vater fort war. Felicity war ein bisschen neben der Spur, wie ihre Mutter meinte, nichts allzu Schlimmes, nur Rauchen und Alkohol, aber sie war ja erst fünfzehn. Und Clarissa, die nicht genug für ihre Prüfungen lernte. Auch ihre Blicke waren, wie mir schien, erwartungsvoll auf mich gerichtet.

»Ich … hatte Besuch.« Außerdem hatte ich keine Spucke mehr. Ich konnte nicht glauben, was ich hier tat.

»Wann?«

»Du hast recht. An diesem Freitag. Um die Mittagszeit. Du hast gerade ein Essen für die Hobson-Burnetts gekocht.«

Meilenweit weg, in Buckingham. Das wusste ich, weil mein erster Impuls gewesen war, nach nebenan zu ihr zu gehen. Zu meiner Freundin. Mein zweiter Impuls war gewesen, mich zu verstecken, und dabei war ich dann auch geblieben.

»Eine Frau namens Emma Harding hat mich besucht.«

Meine Freundinnen schwiegen, die Weingläser in den Händen, und obwohl sie spürten, dass das, was jetzt kommen würde, nichts Gutes war, lag ein Hauch von Erwartung im Raum – oder vielleicht auch Erleichterung.

»Anscheinend hatte sie eine Affäre mit Phil. Seit vier Jahren. Seit Clemmies Geburt.«

Man konnte förmlich spüren, wie die Luft sich verdichtete, fest wurde und schließlich erstarrte. Keiner bewegte sich. Keiner blinzelte. Sie warteten. Ich erinnerte mich an Emmas blasses, nervöses Gesicht, als ich ihr etwas zu trinken angeboten hatte. Vielleicht eine Tasse Tee? Wie sie höflich abgelehnt und dann Platz genommen und ihre Tasche zu ihren Füßen abgestellt hatte. Sie hatte geschluckt und die Hände zusammengepresst, um sich zu sammeln.

Ich wandte mich meinen Freundinnen zu, deren Gläser noch immer bewegungslos in der Luft verharrten, Peggys Zigarette stand kurz davor, mehrere Zentimeter Asche zu verlieren.

»Sie hat Phil vor vier Jahren geholfen, seine Investmentfirma aufzubauen, als er bei Lehman's gekündigt und sich selbständig gemacht hat, wisst ihr noch?« Ich erinnerte mich sehr wohl, weil es kurz nach Clemmies Geburt gewesen war. Ich saß mitten in der Nacht im Bett und stillte sie, wenn er völlig erschöpft hereingestolpert kam. Er hatte Tag und Nacht gearbeitet, um die Firma in Gang zu bringen. »Sie haben sehr eng zusammengearbeitet. Sie war für die neuen Investitionen zuständig. Sie war sehr wichtig für Phil. Sie haben so viel Zeit miteinander verbracht, dass es einfach so kommen musste. Sie haben sich ineinander verliebt.«

In meiner Vorstellung spulte ich zurück zu der Szene, als Emma mir das erzählte. Sie war nervös gewesen, war aber meinem Blick nicht ausgewichen. »Bei dieser Art von Geschäften«, erklärte sie, »wenn man bis spät in die Nacht arbeitet, ist das so schwer mit der Distanz.«

»So schwer«, flüsterte ich jetzt ganz automatisch vor mich hin.

»Was? *Was* soll so schwer sein?« Jennie war aufgesprungen.

Ich betrachtete meine Freundin, wie sie da mit wütend vorgerecktem Kopf in Angies Küche stand. »Wenn man so nah zusammenarbeitet – ganz darin aufgeht, mit gewaltigen Summen jongliert – der Stress, die Anspannung. Das sind Geschäfte, Jennie, von denen du und ich keine Ahnung haben. Wir sind schon zu lange draußen. Zu sehr auf unsere Kinder fixiert. Das nimmt bei diesen Leuten ihr ganzes Leben ein. Und sie wusste, dass ich von ihr erfahren würde«, fuhr ich mechanisch fort. »Sie wusste, dass ihre Identität enthüllt werden würde, sobald das Testament eröffnet wird, weil er ihr gesagt hat, dass er für sie gesorgt hat. Deswegen ist sie vorher zu mir gekommen. Aber sie will nichts davon, Jennie. Gar nichts, das wollte sie mir sagen. Eigentlich sehr tapfer.«

Ich dachte daran, wie Emma mich unter einem blassblonden, seidigen Pony hindurch angeblickt und dabei so verängstigt, so verunsichert gewirkt hatte.

»Dieses kleine Luder«, keifte Jennie.

»Oh nein«, sagte ich überrascht. »Nein, so war sie gar nicht.«

»Was meinst du mit, so war sie gar nicht?«, rief Angie aus. »Sie hat mit deinem Mann geschlafen!«

»Ich meine – sie war nicht so eine typische Geliebte. Sie war sanft, ja beinahe verletzlich. Sie sagte, Phil wäre einsam gewesen. Traurig. Und sie hatte ihn ursprünglich nur trösten wollen.«

»Einsam?«, ertönte Jennies ungläubige Stimme.

»Nach Clemmies Geburt. Sie meinte, ich hätte mich ganz in die Welt meines Kindes zurückgezogen und ihn ausgeschlossen.«

»Nur ein bisschen …«, hatte Emma nervös gesagt, wie sie da auf meinem Sofa kauerte. »Sie waren einfach mit anderen Dingen beschäftigt, hat Phil gesagt.«

»Und er hatte das Gefühl, außen vor zu sein?«, spottete Angie.

»Nun … ja. Ja, das hatte er. Ich glaube, das stimmt auch«, sagte ich zu den anderen. »Ich war damals beschäftigt.«

Ich dachte an Clemmies Geburt zurück: meine ungezügelte Freude darüber, dass ich sie hatte, meine geliebte Tochter, mein süßes kleines Mädchen mit den strahlenden Augen, die so viel Glück in meine bis dahin doch eher düstere Welt gebracht und das Licht in meiner Ehe angeknipst hatte.

»Und da hat Phil sich ausgeschlossen gefühlt und sich mit einer der Sekretärinnen im Büro getröstet«, spottete Angie.

»Finanzfachfrau«, erklärte ich.

»Gut, und diese Finanzfachfrau«, sagte sie und machte dabei ironische Anführungszeichen in der Luft, »hat dir zweifellos erklärt, dass es nicht etwa der Sex war, den ihr neuer Liebhaber vermisst hat, sondern Liebe und Zuwendung?« Sie stand auf und fing an, in ihrer großen Küche auf und ab zu tigern. Die Arme hatte sie fest verschränkt, das Kinn auf die Brust gedrückt, wie jemand, der sich dem Auge des Orkans entgegenstellt.

»Genau. Und die Sache ist die, Angie, wenn ich ehrlich bin«, mein Hals wurde eng, »habe ich Clemmie mit so viel Liebe überschüttet und war so vollkommen eingenommen von ihr, dass er sich vielleicht wirklich zurückgewiesen fühlte. Vielleicht hat er sich hilflos nach ein wenig Zuwendung umgetan …«

»Aber vielleicht hat er auch nur im Büro mal schnell einen Ständer gekriegt«, bemerkte Peggy sarkastisch und aschte in die neben ihr stehende mannshohe Grünpflanze. »Vielleicht hatte seine Frau eine schwierige Geburt und er war ein bisschen ungeduldig, was den Sex betraf.«

»Ja«, pflichtete ich ihr bei, »aber manche Männer brauchen es einfach. Ich meine, denk doch nur mal an Dan und Jennie.« Ich hatte die ganze Zeit, seit die Geliebte meines Mannes bei mir gewesen war, an Dan und Jennie gedacht, die gleich nach Hannahs Geburt wieder Sex gehabt hatten. Was für eine egoistische Kuh ich doch gewesen war!

»Ach, mach dich doch nicht lächerlich«, brauste Angie auf. »Jennie hatte zweimal einen Kaiserschnitt! Ihre sind sozusagen durchs Schiebedach geschlüpft und haben sich nicht durch den Motorraum gequetscht wie bei dir und mir!« Peggy, kinderlos, überkreuzte die Beine und verzog das Gesicht. »Mach dir bloß keine Vorwürfe, meine Liebe, das ist doch alles absolut keine Entschuldigung!« Angie wackelte mit dem Zeigefinger.

»Von ›Schiebedach‹ würde ich allerdings nicht gerade sprechen«, murmelte Jennie pikiert.

»Und diese Emma«, fuhr Angie fort, die noch immer hin und her tigerte, »war bestimmt betont schlicht gekleidet, nicht wahr? Sie trug ein niedliches, ländliches Top und flache Sandalen, war nicht geschminkt, hatte frisch gewaschene Haare?«

Überrascht blickte ich zu ihr auf. »Ja ... genau. Wie schon gesagt, sie war nicht der Flittchen-Typ ...«

»Na ja, sie wird wohl kaum bei dir zu Hause mit Netzstrümpfen und Mieder herumlaufen und an ihren Strapsen zupfen!«

»Oh, das kann ich aber kaum glauben, dass sie so eine sein könnte.«

»Das kannst du aber glauben«, sagte Angie scharf und blieb plötzlich stehen, um ihre Handflächen vor mir auf den Tisch zu knallen, dass ich zusammenzuckte. Ihre Augen waren direkt vor meinen und ihr Blick war hart wie Stein. »Das kannst du wohl glauben, Poppy.« Sie sahen wild entschlossen aus, meine Freundinnen. Und sehr verärgert. »Glaub ja nicht, dass sie nicht nahtlos in den Flittchen-Modus umschalten konnte, sobald dein Mann in ihrem Schlafzimmer war.«

Plötzlich sah ich es bildhaft vor mir, wie Phil im Anzug in ihr Schlafzimmer kam, mit der Aktentasche in der Hand, wo Emma bereits auf dem Bett wartete und sich vielleicht in einem seidenen Negligé räkelte. Ich spürte, wie ich schwankte.

»Wirklich?«

»Wirklich. Und wenn du jetzt anfängst, dir Vorwürfe zu machen, weil du ihm sexuell nicht genug geboten hast – wie tief willst du eigentlich sinken? Ich erinnere mich verdammt gut, wie sehr du dich im Schlafzimmer zurückgewiesen gefühlt hast.«

»Ja, aber wenn ich ehrlich bin, war es mir eigentlich egal.«

»Das ist uns doch allen egal!«, kreischte Jennie. »Nach ein paar Kindern ist es uns allen egal, ob wir je wieder Sex haben, aber das bedeutet noch lange nicht, dass er sich außerhalb vergnügen kann!«

»Nicht?«

»NEIN!«, brüllten sie alle drei wie aus einem Mund und mit geballten Fäusten.

Es folgte ein tiefes, wütendes Schweigen. Die Atmosphäre im Raum war auf das Äußerste aufgeladen und angespannt.

»Es ist nicht deine Schuld, Poppy«, sagte Peggy schließlich ernst. »Hast du das etwa gedacht, meine Süße? Die ganzen letzten Wochen?«

»Ja, also, ich habe ...« Plötzlich spürte ich, dass ich gleich die Fassung verlieren würde. Ihre liebevollen Worte hatten mir den Rest gegeben. Mir kam es so vor, als bestünde ich ganz und gar aus altem Pergament, das sich bei der leichtesten Berührung in nichts auflösen würde. Ich dachte wieder an Emma, wie sie zögernd von meinem Wohnzimmersofa aufgestanden war. Die Hände gerungen und gesagt hatte, es täte ihr so leid, dass sie mir solche schlechten Nachrichten überbringen müsste.

Ich hatte meinen Ehemann, den Vater meiner Kinder, verloren. Damit war ich fertig geworden. Aber ... wie konnte man einen Menschen verlieren, der gar nicht da war? *Phil war nie da gewesen.* Ich war schon seit langer Zeit auf mich alleine gestellt gewesen. Nur hatte ich es nicht gewusst. Das Gefühl des Verlassenseins hatte gedroht, mich zu überwältigen. Ich wusste noch, dass ich keine Luft mehr bekommen hatte und aufstehen und durchatmen musste.

Irgendwie war ich Emma zur Tür gefolgt, wo sie noch ein paar weitere Entschuldigungen hervorgebracht hatte, dass sie ihn nur hätte trösten wollen wegen seiner sterilen Ehe.

»Sterile Ehe!«, kreischte Angie. Offenbar hatte ich das laut ausgesprochen. »Und zweifellos hat sie auch gesagt, du wärst kalt und gefühllos gewesen und dass – lieber Himmel – der arme Mann sich abgelehnt gefühlt hätte? Poppy, habe ich dir nicht haarklein erzählt, was Tom bei der Trennung so von sich gegeben hat?«

»Na ja, ich ...«

»Das hört sich alles so verdammt vertraut an«, zischte sie. »Und es hat absolut gar nichts hiermit zu tun«, sie schlug sich mit der Hand aufs Herz, »sondern einfach nur damit«, sie griff sich eine großen Zucchini aus dem Gemüsekorb und schwang sie obszön umher.

Schweigen.

»Sie hat also gesagt, es täte ihr leid?«, sinnierte Peggy.

»Ja, das hat sie.« Meine Gedanken wanderten wieder zurück zu Emma. An der Haustür. Den Blick gesenkt. Die Tasche über der Schulter.

»Und dass sie niemanden in Schwierigkeiten bringen wollte, vor allem nicht, weil doch die Kinder beteiligt waren?«

»Ja.«

»Und dass es ihr entsetzlich leidtäte, dass du es auf diese Weise erfahren musstest. Dass du es überhaupt erfahren musstest. Es wäre nicht ihre Absicht gewesen, deine Trauer noch zu verschlimmern.«

»Ja, das hat sie alles gesagt.«

»Und dann ist sie gegangen und hat versucht, ganz langsam und ruhig den Weg entlangzugehen, konnte aber gegen Ende nicht widerstehen, sich ein bisschen zu beeilen.«

»Ja, sie hat sich ein bisschen beeilt wegzukommen.« Ich runzelte die Stirn, während ich daran dachte, wie sie rasch die Gartenpforte hinter sich zugemacht hatte und in ihren Mini gesprungen war. Wie sie über die Schulter zurückgeschaut hatte, als sie, ohne sich um den Sicherheitsgurt zu kümmern, knapp in die Straße eingebogen war – mit einem raschen Blick in den Rückspiegel und zu mir.

»Und sie hat dich, die Witwe, da stehengelassen und du kamst dir wie das letzte Stück Dreck vor.«

»Genau«, flüsterte ich.

»Wie eine kalte, herzlose Ehefrau, die ihren Mann in das Bett einer anderen Frau getrieben hat.«

Trotz meines beeinträchtigten Zustands war ich durchaus in der Lage, den ironischen Tonfall zu registrieren.

»Sie will kein Geld«, erklärte ich ihnen, fast so als wollte ich sie in Schutz nehmen. »Sie ist gekommen, um mir das zu sagen.«

»Sie hat also ein Gewissen. Oder behauptet es zumindest. Aber vor allem hat sie Schiss, Poppy. Sie wusste, dass du bei ihr anklopfen würdest, sobald das Testament eröffnet ist, und ist gekommen, um dem vorzubeugen, bevor die Scheiße den Ventilator erreicht. Zweifellos hat Phil für sie vorgesorgt, in der Annahme, dass er mit achtzig sterben würde, und übrigens: Wie zynisch ist das denn? Hatte der echt vor, dich bis ans Ende seiner Tage zu betrügen?« Peggy hielt inne. »Dein Mann war ein Arschloch, Poppy.« Ich blickte auf. In Peggys Blick lag ausnahmsweise kein Schalk, kein wohlwollend ironisches Zwinkern. »Er hat dich abscheulich behandelt. Ja, er hat eure Ehe geradezu lächerlich gemacht. Er hat dich kontrolliert, hat dir gesagt, wie du dich kleiden sollst, hat dir Geld zugeteilt, als ob du ein Kind wärst, hat deine Selbstachtung und dein Selbstvertrauen untergraben und hat dies alles noch mit der Beleidigung gekrönt, dass er mit einer anderen Frau geschlafen hat.«

Ich holte scharf Luft. »So hab ich das noch gar nicht gesehen«, murmelte ich.

Jennie legte den Kopf in die Hände und stöhnte leise auf. Als sie wieder aufblickte, ließ sie die Finger theatralisch über ihr Gesicht hinabgleiten. »Poppy, Poppy, wo warst du nur?«, flüsterte sie.

»An einem ziemlich dunklen und schrecklichen Ort«, sagte ich mit zitternder Stimme. Ich erzählte ihr nicht, dass es Augenblicke gegeben hatte, wo ich am liebsten für immer verschwunden wäre. Augenblicke, wie der neulich auf dem Rückweg vom Einkaufen, als ich darüber nachgedacht hatte, dass ich das Auto auch einfach gegen eine Mauer fahren könnte.

Jennie beugte sich vor. Packte mein Handgelenk. »Die meisten Frauen würden diese neue Erkenntnis, den Besuch dieser Frau, als Balsam für ihr Gewissen empfinden, als Beweis, dass sie sich nicht allzu schuldig fühlen müssen, wenn sie als Witwe nicht in Sack und Asche gehen.«

»Und doch kann ich nachvollziehen, dass es für eine wie Poppy ein ziemlicher Schlag sein kann«, sagte Peggy gedehnt.

Ich schaute sie an. *Eine wie Poppy.* Was sollte das denn heißen? Eine, die allzu leicht zu beeindrucken und zu beeinflussen war? Die sich vor lauter Unsicherheit und Unzulänglichkeit von ihrem Mann kleinhalten ließ? Ich hatte Angst vor dem, was sie als Nächstes sagen würde.

»Was für eine gewaltige Zurückweisung«, fuhr sie fort. »Statt ihr dankbar zu sein, weil sie sich immer untergeordnet hat, weil sie ihn ertragen und ihm nachgegeben hat, ist er nicht nur gestorben, sondern hat sie auch noch betrogen. Wie verabscheuungswürdig ist das denn? Betrogen von so einer Null wie Phil«, schimpfte sie düster.

»Phil war doch keine …«

»Doch, war er, eine Null. So haben ihn hier in der Gegend viele gesehen.«

Jennie und Angie senkten die Köpfe und betrachteten ihre Fingernägel. Hier in der Gegend? Ich blickte meine Freundinnen entgeistert an, aber sie wichen meinem Blick aus. Wie weit reichte die Gegend? Bis nach Aylesbury? Mein Kopf begann zu dröhnen. Zuerst langsam, doch dann nahm es immer mehr Raum ein. Etwas Verschrumpeltes, Trockenes breitete sich in mir aus, fing an zu sprießen, zu grünen und suchte sich Nahrung. Phil, die Null, mein Mann. Und in einer Ecke meines Bewusstseins hatte ich es schon immer gewusst. Dass er eine Null war. Hatte mit angehört, als Angie einmal zu Jennie gesagt hatte, wie schlecht man es doch getroffen habe, wenn man bei einer Dinnerparty neben ihm zu sitzen kam. Aber ich hatte es ignoriert. Hatte ihn gedeckt. Wie man es eben tat, wenn man mit einem eher langweiligen Mann verheiratet war. Aus Loyalität. Aus persönlichem Stolz. Hatte mir selbst eingeredet, er hätte verborgene Qualitäten, von denen meine Freundinnen nichts wissen konnten. Hatte mich darauf konzentriert, wie hart er arbeitete, wie pflichtbewusst und selbstlos er war. Dass er unsere Brötchen verdiente. Aber in meinem Innersten hatte ich gewusst, dass es ein Fehler gewesen war, ihn zu heiraten. Mir war nur nicht klar gewesen, dass alle anderen das ebenfalls wussten.

Schließlich begannen sich Worte in meinem Hirn zu bilden, sie wirbelten in einem wilden Kaleidoskop umher wie Magnetbuchstaben vom Kühlschrank. Zeitgleich herrschte in meiner Magengrube ein Rumoren, als würde der seit Ewigkeiten schlafende Vesuv sich auf einen Ausbruch vorbereiten. Ich hatte es mir seit Jahren nicht eingestanden und war die letzten elf Tage völlig am Boden zerstört gewesen. Doch jetzt bahnte sich die Wut ihren Weg. Kam mit Donnergrollen angestürmt wie die Siebte Kavallerie. All die langen, einsamen Abende. All die Wochenenden allein mit den Kindern. Er hatte nicht nur gearbeitet, war nicht nur Rad gefahren – um seine Batterien wieder aufzuladen, wie ich mir immer eingeredet hatte –, er hatte mit einer anderen Frau geschlafen. Bevor er zu mir nach Hause gekommen war, wo er immer gleich geduscht hatte. Phil, der Zweimal-täglich-Duscher. Jetzt wussten wir auch, warum. Ich schaute meine Freundinnen an, meine drei guten Freundinnen, die angespannt und aufmerksam um mich herum saßen.

»Wie konnte er es wagen?«, hauchte ich, zunächst ganz leise. Es war eine Überraschung, diese Worte aus meinem Mund zu hören. Sie warteten. Jennie nickte nachdrücklich.

Ich grub tiefer, ganz bis ins Innerste meiner Seele. Und von dort starrte mich sein Verrat an. Ich sah es deutlich wie eine Filmszene vor mir. Sah, wie er spät, manchmal erst um Mitternacht, nach Hause kam; wie ich im Bademantel nach unten stolperte, um ein Essen in die Mikrowelle zu stellen, zu fragen, wie sein Tag war, ihn zu bemitleiden. Ich sah mich bei Clemmies erstem Krippenspiel im Publikum sitzen, neben mir ein leerer Platz, dann eine SMS: »Sorry, komme hier nicht weg.« Ich sah mich am frühen Abend mit den Kindern zusammen essen, damit ich nicht alleine essen musste. Ich sah eine alleinerziehende Mutter. Warum hatte ich mich in den vergangenen Tagen so geschämt, war voller Angst gewesen, die Welt könnte entdecken, dass ich nicht genug für meinen Mann gewesen war? Weil er tot war? Der Tod war keine Entschuldigung. Er hatte mich verraten. *Er* hatte mich betrogen. Nicht genug für ihn? *Er* war nie genug für *mich* gewesen! Ich sah plötzlich nicht nur das Licht am Ende des Tunnels, nein ich hatte ein echtes Erweckungserlebnis.

»VERDAMMT NOCH MAL, WIE KONNTE ER ES WAGEN!«, brüllte ich so laut, dass mich die Wucht des Rückstoßes in meinen Stuhl zurückwarf.

»Gutes Mädchen«, hauchte Peggy leise.

Ich schnappte mir mein Weinglas, während mir das Blut durch die Adern rauschte, und kippte den Chablis in einem Zug hinunter. Dann knallte ich das leere Glas wieder auf den Tisch. »Schenk mir ein«, verlangte ich.

»Mein Gott, Poppy«, murmelte Angie entgeistert, aber Peggy hatte die Sache schon in die Hand genommen.

»Gutes Mädchen!«, wiederholte sie, während sie mein Glas bis zum Rand füllte.

# 8

Natürlich brauchte es letztlich mehr als ein paar Gläser Weißwein, um mich wieder in die Spur zu bringen, mehr als einen Abend mit den Mädels. Anscheinend war es mir nicht sehr gut gegangen, war ich nicht besonders gut zurechtgekommen. Und offenbar war es auch nicht normal, nächtelang nicht zu schlafen. Das alles wurde mir sanft und vorsichtig von meinen Freundinnen erklärt und schon am nächsten Tag schleppte Angie mich zu ihrer Hausärztin, einer freundlichen Frau mittleren Alters, die Angie während ihrer Trennung von Tom unterstützt hatte. Sie gab mir ein paar kleine weiße Pillen, die mir halfen zu schlafen und die dafür sorgten, dass ich mich schon nach wenigen Tagen unglaublich viel besser fühlte. Ich nahm sie begierig und staunte über die Veränderung in mir. Nach einer Weile fühlte ich mich allerdings eher wie ein Turbolader – als könnte ich jeden Augenblick losrasen und nur Abgaswolken zurücklassen – und so spülte ich den Rest der Pillen im Klo hinunter.

Zwischendrin fegte, rumpelte und stürmte ich durch mein Haus. Es schien unter mir zu erzittern, wie das Haus eines Riesen. Ich marschierte umher, sah mich mit großen Augen um und hielt von Zeit zu Zeit inne, um den Kamin oder die Bücherregale ungläubig zu fragen: »Was? Er hat *was* getan?«, in immer größer werdenden Kreisen tigerte ich herum, die auch das obere Badezimmer einschlossen, wo ich jeden Morgen lange und heiß duschte, mir wie wild die Haare wusch, um dann mit geblähten Nüstern, sauber und dampfend, mit zurückgebundenen Haaren und in frisch gewaschenen Jeans und einer Bluse nach unten zu kommen.

Das Haus nahm ich als Nächstes in Angriff. Ich wischte Staub und saugte von oben bis unten durch, dann mietete ich einen Dampfreiniger. Ich putzte die Fenster, polierte die Möbel, reparierte eine zerbrochene Vorhangschiene in Archies Zimmer, schrubbte die Fliesen in der Dusche – wobei ich mir sogar die Fugen vorknöpfte mit irgendetwas, das so giftig war, dass es mir fast die Fingernägel wegätzte –, dann räumte ich alle Schubladen und Regale auf, bevor ich schließlich sämtliche Spuren meines Ehemannes beseitigte. Nur ein Paar Manschettenknöpfe, eine Uhr und seinen Smoking bewahrte ich für Archie auf und für Clemmie ein Aquarell, das er gemocht hatte, all seine Kleider brachte ich in ein Sozialkaufhaus und die Sachen, die sonst keiner haben wollte, verbrannte ich im Garten, als die Kinder im Bett waren. Ich konnte mich gerade noch zurückhalten, Fotos zu verbrennen oder ähnlich hysterische Aktionen zu veranstalten, und packte sie stattdessen in eine Kiste, die ich in der hintersten Ecke des Kellers verstaute, aber nichtsdestotrotz hatte ich garantiert einen wilden Glanz in den Augen, als seine Lycra-Radlerhosen (drei Paar), seine Handschuhe, die albernen Schuhe, die Landkarten und die Stoppuhr sich in beißenden Rauch auflösten. Während die Flammen in den samtschwarzen Himmel züngelten, knisternd und knackend in der Nacht, fühlte sich das an wie ein regelrechter Exorzismus. Ein Gefühl der Befreiung. Summend – ja, summend – wandte ich mich um und schlenderte ins Haus zurück, um noch mehr zu holen. Pokale und Medaillen waren zusammen mit den Fotos in den Keller gewandert, aber die Science-Fiction-Hefte sollten brennen, zusammen mit seinen

Selbsthilfe-Ratgebern – wie man reich wurde, wie man beliebt wurde und so weiter –, dazu noch ein Buch, das ich noch nie zuvor gesehen hatte und das ich unter seiner Seite des Bettes versteckt gefunden hatte. Es trug den charmanten Titel: *Ferne Liebe – Leben ohne den geliebten Menschen.* Kreischend rannte ich nach unten und schleuderte es in die Flammen. Als ich aufblickte, sah ich Jennies verblüfftes Gesicht an ihrem Schlafzimmerfenster. Sie hatte die Lage sofort durchschaut und streckte beide Daumen in die Höhe, bevor sie sich wieder ihren Angelegenheiten zuwandte.

Als Nächstes kamen die Kinder an die Reihe und wurden von Kopf bis Fuß aufpoliert. Alle Kleider wurden gewaschen und draußen auf die Wäscheleine gehängt, die Gesichter wurden gewaschen, Süßigkeiten und Chips verbannt, der Fernseher wurde ausgeschaltet und beim Schlafengehen wurde von nun an wieder ausgiebig gekuschelt und beim Essen, das unter anderem auch aus Brokkoli und Karotten bestand, erzählten wir uns Geschichten. Mit anderen Worten, es herrschte wieder Normalbetrieb. Lächeln und Lachen kehrten ebenfalls zurück, und zwar sofort, Kinder sind einfach sehr spontan und wenig nachtragend. Und wenn es mir doch einmal in den Sinn kam, mir Vorwürfe zu machen wegen der vergangenen elf Tage, in denen wir hier ›Leben in einem sozialen Brennpunkt‹ gespielt hatten, so führte ich mir vor Augen, dass es nur elf Tage gewesen waren und dass echte Trauer samt ihrer Auswirkungen auf die Familie verdammt viel länger dauern konnte. Was ich durchlitten hatte, war nicht Trauer gewesen, sondern Schock. Und zwar ein ganz gewaltiger. Ich rief Dad an und sagte ihm, dass er sich keine Sorgen mehr machen solle, ich sei wieder auf dem Posten. Seine Erleichterung war deutlich zu spüren und er legte auf nach einer fröhlichen Verabschiedung und der

Beteuerung, er werde sich bemühen, nicht von dem riesigen braunen Jagdpferd zu fallen, das er für jemand anderen zuritt, damit der dann irgendwo auf der Jagd hinunterfallen konnte.

An den Vormittagen, wenn ich Clemmie in den Kindergarten gebracht hatte, machte ich mit Archie lange Spaziergänge in dem Wald hinter meinem Haus, für die ich mir Leila ausborgte. Zu dritt marschierten wir durch das Herbstlaub, das Archie mit seinen Gummistiefeln lachend hochschleuderte, bis es in Farben leuchtend wie Edelsteine – Bernsteingelb, Rubinrot und Gold – um seinen Kopf nach unten flatterte. Nur manchmal blieb ich mitten in diesen 20 Quadratkilometern Wald, wo sonst keine Menschenseele war, stehen, um die Fäuste zu ballen und »Verdammte SCHEISSE!« in die Baumkronen hinauf zu schreien. Archie lachte begeistert und wollte getragen werden und *verdammte Scheiße* waren dann dummerweise auch die nächsten Worte, die er lernte. Die leuchtenden Herbstfarben stachelten meine Lebendigkeit genauso an wie das Feuer in meinem Garten und ich kehrte erfrischt, aber auch wütend zurück. Unfassbar wütend darüber, dass Phil mir so etwas antun konnte.

Gott sei Dank ist er jetzt tot, dachte ich eines Morgens überrascht. Zumindest war es eine Überraschung für mich. Ich sprach es sogar laut aus, sagte es dem Vogelhäuschen, während ich am Küchenfenster eine Scheibe Toast aß, nur um sogleich schuldbewusst zum Himmel hinauf zu schauen, wo zwei Spatzen flatterten, um mich zu verpetzen. Aber mal angenommen, er wäre nicht gestorben; angenommen, er hätte noch jahrelang mit Emma weitergemacht, mich betrogen, mein Leben der Lächerlichkeit preisgegeben … Ja, Gott sei Dank war er tot, beschloss ich mit Nachdruck und stellte meinen Teller in die Spülmaschine.

»Gott sei Dank«, wiederholte Archie hinter mir ernst und löffelte sein Müsli. Oha, mein Sohn war ein großer Junge, inzwischen musste ich wirklich aufpassen, was ich sagte.

Am folgenden Tag traf ich Jennie, als ich mir meine Zeitung holen wollte. Meine Zeitung, die ich seit Wochen nicht mehr gekauft hatte. Weil ich kein Interesse an der Welt um mich herum mehr gehabt hatte.

»Ist heute Abend Chorprobe?«, fragte ich leichthin.

Zwei ältere Frauen, die in der Schlange am Postschalter standen, wandten sich überrascht um.

»Ja, um sieben. Ach, schau dich nur an, Poppy, du siehst so viel besser aus.« Jennie strahlte. »Du warst ja beim Friseur!«

»Sieht sie nicht hinreißend aus«, pflichtete die alte Mrs Archibald ihr bei und stupste ihre Nachbarin an, Mrs Cripps, die mit einem zahnlosen Grinsen zustimmte. »Als wäre eine Riesenlast von Ihnen abgefallen, meine Liebe.«

»Das ist auch so«, versicherte ich ihnen, nahm den Apfel, den Archie sich aus der Obstauslage geschnappt hatte, und reichte ihn Yvonne, um ihn wiegen zu lassen. »Ich muss sogar sagen«, erklärte ich ihnen, »dass ich mich verdammt gut fühle. So gut wie schon seit Jahren nicht mehr.«

Dass die netten alten Damen darüber ein wenig erstaunt wirkten, war ihnen nicht zu verübeln, dachte ich, während ich mit meinen Kindern den Hügel hinauf zum Kindergarten ging. Nicht viele junge Witwen konnten innerhalb weniger Tage von katatonischer Lähmung zu ausgewachsener Euphorie wechseln, aber diese hier konnte das. Oh yeah!

Auch Miss Hawkins war hocherfreut, uns drei so blitzblank und sauber zu sehen, und zum ersten Mal seit langem hüpfte Clemmie gleich zu ihrer Freundin Alice, ohne sich an meinem Bein oder dem von Miss Hawkins oder an beiden festzuklammern.

Als Frankie am Abend kam, konnte ich es gar nicht erwarten, endlich loszukommen.

»Mein Gott, sieh dich nur an«, sagte sie und mühte sich ab, ihre gigantische Büchertasche in die Küche zu schleppen, wo sie sie auf den Küchentisch hievte. »Du bist ja sogar geschminkt und so. Du siehst wirklich viel besser aus.«

Was, wie ich feststellen musste, auf sie nicht zutraf. Ihre Haare waren fettig und strähnig und sie hatte Pickel auf dem Kinn und unglücklich umwölkte Augen. Ich musste unbedingt mit Jennie reden.

»Es ist schon erstaunlich, was die pure Wut mit einem anstellen kann«, versicherte ich ihr.

»Stimmt ja, du hast rausgefunden, dass er fremdgegangen ist. Wer hätte das gedacht? Dein Phil.«

»Allerdings«, sagte ich düster und schnappte mir meine Handtasche.

»Ich meine, er wirkte so, du weißt schon …« Sie kaute auf ihrem Daumennagel herum.

»Langweilig?«

»Na ja, ich hätte jetzt gesagt, harmlos.«

»Wie ein Nerd? Unattraktiv für Frauen?«

Es war ihr sichtlich unangenehm. »Aber er ist doch tot, vielleicht sollten wir nicht … Du weißt schon.« Sie zuckte mit den Schultern.

»Nein, vielleicht sollten wir lieber nicht«, pflichtete ich ihr bei, aber es tat mir gut zu wissen, dass Frankie nicht viel von ihm gehalten hatte.

»Wie war sie eigentlich?«, fragte sie und folgte mir zur Tür. »Seine Geliebte?«

»Ja. Jennie hat gesagt, dass sie hier war. Die traut sich was!«

»Eigentlich ziemlich attraktiv. Überraschend hübsch.«

»Genau wie du. Er hatte offenbar doch irgendetwas an sich«, sagte sie nachdenklich.

»Offenbar«, sagte ich und wandte mich an der Tür noch einmal zu ihr um. »Aber es war nicht genug, Frankie. Auf keinen Fall entschuldigt es seinen Verrat. Ich bin froh, dass er weg ist.« Ich hatte das schon hin und wieder gedacht, war aber doch überrascht, es aus meinem eigenen Mund zu hören.

Ihre Kajal-umrandeten Augen weiteten sich. »Aber *hallo!«* Sie blickte mich an. Überlegte. »Natürlich, er war ja schließlich verheiratet, das an sich ist schon attraktiv. Für diese Frau, meine ich. Dass er einer anderen gehörte und so.«

»Stimmt.« Ich musterte sie und dachte ein wenig beunruhigt an das, was sie über den Biolehrer gesagt hatte. »Bis später dann, Frankie. Archies Fläschchen ist im Kühlschrank.«

Dass er einer anderen gehörte ..., sinnierte ich, während ich mich auf den Weg zur Kirche machte. Aber bitte, sie durfte ihn gerne haben. Vielleicht hätte ich seine Sachen nicht verbrennen, sondern sie ihr vorbeibringen, sie vor der Tür abladen und sagen sollen: Hier, du kannst ihn haben. Was ich vielleicht auch getan hätte, wenn er nicht gestorben wäre. Falls ich es je herausgefunden hätte. Ja, wie wäre diese kleine Szene wohl weitergegangen, überlegte ich, während ich mit vom Wind zerzausten Haaren das Tor in der Mauer zum Kirchhof aufstieß und den Weg hinaufging, der rutschig war vom Laub. Natürlich hätte ich mich scheiden lassen und er wäre zu ihr gezogen, aber das wäre für die Kinder sehr unschön gewesen. Mal hier, mal da an den Wochenenden, in den Ferien, so wie bei Angies Töchtern, dazu noch eine Stiefmutter ... Eine *Stiefmutter.* Ich blieb stehen. Schwankte kurz auf der Kirchentreppe, die von Generationen von Gläubigen glattgetreten war. Ich richtete den Blick gen Himmel. Danke, lieber Gott, sagte ich aus tiefstem Herzen, bevor ich die Tür aufschob. Danke, dass du mir all das erspart hast.

Jennie war noch nicht da, weil sie Jamie zu den Pfadfindern bringen musste, aber ich kannte ja jetzt die Regeln und marschierte direkt in die hinterste Reihe, weit weg von Molly, wo ich meiner Freundin einen Platz frei hielt. Zufällig kam ich dabei neben Angus Jardine zu sitzen, dem mit den silbergrauen Haaren und den guten Manieren. Eigentlich gehörte Angus zu denen, die mich mieden, aber jetzt gebot es der Anstand, dass er sich mir mit besorgter Miene zuwandte.

»Wie geht es dir, meine Liebe? Ich habe heute erst den Polizeibericht gesehen. Mir war gar nicht klar, dass sein Tod durch einen von diesen elenden easyJet-Fliegern verursacht wurde. Schrecklich, dass so was passiert. Einfach schrecklich.«

»Ach, nein, nicht wirklich«, versicherte ich ihm seelenruhig und schlüpfte aus meinem Mantel. »Hätte schlimmer kommen können.«

»Wirklich?« Er machte ein erstauntes Gesicht, hielt inne, um zu überlegen. Die Stirn zu runzeln. »Inwiefern genau?«

»Na ja, er hatte eine Affäre. Phil, meine ich. Wenn er länger gelebt hätte, wäre alles sehr viel unerfreulicher geworden, die Kinder aufzuteilen und so weiter. Jedenfalls habe ich mir das gerade auf dem Weg hierher gedacht.«

Seine wässrigen alten Augen traten erschreckt hervor. Er räusperte sich verlegen. »Ach du lieber Gott.«

»Ja, genau, der *liebe* Gott, Angus.« Ich hob den Blick und deutete nach oben. »Genau das habe ich auch gedacht!«

Angus wusste nicht, was er sagen sollte. Er sah aus, als hätte er sein Gebiss verschluckt.

»Tut mir leid, wenn ich dich schockiert habe«, sagte ich sanft und legte meine Hand auf seinen Arm. »Aber ich glaube, es ist einfach so, dass ich nicht länger die trauernde Witwe spielen kann, wenn ich nicht im Entferntesten traurig bin. Jedenfalls nicht mehr. Hat Peggy dich schon wegen des Buchclubs gefragt?«, wechselte ich gnädig das Thema.

»Peggy? Nein.«

»Nun ja, ein paar von uns Frauen wollen einen aufziehen. Und wir dachten, du hättest vielleicht auch Lust mitzumachen.«

Erfreut strich er sich die gepflegten Haare zurück. »Na, das ist ja …«, schnurrte er und um seinen Mund zuckte es begeistert. »Wie nett von euch, dass ihr an mich gedacht habt. Aber ich weiß nicht …«

»Ach, komm schon, Angus, das ist genau dein Ding.« Ich gab ihm einen Stups. »An einem Dienstagabend bei einem Glas Muscadet mal locker über den neuesten Thriller von Robert Harris zu plaudern, das ist doch allemal besser als deine ewigen Politiksendungen im Fernsehen, meinst du nicht?«

»Ja. Und Sylvia spielt dienstags immer Bridge …« Ich sah förmlich, wie es in seinem Kopf ratterte.

»Na siehst du. Kein aufgewärmter Blumenkohlauflauf mit einer riesigen Ofenkartoffel auf einem Tablett.«

»Nein.« Seine Augen weiteten sich. »Ganz recht. Ja, eigentlich könnte ich.« Er wirkte plötzlich ungeheuer munter. »Sag Peggy, dass ich durchaus könnte.«

»Dass du was könntest?«, fragte Jennie, die atemlos neben mich in die Bank schlüpfte, zufällig kurz vor Sylvia, die sich aber eine Reihe weiter vorne hinsetzen musste, da bei uns kein Platz mehr war. Sie warf ihrem Mann einen bitterbösen Blick zu, weil er ihr keinen Platz frei gehalten hatte.

»Ich habe gerade Angus von unserem Buchclub erzählt«, berichtete ich munter.

»Was für ein Buchclub?«, fragte Sylvia blitzschnell.

»Oh, äh, ich erzähl dir das später, mein Schatz«, sagte Angus, während glücklicherweise nun die heilige Hilda vorne ans Pult klopfte. Gehorsam erhoben wir uns.

»Und, kommt er?«, flüsterte Jennie gespannt.

»Ich glaube schon«, antwortete ich.

»Jetzt müssen wir Sylvia auch fragen«, sagte sie besorgt.

»Nein, müssen wir nicht«, erklärte ich dreist. »Sylvia wollen wir nämlich nicht dabeihaben.«

»Sprich leise«, flüsterte Jennie, als Sylvias Kopf sich bei der Nennung ihres Namens halb umwandte.

»Außerdem spielt sie dienstags sowieso Bridge.«

Ich hob das Kinn, machte den Mund auf, um das *Gloria* gen Himmel zu schmettern, ich sprühte förmlich vor Energie und Lebenslust. Ja, meine Stimme ertönte so laut und klar über den anderen, dass Hilda mir einen entzückten Blick zuwarf.

Pete kam wie üblich zu spät. Diesmal achtete ich mehr darauf, wie er jungenhaft mit wehender blonder Mähne durchs Mittelschiff geeilt kam, die Noten unter den Arm geklemmt, mit blitzenden Augen hinter seiner Brille. Gar nicht übel, dachte ich.

Jennie warf mir einen entsetzten Blick zu. Ein paar Leute in der ersten Bank drehten sich grinsend zu mir um.

»Was?«

»Du hast gesagt: ›Gar nicht übel‹!«, zischte sie.

»Hab ich das? Tja, ehrlich währt am längsten, was?«

Noch mehr Kichern. In der Zwischenzeit sprang Pete die Treppe hinauf zu seiner Orgel, hob die Hände und schlug einen Akkord an, dem wir pflichtbewusst folgten, um wieder das *Gloria* anzustimmen.

Als wir hinterher unsere Notenblätter einsammelten und uns auf den Weg nach draußen machten, wollte ich schnurstracks auf unseren neuen Organisten zugehen, der gerade von seinem Instrument am anderen Ende der Kirche hinunterstieg. Aber Jennie war mir auf den Fersen und hielt mich am Arm zurück.

»Ruhig«, flüsterte sie.

»Was hast du denn? Ich will doch nur fragen, ob er mitmachen will.«

»Ich weiß, das ist mir klar, aber es gibt Leute, die könnten vielleicht das eifrige Glänzen in den Augen der jungen Witwe für Herzlosigkeit halten.«

Mit gerunzelter Stirn eilte ich weiter. »Phil hatte eine Affäre, Jennie. Schon seit vier Jahren. Ich hasse ihn dafür. Ich hasse ihn, weil er mich belogen, mich hintergangen und betrogen hat. Ich hatte kein eigenes Leben, jedenfalls kein richtiges, dafür hat er schon gesorgt. Ich will jetzt einfach das in vollen Zügen genießen, was noch übrig ist von meinem Leben, und sehen, was es da draußen noch so gibt.« Ich schüttelte sie ab und marschierte weiter in Richtung Tür, wohin unser Organist bereits unterwegs war.

»Ja, ja, ich weiß«, Jennie eilte hinter mir her. »Aber es gibt doch gewisse gesellschaftliche Konventionen und die Leute erwarten trotz allem ein gewisses Maß an Trauer und ...«

»Tja, dann sind die Erwartungen eben falsch«, erklärte ich bestimmt. »Jedenfalls unter den gegebenen Umständen.« Ich setzte ein strahlendes Lächeln auf und stürzte mich auf Blondie.

»Hallo! Pete, nicht wahr? Ich bin Poppy Shilling.«

Er drehte sich um mit seinem Notenstapel unter dem Arm und lächelte überrascht. Dann fiel der Groschen und seine Miene verdüsterte sich. Er blickte mich ernst an.

»Oh, Mrs Shilling. Ich hab davon gehört. Es tut mir so leid. Mein herzlichstes Beileid.«

»Ach, machen Sie sich darum keine Gedanken«, sagte ich und winkte lässig ab. »Das ist alles vorbei und vergessen, tot und begraben – hah! Hören Sie, ich weiß nicht, ob Sie schon davon gehört haben, aber ein paar von uns Mädels«, dabei wackelte ich neckisch mit den Augenbrauen, »möchten so eine Art Buchclub gründen. Und ich wollte fragen, ob Sie vielleicht Lust hätten dabei zu sein?«

Er blickte mich überrascht an und ich hatte den Eindruck, dass er irgendwie neben sich stand.

»Dienstagabends«, fuhr ich etwas langsamer fort, nur für den Fall, dass er mir nicht ganz folgen konnte, »bei Angie. Also Angie, das ist die hochattraktive geschiedene Frau, die heute nicht hier ist, obwohl sie normalerweise im Chor singt. Und ihr Haus ist das hübsche Herrenhaus, an dem man vorbeikommt, wenn man aus dem Dorf hinausfährt. Es gibt was zu trinken und ein paar Häppchen, so gegen sieben geht's los und büchermäßig wird es nicht allzu ernst. Vielleicht lassen wir das mit den Büchern sogar ganz!« Ich drehte mich um und grinste Jennie an, die seltsamerweise entgeistert das Gesicht verzog. Komisch, meine Freundin Jennie, erst wollte sie unbedingt, dass ich wieder in die Spur kam, und dann ging es ihr scheinbar zu schnell.

»Was Poppy meint«, säuselte sie und schob mich beiseite, um neben Pete herzugehen, der sein Fahrrad an der Mauer abgestellt hatte, »ist, dass wir uns nicht gleich an Dostojewski wagen, wenn Sie wissen, was ich meine.«

»Ach so, verstehe. Soll unfassbar interessant sein, aber doch ein bisschen schwer, das denke ich auch.«

Bildete ich mir das nur ein oder warf er mir über die Schulter interessierte Blicke zu, während er sich bückte, um seine Hosenbeine mit Fahrradspangen festzuklemmen. Nun, über diese affigen Klammern konnte ich gerade noch hinwegsehen, dachte ich, während ich kokett auf der Kirchenstufe posierte, den einen Arm hoch über den Kopf gestreckt und an den Türrahmen gelehnt, den anderen in die Hüfte gestützt.

»Wer ist unfassbar interessant?« Ach herrje, jetzt trat die heilige Hilda mit geröteten Wangen aus dem Schatten hervor, die Noten vor die Brust geklemmt. Des Dorfes letzte Jungfrau, wie Peggy sie nannte, die verzweifelt auf ihren Retter wartet.

»Dostojewski«, sagte Pete ihr und richtete sich auf. »Jennie und, äh, Poppy hier wollen einen Buchclub gründen.«

Sie sprang vor Begeisterung förmlich in die Höhe, sodass ihre kaschmirumhüllte Leibesfülle gut in Wallung geriet. »Ach, wie aufregend! Darf ich auch mitmachen?«

»Nein«, sagte ich. Jennie warf mir einen entsetzten Blick zu.

»Aber *natürlich* doch!«, säuselte sie.

Ich blinzelte. »Ach wirklich? Ich dachte, wir wollten nicht noch mehr Frauen? Wenn man bedenkt, dass …« Dabei deutete ich unauffällig mit dem Kopf in Richtung Pete.

»Nein, nein, ich meinte, nicht zu viele *ältere* Frauen. Ich wollte nicht, dass es so ein Rentnerclub wird.« Sie warf Hilda einen verschwörerischen Blick zu. »Aber, meine Güte, *natürlich* kann Hilda mitmachen. Dann sehen wir uns ja alle nächsten Dienstag.« Sie hielt meinen Arm wie im Polizeigriff umklammert. »Um sieben. Das Ganze findet übrigens nicht bei Angie, sondern bei Peggy statt, das ist das Haus mit dem weißen Staketenzaun. Tschüssi!« Und damit schob sie mich hurtig vor sich her den Weg entlang. »Hast du getrunken oder was?«, zischte Jennie.

»Nein, warum?«

»Weil du dich aufführst, als wärst du absolut total besoffen. Du bist unmöglich, Poppy!«

»Wirklich?«

»Ja, und weil ich deinen Hals aus der Schlinge gezogen habe, stehe ich jetzt da wie eine bigotte Seniorenhasserin!«

Ich blieb mitten auf der Straße stehen. Legte die Hand an meine Stirn. Ich fühlte mich in der Tat ein wenig trunken. Ein wenig schwindelig. Meine Gefühle waren viel zu lange unterdrückt worden, ohne auch nur das kleinste Ventil zu haben, und nun, da der Deckel ab war, drängte der Inhalt nicht nur nach draußen, sondern verteilte sich explosionsartig überall.

»Sorry. Tut mir leid, Jennie.« Ich ging weiter, jetzt etwas langsamer. »Aber die Sache ist«, tastete ich mich langsam vor, »dass ich plötzlich das Gefühl habe, die Wahrheit sagen zu müssen, du kannst dir gar nicht vorstellen, wie ungeheuer wohltuend das ist.« Ernst und eindringlich nahm ich meine Freundin bei der Schulter. »Ich meine, das ist doch einfach befreiend, findest du nicht?«, drängte ich sie. »Warum sagen wir nicht alle genau das, was wir denken, und zwar immer?«

»Weil der Anstand bestimmt, dass wir das nicht tun, darum«, erwiderte sie hitzig. »Nur weil du verwitwet bist, bedeutet das noch lange nicht, dass du völlig zügellos sein und einfach sagen kannst, was dir in den Sinn kommt. Du kannst nicht einfach auf den Gefühlen von anderen herumtrampeln!«

Ich war schockiert von dieser Zurechtweisung. »Nein, das kann ich natürlich nicht«, gab ich zu. »Aber ... auf meinen Gefühlen dürfen alle herumtrampeln?«

»Phil hat darauf herumgetrampelt«, korrigierte sie mich, »nicht alle.«

»Warum gehen wir hier rein?« Ich duckte mich unter einem niedrigen Balken hindurch, während wir scharf nach rechts ins Pub einbogen.

»Weil du, falls du wirklich nichts getrunken hast, vielleicht etwas trinken solltest«, erklärte sie mir, während sie mich zielsicher zum Tresen des Rose & Crown schob. »Zwei große Gin Tonics, bitte, Hugo.« Dann drückte sie mich auf einen Barhocker. Sie wirkte noch immer deutlich mitgenommen, als sie Hugo, einem Jungen aus dem Dorf, der hier jobbte, einen Zehnpfundschein in die Hand drückte. »Und selbst wenn *du* keinen Drink brauchst«, erklärte sie und ließ sich schwer auf den Hocker neben mir fallen, »*ich* brauche nach der Nummer auf jeden Fall einen.«

# 9

Ein paar Tage später erhielt ich eine überraschend effiziente Nachricht meines Rechtsanwalts in Form einer E-Mail, in der er sich für das chaotische erste Treffen entschuldigte und anfragte, ob ich wohl Zeit hätte, ›auf einen zweiten Versuch‹ vorbeizuschauen. Wie es der Zufall wollte, hatte ich am folgenden Nachmittag Zeit und wir verabredeten ein Treffen. Während ich unter den Augen einer ansprechend rundlichen, blonden Dame mit rot lackierten Fingernägeln, die ein Blüschen aus Chiffon trug und dazu einen dunkelblauen Rock, in seinem höchst aufgeräumten Wartezimmer saß, stellte ich fest, dass seit meinem letzten Besuch hier sozusagen eine Runderneuerung stattgefunden hatte. Als ich in sein Büro geführt wurde und Sam Hetherington aufstand, um mich zu begrüßen, wurde diese Tatsache noch augenscheinlicher: Er trug sein Jackett, der gepunktete Schlips saß ordentlich, Papiere und Ordner, die zuvor auf dem Boden verteilt gewesen waren, standen jetzt sauber aufgereiht in den Regalen hinter ihm, da waren keine halb ausgetrunkenen Teebecher und keine Spur mehr von der mausetoten Grünlilie auf dem Fensterbrett.

»Viel ansehnlicher«, sagte ich überrascht, als wir uns über seinen Schreibtisch hinweg die Hand gaben.

Er hob die Augenbrauen. »Komisch. Das dachte ich in Bezug auf Sie auch gerade. Wusste gar nicht, dass man das so einfach sagen darf.«

Ich lachte. »Ich meinte eigentlich Ihr Büro.«

Er machte ein erschrockenes Gesicht. »Oh. Ach so. Sorry, es ist nur so, dass Janice darauf besteht, dass ich eine Krawatte trage, deswegen dachte ich, Sie meinten … Aber egal, Sie sehen jedenfalls wirklich viel besser aus«, schloss er verlegen, während wir beide Platz nahmen.

Ich lächelte. »Danke. Es geht mir auch viel besser.«

Mir wurde klar, dass ich bei meinem letzten Besuch hier Kleider getragen hatte, die schon bessere Tage gesehen hatten, und eine Frisur, die seit einer ganzen Weile mit keiner Bürste mehr in Berührung gekommen war. Außerdem wurde mir klar, dass seine dunklen, lockigen Haare zusammen mit Augen in der Farbe von gutem Madeira meine Lieblingskombi waren, was Männer anging.

»Janice zwingt Sie, eine Krawatte zu tragen?«, ich rückte mich auf meinem Stuhl zurecht.

Er seufzte. »Janice bestimmt in vielerlei Hinsicht über mein Leben. Gott sei Dank tut sie das. Sie kann auf eine geradezu unheimliche Weise vorhersehen, was potenzielle Klienten denken und welche Erwartungen sie an meine Garderobe stellen. Scheinbar sind Hemdsärmel und ein offener Kragen absolut ungeeignet, da sie auf eine chaotische Denkweise und eine nachlässige Arbeitshaltung hindeuten, und nicht auf unermüdliches Brüten über den Akten. Und ja, daher zwingt sie mich, eine Krawatte zu tragen.« Er lächelte. »Was kann ich für Sie tun?«

»Sie haben mich hergebeten.«

Vor Überraschung riss er die dunklen Augen weit auf. »Genau, das habe ich. Das habe ich.« Er mühte sich, seine Gedanken zu sammeln, und rückte einige Unterlagen auf seinem Schreibtisch zurecht. »Jetzt fällt es mir wieder ein. Natürlich. Es geht um ein Testament.«

»Und wo es ein Testament gibt, da sind auch die Erben nicht weit«, scherzte ich.

»Wie bitte?«

»Oh, äh, sollte nur ein kleiner Scherz sein«, sagte ich hastig und dachte an Jennies strenge Ermahnung, ich solle mich benehmen. Ich setzte mich aufrecht hin. »Sie haben Recht, ich bin wegen des Testaments meines Mannes hier.«

Er nahm einen Papierstapel von seinem Schreibtisch und schwenkte ihn triumphierend, als wäre diese Tatsache allein schon eine beachtliche Leistung. Dann legte er ihn wieder hin und schaute nachdenklich darauf. Blickte auf und mir direkt in die Augen.

»Sie sind eine wohlhabende Frau, Mrs Shilling.«

Ich erblasste. »Bin ich das?«

»Nun ja, auf jeden Fall im Vergleich zu mir. Im Vergleich zu den meisten Leuten. Ihr Mann besaß eine florierende Kapitalanlagegesellschaft und hat damit viel Geld verdient, das nun Ihnen zusteht. Zusätzlich hat er im Jahr 2002 noch eine Lebensversicherung abgeschlossen, die sich in den letzten acht Jahren im Wert vervierfacht hat.« Er reichte mir ein Blatt Papier über den Schreibtisch. Ein Meer von Zahlen verschwamm vor meinen Augen. »Rechts unten«, sagte er freundlich und deutete darauf.

Dort, inmitten der Zahlenreihe, auf die er deutete, stand eine Summe, die so kolossal war, dass ich im ersten Augenblick überlegte, ob sie wohl in Rupien übertragen worden war. Ob Phil, der immerhin eine geheime Geliebte gehabt hatte, insgeheim auch Inder gewesen war? Aber es stand eindeutig ein Pfund-Zeichen davor.

»Meine Fresse. Haben wir immer schon so viel gehabt?«

»Nein, es wird bei seinem Tod fällig. Es ist eine Versicherung.«

»Und das gehört alles mir?«

»Auf jährlicher Basis, ja.«

»Jährlich. Sie meinen … Das ist keine Einmalzahlung?«

»Nein, das bekommen Sie jedes Jahr.«

Ich blickte auf. Starrte ihn an. Er erwiderte meinen Blick ungerührt.

»Mannomann«, entfuhr es mir. »Davon habe ich ja gar nichts gewusst.«

»Er hat sehr gut für Sie vorgesorgt.«

»Meine Güte, das hat er, nicht wahr?«, sagte ich peinlich berührt, weil ich mich in letzter Zeit ziemlich abfällig über meinen verstorbenen Mann geäußert hatte. »Aber sind Sie sicher, dass er alles mir hinterlassen hat?«

Er nahm das Blatt wieder an sich. Drehte es herum, um es überfliegen zu können. »›Im Falle meines Todes‹«, las er vor, »›soll mein gesamter Besitz auf meine Frau übergehen.‹« Er blickte auf. »Das sind doch Sie?«

»Ja.«

»Dann ist es vollkommen klar.«

»Keine weiteren Erbberechtigten?«

»Nun ja, Ihre Kinder natürlich, wenn Sie sterben.«

»Natürlich.«

»Aber keine weiteren Vermächtnisse gegenüber anderen Verwandten, nein.« Er zuckte mit den Schultern. »Es ist kein besonders ausführliches Testament, aber das ist nichts Ungewöhnliches. Man rechnet ja nicht damit, dass man mit vierunddreißig stirbt.«

Er machte sich daran, alle Unterlagen wieder zusammenzuschieben.

»Und Sie haben es ganz gelesen, ja?«, fragte ich nervös.

Er wirkte heute etwas mehr auf Zack, aber beim letzten Mal

hatte er auf mich doch einen ziemlich zerstreuten Eindruck gemacht.

Er hielt inne. Blickte auf. »Ja, ich habe es ganz gelesen. Und ich habe auch mein Jura-Examen bestanden.«

»Entschuldigung. Es ist nur ...«

»Da ist noch eine Mutter?«

»Äh, ja, aber ...«

»Das kommt öfter vor.« Er warf noch einen Blick in die Unterlagen. »Nein, für die ist nicht gesorgt.«

»Und auch eine Schwester«, sagte ich und spielte auf Zeit. »Cecilia Shilling?«

Wieder schaute er hinein. »Nein.«

»Und, äh, eine Frau namens ... Emma Harding.«

»Emma Harding.« Er runzelte die Stirn. »Woher kenne ich diesen Namen?« Er las noch einmal. Diesmal gründlicher. Als er fertig war, blickte er mich aufmerksam an. »Hier steht nichts.«

»Sicher?«

»Absolut.«

»Darf ich auch mal sehen?«

»Bitte sehr.«

Er reichte mir die betreffenden Seiten über den Tisch und ich überflog sie rasch. Als ich wieder aufblickte, hatte er den Kopf schräg gelegt und musterte mich genau mit einem aufmerksamen Blick aus seinen braunen Augen.

»Erleichtert?«

»Sehr.«

»Besondere Freundin?«, fragte er leise.

»So ... wurde es mir vermittelt.« Ich schluckte. Reichte ihm das Testament zurück. Es folgte betretenes Schweigen.

»Mrs Shilling ...«

»Poppy.«

»Poppy. Die Leute – also, in erster Linie Männer – versprechen alles Mögliche, alle Arten von … Absicherung, lassen aber nie Taten folgen. Das ist mir schon öfter untergekommen. Die Familie steht unweigerlich an erster Stelle. Dafür tragen die meisten Menschen Sorge.«

»Scheint so, ja. Es sieht ja wirklich so aus …«, ich zögerte, »dass er extrem gut für uns gesorgt hat.« Ich hatte einen Anflug von schlechtem Gewissen, wenn ich daran dachte, wie schlecht ich in letzter Zeit von ihm geredet hatte. In aller Öffentlichkeit. In der Kirche, und das auch noch gegenüber Angus. Als ich gesagt hatte, ich wäre froh, dass er tot war. Und Mrs Cripps im Laden hatte ich gesagt, es ginge mir verdammt gut. Es war mir auch verdammt gut gegangen. Geradezu überschwänglich war ich gewesen. Doch plötzlich kam ich mir schlecht vor. Spürte, wie ich in mich zusammenschrumpfte. Das Leben war so kompliziert. Meine Gefühle waren so kompliziert. Stimmungsschwankungen, und zwar heftige, rissen mich hin und her, als hätte ich überhaupt keine Kontrolle darüber, während ich von einer Erkenntnis zur nächsten geschleudert wurde. In diesem Fall eine gute Erkenntnis: Phil hatte mehr als gut für uns gesorgt.

Aber wann würde ich wieder in glattes Fahrwasser geraten und ein Ziel vor dem Fernglas haben? Es war alles so unglaublich anstrengend.

Sams Stimme unterbrach meine Gedanken. »Das hat er wirklich. Das ist in erster Linie eine Frage des Charakters. War er ein sehr gewissenhafter Mann?«

»Ja.«

»Ordentlich?«

»Und ob. Zwanghaft.«

»Das sind meistens die Typen, die Geld auf die hohe Kante legen, wenn sie früh genug damit anfangen, kommt schnell eine ganze Menge zusammen.« Er seufzte. »Die Angehörigen von Leuten, die einfach so in den Tag hinein leben, müssen oft feststellen, dass bei genauerer Betrachtung nichts für sie in der Kasse ist. Meine Ex-Frau ist das beste Beispiel dafür.«

»Oh, das tut mir leid.«

»Muss es nicht. Sie hat meinen besten Freund geheiratet, und der hat viel mehr Kohle als ich.« Er grinste. »Ende gut, alles gut.«

Ich war verblüfft. »Es macht Ihnen nichts aus?«

»Dass er reicher ist als ich?«

»Nein, nein, ich meinte …«

»Oh, ach so.« Er hielt inne.

»Tut mir leid«, sagte ich rasch und errötete. »Das geht mich wirklich gar nichts an.«

»Nein, aber ich habe das Thema ja selbst angeschnitten.« Er schien zu zögern. Dann straffte er sich. »Zurück zu Ihnen. Diese enorme Summe wird beruhigenderweise von nun an jährlich auf Ihrem Bankkonto eintrudeln. Oder haben Sie vor, das Geld an der Börse zu reinvestieren oder an den Roulette-Tischen von Monte Carlo oder beim Pferderennen in Deauville …?«

»Nein, nein, das habe ich nicht vor. Lassen Sie es eintrudeln.«

»In diesem Fall werde ich die Bank anweisen, genau das zu tun, sobald alle Formalitäten erledigt sind. Hier ist eine Kopie für Ihre Unterlagen«, er reichte mir ein druckfrisches Exemplar, »damit Sie das Testament in aller Ruhe selbst studieren können, und ich behalte das Original bei meinen Akten.«

»Gut. Danke, Mr Hetherington.«

Wir sahen einander an. Das Treffen schien vorbei zu sein.

Ich stand auf, nicht ohne einen Anflug des Bedauerns. Der

Mann ist groß, sehr groß sogar, dachte ich, als er ebenfalls aufstand, um mir die Hand zu schütteln. Das hatte ich ganz vergessen. Er wirkte fast schon bullig mit dieser Rubgyspieler-Figur, wie er so um seinen Schreibtisch herumging, um mich nach draußen zu geleiten. Sympathische Augen mit Fältchen in den Augenwinkeln, wenn er lächelte, so wie jetzt, als er vorausging, um mir die Tür zu öffnen.

Während ich unter seinem Arm hindurchschlüpfte, kam mir ein Gedanke. Ich wandte mich um.

»Lesen Sie, Sam?«

»Ob ich lese?«

»Ja, Bücher. Zum Vergnügen. Romane und so was.«

Er zuckte mit den Schultern. »Hin und wieder. Vor allem Biographien. Ach so, und Nick Hornby, wenn er was Neues veröffentlicht hat. Warum?« Er lächelte auf mich herab.

Ich lächelte ebenfalls. »Hab ich mich nur gefragt.«

Jennie hatte auf meine Kinder aufgepasst und ich ging bei meiner Rückkehr gleich zu ihr hinüber, um sie zu holen. Als ich die Küche betrat, drehte sich eine Handvoll Gespenster zu mir um. Bei näherer Betrachtung zeigte sich, dass Hannah, Jennies Jüngste, Kuchen backte und dass alle, einschließlich meiner Kinder, von oben bis unten mit Mehl bedeckt waren. Jennie machte ein entnervtes Gesicht.

»Du bist spitze, Jennie«, sagte ich und wollte sie möglichst schnell zumindest von zweien der jungen Köche befreien. »War alles okay? Kein Theater?«

»Sie waren mustergültig.«

Wie auf Kommando fing Archie an zu heulen.

»Das tun sie natürlich immer, sobald ihre Mutter auftaucht. Wie ist es gelaufen?«

»Sehr gut«, sagte ich eifrig und nahm Archie auf den Arm, als mir bewusst wurde, dass Clemmie mich interessiert ansah. Vielleicht war dies nicht der richtige Augenblick.

*»Pas devant les enfants«,* pflichtete Jennie mir rasch bei. »Erzähl's mir später. Alles okay mit dir?«

»Ja, warum?«

»Du lächelst so komisch, so als hättest du Kopfschmerzen. Ach ja – hier, Archie hat ein Bild gemalt.« Sie drückte mir ein noch immer feuchtes Gemälde in die Hand und eilte dann um den Tisch herum, wo ihre Tochter auf einem Hocker stand und ein ganzes Päckchen Rosinen in die Rührschüssel kippte.

»Nicht alle auf einmal, Hannah!«, rief sie.

Ich ließ sie machen, aber ihr Telefon klingelte, als ich im Flur daran vorbeiging. Archie auf der Hüfte, blieb ich stehen.

»Soll ich rangehen?«, rief ich nach hinten.

»Bitte. Und ich bin nicht da. Hannah – Liebes, igitt!«

Ich nahm den Hörer auf. »Grüß dich, Dan.«

Jennie hielt inne. Ihr Rücken versteifte sich in der über die Rührschüssel gebeugten Haltung. Sie wandte sich um und horchte, genau wie ich.

»Okay, warte mal«, sagte ich zu ihm. Ich räusperte mich. Drückte mir den Telefonhörer an die Brust.

»Er ist am Bahnhof«, berichtete ich ruhig. »Aber er hat ein kleines bisschen zu viel getrunken, und deswegen hält er es nicht für vernünftig, wenn er nach Hause fährt.«

»An welchem Bahnhof?«

»An unserem Bahnhof.«

»Ich dachte, er würde über Nacht in Leeds bleiben?«

Ich hielt mir den Hörer wieder ans Ohr. »Sie dachte, du würdest über Nacht in Leeds bleiben?« Ich lauschte. Wandte mich dann wieder zu ihr um. »Das Meeting wurde abgesagt, weil die Mutter des Medienkäufers plötzlich ins Krankenhaus musste. Er hat dort nur zu Mittag gegessen und ist dann zurückgefahren.«

»Na, das ist ja immerhin etwas«, sagte Jennie düster. »Der Blödmann hat nämlich meinen Koffer anstelle von seinem genommen. Seinen habe ich vorhin fix und fertig gepackt an der Garderobe gefunden. Der Idiot.«

»Das kommt davon, wenn man so tolles Gepäck im Partnerlook hat«, erklärte ich ihr.

»In dieser Ehe ist gar nichts toll, Poppy. Er will also, dass ich ihn abholen komme, ja?«, fragte sie genervt, die Hände voller klebriger Mehlpampe.

»Ich fahre«, sagte ich rasch, als ihre Nasenflügel bedrohlich zu beben begannen.

»Dieser *Blödmann. So* was von unverantwortlich. Warum muss er sich *immer,* aber auch immer, besaufen? Und dann steht schon wieder ein Auto am Bahnhof – na toll!«

»Lass uns doch beide fahren«, versuchte ich sie zu beschwichtigen. »Dann kannst du das andere Auto zurückfahren. Komm schon, Jennie, das ist kein Weltuntergang.«

»Aber es ist der Anfang vom Weltuntergang«, grummelte sie, wischte sich die Hände an einem Küchenhandtuch ab und schnappte sich ihre Autoschlüssel. »Frankie!«, brüllte sie nach oben, während sie den Flur entlang auf mich zukam. »Kannst du runterkommen und Hannahs Kuchen fertig machen? Ich hole deinen Vater ab.«

Es folgte Schweigen. Dann: »Ich hab zu tun.«

Jennie sah aus, als würde sie gleich explodieren. »Du kommst jetzt *sofort* hier runter und passt mal zwei Minuten auf deine Geschwister auf!«

Frankie tauchte oben an der Treppe auf. Sie war sehr blass.

»Natürlich, Jennie. Ganz wie du willst, Jennie.«

Ich folgte Jennie durch den Vorgarten zu meinem Auto.

»Ist alles in Ordnung mit ihr?«, fragte ich möglichst leichthin, während ich die Kinder auf dem Rücksitz anschnallte.

»Mit Frankie? Nein, sie ist momentan der reinste Alptraum.«

Ich schwieg. So nahm ich Frankie nie wahr. »Vielleicht fühlt sie sich ein bisschen ausgenutzt? Weil sie dauernd auf die Kleinen aufpassen muss?«

»Sie ist schließlich ihre Schwester, Poppy.«

»Ja, aber wenn sie zu tun hat, weißt du, Hausaufgaben und so …«

Jennie schnaubte verächtlich. »Ach, hör doch auf. Sie sitzt da oben, treibt ihre Handyrechnung in die Höhe und brüstet sich vor ihren Freundinnen damit, wie man Jungs aufreißt – oder Schlimmeres.«

Ich warf ihr einen Blick zu, während wir auf die Straße einbogen.

»Ich meine das nicht so«, nuschelte sie. »Du weißt, dass ich es nicht so meine. Aber sie ist schwierig, Poppy. Es ist ein schwieriges Alter. Und ich verliere manchmal die Geduld.«

»Aber du unterstützt sie doch auch, also bei ihren Schularbeiten und so?«, bohrte ich weiter.

»Ich setze mich nicht hin und frage sie in Trigonometrie ab, falls du das meinst. Ich gehe davon aus, dass sie alt genug ist, das hinzukriegen und gleichzeitig *mir* von Zeit zu Zeit mal zu helfen.«

Ich sagte nichts mehr. Es gab nicht viele Punkte, in denen Jennie und ich unterschiedlicher Meinung waren, aber dieser hier gehörte dazu. Ich wusste, dass Frankie sich wie eine unbezahlte Hilfskraft vorkam, und ich bezahlte ihr absichtlich mehr, wann immer sie für mich auf die Kinder aufpasste, was sie, wie ich wusste, gerne tat: Die Ruhe und der Frieden eines Haushalts, wo kleine Kinder früh ins Bett gebracht wurden, und hinterher mein Küchentisch ganz für sie alleine. Keiner wollte etwas von ihr, es gab keinen Streit, nur Ruhe.

Wir fuhren weiter, an den Wiesen vorbei, auf denen die Rennpferde herumgaloppierten, und bogen dann auf den Bahnhofsplatz ein, der nicht mehr als einen oder zwei Kilometer entfernt war, aber Dan hatte bereits so viele Strafpunkte kassiert, dass er auf keinen Fall fahren durfte, sobald er sich auch nur irgendwo in der Nähe der Promillegrenze befand. Eine Regel, die natürlich Jennie aufgestellt hatte und an die er sich vernünftigerweise hielt. Eine Tatsache, an die ich sie gerade erinnern wollte, aber ein Blick auf das versteinerte Profil meiner Freundin neben mir belehrte mich eines Besseren. Es war eine Miene, die ich in letzter Zeit häufig bei ihr gesehen hatte und die es früher, als wir noch jünger waren, nicht gegeben hatte. Jetzt war ihr Gesichtsausdruck oft so hart wie jetzt und ich versuchte zu begreifen, woran es lag: Ach ja, Verbitterung. Und da war noch dieser leicht hektische Glanz in ihren Augen. Trotz vielleicht.

Etwas, das Peggy vor ein paar Tagen gesagt hatte, als wir über den Buchclub sprachen, tauchte am Rande meines Bewusstseins auf. Etwas über Jennie. Etwas, das mich überrascht hatte. Was war das nur gewesen? Aber ich konnte mich nicht erinnern. Ich seufzte. Mein Gedächtnis war wohl für immer verloren im Nebel von Schock und Erstarrung und in der alles bestimmenden Depression, unter der ich gelitten hatte. Ich schüttelte mich ein wenig. Gott sei Dank war das vorbei.

»Wenigstens ist der Zug pünktlich«, sagte ich fröhlich, als die Pendler nach und nach aus dem Ausgang getröpfelt kamen. Unser Bahnhof war sehr klein und nicht viele Menschen stiegen hier aus; die meisten fuhren bis Milton Keynes, ein Stück weiter entlang der Strecke. Wir warteten.

»Noch immer kein Dan«, bemerkte sie düster.

»Da ist er ja!«, sagte ich erleichtert, als sein Kopf mit dem Haarschopf, der als Welle über der hohen Stirn zurückgekämmt war, und den leuchtend blauen Augen über der Menge auftauchte. Er wirkte allerdings ziemlich kleinlaut, wie ich fand.

»Was hat er da an!«, keuchte Jennie, als auch der Rest von ihm zu sehen war.

Von der Taille aufwärts trug er ein vollkommen normales Leinensakko, Hemd und Krawatte, aber untenrum war etwas komisch. Anstelle von Hosen hing ein zartrosa Etwas mit Blümchen an seinen Beinen und um seinen Schritt.

»Das ist mein Pulli!«, kreischte Jennie.

So war es. Er war sehr in die Länge gezogen, Dan schien ihn umgekehrt zu tragen, die Beine in den Ärmeln. Unten ragten haarige Schienbeine, graue Socken und Schnürschuhe hervor. Während er auf uns zukam, bemerkte ich, dass er von einem Polizisten begleitet, um nicht zu sagen abgeführt, wurde. Dans sonst so unbeschwerte Sorglosigkeit schien ihn verlassen zu haben. Er wirkte blass, ja betroffen.

»Ach du lieber Gott«, hauchte Jennie, während wir beide aus dem Wagen sprangen.

»Hallo, Liebling«, sagte Dan mit einem äußerst zaghaften Lächeln und Angst in den Augen.

»Warum trägst du meinen Pulli, Dan? Sag jetzt nicht, dass du zu allem Überfluss auch noch ein Transvestit bist.«

»Es gibt eine ganz einfache Erklärung, Liebste.«

»Nenn mich nicht Liebste. Bist du ein Transvestit? Sag mir das jetzt einfach, bitte.«

»Es ist also wirklich Ihr Pulli, Madam?«, unterbrach der Polizist sie.

»Allerdings. Zumindest war er das mal.«

»Und er ist Ihr Ehemann?«

»Bedauerlicherweise, ja.«

»In diesem Fall, Sir, gehe ich davon aus, dass Ihre Angaben der Wahrheit entsprechen. Ich musste das nur überprüfen«, erläuterte er Jennie. »Wir können einfach nicht vorsichtig genug sein. Es gab eine Reihe von Beschwerden von Fahrgästen im Zug; sie hatten angerufen, deswegen mussten wir das überprüfen. Mussten ihn am Zug abholen und sichergehen, dass er nicht ... Nun, Sie wissen schon, eine Gefahr darstellt.«

»Oh doch, er stellt durchaus eine Gefahr dar«, sagte sie bitter.

»Vielen Dank«, sagte ich rasch. Dem Polizisten schien die ganze Sache jetzt eher Vergnügen zu bereiten, jedenfalls zuckte es verdächtig um seine Mundwinkel. »Ich denke, wir kommen zurecht. Tut uns leid, dass Sie sich bemühen mussten.«

»Keine Urasache«, sagte er und nickte Jennie zu. Während er sich zum Gehen wandte, zwinkerte er Dan grinsend zu. »Viel Glück, Kumpel!«

»Also gut, *Kumpel*«, blaffte Jennie, sobald er außer Hörweite war. »Wie genau lautet deine Geschichte?«

»Es ist ganz einfach, Liebste.«

»Nenn mich *nicht* ...«, sie schloss die Augen für einen langen Augenblick, »... Liebste.«

»Wir haben in Leeds beim Inder gegessen und ich hatte ein ziemlich scharfes Vindalho und vielleicht ein paar Biere zu viel mit Ken aus der Marketingabteilung – du weißt, dass er es gerne mal übertreibt –, und dann, auf dem Heimweg, gab es ein paar Turbulenzen.«

»Im Zug gibt es keine Turbulenzen, Dan. Du warst nicht in einem verdammten Jumbo-Jet.«

»Nein, ich meine, innerlich.«

Seine Frau starrte ihn verständnislos an.

»Ich habe unbedacht gefurzt und mir dabei in die Hose gemacht.«

Es folgte betretenes Schweigen.

»Und dann bin ich aufs Klo gegangen«, fuhr Dan heldenhaft fort, »um mich zu säubern, und weil meine Hose und Unterhose nicht zu retten waren, hab ich sie aus dem Fenster geschmissen, da ich sinnvollerweise meinen Koffer mitgenommen hatte; aber als ich ihn aufgemacht habe, hab ich gemerkt, dass ich versehentlich deinen dabeihatte. Allerdings hattest du glücklicherweise einen alten Pulli dringelassen. Was für ein Glück, oder? Sonst hätte ich echte Probleme gekriegt.«

»Von Glück kann man bei dir eigentlich nie sprechen, Dan, und Probleme sind gar kein Ausdruck«, fauchte sie ihn mit geballten Fäusten und vor Zorn bebend an. »Wie blöd kann man eigentlich sein? Sieh dich nur an, aufgerüscht wie eine verdammte Tunte und all das nur, weil du dir nicht die Mühe machst, darauf zu achten, dass du am Morgen den richtigen Koffer nimmst. Weil du zu sehr damit beschäftigt bist, im Bett zu liegen, und alles bis zur letzten Minute verschiebst. Warum bist du nur so ein Idiot, Dan? Warum? Du bist, verdammt noch mal, wie mein viertes Kind; es ist nicht zu fassen. Und warum musst du jeden Mittag was trinken, hm? Warum ist das so zwingend notwendig? Warum findest du es so vollkommen ganz und gar unmöglich, an einer Kneipe vorbeizugehen, ohne …« Plötzlich erstarrte sie. »Steig ein«, sagte sie mit zusammengebissenen Zähnen und starren Lippen wie eine Bauchrednerin. »Mrs Mason schaut zu uns her. Steig jetzt sofort in Poppys Auto.«

Dans Kopf fuhr herum und dann sprang er ohne jede weitere Aufforderung in meinen Wagen, wo Clemmie und Archie auf dem Rücksitz saßen, ausnahmsweise einmal mucksmäuschenstill und mit Augen so groß wie Untertassen. Mrs Mason, eine runzlige, schildkrötengleiche Frau, die hier war, um Mr Mason vom 18.25-Uhr-Zug abzuholen und ihn nach Hause ins Apple Tree Cottage zu seiner Leber mit Speck zu chauffieren, starrte in der Tat ungläubig aus dem Fenster ihres Polo, mit Augen so rund wie die der Kinder, aber eher in der Größe von Mittagstellern. Jennie schenkte ihr ein bemühtes kleines Lächeln, bevor sie auf dem Absatz kehrtmachte und hoch erhobenen Hauptes in die entgegengesetzte Richtung zum Parkplatz des Bahnhofs davonstolzierte, wo sich das andere Auto befand.

»Shit. Schlüssel.« Dan sprang aus meinem Beifahrersitz und rannte ihr hinterher, wobei er den rosa Pulli mit einer Hand raffen musste, damit er nicht hinunterrutschte. Er wedelte mit den Autoschlüsseln. »Liebling … Liebling, du brauchst doch noch die hier …«

Jennie drehte sich um und streckte ihm einen Schlüsselbund vors Gesicht. »Ich habe die Ersatzschlüssel, Dan. Ich hab daran gedacht, bevor ich von zu Hause weg bin. Hör endlich auf, vor dem Bahnhof rumzurennen wie eine Fummeltrine und sieh zu, dass du ins Auto steigst, und zwar *jetzt.*«

»Alles klar.« Er sprintete zu mir zurück. Ich prustete mittlerweile am Steuer vor mich hin, während er neben mir einstieg.

»Danke, Poppy.« Er seufzte.

»Immer gerne«, gurgelte ich.

»So was passiert eben, nicht wahr?«

»Scheint so. Dir zumindest.«

»Das war nicht gerade meine Sternstunde.«

»Nee«, pflichtete ich ihm fröhlich bei.

Erschöpft legte er den Kopf gegen die Lehne und streckte die rosa Beine weit von sich. Dann drehte er den Kopf in meine Richtung, er hatte einen resignierten Ausdruck in den blauen Augen. »Meinst du, sie lässt sich scheiden? Ist es diesmal so weit?«

»Zweifellos, Dan«, versicherte ich ihm grinsend, während wir nach Hause rasten und die feuchten Wiesen an uns vorübersausten. »Darauf kannst du einen lassen.«

# 10

»Forster«, sagte Angie bedeutungsvoll und hielt den Bleistift über ihren Notiziblock. Ihre dünnen Beine in der blickdichten schwarzen Strumpfhose waren übereinandergeschlagen und lugten unter einem sehr kurzen grauen Rock hervor. Sie zog ihren Rock ein Stück hinunter.

»Wer?«, fragte Peggy.

»Du weißt schon, E.M. Forster.«

»Der hat so was wie *Wiedersehen in Howards End* geschrieben.«

»Klingt vielversprechend«, sagte Peggy. »Wer war Howard? Und was war das für ein Ende?«

»Das ist ein Haus, Peggy. Und es ist der Titel des Buches.«

»Ach so, ein Haus. Nein, ich glaube, das nehmen wir nicht, sonst könnten wir doch gleich *Homes & Gardens* lesen. Aber jetzt erzählen Sie doch mal, wie lange sind Sie schon als Hufschmied tätig?« Sie drehte sich zur Seite, um dem kräftigen und unglaublich attraktiven blonden jungen Mann, der neben ihr in einen zierlichen Sessel gequetscht saß, ein gewinnendes Lächeln zu schenken.

Es war eine ungewöhnliche Versammlung, die sich an diesem Abend in Peggys Wohnzimmer eingefunden hatte: Jennie, Angie, ich, die heilige Hilda, Angus, Pete, der Leidenschaftliche Luke und schließlich Simon Devereux, ein schneidiger, weltläufiger Porzellanexperte von Christie's, mit tiefliegenden Augen und immer feinsten Maßanzügen. Wir waren verwundert gewesen, als Peggy die Gästeliste verkündet hatte, aber Peggy hatte ungerührt entgegnet:

»Kriegt euch wieder ein. Was ist daran so überraschend?«

»Na ja, Simon Devereux, Himmel noch mal. Ich hab doch nicht gedacht, dass du das ernst meinst, Peggy. Und Luke! Was um alles in der Welt hast du zu ihm gesagt? Du kennst ihn doch nicht einmal, du hast ihn noch nie gesehen!«, ereiferte sich Angie.

»Nein, aber seine Nummer steht im Telefonbuch unter Hufschmied, also hab ich ihn einfach angerufen, erklärt, ich wäre ein Freundin von dir, und ihn gefragt, ob er Lust hat, bei unserem Buchclub mitzumachen. Was dachtest du denn?«

Angie war sprachlos. »Aber das muss er doch ziemlich komisch gefunden haben!«

»Falls ja, hat er jedenfalls nichts gesagt. Und wenn es so wäre, müsste er ja nicht kommen, oder? Aber er kommt. Er meinte, er würde gerne mehr lesen und habe in seinem Beruf nicht so viel Gelegenheit dazu.«

»Jetzt denkt er bestimmt, dass ich scharf auf ihn bin und dich auf ihn angesetzt habe!«, fuhr Angie auf.

Peggy riss die Augen auf. »Er kommt her, um Bücher zu lesen, Angie, nicht zu einer Übernachtungsparty. Jetzt reiß dich mal zusammen.«

»Und was hast du zu Simon Devereux gesagt?«, fragte Jennie mit blassem Gesicht und angespannter Miene. »Hast du den auch angerufen?«

»Nein«, seufzte Peggy geduldig. »Wenn ihr's genau wissen wollt: Ich hab letzten Samstag bei einer Einladung bei den Holland-Hibberts neben ihm gesessen. Und ob ihr's glaubt oder nicht: Er war ganz wild drauf zu kommen. Konnte gar nicht schnell genug zusagen. Vergesst nicht, er will unbedingt unser nächster Kandidat für die Parlamentswahlen werden und momentan wohnt er noch nicht einmal in diesem Wahlkreis, sondern kommt immer nur zum Wochenende aus Chelsea hier raus. Er betont ständig, dass er sich mehr am Dorfleben beteiligen will, und hat schon bei der Jagd mitgemacht, aber als Mitglied des örtlichen Buchclubs würde er natürlich jede Menge Pluspunkte machen. Er ist übrigens sehr nett und wir haben uns ausgiebig unterhalten. Er hält eisern daran fest, dass er im Falle seiner Wahl nicht zulassen wird, dass die Post hier im Dorf dichtgemacht wird. Ich weiß nicht, worüber ihr euch alle so aufregt. Das war doch unser Plan. Ein bisschen frisches Blut, oder? Ein Teil davon auch noch heiß …« Sie zündete sich eine Zigarette an und blies den Rauch in einer dünnen blauen Linie aus.

Und nun saßen wir alle hier in einem ziemlich therapieähnlichen Sitzkreis in Peggys cremefarbenem Wohnzimmer, in dem jede Menge moderne Kunst zwischen die alten Holzbalken gequetscht war. Draußen plätscherte sanft der Regen, während wir beschämt eine Schale mit Doritos herumreichten. Ich blickte verstohlen zu Simon Devereux auf der anderen Seite hinüber. Weltläufig, gutaussehend und elegant in seinem makellosen Anzug mit der gemusterten Seidenkrawatte, war er direkt aus den Auktionsräumen in South Kensington gekommen und machte ein, wie ich fand, leicht amüsiertes Gesicht, während er die Chips weiterreichte. Wie lange er wohl dabeibleiben würde? Das hier hielt er ganz offensichtlich für provinziell, und sobald er es auf seiner To-do-Liste abgehakt hatte, würden wir ihn nur noch von hinten sehen. Ich fragte mich, warum Peggy ihn eingeladen hatte. Neben ihm saß Angus, sein zerfurchtes, markantes Gesicht ein einziges Lächeln, er freute sich offenbar wie ein Schneekönig, dass er mal rauskam, und war schon bei seinem zweiten Glas Muscadet. Neben ihm saß Angie in ihrem sehr kurzen Rock und neben ihr Luke, der wie gesagt ein wenig verlegen, aber hinreißend war, und neben ihm Pete, der mit seinen frisch gewaschenen blonden Haaren ebenfalls umwerfend gut aussah. Viel besser als in der Kirche, fand ich. Besser, wenn er nicht die Augen zumachte und seiner Orgel ekstatische Grimassen schnitt, was ich immer ein wenig lächerlich fand. Aber natürlich konnte es auch ein Klavier sein, wurde mir plötzlich klar. Wenn man das eine spielen konnte, konnte man doch bestimmt auch das andere? Vor meinen Augen entstand ein flüchtiges Bild von uns in einem hübschen, alten Häuschen, Pete spielte Chopin und blickte über die Schulter zu mir her, während ich mit einer Näharbeit am Kamin saß. Hmm, vielleicht doch keine Näharbeit. Und war ein Organist nicht im Grunde das Gleiche wie ein Radfahrer? Irgendwie ein ... Nerd? Nun ja, er beschäftigte sich ja wohl nicht Vollzeit damit. Er hatte bestimmt einen richtigen Job. Als was wohl, überlegte ich. Ich hatte das Gefühl, als hätte Angie es mir bereits erzählt, aber ich konnte mich nicht erinnern. Da gab es noch so viel in Erfahrung zu bringen. Aber diesmal würde ich es vorsichtiger angehen. Ich musste meine Neugierde zügeln und nicht wieder gleich zum Sprung auf meine Beute ansetzen. Oh ja, diesmal würde ich mich anschleichen.

»Hilary Mantel ist auch ziemlich gut«, sagte die heilige Hilda gerade, nachdem Angie mit ihrem Forster-Vorschlag gescheitert war.

Ach ja, Hilda. Eigentlich war es ganz gut, dass sie da war. Das bewahrte uns, schon durch die ungerade Zahl an Leuten, die sich ergab, davor, allzu sehr wie eine Partnervermittlung zu wirken. Aber leider war sie übereifrig. Streng und aufrecht saß sie auf ihrem Stuhl, ihre Literaturvorschläge in Form eines Bücherstapels auf dem Schoß. Wir hatten uns noch immer nicht auf ein Buch geeinigt und sie wurde immer schriller.

»Sie hat mit diesem hier letztes Jahr den Booker Prize gewonnen«, erklärte sie wichtigtuerisch. »Aber das wisst ihr natürlich alle.«

Wir murmelten alle zustimmend, während Hilda das Buch an Peggy weiterreichte, die neben ihr saß. Aber Peggys zustimmendes Gemurmel galt noch immer Luke auf ihrer anderen Seite und sie nahm das Buch abwesend entgegen. »Sie sind bestimmt unheimlich stark«, seufzte sie und klapperte mit ihren Augendeckeln. »Sie haben bestimmt immer viel zu nageln.«

Diese Bemerkung hing ziemlich alleine in der Luft. Luke errötete und blickte zu Boden. Hilda räusperte sich ungeduldig.

»Peggy? Was meinst du?«

»Wozu?« Sie wandte sich um.

»Zu dem Buch natürlich.«

Peggy warf einen Blick auf den Band, den sie offenbar in der Hand hielt. »Oh. Oh nein. Viel zu lang. Da kommen wir doch nie durch. Ich glaube sogar, Luke hier ist der Einzige, der das überhaupt hochheben kann!«

Sie reichte es ihm, wobei sie vorgab, unter dem Gewicht fast zusammenzubrechen, und er lachte und stimmte ihr in seinem nordenglischen Tonfall zu, jawohl, das Ding wäre wirklich furchtbar schwer. Angie sah mich an und verdrehte in gespielter Verzweiflung die Augen.

»Wie wär's, wenn wir für den Anfang etwas Leichteres nehmen würden«, schlug Jennie vor. »Das hier sieht wirklich ein bisschen zu ambitioniert aus, Hilda, obwohl es bestimmt sehr gut ist«, fügte sie beschwichtigend hinzu.

»Es ist erstklassig«, sagte Hilda wichtigtuerisch. »Du hast es doch gelesen, nicht wahr, Pete?«

»Äh, den Anfang«, sagte Pete verlegen.

»Na ja, du hast es ja schon gelesen, Hilda, das gilt also nicht«, bemerkte Angie spitz.

Hilda machte ein betroffenes Gesicht. »Das ist hier doch kein Wettbewerb«, erklärte sie säuerlich.

»Genau«, erwiderte Angie. »Was bedeutet, dass keiner den anderen etwas voraushaben sollte.«

Sie schauten sich böse an.

»Etwas Leichteres wäre vielleicht mehr unser Ding«, warf Angus beruhigend ein, bevor die Sache noch richtig unangenehm wurde, »da stimme ich Jennie zu.« Er strich sich die silbernen Locken zurück, beugte sich eifrig vor und stützte die Lederellbogen seines Tweed-Jacketts auf die Knie. »Ich dachte, Poppy hier hätte gesagt, dass wir Robert Harris lesen. Das wäre doch super!«

»Hast du, Poppy?«, wandte sich Jennie überrascht an mich.

»Also, ich habe nur …«

»Das ist keine schlechte Idee«, meinte Simon, der nahtlos in die diplomatische Rolle des künftigen Parlamentsabgeordneten schlüpfte. »Also ich hab sehr viel für Harris übrig. Wie wäre es, wenn wir alle das neueste von seinen Büchern lesen?«

»Ich hab es schon dabei!«, dröhnte Angus erfreut und holte es wie ein Zauberer unter seinem Stuhl hervor. »Bin extra zu Waterstones gegangen.« Er reichte es herum, und während es von Hand zu Hand ging, waren wir anderen enorm erleichtert. Das gefällige Cover und die Aussicht auf einen richtig guten Thriller vor dem Schlafengehen, anstelle eines deprimierenden, intellektuellen Wälzers, waren höchst befriedigend.

Luke meinte ebenfalls, das sähe doch toll aus, voller Action und genau das, worauf er so richtig Lust habe; Pete meinte, dieses hier sei das einzige, das er noch nicht gelesen habe, und versicherte Luke, dass wenn man eines gelesen habe, man alle kennen würde, er habe sie komplett gelesen; und Angie, Jennie und ich stimmten überein, dass wir zwar schon jede Menge Frauenromane und Historienschmöker gelesen hatten, aber uns noch nie an diese Männerthemen gewagt und durchaus Lust dazu hatten. Nur Hilda sah aus, als hätte sie an einer Zitrone gelutscht.

»Populäres Lesefutter«, sagte sie naserümpfend, als das Buch zu ihr weitergereicht wurde. Sie betrachtete es abfällig. »Ich dachte, wir würden uns etwas intellektuell Anregenderes vornehmen.«

»Aber es ist nur so bekannt, weil es gut ist«, sagte Jennie. »Wenn es nicht taugte, würde es doch keiner kaufen.«

»Die Beatles waren auch populär«, fügte Angie hinzu. »Und die waren ja nun wirklich total genial.«

»Ja, aber sie haben auch nur Popmusik gemacht«, beharrte Hilda. »Genau wie das hier nur Lesefutter ist.«

Wir schwiegen alle ein wenig beschämt.

»Muss es denn schwierig sein, um gut zu sein?«, fragte ich und war in Gedanken meilenweit entfernt. Ich hatte mich gerade gefragt, ob Pete wohl eine schreckliche Mutter und eine schreckliche Schwester hatte; damit würde ich nicht noch einmal fertig werden. Die Schwiegerfamilie war so wichtig.

»Nein, es muss schwierig sein, damit es exklusiv ist«, sagte Peggy mit einem schmalen Lächeln. Wieder folgte Schweigen.

»So«, Angus stand auf und rieb sich die Hände. »Dann ist ja alles klar. Prima. Ich fahre morgen in die Stadt, hole noch acht Bücher und stecke sie euch allen in den Briefkasten. Peggy, wie wär's, wenn wir jetzt diese andere Flasche Wein aufmachen? Hier drin ist es ja fast wie in der Wüste Gobi!«

Alle standen auf. Angie und ich reichten die Räucherlachs-Häppchen herum und der Wein floss in Strömen, der Lärmpegel stieg, während sich die Leute unterhielten, erleichtert, dass der eher förmliche Teil des Abends vorbei war. Ja, es dauerte nicht lange und das Ganze hatte sich in eine regelrechte Cocktailparty verwandelt und selbst Hilda wirkte ein wenig angeheitert, besonders seit Simon sich höflich mit ihr unterhielt, aber schließlich gehörte Hildas Familie zu den Honoratioren des Dorfes. Hildas Vater war Richter und Simon brauchte wirklich tatkräftige Unterstützung, um seine Wahl zu sichern.

»Aber werden Sie denn auch im Dorf wohnen?«, fragte Hilda ihn ernst.

»Meine Familie lebt in Wessington.«

»Ja, ich weiß, aber werden Sie selbst hier auch etwas kaufen?«

»Ach, das würde ich gerne und habe es absolut vor, sobald sich mir die Möglichkeit bietet«, versicherte er ihr.

»Sobald er gewählt ist, wird er es als Ferienhaus nutzen«, erklärte Pete mir leise. »Und wo wohnen Sie, Poppy?«

»Genau gegenüber.« Ich deutete durch das Erkerfenster nach draußen. Der Nieselregen hatte ein wenig nachgelassen und die dunkle Nacht hatte sich vor den Scheiben sanft herabgesenkt. Mir war jetzt ganz warm und glücklich zumute. Der Wein floss durch meine Adern und ich war unter Freunden – alte Freunde und hoffentlich auch neue, dachte ich, während ich in Petes grünlich blaue Augen blickte, die so gut zur Farbe seines Pullovers passten. Aber ich war nicht zu weit von zu Hause weg, nicht in allzu unsicherem Gelände.

»Hübsch«, sagte er, offenbar in Bezug auf mein Haus, aber

zugleich sah er mich dabei direkt an. »Denken Sie, dass Sie dort wohnen bleiben?«

»Oh ja«, sagte ich überrascht. »Zumindest glaube ich das. Die Kinder sind da zu Hause und wir lieben es.« Es war mir noch gar nicht in den Sinn gekommen, dass ich umziehen könnte. Mein süßes kleines Haus war immer das einzig Erfreuliche an meiner Ehe gewesen, meine Freundinnen in der Nähe zu haben und Jennie sogar nebenan, war für mich der Ausgleich zu Phil. Aber Phil war ja jetzt nicht mehr da und so wurde mir auf einmal bewusst, dass ich mich gar nicht mehr gegen ihn wappnen musste und dass ich mit dem Geld, das ich bald erben würde, jederzeit verkaufen und etwas Größeres oder sogar Schöneres dafür kaufen konnte. Würde ich das wollen?

»Ich hab mich nur gefragt, ob Sie vielleicht noch einmal ganz von vorne anfangen wollen«, sagte Pete vorsichtig, aber sehr nett. Er hatte es ohne jeden Hintergedanken oder unangebrachte Neugier gesagt, beschloss ich.

»Möglich«, antwortete ich. »Daran hatte ich noch gar nicht gedacht. Aber ein neuer Anfang bedeutet ja nicht unbedingt, dass man umziehen muss.«

»Nein«, gab er zu. »Das stimmt. Es kann alles Mögliche bedeuten.«

»Und es ist ja nicht so, dass ich unbedingt umziehen müsste. So als wäre ich hier an diesem Ort von zu vielen schmerzlichen Erinnerungen umgeben, die ich hinter mir lassen müsste«, dachte ich laut vor mich hin.

Er sah mich eindringlich an. »Das gefällt mir an Ihnen, Poppy.«

»Was?«

»Dass Sie es immer so sagen, wie es ist. Geradeheraus.«

»Ich glaube, das ist neu«, erklärte ich ihm. »Ich glaube, ich habe die letzten sechs oder sieben Jahre nie gesagt, wie es wirklich war. Vor allem nicht mir selbst gegenüber. Habe anderen zuliebe immer mit der Lüge gelebt.«

»Sie meinen, Ihrem Mann zuliebe?«

»Ja, Phil, aber letztlich den Kindern zuliebe. Wer will schon ein Boot ins Schwanken bringen, in dem sich das befindet, was er am meisten liebt?«

»Und ... glauben Sie, dass Sie ihn je verlassen hätten? Wenn er nicht ... Sie wissen schon ...«

»Gestorben wäre?«, seufzte ich. »Wer weiß? Ich habe es mir auf jeden Fall in Gedanken ausgemalt. *Fifty ways to leave your lover* und so weiter. Aber ich hatte noch nie ernsthaft in Erwägung gezogen, es auch wirklich zu tun.« Ich zuckte mit den Schultern. »Das sind zwei sehr verschiedene Dinge.« Ich lächelte. »Und ich war eigentlich schon immer eher ein Feigling. Wie ist es denn bei Ihnen, Pete? Haben Sie Familie?«

»Ich habe nur meine Mutter und eine Schwester.«

Mein Lächeln erstarrte.

»Aber ich lebe nicht mit ihnen zusammen. Ich habe eine Wohnung in der Stadt.«

»Gut, gut«, sagte ich, völlig aus dem Konzept gebracht. »Und sind Sie ... Stehen Sie sich sehr nahe? Rufen Sie zweimal pro Woche an? Manchmal öfter? Nehmen Sie die beiden mit, wenn Sie sich Polstermöbel kaufen?«

Er runzelte die Stirn. »Gott, nein. Meine Schwester, Nicky, ist viel zu beschäftigt. Sie arbeitet für die *Vogue* und meine Mum hat absolut null Ahnung von Polstermöbeln. Sie lebt in einem Hotel in Monaco, die meiste Zeit jedenfalls.«

»Hervorragend«, hauchte ich. Diese Chambers-Frauen hörten sich gut an, fand ich.

»Mein Dad hat meiner Mutter vor seinem Tod nahegelegt, dass sie ein stilvolles Leben führen soll. Er hatte so eine Theorie, dass ... Meine Güte, was ist das denn?«

Bedauerlicherweise wurde dieser faszinierende Einblick in Petes exotische Familie – wie passte bloß die Orgel da hinein? – durch ein kurzes Klopfen am Fenster unterbrochen. Wir fuhren herum und sahen Sylvia, Angus' Frau, die bitterböse Blicke zu uns hereinwarf. Ihre Brille glitzerte bedrohlich und die stahlgraue Dauerwelle saß fest auf ihrem Haupt. Angus erbleichte und versteckte instinktiv das Weinglas hinter seinem Rücken. Sie verschwand und dann ertönte laut und schrill die Türglocke. Wir standen allesamt herum wie ungezogene Kinder, während wir hörten, wie Peggy, die an die Tür gegangen war, beruhigend auf sie einredete.

»Tut mir leid, Sylvia, es hat ein bisschen länger gedauert.«

»Aber ihr lest doch noch nicht einmal! Und ihr sitzt nicht im Kreis, steht nur herum und quatscht, als wärt ihr bei einer Cocktailparty. Ich hab zweimal geklingelt!«

»Ja, klar, das ist eben das erste Treffen«, sagte Peggy, »verstehst du? Wir haben Ideen ausgetauscht und hin und her überlegt. Und wir dachten, dass eine entspannte Atmosphäre förderlich wäre.«

»Hallo, Liebling, wie schön. Wart ihr früher mit dem Bridge fertig?« Das war Angus' angespannte Stimme, er war an die Tür geeilt, um sie zu begrüßen.

»Nein, wir waren *nicht* früher fertig. Unser Rubber war wie üblich um Punkt acht beendet. Du bist es, der zu spät ist, Angus. Ich hatte gehofft, du würdest die Ofenkartoffeln für mich aufwärmen!«

Weitere Ermahnungen verloren sich im scharfen Herbstwind. Als Peggy die Haustür geschlossen hatte, konnte man noch immer Sylvias wütende Stimme hören, während sie Angus die Straße hinunter, am Weiher vorbei und in Richtung Zuhause abführte.

Peggy kam zurück, um gleich darauf mit Schwung die Vorhänge zuzuziehen. »Dumm von mir, dass ich das nicht schon vorher getan habe«, bemerkte sie. Dann wandte sie sich zu uns um, die Hände in die Hüften gestemmt. »Also, wer hat Lust auf was Schärferes?«

»Was Schärferes?« Jennie runzelte die Stirn.

»Ja klar. Ihr wisst schon, Calvados, Drambuie, irgend so was. Wie sieht es mit Ihnen aus, Luke?«

»Äh, also ich bin nicht sicher, ob ich schon jemals so etwas getrunken habe«, meinte Luke ein bisschen zittrig. »Aber dieser Muscadet ist lecker«, fügte er hastig hinzu, wobei er das Wort mit t aussprach.

»Aber Sie sind doch auch noch nie zuvor Mitglied in einem Buchclub geworden, nicht wahr?«, raunte Peggy und ließ sich aufs Sofa gleiten. Sie klopfte auf den Platz neben sich. »Kommen Sie. Setzen Sie sich.« Er gehorchte ihr wie in Trance. »So viele erste Male an einem Abend. Ach, entschuldige, Angie, war das dein Platz?« Sie rutschte zur Seite, um ihrer erzürnten Freundin Platz zu machen, die nur rasch ins Bad gehuscht war, um ihren Lippenstift nachzuziehen. Peggy hockte sich stattdessen auf die Sofalehne. Zündete sich eine Zigarette an.

»Luke hat mir gerade erzählt, dass er einen Schmiedeofen hinten in seinem Land Rover hat.«

»Ja klar hat er das, schließlich ist er mobiler Hufschmied«, sagte Angie leicht genervt.

»Unglaublich mobil könnte ich mir vorstellen.« Peggy musterte ihn wohlgefällig von Kopf bis Fuß.

»War Sylvia wütend, Peggy?«, fragte Angie nervös. Angie

war mit Sylvia zusammen im Kirchengemeinderat und außerdem im weitgehend gleichen Bekanntenkreis, was Dinnerpartys und dergleichen anbetraf.

»Schon ein wenig, aber sie wird es überleben.« Peggy schnippte Asche in den Kamin. »Das muss ja furchtbar heiß da drin werden«, raunte sie Luke zu. »In Ihrem Land Rover. Sehr gemütlich.«

»Na ja, ich bin eigentlich nicht viel da drin, wenn ich nicht gerade fahre. Und dann ist der Ofen natürlich nicht an.« Luke sah jetzt selbst ziemlich erhitzt und vor allem ziemlich verlegen aus.

»Nein, nein, natürlich nicht. Und was machen Sie sonst so, Luke? Abgesehen von Hufeisen? Mit Ihrem Ofen? Also wirklich, Sie haben enorme Oberschenkel. Direkt ein Wunder, dass Sie die hier in den Sessel quetschen können. Was meinten Sie gerade?«

»Äh, hab ich was gesagt?« Luke wischte sich mit dem Ärmel den Schweiß von der Stirn.

»Ja, wir sprachen darüber, was Sie sonst noch so machen. Abgesehen von Hufeisen.«

»Ach so ... Ja, ich mache hier und da auch mal einen schmiedeeisernen Zaun. Aber nicht regelmäßig. Mehr Einzelaufträge und so.«

»Schmiedeeiserne Zäune, ach wirklich?« Peggy riss die Augen weit auf. »Wissen Sie was, ich dachte mir erst neulich, dass ich diesen weißen Staketenzaun vor meinem Haus langweilig finde und mir an der Stelle gut so einen süßen kleinen handgeschmiedeten Zaun vorstellen könnte.« Ihre rauchgrauen Augen blickten unschuldig in die seinen. »Sie könnten nicht zufällig irgendwann nächste Woche mal vorbeikommen und mir ein Angebot machen? Hast du dich verschluckt, Angie?«

Sie drehte sich seitwärts, um ihrer Freundin auf den Rücken zu klopfen. Angie, die scheinbar einen Hustenanfall hatte, warf ihr einen vernichtenden Blick zu und stürmte davon, um sich ein Glas Wasser zu holen. Sobald sie weg war, hörte Peggy übergangslos auf Luke anzuflirten und legte mir eine Hand auf den Arm.

»Ich muss schon sagen«, flüsterte sie und nickte zur anderen Seite des Raumes hinüber. »Jennie scheint sich gut zu amüsieren, nicht wahr?«

Ich drehte mich um und sah Jennie neben der Terrassentür stehen und mit Simon reden. Er hatte eine Hand auf den Balken über ihrem Kopf gelegt und neigte sich zu ihr, während sie sich unterhielten. Jennies Wangen waren gerötet, und als sie den Kopf zurückwarf und über etwas lachte, was er gesagt hatte, wurde mir klar, dass ich sie schon lange nicht mehr so gelöst erlebt hatte und dass sie schon lange nicht mehr so hübsch ausgesehen hatte.

# 11

Die macht mich wahnsinnig!«, wütete Angie am nächsten Morgen, als sie und ich auf eine Tasse Kaffee und zur Analyse des Abends bei Jennie vorbeischauten. »Die führt sich auf wie irgend so eine schreckliche Figur aus einer billigen Comedy-Show: *Wie heiß ist Ihr Ofen, Luke? Ziehen Sie auch manchmal Ihr Hemd aus, Luke?*«, äffte sie Peggy nach. »Mal ehrlich.« Sie ließ sich auf einen Stuhl an Jennies Küchentisch fallen. »Ich dachte, jetzt dauert es nicht mehr lange und sie befühlt seinen Bizeps!«

Jennie und ich wechselten einen schuldbewussten Blick. Nachdem Angie früh gegangen war – ein wenig beleidigt, wie man hier anmerken muss –, war es tatsächlich zu einer Art Bizeps-Vergleich gekommen. Nicht nur einer hatte die Ärmel hochgekrempelt, um sich mit Lukes enormen Muskeln zu messen. Aber zu unserer Verteidigung muss gesagt werden, dass wir alle ganz furchtbar betrunken waren, denn Peggys Calvados war einfach zu köstlich und keiner von uns hatte, abgesehen von den paar Lachshäppchen, ein richtiges Abendessen gehabt. Es war noch ziemlich albern geworden. Fast ein wenig ausgeartet. Angie hatte richtig was verpasst.

»Peggy lässt sich eben leicht hinreißen«, sagte ich und versuchte dabei die Erinnerung an das Armdrücken zwischen Peggy und der heiligen Hilda zu verdrängen, mit Luke als Schiedsrichter, während wir anderen sie anfeuerten. Wie sich herausstellte, hatte Hilda eine ganz schön wilde Seite. Mit wirrer blonder Mähne, Feuer in den blassblauen Augen und einem aufplatzenden Knopf an ihrer ohnehin schon überdehnten Bluse hatte sie Peggys Arm auf den Tisch gedrückt und dann die Faust in die Luft gestreckt und »Ja!« gegrölt. Ihr Heiligenschein war dabei ganz eindeutig abgestürzt. Brüllend vor Lachen hatte Pete sie in seine Arme genommen, wo sie wie eine Schnecke geklebt und ihm einen Schmatz auf die Lippen gegeben hatte. Wie schon gesagt, wir waren alle ziemlich blau.

»Ja, aber wenn hier jemand mit Luke flirten darf, dann bin das ich: Er ist mein Hufschmied«, sagte Angie schmollend. »Sie ist doch angeblich auf Angus scharf.«

»Peggy flirtet nun mal mit jedem«, versuchte ich sie zu besänftigen, während ich daran dachte, wie seltsam genau Peggy Angies Abgang beobachtet hatte. »Gut«, hatte sie leise zu mir gesagt und gedankenverloren an ihrer Zigarette gezogen. »Ist doch wichtig, dass man Angie manchmal vor sich selbst beschützt, findest du nicht auch? Schön zu sehen, wenn sie sich amüsiert, aber wir wollen doch nicht, dass sie sich völlig zum Affen macht.« Ich hatte überrascht geblinzelt. Insgeheim hatte ich mich gefragt, ob Peggy irgendeinen Masterplan hatte: ob dieser scheinbar frivole Buchclub, den sie hier für ihre Freundinnen organisiert hatte, einem höheren Zweck dienen sollte. Dass wir uns alle umdrehten und uns selbst und unsere Beweggründe einmal genau unter die Lupe nahmen. Noch bevor ich Zeit gehabt hatte zu antworten, war Peggy aber ans andere Ende des Zimmers verschwunden, um dort ein Mannschaftsspiel anzuleiten, bei dem es darum ging, sich eine Münze ins Hemd zu stecken und dann herumzuzappeln, bis sie unten aus dem Hosenbein oder Rock wieder auftauchte und sie dann weiterzugeben. Simons Münze blieb immer wieder unterwegs hängen, sodass Peggy ihn in der hohen Kunst der

Weiterbeförderung unterwies. Auf dem Gesicht des Porzellanexperten war die reine Freude zu sehen, und als Peggy ihren Kopf in den Nacken warf und lauthals loslachte, hatte ich gedacht: Nein, kein Masterplan. Es sei denn einer, der zum Ziel hat, sich und ihre Freunde endlich einmal wieder zum Lachen zu bringen.

»Simon war nett, findest du nicht?«, fuhr Jennie fort. »Sein Elternhaus ist im Nachbardorf, deswegen will er hier kandidieren. Er hat letzte Nacht dort geschlafen. Er hängt sehr an dieser Gegend. ›Meine kleine Ecke von England‹ nennt er sie.« Sie lächelte gedankenverloren. »Er meinte sogar, er würde vielleicht gar nicht warten, bis er ein Haus kaufen kann, sondern gleich etwas mieten und dann von hier in die Stadt pendeln.«

»Warum ist er eigentlich nicht verheiratet?«, wollte Angie wissen. »Er ist doch bestimmt über dreißig. Ist er etwa schwul?«

»Scheinbar gibt es da eine, über die er nie hinweggekommen ist. Er kannte sie schon eine Ewigkeit, erste Liebe und so weiter, und dann wollten sie vor ein paar Jahren heiraten, waren verlobt und alles, aber sie hat die Hochzeit immer wieder verschoben. Wie sich herausstellte, hatte sie sich in einen anderen verliebt. Er hat mir alles erzählt. Das fand ich total sympathisch an ihm«, sagte Jennie, »dass er so ganz ungekünstelt war und nicht versucht hat, sich irgendwie aufzuspielen. Es gibt Leute, die hätten nicht erwähnt, dass man sie sitzengelassen hat, aber so ist er nicht. Er ist ein echt netter Mann, finde ich.«

Wir nahmen dies schweigend zur Kenntnis. »Mir ist er ein bisschen zu glatt«, meinte Angie schließlich ein wenig schnippisch und auch nicht ganz aufrichtig, wie ich fand. Sie hatte selbst sehr auffällig ihre Haare nach hinten geworfen, während sie mit Simon gesprochen hatte. Jetzt machte sie ein ungerührtes Gesicht und bediente sich an der Kaffeemaschine.

»Ich mag es glatt«, sagte Jennie mit Nachdruck. »Glatt hatte ich schon seit Jahren nicht mehr, seit Jahrzehnten. Noch nie. An glatt könnte ich mich direkt gewöhnen.«

Ich versuchte darüber hinwegzusehen, wie sie die Hände rang; genau wie vergangene Nacht, als ich um Mitternacht nach Hause gegangen war.

Ich hatte mich bemüht, nicht zu bemerken, dass Simon gerade aus Jennies Haus trat, als ich mein Gartentörchen erreichte. Ich hatte gerade noch gesehen, wie Jennie nach drinnen verschwand, während Simon sich umwandte, um die drei Kilometer den Hügel hinauf zum Haus seiner Eltern in Wessington zu laufen, weil er seinen Wagen wohl bei Peggy stehengelassen hatte. Eine Mondscheinwanderung. Eine nachdenkliche Wanderung vielleicht. Während Jennie nach drinnen gegangen und in dem dunklen, schläfrigen Haus die Treppe hinaufgestiegen war und sich vielleicht ein klein wenig wohler, ein klein wenig glücklicher gefühlt hatte. Was bitte sollte daran falsch sein?

»Du wirst dich an gar nichts gewöhnen«, erinnerte Angie sie brutal. »Du bist nämlich verheiratet.«

»Ja, ich weiß. Mit Dan.« Jennie warf den Kopf in den Nacken und kratzte sich kräftig mit beiden Händen den Kopf. »Ach was, ich werde ja nicht gleich mit dem Mann ins Bett hüpfen, Angie, aber es wird doch wohl noch erlaubt sein, dass mein gutes altes Herz mal ein paar Schläge schneller schlägt? Vielleicht sogar mal einen Schlag aussetzt? Bitte gestatte mir ein bisschen außereheliches Flirten, ja? Es ist doch sicher kein Verbrechen, wenn in irgendeiner dunklen Ecke meines Lebens ein kleines Lichtlein leuchtet, meinst du nicht auch?«

Dazu gab es nicht viel zu sagen. Jennie stand auf, um geräuschvoll den Wasserkessel neu zu befüllen, und ließ ihn laut auf die Platte knallen. Sie drehte sich um, lehnte sich gegen den Herd, verschränkte die Arme und starrte mit hartem und entschlossenem Blick aus dem Fenster. Angie setzte sich auf, räusperte sich.

»Also, wenn du das nicht – du weißt schon – weiterverfolgst«, sagte sie, »hättest du dann was dagegen, wenn ich es täte?«

Jennie und ich wandten uns simultan zu ihr um und starrten sie an. »Was, mit Simon?«, stieß Jennie hervor.

»Na ja, wie du sagst, er ist ziemlich nett. Viel netter, als ich gedacht hätte, und gar nicht mehr schmierig, wenn er sich entspannt; und ich bin Single, Jennie. Und da Peggy es ja jetzt auf Luke abgesehen hat, der, ehrlich gesagt, auch eher ein Scherz war, so ein blutjunger Hufschmied …«

»Eben hast du noch gesagt, er wäre zu glatt!«

»Und, wie du so richtig angemerkt hast, spricht da gar nichts dagegen.«

»Ich glaube, das geht jetzt echt ein bisschen weit, Angie!«, schnaubte Jennie. »Du kannst nicht einfach hier reinkommen und dir meinen – du weißt schon – schnappen!«

»Deinen, was?«, wollte Angie wissen.

»Meinen Buchclub-Partner«, sagte sie schnippisch. »Nur weil Peggy sich deinen geschnappt hat!«

»Buchclub-*Partner?*«, höhnte Angie.

»Wir haben vereinbart, dass wir unsere Aufzeichnungen austauschen«, sagte Jennie steif. »Wenn wir mit dem Buch fertig sind.«

»Klar habt ihr das.«

»Jetzt hört mal zu«, sagte ich angespannt, während sich meine beiden Freundinnen quer durch den Raum böse Blicke zuwarfen, »das ist doch jetzt alles ein bisschen übertrieben, meint ihr nicht? Wir haben uns erst einmal getroffen und wollten eigentlich über Bücher diskutieren und nicht als Partnervermittlung fungieren. Sollten wir uns nicht ein wenig beruhigen?«

Angie und Jennie machten verlegene Gesichter. »Sorry«, nuschelten beide beschämt.

»Das ist so absolut albern«, sagte Angie. »Wir sind echt frustrierte Hausfrauen wie aus dem Bilderbuch. Und eigentlich sollte es ja vor allem darum gehen, dich wieder in die Spur zu bringen.« Sie blickte mich an. »Dass du ein bisschen Spaß hast. Was hältst du von Pete?«

»Der ist nett«, sagte ich gleichmütig. »Man kann sich gut mit ihm unterhalten.«

»Zumindest wenn zwei Minuten mal nicht die heilige Hilda an ihm dranhing«, sagte Jennie. »Ich fand, sie war äußerst schnell bereit, mit ihm das Münzversteckspiel zu spielen.«

Ich seufzte. »Ich hab's doch nicht eilig«, sagte ich und meinte es ernst. »Ich hab doch einen guten Teil meines Lebens noch vor mir.«

Schon während ich das sagte, drohten die enorme Bedeutung dieser einfachen Feststellung, die Freiheit, die sie mit sich brachte, und die Freude in mir zu explodieren. Ich stand auf, weil Archie weinte. Die fieberhafte Wut der letzten Tage hatte mich ebenso plötzlich wieder verlassen, wie sie gekommen war, und an ihrer Stelle herrschte jetzt eine Art ruhiger Gelassenheit, gepaart mit einer erstaunlichen Klarheit. Nach ein paar Minuten verabschiedete ich mich von meinen Freundinnen. Archie wurde unleidlich und brauchte seinen Schlaf, aber auch weil ich meine neugefundene Freiheit für mich allein behalten wollte, so wie ich meinen Sohn fest umfangen hielt, während er in meinen Armen einnickte. Wie wunderbar das war: Ich hatte noch mein ganzes Leben vor mir, um eine bessere Wahl zu treffen, oder auch gar keine. Leise machte ich Jennies Haustür hinter mir zu und ging den Weg hinunter. Es war mir nicht entgangen, dass Hilda sich am vergangenen Abend heftig um Pete bemüht hatte, doch als die Münze schließlich aus seinem Hosenbein auftauchte und als Hilda wie ein lauernder Tiger auf dem Boden lag und kreischend danach grapschte, war ich ganz zufrieden gewesen, mich still und leise zurückzuziehen und zu gehen. Ich würde ganz gewiss nicht um einen Mann kämpfen, den ich kaum kannte. Und überhaupt, abgesehen von unserer kleinen Unterhaltung, hatte er mir nicht besonders viel Aufmerksamkeit geschenkt.

Während ich in meinen Garten einbog, überlegte ich, ob es wohl stimmte, dass jeder einen Seelenverwandten irgendwo dort draußen hatte, oder ob die meisten Leute sich mit Flickwerk arrangierten? Man traf jemanden, der halbwegs geeignet zu sein schien, ignorierte alle Fehler und dachte: Perfekt, passt schon. Kurz nachdem Phil und ich uns verlobt hatten, fand ich eine Liste in der Brusttasche seiner Jacke, die er in meiner Wohnung vergessen hatte: Pro und Kontra mit meinem Namen darüber. Das hätte mein Stichwort sein sollen, mein Stichwort, das Ganze abzublasen. Stattdessen hatte ich die Liste hastig überflogen und erleichtert festgestellt, dass sie mehr Pros als Kontras enthielt – nämlich genau eines mehr. »Recht ordentlich«, war das Zünglein an der Waage gewesen für Phil. Eigentlich beschämend. Aber man darf nicht vergessen, wie verzweifelt ich damals gewesen war. Ich war mir vorgekommen wie ein altbackenes Brötchen im Regal.

So würde es mir nie wieder ergehen, beschloss ich, während ich meinen Gartenweg hinaufging und in meiner Tasche nach dem Schlüssel kramte. Bei der Erinnerung kochte in mir die Wut hoch. Ich würde mich nie mehr mit etwas arrangieren. Ich würde sehr glücklich sein mit Clemmie und Archie, ja, Gott sei Dank hatte ich Kinder. Das hatte natürlich eine entscheidende Rolle bei dieser ganzen Verzweiflungskiste gespielt: dass ich Kinder wollte, Kinder brauchte. Dieser biologische Drang. Aber jetzt hatte ich ja welche und wir konnten für immer alleine bleiben. Es gab keinen Grund mehr zu Panikkäufen.

»Ach, hallo Poppy!« Als ich mich in der Haustür umdrehte, sah ich Angus auf mich zueilen mit dem *Spectator* unter dem Arm, den er sich gerade im Dorfladen geholt hatte. Ich ging ihm auf dem Gartenweg entgegen, die Herbstsonne lag warm auf meinem Gesicht und ein paar späte Malven streiften meinen Arm. Angus lüftete seinen Hut, während er näher kam.

»Hallo, meine Liebe, das war ja ein Spaß gestern Abend! Und wie ich höre, hab ich das Beste verpasst. Scheinbar ist die Party noch richtig in die Gänge gekommen, was?«

Ich lächelte und verlagerte Archies Gewicht auf meinem Arm, sodass sein Kopf auf meiner Schulter lag. »Na ja, das ist nicht so überraschend, schließlich haben wir Peggys Hausbar mehr oder weniger ausgetrunken.«

Ich hatte eine vage Erinnerung daran, dass sie irgendwann etwas Knallgrünes hervorgeholt und mit kurzsichtigem Blick das Etikett studiert hatte. »Ich glaube, das habe ich 1997 aus Paxos mitgebracht«, sagte sie. Und dann war ich gegangen.

»Na ja, ich wollte nur sagen, dass Sylvia nächste Woche ihre Schwester in Cirencester besucht, und dann kann ich ja glücklicherweise mitmachen bei dem ...«, er zwinkerte übertrieben und rieb sich die Hände, »Spiel und Spaß!«

»Oh, ich bin nicht sicher, dass alle Treffen des Buchclubs so verlaufen werden, Angus. Ich meine, wir hatten diesmal ja noch kein Buch, über das wir sprechen konnten, nicht wahr? Nächste Woche haben wir alle unsere Hausaufgaben gemacht und dann wird es bestimmt viel kopflastiger zugehen.«

»Och.« Seine wässrigen Augen blickten enttäuscht und leuchteten dann auf. »Ja, ja, aber wenn wir den ganzen Quatsch hinter uns haben, bleibt bestimmt genug Zeit für ein bisschen Spaß.« Er senkte die Stimme. »Als ich noch in der Armee war, haben wir mal bei einem allgemeinen Tanzabend Personenraten anhand von nackten Hintern gespielt. Mit verbundenen Augen, weißt du? Da sind die Leute echt aufgetaut.«

»Ich bin nicht so sicher, ob es da noch viel aufzutauen gibt«, sagte ich und dachte an Simon und Jennie, die sich in einer Ecke leise unterhalten und dabei die Köpfe so eng zusammengesteckt hatten, dass sie sich fast berührten.

»Egal, ich bring auf jeden Fall mal was mit.«

»Was?«

»Na zum Augenverbinden. Einen Schal oder so. Außerdem hab ich auch noch einen wunderbaren Glenmorangie, den mir mein Schwager zu Weihnachten geschenkt hat; der wird Simon bestimmt schmecken. Den bringe ich auch mit. Wiedersehen!« Und schon eilte er wie elektrisiert von dannen, sein Border Terrier tippelte an einer Leine mit Schottenkaro neben ihm her.

Als ich später an diesem Vormittag das Haus verließ, um Clemmie aus dem Kindergarten abzuholen, stellte der alte Frank Warner, der vor dem Rose & Crown gesessen und mit Schmuddelbob ein Bierchen getrunken hatte, sein Glas auf die Bank und kam zu mir herübergeschlurft.

»Hallo, Poppy.«

»Hallo, Frank.«

»Äh, Poppy, ich hab gehört, dass da bei Peggy so eine Art Buchclub-Geschichte läuft. Und da hab ich mich gefragt, ob ich vielleicht mitmachen könnte?« Frank war Ende sechzig, ein ehemaliger Staffel-Kapitän, verwitwet, mit riesigem Schnurrbart und massenweise Schuppen. Er verbrachte viel Zeit vor dem Rose & Crown, wo er ein Bier nach dem anderen kippte, zusammen mit Schmuddelbob, der nie viel sagte, sondern nur weise nickte, während Frank sich über Harrier-Kampfflugzeuge ausbreitete. Bob, der in jeder Hinsicht langsamer war, hatte sich inzwischen zu uns gesellt, nachdem er eine Weile gebraucht hatte, seine deutlich sichtbare Scheu vor mir, der Witwe, zu überwinden.

»Bob würde auch gerne mitmachen«, versicherte Frank mir nachdrücklich, während Bob nur stumm nickte. Bob war in etwa das, was man als unseren Dorftrottel hätte bezeichnen können. Er hatte einen Hof gepachtet und wohnte in dem dreckigsten Bauernhaus, das man sich nur vorstellen konnte, an der Straße, die aus dem Dorf hinausführte. Wenn man ihm zufällig, Angie zuliebe, einmal das Kirchenblättchen durch den Briefschlitz in seiner Tür steckte, löste das eine derartige Kakophonie von Hundegebell und Geheule aus, dass man es noch den ganzen Weg bis nach Hause hören konnte, und dann fingen die Gänse an zu schnattern und das gesamte Dorf drehte sich zu einem um und schaute einen vorwurfsvoll an, wenn man zurückkam.

»Also … ich weiß nicht recht, um ehrlich zu sein.« Ich kratzte mich nervös am Bein. »Kann ich mich deswegen noch mal bei euch melden? Weil – ich bin eigentlich gar nicht dafür verantwortlich. Ich muss erst die anderen fragen.«

Frank strich sich betont weltmännisch über seinen üppigen Schnurrbart. »Wenn du das tun würdest, meine Liebe. Und leg ein gutes Wort für uns ein, ja?«

»Natürlich.«

Er zwinkerte mir kräftig zu. »Ding dong«, murmelte er.

Ich eilte mit meinem Buggy den Hügel hinauf.

Ich erzählte Jennie davon, sobald ich zurück war. Sie jätete gerade Unkraut in ihrem Vorgarten und stützte sich auf ihre Hacke, während sie mir zuhörte.

»Ach Gott, das ist ja noch gar nichts«, erklärte sie mir. »Als ich eben im Laden war, hat sich Dickie Frowbisher an mich rangeschlichen und gemeint, er hätte schon viel John Grisham gelesen, ob das auch zählen würde.«

»Was haben wir da bloß in Gang gesetzt?«

»Einen Buchclub«, sagte sie mit Nachdruck. »Mit einer exklusiven, eingeschränkten Mitgliedschaft. Keine neuen Mitglieder ohne eingehende Prüfung und Zustimmung aller eingetragenen Mitglieder. Und ab nächster Woche wird's wirklich ernst und wir reden über Bücher. Angus müsste sie uns heute vorbeibringen und dann können wir anfangen zu lesen.«

»Genau.« Ich war ganz ihrer Meinung. Mein Blick senkte sich. »Was ist denn mit Leila los?« Die Irish-Terrier-Hündin, die ansonsten kaum zu bändigen war, lag mit leidender Miene zu Jennies Füßen und trug einen riesigen, etwa dreißig Zentimeter breiten Plastikkragen um den Hals. »Warum hat sie das Ding da an?«

Jennie musterte die Hündin skeptisch. »Sie verletzt sich selbst«, erklärte sie mir düster.

»Nein!«

»Also, nein, ich meine, sie kratzt sich. Deswegen muss sie

diesen blöden Kragen tragen. Meinst du, ich sollte mir Vorwürfe machen? Weil sie psychische Probleme hat?«

»Ach, hör doch auf, Jennie. Wie lange muss sie das Ding tragen?«

»Bis sie aufhört sich zu kratzen, nehme ich an.« Sie seufzte. »Aber sie ist jetzt in Therapie.«

»Leila?«

»Also ich jedenfalls nicht – jedenfalls noch nicht. Im Nachbarort gibt es eine Frau, die kostenlose Hundetherapie-Sitzungen anbietet, weil sie gerade erst anfängt.« Sie grinste. »Aber nach Leila hört sie vielleicht gleich wieder auf.«

Ich kicherte.

»Wie dem auch sei, ich muss hier weitermachen.« Energisch stieß sie ihre Hacke wieder und wieder in den Boden. Dabei summte sie sogar vor sich hin, ziemlich vergnügt für ihre Verhältnisse. Dabei hasste sie Gartenarbeit. Während ich meinen Gartenweg hinaufging, wurde das Fenster über ihrer Eingangstür aufgestoßen. Dan erschien halb bekleidet und mit wirrem Haar.

»Ich kann meine verflixten Socken nicht finden«, brüllte er.

Jennie legte die Hacke aus der Hand. »Komme schon, mein Schatz«, sagte sie mit ungewöhnlich milder Stimme. Ich sah ihr erstaunt hinterher, wie sie hineinging. Eine derartige Aussage hätte normalerweise eine scharfe Rüge nach sich gezogen, sie doch verdammt noch mal selbst zu suchen, und auch Dan blinzelte überrascht mit wippender Haartolle zu mir herab. Er grinste.

»Hi, Poppy. Hattest du einen schönen Abend gestern?«

»Ja, danke. Hat Spaß gemacht.«

»Also ich muss schon sagen, ich finde, das ist eine tolle Sache. Es hat Wunder bewirkt, was Jennies Laune anbetrifft, keine Ahnung, was über sie gekommen ist. Sie sollte wirklich mehr unter Leute. Gute Idee von dir, das zu organisieren.«

»Das war eigentlich gar nicht ich. Es war Peggy«, verlegen wies ich jede Schuld von mir.

»Na, dann war's eben eine gute Idee von Peggy. Ihr Mädels braucht wirklich ein bisschen Anregung in eurem Leben. Könnt ja schließlich nicht ständig hinter euren verdammten Männern und Kindern herrennen, oder? Und wenn man bedenkt, was ihr für Bücher lesen werdet. Supersache!«

Und damit verschwand er nach drinnen, um seine runderneuerte Ehefrau zu begrüßen, die vielleicht nicht ganz die Art von Anregung genossen hatte, wie Dan sie sich vorstellte.

War das so schlimm, fragte ich mich, als ich hineinging, Archie aus seinem Buggy hob und Clemmie den Wunsch nach einem Keks vor dem Mittagessen abschlug. Ich holte den Kartoffelauflauf aus dem Ofen und stellte ihn einen Augenblick zum Abkühlen auf die Seite. Wenn einen die Tatsache, dass man in einer imaginären Welt lebte, umgänglicher gegenüber anderen machte und es einem erleichterte, die reale Welt und die Leute, mit denen man zusammenlebte, zu akzeptieren, war das so schlecht? Das war doch sicher okay. Bis zu einem gewissen Punkt, beschloss ich, löffelte ein wenig Auflauf für Archie auf einen Teller und zerteilte ihn mit einer Gabel, damit er abkühlen konnte. Das Problem entstand erst dann, wenn man mehr in der imaginären als in der realen Welt lebte. Ich hatte mich schon oft aus der Realität geflüchtet – als Kind, nachdem meine Mutter gestorben war, und später, als meine Ehe scheiterte. Aber wenn wir uns alle nur in unseren imaginären Welten bewegten, dann gab es keinen echten Kontakt zwischen uns, man musste vorsichtig sein, ich nahm mir vor, bei Gelegenheit mit Jennie darüber zu reden.

Ich saß eine Weile da und ließ den Blick aus dem Fenster schweifen, während ich daran dachte, wie Dad und ich in den ersten Tagen nach Mums Tod miteinander umgegangen waren, so vorsichtig und höflich.

»Ich dachte, wir sollten ihre Kleider an einen von diesen Wohltätigkeits-Läden geben«, hatte er eines Tages gesagt, als er von der Weide zurück ins Haus kam. »Du weißt schon, zu *Save the Children* oder so. Es hängen einfach zu viele Erinnerungen dran.«

»Klar. Ganz wie du meinst, Daddy.« Und damit war er wieder nach draußen auf den Hof gegangen, während es in meinem Kopf schrie: Du meinst, jemand anderes wird den Geruch meiner Mutter am Kragen von ihrer Lederjacke riechen, die ich mir jeden Tag aus ihrem Schrank hole, um ihren Duft einzuatmen?

Und dann später mit Phil:

»Rad fahren in Mallorca im August«, sagte er und klappte entschlossen den Reiseführer zu. »Wir lassen die Kinder bei deinem Vater.«

Nein. Nein. Cornwall. Strandwanderungen mit den Kindern, hatte es in meinem Kopf gewütet, aber ich war zu müde zum Kämpfen gewesen, war niedergekämpft. Ich hatte Phils Argumente alle schon gehört, jedes Jahr von neuem.

»Wenn sie älter sind, Poppy, dann machen wir das natürlich«, hatte er dann geduldig gesagt. »Aber Sand und Windeln vertragen sich nicht wirklich gut, das weißt du. Sei doch vernünftig.«

Einmal waren wir nach Cornwall gefahren und er fand es schrecklich. »Ich kapier das nicht, Poppy. Tut mir leid. Ich kapier's einfach nicht. Ein Schinkenbrötchen auf einem eiskalten Strandfelsen mit einem davonwehenden *Telegraph?*«

Ich hatte nur meine Kleine im Sand gesehen, meine Clemmie, die verzückt zusah, wie ein winziger Taschenkrebs mit hoher Geschwindigkeit seitwärts über den Strand lief. Später hatten wir eine kleine Sandburg gebaut und zugleich bleibende Erinnerungen gefestigt. Ich musste allerdings zugeben, dass ich mich auch an die dünnen weißen Beine meines Mannes erinnerte, die unter einem Handtuch hervorlugten, und an seine verbissene Miene. Es war die Miene eines Mannes, der sich in unzumutbaren äußeren Umständen behaupten musste. Und so waren wir im Jahr darauf nach Mallorca gefahren und Phil war glücklich gewesen, während ich mich wieder einmal in meinen Kopf zurückgezogen hatte. So sehr, dass ich einmal in einem Restaurant in Palma, als Phil mich fragte, was ich essen wollte, meinte, ich würde Fish & Chips nehmen.

Ich musste meine Freundin Jennie warnen.

# 12

Am nächsten Tag fuhr ich meinen Vater besuchen. Es war nicht wirklich notwendig, im Voraus anzurufen, er war immer da, tat das, was er immer tat, und freute sich, mich zu sehen, aber ich rief dennoch an, bevor ich aufbrach. Er war da. Und er freute sich auf mich.

Ich fand ihn auf der Koppel hinter seinem Haus, wo er einen Jährling an der Longe führte: ein nervöses, junges Fohlen, das am anderen Ende eines langen Seiles im Kreis um ihn herumlief. Das Gesicht meines Vaters war der Inbegriff völliger Konzentration, so sah er nur in Augenblicken wie diesem aus und wenn er Sämlinge verzog in dem Schuppen, den er als sein Gewächshaus bezeichnete. Ja, er hatte eine Schwäche für junge Dinger: Fohlen, Sämlinge, Kinder. Ich hatte Glück gehabt. Und nur meine Großmutter hatte das gewusst, als meine Mutter gestorben war. Die meisten anderen Leute hatten entgeistert den Kopf geschüttelt: Peter Mortimer mit einem elfjährigen Kind! Einem kleinen Mädchen! Aber Großmutter kannte sein fürsorgliches Herz und schenkte all den Leuten kein Gehör, die ihr erzählen wollten, dass sie einschreiten und die Sache übernehmen sollte. Die Mutter meiner Mutter lebte nicht allzu weit entfernt und war regelmäßig vorbeigekommen – und falls sie jemals entsetzt gewesen sein sollte über das Chaos, die Unordnung, die zahllosen Sättel und Zaumzeuge, die über die Stühle geschlungen waren, die gebackenen Bohnen aus der Dose zum Abendessen, dann hat sie jedenfalls nie ein Wort darüber verloren. Vielleicht hat sie aufgeräumt, aber sie hat mich vor meinem Vater im Sattel irgendeines riesigen Jagdpferdes gesehen oder mit ihm in der Scheune, wo wir Heunetze stopften oder Wassereimer füllten, was leicht mal zu einer Wasserschlacht auf dem Hof ausufern konnte, bis wir beide pitschnass nach drinnen rannten. Ich war meistens ziemlich schmuddelig und seltsam angezogen, aber ich war immer mit ihm zusammen: neben ihm in dem klapprigen alten Pferdetransporter auf dem Weg zu den Auktionen – immer ohne Sicherheitsgurt und vermutlich auch immer ohne TÜV. Dad war nicht unehrlich, aber wenn er knapp bei Kasse war, was fast immer der Fall war, ging er schon mal ein Risiko ein. Und Großmutter ließ uns einfach machen. Blieb zum Abendessen – wieder mal Bohnen – und fuhr weg in dem Wissen, dass ich vermutlich wach sein würde, bis Dad selbst zu Bett ging. Aber sie wusste ebenfalls, dass ich immer pünktlich in der Schule war, selbst wenn wir die ganze Nacht wach gewesen waren, weil eine Stute fohlte. Sie wusste, dass ich alleine mit einem Pferdetransporter auf dem Hof herumfuhr, der kaum noch Bremsen hatte, und sie konnte sich davon überzeugen, dass ich bei all dem scheinbar bestens gedieh. Dass ich eben eine andere Art von Nahrung bekam.

Man konnte das hier eigentlich nicht als richtigen Bauernhof bezeichnen, dachte ich mit einem kleinen Lächeln, während ich am Rande der flachen, windigen Koppel stand und dem Fohlen zusah, das sich mit geblähten Nüstern darüber empörte, dass das hier nicht richtig war und dass es nicht an diesem Seil sein sollte, und doch nach und nach der Geduld und Freundlichkeit des Mannes am anderen Ende des Seiles erlag. Die Koppel war eine von sechsen, die allesamt ziemlich stoppelig und kahlgefressen waren, insgesamt gut zwölf

Hektar. Ein Kleinbauernhof eigentlich, mit einem buckligen Häuschen, halb verfallenen Außengebäuden und einer Scheune, die Dad eigenhändig in Boxen unterteilt hatte. Alle Boxen waren notdürftig zusammengeschustert und angenagt. Oft wurden sie nur noch durch Bindfaden und ein paar Bretter zusammengehalten, aber sie waren picobello sauber und die Bewohner wirkten glücklich und zufrieden, glänzend, gesund und entspannt. Wie vor Jahren die junge Bewohnerin dieses Hofes gediehen sie prächtig unter wohlwollender Nachlässigkeit.

»Was meinst du?«, rief Dad leise. Er hatte das Seil gelockert und ging auf das Fohlen zu, wobei er sich gleichmäßig das Seil um den Ellbogen wickelte, bis er neben dem Tier stand.

»Wunderschön«, sagte ich leise und ging hinüber. Vorsichtig streckte ich eine Hand aus und achtete darauf, dass das Fohlen sie gesehen hatte, bevor ich ihm den seidenweichen, rotbraunen Hals streichelte. »Hast du sie das erste Mal an der Longe?«

»Zum zweiten Mal. Morgen lege ich ihr vielleicht eine Decke auf.«

Ich lächelte. Üblicherweise hieß es in Pferdekreisen immer, dass man das nicht vor dem Alter von drei Jahren tun sollte, aber Dad hatte seine eigene Methode, Pferde einzureiten, und dazu gehörte, sie von klein auf wie Erwachsene zu behandeln. Nach derselben Methode war er auch bei mir vorgegangen. Er hatte sich nie um irgendwelche Teenie-Zickereien gekümmert, hatte sich nie zu den gluckenden Müttern gesellt, die ausgiebig das Liebes- oder vielmehr Sexleben ihrer Heranwachsenden diskutierten – er hatte keinerlei Probleme mit meiner Sexualität. In wessen Auto ich stieg, spielte jedoch eine große Rolle für ihn.

»Wie lange hast du schon den Führerschein?«, fragte er einen überraschten Siebzehnjährigen, vermutlich Ben, der gekommen war, um mich abzuholen.

»Äh, seit ungefähr drei Wochen, Mr Mortimer.«

»Sei so gut, rutsch rüber und lass Poppy fahren, ja?«

»Okay«, sagte der Junge verblüfft. Und er rutschte rüber, Dad vertraute mir, weil ich unangemeldete Autos gefahren hatte, seit ich zwölf war.

Das wäre, wie einige Mütter leise anmerkten, ja alles schön und gut, er hätte aber auch einfach Glück mit mir. Ich war nicht rebellisch. Ich hatte nicht mit dreizehn den ersten Sex, betrank mich nicht regelmäßig und ich hasste Rauchen. »Wenn Sie, lieber Herr Mortimer, beispielsweise unsere Chloe gehabt hätten, sähe die Sache anders aus«, sagten sie und verdrehten die Augen. Dad lächelte dann nur, legte den Kopf schief und pflichtete ihnen bei. Insgeheim fragte er sich allerdings, ob »unsere Chloe«, wenn sie nicht permanent all diese Regeln und Vorschriften eingebläut bekommen hätte bezüglich Alkohol, Sex, Rauchen, Drogen und darüber, was man tut oder nicht tut, es vielleicht gar nicht so eilig damit gehabt hätte. Vielleicht wäre all das dann schlicht und ergreifend nicht so aufregend gewesen.

Jennies Mutter, Barbara, hatte genau wie meine Großmutter still und leise geholfen, hatte mich und Jennie zu *Boots* mitgenommen, wo wir jeder einen Korb füllen durften: ein bisschen Make-up, Shampoo. »Und Spülung könntest du jetzt auch gebrauchen, Poppy.« Dann hatte sie noch eine Packung Damenbinden dazugelegt – »Für deine Nachttischschublade«, hatte sie erklärt. Dinge, von denen Dad natürlich keine Ahnung hatte.

Also, ja, wir hatten schon ein gewisses Netzwerk, das uns unterstützte. Aber so unmerklich und rücksichtsvoll, dass man kaum gemerkt hatte, dass es da war, wie ein Spinnennetz. Als irgendein Wichtigtuer im Dorf gemeint hatte, das Jugendamt sollte sich mal den Zustand unseres Badezimmers ansehen, in dem es zu diesem Zeitpunkt nicht nur einen Whisky-Spender an der Wand gab, damit Dad sein Glas auffüllen konnte, wenn er in der Badewanne lag, sondern auch noch ein paar Goldfische im Waschbecken, hatten Barbara und Gran metaphorisch gesprochen die Ärmel hochgeschoben und ihm ein paar Sachen erklärt. Der Wichtigtuer gab Ruhe und die Fische blieben noch ein paar Wochen, bis Dad, leicht angetrunken, versehentlich den Stöpsel zog. Ich weiß noch, dass ich untröstlich war, und es tat Dad auch ungeheuer leid, aber es tat ihm eigentlich immer alles leid, wenn er zu viel getrunken hatte. Ich betone hier das »zu viel«, weil Dad immer trank, nur manchmal trank er etwas mehr als üblich. Um die Wahrheit zu sagen, war er vermutlich schon nachmittags immer ein klein wenig angesäuselt, aber dabei so liebenswert und fröhlich, dass sich keiner wirklich daran störte. Er erreichte nie das peinliche Stadium, in dem man herumpöbelte oder -torkelte, denn wenn er dicht war, dann schlief er einfach ein, ganz gleich, wo er war. Er wachte dann platt auf dem Rücken liegend im Garten auf oder auf dem Sofa oder neben einer seiner Stuten im Stall. Dann blinzelte er kurz und sagte: »Gut. Jetzt aber weiter.«

Ob man mich heutzutage bei ihm gelassen hätte, bezweifelte ich, während wir das Fohlen zurück in seinen Stall brachten. Aber hätte Dad mich einfach so bei Gran geparkt, während er zum Fahrradfahren nach Mallorca fuhr? Oder, okay, zum Jagen nach Irland? Nein, das hätte er nicht. Wenn er nach Irland fuhr, dann fuhr ich mit, während ein Nachbarsjunge die Pferde versorgte. Das absolut einzige Mal, dass ich ihn nicht begleitet hatte, war, als jemand der Schule verraten hatte, dass ich meinen jährlichen Ferientag auf dem Pferdemarkt in Newmarket verbringen würde. Dad war nach einer Rüge meines Lehrers beschämt alleine gefahren. Er kam sehr spät, um mich abzuholen. Ich weiß noch, wie ich auf der Schultreppe stand und immer nervöser wurde. Bis mich schließlich die Panik ergriff. Die Dämmerung setzte ein. Handys gab es natürlich noch nicht. Mein Mund war wie ausgetrocknet. Ich sah ihn vor mir, tot in einem Graben. Als Dad schließlich kam, war mein Gesicht verquollen und ich wurde von Schluchzen geschüttelt. Obwohl er nun bei mir war und mich im Arm hielt, konnte ich nicht aufhören. Denn obwohl Dad seine Sache so toll machte und trotz der fantastischen Unterstützung von Gran und Barbara, hatte ich doch meine Mutter verloren. Und ich hatte keine Geschwister. Zu hoffen, dass ich ganz unversehrt aus allem hervorgehen würde, wäre allzu einfach gewesen. Ich trug eine unüberwindliche Angst vor dem Alleinsein in mir.

Das einzige Mal, dass dieses Gefühl zurückkehrte, diese schreckliche Panik in mir aufstieg, war, als ich damals auf der Treppe im Londoner Stadtteil Clapham nach meinem Gespräch mit Ben den Telefonhörer auflegte. Als er mir erzählt hatte, dass er jemanden in New York kennengelernt hatte. Und ich hatte die Anzeichen erkannt. Hatte gefühlt, wie sie in mir aufstiegen, während ich mit zitternder Hand den Pinsel zurück in meinen Nagellack steckte. Und es hatte mir eine Höllenangst eingejagt. Danach hatte ich schnell gehandelt.

Großmutter war inzwischen lange tot und das Hilfsnetzwerk hatte sich mit ihr aufgelöst. Jetzt war mein Vater derjenige, der ganz schön alleine war. Nicht dass es ihm etwas ausgemacht hätte. Ganz sich selbst überlassen, lebte er seinen eigenen, liebenswert-chaotischen Trott. Ich versuchte, mir meine Verzweiflung nicht anmerken zu lassen, nachdem wir das Fohlen in seinem perfekt sauberen Stall zurückgelassen, den Hof überquert und durch die abblätternde Hintertür, gegen die ich mich zweimal mit der Schulter stemmen musste, in die Küche gegangen waren. Der schäbige blaue Linoleumboden war abgetreten und die Resopal-Arbeitsflächen – zumindest das, was man von ihnen sehen konnte zwischen leeren Dosen, Zigarettenschachteln und Milchflaschen aus Plastik – waren abgeplatzt und voller Löcher. Neben dem Spülbecken standen Teller, die sauber aussahen, aber das täuschte: Dad stellte sie immer auf den Boden, damit die Hunde sie ablecken konnten, hob sie später wieder auf und noch etwas später – ich schwöre, dass es wahr ist, obwohl er selbst es weit von sich weist – stellte er sie geistesabwesend in den Schrank, in der Annahme, sie wären sauber. Selbst wenn die Sachen gespült waren, waren Töpfe und Bleche doch immer schwarz verkrustet mit dem, was mein Dad – der übrigens kaum einen Tag in seinem Leben krank gewesen war – als eine annehmbare Menge von Dreck bezeichnet hätte.

Oben roch das Haus nach reifem Junggesellen; unten nach altem Rauch, Hunden und Sattelseife. Das Wohnzimmer – ich steckte kurz meine Nase hinein – war wie immer eine Hommage an die *Racing Times* und an *Sporting Life,* die sich in hohen Türmen in allen Ecken stapelten. Ich seufzte und schloss die Tür. Es war vermutlich nicht chaotischer als sonst, aber was mir, solange ich hier gewohnt hatte, ganz normal erschienen war, wirkte immer unnormaler, je mehr Zeit ich anderswo verbrachte. Ich ging aufs Klo, über das ich hier nichts schreiben werde, aber der Fairness halber muss gesagt werden, dass es auch viel benutzt wurde. Als mein Dad feststellte, dass jedes Mal, wenn er im oberen Bad die Spülung betätigte, im Wohnzimmer der Putz von der Decke fiel, hatte er das einzig Vernünftige getan und das Klo außer Betrieb genommen. Das war vor drei Jahren gewesen. Ich stellte den Wasserkessel auf den Herd und freute mich im Stillen, dass ich mein Putzzeug in den Kofferraum gepackt hatte. Dad griff nach seinem Whisky.

»Du siehst besser aus, mein Schatz«, bemerkte er und musterte mich mit zusammengekniffenen Augen. »Viel besser, da bin ich aber erleichtert.« Er schob *Horse and Hound* von einem Stuhl und setzte sich, um auf seinem Knie eine Zigarette zu drehen. Mitch, sein Jack Russell Terrier, sprang auf das andere Knie, während Blanche, die Beagle-Hündin, unter dem Tisch nach Leckerbissen suchte. Im Hintergrund säuselte Elvis leise.

»Es geht mir auch besser, rundum gut.«

Dad zog die Augenbrauen in die Höhe.

»Also, na ja, nicht ganz«, gestand ich ein. » So einfach ist es ja auch wieder nicht. Ich bin immer noch verwitwet und habe noch immer vaterlose Kinder. Aber das entsetzliche Gefühl, im Nebel herumzutappen, ist verschwunden.« Ich setzte mich ihm gegenüber. »Ich hab nicht geglaubt, dass ich da jemals wieder rauskommen würde, ich hatte Panik. Dann später hab ich einfach aufgegeben. So wie Leute im Schnee das tun.« Ich runzelte die Stirn. »Es ist komisch, Dad, aber als er gestorben ist, kam ich mir ziemlich verlassen vor, das kann ich dir sagen, auch wenn wir nicht gerade die glücklichste Ehe geführt haben. Ich habe sogar irgendwann das wütende Wie-konnte-er-es-wagen-mich-zu-verlassen-Stadium erreicht, was meiner Ärztin zufolge ganz normal ist. Aber als ich dann von seiner Tussi gehört habe« – Dad kannte mittlerweile all die schmutzigen Details –, »war das, als hätte er mich ein zweites Mal verlassen. Und schon war ich, kaum dass ich gedacht hatte, ich käme ganz gut zurecht und könnte so weiterwursteln, wieder ganz am Anfang. Nein, eigentlich noch meilenweit dahinter.«

Dad streichelte Mitch über das Fell und wartete. Er hatte schon immer gut zuhören können.

»Und das Komische war …«, ich starrte zur Decke empor, um mich zu konzentrieren und Klarheit zu gewinnen, »… dass ich das Gefühl hatte, alles wäre meine Schuld.« Ich schüttelte den Kopf. »Lächerlich, echt.«

»Schlechtes Gewissen«, grunzte er leise und streckte den Arm zum Wasserhahn aus, um seinen Whisky ein wenig zu verdünnen. »Und wenn du dich schon bei diesem Haubentaucher von Mann so gefühlt hast, dann kannst du dir vorstellen, wie es mir damals an diesem Weihnachtstag gegangen ist. An dem deine Mutter sich abgehetzt hat, um wie üblich alles für alle sein zu können.«

Es war leicht dahingesagt, aber mir wurde bewusst, wie schwer Dad an seiner Schuld getragen haben musste. Doch er hatte es sich nie anmerken lassen. Ja, wir hatten zusammen geweint, die Tränen waren in Strömen geflossen, reißende Ströme der Trauer – Dad meinte immer, einem Mann, der nicht weinen konnte, würde er nicht trauen –, aber er hatte mich nie mit den komplizierteren, erwachsenen Schuldgefühlen belastet. Er war aus härterem Holz geschnitzt als ich. Plötzlich schämte ich mich für meinen jüngsten kleinen Zusammenbruch vor meinen Kindern.

»Ich schätze mal, das einzig Gute daran ist«, sprach ich zögernd weiter, »dass ich in letzter Zeit nicht mehr so ein schlechtes Gewissen hatte, weil ich nicht genug um ihn getrauert habe.«

Wir schwiegen einen Augenblick.

»Aber«, fuhr ich fort und nahm einen großen Schluck von meinem Kaffee, der inzwischen kalt geworden war, »ich bin nicht hergekommen, um dir das zu erzählen. Die Sache ist nämlich die, dass er mir Geld hinterlassen hat.«

»Ach wirklich?«, sagte Dad abwesend und griff nach unten, um dem Beagle etwas aus dem Maul zu nehmen. »Na, das ist doch wenigstens etwas. Was hast du denn da, du kleine Kröte?« Letzteres bezog sich nicht auf meinen finanziellen Gewinn, seine kommerzielle Ader war nicht stärker ausgeprägt als meine, sondern auf Blanche, den Beagle.

»Was *hat* sie denn da?« Ich linste nach unten, während er ihr etwas Helles, Glänzendes entwand.

»Meine falschen Zähne. Das kleine Luder holt sie sich von meinem Nachttisch. Oh, das ist nicht so schlimm«, sagte er, als er meine Miene bemerkte, »das ist nur das Ersatzgebiss.« Er stand auf und spülte es unter dem Wasserhahn ab.

»Na, da bin ich aber erleichtert. Damit wären die sexy Witwen auf deinen Cocktailpartys bestimmt nicht zu beeindrucken.« Dad und ich hatten einen Standardwitz, dass er eines Tages eine solche Witwe kennenlernen könnte.

Er schnaubte verächtlich. »Wer's glaubt ...«

Ich blickte auf seinen Rücken am Spülbecken. »Willst du gar nicht wissen, wie viel?«

»Wie viel was?«

»Geld?«

»Ach so, klar. Sag schon.«

Ich sagte es ihm und selbst mein Vater, dem diese Dinge wenig bedeuteten, ließ seine Zähne in die Spüle fallen. Er drehte sich zu mir um.

»Meine Güte.«

»Ich weiß.«

»Das ist viel Geld, Poppy.«

»Ich weiß.«

»Und was willst du damit anfangen?«

»Na ja, zum Beispiel dir was davon geben.«

Er starrte mich an. Dann polterte er los. »Hör auf. Ich will dein Geld nicht.«

»Um das Haus in Schuss zu bringen, Dad. Die Leitungen zu reparieren und so was, nicht etwa für Urlaub auf Mauritius. Aber ich hab so viel.«

Er fixierte mich mit leuchtend blauen Augen, so streng, wie es Dad nur möglich war. »Ich will das Geld nicht, Liebes. Nicht deins, und schon gar nicht das von Phil. Ich werde keinen einzigen Penny nehmen. Tu's auf die Bank. Für schlechte Zeiten.« Er drehte sich wieder um, griff nach seinem Gebiss und spülte es noch einmal ab, bevor er es auf die Abtropffläche legte.

»Vielleicht sollte ich Marjorie und Cecilia etwas davon anbieten?«

»Würden sie dir etwas abgeben, wenn es andersherum wäre?«

»Nein, aber darum geht es auch nicht.«

»Das stimmt.« Er zuckte mit den Schultern. »Das bleibt dir überlassen. Ganz und gar.« Wie immer hatte mein Vater keine Lust, mir zu sagen, was ich tun sollte. Stattdessen bückte er sich und kramte in dem alten Fichtenschränkchen herum, das ihm als eine Art Speisekammer diente. »Jetzt gibt's erst mal Mittagessen. Das Zeug heißt *The Full Monty,* Schinken, Ei, Würstchen und Baked Beans in einer Dose. Hab ich auch noch nicht probiert. Wie wär's?«

Er drehte sich um und hielt mir die Dose mit dem Bild einer kompletten Mahlzeit entgegen, und ich wusste, das war sein letztes Wort in dieser Sache. Die Unterhaltung war beendet. Eigentlich hatte ich, schon bevor ich hergekommen war, gewusst, dass er kein Geld von mir annehmen würde. Aber es war einen Versuch wert gewesen.

Ich seufzte. »Na dann, los«, sagte ich und schaffte zwischen den Zeitungsstapeln etwas Platz auf dem Tisch. »Lass uns gemeinsam unsere Arterien verstopfen.«

War es den Versuch wert gewesen? Nicht wirklich, dachte ich, während ich später nach Hause fuhr, den Bauch voller Baked Beans, Schinken und etwas Undefinierbarem, das wohl Pilze waren, aber, wie Dad meinte, ebenso gut Zehennägel hätten gewesen sein können. Es war den Versuch nicht wert gewesen, weil ich Dad beleidigt hatte, indem ich ihm überhaupt einen solchen Vorschlag machte. Er lebte aus freien Stücken so. Er war ein Freigeist im wahrsten Sinne des Wortes. Ich dagegen war irgendeiner konventionellen Vorstellung gefolgt, die mir befahl, meinem verwahrlosten Vater dieses Angebot zu machen, hatte mich an konformistischem Unsinn orientiert, der Dad piepegal war. Ich sackte hinter meinem Lenkrad in mich zusammen. Ich wünschte, ich hätte die Kinder mitgenommen. Dad war überrascht gewesen, sie nicht zu sehen. Aber ich hatte mir irgendwie vorgestellt, dass ich ein erwachsenes Finanzgespräch samt Tabellen und Kalkulationen und allem Drum und Dran haben wollte, ohne dass zwei kleine Kinder um uns herumrannten. Stattdessen hatte das Gespräch nur zwei Minuten gedauert und ich hatte meinen Vater beleidigt, der viel lieber seine Enkelkinder gesehen hätte.

Ich stellte den Wagen ab und lächelte wehmütig, während ich den Weg zu Jennies Haus hinaufging, um meinen Nachwuchs einzusammeln. Interessant. Wie jede Mal fühlte ich mich auch nach diesem Besuch bei meinem Vater besser und schlechter, beides zugleich. Genau wie sein oberflächliches Chaos stärker hervortrat, wenn ich längere Zeit weg gewesen war, traf dies auch für seine erfrischend andere Sichtweise auf die Dinge zu. Ich seufzte. Ich sollte ihn öfter besuchen.

Jennie brannte offenbar etwas unter den Nägeln, noch im Flur, wahrscheinlich hatte sie auf mich gewartet, hauchte sie mit kaum verhohlener Erregung: »Rate mal!«

»Was soll ich raten?«

»Die Kunde von unserem Buchclub hat sich bis nach Potters Wood ausgebreitet. Die Amerikaner wollen auch mitmachen.«

Ich stand noch zwischen Tür und Angel, hatte das Gespräch mit meinem Vater nur halb verdaut, doch ich muss gestehen, dass sich ihre Freude augenblicklich auf mich übertrug, genau wie sie es erwartet hatte.

»Oh!« Ich konnte im ersten Augenblick nichts sagen. Strahlte sie nur an. Dann vorsichtig: »Du machst Witze!«

»Nein, mache ich nicht! Sie wollen auf jeden Fall mit von der Partie sein!« Sie machte mit einem Knall die Tür hinter mir zu. »Wie findest du das?«

Die Amerikaner waren ein aufregend exotisches Paar, das wochentags am Chester Square im vornehmen Londoner Stadtteil Belgravia wohnte und sich hier etwas außerhalb des Dorfes ein Wochenendhaus gemietet hatte. Er war Filmproduzent und sie eine wunderschöne zweifache Mutter. Jennie und ich waren ihnen erst einmal begegnet, und zwar, als Leila verschwunden war und ich mich mit Jennie auf die Suche nach ihr gemacht hatte. Nachdem wir bereits jeden im Dorf gefragt hatten, waren wir schließlich auch zu Potters Wood gegangen, einem hübschen, weißen Haus mit hohen Schornsteinen am Ende einer Sackgasse. Wir wussten, dass es dem National Trust gehörte, hatten aber keine Ahnung, wer es gemietet hatte. Ein absolut umwerfend aussehender Mann – groß, breitschultrig, gebräunt und nackt bis auf die Jeans – hatte uns die Tür geöffnet. Er hatte uns die Hände geschüttelt und sich mit einem amerikanischen Akzent als Chad Armitage vorgestellt. Dann hatte er uns einen Kaffee angeboten und spontan vorgeschlagen, uns bei der Suche nach Leila zu helfen, dann war auch noch seine auf entzückende Weise zerzauste Frau die Treppe heruntergekommen, nur mit einem seidenen Morgenrock bekleidet, und das um elf Uhr vormittags.

»Oh Gott. Sollen wir suchen helfen? Soll ich die Kinder holen?« Rasch hatte sie ihren Morgenrock zugeknotet und mit besorgtem Blick nach ihrem Handy gegriffen.

»Nein, nein, die taucht schon wieder auf«, sagten wir eilig und sogen dies alles in uns auf: den etwas aufgelösten, postkoitalen Look dieses hinreißenden Paares so spät am Vormittag, die beeindruckende moderne Kunst an den Wänden, wie er sie *Honey* nannte und sie mit wahrhaft liebevollem Blick ansah. Vermutlich saßen wir mit offenen Mündern da und keinesfalls hätten wir zugelassen, dass sie nach der zotteligen, alten Leila suchten, die sich bestimmt gerade von irgendeinem Straßenköter rammeln ließ. Schließlich hatten wir uns widerwillig verabschiedet und uns bedankt, während sie uns versicherten, sie würden sich melden, falls sie sie sähen.

Im Gehen hatte ich schüchtern gesagt: »Schön haben Sie es hier.« So war es. Im Garten blühten Unmengen von Wildblumen und er war ein wenig überwuchert, so als wären sie zu beschäftigt im Bett, um die Rosen zu schneiden.

Sie – Hope, wie wir jetzt wussten – hakte sich in der Tür bei

Chad ein und lächelte ihn an. Dann sagte sie mit leicht heiserer Stimme: »Es ist ein Paradies.«

Jennie und ich waren wie verzaubert von dannen geschlichen.

Später in der Woche war ich Jennie begegnet, die mit Leila an der Leine die Sackgasse zu Potters Wood hinaufging. Ich war mit Archie in umgekehrter Richtung unterwegs. Errötend blieben wir beide stehen.

»Das ist doch ein öffentlicher Weg hier«, platzten wir beide wie aus einem Munde heraus, was stimmte, aber es war ein Weg, den wir zuvor nie entlanggegangen waren.

Es war offensichtlich, was uns so angezogen hatte: das perfekte Leben, das die beiden führten. Reich, kultiviert und glücklich, mit goldigen Kindern, die wir später mit dem Kindermädchen im Dorf antrafen, während sich Chad und Hope zweifellos unter einem Chagall an Position Nummer sechsundvierzig versuchten. Jennie und ich mit unseren unperfekten Leben waren fasziniert, obwohl wir uns das nie gegenseitig eingestanden.

»Wo hast du sie getroffen? Was hast du gesagt?«, fragte ich atemlos.

»Nur Hope. Sie war mit ihrem Land Cruiser unterwegs, sie hat abgebremst, angehalten und gesagt, sie hätte von dem Buchclub gehört und ob wir etwas dagegen hätten, wenn sie auch kämen, das wäre nämlich genau das, was sie und Chad hier zu finden gehofft hatten, bislang leider vergeblich.«

»Beide? Sie wollen beide mitmachen?«

Clemmie und Archie kamen angelaufen, hängten sich an meine Beine und quengelten um Aufmerksamkeit. Manchmal wünschte ich wirklich, meine Kinder könnten mit einem Kindermädchen zum Beerenpflücken gehen. Ich wuchtete Archie auf meine Hüfte.

»Ja, weil er im Augenblick scheinbar beschäftigungslos ist, zwischen zwei Filmen nicht recht weiß, was er mit sich anfangen soll.«

Die Vorstellung, dass irgendein Teil dieses glamourösen Paares nichts mit sich anzufangen wusste, stimmte uns nachdenklich und drohte beinahe eine Illusion zu zerstören.

»Also, relativ gesehen«, sagte Jennie rasch. »Ich bin sicher, dass er alles Mögliche vorhat. Drehbücher lesen und so weiter.«

»Oh, bestimmt«, pflichtete ich ihr bei. Langeweile war keineswegs zulässig.

»Du hast also ja gesagt?«

»Ich habe ja gesagt und sie kommen am Dienstag. Glaubst du nicht auch, dass Simon ziemlich beeindruckt sein wird?«, konnte sie sich nicht verkneifen.

Ah. So lief das also. Ihr eigener kleiner Geheimplan. Natürlich würde Simon beeindruckt sein. Chad und Hope waren eine beachtliche Errungenschaft. Am Anfang hatten alle versucht, sie für sich zu gewinnen. Ihre Türklingel in Potters Wood musste nie aufgehört haben zu klingeln. Hope war von jedem, der einen kleinen Machtbereich zu befördern hatte, zu jeder Gruppe, die es im Dorf gab, eingeladen worden – vom Arbeitskreis für Dorfentwicklung bis hin zur Gobelin-Stickerei. Auch Sylvia war damals bei ihr vorbeigegangen, um zu sehen, ob sie beim Blumenschmuck für die Kirche helfen wollte.

»Oh, ich bin für so was leider völlig unbegabt«, hatte Hope an der Tür gesäuselt. »Ich pflücke sie einfach nur und stopfe sie in ein Glas, wie's gerade kommt, fürchte ich.« Damit hatte sie auf den Hahnenfuß gedeutet, der sich verführerisch aus einem Krug auf dem Tisch hinter ihr ergoss.

»Ach, machen Sie sich da mal keine Sorgen«, hatte Sylvia gebrabbelt. »Ich bin genauso ungeschickt!«

Kein Wunder, dass Hope ein wenig verblüfft dreingeschaut hatte.

Selbst Simon hatte es mit dem Ortsverband der Konservativen probiert und war ebenso vernünftig wie höflich abgewiesen worden. Angie hatte vorbeigeschaut, um zu fragen, ob Chad sich vielleicht im Kirchengemeinderat engagieren wollte, etwas, das sie als Vorsitzende fragen durfte, aber jeder wusste, dass man da sonst nur durch jahrelanges Katzbuckeln hineinkam. Aber keiner hatte ihr deswegen Vorwürfe gemacht. Keiner hatte widersprochen.

»Was hat er gesagt?«, wollten wir alle begierig von Angie wissen, wir waren zu sechst im Gemeindesaal, wo wir uns um den Blumenschmuck fürs Dorffest kümmerten, als sie verspätet hereingestürmt kam, um uns zu berichten.

»Hope war an der Tür und meinte, er wäre nicht da. Sie sagte, er werde sich sehr freuen, dass man ihn gefragt hat, obwohl sie bereits wisse, dass er leider, leider ablehnen müsse, aber er wäre einfach momentan so beschäftigt. Sie war noch immer in ihrem Morgenrock, mit ganz verwuschelten Haaren.«

»Elfenbeinfarbene Seide?«, hauchte Jennie.

»Ja, und dann war *seine* Stimme von oben zu hören, total amerikanisch und heiser. ›Was machst du, Honey?‹ Und da ist sie ganz rot geworden und hat gestammelt: ›Oh, ich … ich glaube, er ist wohl doch da.‹«

Wir hielten alle sehnsüchtig beim Pfingstrosen-Schneiden inne.

»Den ganzen Tag Sex«, verkündete Jennie schließlich. »Traumhaft.«

»Damit wäre zumindest klar, womit der so beschäftigt ist«, spottete Peggy und ging wieder zu ihren Zinnien.

Jetzt in Jennies Flur kam mir plötzlich ein Gedanke. »Aber

was werden wir allen anderen sagen? Du weißt schon, Frank, Schmuddelbob, Dickie Frowbisher und allen, die sonst noch mitmachen wollen?«

»Wir sagen ihnen einfach, sie können uns mal«, meinte Jennie bestimmt und straffte sich. »Es handelt sich hier um einen exklusiven Club, Poppy, da können nicht alle einfach mitmachen. Wir haben die heilige Hilda aufgenommen, um unseren guten Willen zu zeigen, und jetzt Hope und Chad, aber da ist unsere Grenze. Wir passen ja sonst gar nicht mehr in irgendjemandes Wohnzimmer, Himmel noch mal.«

Ich nickte, während ich mich mit meinen Kindern zum Gehen wandte, aber ich wusste, dass das eine dünne Ausrede war. Angie hatte ein riesiges Wohnzimmer. Und es würden eine ganze Menge Leute eingeschnappt sein. Schließlich lebten wir in einem kleinen Dorf. Ach, zur Hölle mit ihnen, dachte ich, als ich meine Tür aufschloss. Jennie hatte recht. Wir mussten einfach manchmal ein wenig egoistisch sein. Und die Amerikaner würden sicherlich den Glamour-Faktor ordentlich erhöhen. Auf dem Weg in die Küche blinkte der Anrufbeantworter. Abwesend drückte ich darauf, während ich Archie absetzte und ihm hinterhersah, wie er zu seinem Laufställchen lief und verlangte, hineingehoben zu werden. Es hatte sich in letzter Zeit zu seinem Lieblingsplatz entwickelt. Hieß es nicht immer, das Laufställchen sei nur eine Art Gefängnis? Was würde ein Kinderpsychologe mir wohl Herzzerreißendes über Archies Vorliebe für dieses Gefängnis erzählen? Während ich ihn hineinhob, bat mich eine tiefe, männliche Stimme höflich, doch bitte noch einmal einen Termin zu vereinbaren, wann immer es mir passte. Nichts Weltbewegendes, aber da sei noch etwas aufgetaucht und er würde die Sache gern mit mir besprechen. Sam, der Rechtsanwalt.

Es war schon eine ganze Weile her, dass mich eine tiefe, männliche Stimme gebeten hatte, irgendetwas zu tun. Aber wäre es nötig gewesen, sofort zurückzurufen? Noch bevor ich überhaupt Clemmie den Mantel ausgezogen hatte? Ich erreichte Janice, die mir einen Termin gab. Als ich aufgelegt hatte, fühlte ich mich irgendwie leichter, froher. Tatkräftiger. Ich trat ans Fenster, um in den Tag hinaus zu lächeln. Ja, das waren bestimmt die Amerikaner, dachte ich, die hatten meine Laune so gehoben. Das irrationale Bedürfnis, die Nachricht noch einmal abzuspielen – was ich tat, sogar drei Mal –, diente nur der Absicherung, dass ich auch wirklich alles richtig verstanden hatte. Dass es nichts Weltbewegendes war und kein Grund zur Besorgnis. Im Vorbeigehen drehte ich das Radio auf und sang mit Westlife mit, dann hob ich Clemmie in meine Arme, um mit ihr durchs Zimmer zu wirbeln. Sie warf den Kopf in den Nacken und lachte vor Freude laut auf.

# 13

Am Montagabend nach der Chorprobe dachte ich, wir würden gleich gelyncht werden. Schon auf dem Weg zur Kirche hatten mir drei Leute erklärt, wie unmöglich es wäre, dass sie nicht mitmachen dürften, vor allem wenn wir die Armitages zugelassen hätten, und als ich es schließlich in die Kirche geschafft hatte, erklärte Sylvia mir von ihrem Platz in der ersten Reihe aus, sie hätte eigens ihren Bridge-Abend verlegt.

»Wir haben beschlossen, dass Mittwoch viel besser ist«, sagte sie mit Bestimmtheit. »Ich lese dann einfach das Buch von Angus. Wir dachten, dass wir uns auch gut eine Ausgabe teilen können.« Was den Geiz anging, schienen Angus und Sylvia sich nicht viel zu nehmen.

»Nein, Sylvia, tut mir leid«, kam Jennie mir zu Hilfe – Sylvia hatte bewusst mich angesprochen und nicht sie, weil sie wusste, dass ich das schwächere Glied in der Kette war, »wir haben unsere Obergrenze erreicht. Sonst wird die Gruppe zu groß und die Leute sind eingeschüchtert und trauen sich nicht mehr, etwas zu sagen.«

Ich bezweifelte, dass Sylvia schon einmal in ihrem Leben eingeschüchtert war, schon gar nicht, wenn es darum ging, etwas zu sagen. Ich bezweifelte außerdem, dass es schon einmal irgendjemand im Dorf gewagt hatte, sich ihr zu widersetzen. Ihr linkes Auge fing an, manisch zu zucken, und sie sah aus, als würde ihr gleich die Hauptschlagader platzen. Glücklicherweise klopfte die heilige Hilda just in diesem Augenblick bedeutungsvoll an ihr Pult, um uns daran zu erinnern, dass wir schon bald unseren Auftritt haben würden und dass wir bis dahin konzentriert arbeiten mussten, dann kam Pete hereingeeilt, so dass Sylvia keine Chance mehr hatte, richtig überzukochen. Aber ich sah, wie Angus, der während dieser kleinen Auseinandersetzung seine Schuhspitzen betrachtet hatte, Jennie einen bewundernden Blick zuwarf. Ob er noch mitmachen durfte, stand jetzt natürlich in den Sternen. Ich hatte das Gefühl, dass er in Pantoffeln vor dem Fernseher sitzen und missmutig in seinem Blumenkohlauflauf herumstochern würde, während wir über Bücher redeten. Sylvia würde nicht zulassen, dass er die Bekanntschaft der Amerikaner machte, wenn sie nicht dabei sein durfte; obwohl vielleicht doch ihre Neugier überwiegen würde. Es könnte sein, dass sie ihn als Spion entsenden würde.

Als Pete jungenhaft und mit wehendem blondem Haar die Stiege zur Orgel hinaufsprang, warf er mir ein Lächeln zu und ich lächelte zurück. Aber ich lächelte nur, strahlte ihn nicht an. Angie und Jennie, die rechts und links von mir saßen, wechselten wie stolze Eltern einen erfreuten Blick – einen Blick, von dem sie offenbar glaubten, ich hätte ihn nicht bemerkt – und ich hoffte nur, dass ich hier niemanden enttäuschen würde. Er war nett. Sehr nett sogar. Und er sah auch gut aus. Vielleicht fand ich einfach nur die Tatsache nervig, dass er immer zu spät kam, um sich dann verlegen in dem winzigen Augenblick der Aufmerksamkeit zu sonnen, den ihm das verschaffte? Oder vielleicht hatte er wirklich so viel zu tun und vergaß darüber die Zeit? Bei Peggy war er mir sympathischer gewesen, fand ich, während er dramatisch den Eingangsakkord intonierte. Da hatte es schon so einen gewissen Moment gegeben, wie wir so bei einem Glas Wein am dunklen Fenster gestanden hatten – was ja, ehrlich gesagt, auch ein deutlich stimmungsvolleres Ambiente war als dieses hier. Die Orgel war ungeeignet, diese kalte, feuchte Kirche war ungeeignet, und als wir alle das *Gloria* anstimmten und Molly dagegen *Nights in White Satin* schmetterte, war mir klar, dass auch das eher ungeeignet war.

Nach der Chorprobe verließ ich alleine die Kirche. Angie und Jennie waren vorgegangen, weil sie noch über ein paar Gerichte sprechen wollten, die Jennie für Angies Vorrat in der Gefriertruhe kochen sollte, als Pete plötzlich neben mir auftauchte.

»Hallo.« Er schob sich die Haare aus der Stirn.

»Hallo, Pete.«

Ich war gerade dabei gewesen, Geld für Frankie herauszusuchen. Ich hasste es, danach herumkramen zu müssen, während sie danebenstand. Ich hatte es lieber parat, damit die Transaktion rasch und sauber vonstattengehen konnte, ohne dass ich mir dieses lächerliche Mittelklasse-Problem vor Augen führen musste: Ich bezahlte andere Leute dafür, dass sie für mich arbeiteten. Er schob sein Fahrrad neben mir her, das ich voller Misstrauen beäugte. Hm, zugegeben, das hier war nur ein Feld-Wald-und-Wiesen-Fahrrad, aber wenn eins zum anderen führte, dann konnte er im Handumdrehen von Kopf bis Fuß in Lycra gekleidet daherkommen.

»Ich fand, wir haben die Nummer heute Abend ganz gut runtergefetzt.«

Ich musste über seine rockerhafte Ausdrucksweise lächeln. »Das finde ich auch. Bald haben wir's geschafft.«

Sei nicht gemein, Poppy, er will sich doch nur nett mit dir unterhalten. Und er war ansprechend groß und schlank, aber nicht dünn, stellte ich fest, während er im Licht des Vollmondes neben mir herschlenderte.

»Ist es schwierig für dich, dass er hier liegt?«, fragte er und blickte sich um. Das machte ihn mir augenblicklich sympathisch. Die meisten Leute hätten lieber komplett verdrängt, dass mein Ehemann hier unter uns war.

»Nicht im Geringsten. Schon allein weil ich nicht an Gespenster glaube. Deswegen habe ich Friedhöfe auch immer als ungemein tröstliche Orte empfunden.« Ich dachte an den einen, den ich regelmäßig aufsuchte, auf der anderen Seite von Aylesbury. »Ziemlich verschlafen und friedlich und kein bisschen gruselig, nicht einmal nachts. Ich bin froh, dass er hier ist und nicht in einer Urne auf meinem Kaminsims. Es bedeutet auch, dass die Kinder später herkommen können, wenn sie mögen. Sich mit ihm unterhalten.«

»Und selbst wenn es Gespenster gäbe, wer sagt denn, dass man vor denen mehr Angst haben muss als vor den Lebenden? Ich stelle sie mir eigentlich immer als ziemlich ruhig und gelassen vor, weil sie nicht mehr in der realen Welt leben müssen, weil sie Abstand haben.«

»Genau.«

Wir gingen weiter.

»Früher konnte ich mich sehr für Grabsteine begeistern. Ich finde das immer noch ziemlich interessant«, sagte er, »mir die Leute vorzustellen und das Leben, das sie geführt haben.«

»Oh, das geht mir genauso«, sagte ich überrascht.

»Ich meine, sieh dir nur mal das hier an.« Wir blieben vor einem von Flechten überwucherten Stein stehen. »Imelda Ruskin, geliebte Frau von Arthur Ruskin.«

»Ja, ich weiß. Und die beiden ebenso geliebten Frauen Rachael und Isabella sind dort drüben beerdigt.« Ich deutete auf die Stelle.

»Und Isabella war erst zweiundzwanzig, als sie starb«, bemerkte er, als wir vor ihrem Grab stehenblieben. Es war eines, das ich gut kannte und über das ich mir schon des Öfteren Gedanken gemacht hatte. »Bei der Geburt vielleicht?« Er deutete auf das winzige Grab neben ihrem. »Wir wissen, dass sie die Mutter von Patrick war.«

»Oder vielleicht Gift, damit Arthur mit Ehefrau Nummer zwei weitermachen konnte?«

Er lachte und zuckte mit den Schultern. »Wer weiß? Und war Arthur ein schrumpeliger alter Hund, der hier sein Recht der ersten Nacht ausübte, oder ein schneidiger junger Mann?«

»Oh, ein schneidiger junger Mann«, sagte ich mit Nachdruck.

Arthur war in meiner Vorstellung immer ein ziemlich attraktiver Typ gewesen, der eine Schneise zwischen die jungen Damen des Dorfes geschlagen hatte – die sich alle nach ihm verzehrten –, bevor er sich anderswo niederließ, wo es Aufregenderes zu erleben gab. Denn Arthur war nicht hier bei seinen Frauen auf dem Friedhof beerdigt. Ebenso wenig wie ich es sein würde, beschloss ich plötzlich. Ich würde nicht für immer hierbleiben, um dann neben Phil eingebuddelt zu werden.

»Kommst du eigentlich manchmal nach London rein, Poppy?«, erkundigte Pete sich lässig. »Ich dachte, wir könnten mal zusammen essen.«

Nun ja, ich hatte durchaus damit gerechnet, dass er mich so etwas in der Art fragen würde. Aber London … Nein, eher nicht.

»Oder wir können auch hier im Pub etwas essen?«, er machte eine Handbewegung in Richtung des Rose & Crown.

»Nein, ich komme lieber nach London«, sagte ich. »Das wäre schön. Danke.«

»Ich reserviere uns dann irgendwo einen Tisch. Im West End vielleicht? Ich nehme an, dass du zum Shopping reinfährst.«

»Oh, ja. Wahrscheinlich schon.«

»Wie wäre es mit nächstem Dienstag?«

»Perfekt.«

Wir waren jetzt an meinem Gartentörchen angekommen und standen uns im Mondlicht gegenüber. »Gute Nacht, Poppy.« Er streckte die Hand aus und strich mir eine Haarsträhne hinters Ohr zurück, bevor er mich leicht auf die Wange küsste.

Warum sollte mich diese kleine Geste aus der Fassung bringen?

Ich drehte mich um, um das Gartentor zu öffnen, und schwang mir gleichzeitig meine Tasche über die Schulter, aber es war eine ungeschickte Bewegung und so verfing sich der Henkel im Staketenzaun. Während ich mich wieder befreite, sah ich mich rasch um, ob er es bemerkt hatte, und erhaschte noch einen Hauch seines Blickes. Aber bis ich ein lässiges Lächeln aufgesetzt hatte, war er schon längst von dannen geradelt.

Gedankenverloren ging ich meinen Gartenweg entlang. Zugegeben, ich war aus der Übung, was das Flirten anging. Aber ich musste das irgendwie in den Griff kriegen. Ein Mann hinterlässt eine Nachricht auf meinem Anrufbeantworter und ich tanze quer durch die Küche, ein anderer berührt mein Haar und ich kämpfe mit meinem eigenen Gartenzaun? Ich schüttelte den Kopf. Jede Frauenzeitschrift, die ihr Geld wert ist, würde darauf hinweisen, dass eine jüngst verwitwete und ohnehin über Jahre hinweg stark vernachlässigte Frau wie ich sehr verletzlich war. Und empfänglich für jede Aufmerksamkeit eines jeden Mannes. Wobei *jeder Mann,* dachte ich nüchtern, deutlich besser war als Phil.

Ich konnte Frankie gerade noch den Zehner in die Hand drücken, bevor sie mit einem kurzen, genuschelten Dank an mir vorbeischlüpfte und in die Nacht hinaus lief. Ich drehte mich um und sah ihr hinterher. Sie ging in Richtung des Pubs auf der anderen Straßenseite. Ins Pub hinein? Nein. Bestimmt nicht. Da drin waren lauter Einheimische, da würde man ihr nie etwas servieren, dafür war sie zu jung. Aber sie eilte an der Eingangstür zum Gastraum vorbei und ging nach hinten auf den Hof, wo die Fässer gelagert wurden. Dort wartete mit laufendem Motor ein Auto. Sie schlüpfte rasch auf den Beifahrersitz und ich sah hinterher, als das Auto davonfuhr. Nun ja, es war ja noch früh, überlegte ich unbehaglich, als ich wieder hineinging. Und sie war jetzt sechzehn und kein Kind mehr. Ich wollte Frankie nicht in Schwierigkeiten bringen, und sobald ich das Thema zur Sprache brachte, betonte Jennie ja immer wieder, dass Frankie wirklich nicht mein Problem war.

Für den Termin mit meinem Rechtsanwalt widmete ich meinem Aussehen große Aufmerksamkeit. Ich wusch mir die Haare, ließ eine Spülung einwirken, »für mehr Volumen«, und wünschte, sie wären tatsächlich voller, aber immerhin waren sie noch blond genug von den letzten Strähnchen, die ich mir hatte machen lassen, und föhnte sie über eine Rundbürste, anstelle des üblichen hastigen Wüstensturms aus dem Föhn. Und so hingen mein Haare wie ein hell glänzendes Tuch über meine Schultern. Gesponnenes Gold, hatte meine Mutter immer gesagt, als ich noch klein war. Dann hatte sie es mir gebürstet, mein Kopf in ihrem Schoß.

Mein Gesicht war ein wenig blass, aber ein Tupfer Rouge, Lippenstift und ein knallpinker Schal machten die Sache viel besser, obwohl ich den gewagten Rock wieder auszog und ihn durch einen Bleistiftrock ersetzte, dazu meine neuen Stiefel – keine nackten Beine. In früheren Zeiten hätte ich von Kopf bis Fuß in Schwarz gehen müssen, und es war ein geschäftlicher Termin, keine private Verabredung, wies ich mich zurecht. Und dennoch schlug mein Herz ein wenig schneller, als ich leichtfüßig nach unten schritt und eine Hand über das Treppengeländer gleiten ließ. Unten zögerte ich. Rannte noch einmal nach oben, um etwas Parfum aufzutragen.

Die schwere Eichentür an der Hauptstraße war frisch lackiert worden, wie mir auffiel, und sie trug ein neues Schild: Sams Name prangte in goldenen Buchstaben direkt unter dem des Seniorpartners. Auf der Treppe nach oben bemerkte ich den teuren cremefarbenen Teppich mit goldenen Teppichstangen. Sehr edel, ganz wie an Londons besten Adressen. Vielleicht konnten wir darüber ein wenig scherzen. Aber das Thema Renovierung hatten wir ja beim letzten Mal bereits abgehandelt. Jedenfalls würde mir schon etwas Prägnantes, Witziges einfallen, beschloss ich, während ich mit neu gewonnener Selbstsicherheit nach oben stieg und in Janices Wartezimmer schwebte. Ich fühlte mich ganz besonders spritzig heute.

Janices Zimmer war mehr als nur aufgeräumt, es war frisch gestrichen. Nachdem sie mich mit einem strahlenden Lächeln begrüßt hatte, bewunderte ich die neue Deko und den Blumenschmuck auf dem Schreibtisch und dann vertieften wir uns in ein kurzes Gespräch unter Frauen, in dem wir beide feststellten, wie gerne wir Lilien mochten. Sie wies mir den Weg zu Sams Zimmer, der, wie sie mir versicherte, bereits auf mich wartete, und ich bemerkte, dass der Teppich nahtlos weiter bis in sein Büro hinein reichte, das perfekt aufgeräumt war. Obwohl die halbleere Kekspackung auf dem Schreibtisch, wie ich beim Schließen der Tür mit einem kleinen Lächeln feststellte, dem Ganzen einen netten familiären Touch gab. Welchen Vorwand er sich wohl für dieses Treffen überlegt hatte?

»Poppy. Danke, dass Sie noch einmal gekommen sind.« Er erhob sich lächelnd.

»Kein Problem.« Ich lächelte strahlend zurück und nahm auf dem angebotenen Stuhl Platz. Ich bemerkte, dass sein Hemd wieder rosa war, mit einem weißen Button-down-Kragen und einem dunkelblauen Schlips. Eine gute Kombination. Kein lässiges Begrüßungsküsschen auf die Wange, aber vielleicht kam das später, beim Verabschieden. Poppy war schon mal ein guter Anfang, nicht Mrs Shilling.

»Und bitte entschuldigen Sie, wenn meine Nachricht Sie in irgendeiner Weise beunruhigt haben sollte.«

»Ach nein, ganz und gar nicht«, sagte ich überrascht.

Sein Gesicht, als er sich setzte, war ernst; ohne Lachfältchen. Plötzlich wurde mir klar, dass ich durchaus beunruhigt sein sollte. Sehr sogar.

»Stimmt etwas nicht?«

»Es tut mir leid, aber Emma Harding ist aus der Versenkung aufgetaucht. Sie erhebt Ansprüche auf das Erbe Ihres Mannes.«

Mein Herz machte einen Satz. All die kribbelige Erwartung des Vormittags war verschwunden. Mir kam es vor, als würde sie durch meine Stiefel und den hellen Teppich bis auf die darunterliegenden Dielen sickern. Ich fühlte mich alt und müde – sehr, sehr müde. Und zwar nicht wegen des Anspruchs. Nicht wegen des Geldes. Sondern weil ich plötzlich wieder in diese Welt gestoßen worden war, in der mein verstorbener Mann über Jahre hinweg mit einer anderen Frau geschlafen hatte. Eine Welt, die ich glaubte, hinter mir gelassen zu haben; eine

Welt, in die ich nicht mehr zurückkehren wollte – nicht, nachdem ich mich bereits unbeschwert mit der Frage beschäftigt hatte, ob ich mich für Sams breite Schultern oder lieber für Petes Haarsträhnen-Zurückstreich-Technik entscheiden sollte.

»Ich verstehe«, sagte ich bedrückt. Ich dachte an Emma Hardings ungeschminktes, nervöses, schmales Gesicht in meinem Wohnzimmer, während sie mir versicherte, sie wollte keinen Krümel haben. Ja, genau. Ich schlug die Beine übereinander und bemerkte dabei eine winzige Laufmasche an der Innenseite meines Knies.

»Wie viel will sie haben?«

»Sie verlangt die Hälfte.«

»Die Hälfte!«

»Nun ja, sie sagt, sie wäre seit vier Jahren seine Partnerin gewesen – im familiären Sinn, und im beruflichen Sinn noch wesentlich länger. Neun, um genau zu sein. Vier bei Lehman's und fünf in der neuen Firma. Sie sagt, sie wären gemeinsam bei Lehman's weggegangen, um die neue Firma aufzubauen, wenn auch unter seinem Namen, und dass alles Geld, das er im Laufe dieser Jahre angesammelt hat, in erster Linie ihr Verdienst wäre, weil sie für die Neuinvestitionen zuständig war. Scheinbar hat sie die meisten neuen Kunden akquiriert. Sie sagt, Ihr Mann wäre nur durch die Partnerschaft mit ihr so erfolgreich gewesen und somit hätte sie Anspruch auf die Hälfte seines Erbes.«

»Aber das ist unverschämt. Sie war nicht mit ihm verheiratet und hat keine Kinder von ihm. Gott – zumindest hoffe ich das!«

»Nein, keine Kinder«, sagte er rasch.

»Nun, wenn sie so entscheidend war für das Geschäft, wieso habe ich dann nie von ihr gehört? Sie war ganz sicher nicht Mitglied des Leitungskreises.«

»Nun, das ist ... wohl kaum überraschend unter den gegebenen Umständen.« Das sagte er in freundlichem Ton und betrachtete mich dabei auf eine distanzierte, nachdenkliche Weise, fast wie ein Arzt seinen Patienten ansieht. Wenn er eine Lesebrille gehabt hätte, dann hätte er mich über ihren Rand hinweg angeschaut.

»Nein. Nein, wohl kaum.«

Es folgte Schweigen. Verlegen schob er einige Unterlagen zusammen.

»Sie hat nur ein Grundgehalt bekommen, weil man ihr einen Anteil am Geschäft versprochen hatte, wenn es im Laufe dieses Jahres verkauft werden würde. Wenn das tatsächlich so geschehen wäre, hätte es Millionen erbracht. Das wird es jetzt nicht mehr. Nicht ohne Ihren Mann an der Spitze, unter dessen Händen scheinbar alles zu Gold wurde. Die Investoren haben offenbar das Vertrauen verloren. Ihr Erbe wird das nicht beeinträchtigen, aber das Unternehmen ist nicht in bester Verfassung. Es läuft momentan noch weiter, aber Miss Harding wurde bereits freigestellt.«

»Sie hat ihren Job verloren?«

»Scheint so. Und natürlich hat sie den Schutz Ihres Mannes verloren. Die anderen Mitglieder des Leitungskreises waren eifersüchtig auf ihre herausgehobene Position. Es scheint, dass sie außerdem, was ihre Investitionen anbetraf, ein ziemlich hohes Risiko einging, was den anderen Kopfzerbrechen bereitete. Sie war ihnen zu ungestüm.«

»Aha. Gut.« Ich ballte die Fäuste. Der nette Robert Shaw, den Phil ebenfalls von Lehman's mitgenommen hatte. Und auch Ted Barker, mit dem wir einmal essen gewesen waren. Männer mit Stil; klassische Krawatte. Klar, dass man denen schnell mal zu ungestüm war.

Er räusperte sich. »Ihre Forderung wird im Übrigen auch von der Mutter und der Schwester Ihres verstorbenen Mannes unterstützt.«

Ich starrte ihn an. Spürte, wie mir der Mund aufklappte und offen stehen blieb. »Marjorie und Cecilia?«

»Ja.«

»Sie haben sie gekannt?«

»Scheint so.«

»Wie das denn?« Aber ich wusste schon, wie.

»Sie haben sie kennengelernt. Zunächst, wie beide betonen, in rein geschäftlichem Zusammenhang. Als Kollegin von Phil, um ihre eigene, persönliche Finanzsituation zu besprechen. Aber später dann auch in freundschaftlicher Weise. Sie haben scheinbar nach diversen Treffen in London zusammen Mittag gegessen. Und sie war in ihrem Haus in Kent zu Besuch.«

Mein Herz begann zu pochen. Sam war sichtlich unwohl zumute.

»Aber … warum? Warum sollten sie das tun, sie unterstützen?« Mir schnürte sich die Kehle zusammen, aber ich brachte die Worte gerade noch heraus.

»Die Briefe, die ich von beiden Seiten bekommen habe, legen dar, dass Mr Shilling zu Hause, äh, unglücklich war und nur wegen der Kinder geblieben ist.« Er hielt den Blick fest auf den Brief vor sich gerichtet und vermied jeden Blickkontakt mit mir. »Ich zitiere Mrs Shilling: ›Mein Sohn wollte seine Frau schon seit Jahren verlassen.‹«

Ich war schockiert. Zutiefst schockiert. Im Laufe der letzten Wochen hatte ich mich damit abgefunden, dass irgendwo eine ganze Welt ohne mich existiert hatte; eine Welt von Phil und Emma, Emma und Phil, doch diese Besuche von Emma in Phils Elternhaus fügten dem ein weiteres unschönes Detail hinzu. Weitere Menschen gaben dem Bild irgendwie mehr Dichte, gegen die ich noch stärker ankämpfen musste. Es kam mir vor, als müsste ich eine ganze Flutwelle zurückdrängen, wenn ich behaupten wollte, dass diese vier Menschen allesamt im Unrecht gewesen waren, mich unfair beurteilt hatten und dass ich in Wahrheit ein angenehmer Mensch war, mit dem verheiratet zu sein eine Freude war. Warum sollten sie sich allesamt irren? Das Atmen fiel mir schwer. Ich war doch eine nette Frau, oder? Ich war nicht wie die Frau, die sie hier schilderten?

Ich versuchte mein Bestes, nicht in mich zusammenzufallen. »*Er* wollte mich verlassen!«, sagte ich schrill und spürte, dass meine Nasenflügel bebten und meine Knöchel weiß wurden, während ich die Handtasche auf meinem Schoß umklammert hielt. »*Er* ist nur wegen der Kinder geblieben? Oh nein, das war ich! Ich war nur noch da, weil ich dachte, sie wären noch so klein, so verletzlich.« Meine Kehle füllte sich mit Tränen. Ich schluckte sie hinunter. »Ich war diejenige, die gehen wollte – schon immer!«

Noch während ich so protestierte, fragte sich ein Teil meines Bewusstseins, wie oft Sam, der Scheidungsanwalt, so etwas wohl schon gehört hatte. Zwei Menschen, die sich unschöne Szenen lieferten, wegen der Kinder oder wegen des Geldes. Aber nachdem ich erst einmal begonnen hatte, musste ich es auch zu Ende bringen.

»Ich war diejenige, die sich gefangen fühlte. Wie kann er es wagen, zu behaupten, dass er der Form halber bei mir geblieben ist! Aus Pflichtgefühl! Sie können meine Freundinnen oder sonst irgendwen fragen; sie werden es Ihnen alle bestätigen. Mein Gott, diese blöden Zicken«, fauchte ich. »Ich kann's nicht glauben, meine eigene Schwiegermutter, die *Großmutter* meiner Kinder, und meine Schwägerin, ihre Tante, Tante Cecilia – Herrgott!« Ich merkte, wie meine Stimme immer hysterischer wurde und die Worte nur so aus mir heraussprudelten.

»Ja, ich sehe auch, dass das schwer zu begreifen ist.«

»Schwer zu begreifen? Das ist gar nicht zu begreifen!«

Jetzt hätte ich gerne eine Zigarette gehabt und ich hatte schon seit Jahren nicht mehr geraucht. Stattdessen zwirbelte ich eine Haarsträhne um meinen Finger, eine alte Methode, die Fassung wiederzuerlangen. Ich überlegte, was Phil wohl zu seiner Mutter und seiner Schwester gesagt hatte. Phil, der nie etwas falsch machte. Ob er ihnen wohl erzählt hatte, ich wäre kalt wie ein Fisch und könnte ihm keine Wärme geben. Oh, ich konnte mir die ganze Sache schon vorstellen. Wie Phil Emma in ihrem gerüschten weißen Blüschen mit nach Kent mitnahm, sodass sie ganz anders aussah als die junge Frau in Business-Kostüm und High Heels, die seine Mutter und Schwester in London zum Essen, einem Geschäftsessen, getroffen hatten, um ihre Finanzen durchzusprechen.

»Ihr erinnert euch an Emma?«, hatte er dann wohl ohne jeden Anflug von Verlegenheit gesagt. Verlegenheit gehörte nicht in Phils Repertoire; er hatte ein alles überragendes Gefühl von Wichtigkeit. Von Selbstgerechtigkeit. Und Emma, vielleicht mit einem Blumenstrauß in der Hand, hatte ihr gekonnt nervöses Lächeln aufgesetzt.

»Hallo. Wie schön, Sie wiederzusehen. Was für ein hübsches Haus.«

Später, nach dem Kaffee, hatte sich Phil dann seiner Mutter anvertraut, während Cecilia und Emma einen Gang durch den Garten machten. Diese Frau hätte etwas lang ersehnten Sonnenschein in sein Leben gebracht. Und Trost. Er würde mich natürlich nie verlassen, niemals. Er wäre sich seiner Verpflichtung bewusst. Aber das hier wäre die Richtige. Die wahre Liebe. Und Marjorie hatte genickt und seine Hand getätschelt. Ihr armer Junge, gefangen in einer lieblosen Ehe. Natürlich hatte sie immer schon gewusst, dass ich ein Fehler gewesen war. Schon allein dieser schreckliche Vater. Sie schauderte. Dieser Geruch nach Whisky in seinem Atem. Dieses Haus, von dem Phil ihr erzählt hatte. Der reinste Slum. Oh nein, sie würde Phil keine Vorwürfe machen. Stattdessen sagte sie dann später zu ihrer Tochter: Der arme Junge, er hat sich ein wenig Glück verdient.

Wie typisch für Phil, darauf zu bestehen, dass er Poppy und die Kinder nicht verlassen kann. In Marjories und Cecilias Leben passierte so wenig, dass ich mir gut vorstellen konnte, wie sehr dieser kleine Betrug sie erfreute – etwas zu wissen, von dem ich keine Ahnung hatte, ein Geheimnis zu haben. Es war eine Art Rache, die ja, wie man sagt, eiskalt immer am besten schmeckt. Und sie wollten Rache. Sie hatten das Gefühl gehabt, man hätte sie beraubt, als wir nicht nach Kent gezogen waren, sondern uns in der Nähe meines Vaters niedergelassen hatten, bei meinen Freundinnen. Ihre Wut war damals ungeheuer gewesen.

»Aber wir sind immer davon ausgegangen!«, hatte Marjorie mich in ihrer klinisch reinen Küche angekeift, die Lippen zusammengekniffen. »Cecilia und ich sind immer davon ausgegangen, dass ihr hierher nach Ashford zieht. Dass ihr in der Nähe von unserem Dorf bleibt!«

Aber ich hatte mich durchgesetzt. Und damals hatte ich es für den größten Liebesbeweis meines Verlobten gehalten. Dabei war es die größte Kapitulation. Eine, die er sofort wieder bereut hatte.

»Mein Gott«, murmelte ich vor mich hin.

»Das ist jedenfalls eine sehr ungewöhnliche Situation, das muss ich schon sagen«, sagte Sam unbehaglich.

Ich blickte auf. Und so plötzlich, wie die Tür zu meiner Wut aufgeflogen war, so schnell schlug sie auch wieder zu und eine andere Tür stand weit offen. Die Peinlichkeit. Sie brach über mir zusammen. Dieser Mann, dieser Rechtsanwalt, Sam Hetherington, kannte mich doch gar nicht. Er kannte auch Marjorie und Cecilia nicht. Die waren vielleicht ganz reizend. Immerhin hatten sie ganz entzückende, altmodisch klingende Namen. Sie könnten doch wirklich liebe, nette Menschen sein, die besorgte Briefe aus Rose Cottage, dem Haus auf dem Briefkopf, versandten. Und ich war vielleicht einfach nur unerträglich. Mit meinem gepuderten Gesicht und der Laufmasche in der Strumpfhose, übertrieben parfümiert. Meine aufdringliche Art. Mit Tränen in den Augen stand ich auf und starrte aus dem Fenster hinaus. Es war noch immer warm und mild, sehr schön für Oktober, aber der Luftzug durch das offene Fenster wirkte schwül und drückend, während er noch heute Morgen voller süßer Versprechungen gewesen war.

»Und ich muss leider hinzufügen, dass Mutter und Tochter ebenfalls beabsichtigen, ihre Ansprüche geltend zu machen. Sie wollen auch dabei sein.«

Ich drehte mich wieder zu ihm um. Mich überraschte jetzt gar nichts mehr. »Ach ja? Und auf welcher Grundlage?« Meine Stimme kam von irgendwo, weit weg von mir.

»Auf der Grundlage, dass Ihr Mann angeblich gesagt hat, er werde für ihr Alter vorsorgen.«

»Aber sie sind doch beide noch gar nicht so alt.«

»Nein, aber keine von beiden arbeitet, sondern sie leben von der Pension Ihres verstorbenen Schwiegervaters. Doch die war nicht indexgebunden und läuft daher aus. Ihr Mann wusste das und hatte beabsichtigt, ein Testament zu machen, das die beiden einschließt. Deswegen hatte er eine so hohe Lebensversicherung abgeschlossen.«

Ich sah ihn einen Augenblick unverwandt an. Das klang nachvollziehbar. Im Gegensatz zu allem anderen bisher. Phil hatte wirklich eine ungewöhnlich hohe Summe als Lebensversicherung abgeschlossen. Und das musste einen Grund gehabt haben. Ich räusperte mich. »Haben die beiden eine Chance?«

»Meiner Meinung nach, nein. Sie, als seine Ehefrau und Mutter seiner Kinder, sind die rechtmäßige Erbin seines ganzen Vermögens, so wie es, wie ich hinzufügen möchte, die meisten Ehefrauen sind.«

»Aber sie werden dagegen vorgehen? Ich meine, wenn ich mich weigere?«

»Oh ja, sie werden dagegen vorgehen.«

»Nun, dann werde ich mich weigern.« Gestern noch hätte ich ihnen freiwillig etwas abgegeben. Aber jetzt nicht mehr. Nicht, nachdem sie mich öffentlich erniedrigt hatten. »Antworten Sie ihnen und sagen Sie ihnen das sofort. Sagen Sie ihnen, ich bin nicht bereit, auch nur einen einzigen Penny abzugeben.«

Er machte eine besänftigende Miene. »Das könnte ich tun, aber es ist ein ziemlich aggressiver Schritt. Und Sie sollten versuchen, eine Schlammschlacht vor Gericht zu vermeiden, schon weil so etwas ungemein kostspielig ist. Obwohl wir letztendlich vielleicht nicht drum herumkommen.«

Gericht. Vor meinem inneren Auge erstand ein Bild von mir, wie ich zitternd und bebend im Zeugenstand eines eichengetäfelten Gerichtssaales stand und mich zwölf Männer und Frauen mit versteinerten Gesichtern anstarrten. Cecilia und Marjorie in den Zuschauerbänken trugen seltsamerweise die Hüte, die sie bei meiner Hochzeit getragen hatten, samt dem zitternden Vogel auf dem Fascinator von Marjorie, nur dass es nicht länger ein Pfau war, sondern ein Raubvogel. Ihr Rechtsanwalt, ein Mann mit einem Killergesicht, nahm mich ins Kreuzverhör: »*Waren* Sie eine gute Ehefrau, Mrs Shilling? Waren Sie das?« Schweigen. Der Richter griff nach seiner schwarzen Kappe.

»Also gut«, sagte ich niedergeschlagen. »Was … raten Sie mir jetzt?«

Aller Kampfgeist hatte mich verlassen und ich hätte am liebsten einen Scheck ausgeschrieben. Vielmehr drei. Einen für jede von ihnen. Emma, Marjorie und Cecilia. Oh nein, vier. Bestimmt schuldete ich auch Sam etwas. Ich wollte nur noch meine Ruhe.

»Ich würde Ihnen raten, im Augenblick erst einmal nichts zu tun und abzuwarten, ob sie die Sache weiterverfolgen. Sie haben bislang noch keine Klage eingereicht, nur eine Reihe von Briefen geschrieben. Warten wir ab, ob nicht alles bloß heiße Luft ist.«

»Ja. Gut«, stimmte ich zu.

Nichts zu tun, lag mir. Ich war immer sehr für abwarten und Tee trinken. Meine ganze Ehe war so gewesen, wie mir jetzt klar wurde. Abwarten und sehen, was passiert. Vielleicht wird es ja nicht so schlimm. Aber es war schlimm gewesen. Und zwar die ganze Zeit. Warum nur hatte Scheidung so einen schlechten Ruf? War das, was ich getan hatte, nicht ebenso schlimm? Dieses ewige sich fügen? Wäre es nicht mutiger gewesen, ihn zu verlassen? Etwas Kleines und Hartes bildete sich in mir. Ich musste mein Leben fester in die Hand nehmen, so viel war klar. Ich konnte nicht zulassen, dass diese Shillings so über mich herfielen. Ich musste sie loswerden, sie nicht nur von Zeit zu Zeit mit Mühe abschütteln und ihren Angriffen ausweichen, so wie ich es jahrelang getan hatte.

»Tasse Tee?«, fragte Sam leise. Ich machte offenbar einen schockierten Eindruck.

»Ja, bitte.«

Diese kleine, freundliche Geste rührte mich, und als er zur Tür ging, um Janice um Tee zu bitten, musste ich kräftig blinzeln.

Er kam zurück und nahm wieder Platz; sagte dann ein paar tröstliche Worte darüber, dass es viele Leute gab, die Drohungen aussprachen, die sich zwar dramatisch anhörten, jedoch war es dann noch einmal etwas ganz anderes, einen Rechtsanwalt einzuschalten – was sie ja bislang auch noch nicht getan hatten. Sie hatten ihren Worten noch kein Geld folgen lassen. Und überhaupt, selbst wenn Rechtsanwälte hinzugezogen würden, ließe sich das Ganze oft durch außergerichtliche Einigungen regeln.

»Und ich muss sie nicht sehen?«, fragte ich, wobei meine Stimme aus großer Ferne zu kommen schien, während Janice mit dem Tee hereinkam.

»Nein, außer wenn es zu einer Gerichtsverhandlung kommt, aber wir haben ja bereits beschlossen, das um jeden Preis zu vermeiden.«

Ich nickte. Nippte an meinem Tee, während er sich auf seinem Schreibtisch aufstützte und weiterredete. Er bot mir einen Keks an, den ich nahm, aber nicht essen konnte, und obwohl ich mich ganz taub fühlte, fast jenseitig, bemerkte ich doch, dass sein Anzug am Ellbogen durchgescheuert war. Am rechten, den man beim Telefonieren aufstützt. Und der Griff seiner schwarzen Aktentasche neben dem Stuhl war gerissen und mit Bindfaden zusammengehalten. Phil hätte sich nie im

Leben mit einem solchen Jackett oder mit dieser lumpigen Aktentasche blicken lassen und ich dachte, wie liebenswert mir das an Sam erschien, auch dass er gemerkt hatte, dass ich einen Tee und ein paar nette Worte brauchte, bevor ich mich wieder auf die Hauptstraße hinaus wagen konnte.

Schließlich, als klar wurde, dass ich anständiger- und selbst unanständigerweise nicht mehr seiner Zeit in Anspruch nehmen konnte, weil ich schon seit gut vierzig Minuten in seinem Büro war – wir beide wussten, dass sein nächster Termin bereits seit einer Weile draußen wartete, weil Janice hereingekommen war und es uns gesagt hatte –, stand ich auf. Ich fühlte mich etwas aufgewärmt von dem Tee, wenngleich noch ein wenig zitterig.

»Werden Sie klarkommen?« Eine knappe Frage, aber ganz ohne Zweifel aus echter Besorgnis heraus gestellt. Mein Gott, war Sam nett. Aber die meisten Menschen waren nett, oder? Ich hatte bisher einfach Pech gehabt.

»Ja, alles klar. Danke. Und danke für Ihren Rat.«

Es war schade, dass ich seinen verstohlenen Blick auf die Uhr bemerkte, als er mich zur Tür brachte. Er lächelte und wir verabschiedeten uns.

Draußen auf der Straße ließ mich irgendetwas den Blick heben und an dem Haus hinaufschauen. Meine Augen suchten sein Fenster im zweiten Stock. Doch wenn ich erwartet hatte, ihn dort oben stehen zu sehen, wie er mir mit den Händen in den Hosentaschen und einem wehmütigen Gesichtsausdruck hinterhersah, so wurde ich leider enttäuscht.

# 14

»Ich kann es nicht fassen.« Angies Mund samt leuchtend pinkem Lippenstift blieb ungläubig offen stehen. Um den Effekt zu verstärken, verharrte sie so.

»Ich weiß. Ich auch nicht. Das heißt, nein, ich kann eigentlich doch«, sagte ich bedrückt.

»Aber welcher Mann würde so etwas tun?«, fragte sie ungläubig. »Weiht seine ganze Familie in seine außereheliche Beziehung ein und fordert sie auf, sich gegen seine Frau zu verschwören!«

»Phil«, sagte ich leise. »Ein Mann wie Phil.«

»Und was ist das denn für eine Familie«, sie blinzelte, »die da mitmacht, sich mit dem Sohn und dessen Geliebter verbündet, Ja und Amen zu dem Verhältnis sagt?«

Ich wand mich. »Marjorie und Cecilia«, sagte ich mechanisch, wobei mir auffiel, dass Jennie gar nichts sagte.

In eine lange weiße Schürze geschnürt, stand sie mit dem Rücken zu uns an ihrem Herd und rührte in einem riesigen Bœuf bourguignon, das nur darauf wartete, in Tupperdosen abgefüllt und auf die diversen Tiefkühltruhen der Gegend verteilt zu werden. Angie und ich saßen an ihrem Küchentisch. Angie war vorbeigekommen, einen Pashmina-Schal zu holen, den sie Jennie geliehen hatte und nun bei einem Wohltätigkeitsessen tragen wollte. Dabei hatte sie mich vorgefunden, wie ich blass und zusammengesunken Jennie mein Herz ausschüttete. Natürlich musste ich die Geschichte noch einmal von vorne erzählen. Ich hätte sie Angie natürlich irgendwann sowieso erzählt, aber ich hätte damit vielleicht gewartet, bis ich etwas gefasster war. Davon konnte jetzt keine Rede sein. Und Angies Fassungslosigkeit war schwer zu ertragen. Jennie war ebenfalls schockiert gewesen, aber sie konnte sich das Ganze wenigstens vorstellen. Sie kannte Phil und sie kannte Marjorie und Cecilia.

»Phil konnte in ihren Augen einfach nichts falsch machen«, erklärte ich matt und fragte mich dabei, ob ich wohl auf immer und ewig Erklärungen für diese Shillings finden musste. Vielleicht sollte ich das am besten gleich beruflich machen.

»Sie wissen ganz offensichtlich nicht, was richtig und was falsch ist!«, explodierte Angie. »Und diese – diese Emma-Tussi – ich dachte, sie wäre bei dir gewesen und hätte gesagt, dass sie nichts haben will?«

»Ja, aber jetzt ist das Testament eröffnet und ihr ist klargeworden, dass Phil wahrscheinlich kurz davor stand, für sie vorzusorgen, ebenso wie für Marjorie und Cecilia.« Ich zuckte mit den Schultern. »Ich nehme an, sie glaubt, sie hätte ein Recht darauf.«

»Ein Recht, meine Fresse!«, ereiferte sich Angie. Sie war vom Tisch aufgesprungen und wütend zum Fenster hinüber gestapft, wo sie mit überkreuzten Armen dastand. Ihre Augen blitzten, ihr Gesicht war voller Empörung. Noch vor wenigen Monaten war Angies schönes Gesicht sehr müde, sehr traurig gewesen. Wenigstens hatte sich ihre Miene mittlerweile ein wenig aufgehellt. Ob es wohl eine Erleichterung für sie war, nicht mehr unter Beobachtung zu stehen? Dass der Stab jetzt an mich weitergereicht war? Nicht mehr diejenige zu sein, die von allen bedauert wurde? Nicht, dass sie sich an meinem Unglück ergötzt hätte – Angie war ein liebenswerter Mensch –, aber keiner wollte auf ewig die Unglückliche sein. Diejenige, die am schlechtesten dran war.

»Du darfst ihr keinen Penny geben«, warnte sie mich und machte eine plötzliche Kehrtwende auf ihrem Zehn-Zentimeter-Absatz, um mir ins Gesicht zu sehen. »Keinen einzigen Penny.«

Ich nickte stumm.

»Und was für ein Mann ist eigentlich so beschissen perfekt durchorganisiert«, fragte sie, »dass er schon mit Anfang dreißig anfängt, sein Erbe zu regeln?«

»Ein Mann, der sich auch schon sein Fleckchen auf dem Friedhof gesichert hatte«, bemerkte Jennie, die ohne sich umzudrehen weiterrührte. Dann warf sie einen Blick über die Schulter. »Das war ihm bestimmt sehr wichtig, nicht wahr, Poppy? Alles geordnet zu hinterlassen.«

Ich nickte wieder. Es war alles so peinlich. So … erniedrigend. »Ich kann nicht glauben, dass ich den katastrophalen Fehler gemacht habe, diesen Mann zu heiraten«, sagte ich leise. Ich wollte fortfahren: So ein Mangel an Urteilsvermögen, aber ich wusste, dass meine Stimme zittern würde. War ich eigentlich ganz bei Trost gewesen, fragte ich mich, damals vor sechs Jahren?

Angie betrachtete ihre langen, rot lackierten Nägel und Jennie wandte sich freundlicherweise wieder der Überwachung ihres Kochtopfes zu.

»Das habe ich heute gedacht, als ich bei dem Rechtsanwalt war«, sagte ich, als ich mir sicher war, dass meine Stimme nicht versagen würde. »Ich dachte: Was soll er nur von mir denken, dass ich so einen Mann geheiratet habe?«

»Wen kümmert es schon, was dein bescheuerter Anwalt denkt!«, schnaubte Angie. »Die Hauptsache ist doch, dass diese raffgierigen Hexen keinen einzigen Penny bekommen. Es gehört alles dir, Poppy, alles.«

»Und wenn es dir gegen den Strich geht, dich ums Geld zu streiten«, fügte Jennie hinzu und zeigte mit ihrem hölzernen Kochlöffel auf mich, weil sie genau wusste, dass ich viel von meinem Dad in mir hatte. »Dann tu es für Clemmie und Archie.«

Ja, das half. Für die Kinder. Ich hatte mir schon selbst gesagt, dass das der Weg nach vorne war. Dass mich das antreiben würde. Aber es würde schwer sein, diesen Schwung beizubehalten. Ich fragte mich, was ich wohl denken würde, wenn ich Emma wäre. Würde ich das Geld haben wollen? Hätte ich das Gefühl, ein Recht darauf zu haben? Ja, vielleicht.

»Aber sie ist jung, Himmel noch mal«, ereiferte sich Jennie, die offenbar meine Gedanken gelesen hatte. »Sie verdient gut, hat keine Kinder. Du arbeitest nicht.«

»Ich tue gar nichts«, sagte ich mit einem Anflug von Panik. Außer, dachte ich, das Geld meines verstorbenen Mannes zu nehmen: das Geld eines Mannes, der mich nicht geliebt hat.

»Keine von uns hat gearbeitet, solange die Kinder klein waren«, betonte Angie. »Meine Güte, ich arbeite ja noch nicht einmal *jetzt!*«

Es entstand ein betretenes Schweigen, in das Jennie irgendwann »Genau« sagte.

Um die Wahrheit zu sagen, hatten wir beide uns insgeheim schon gefragt, warum Angie eigentlich keinerlei Anstalten machte, etwas zum Familieneinkommen beizutragen, jetzt, wo sie die Zeit dazu hatte. Jennie hatte einmal mitgekriegt, wie Tom müde von der Arbeit nach Hause gekommen war und in seinem Anzug in der Küche gestanden und Rechnungen geöffnet hatte und dabei eine Bemerkung über Angies

Kundenkonto bei Harvey Nichols fallengelassen hatte, das er kaum mehr finanzieren könnte, wozu Angie leichthin gesagt hatte: »Hast du schon mal darüber nachgedacht, dir noch einen Samstagsjob zu suchen?« Tom hatte es für einen Augenblick die Sprache verschlagen. Als er die Worte wiedergefunden hatte, fragte er zynisch, ob sie es vorziehen würde, wenn er Zeitungen austrug, oder ob er lieber bei Tesco an der Kasse sitzen sollte. Angie hatte ihn verärgert angefahren, man werde doch noch einen Scherz machen dürfen, woraufhin Jennie ihren Wein ausgetrunken und sich davongeschlichen hatte.

»Zwei kleine Kinder zu haben, ist hochgradig arbeitsintensiv«, erklärte Angie leidenschaftlich. »Mach dir nur ja kein schlechtes Gewissen, weil du nicht arbeitest, Poppy. Wir sind verdammt noch mal die stillen Helden.«

Ich seufzte. Ich wusste, dass sie alles taten, damit ich mich besser fühlte, aber in Wirklichkeit ging es mir schlechter. Ich kam mir vor wie ein Schmarotzer. Hier saß ich mitten am Vormittag und trank wieder einmal Kaffee mit meinen Freundinnen, bevor ich in das Haus zurückkehrte, das Phil bezahlt hatte und in dem er offenbar viel lieber mit Emma gelebt hätte. Bevor ich hier rübergekommen war, hatte ich durch einfaches Blättern im Telefonbuch festgestellt, dass Emma Harding ganz in der Nähe wohnte, nur ein Stückchen entfernt in Wessington. Meadow Bank Cottage. Das hatte mich ganz schön erschüttert. Irgendwie hatte ich angenommen, dass sie, da sie in London arbeitete, auch in London leben musste, aber das war nicht der Fall; sie war nur Minuten entfernt, musste schon unzählige Male an meinem Haus vorübergefahren sein und gedacht haben: Da sollte ich sein, mit ihm, da sollten wir zusammen sein. Vielleicht würde sie es jetzt bekommen?

»Nun, wir werden ja sehen«, sagte ich matt. »Sam meint,

wir sollten in Ruhe abwarten, ob sie die Sache überhaupt weiterverfolgen. Er meint, es ist vielleicht alles nur heiße Luft.«

»Sam ist der Rechtsanwalt?«, fragte Angie und aus unerfindlichen Gründen musste ich mich runterbeugen, um meine Socken unter der Jeans hochzuziehen.

»Jupp.«

»Na, ich hoffe, er ist gut. In welcher Kanzlei ist er denn?«

»Eine kleine, private Kanzlei in der Stadt. Aber davor war er in einem großen Laden in London«, fügte ich hinzu, weil ich wusste, dass das bei Angie Eindruck schinden würde.

»Oh, okay. Also, hör mal zu, Poppy, April McLean von Freshfields ist vielleicht teuer, aber die geht den Leuten echt an die Gurgel. Sag mir Bescheid, wenn ich den Kontakt herstellen soll. Ich bin bei ihr aus dem Büro gekommen und dachte, mir gehört die Welt.«

»Nein, nein, ich bin ganz glücklich.« Ich versuchte mir vorzustellen, wie Sam jemandem an die Gurgel ging, wie er die Zähne bleckte und Marjorie vor Gericht in die Zange nahm. Wo er wohl nach der Arbeit hinging? Wo wohnte er, nun, da er geschieden war? In einer Mietwohnung in der Stadt oder vorerst bei Freunden, Männer unter sich, die sich nach der Arbeit auf ein Bier trafen? Das konnte ich mir irgendwie nicht vorstellen.

»Jedenfalls vielen Dank, ihr zwei. Es hat gutgetan, das mal loszuwerden. Ich muss jetzt los und Clemmie holen. Sie ist heute schon am Mittag fertig.«

Als sie mir das Versprechen abgenommen hatten, mich zu melden, wenn ich Hilfe brauchte, und mich umarmt hatten, wobei mir Angie beinahe den Wangenknochen brach, machte ich mich auf den Weg. Langsam ging ich den Hügel hinauf. Archie, der gerade erst den Liedtext von *Bob der Baumeister* gelernt hatte, strampelte mit den Beinen in seinem Buggy und sang lauthals, doch mir war schwer ums Herz. Wie viel verlangte Angie wohl, fragte ich mich. Die Hälfte von Toms Vermögen? Das Haus? Nun ja, warum auch nicht? Sie hatte die Kinder dort großgezogen, es war ihr Zuhause. Aber es fühlte sich nicht ganz richtig an. Und nicht, weil Angie nie gearbeitet hatte – oh, sie engagierte sich dafür in der Dorfgemeinschaft, saß in Ausschüssen, war Vorsitzende des Kirchengemeinderates. Das war es nicht. Es war nur ... Ich war mir nicht sicher, ob ich auch zu jenen Frauen gehören wollte, die ihre Männer nach Strich und Faden ausnahmen, weil sie betrogen worden waren.

Ich hatte kürzlich mit angehört, wie sie auf der Straße am Handy mit Tom gesprochen hatte. Ich hatte mich ihr von hinten genähert und wollte sie gerade begrüßen, als ich merkte, dass sie am Telefon war: »Ja, Clarissa hat sich mit jemandem in London getroffen, den sie vermutlich irgendwo im Internet kennengelernt hat, nein, sie wusste nichts über ihn, aber was erwartest du, bei dem Beispiel, das du ihnen gegeben hast? Es überrascht mich, dass sie noch nicht schwanger ist!« Es folgte Schweigen, dann: »Ach, verpiss dich doch, Tom!«

Als sie sich zu mir umdrehte, verzerrte ein Ausdruck reinen Hasses ihr Gesicht. »Erbärmlich, der Mann«, sagte sie und steckte ihr Handy weg. »Jetzt, wo es fast zu spät ist, kriegt er auf einmal diese väterlichen Anwandlungen. Es ist übrigens nur Hugo, mit dem Clarissa sich getroffen hat«, fügte sie leise hinzu.

Hugo war der Enkel von Angus und Sylvia, der nette Junge, der manchmal bei uns im Pub aushalf. Ich fragte mich, warum Angie Tom das nicht gesagt hatte. So wollte ich nicht sein. Rachsüchtig. Giftig. Meinen Ex abzocken. So bist du auch nicht, sagte ich zu mir selbst, als Clemmie am Tor die Hand der Erzieherin losließ und auf mich zugelaufen kam. Denn zum einen ist er nicht dein Ex, sondern er ist tot; und zum anderen willst du nicht *ihn* abzocken, sondern nur verhindern, dass seine Geliebte *dich* abzockt. Jetzt reiß dich mal zusammen!

Ich umarmte meine Tochter fest. Noch auf dem Heimweg, während Clemmie neben mir plapperte und ein Eierkarton-Krokodil an der Hand baumeln ließ, beschloss ich, dass ich mir einen Job suchen würde, sobald Archie im Kindergarten war. Ich wollte wieder arbeiten. Okay, meine PR-Agentur in London würde mich nach so langer Abwesenheit wohl nicht wieder nehmen, auch wenn man mich damals nur sehr ungern hatte gehen lassen, aber vielleicht hatten sie ein paar freie Aufträge für mich? Sie hatten einmal angerufen und mir etwas angeboten, aber damals war Archie erst ein paar Wochen alt gewesen und Phil so beschäftigt, dass ich abgelehnt hatte. Wie dumm von mir, dachte ich ärgerlich. Jeder wusste doch, dass man einen Fuß in der Tür behalten musste. Aber vielleicht war es noch nicht zu spät. Ich war nicht so naiv zu glauben, dass es einfach sein würde, aber ich hatte die positive, optimistische Art meines Vaters geerbt, die mich davon ausgehen ließ, dass alles möglich war. Ich musste mich nur richtig entscheiden.

Aber in einer Hinsicht hatte Angie doch Recht gehabt, dachte ich, während ich stehenblieb, damit Clemmie die Enten im Teich mit Brot füttern konnte, das ich ihr mitgebracht hatte. Kindererziehung war harte Arbeit und das wurde oft übersehen. Ich erinnerte mich an das letzte Weihnachtsfest, als Marjorie und Cecilia für vier Tage zu Besuch gekommen waren und ich, Archie auf dem Arm, Clemmie am Bein, einen Teller nach dem anderen befüllt hatte, während die beiden Frauen keinen Finger gerührt hatten. Sie saßen kerzengerade und steif am Tisch – Cecilia trug die blaue Kaschmirstrickjacke, die ich für sie gekauft hatte – und warteten darauf, dass ich mit den Tellern hereinkam, als wären sie in einem Restaurant. Phil dekantierte derweil die eine Flasche Wein, die wir uns genehmigen durften. Jedes Weihnachtsfest hatten sie in meinem Gästezimmer gewohnt, in der Bettwäsche geschlafen, die ich für sie aufgezogen hatte, den Tee tranken, den ich für sie gemacht hatte, und dabei hatten sie die ganze Zeit von Miss Harding gewusst. Bei den Shillings gab es eine schreckliche Tradition, nach der wir alle am Weihnachtsmorgen auf Marjories Bett saßen, um die Geschenke zu öffnen, während sie dort wie die Queen in ihrem wattierten Bettjäckchen thronte, in meinem Gästezimmer, in meinem Haus. Ein Teil von mir sehnte sich nach Familientraditionen, das will ich gerne zugeben; sehnte sich nach Normalität, einer anderen Kindheit für meine Kinder, als ich selbst sie gehabt hatte. Ich war bereit, eine ganze Menge dafür in Kauf zu nehmen, und hatte das Geschenk-Öffnungs-Ritual willig über mich ergehen lassen. Ich hatte sogar mitgemacht, als Marjorie mit uns gemeinsam ein kleines Gebet sprach, nachdem das letzte Geschenk geöffnet war, hatte den Kopf geneigt und Gott gedankt. Herrgott. *Fuck*.

Das Ausmaß ihres Verrats drohte plötzlich, mich zu überwältigen. Ich fühlte mich so bloßgestellt. Hatten sie alle insgeheim über mich gelacht? Ich klammerte mich an den Buggy, spürte, wie mein Kopf anfing, sich zu drehen. Atme, befahl ich mir, atme. Vielleicht hatten sie es ja selbst jahrelang gar nicht gewusst. Sam hatte nicht gesagt, wann. Vielleicht hatten sie auch erst im letzten Jahr von Emmas Existenz erfahren? Erst vor ein paar Monaten? Ja, ich zog es vor, das zu glauben, beschloss ich, während ich darauf wartete, dass sich mein Herzschlag normalisierte, während Clemmie mir von Damien erzählte, der nämlich eine Warze hatte. Ich zog es vor zu glauben, dass niemand so bösartig sein konnte.

Der Buchclub traf sich an diesem Abend bei Angie, da Angie das schönste Haus hatte. Und Jennie sorgte für das Essen. Oh ja, Essen, nicht bloß Häppchen. Diese Woche wurden die Chips nicht säckeweise herbeigekarrt und hastig auf Schälchen verteilt. Stattdessen türmte sich Frischkäse mit Kaviar auf mundgerechten Blinis, Spargel und gehobelter Parmesan waren in Parmaschinken gewickelt und winzige Ofenkartoffeln mit einem Topping aus saurer Sahne und Schnittlauch versehen worden. Und wir versammelten uns nicht in der Küche, sondern in dem weitläufigen Wohnzimmer. Unter dem marmornen Kaminsims loderte ein kräftiges Feuer und Angies geschmackvolle Einrichtung – schwere Leinenvorhänge, helle Sofas, antike Tischchen, auf denen große Steinlampen standen, herrliche Ölgemälde an den Wänden – war sanft erleuchtet von Duftkerzen überall. Und ich meine wirklich überall. Angies Geschmack, der normalerweise unfehlbar war, ging unweigerlich über Bord, wenn es um Duftkerzen ging. Nichtsdestotrotz war der Effekt wunderschön.

»Vielleicht ein wenig zu sakral«, murmelte Jennie, die heimlich die eine oder andere auspustete, während sie mit einem Teller voller zarter Windbeutel, gefüllt mit Lachs-Mousse, hereingeeilt kam.

Alle hatten sich entsprechend herausgeputzt. Die meisten sahen aus, als wären sie zu einer Cocktailparty eingeladen. Die Männer trugen Jacketts, die Frauen waren frisch frisiert, geschminkt und mit Schmuck behängt und es herrschte allgemein eine gespannte Erwartung. Angus hatte ein Tweed-Jackett an, dazu trug er eine MCC-Krawatte und war in eine Wolke von edelstem Aftershave gehüllt. Er verbreitete jungenhafte Aufregung und lachte schallend über irgendetwas, das Pete gesagt hatte, vor lauter Freude, dass er einmal rausdurfte – zweifellos ausgestattet mit einem Notizblock oder vielleicht sogar einem Aufnahmegerät am Revers. Die heilige Hilda war in weißen Hosen erschienen und einem auffälligen Flatteroberteil, hellblau mit Stickerei um den tiefen Ausschnitt, das vielleicht vor fünf Jahren einmal in Mode gewesen war. Jennie steckte in sehr engen schwarzen Hosen und hatte eine ordentliche Menge roten Lippenstift auf den Zähnen. Nur Peggy war unbeirrbar in Jeans, einem alten Rollkragenpulli und den unvermeidlichen Wildlederstiefeletten. Sie war auch die Einzige, die nicht herumstand und sich angeregt unterhielt. Stattdessen blickte sie ungeduldig auf ihre übergroße Herrenarmbanduhr.

»Kommt jetzt, worauf warten wir noch? Lasst uns anfangen«, sagte sie, wobei sie bereits in dem Stuhlkreis saß, den Angie am anderen Ende des Raumes, neben dem Kamin, aufgestellt hatte.

»Ach, ich glaube, wir sollten ihnen noch ein paar Minuten geben, meinst du nicht auch? Es ist doch gerade erst halb acht.« Angie zupfte an ihren Haaren herum und ließ den Blick aus dem Fenster schweifen, das auf die gekieste Einfahrt hinaus zeigte.

»Warum? Sie können doch später dazustoßen.«

»Aber das würde vielleicht ein bisschen unhöflich wirken, Peggy. Wenn man bedenkt, dass sie zum ersten Mal dabei sind.«

Peggy schnaubte und murmelte etwas, von wegen, die Leute in diesem Dorf kämen wirklich nicht genug raus, wenn sie sich derart von ein paar Amis verrückt machen ließen, als plötzlich Scheinwerfer den Raum erhellten.

»Sie sind da!«, kreischte Angie. Jennie sprang herbei, um ihre Spargelröllchen frisch zu arrangieren. »Und wisst ihr was, ich glaube, Peggy hat recht. Vielleicht würde alles etwas ernsthafter und literarischer wirken, wenn wir schon alle mit unseren Büchern dasäßen. Was meint ihr?«

Daraufhin folgte zustimmendes Gemurmel und alle schnappten sich einen Stuhl, als wäre das hier die Reise nach Jerusalem und die Musik hätte plötzlich aufgehört. Peggy verdrehte die Augen. Als Chad und Hope schließlich zur Haustür hereinkamen, die Angie praktischerweise angelehnt gelassen hatte, saßen wir alle im Kreis, ein wenig erhitzt und mit geröteten Wangen, aber mit hoffentlich intelligenten Mienen. Unsere Bücher waren aufgeschlagen, nur leider auf unterschiedlichen Seiten und das von Angie lag sogar verkehrt herum.

Chad sah genauso gut aus, wie ich ihn in Erinnerung hatte: groß, eher kräftig, kantiges Gesicht und er trug Chinos und ein Hemd, kein Jackett. Hope, schön, zierlich und dunkel, verströmte lässige Eleganz in einem grauen Kaschmirpullover, Sweathose und Pumps, was unseren High Heels und Krawatten sogleich einen Touch von Vorstadt gab.

»Hope! Chad!« Angie stand leicht benebelt auf und vermittelte ganz den Eindruck, als käme sie aus einer literarischen Trance und wäre völlig in die Geschichte versunken gewesen. »Wie schön, Sie zu sehen. Also, ich weiß ja, dass Sie Jennie und Poppy bereits kennengelernt haben, das hier ist Angus, Peggy, Hilda … die Nachnamen spare ich mir«, säuselte sie und schickte ein perlendes Lachen hinterher. Alle standen auf, einige so eilig, dass ihre Bücher zu Boden fielen, andere etwas lässiger, wie Pete zum Beispiel, und der Leidenschaftliche Luke schüttelte Chads Hand mit einer kleinen Verbeugung.

Chad, der aus der Nähe noch mehr wie ein Adonis aussah, zeigte tadellose Manieren und makellos weiße Zähne. Er lächelte viel und intonierte »Chad Armitage« jedes Mal, wenn er vorgestellt wurde, und machte so seine Runde im Kreis herum und blickte jedem in die Augen. Ihm folge Hope, deren zarte ausgestreckte Hand so zerbrechlich wie der Flügel eines Vogels wirkte. Sie war wirklich unglaublich hübsch, dachte ich und konnte mich gar nicht sattsehen an noch mehr makellosen Zähnen und seidenem Haar. Wir strahlten um die Wette, während sie jeden Einzelnen herzlich begrüßte. Nur Peggys Lächeln war eher amüsiert und sie weigerte sich aufzustehen, während sie ihr höflich die Hand reichte und mir zuflüsterte, dass sie in ihrem Alter nur noch für Mitglieder des Königshauses und über Siebzigjährige aufstand. Und ganz sicher nicht für einen Mann. Was dachte sich Angie eigentlich dabei?

Angie, die einmal Camilla Parker-Bowles getroffen und sich nie mehr richtig davon erholt hatte, führte sich mehr und mehr wie eine Hofdame auf, indem sie die beiden verbliebenen Stühle zurechtrückte, bevor sie beschloss, dass diese zu schäbig für die Armitages waren und Pete und Jennie tauschen ließ, damit Chad und Hope passendere bekamen.

»So!«, sagte Chad, rieb sich die Hände und sah riesig aus auf dem Stuhl, der Angie schließlich gut genug für ihn gewesen war, ein kleines, vergoldetes Etwas, das sie bei Sotheby's gekauft hatte. Seine Stimme war aufregend transatlantisch. »Und was lest ihr denn? Hope und ich freuen uns übrigens so. Wir haben früher zu Hause an vielen Lesegruppen teilgenommen und es hat uns viel gegeben.«

Angie räusperte sich. »Also, diese Woche lesen wir alle

*Ghost* von Robert Harris. Das ist kein so furchtbar intellektuelles Buch«, fuhr sie gehetzt fort, »und wir werden später dann natürlich anspruchsvollere Sachen lesen, aber es ist wirklich spannende Lektüre mit einer tollen Handlung. Ein gutes Buch für den Einstieg, dachten wir.«

»Oh, okay, gute Idee«, stimmte Chad zu. Er nahm Luke, der neben ihm saß und ihm sein Buch hingehalten hatte, das Buch aus der Hand. »Hey, das klingt doch gut«, sagte er, als er den Klappentext auf der Rückseite las. »Ist mal was anderes als Philip Roth, was, Honey?«

Das galt Hope, die, falls das populäre Genre des Romans sie überrascht hatte, es jedenfalls wunderbar zu verbergen verstand. »Aber ganz sicher. Es sieht wirklich wunderbar aus«, sagte sie, drehte und wendete das Buch in den Händen, als er es an sie weiterreichte. »Und wie fandet ihr es alle?« Sie warf einen Blick in die Runde, lächelte.

»Oh, es ist unglaublich!«, dröhnte Angus. »Absolut erstklassig.«

»Wirklich? Das ist ja toll.« Sie lächelte Angus zu und wartete vielleicht darauf, noch weitere erhellende Bemerkungen von ihm zu hören. Wenn ja, so wurde sie enttäuscht. Er strahlte nur zurück. »Was ist mit Ihnen, Luke?«, wandte sie sich freundlich an ihren Nachbarn, an dessen Namen sie sich erinnern konnte. Luke schoss das Blut den Hals hinauf bis in die Wangen.

»Oh, äh … Ich fand es auch sehr gut.«

»Gut, gut.«

Das brachte uns nicht weiter. Und obwohl Hope noch jemand anderen hätte fragen können, so hätte das sie doch in eine Art Führungsrolle gebracht, deshalb lächelte sie Luke nur aufmunternd zu und hoffte sichtlich auf mehr. Lukes Blicke suchten nach der Tür, als wollte er am liebsten davonlaufen.

In die nun folgende ohrenbetäubende Stille hinein warf Angie mir einen flehenden Blick zu. »Poppy, was ist mit dir?«

Bedauerlicherweise hatte ich das Buch nicht gelesen, hatte in dieser Woche zu viel anderes um die Ohren gehabt. Obwohl ich mir bei näherer Betrachtung ziemlich sicher war, dass ich es tatsächlich vor Jahren schon einmal gelesen haben musste.

»Ich fand es spannend.« Angies Blick verlangte mehr, viel mehr. »Und ... besonders hat mir der Teil gefallen, wo der Typ an der Seilbahn hängt, im Schnee«, sagte ich ins Blaue hinein. »Echt aufregend.«

»Das ist in *Agenten sterben einsam*«, sagte Jennie, ziemlich treulos, wie ich fand.

Alle senkten die Blicke auf ihre Bücher. »Hat sonst noch irgendjemand etwas anzumerken?«, fragte Angie munter. »Wem hat es denn *nicht* gefallen?«

Jede Menge schockiertes Gemurmel, Kopfschütteln und geschürzte Lippen. Aber keine konkreten Vorschläge.

»Es ... hat also allen gefallen.«

Noch mehr begeisterte Zustimmung. Doch dann entstand schon wieder eine Pause. Und man darf nicht vergessen, dass wir alle im Kreis saßen, es war fast ein wenig wie der Morgenkreis in Clemmies Kindergarten. Ein Fehler, fand ich, viel zu einschüchternd. Außerdem machte sich das Fehlen von Simon bemerkbar, der bestimmt einige tiefschürfende, wortgewandte Anmerkungen hätte beitragen können. Angie, Jennie und ich sahen uns verzweifelt an. Wir hatten das nicht richtig zu Ende gedacht. Brauchten wir einen Vorsitz? Falls ja, wer sollte das übernehmen? Waren wir zu viele? Zu wenige? Wie funktionierte so etwas? Was war so ein Buchclub überhaupt genau?

»Hat sich jemand irgendwelche Gedanken über die Charakterisierung der Figuren gemacht?«, schlug Pete vor und ich hätte ihn küssen können. Auch Angie sah aus, als würde sie jeden Augenblick seinen Kopf mit ihren Händen umfassen und ihm einen Schmatz auf die Lippen geben. Natürlich. Charakterisierung. Wir blickten alle verstohlen zu den Amerikanern hin, um zu sehen, ob sie diese kluge Bemerkung registriert hatten. Hope lächelte und nickte. Doch leider hatte sich niemand Gedanken gemacht. Warum hatte es uns allen plötzlich die Sprache verschlagen?

»Ich fand die Charakterisierung gut«, sagte Jennie verzweifelt. »Vor allem die von Adam Lang, dem Helden.«

»Das finde ich auch«, meinte Angus voller Überzeugung. »Die beste Figur in dem ganzen Buch.«

»Und mir hat besonders gefallen, dass er als harter Kerl dargestellt wurde und zugleich als zartfühlend«, warf die heilige Hilda ein. Dankbar wandten wir uns ihr zu. Sie wurde ganz rot im Gesicht, schlug das Buch an einer Stelle auf, an der ein Zettel darin lag. Sie räusperte sich und las: »Mir kam es so vor, als würde er ausdrücklich die Rolle des romantischen Helden im klassischen Sinne erfüllen, ganz wie Troilus in Chaucers *Troilus und Criseyde,* und damit den Konventionen der höfischen Liebe folgen und jener Literatur, die im Mittelalter diesem Konzept entsprang, das ausdrücklich die erste von mehreren historischen Grundlagen bildet, die einer adäquaten Interpretation der Hauptcharaktere zugrunde liegen, sowie sämtlicher Situationen, in denen Troilus – und damit auch Adam Lang – ausdrücklich aktuell koexistieren können.« Langsam klappte sie ihr Buch zu und blieb mit geschlossenen Augen und geschürzten Lippen sitzen.

»Ja«, sagte Jennie nach einer Weile leise. »Genau. Danke, Hilda.«

»Möchte jemand noch etwas Wein?«, fragte Peggy matt. »Es sei denn, jemand hätte ausdrücklich etwas hinzuzufügen.«

Sie stand auf und alle anderen, mit Ausnahme der Amerikaner, folgten ihrem Beispiel nur allzu gerne und meinten, das wäre eine prima Idee.

»Sollen wir jetzt mal das Essen rumreichen, Angie?«, fragte jemand und tat es dann einfach.

Ein wenig verdattert standen die Armitages auf und gesellten sich zu uns.

»Ein echter Thriller«, versicherte Angus Chad und drückte ihm sein Buch in die Hand. »Hier, nehmen Sie meins. Es wird Ihnen gefallen, Sie werden die ganze Nacht kein Auge zutun.«

»Danke«, sagte Chad. »Obwohl ich doch wohl lieber das Buch für nächste Woche lesen sollte, meinen Sie nicht?«

»Oh, das Buch für nächste Woche«, pflichtete Angie ihm mit Panik in der Stimme bei und sah mich dabei an.

Aber ich war in Gedanken meilenweit weg. Ich dachte daran, wie ich einmal einen Klempner organisiert hatte, der den Boiler von Marjorie und Cecilia reparieren sollte, obwohl sie hundert Kilometer entfernt in Ashford wohnten, aber da Phil der Mann in der Familie war, war er für diesen Boiler zuständig. Diese Rollenspiele waren ihnen wichtig. Männer waren wichtig. Einmal hatte Marjorie mich gefragt: »Wo sind eigentlich deine Männer?« Einer war in seinem Bettchen und sechs Wochen alt. Damals hatte ich mich tagelang darüber amüsieren können. Jetzt nicht mehr.

»Hope?«, wandte Angie sich von mir ab, um sich in ihrer Verzweiflung an unsere neuen Freunde zu wenden. »Hätten Sie einen Vorschlag für nächste Woche? Sie waren in New York doch bestimmt bei Unmengen von solchen Veranstaltungen«, flötete sie.

»Oh Gott, ja, viel zu oft, manchmal zweimal pro Woche«, sagte Hope. »Aber in der Regel haben wir uns immer erst am Ende des Treffens auf das nächste Buch geeinigt.«

»Das hier ist das Ende«, informierte Peggy sie.

»Wirklich?« Hope erblasste. »Sie meinen ... Das war's?« Sie machte eine Handbewegung in Richtung der leeren Stühle.

»Das ist das Ende des Buch-Teils. Nicht das Ende des Abends.«

»Nein, nein, es ist nicht das Ende des literarischen Teils«, betonte Angie aufgeregt. »Wir setzen uns gleich alle wieder hin und – ach, seht nur, da ist ja Simon. Wie wunderbar.«

Jennie errötete leicht, als er in seinem Maßanzug hereinkam, aber ich bemerkte, dass er sie zwar herzlich begrüßte, sich aber nicht länger bei ihr aufhielt, sondern allen anderen die Hand gab und schließlich den Armitages hallo sagte, die er bereits zu kennen schien. Er verwickelte Chad in ein Männergespräch, während wir Frauen dessen Frau umschwärmten.

»Sie müssen uns für absolut hoffnungslos halten, Hope«, meinte Angie. »Dass wir so unorganisiert sind. Aber das wird nächste Woche bestimmt viel besser.«

»Ach, ganz und gar nicht. Ich finde, es läuft doch alles super. Und Chad und ich haben uns einfach so gefreut, dass wir eingeladen wurden. Wir hatten gerade neulich erst darüber gesprochen, dass es wirklich an der Zeit wäre, uns mehr ins Dorf zu integrieren.«

Wir sonnten uns in ihrem süßen Lächeln und hatten das Gefühl, dass sie es wirklich ernst meinte. Wie reizend sie war.

»Vorschläge für nächste Woche wären wirklich sehr willkommen«, erklärte Angie ihr. »Dieser Thriller hat uns allen gut gefallen, aber vielleicht brauchen wir doch etwas Anregenderes, um das Gespräch besser in Gang zu bringen. Irgendwelche Ideen?«

Hope senkte die Stimme. »Wissen Sie, meine literarische Bildung ist äußert lückenhaft«, vertraute sie uns an.

»Ach, meine auch!«, stimmte Jennie ein.

»Da ist so viel, was ich nicht gelesen habe.«

Wir nickten alle eifrig. Das gefiel uns. Das gefiel uns sogar ganz außerordentlich.

»Wollten Sie bei diesem speziellen Genre bleiben?«

Wir sahen sie verständnislos an.

»Ich meine, beim Thriller?«

»Oh nein, wir sind offen für jedes … Genre. Tragödie, Liebesgeschichte. Georgette Heyer könnte ich zum Beispiel jede Woche lesen!«, versicherte Jennie ihr.

»Die kenne ich gar nicht.«

»Was, Sie kennen Georgette Heyer nicht?«, fragte Jennie mit schockierter Miene und griff sich ans Herz. »Oh mein Gott, ich hab sie alle. Ich kann sie Ihnen leihen. Was für ein Genuss. Fangen Sie am besten mit *Geliebte Hasardeurin* an, danach sind Sie süchtig fürs Leben!«

»Danke, das ist sehr nett. Und in der Zwischenzeit«, wieder senkte Hope die Stimme und wir mussten uns alle zu ihr beugen. Sie war so klein, es sah bestimmt aus, als wollten wir über sie herfallen. »In der Zwischenzeit, wenn Sie wirklich noch Vorschläge brauchen, ich muss zu meiner Schande gestehen, dass es ein Buch gibt, von dem ich weiß, dass ich es schon in der Schule gelesen haben sollte, aber ich bin irgendwie nie dazu gekommen. Und das würde ich jetzt gerne nachholen.«

»Oh!«, hauchten wir. Davon gab es reichlich. Ganze Bibliotheken voll. »Ja?«

»Sie haben es vermutlich alle gelesen.«

»Neiin, neiin, nicht unbedingt«, flötete Angie.

»Es ist *Ulysses.*«

*»Ulysses!«*, fielen Jennie und Angie einstimmig ein. Sie schwankten zurück und warfen einander wilde Blicke zu. Der Titel kam ihnen irgendwie bekannt vor, aber mehr auch nicht.

»Können Sie glauben, dass ich das nie gelesen habe? Bestimmt ist es einer der bedeutendsten Romane der Literaturgeschichte!«

»Also ich habe ihn auch noch nie gelesen!«, kreischte Angie und legte die Hand aufs Herz. »Dafür schäme ich mich seit Jahren.«

»Ich wollte immer«, stimmte Jennie ein. »Bin aber nie dazu gekommen. Wie ist das mit dir, Poppy?«

Aber ich hängte im Geiste gerade Marjories Wäsche auf, weil sie mich darum gebeten hatte. Große weiße Unterhosen, riesige konische BHs, in deren Cups sich ein kleines Hündchen zum Schlafen hätte zusammenrollen können. Ich hängte sie auf *meine* Wäscheleine, während sie in *meinem* Wohnzimmer fernsah.

»Poppy?«

»Ja, hab ich doch schon gesagt. Mir hat die Stelle mit der Seilbahn gefallen.«

Jennie blinzelte, drehte mir dann ostentativ den Rücken zu. »Ich finde, das ist eine geniale Idee, Hope. Dann lasst uns doch alle bis nächste Woche diesen Roman lesen, ja?«

»Ich könnte vielleicht ein paar Erläuterungen aus dem Internet ausdrucken und sie verteilen, wenn Sie wollen, um uns bei der Lektüre zu helfen.«

»Ach, machen Sie sich da mal keine Sorgen. Wie Sie sehen, haben wir diesmal ja auch keine Erläuterungen gebraucht!«, tirilierte Angie. Sie wandte sich um. »Alle mal herhören!« Anmutig klatschte sie in die Partylaune hinein, die sich ganz natürlich ausgebreitet hatte. Angus war schon leicht angesäuselt und lachte laut; Pete hatte die Hand auf Hildas Arm gelegt, während er ihr eine Anekdote erzählte, natürlich nur um einen bestimmten Punkt zu unterstreichen. »Hört mal, ihr alle. Passt mal auf. Hope hat einen phantastischen Vorschlag gemacht für nächste Woche. Wir werden *Ulysses* lesen, was scheinbar ein ganz tolles Buch ist. Ich bin sicher, es wird euch allen gefallen. Es ist von …?«, damit wandte sich Angie erwartungsvoll an Hope.

Hope machte ein verblüfftes Gesicht, fasste sich aber rasch wieder. »Oh. Okay. James Joyce.«

»James Joyce, und es handelt von …?«, zwitscherte Angie und legte den Kopf schief, diese kleine Zweiernummer gefiel ihr.

»Nun, also es handelt nicht wirklich von etwas, sondern ist eher ein Bewusstseinsstrom. Ein Tag im Leben von jemandem. Ich denke, es hat gar kein zentrales Thema, es ist … Nun, es ist …« Hope runzelte die hübsche Stirn und war für einen Moment hilflos.

»Es ist über den Tod«, warf Peggy leise von ihrem Platz am Fenster aus ein.

Wir alle drehten uns zu ihr um. Ihr Gesicht, das wir im Profil betrachteten, war voller Trauer. Sie blies eine dünne Linie von Zigarettenrauch gegen die Fensterscheibe und die dunklen Felder dahinter.

# 15

Die heilige Hilda und Pete haben sich gestern anscheinend ziemlich gut verstanden, findest du nicht?«, bemerkte Jennie, die ich auf Händen und Knien in ihrem Vorgarten angetroffen hatte, wo sie begeistert mit einer Hacke herumwerkelte. Normalerweise war sie immer der Meinung gewesen, nur Plastikblumen wären wahrhaft zukunftsweisend, so echt, wie die heutzutage aussahen, und Gartenarbeit hielt sie für nichts anderes als eine Erweiterung der hausfraulichen Fußfesseln, nur dass wir an der frischen Luft damit rasseln durften.

Ich kam gerade mit den Kindern vom Laden und war an ihrem Gartentor stehengeblieben. »Ja, das finde ich auch.«

»Und es macht dir nichts aus?« Sie richtete sich besorgt auf.

»Nicht im Geringsten.«

Und das stimmte wirklich. Okay, vielleicht hatte es mich ein klein wenig gewurmt, dass er sich so darum bemühte, sie zu amüsieren und mit ihr zu flirten, aber mehr auch nicht. »Aber ich treffe mich am Dienstag mit ihm«, versicherte ich ihr. Ich mochte meine Freundinnen nicht gerne enttäuschen.

»Ach, wirklich?« Ihre Miene hellte sich auf, wie ich es mir gedacht hatte. »Das freut mich aber.«

»Du klingst wie eine Mutter, Jennie.«

»Ich bin eine Mutter.«

»Ja, aber nicht meine.« Ich lächelte.

»Okay, zugegeben.« Sie hielt inne. »Dann war das mit Hilda gestern Abend nur aus Höflichkeit?«

»Bestimmt«, pflichtete ich ihr bei, obwohl ich insgeheim dachte, dass das Kichern, das ich beim Weggehen hinter dem Azaleenbusch in Angies Vorgarten gehört hatte, vielleicht eher mehr als reine Höflichkeit gewesen sein könnte.

»Simon war ja in Hochform«, parierte ich leichthin, aber nicht ohne einen gewissen Unterton, um das Punktekonto auszugleichen.

»Ja, das stimmt, nicht wahr?«, sagte sie unbeschwert. »Aber nicht mit mir.«

»Er hat die Armitages aus beruflichen Gründen bespaßt, Jennie«, sagte ich, weil mir meine Stichelei schon wieder leidtat.

»Du musst mich nicht trösten, Poppy. Ich bin verheiratet, vergiss das nicht. Ich habe ja meinen guten alten Dan.« Sie grinste. »Mein Leben ist vollständig. Du bist es, die einen Mann braucht.«

Sie kniete sich wieder hin und fing an zu buddeln, dabei summte sie vor sich hin, was sie sonst nie tat. Vor ein paar Jahren hatten wir alle gesummt; hatten sogar laut gesungen – aber doch jetzt nicht mehr. Und sie strahlte so eine seltsame Zufriedenheit aus, während sie dem Unkraut zu Leibe rückte, und die war an ihr genauso fremd wie die Gartenarbeit. Nachdenklich ging ich mit den Kindern den Weg zu meinem Haus hinauf. Etwas an Jennies und Simons Verhalten war mir schon gestern aufgefallen; dass sie sich so betont wenig miteinander abgaben. Es war, als hätten sie insgeheim eine bestimmte Vorgehensweise vereinbart. Als hätten sie es gar nicht mehr nötig, sich bei einer Party zu treffen und für Gerede zu sorgen. Hatte es da wohl irgendwelche Entscheidungen gegeben, fragte ich mich besorgt. Ich war mir nicht sicher. Über eines jedoch war ich mir ganz bestimmt sicher, nämlich darüber, dass mir Simon, je näher ich ihn kennenlernte, immer sympathischer wurde.

Wir hatten uns gestern bei Angie eine Weile unterhalten und er hatte unter anderem gesagt, wie empörend er es finde, dass die Buslinie zum Dorf gefährdet war, denn die wäre ja für ein paar alte Leute die einzige Möglichkeit, in die Stadt zu kommen. Er meinte, das sei das Erste, worum er sich kümmern werde, wenn er gewählt würde, das und die drohende Schließung der Postfiliale, die er ohnehin schon in Angriff genommen hatte, Wahl hin oder her. Er hatte eine Unterschriftenliste in allen betroffenen Ortschaften gestartet. Ja, er war ein anständiger Mann. Und obendrein vernünftig. Was man über Dan nicht immer sagen konnte, dachte ich unbehaglich.

»Wo gehst du überhaupt hin?«, hörte ich ihre Stimme, als ich gerade den Schlüssel ins Schloss steckte.

Ich wandte mich um. »Nach drinnen.«

»Nein, mit Pete?«

»Ins The King's Head.«

Jennie wirkte erstaunt, dann erfreut. Sie hockte sich ins Gras. »Oh, wie schön!«

Ich selbst war ebenso überrascht gewesen, als Pete am Vormittag angerufen hatte, um den Ort unserer Verabredung zu ändern.

»Ich weiß, dass wir von Mittagessen in London gesprochen hatten, Poppy, aber ich hab noch mal drüber nachgedacht. Wie wäre es stattdessen mit einem Abendessen? Im The King's Head?«

Das The King's Head war ein teures Restaurant unten am Fluss, auf der anderen Seite des Tales. Es hatte Londoner Preise und galt als unglaublich angesagt; es könnte sogar sein, dass es den einen oder anderen Michelin-Stern vorzuweisen hatte. Es war wirklich etwas Besonderes und ganz und gar nicht das, was ich erwartet hatte. Andererseits musste ich so nicht nach London kutschieren und vorgeben, ich hätte mich beim Shopping in der Sloane Street amüsiert und jede Menge Klamotten anprobiert, wozu ich mich in meiner gegenwärtigen Stimmung nicht wirklich in der Lage fühlte. Ich war mir nicht sicher, ob ich mir dieses Date überhaupt zutraute. Pete hatte offenbar mein Zögern gespürt.

»Ich würde mich so freuen, wenn du ja sagst, Poppy. Bitte komm«, drängte er.

Es war lange her, dass jemand um ein Date mit mir gebeten, geschweige denn gedrängt hatte, und das The King's Head war wirklich verführerisch. Ich war bisher nur einmal dort gewesen, an Phils Geburtstag, und ja, damals waren natürlich auch seine Mutter und Schwester mit dabei gewesen. Also gab ich nach und sagte zu.

Und so kurvte ich denn am Dienstagabend um acht über die Landstraßen, während Angies Tochter Felicity, die in den Schulferien zu Hause war, auf die Kinder aufpasste. Ich hatte mich entschlossen, lieber selbst zu fahren, um nicht von ihm abhängig zu sein. Die Hecken zitterten dunkel im leisen Wind und schüttelten die letzten Regentropfen ab, die Felder dahinter lagen feucht und bereit für den Winter da. Es war ein schöner, sanfter Herbstabend und ich war versucht, ganz hinauf bis zum Aussichtspunkt zu fahren, dort im Wagen zu sitzen und zuzusehen, wie sich die Sterne über dem breiten Talgrund sammelten, es tat so gut, einen Abend ohne die Kinder rauszukommen. Dennoch bog ich pflichtschuldig links ab, wo die Straße durch den Wald nach Cumpton führte, dann noch um die Kurve und unter dem Torbogen des hübschen weißen Gasthauses hindurch, das ganz mit leuchtend rotem wildem Wein bewachsen war, auf den Parkplatz.

Pete war bereits im Restaurant, als ich ankam: Ein gutes Zeichen, fand ich. Ich hatte mich in der letzten Zeit viel auf Zeichen verlassen. Ich ging quer durch den Raum zu seinem Tisch in der Ecke und vergaß nicht, meinen Bauch einzuziehen.

»Poppy!« Er stand auf und hielt mit einer Hand das untere Ende seiner Krawatte fest. »Wie schön. Du siehst hinreißend aus.« Dann ein Küsschen zur Begrüßung.

Hinreißend stimmte übrigens nicht. Ich sah ganz okay aus. Ich hatte mein übliches schwarzes Jigsaw-Kleid an, das schon bessere Tage gesehen hatte, und war leicht geschminkt, aber ich hatte mir keine besondere Mühe gegeben. Nicht, weil ich Pete nicht mochte, sondern weil ich mich so schlapp fühlte.

In den letzten Tagen nach Sams Mitteilung war ich nicht etwa verärgert oder sogar richtig wütend gewesen, sondern war innerlich abgetaucht, Tiefseetauchstation. Gestern hatte ich mich dabei ertappt, wie ich nur automatisch funktionierte, mein Leben gewissermaßen abwickelte. Nachdem ich das ja gerade erst durchgemacht hatte, bekam ich es jetzt mit der Angst. Meine Hand erstarrte auf der Dose mit Baked Beans, die ich gerade hatte öffnen wollen. Schon die zweite Dose an diesem Tag. Ich rannte nach oben, wühlte in meinen Schubladen und fand die alte Packung, die natürlich leer war, weil ich die Pillen im Klo runtergespült hatte. Ich rief die nette Hausärztin an und sie verschrieb mir neue, überrascht, dass ich so schnell aufgehört hatte, sie zu nehmen. Wir redeten noch länger am Telefon und ich versicherte ihr, dass es mir eigentlich wirklich gut ging und ich nur ein kleines Tief hatte. Aber als ich auflegte, fühlte ich mich maßlos erschöpft von der Anstrengung, den Anschein zu erwecken, als ginge es mir gut. Ein paar Minuten blieb ich, meine Arme um die Knie geschlungen, auf der Bettkante sitzen.

Aber nun war ich hier in diesem sanft beleuchteten Restaurant mit dem dicken Teppichboden, rang mir ein Lächeln ab und setzte mich Pete gegenüber, der ganz den Eindruck erweckte, als hätte sich soeben Angelina Jolie zu ihm an den Tisch gesellt.

»Ich dachte, wir fangen mit Champagner an.« Er deutete auf eine Flasche, die bereits in einem Kübel mit Eis neben ihm stand. »Bist du einverstanden?«

»Perfekt«, versicherte ich ihm.

Sogleich kam ein zuvorkommender Sommelier lautlos herangeglitten, um mir einzuschenken, wobei er ein »Madame« hauchte. Das The King's Head war teuer, aber altmodisch und eine Spur provinziell. Ich fand es eigentlich sehr schön, beschloss ich, als der Kellner davonglitt. Pete hob das Glas.

»Auf einen wunderbaren Abend«, sagte er leise und blickte dabei mit wackelnden Augenbrauen vielsagend über den Rand seines Glases. »So was sagt man doch in einem Schuppen wie diesem, oder?« Pete ließ ungläubig den Blick schweifen über das flackernde Kerzenlicht, die Servietten in Form von Schwänen, die thronähnlichen Stühle, die wohlsituierten Paare, die höflich über ihrem Aperitif plauderten. Er beugte sich zu mir. »Jetzt solltest du mich fragen, ob ich einen guten Tag im Büro hatte«, zischte er, »und dann frage ich dich, wie dein Tag war. Ob du die Bügelwäsche geschafft hast.« Er grinste, stopfte sich ein großes Stück Brötchen in den Mund und kaute genüsslich. »Und wie war er, dein Tag?«, fragte er mit vollem Mund.

Mein Tag war gewesen wie alle meine Tage: Archie weinen hören, aufstehen, ihm die Flasche geben, Clemmie aus meinem Bett holen, wo sie die letzten Nächte geschlafen hatte, sie in den Kindergarten bringen, Archie schlafen legen, Clemmie abholen, mit den Kindern spielen, den Buggy schieben, schieben, schieben, schieben, dann ins Bett.

»Ach, weißt du, wie immer ziemlich hektisch. Mit Kindern ist jeder Tag anders und das ist wirklich schön.« Ich versuchte fröhlich zu klingen. »Und bei dir?« Ich wollte den Spieß gerne umdrehen, weil ich keine Lust hatte, über mich zu reden. Eigentlich wollte ich gar nicht viel reden. »Weißt du was, Pete. Ich bin mir nicht sicher, ob ich überhaupt richtig verstanden habe, was du machst. Was genau ist eigentlich ein Re-Investment?«

Er machte ein überraschtes Gesicht. »Oh Gott, das ist totaler Mist. Man leiht sich einen Haufen Kohle, bevor man sie an einen anderen weiterverleiht, und dann leiht man sich noch mehr und leiht sie wieder jemand anderem, und dann kriegt man irgendwann alles wieder und jeder nimmt sich seinen Teil. Ziemlich windig das Ganze, aber was geht mich das an?« Er schenkte mir ein strahlendes Lächeln. »Nicht das Geringste!«

Ich musste trotz allem lachen. Nie im Leben hätte Phil seinen Job in solch abfälligen Worten geschildert. Nie im Leben hätte er darauf verzichtet, wichtig zu erscheinen. Aber wenn ich jeden Mann, den ich kennenlernte, mit Phil vergleichen wollte, dann würden sie unweigerlich alle gut aussehen, nicht wahr? Ich musste aufhören, ihn als Maßstab zu verwenden.

»Ich bin nur ein kleines Rädchen im Getriebe«, fuhr Pete fort und stopfte Brötchen nach. »Eine kleine Nummer, die von rechts nach links geschoben wird, ganz wie das Geld. Aber das ist so üblich in der Finanzwirtschaft. Wenn man nicht einer von den dicken Fischen ist, dann ist man eben Befehlsempfänger. Natürlich werden, im Falle einer Revolution, Typen wie ich aufsteigen und den Managern zeigen, wo der Hammer hängt.« Er klopfte sich auf die Brust. »Die wahren Arbeiter.«

»Ich dachte, Angie hätte gesagt, du wärst selbständig?«, sagte ich ohne nachzudenken, bevor mir klar wurde, dass sich das anhören musste, als hätten wir über ihn geredet, was wir natürlich auch getan hatten. Ich errötete.

»Hat sie das?« Überrascht blickte er von seinem Brötchen auf. »Ach, na ja, irgendwie hab ich Parkers schon mit ein paar anderen Jungs zusammen gegründet, aber es gehört uns bei weitem nicht. Das sind nur wilde Gerüchte. Nein, wie immer gibt es da eine ganze Riege von Wichtigtuern an der Spitze, typische konservative Typen. Wobei … mein direkter Vorgesetzter, mein persönliches Kreuz, das ich zu tragen habe, der heißt Gary und ist ein echter Emporkömmling, zweiter Bildungsweg und so. Reizender Mann, er hat eine gepunktete Linie quer über den Hals tätowiert, auf der steht: ›cut here‹.«

»Das ist nicht dein Ernst!«

»Und ob. Er ist ein kleiner Straßenhändler, der es geschafft hat. Dieses hübsche Tattoo hat er sich an seinem achtzehnten Geburtstag stechen lassen. Bestimmt war er sternhagelvoll und seine Freunde standen kichernd vor der Tür.«

»Mein Gott, ich wette, er bereut es zutiefst.«

»Nur ein bisschen«, sagte Pete fröhlich und schob sich den Rest seines Brötchens in den Mund, bevor er sich über die Grissini hermachte. »Man sieht es eigentlich erst, wenn ihm heiß wird oder er sich aufregt und Schlips und Kragen lockert, bevor es ihm plötzlich einfällt und er alles schleunigst wieder hochzieht. Wir drehen immer die Heizung auf und schalten die Klimaanlage aus. Also der ist mein Gruppenleiter und über ihm ist Rebecca, ein rothaariger Vamp, der in sehr engen Röcken die Gänge entlangschwebt und sich zwischendrin auf die Schreibtischkanten hockt. Wenn sie einen bittet, mit in ihr Büroabteil zu kommen, dann behält man lieber die Hände am

Gürtel und seine Sinne bei sich. Man munkelt, dass sie schon am helllichten Tag über die Leute hergefallen sein soll.«

Ich kicherte. »Das hättest du wohl gerne. Das sind doch alles nur Männerphantasien. Ich wette, sie ist durch und durch professionell und ihr habt alle einen Heidenrespekt vor ihr.«

Er grinste. »Ja, vermutlich hast du Recht. Obwohl sie wirklich den neuen Trainee bei der Büroparty geküsst hat. Aber wir brauchen ja auch etwas, über das wir reden können, zwischen den Friseurbesuchen, oder? Etwas, das die Stimmung ein wenig hebt.«

»Teilst du so dein Leben ein? In Friseurbesuche?« Es ging mir schon ein bisschen besser und mir war nicht mehr so kalt, als ich die endlos lange Speisekarte studierte, die man mir inzwischen gereicht hatte.

»Na ja, das ist doch kein schlechtes Etappenziel, oder? Und es ist erstaunlich, dass eigentlich in den sechs Wochen dazwischen kaum etwas passiert. Findest du es nicht auch wunderbar, dass man seinem Friseur einfach alles erzählen kann, ohne dass es irgendwo anders landet? Giuseppe – so heißt meiner – hat mich neulich gefragt, wie es bei mir so läuft, und ich habe ihm erzählt, dass ich noch vor dem Mittagessen eine Million am Markt verdient hatte. Er war ungeheuer beeindruckt. Wir hatten ein nettes Schwätzchen darüber, was ich doch für ein toller Hecht bin. Und er hatte alles bestimmt schon wieder vergessen, sobald der nächste Kunde dran war, aber ich bin ins Büro zurückgegangen und hab gestrahlt wie ein Honigkuchenpferd und kam mir vor, als hätte ich wirklich eine Million verdient. So muss man es machen, ist allemal besser als der ganze Therapie-Scheiß, was?« Er nahm einen großen Schluck Champagner.

Ich lachte, seine Offenheit gefiel mir. »Vielleicht verdienst du wirklich irgendwann eine Million? Dann kannst du deine eigene Firma gründen, ohne Gary und Rebecca.«

»Genau das würde ich liebend gerne tun«, sagte er wehmütig. »Allerdings wird es heutzutage immer schwieriger. Es ist nicht mehr wie in den Achtzigern, wo man in der Kaffeepause eine Idee notierte und bis zum Wochenende schon eine Villa in Gloucestershire hatte – samt Swimmingpool, Hubschrauberlandeplatz und ähnlicher Spielereien. Die Banken sind jetzt nicht mehr so entgegenkommend. Damals konnte man noch rumlabern, bis alles klang wie eine neue Geschäftsidee, aber inzwischen haben sie dazugelernt und sind nicht mehr so schnell dabei, die Kohle rüberzuschieben. Man braucht auch ein bisschen Eigenkapital. Aber genug von mir und meinem schäbigen kleinen Leben. Was ist mit dir, Poppy? Wie geht es dir? Das ist übrigens eine hübsche Kette, die du da trägst, da spiegelt sich das Licht so schön drin.«

Amüsiert berührte ich den türkisfarbenen Anhänger von Accessorize, den ich um den Hals trug. Ich fand Petes offensichtliche Versuche, mir Honig ums Maul zu schmieren, einfach nur nett. Jeden Augenblick würde er auf die Knie sinken und in *Love Me Tender* ausbrechen wie mein Dad.

»Danke, die hab ich extra gekauft«, sagte ich. »Ich dachte, sie passt genau zu meinen Augen.«

»Das würde sie, wenn die blau wären. Guter Versuch, Poppy, aber ich habe bereits bemerkt, dass du braune Augen hast.«

Ich lachte. »Kleine Kontrolle. Wollte vermeiden, dass du mir leere Komplimente machst.«

»Leere Komplimente? Ich?« Er riss die Augen in gespieltem Entsetzen auf. »Wage nicht einmal, das zu denken.« Fröhlich füllte er unsere Gläser nach. »Und?«, fragte er.

»Und was?« Ich studierte die Speisekarte.

»Ich hatte gefragt, wie es dir geht. Es ist nur …«, er zögerte. »Neulich beim Buchclub schienst du nicht ganz bei dir zu sein.« Er klang besorgt. Der Wechsel des Tonfalls ließ mich aufblicken.

»Wirklich?«

»Ja, du, du warst … irgendwie abwesend.« Er lächelte. »Das ging so weit, dass ich zum Ausgleich der heiligen Hilda schöne Augen machen musste. Vielleicht habe ich es damit übertrieben. Falls ja, dann tut es mir leid.«

Ich starrte ihn überrascht an. Ja, es stimmte. Ich war ganz woanders gewesen, aber mir war nicht klar gewesen, dass man das gemerkt hatte. Und in der Tat erinnerte ich mich jetzt daran, dass Pete mich an dem Abend besonders überschwänglich begrüßt hatte: quer durch den Raum auf mich zugelaufen war und mich mit einem Wortschwall bedacht hatte. Aber ich hatte in dem Augenblick an Marjorie und Cecilia gedacht und dem, was er sagte, nicht folgen können. Während er angeregt plauderte, hatte ich an ihm vorbeigeschaut, zu Angies Pferden auf die Weide hinaus, und dabei gedacht, was Pferde doch für ein schönes Leben führten: keine toten Ehemänner, keine Schwiegerfamilie, nur Freunde, die zusammen dösten, Nase an Schwanz. Möglicherweise hatte ich sogar vergessen, ihm zu antworten. Hatte er ein enttäuschtes Gesicht gemacht? Hatte er ein wenig beleidigt gewirkt? Und dann später, als wir gingen, hatte er versucht, mich eifersüchtig zu machen? Vielleicht hatte er absichtlich mit Hilda im Garten geflirtet. Plötzlich wurde mir klar, dass dies hier ein ziemlich offenes Eingeständnis war und eine ehrliche Entschuldigung noch dazu. Außerdem erinnerte ich mich, wie schwer es mir an diesem Morgen gefallen war aufzustehen. Clemmie, die mich an der Schulter rüttelte, als Archie weinte, und die sagte, es sei Zeit für den Kindergarten. Schnell hatte ich meine Tablette geschluckt, hätte fast zwei genommen. Ich senkte die Speisekarte. Musterte mein Gegenüber. Sein Blick über den Tisch war warmherzig und besorgt.

»Tut mir leid, Pete. Mir ging während des Buchclubs so viel durch den Kopf.«

»Willst du darüber reden?«

Ich überlegte. Schüttelte dann bedrückt den Kopf. »Nein, lieber nicht.« Wie viele Leute sollten noch erfahren, dass die Familie meines verstorbenen Mannes mit seiner Geliebten unter einer Decke gesteckt hatte? Niemand mehr, fand ich. Und das hier sollte doch ein angenehmer Abend werden.

Aber es half, dass dieses Thema vom Tisch war, und wir brachten die ersten beiden Gänge ohne weitere Hürden hinter uns, auch ohne schmachtende Blicke über die Seezunge hinweg und ohne neue Bemerkungen über meinen Schmuck. Nur einfach allgemeines, freundliches Geplänkel.

»Du solltest eigentlich gar nicht wissen, dass wir sie die heilige Hilda nennen«, schalt ich ihn, während ich mich über eine himmlische Schokoladenmousse hermachte. »Das ist ein Geheimnis unter Freundinnen.«

»Na, dann ist es jedenfalls kein besonders gut gehütetes Geheimnis. Und ich habe es direkt von einer der Freundinnen erfahren. Angie hat es mir erzählt. Ich finde genial, dass sie so unglaublich indiskret ist«, grinste er.

»Peggy nennt sie des Dorfes letzte Jungfrau.« Mir war offensichtlich der Wein zu Kopfe gestiegen.

»Wen, Angie?« Er heuchelte Verwunderung.

»Nein, du Dummkopf, Hilda.« Ich lachte.

»Ah, ja, verstehe. Das hat Angie mir auch erzählt. Scheinbar bewahrt sie sich für ihren Ehemann auf, das ist doch süß, oder?«, sagte er scheinheilig. »Ganz 21. Jahrhundert und zugleich eine Herausforderung.«

Ich prustete los, etwas, das ich schon lange nicht mehr gemacht hatte. Jedenfalls nicht in der Intensität. »Und hast du Lust, die Herausforderung anzunehmen?«, fragte ich.

»Oh Gott, nein.« Er schauderte. »Die ist zu blaustrümpfig für mich, wobei ihre Oberweite natürlich beachtlich ist«, fügte er nachdenklich und mit gespieltem Bedauern hinzu.

Ich lachte. Während ich das letzte bisschen meiner Mousse genoss und den Löffel ableckte, kam mir ein Gedanke. »Wie bist du eigentlich zum Orgelspielen gekommen, Pete?«

Er zwinkerte mir vielsagend über den Tisch hinweg zu. »Du meinst, wie kommt ein nichtsnutziger Kerl wie ich dazu, ein so sensibles Musikinstrument zu spielen? Die Tasten zu streicheln?«

»Na ja …« Ich errötete.

Er grinste. »Ist schon okay. Da wundern sich eigentlich alle. Mein Dad war Konzertpianist. Er hat es mir beigebracht.«

»Oh! Wie faszinierend.«

»Ja, faszinierend, aber nicht sehr lukrativ. Nur die wirklich tollen Leute schaffen es bis in die großen Konzertsäle. Mein Dad hat es nur bis zu den kleinen Stadthallen gebracht. Als es richtig eng wurde, hat er angefangen, in Hotelfoyers zu spielen. Meistens in Südfrankreich.«

»Wo deine Mutter lebt«, sagte ich überrascht. »Hast du nicht gesagt, sie würde in einem Hotel in Monte Carlo leben?«

»Äh, ja, obwohl sie da sozusagen auch arbeitet. Als Dad gestorben ist, hat sie einen Job an der Rezeption angenommen. Und ist dort geblieben.«

»Verstehe.«

Während ich meinen Kaffee trank, wurde mir klar, dass

Pete in rosaroten Farben schilderte, was bestimmt nicht der einfachste Lebensweg gewesen war. Ich fragte mich, ob die Schwester bei der *Vogue* auch nur an der Rezeption war. Aber ich beschloss, dass ich es eigentlich ganz sympathisch fand, dass er so aufschnitt, dass er sein Leben nicht als einzige Pechsträhne darstellte und damit als Entschuldigung für eigenes Versagen.

Als wir uns auf dem Parkplatz gute Nacht sagten, gab es nur einen keuschen Kuss auf die Wange, kein Zögern und keine Erwartung – obwohl er den Wunsch äußerte, mich in ein paar Tagen wiederzusehen.

»Würdest du wieder mit mir essen gehen, Poppy? Oder vielleicht könnten wir auch zusammen ins Kino gehen. *Avatar* soll gut sein.«

Ich hatte den Eindruck, dass zweimal innerhalb einer Woche schon als der Anfang einer Beziehung gewertet werden könnte. Wollte ich das? Ich meine, gelegentlich mal zusammen essen zu gehen, war nett, aber wollte ich wirklich eine Beziehung mit Pete anfangen? Auch wenn es Spaß machte, mit ihm zusammen zu sein.

»Das klingt verlockend, aber kann ich dich deswegen noch mal anrufen? Ich hab meinen Kalender nicht dabei und ich muss ja einen Babysitter organisieren.«

»Oder ich könnte dich anrufen?«

»Könntest du«, zögerte ich, »aber ich bin meistens mit den Kindern beschäftigt. Ich rufe dich an.«

Und dabei beließen wir es. Er marschierte zu seinem Wagen, einem ziemlich schicken BMW, wie ich bemerkte, und warf mir ein letztes Lächeln über die Schulter hinweg zu, bevor ich zu meinem marschierte.

Interessant, dachte ich, während ich nach Hause fuhr; dieser unverhohlene Versuch, mich nicht zu verführen, sondern zu umwerben. Das war ziemlich erfrischend. Es hatte den Anschein, als sollte alles ganz regelkonform ablaufen. Essen gehen, ein züchtiger Kuss, dann noch ein Date, dann vielleicht Kaffee, wieder ein Date und erst dann eventuell ein bisschen Gefummel auf dem Sofa. Und er hatte mich zum Lachen gebracht. Obwohl ich nicht in der Stimmung gewesen war, hatte er mich aus der Reserve gelockt. Noch dazu hatte es dieses ziemlich süße Eingeständnis während des Essens gegeben, das mich ganz wehrlos gemacht hatte. Warum hatte ich mich also nicht auf ein erneutes Treffen eingelassen? Warum hatte ich Zweifel gehabt?

Weil du zu viel nachdenkst, musste ich mir wehmütig eingestehen, als ich wenige Minuten später vor meinem Haus anhielt. Ich blieb einen Augenblick dort sitzen. Jennie wäre auch dieser Meinung. Jennie, die enttäuscht sein würde von mir, dachte ich mit einem schuldbewussten Blick auf ihre Tür. Dass ich nicht gleich zugegriffen hatte, ihm nicht einmal eine Chance gab.

»Gib ihm doch wenigstens eine Chance!« Ich konnte sie geradezu durch unsere Verbindungswand hindurch kreischen hören. »Du musst ihn doch nicht gleich heiraten!«

Aber ich kannte mich selbst zu gut; wusste, dass ich den Eifer von anderen sehr anziehend fand, auch wenn es nicht mein eigener war. Ich wusste, dass ich zur Schau gestellter Verletzlichkeit und kleinen Geständnissen nur schwer widerstehen konnte, weswegen Selbstschutz das Beste war, was ich für mich tun konnte. Um zu verhindern, dass ich einer Charme-Offensive erlag, würde ich mich ihr erst gar nicht aussetzen. So einfach war das.

Ich hatte aussteigen wollen, doch nun sank ich in meinen Sitz zurück und starrte durch die Windschutzscheibe nach draußen in die Nacht hinaus.

Selbstschutz? War das dasselbe, wie die Wahrheit nicht sehen zu wollen? Hatte es Augenblicke in meiner Ehe gegeben, in denen ich absichtlich die Augen verschlossen hatte? Das war eine Frage, die ich mir in der letzten Zeit häufiger gestellt hatte. Und die Antwort war immer nein gewesen. Ich hatte nie auch nur die leiseste Ahnung von der Affäre meines Mannes gehabt. Diese Emma Harding war wie ein Blitz aus heiterem Himmel gekommen. Und doch hatte sie so eine große Rolle in meinem Leben gespielt. War seit vier Jahren da gewesen. Ich blinzelte in die Nacht hinaus.

Plötzlich steckte ich einer spontanen Eingebung folgend den Schlüssel ins Zündschloss und ließ den Wagen an. Ohne mir Zeit zum Nachdenken zu lassen, fuhr ich wieder die Straße hinauf. Es war noch früh. Zehn nach elf. Und keine Kinder waren mir im Weg. Ich hatte es vor ein paar Tagen schon einmal versucht, aber Clemmie hatte sich beschwert und wollte wissen, warum wir auf der Straße vor dem Haus von jemandem standen, und Archie hatte angefangen zu quengeln, und so war ich mit klopfendem Herzen wieder davongefahren. Mein Herz klopfte auch jetzt wie wild, stellte ich fest, und ich wusste, ich sollte lieber umkehren, hier in dieser Parkbucht, und nach Hause fahren, aber fast ohne es zu wollen, fuhr ich weiter, durch das nächste Dorf hindurch, dann den Hügel hinauf. Zügig fuhr ich durch den Kern des Dorfes mit der Gemeindewiese, die immer schmaler wurde, bis sie nur noch ein Grünstreifen war und die Häuser dahinter näher an der Straße standen. Eines davon war ihres.

Ich hatte es vor einiger Zeit gefunden, ein winziges Bruchsteinhäuschen, das scheinbar auf dem Grundstück eines größeren Hauses stand: Meadow Bank Cottage und Meadow Bank House. Es schien aber seinen eigenen von einer Mauer umschlossenen Garten zu haben, vielleicht war es also doch ganz eigenständig. Aber ich war ja ohnehin nicht an der Anlage interessiert, sondern an der Frau darin. Warum? Warum saß ich hier mitten in der Nacht, nach meinem Date, mit laufendem Motor und rasendem Herzen, am Lenkrad zusammengekauert wie ein Privatdetektiv? Weil sie vermutlich auch vor meinem Haus gesessen hatte, überlegte ich. Und ich dachte, wenn ich sie besser kennen würde, würde ich sie auch ein wenig besser verstehen. Aber Phil war tot. Eigentlich sollte ich doch nach vorne schauen. Aber das würde mir nicht gelingen, bevor ich nicht endlich zur Ruhe gekommen war, dachte ich. Erst dann würde ich wieder zu einem Date gehen können, ohne so ein ungutes Gefühl in der Magengrube. Ich wollte in der Lage sein, mir mit der Hand vor die Stirn zu schlagen und zu sagen: Ah, jetzt verstehe ich. Jetzt kapiere ich es. Jetzt kann ich diese Pillen wegschmeißen und mich wieder ins Leben stürzen. Ich wollte die letzten vier Jahre begreifen, und da Phil mir in dieser Hinsicht nichts mehr nützte, blieb nur noch Emma Harding übrig.

Das ist doch ausgemachter Quatsch, dachte ich, nachdem ich bereits zehn Minuten auf der anderen Straßenseite in meinem Auto gesessen und mit weit aufgerissenen Kaninchenaugen das kleine dunkle Haus beobachtet hatte. Was tust du hier eigentlich, Poppy? Geh nach Hause und lass die Vergangenheit hinter dir. Sie spielt doch keine Rolle mehr für dich, mach, dass du fortkommst. Doch ich blieb sitzen. Es half irgendwie, dass das Haus leer und verlassen aussah. Vielleicht saß sie in der Dunkelheit und war traurig, so wie ich manchmal? Vielleicht war sie nicht in der Lage, das Feuer im Kamin zu entzünden, die Lichter anzuschalten. Aber natürlich war es weit wahrscheinlicher, dass sie nicht zu Hause war. Wehmütig lächelte ich in der Dunkelheit in mich hinein. Sieh dich doch an, Poppy. Sieh dir an, was aus dir geworden ist. Ein Stalker. Und dabei hast du noch nicht einmal einen Mann im Visier.

Nachdem ich mich innerlich wachgerüttelt hatte, drehte ich den Zündschlüssel und fuhr mit Schwung rückwärts in eine Einfahrt. Als ich gerade nach links in die Straße einbiegen wollte, sauste ein schwarzer Mini an mir vorbei in die kleine gekieste Auffahrt gegenüber und verschwand auf der Rückseite des Bruchsteinhäuschens. Es geschah alles sehr schnell, aber nicht so schnell, dass ich die blonde Fahrerin nicht erkennen und einen kurzen Blick auf einen männlichen Passagier neben ihr hätte werfen können. Wie erstarrt saß ich da. Schaltete den Motor wieder aus, rutschte ein Stück in meinem Sitz nach unten und zog mir den Schal übers Gesicht. Ein paar Sekunden später ging das Licht in dem zur Straße gelegenen Wohnzimmer des Häuschens an. Emma kam quer durch den Raum auf mich zu, lachend, den Kopf in den Nacken geworfen. Sie trug eine enge rosa Strickjacke und jede Menge Silberketten um den Hals, weiße Jeans, die ihre Figur zur Geltung brachten, und ihr Gesicht strahlte, die blonden Haar fielen ihr über ein Auge. Mit der einen Hand griff sie nach der Zugstange des Vorhangs und schob mit der anderen in einer routinierten Geste den Pony zurück, bevor sie sich umwandte, zweifellos zu dem Mann, der ihr ins Zimmer gefolgt war. Dann wurden die Vorhänge zugezogen.

Ich saß da, wie vom Donner gerührt. Atmete kaum. Ich versuchte, meine Gedanken unter Kontrolle zu bringen, die sich wie ein Kaleidoskop drehten. Da war also ein Mann. Und es konnte keinen Zweifel geben, welcher Art Emmas Verhältnis zu ihm war; die Körpersprache, die engen Klamotten, das verführerische Lachen waren nicht zu übersehen. Und sie sah wirklich gut aus, was mich überraschte. Sie hatte sich also zusammengerissen. Hatte nach vorne geschaut. War einfach so über Phil hinweggegangen, über sein Grab. Warum überraschte mich das? Weil ich dachte, dass wahre Liebe ein wenig länger halten würde? Weil Phil kaum unter der Erde war? Aber vielleicht war es für sie ja gar nicht die wahre Liebe gewesen. Vielleicht war sie nicht verrückt nach ihm gewesen. Aber falls nicht, warum dann das Ganze? Vermutlich war es ihr um Sex gegangen. Es war eine Affäre gewesen, über vier Jahre. Ich holte tief Luft. Atmete zitternd aus. Du musst wirklich öfter mal raus, Poppy. Und werd endlich erwachsen.

Langsam fuhr ich nach Hause und versuchte dabei, meine Gefühle zu sortieren, bevor ich Smalltalk mit meiner Babysitterin machen musste. Das war doch eigentlich ein Tiefschlag für Phil, oder etwa nicht? Emma schlug sich nicht gerade auf die Brust und riss sich die Haare aus. Das haben Sie jetzt davon, Mr Shilling, keiner betrauert Sie. Ich warf einen schuldbewussten Blick gen Himmel und kam mir schlecht vor. Ich hatte ein schlechtes Gewissen. Das war noch so ein Gefühl, das mich in letzter Zeit häufig überfallen hatte. Aber warum sollte *ich* ein schlechtes Gewissen haben? Emma sollte diejenige sein, deren Leben jetzt in Trümmern lag, doch sie war mir weit voraus. Ihr Leben war nicht stehengeblieben. Oh nein, nur das Geld, bitte, dachte ich plötzlich. Ich konnte förmlich vor mir sehen, wie sie die Hand ausstreckte und ungeduldig mit den Fingern trommelte, die Nägel frisch lackiert. Einfach her damit. Ich umklammerte das Lenkrad. Das werden wir ja sehen.

Während ich nun zu meinem Haus hinauffuhr, erhaschte ich

einen Blick auf mein Gesicht im Spiegel, einen Blick auf meinen eigenen Blick, um genau zu sein. Aus irgendeinem Grund erinnerte er mich an meine Mutter. Oder an die Frau, die ich hätte sein können, wenn meine Mutter nicht gestorben wäre? Wer immer es war, diese Frau wirkte härter als ich, hatte Entschiedenheit im Blick. Sie schien zu sagen: Jetzt reiß dich mal zusammen, Poppylein, was du brauchst, sind innere Stärke und ein bisschen Rückgrat!

Als ich die Küche betrat, legte Felicity eilig das Telefon aus der Hand. Sie errötete.

»Oh, ich hoffe, du hast nichts dagegen, Poppy. Ich hatte hier kein Netz mit meinem Handy.«

»Überhaupt nicht«, sagte ich und wickelte mir den Schal vom Hals und dachte, dass ich Angies Tochter immer am Telefon überraschte, wenn sie für mich babysittete, etwas, das bei Frankie nie vorkam.

»Wow, deine Tasche ist ja cool, die gefällt mir«, säuselte die Fünfzehnjährige selbstsicher. »Ist die neu?«

»Nein, die hab ich schon seit Jahren, aber danke.«

Komplimente als Wiedergutmachung, dachte ich ungerührt, während ich meinen Mantel auszog. Sie warf die langen hellbraunen Haare zurück, während sie durch den Raum ging, um ihre Tasche vom Tisch zu holen, genau wie Emma durch den Raum zum Fenster gegangen war und ihren Pony nach hinten gestrichen hatte. Manche Mädels wussten einfach, wo's langging. Sie hatten das richtige *savoirefaire,* dazu früh antrainierte gute Manieren. Wollte ich, dass Clemmie mit juwelengeschmückter Hand ihre Haare zurückstrich? Ich war mir nicht sicher. Nachdenklich folgte ich Felicity durch den Flur zur Tür.

»Hast du dich mal mit Frankie getroffen, seit du zurück bist?«, fragte ich. Die Mädchen waren zusammen auf die Grundschule im Dorf gegangen.

»Frankie?« Sie wandte sich an der Tür um. »Äh, nein. Ich muss mich mal bei ihr melden.«

Irgendwie wusste ich, dass sie das nicht tun würde. Seitdem sie auf das teure Internat ging, unterschied sich Felicitys soziales Umfeld sehr von Frankies. Das konnte man ihr kaum vorwerfen, schade war es trotzdem, wo sie doch eng befreundet gewesen waren.

»Aber es ist schön, dass sie jetzt einen Freund hat, nicht wahr?«, sagte sie.

»Frankie? Das wusste ich gar nicht.«

»Oh. Na ja, vielleicht hab ich das auch missverstanden. Sag vielleicht lieber nichts zu Jennie. Nur für den Fall.«

Für welchen Fall, dachte ich, obwohl ich es ihr versprach, während ich die Tür hinter ihr zumachte. Falls es diesen Freund doch nicht gab? Oder falls er nicht in Ordnung war? Vermutlich Letzteres. Ich hoffte sehr, dass Frankie das mit dem Anbandeln mit Lehrern in der Schule nicht ernst gemeint hatte. Mach dich nicht lächerlich, Poppy! Dennoch konnte ich den Gedanken nicht verdrängen: Wenn es nur ein sechzehnjähriger Junge war, warum sollte sie es dann geheim halten? Warum war Jennie nicht auf dem Laufenden? Ich ging zurück in die Küche, um das Licht auszumachen. Vielleicht war sie es ja und wollte es mir nur nicht erzählen. In letzter Zeit war Jennie etwas zurückhaltender gewesen und ich respektierte das. Wo sollte es auch hinführen, wenn man alles, was man im Kopf und im Herzen hatte, offenlegen würde. Man stelle sich die schockierten Gesichter vor.

Am folgenden Morgen auf dem Weg zum Dorfladen mit den Kindern fühlte ich mich schon munterer. Auf einer Skala von eins bis zehn – was immer meine Richtschnur war – lag ich eher bei fünf als bei vier. Es war ein schöner Morgen mit blauem Himmel, und da es schon spät im Jahr war, fielen lange dramatische Schatten auf meinen Weg, während ich über den Dorfanger ging. Es waren in erster Linie die Schatten von Bäumen, aber dann auch der Schatten eines Mannes direkt hinter mir. Ich warf einen Blick über die Schulter. Es war Schmuddelbob, der, ganz untypisch für ihn, ein Tweed-Jackett und eine Krawatte trug und mir zu folgen schien. Ich wandte mich um, blieb stehen.

»Hi, Bob.«

Wie seltsam. Er trug tatsächlich eine Blume im Knopfloch, eine kleine weiße Nelke an seinem Revers. Er strahlte mich an. Holte mich ein.

»Hallo, Poppy. Wie geht's dir?«

»Danke, gut. Du siehst aber schick aus heute.«

»Ach, du weißt schon. Dachte, es wäre endlich mal an der Zeit.«

Wofür wohl, überlegte ich, während wir gemeinsam in Richtung Dorfladen gingen.

»Äh, Poppy. Ich hatte mich gefragt, ob du wohl Lust hättest, nächste Woche mal mit mir essen zu gehen.«

Ich starrte ihn an. Wollte meinen Ohren nicht trauen. Schmuddelbob? Schlips und Kragen? Vor dem Dorfladen?

»Wie bitte?«

»Ja, ich dachte, wir könnten vielleicht ins King's Head gehen. Wie wäre es mit Samstag?«

Ich blinzelte ein paarmal, fand irgendwann die Sprache wieder.

»Das ist total nett von dir, Bob, aber ich fürchte, ich habe Samstag schon was vor.«

»Sonntag?«

Sonntag war üblicherweise kein Tag, der sich für ein Date anbot, aber Bob war so ohne jede soziale Orientierung, dass er das nicht wissen konnte. Ich ahnte schon, dass er im Falle meiner Absage »Montag?« sagen würde und so weiter – bis Weihnachten.

»Ich fürchte, ich bin noch nicht so weit, dass ich ausgehen möchte«, sagte ich freundlich.

»Wirklich? Du siehst aber gut aus, kämmst dir wieder die Haare und so.«

Ich schluckte. »Nein, ich meinte das nicht aufs Aussehen bezogen. Ich meinte, weil mein Mann gerade gestorben ist.«

Was natürlich unaufrichtig war. Und genau das hatte Bob blitzschnell erkannt.

»Wie kommt es dann, dass du gestern Abend so weit warst?«

Keine der üblichen Floskeln und Konventionen für eine freundliche Absage würden hier etwas nützen; es war, als hätte ich es mit einem Kind zu tun. Aus den Augenwinkeln hatte ich die übliche Schar von Müttern bemerkt, die mit Babys und Kinderwagen vor dem Dorfladen verweilten, nachdem sie Milch und die Zeitung gekauft hatten. Sie hatten in ihrem Schwätzchen innegehalten und lauschten jetzt ebenso aufmerksam wie amüsiert.

»Nun ja, ich denke, genau dabei ist mir klargeworden, dass ich noch nicht ganz so weit bin«, sagte ich schließlich. Und seltsamerweise lag darin sogar eine Spur von Wahrheit. »Das habe ich vor gestern Abend noch nicht gewusst.« Das war natürlich verdammt ungalant gegenüber Pete, aber ich hatte es so leise gesagt, dass die anderen Mütter es nicht hatten hören können. Und da Bob, genau wie ein Kind, nur die Wahrheit begreifen konnte und keine verschlüsselten Feinheiten, war das der einzig erfolgversprechende Weg. Seine Miene hellte sich auf.

»Du fandest es nicht schön.«

»Ich würde nicht sagen, dass ich es nicht schön fand.« Mir war heiß. Hoffentlich würde mich mein Deo nicht im Stich lassen. »Das würde ich nicht sagen, aber es hat sich irgendwie komisch angefühlt.« Das stimmte wieder.

»Mit mir wäre das anders«, strahlte Bob.

Ich wünschte, mein eigener sozialer Code hätte es mir erlaubt, ihn am Revers zu packen und zu brüllen: »Sei nicht albern, Bob, hör mit dem Unsinn auf, und zwar sofort!« Stattdessen blieb mir nichts anderes übrig, als den Kopf zu neigen, als wollte ich eingestehen, das sei tatsächlich eine Möglichkeit. Ich stellte mir die Szene vor: Ich und Bob im King's Head, vielleicht würde er sogar seine zwölf Hunde mitbringen, und in der darauffolgenden Woche würden, wenn ich dem nicht Einhalt gebot, Frank oder Dickie Frowbisher folgen und danach all die anderen schrulligen Typen aus unserer Gemeinde.

»Tut mir leid«, sagte ich, für meine Verhältnisse recht bestimmt, »aber ich schaffe es einfach nicht. Wiedersehen, Bob.«

Und damit schob ich meinen Buggy mitsamt Kleinkind an ihm vorbei, ging in den Laden und hatte dabei das sichere Gefühl, dass die Blicke des gesamten Dorfes auf mir ruhten.

# 16

Das *Gloria* sollte am nun folgenden Samstag endlich zur Aufführung gelangen, wie sich herausstellte, allerdings nicht für das Paar, das sich dieses Stück ursprünglich für die Trauung ausgesucht hatte.

»Warum nicht?«, fragte ich Angie, als wir nebeneinander im Chorgestühl Platz nahmen.

»Anscheinend hat sie ihn abserviert«, berichtete Angie mir mit offensichtlicher Schadenfreude. Angie war momentan mehr als nur ein wenig gegen Männer eingestellt.

»Wer hat ihn abserviert? Die Braut?«

»Jep. Es heißt, sie habe kalte Füße bekommen und die ganze Sache vor einer Woche abgeblasen. Da waren die Einladungen schon raus, sie hatten schon Hochzeitsgeschenke ausgepackt – das ganze Programm. Da gehört schon was dazu, findest du nicht auch? Nur eine Woche vorher!«

Meine Güte, ja, das stimmte. Und ich erinnerte mich, wie nahe ich dem während dieser letzten, entsetzlichen Woche vor der Hochzeit mit Phil gekommen war; erinnerte mich an meine Panik, als die ganze Sache eine Eigendynamik entwickelte, schneller und schneller wurde, so wie ein außer Kontrolle geratener Güterzug, und ich nichts so sehr wollte wie abspringen. Wie mein Mund immer trockener wurde, ich nicht schlafen konnte und alle dachten, das käme von der Aufregung. Dad, Jennie – alle sahen in meinen weit aufgerissenen Augen Glückseligkeit, ohne die Furcht darin zu bemerken. Jennie hatte mir erzählt, jede Braut würde vor dem großen Tag Gewicht verlieren. Nur meine Schneiderin machte ein besorgtes Gesicht, weil sie bei jeder Anprobe von der elfenbeinfarbenen Seide noch ein wenig mehr wegnehmen musste. Ich erinnerte mich daran, wie am Tag davor das junge Mädchen im Waxing-Studio mich fragte, ob ich schon aufgeregt sei, woraufhin ich aufschluchzte: »Nein!« Wie es in einer kläglichen, erstickten Stimme aus mir herausgebrochen war. Sie hatte erschrocken dreingeschaut und die restlichen Streifen schweigend von meinen Beinen abgerissen, die schnellste Enthaarung der Welt, während ich so tat, als wären die Tränen, die mir die Wangen hinunterliefen, nur auf den Schmerz zurückzuführen.

Ich seufzte und rutsche ein Stückchen in der Bank, da noch ein paar Leute eingetroffen waren. Es gehörte schon einiges dazu und ich hatte einfach nicht den Mumm gehabt. Oder die Traute oder die Dreistigkeit, was immer man brauchen mochte, um hundertfünfzig Menschen zu enttäuschen – aber nicht sich selbst. Ich war voller Bewunderung für Miss Anna Braithwaite, wie sie anscheinend hieß. Eine junge Frau, die eigentlich nicht hier aus der Gemeinde stammte, sondern aus London kam und sich die Erlaubnis, in unserer idyllischen Dorfkirche zu heiraten, dadurch erkämpft hatte, dass sie für ein paar Wochen bei entfernten Verwandten hier in der Gegend untergeschlüpft war, um so auf dem Papier eine Ortsansässige zu werden. Ja, vielleicht verfügte sie tatsächlich über eine gewisse Dreistigkeit, die es ihr ermöglicht hatte, sich erst das ländliche Ambiente zu sichern und dann das Herz des Mannes zu brechen.

Hätte ich Phil das Herz gebrochen? Ich nahm das Liedblatt mit dem *Gloria* in die Hand, während Angus neben Angie auf das Ende der Bank rutschte und Sylvia sich für die Reihe davor entschied. Ich konnte ihn mir nicht so recht vorstellen, wie er gebeugt von Kummer herumrannte und sich à la Heathcliff aus *Sturmhöhe* die Nächte um die Ohren schlug. Er war eher der Typ für wütend zusammengekniffene Lippen gewesen. Unsinn, Poppy; jetzt verdrehst du aber die Geschichte. Er war wirklich sehr verliebt in dich. Er hat es sich nur nicht anmerken lassen.

»Und wer heiratet stattdessen?«, fragte ich.

»Scheinbar ein Paar hier aus der Gegend, was sowieso viel befriedigender ist. Sie haben sich letzte Woche verlobt und wollten sofort heiraten. Eigentlich hätten sie hier eine Ewigkeit auf einen freien Termin warten müssen und wollten die Sache schon nur auf dem Standesamt besiegeln, aber dann tauchte diese Möglichkeit auf und sie haben sofort zugeschlagen.«

»Nicht schlecht«, sagte ich bewundernd.

»Deswegen gibt es natürlich auch keinen Handzettel für den Gottesdienst, es war einfach zu spät, das noch alles zu organisieren, aber eigentlich ist es doch viel schöner, so zu heiraten. Nächste Woche? Gute Freunde lassen alles stehen und liegen, um zu kommen, und man spart sich den ganzen Aufstand. Den ganzen vorhochzeitlichen Trubel von Listen bei Peter Jones und beleidigten Brautjungfern, weil sie als Schäferinnen verkleidet werden sollen – das Ganze ist eine unglaublich spontane, romantische Geschichte. Ein wirklich schönes, freudiges Zeichen für … Mist.«

»Was?« Ich runzelte die Stirn. Sie zog den Kopf ein und schob sich hektisch den Pony über die Augen.

»Mist. Das ist Luke. Der Leidenschaftliche. Hinterste Kirchenbank. Sieh jetzt nicht hin. Ich will nicht, dass er mich bemerkt.«

»Warum nicht?«, fragte ich und folgte trotzdem ihrem verstohlenen Blick in die Richtung, in der Luke, blond und gutaussehend im dunklen Anzug, sich tatsächlich gerade ein Gesangbuch nahm und sich der wachsenden Hochzeitsgemeinde anschloss.

»Hab mich ziemlich blamiert«, nuschelte Angie.

»Wirklich? Wann?« Das interessierte mich jetzt. »Hast du nie was von erzählt.«

Erstaunt wandte ich mich ihr zu. Luke war doch sicher nur eine harmlose Schwärmerei. Eine Fantasiefigur, wie ein Mitglied einer Boygroup, das man sich an die Schlafzimmerwand pinnt, um es anzuschmachten. Außerdem war er gut zehn Jahre jünger als Angie.

»Was hast du getan, hast du ihn auf die Ladefläche seiner mobilen Schmiede gedrängt?«

»Sei nicht albern.« Angie errötete.

Ich blinzelte. »Bitte sag mir, dass du ihm die Lederschürze vom Leib gerissen und ihn auf seinem Amboss vernascht hast? Hämmer, hämmer, hämmer?«

»Ach, halt doch die Klappe, Poppy.« Sie schluckte. »Nein, er hat nur … Also, er hat spitzgekriegt, dass ich ihn unter falschem Vorwand geholt habe, das ist alles.«

»Was heißt, geholt? Wie meinst du das?«

»Pferde müssen nur ungefähr alle sechs Wochen beschlagen werden. Luke hat meine etwas regelmäßiger versorgt«, sagte sie knapp.

»Oh.«

Jetzt fiel mir auf, dass ich Lukes Wagen wirklich fast jede Woche an meinem Haus hatte vorbeifahren sehen, und wenn ich mit Archie an Angies Haus vorbeigekommen war, parkte Luke oft an der Seite bei den Ställen.

»Natürlich hatte ich immer irgendeine fadenscheinige Entschuldigung parat. Ich hab sogar mal mitten in der Nacht ein Hufeisen abgestemmt und mir dabei fast den Rücken verrenkt, nur damit ich ihn holen konnte.«

Das Bild von Angie in ihrem Stall, im Schutze der Dunkelheit mit einem verblüfften Pferd und einer Zange, tauchte vor meinem inneren Auge auf. Um meine Mundwinkel zuckte es, aber ich war auch überrascht. Wusste gar nicht, dass es sie derart erwischt hatte.

»Was ist dann passiert?«, fragte ich sanft.

»Eines Tages meinte er, mein Pferd liefe Gefahr übermanikürt zu werden und ob es einen besonderen Grund gäbe, dass ich ihn geholt habe. Er hat mir direkt in die Augen gesehen und gefragt, ob es da noch irgendetwas anderes gäbe, um das er sich kümmern solle.«

»Nein!«, hauchte ich.

Ich versuchte, mir vorzustellen, wie der schüchterne, schweigsame Luke so etwas sagte, aber ich hatte ihn nur außerhalb seines Milieus gesehen, beim Buchclub, nicht während er ein nervöses Pferd in Schach hielt und gleichzeitig ein rotglühendes Hufeisen in der Hand hatte.

»Oh, Poppy, er war so stark und bestimmend. Du müsstest ihn sehen, wenn er in seiner eigenen Umgebung ist«, sagte sie, als hätte sie meine Gedanken gehört.

Aus unerfindlichen Gründen musste ich plötzlich an Sam denken, an unser erstes Treffen in seinem mit Papieren übersäten Büro, er mit hochgekrempelten Ärmeln, Ordner und Bücher auf dem ganzen Fußboden verteilt. Jetzt natürlich nicht mehr. Jetzt war alles ordentlich.

»Und dann ... Was hast du gesagt?«, fragte ich gespannt.

»Ich habe ja gesagt.«

»Nein, Angie, hast du bitte nicht.«

»Sehr wohl hab ich. Ich habe seinen Blick direkt erwidert und gesagt, ja, ich hätte gerne, dass er dasselbe für mich tut wie für Mary Granger letzte Jagdsaison, und ihm dabei kräftig zugezwinkert.«

»Er besorgt es Mary Granger?«, hauchte ich. Mary war eine langbeinige, furchteinflößende, rötlich gesträhnte Blondine, die professionell und unablässig Pferde ritt. Sie trabte ständig an einem vorbei mit versteinertem Gesicht und in Eile, ein Pferd unter ihrem knochigen Hintern, ein weiteres am Zügel geführt. Sie hatte bestimmt keine Zeit für die üblichen sozialen Konventionen, die mit einem richtigen Freund einhergingen. Ich konnte mir vorstellen, dass sie einen Mann wie Luke noch vor dem Frühstück vögelte, als Teil ihres täglichen Pferdeprogramms. Stallmanagement gewissermaßen.

Und bildete ich mir das nur ein oder lehnte Sylvia, die vor Angie saß, sich in der Bank zurück, um besser hören zu können?

»Warum guckst du so entgeistert?«, verteidigte sich Angie. »Es will nicht jeder gleich einen Freund haben, weißt du? Ich jedenfalls nicht. Und einen neuen Ehemann will ich schon gar nicht. Aber was ich mir in der Tat von Zeit zu Zeit wünsche, ist, einen Mann zu berühren und zu fühlen, dazu ein paar schlichte Streicheleinheiten, vorzugsweise verabreicht von einem Mann ohne Bierbauch, Schuppen oder Körpergeruch und diesseits der vierzig.« Sie streckte das Kinn in die Höhe. »Ich hatte immer gerne Sex, wenn du es unbedingt hören willst.«

»Genau«, sagte ich seltsamerweise, während ich überlegte, ob ich das wirklich hören wollte, noch dazu in der Kirche und ziemlich laut. Sylvias Ohren waren so gespitzt wie die eines Pferdes im Jagdgelände.

»Jedenfalls sind wir dann nach oben gegangen …«

»Einfach so?« Ich bemühte mich erfolglos, das aufgeregte Kreischen in meiner Stimme zu unterdrücken.

»Ja, einfach so. Er hat noch so getan, als würde er ein paar Werkzeuge mitnehmen, und hat dann gefragt, wo das Bad ist, was mir, ehrlich gesagt, nicht unrecht war, denn wie du ja weißt, beschlägt er den ganzen Tag lang Pferde, was ziemlich schweißtreibend ist. Als wir oben bei der Treppe angelangt waren, habe ich ihm den Weg zum Bad neben meinem Schlafzimmer gezeigt. Dann bin ich ins Zimmer gegangen und hab mich komplett ausgezogen und aufs Bett gelegt.«

Ich spürte, wie mir der Mund offen stehen blieb.

»Ich musste das tun«, gestand sie. »Sonst hätte ich genau gewusst, dass ich das nicht durchziehen würde. Dass mich der Mut verlassen würde.«

Ich nickte stumm, zum Zeichen, dass ich diese verdrehte Logik nachvollziehen konnte.

»Jedenfalls hat er stundenlang gebraucht im Bad und nach einer Weile hat er gerufen ›Mrs Asher?‹, was schon ziemlich förmlich war und nicht ganz das, was ich erwartet hätte, also hab ich zurückgerufen: ›Ich bin hier!‹ Und dann kam er rein mit meinem Duschkopf in der Hand und meinte, der sei aber anders als der von Mary Granger.«

Ich starrte sie eine ganze Weile an. Dann fiel der Groschen.

»Er macht nebenher noch Klempnerarbeiten«, sagte sie steif. »Inoffiziell. Nur wenn seine anderen Geschäfte nicht so gut laufen. Er hat aber kein richtiges Gewerbe und deswegen ist alles unter der Hand. Er hat scheinbar die Dusche von Mary Granger repariert.«

»Oh, Angie …«

»Da lag ich nun also im Bett, splitternackt auf meinen Paradekissen. Verdammt, ebenso gut hätte ich auch noch eine Rose zwischen den Zähnen halten können.«

»Und was hast du dann gemacht?«, hauchte ich.

»Na ja, erst mal ist er natürlich knallrot angelaufen und ihm ist der Mund offen stehen geblieben – fast hätte er noch den Duschkopf fallen gelassen –, und dann musste ich so tun, als wäre es die natürlichste Sache der Welt, splitternackt im Bett liegend mit meinem Klempner-plus-Hufschmied zu reden. Ich habe gesagt, dann sei es wohl das Beste, er würde das Ding mitnehmen und zu Hause in Ordnung bringen, wo er das richtige Werkzeug dazu hat, und das fand er auch. Um das Gesicht zu wahren, habe ich dann noch ganz lässig gefragt, inwiefern sich denn meine Dusche von der von Mary unterscheidet, und er meinte, meine habe größere Löcher. Hatte ich schon erwähnt, dass ich eine Kerze angezündet hatte?«

»Nein.«

»Ja. Neben dem Bett. Und ein paar auf dem Frisiertisch. Auf jeder Seite. Und Parfüm hatte ich auch versprüht.« Sie seufzte. »Jedenfalls ist er geflohen. War wie der Blitz die Treppe runter und draußen bei seinem Wagen und auf und davon, zweifellos um dem ganzen Dorf von der entsetzlich frustrierten Hausfrau oben im Herrenhaus zu erzählen. Bestimmt wissen es schon alle.« Sie sank ein wenig in sich zusammen, wirkte plötzlich älter.

»Ganz sicher nicht«, versicherte ich ihr rasch, wusste aber, dass sie Recht hatte. Es war nur eine Frage der Zeit, bis sich die Geschichte im Dorf verbreitete. »Du könntest doch einfach sagen, dass du dich nachmittags immer ein bisschen hinlegst«, schlug ich vor. »Genau wie Churchill das immer gemacht hat. Und danach ein Bad.«

»Das könnte ich«, stimmte sie mir zu, »allerdings war es

erst zehn Uhr am Morgen und ich hatte ja nicht gerade die Truppen über den Rhein geführt. Ja natürlich, bitte sehr.« Das galt Angus neben ihr, der sie gefragt hatte, ob er ihr Gesangbuch ausleihen könnte, und sie daraufhin in ein angeregtes Gespräch verwickelte. Der allzu aufgeregte Glanz in seinen Augen und die Art, wie er ihr in den Ausschnitt glotzte, beunruhigten mich. Oh Gott, hatte er alles mit angehört? Sylvia vorne wandte sich mit großen Augen zu uns um. Okay. Sie hatten es beide gehört.

Als Jennie auf der anderen Seite neben mich rutschte, beschloss ich, kein Wort zu sagen. Jedenfalls fürs Erste.

»Hast du das von Angie und Luke gehört?«, flüsterte sie, während sie ihren Mantel auszog.

»Ja!«, hauchte ich. »Aber sag nichts.« Ich drehte mich nach Angie um, doch die war noch immer mit Angus beschäftigt. »Sie hat Angst, dass es schon im ganzen Dorf die Runde macht.«

»Das tut es. Luke hat es seiner Schwester erzählt, die mit Yvonne im Dorfladen arbeitet, was so viel bedeutet, es ans Buschtelefon weiterzugeben. Wie dumm«, murmelte sie und warf einen Blick zu Angie hinüber.

»Es war ein Missverständnis«, sagte ich treuherzig. Manchmal war ich eine Art Verbindungsglied zwischen Jennie und Angie. Jennie fand Angie gelegentlich etwas zu geldig und verwöhnt, während Angie der Meinung war, Jennie wäre allzu puritanisch und prinzipientreu.

»Sie hat natürlich mal wieder gedacht, dass sie alles kriegt, was sie will, wenn sie nur ein wenig mit den Wimpern klimpert.«

Das war unverhältnismäßig hart, selbst für Jennie.

»Ach, komm schon, sie schämt sich zu Tode.«

»Wirklich? Aber sie schämt sich nicht so sehr, dass sie sich nicht gleichzeitig dem neuen Jagdherrn an den Hals werfen könnte.«

»Wirklich?« Ich war schockiert. »Wer hat dir denn das erzählt?«

»Mrs Tucker bei Countrywide, wo ich das Futter für Leila kaufe. Das erste Stelldichein der Saison ist anscheinend nächste Woche und Angie war gestern bei ihr im Laden, um sich die engsten Reithosen, die es gab, zu kaufen, weil irgendein sexy Neuling das Feld anführt. Sie ist völlig außer Kontrolle, Poppy.«

»Wir singen heute für ein ganz anderes Paar als ursprünglich geplant«, erzählte ich ihr, um das Thema zu wechseln. »Die Braut hat kalte Füße bekommen. Jemand anderes hat sich den Termin geschnappt.«

»Ich weiß. Es ist Simon.«

Ich starrte sie an. Ihr Gesicht war eine Maske. Ruhig, leidenschaftslos.

»Simon?«

»Ja.«

»Dein Simon?«

»Er ist nicht *mein* Simon, Poppy, war es auch nie. Ich bin mit Dan verheiratet, schon vergessen?«

Ich löste meine Zunge vom Gaumen. »Ja, aber ...« Ich war wie vor den Kopf gestoßen. In Gedanken wanderte ich zu dem Abend neulich zurück, als er sie vom Buchclub nach Hause gebracht und sich, wie ich fand, am Gartentor ziemlich zärtlich von ihr verabschiedet hatte. Er hatte nicht den Eindruck eines versprochenen Mannes gemacht.

»Alles ziemlich plötzlich, oder?«, sagte ich, nachdem ich schließlich meine Stimme wiedergefunden hatte.

»Sehr plötzlich. Letzte Woche.«

»Aber Jennie – das muss doch ein Mordsschock für dich sein!«

»Nicht wirklich. Er hat angerufen und es mir gesagt.«

»Echt?« Ich war erstaunt. Aber vor allem darüber, dass sie mir gar nichts davon erzählt hatte.

»Es ist komplizierter, als es klingt«, sagte sie ruhig, um mich freundlicherweise endlich aufzuklären. »Und es ist auch keine plötzliche Liebesgeschichte. Er hatte jahrelang eine Freundin. Das hab ich dir erzählt, falls du dich erinnerst. Er war mit ihr verlobt, aber sie hat sich mit einem anderen eingelassen. Simon ist seither einfach nur auf der Stelle geschwommen. Hat sich umgesehen, aber nie eine andere gefunden, die er genauso gern hatte. Oder vielmehr genauso liebte. Er hat, unbewusst, die ganze Zeit gewartet. Sie haben sich letzte Woche zum zweiten Mal verlobt.«

»Das hat er dir alles am Telefon erzählt?«

»Wir haben uns auf einen Kaffee getroffen. Er hatte das Gefühl, mir eine Erklärung schuldig zu sein. Immerhin sind wir schon mal zusammen Mittag essen gewesen.«

Ich merkte, dass meine Augen immer größer wurden. »Du bist mit Simon Mittag essen gegangen?«

»Ja.«

»Wo?«

»In London.«

Ich sah sie erstaunt an. »Okay«, sagte ich schließlich kaum hörbar. Obwohl ich vollkommen verblüfft war, war mir doch klar, dass ich es auf irgendeine nebulöse Weise bereits gewusst hatte. Dass ich schon beim Buchclub-Treffen gemerkt hatte, dass es da eine Nebenhandlung gab, dass sie schon Zeit alleine miteinander verbracht hatten und vielleicht sogar zu einer Art Übereinkunft gekommen waren.

»Und wie war es?«, fragte ich neugierig nach.

»Was? Das Mittagessen?«

»Ja.«

»Schrecklich.«

»Das tut mir leid. Aber warum?«

»Weil ich mich furchtbar gefühlt habe. Absolut entsetzlich. Ich konnte nicht glauben, was ich da tat. Da saß ich nun, eine Frau mittleren Alters, und machte mich genauso zum Affen wie Angie. Alles nur wegen des billigen Kicks, den ich daraus bezog, mit einem anderen Mann als meinem Ehemann zu Mittag zu essen. Stell dir vor, Dan wäre hereingekommen! Oder einer von seinen Freunden. Wie grässlich wäre das gewesen!«

»Es war nur ein Mittagessen, Jennie«, erinnerte ich sie. Jennies strenge Prinzipien und hohe moralische Ansprüche galten nicht nur für andere, sondern auch für sie selbst.

»Ja, nur ein Mittagessen. Und ein züchtiges Küsschen auf die Wange als Dankeschön, aber bei Gott, ich bin wirklich mit eingezogenem Schwanz nach Hause geeilt. Hab mich mies gefühlt, als ich die Kinder von der Schule abgeholt und Hannah zugehört habe, die von ihrer Exkursion erzählt hat, hab mich mies gefühlt, als Dan erschöpft von der Arbeit nach Hause kam und ich ihm mit schlechtem Gewissen ein Steak gebraten habe. Es war schrecklich, zu sehen, wie seine Augen aufgeleuchtet haben, weil er sich in letzter Zeit schon glücklich schätzen konnte, wenn ich ihm Würstchen und Pommes vorgesetzt habe. Vor Freude hat er mich am Herd umarmt. Das hat mein schlechtes Gewissen nur noch verstärkt, kann ich dir sagen. Es war beschissen. Fast wäre ich eingeknickt und hätte ihm alles erzählt.«

Ich verbarg ein Lächeln. Dan war ein guter Mann. Ich konnte mir nicht vorstellen, dass er seine Frau rausschmeißen würde, weil sie mit einem anderen Mittag essen war.

Sie fuhr sich mit einer verzweifelten Geste durch die dunklen Locken und warf den Kopf zurück. »Wie machen diese Frauen das, Poppy, wenn sie heimlich rumschleichen und Leute betrügen? Ich hatte schon ein schlechtes Gewissen, weil ich *dir* nichts davon gesagt habe, geschweige denn meinem Mann. Oh, sieh mal, da ist er ja.«

Die Kirche war jetzt fast zum Platzen voll und Simon, groß und attraktiv im Cutaway, kam mit seinem Trauzeugen, einem ebenso gutaussehenden Kerl, durch den Mittelgang der Kirche. Auf dem Weg begrüßte er mit strahlendem Gesicht Bekannte, er war ein Inbegriff des Glücks. Als er schließlich seinen Platz in der ersten Bank einnahm, suchte sein Blick beinahe augenblicklich nach dem von Jennie. Er lächelte ihr liebenswürdig zu. Sie lächelte zurück.

»Er mag dich«, sagte ich, nicht gerade überrascht, aber doch ehrlich beeindruckt von der Wärme.

»Oh ja, wir mögen uns wirklich sehr. Er ist ein netter Mann. Übrigens genau das, was dieser Wahlkreis als Abgeordneten braucht. Aber ich sag's dir, Poppy, es ist eine Sache, insgeheim für jemanden zu schwärmen, dem man zufällig über den Weg gelaufen ist, und etwas ganz anderes, sich einen Vorwand auszudenken, warum man die dritte Klasse nicht wie versprochen auf die Exkursion begleiten kann, und dann in einem neuen Rock in Cherton am Bahnhof zu stehen und Gott anzuflehen, dass einen nur keiner sieht. Ich habe im Stillen immer wiederholt: ›Ich gehe zum Zahnarzt‹, falls mich doch jemand gesehen hätte. Und ich kann dir nicht sagen, was ich für verschwitzte Hände hatte, als ich im Taxi an Dans Büro am Piccadilly vorbeigefahren bin. Bis ich schließlich im San Lorenzo angekommen war, hatte ich ein schweißglänzendes Gesicht und meine Klamotten waren, wie ich fand, ganz falsch für London und der aufregende Kitzel war verflogen, weil ich so eine verdammte Angst hatte, gesehen zu werden.«

»Im San Lorenzo?«, fragte ich.

»Ja, genau. Nicht gerade das übliche Jagdrevier von Schmuddelbob, da stimme ich dir vollkommen zu. Ich hatte auch nicht wirklich erwartet, dass das halbe Dorf an der Bar sitzt und sich anklagend umdreht, wenn ich hereinkomme. Aber du weißt schon, was ich meine.«

»Hast du's ihm gesagt?« Ich kannte Jennie gut.

»Simon? Ja. So ziemlich gleich. Hab ihm erklärt, dass ich mit der Situation nicht klarkäme und so etwas nicht noch einmal tun würde. Er war süß. Meinte, dass ihm das ganz besonders gut an mir gefiele und dass er im Übrigen auch nicht so sicher sei, ob er mit dieser Heimlichtuerei umgehen könne. Er war scheinbar Dan bei unserer Tankstelle hier über den Weg gelaufen, wo sie beide den Luftdruck ihrer Reifen überprüfen wollten. Und er fand es überraschend schwer, sich ganz normal mit ihm zu unterhalten.« Sie lächelte. »Wir waren uns beide einig, dass wir das mit dem Sex hinkriegen würden, aber nicht den Betrug.«

»Oh. Ihr … wusstet also beide genau, warum ihr dort wart?«

»Na ja, letztendlich schon. Man kann sich natürlich vormachen, es wäre ›nur zum Mittagessen‹, aber letztlich ist es, als würdest du dort in Unterwäsche sitzen, Poppy. Und lass dir von niemand etwas anderes erzählen.«

Plötzlich ertönte laut die Ouvertüre zu *Die Hochzeit des Figaro,* mit Pete an der Orgel. Pete. Single und unkompliziert. Gott sei Dank.

»Ich hätte mich nie nackt für irgendwen geräkelt«, sagte sie spitz.

»Angie ist getrennt, Jennie«, sagte ich rasch. »Sie ist Single.«

»Ihr Mann hat sie sitzengelassen.«

»Ja«, sagte ich und fragte mich, was sie damit meinte. Das war doch moralisch gesehen besser als andersherum, oder? Ich ahnte, dass Jennie so schockiert war von ihrem eigenen Verhalten, dass sie das jetzt an Angie auslassen musste. Ich war mir ziemlich sicher, dass sie normalerweise schallend über das Luke-Debakel gelacht und ihre Freundin tröstend in den Arm genommen hätte.

»Du hast nichts Falsches getan«, sagte ich besänftigend. »Du hast mit einem Mann zu Mittag gegessen, na und? Du bist ja nicht mal bis zur Vorspeise gekommen, ohne damit herauszuplatzen, dass es ein großer Fehler war. Entspann dich.«

Sie nickte, aber ich sah, wie sie schluckte. Sie wollte etwas sagen, blinzelte dann aber und schluckte noch einmal.

»Soll ich es Dan erzählen?«, brachte sie schließlich zaghaft hervor.

Instinktiv wollte ich erst »Nein!« sagen. Doch dann zögerte ich. »Könntest du«, sagte ich nachdenklich. Sie nickte und wusste, dass ich wusste, was sie dachte. Dass es sie einander näherbringen könnte. Dan war ja nicht dumm. Ihm würde klar sein, dass es einen sehr guten Grund geben musste, wenn eine Frau wie Jennie sich in ihr schönstes Outfit warf und nach London tuckerte. Vielleicht wäre es für ihn ein Anlass zum Nachdenken. Vielleicht wäre es für beide ein Anlass zum Nachdenken. Und so ein gemeinsamer Augenblick mitten in dem ganzen Tohuwabohu – Hilfe bei den Hausaufgaben, Diskussion darüber, wer die Kinder vom Ballett abholt oder ob es mal wieder an der Zeit war, die Jacksons einzuladen – war in einer Ehe manchmal notwendig. Mein Dad hätte es als »halbe Parade« bezeichnet: Wenn ein Pferd in der Bewegung gezügelt, aber nicht ganz angehalten wird. Es war nur die Aufforderung, sich einen Augenblick Zeit zu lassen. Nachzudenken. Und das konnte für Dan und Jennie genau das Richtige sein.

Der *Figaro* drängte nun immer schneller voran und baute eine richtige Dampfwolke vor sich auf; dann ein dramatischer Wechsel der Tonart, als *Lohengrin* nahtlos hinterhergedonnert kam und die Ankunft der Braut signalisierte. Das war hübsch arrangiert, und während wir uns alle gehorsam erhoben, warf Pete einen Blick über die Schulter. Ich lächelte ihm zu und er grinste zurück und schlug noch einmal mit übertriebenem Schwung in die Tasten, die Hände wie Krallen erhoben. Mein Lächeln wurde noch breiter. War das nicht witzig? Erst neulich hatte ich gedacht, eine feuchte Kirche wäre kein besonders romantischer Ort, doch heute gefiel es mir hier drinnen. Ich fand Petes jungenhaften Humor ziemlich ansteckend, vermutlich schon, seitdem er mich im King's Head zum Lachen gebracht hatte. Und vielleicht hatte Angie Recht: Vielleicht wirkte jeder Mann am besten in seiner eigenen Umgebung. Und jedenfalls machte er erstaunlich gute Musik, trotz der beabsichtigten Ironie, fand ich und betrachtete sein belustigtes Profil. Ich warf einen Blick auf Simon, der, vor Glück und Freude nur so strahlend, in der ersten Bank stand und auf seine Braut wartete.

»Und Simon ist glücklich, weil er die Frau bekommt, die er immer schon haben wollte«, flüsterte ich Jennie zu und strich mir die Sitzfalten aus dem Rock.

»Genau. Er muss nicht länger mit verheirateten Frauen wie mir rummachen, während er darauf wartet, dass sie zu einem Entschluss kommt – was er sich im Übrigen nicht noch einmal gefallen lassen wollte. Soweit ich das verstanden habe, gab es von seiner Seite diesmal eine Art Ultimatum. Als sie ihn gebeten hat, sie zurückzunehmen, hat er gesagt: ›Unter einer Bedingung: Wir heiraten sofort.‹«

»Wow, wie aufregend.« Ich erschauerte. »Ungeheuer stark.« Simon war wirklich ein echter Fang. »Und mit wem war sie dann eigentlich die ganze Zeit zusammen, während er gewartet hat?«

»Oh, anscheinend mit irgendeinem verheirateten Mann.«

»Aha. Und was ist jetzt mit dem?«, fragte ich, als die Tür am anderen Ende der Kirche mit Schwung aufging.

»Er ist gestorben«, sagte Jennie, während sich im gleichen Augenblick der Türrahmen mit elfenbeinfarbenem Tüll füllte. Das Bild vibrierte einen Augenblick im Licht der dahinterstehenden Sonne, bevor es zur Ruhe kam und sich dann auf uns zubewegte. Begleitet von winzigen Blumenmädchen in passender elfenbeinfarbener Seide, ein entzückendes Kränzchen aus Maiglöckchen in ihrem blonden Haar, glitt Emma Harding, in der Hand einen Brautstrauß aus weißen Rosen, durchs Kirchenschiff.

# 17

Nur mit äußerster Mühe gelang es mir, aufrecht stehen zu bleiben und nicht meinen Knien nachzugeben, die mir höchst nachdrücklich nahelegten, ich solle mich hinsetzen. Ohne die Unterstützung der Bankreihe vor mir, deren Rückenlehne ich mit weißen Knöcheln umklammerte, hätte ich es gewiss nicht geschafft. Entsetzt und ungläubig starrte ich sie an, während sie immer näher kam, eine alptraumhafte, verschleierte Erscheinung, die mit scheuem Lächeln unterwegs ihren Freunden zunickte, sie ging am Arm ihres Vaters, eines kleinen, rotgesichtigen Mannes mit hervorquellenden Augen. Meine Augen quollen vermutlich auch hervor, ich konnte nicht glauben, was ich da sah.

»Ziemlich hübsch«, flüsterte Jennie mir anerkennend ins Ohr, denn wir hatten von dem höher gelegenen Chorgestühl aus einen guten Überblick.

»Ziemlich unglaublich!«, stieß ich vielleicht ein wenig laut hervor, sodass selbst Molly, die zwar stockunmusikalisch, aber dennoch nicht stocktaub war, sich zu uns umdrehte.

»Pssst!«, versuchte Jennie mich besorgt zum Schweigen zu bringen. »Was meinst du damit?«

»Das ist Emma Harding!«, zischte ich. »Die Phil gevögelt hat, bis er vor ein paar Wochen den Löffel abgegeben hat!«

Der Schock auf Jennies Gesicht konnte ohne Weiteres mit der Wut auf meinem mithalten. Das Blut wich aus ihren Wangen und ihr stockte der Atem, so als hätte ein Hochgeschwindigkeitsvakuum ihr plötzlich die Luft aus allen Körperöffnungen gesaugt. Sie starrte mich wie vom Donner gerührt an. Dann richteten sich unsere Blicke wieder einträchtig auf die Braut.

»Ich fasse es nicht«, keuchte sie, tat es mir nach und umklammerte die vor uns stehende Bank.

»Ich schwöre bei Gott«, fuhr ich wütend fort, »sie hat auf meinem Sofa in meinem Wohnzimmer gesessen und mir treuherzig erklärt, sie würde keinen Penny von mir annehmen, bevor sie es sich mal eben anders überlegt hat. Ich würde ihre scheinheilige kleine Visage überall wiedererkennen!«

Jennie verarbeitete das Gesagte in entsetztem Schweigen, während Emma und ihr Vater weiterhin würdevoll auf uns zuschritten bis zu den Stufen, wo Simon und der Pfarrer bereits am Altar warteten.

»Und dabei war sie die ganze Zeit dabei, sich wieder Simon an den Hals zu werfen!«, sagte Jennie. »Die kleine Schlampe«, fügte sie bitterböse hinzu. Sylvia vor uns drehte sich mit einem missbilligenden Blick zu ihr um.

»Die hinterhältige kleine Schlampe«, pflichtete ich Jennie bei, ohne Sylvias wütendes Stirnrunzeln zu beachten.

Es war Emmas Glück, dass Pete noch immer volles Rohr dröhnte und unsere Bemerkungen nicht weiter als bis zu unseren nächsten Nachbarn reichten. Mit zusammengekniffenen Lippen sahen wir ungläubig zu, ohne befürchten zu müssen, dass sie uns erkennen könnte, da wir mit unseren Chorhemden und Halskrausen verkleidet waren. Emmas Blicke galten ohnehin ganz ihrem Bräutigam, der hoch aufgerichtet und stolz auf sie wartete; sie hatte keine Zeit, das Chorgestühl nach Lästerzungen abzusuchen. Als sie schließlich ganz in unserem Blickfeld stand, stellte ich fest, dass sie inzwischen weit mehr blonde Strähnchen als naturblonde Haare hatte und dass sie eine tiefe Saint-Tropez-Bräune zur Schau stellte, ihre Schultern, glatt und glänzend, entsprangen einem trägerlosen Kleid. Sie glitt in Position, und während Petes Schlussakkord im Gebälk verhallte, lächelte sie zu den Augen ihres Bräutigams empor. Simons Gesicht war erfüllt von ungeschmälertem Entzücken, während er zu ihr hinabblickte.

»Flittchen!«, zischte Jennie und selbst Angie neigte sich vor, um die Braut interessiert zu mustern.

Mike, unser Pfarrer, schaukelte auf den Schuhsohlen vor und zurück und sprach einige Begrüßungsworte – in denen er wie üblich die am Kirchendach dringend notwendigen Reparaturen erwähnte – und sagte dann das erste Gemeindelied an. Ich brachte wenigstens einige Worte davon hervor, aber Jennie neben mir stand die ganze Zeit stumm und bleich da. Schließlich flüsterte sie mir im Schutz der letzten Strophe, die von der Gemeinde mit voller Lautstärke gesungen wurde und zu der wir eigentlich die Oberstimme hätten liefern sollen, ins Ohr: »Am liebsten würde ich gleich etwas sagen.«

Meine Augen weiteten sich vor Entsetzen. Sie hatte einen wild entschlossenen Blick aufgesetzt, wie ich ihn von früher her kannte. »Wie – du meinst, wenn die Frage nach einem Ehehindernis gestellt wird?«

»Nun ja, dafür ist sie ja da, die Frage, Poppy.«

»Und was dann?«, japste ich. »Was würdest du sagen?«

»Etwas wie: Hast du eine Ahnung, mit was für einer durchtriebenen, geldgierigen Opportunistin du dich da einlassen willst? Ach ja, und übrigens war der verheiratete Mann, mit dem sie gevögelt hat, mit meiner besten Freundin verheiratet und war der Vater ihrer Kinder. An so etwas in der Art hatte ich gedacht.«

»Tu das lieber nicht«, flüsterte ich nervös. »Er scheint ihr durchtriebenes kleines Herz wirklich zu lieben und vergiss nicht, dass er das mit dem verheirateten Mann wusste, das von den Kindern vermutlich auch. Und die Tatsache, dass es *mein* Mann war, wäre ihm, hätte er Phil gekannt, vermutlich ein großer Trost gewesen.«

Ja, dachte ich, als das Lied auf einem hohen Ton endete, Simon hatte bestimmt geglaubt, er müsste sich gegen einen gutaussehenden, männlichen Loverboy behaupten, gegen einen, der es echt draufhatte und mit unstillbarem Verlangen gesegnet war. Und dabei war es die ganze Zeit nur Phil gewesen. Phil Shilling mit seinen schütter werdenden aschblonden Haaren, der langen Nase, die an der Spitze rot wurde und tropfte, wenn es kalt war, seinen dünnen Lippen, ganz zu schweigen von seinem sehr dünnen ... Nun ja. Nicht, dass Größe eine Rolle spielte ... Aber was hatte sie nur in ihm gesehen? Das verblüffte mich am meisten, als wir uns wieder hinsetzten, um ihnen zuzuschauen, wie sie ihr Ehegelübde ablegten.

Hatte ich Phils verblüffende Ähnlichkeit mit George Clooney nicht bemerkt? War ich vielleicht voreingenommen aufgrund meines Mangels an Sensibilität? Hatte er in Wirklichkeit sprühenden Witz und ein bezauberndes Wesen gehabt, aber immer nur dann, wenn ich gerade nicht im Zimmer war? Hatte ich es aus ihm herausgesaugt, ihn ausgequetscht mit meiner dominanten Art und den Manieren eines Fischweibs? War es meine Schuld? Man muss mich nicht besonders gut kennen, um zu merken, dass dieser Gedankengang tief in meiner Psyche verankert war; dass der Finger der Schuldzuweisung, selbst wenn ich vollkommen unschuldig war, plötzlich herumschwingen und unbarmherzig auf mich deuten konnte. Schließlich hatte ich ihn mir ja einst ausgesucht, nicht wahr?

Genau wie Emma. Er musste ja *irgendwelche* liebenswerten Eigenschaften besessen haben.

Heldenhaft setzte Jennie sich im kritischen Moment auf ihre Hände, als der Pfarrer die Anwesenden fragte. Ich sah zu, wie Simon Emma einen Ring auf den Finger schob und ihr zärtlich in die Augen blickte. Diesen Blick und diesen Ring hätte sie auch schon vier Jahre zuvor haben können, wenn Phil nicht gewesen wäre. Unglaublich. Das führte bei mir nicht nur zu Knoten, sondern zu regelrechten Verwerfungen im Hirn. Fieberhaft suchte ich nach Erklärungen.

Sie hatten zusammengearbeitet, Phil war ihr Chef gewesen. Ja, das musste es gewesen sein: Die herrische Art, in der er sie in sein Büro rief, um neue Geschäftsfelder zu besprechen, wobei er seine Nasenhaare mit dem kleinen Finger zurückschob; das hatte bestimmt ihr Blut in Wallung gebracht. Oder die attraktive Art, in der er sich mindestens zweimal räusperte, bevor er etwas sagte, und dann noch seine langsame, sanfte, mega-herablassende Sprechweise, mit der er implizierte, dass er in dieser Geschwindigkeit und Lautstärke sprechen musste, weil sein Gesprächspartner nicht nur minderbemittelt, sondern auch noch in der Lage war, gewalttätig zu werden, wenn Phil auch nur einen annähernd normalen Ton anschlug. Die Erinnerung schlug in einer grässlichen Welle über mir zusammen: Die Art, wie er geduldig einen Topf vom Herd nahm, das Wasser wegschüttete und dabei ruhig erklärte, dass Kartoffeln in kaltem Wasser aufgesetzt wurden, nicht in warmem. Wie oft musste er mir das noch erklären? Die Art, in der er mir zeigte, wie ich die Arbeitsflächen in der Küche zu säubern hatte, was er als ›Oberflächen-Training‹ bezeichnete. Wie er beim Nachhausekommen von der Arbeit verstohlen über die Fensterbank gewischt hatte, noch im Mantel, auf der Suche nach

Staub. Wie ich zu Anfang explodiert war und rumgebrüllt hatte, die Fäuste vor Wut geballt und, ja, sogar einmal einen Teller geworfen hatte. Und dann später, als die Kinder da waren, hatte ich es einfach geschluckt, hatte das Haus mustergültig sauber gehalten und einfach weitergemacht. Ich hatte in meinem Kopf gelebt; ein komplett anderes Szenario, in dem ich mit jemand anderem verheiratet war, jemand Liebenswertem.

Warum hatte ich nicht eine Weile mit ihm zusammengelebt, bevor ich geheiratet hatte? Okay, es waren ein paar Monate gewesen, aber es hätten ein paar Jahre sein müssen! Keines meiner Kinder, beschloss ich mit Nachdruck, würde jemals vor dem Traualtar unter die Augen Gottes treten, ohne zuvor in Sünde gelebt zu haben.

Jetzt schob Emma den Ring an Simons Finger. Ich sah sie ungläubig an. Ich war an Phil gebunden gewesen, hatte Kinder von ihm. Ich hatte ihn an der Backe und konnte mich nur durch sehr unschöne Vorgänge von ihm lösen. Aber diese junge Frau – ich sah zu, wie sie und Simon sich hinknieten und die Köpfe neigten, um den Segen des Pfarrers zu empfangen – diese junge Frau hatte seinetwegen freiwillig ihr Leben um vier Jahre verschoben. *Was war mir da entgangen?*

Als Nächstes kam das *Gloria* an die Reihe, während Braut und Bräutigam in der Sakristei verschwanden, um sich in das Kirchenbuch einzutragen. Jennie und ich schmetterten wütend drauflos, sodass sich der eine oder andere Kopf verwundert umdrehte, angesichts unserer Lautstärke. Dann kam das glückliche Paar zurück und es folgte noch ein weiteres Kirchenlied, irgendetwas mit »göttlicher Liebe« und »ewiger Treue« – nein, das konnte ich wirklich nicht singen. Dann noch eine Ansprache von unserem Pfarrer Mike.

Ich kann nur vermuten, dass Mike wieder dem Sherry zugesprochen oder einen Streit mit seiner Frau Veronica gehabt hatte, die in ihrer üblichen Bank saß, denn selbst für seine Verhältnisse war die nun folgende Predigt nachgerade brutal. Sein Thema war Liebe und die verschiedenen Formen, in denen sie auftrat. Einigermaßen unverfänglich hätte man meinen können. Und genauso fing der bärtige Waliser auch an: platonische Liebe, dann die brüderliche Liebe, dann die elterliche und schließlich die erotische, »... über die ich selbst *absolut gar nichts* weiß!«, schimpfte er und warf seiner Frau einen bitterbösen Blick zu. Natürlich bemühte sich die versammelte Gemeinde, nicht zu Veronica hinzusehen, die sich vielleicht innerlich wand, die Situation aber bewundernswert meisterte, indem sie ruhig und ungerührt sitzen blieb, während in den Köpfen ihrer Banknachbarn laut und deutlich und mit Veronicas Stimme »Nein, Mike, zum letzten Mal, *so was* mache ich nicht!« ertönte.

Noch ein Lied, bevor Pete sich in einen Mozart-Kanon stürzte, und dann war der Gottesdienst endlich zu Ende. Während Braut und Bräutigam zu triumphalen Klängen durchs Kirchenschiff schritten, zogen Jennie und ich uns hastig die Kutten über den Kopf und ließen sie in einem Haufen in der Sakristei liegen, bevor wir geradewegs aus der Hintertür marschierten. Wir machten nicht Halt, um zu gratulieren, und warfen auch kein Konfetti, sondern machten endlich unseren Gefühlen Luft.

»Zicke!«

»Schlampe!«

»Ich kann es nicht fassen«, fauchte ich, während wir zusammen über den schmalen Pfad an der Längsseite eilten, um den Haupteingang zu umgehen. Unsere Handtaschen hielten wir fest an uns gedrückt.

»Und dass sie dann auch noch ausgerechnet hier heiratet!«, kreischte Jennie. »In deiner Kirche, wo du geheiratet und wo du eben erst deinen Mann – ihren Liebhaber – beerdigt hast!«

»Allerdings!«, pflichtete ich ihr bei und blieb einen Augenblick stehen, als mich die Wucht dieser Erkenntnis traf. Ich fuhr herum. »Sie muss direkt an ihm vorbeigehen«, hauchte ich. »Er liegt gleich neben dem Weg.«

Wir sahen zu, wie der Brautzug aus der Kirchentür und an Phils weithin sichtbarem, noch sehr frischem Erdhügel vorüberzog. Emma würdigte ihn keines Blickes.

»Das ist ja eine ganz Durchtriebene«, sagte Jennie und kniff die Augen zusammen.

»Kalt wie ein Eisberg«, pflichtete ich ihr bei und wunderte mich über das Ausmaß ihrer Dreistigkeit.

»Und der arme Simon hat keine Ahnung, worauf er sich da einlässt. Was für ein Miststück er da eben geheiratet hat.«

»Wirst du es ihm sagen?«, fragte ich, als wir kehrtmachten und davoneilten. »Ich meine, dass es der Tod meines Mannes war, auf den er letztlich gewartet hat?«

Jennie dachte eine Weile nach. »Nein«, sagte sie schließlich. »Ich werde nicht mehr mit Simon reden. Jetzt nicht mehr, nachdem er die da geheiratet hat. Ich hatte gehofft, wir könnten Freunde bleiben, aber ich bezweifle, dass wir uns noch einmal über den Weg laufen werden. Ich bin sicher, dass er jetzt auch nicht mehr zum Buchclub kommt. Komisch, oder?« Sie runzelte die Stirn und richtete den Blick in die Ferne. »Er ist offenbar davon überzeugt, dass er sie durch und durch kennt. Sie hat nebenan gelebt, weißt du; sie sind zusammen aufgewachsen. Ihr Vater war der Gärtner von Simons Familie. Sie haben in einem Häuschen auf dem Gelände gewohnt.«

»Oh … verstehe.« Ich dachte daran, wie ich in meinem Wagen vor dem Meadow Bank Cottage gestanden hatte, das zum Meadow Bank House gehörte. »Dann werden sie wohl bald in dem großen Haus wohnen, wenn Simon es erbt. Hattest du nicht gesagt, sein Vater sei gestorben?«

»Ja, und die Mutter will ausziehen, weil sie findet, dass es zu groß für sie ist.«

»Perfektes Timing dann mal wieder für Miss Harding«, sagte ich düster und fassungslos.

»Genau«, sagte Jennie, als wir bei ihrem Gartentor ankamen. »Na dann viel Glück«, fuhr sie säuerlich fort. »Du weißt ja, wie es heißt: Wer Geld heiratet, wird dafür bezahlen. Und sie hat ihn ganz eindeutig deswegen geheiratet. Wenn sie ihn lieben würde, hätte sie es schon vor Jahren getan.« Sie schauderte. »Der arme Simon. Im Vergleich dazu steht meine eigene Ehe immer besser da, das muss ich schon sagen. Alles natürlich nur relativ gesehen. Der gute alte Dan«, sagte sie beinahe liebevoll. »Wenigstens habe ich ihn nicht wegen seines Geldes geheiratet. Da wäre ich nämlich bitter enttäuscht worden. Oh, hallo! Wenn man vom Teufel spricht …«

Wir waren jetzt auf der Straße, die in die eine Richtung zur Galopprennbahn führte und in die andere Richtung den Hügel hinauf nach Wessington, wo zweifellos der Hochzeitsempfang stattfinden würde – vermutlich nicht im Haus der Braut, sondern in den atemberaubend großartigen Parkanlagen des Bräutigams gleich nebenan. Dan stand mitten auf der Straße neben einem alten Morgan, einem seiner katastrophalen Wagen. Die Motorhaube stand offen, Dampf quoll hervor und Dan kratzte sich am Kopf.

»Was für eine Überraschung, er ist liegengeblieben«, bemerkte Jennie, aber sie sagte es mit etwas weniger Nachdruck, als möglich gewesen wäre. »Und ich dachte schon, er wäre gekommen, um mich zu entführen, mein Ritter in seiner glänzenden Rüstung.«

»Kleines Problem mit dem Kühlerventil!«, rief Dan uns munter über die geöffnete Motorhaube hinweg zu, während er in Dampfwolken unterzugehen drohte. Hinter ihm hatten bereits ein paar Wagen angehalten.

»Ach wirklich, mein Schatz? Na, macht doch nichts«, gurrte Jennie zurück. »Ich bin sicher, das kriegst du wieder hin.« Sie grinste mir zu. »Das ist meine neue Herangehensweise. Sie heißt Nicht-mein-Problem. Keine Ahnung, warum ich nicht früher darauf gekommen bin.« Und schon eilte sie davon, wobei sie ihrem Mann noch ein strahlendes Lächeln schenkte in der Art einer Frau, die soeben auf dem Weg war, eine gute Flasche Rosé zu öffnen.

Das liegengebliebene Auto war allerdings ein Problem für die Hochzeitsgesellschaft. Die Church Lane war eng und Dan blockierte sie so, dass das flaschengrüne Oldtimer Cabriolet nicht vorbeipasste. Das glückliche Paar war bereits hinter dem betagten Chauffeur eingestiegen und wartete darauf, dass es losging. Sie machten zunehmend unglückliche Mienen, während Dan sich noch immer nicht von der Stelle rühren konnte.

»Können Sie mit dem Ding nicht beiseitefahren?«, verlangte Simon und stand gebieterisch auf. Er und seine Braut wurden mittlerweile mit allzu viel Konfetti überschüttet. Ein paar Jungs aus dem Dorf hoben es von der Straße auf und hatten einen Heidenspaß dabei.

»Hört auf!«, blaffte Emma sie an, da eine ordentliche Menge Split mit dabei war.

»Tut mir leid, alter Junge. Scheint futsch zu sein.« Dan grinste freundlich zurück.

»Na dann schieben Sie eben, oder können Sie das nicht?«

Dan zuckte mit den Schultern und maß den Hügel mit seinen Blicken. Es ging ziemlich steil bergauf, und daher, nein, das konnte er nicht, jedenfalls nicht allein.

Seufzend sprang Simon mit einem eleganten Satz aus dem Wagen. Ein paar weitere männliche Hochzeitsgäste folgten seinem Beispiel und eilten zu Hilfe: junge Männer in Cutaways, strotzend vor Testosteron, die sich vor ihren Freundinnen hervortun wollten, bevor es an den Champagner ging. Sie machten eine große Show draus, indem sie ihre Jacken auszogen, sie den Mädels reichten und dann die Ärmel hochkrempelten, während Dan unter großem Hallo auf den Fahrersitz des Morgan kletterte. Ich dagegen marschierte wie aufgezogen nicht etwa über die Straße zu meinem eigenen Haus und meiner eigenen Flasche Rosé, sondern in Richtung des Oldtimers.

Emma betrachtete das Schauspiel, das sich da vor ihren Augen abspielte, voller Verärgerung. Sie saß auf dem roten Ledersitz und hielt mit zusammengekniffenen Lippen ihren Brautstrauß umklammert. Das war eine Frau, die es gewohnt war, zu bekommen, was sie wollte, dachte ich beim Näherkommen. Eine Frau mit einem gewaltigen Anspruchsdenken. Sie konnte es gewiss nicht komisch finden, dass ihr Hochzeitsauto von einer liegengebliebenen alten Karre aufgehalten wurde. Sie legte nicht den Kopf in den Nacken und lachte laut los über ihren frisch angetrauten Ehemann, der das Ding die Straße hinaufschob, und genauso wenig dachte sie, das hier wäre etwas, das man später einmal den Kindern erzählen könnte. Und genau so wäre es auch bei Phil gewesen. Er wäre sehr sauer gewesen. Genau wie sie. Wie ähnlich sich die beiden waren, stellte ich fest; wie gleich. Sie hatten sich bestimmt blendend verstanden. Mein Herz krampfte sich plötzlich zusammen beim Gedanken an Simon, der da mit seinen Freunden lachte, während er Dan in seinem Morgan die Straße hinaufschob. Liebe machte wirklich blind, und vor allem wenn sie sich verstärkte, weil sie unerwidert blieb. Wenn aus Liebe Besessenheit wurde. Was ganz und gar nicht das Gleiche war. Ich stand jetzt neben dem Oldtimer, in dem Emma alleine und mit finsterer Miene hockte.

»Herzlichen Glückwunsch«, sagte ich leise.

Sie wandte den Kopf und ließ den Blick auf mir ruhen. Es dauerte eine Weile. Dann wurde sie blass.

Ich lächelte. »Sie sehen aus, als hätten Sie ein Gespenst gesehen. Aber doch nicht das dort hinten auf dem Friedhof, oder?« Ich machte eine Kopfbewegung in die Richtung.

Sie holte zischend zwischen halb geöffneten Lippen Luft.

»Ich war eben bei Ihrer Hochzeit«, sagte ich. »Hab für Sie im Chor gesungen. Ich wohne hier, schon vergessen? Das hier ist meine Kirche. Mein Dorf. Schöner Gottesdienst. Ob es Phil wohl gefallen hat?«

Sie blickte rasch um sich, auf der Suche nach ihrem Bräutigam oder sonst jemandem, der ihr zu Hilfe eilen konnte. Ihre Augen waren angsterfüllt. Und Simon war auf dem Rückweg, aber ganz langsam, wischte sich die Hände an den Hosen ab, blieb stehen, um mit seinen Freunden zu scherzen. Sie war auf sich allein gestellt.

»Und glauben Sie ja nicht, dass Sie auch nur einen Penny von mir bekommen werden«, sagte ich nachdrücklich. »Denn das werden Sie nicht. Nicht einen einzigen Penny. Sie sind wirklich unglaublich dreist, Miss Harding. Oder sollte ich sagen, Mrs Devereux.«

Ich machte kehrt und ging davon, nach Hause, zu meinem

wohlverdienten Glas Wein. Ich kam mir ein bisschen größer vor und mir war fast ein wenig schwindelig. Es passiert nicht oft, dass man den Wunsch hat, einer Braut den Tag zu verderben, dachte ich, als ich die Straße vor meinem Haus überquerte, aber ich hoffte inständig, dass es mir gelungen war.

# 18

Als ich mein Gartentor öffnete, dachte ich bei mir, dass ich ihr den Tag noch weit mehr hätte verderben können. Ich hätte beim Singen einen Hustenanfall kriegen können, sodass sie nach mir gesucht hätte, verärgert, wer da wohl so einen Radau machte. Ich hätte es während des Ehegelübdes tun können. Ihr kaltblütig in die Augen blicken und die Genugtuung haben können, zu sehen, wie sie vor dem Altar erbleichte und neben ihrem frisch vermählen Ehemann ins Schwanken geriet. Ja, das wäre süße Rache gewesen. Aber hätte es nicht letztlich einen unangenehmen Nachgeschmack hinterlassen? Ich lächelte wehmütig in mich hinein. Anscheinend konnte ich ihr den Tag ein bisschen verderben, ihn aber nicht gänzlich ruinieren, auch wenn sie selbst kein Problem damit gehabt hatte, mein Leben zu ruinieren.

Aber hatte sie das? Mein Leben ruiniert? Abgesehen von den Ansprüchen, die sie jetzt erhob und die ganz entschieden unwillkommen waren, wäre sie mir ansonsten gewiss willkommen gewesen, hätte ich von ihrer Existenz gewusst. Ich ging den gepflasterten Weg hinauf und knipste in Gedanken eine verblasste Rose ab. Mir dämmerte, dass mein Leben ganz anders hätte verlaufen können, wenn ich den beiden nur früher auf die Schliche gekommen wäre, als alles anfing, als ich mit Clemmie schwanger war. Ich hätte Angst gehabt, klar, weil ich die Betrogene war und schwanger und dann alleinerziehende Mutter. Aber ich hätte mich von ihm getrennt, wäre für eine Weile zu Dad gezogen und ganz glücklich gewesen. Aber dann hätte ich Archie nicht bekommen. Ich seufzte. Wenn, wenn, könnte, könnte, vielleicht, vielleicht. So viele Unwägbarkeiten. Vielleicht hätte ich den Mann einfach gar nicht erst heiraten sollen?

Archie und Clemmie balgten sich um meine Aufmerksamkeit, sobald ich das Haus betrat, und Peggy, die für mich die Stellung gehalten hatte, war voll des Lobes über die beiden.

»Archie hat mich Piggy genannt und dann hat Clemmie mich mit einem Rüssel gemalt – sieh nur.« Sie zog eine Wachsmalkreidezeichnung hervor. »Süß, nicht? Wie gefallen dir die Stiefeletten, die sie mir an die Schweinsfüße gemalt hat? Und die Perlen um meinen dicken Hals?«

Normalerweise wäre ich vor Stolz geplatzt, aber heute hatte ich anderes im Kopf. Ich warf nur einen kurzen Blick darauf, schenkte ihr ein mattes Lächeln und ging zum Wohnzimmerfenster hinüber.

»Was ist los?« Peggy kniff die Augen zusammen, setzte sich hin und zündete sich eine Zigarette an. Die Kinder waren zu ihren Stiften in die Küche zurückgelaufen.

Ich löste meinen Blick von der Straße hinter meiner kleinen Hecke. »Weißt du noch, die Frau, mit der Phil diese Affäre hatte? Emma Harding?« Komisch, ich hatte gedacht, ich wäre ganz ruhig, aber mein Atem ging stoßweise. »Sie hat soeben Simon Devereux geheiratet.«

Peggy runzelte die Stirn. »Simon? Bist du sicher? Ich hab gehört, er würde eine schrecklich gutaussehende Frau heiraten.«

»Na ja, sie sieht ziemlich gut aus.«

»Aber Phil war …« Sie hielt inne.

»Genau.« Ich biss mir auf die Lippe. »Weiß der Himmel, was die Frauen in ihm gesehen haben, Peggy«, sagte ich leise.

»Jedenfalls hat sie sich jetzt Simon geschnappt. Mit weit besseren Aussichten.«

»Schnelle Arbeit«, murmelte sie. »Und dann noch in deiner Kirche. Da gehört schon was dazu. Wie konnte sie wissen, dass sie dir nicht begegnet?«

»Nun ja, sie wusste, dass ich nicht auf der Gästeliste stehe, ich nehme also an, dass sie geglaubt hat, es gäbe nur das geringe Risiko, dass ich irgendwo im Dorf herumlaufe, und selbst dann wäre es nur irgendeine Hochzeitsgesellschaft in unserer ach so beliebten Kirche, warum sollte ich also stehenbleiben und zuschauen? Außerdem wäre ja ohnehin schon alles gelaufen gewesen, nicht wahr? Wenn sie übersät mit Konfetti nach draußen kommt? Und wen kümmert es schon, wenn so eine ungepflegte, mit Ei bekleckerte Mutti aus dem Dorfladen kommt und sich erschrickt?« Meine Worte donnerten aus mir heraus wie eine Maschinengewehrsalve. Peggy musterte mich eingehend.

»Verstehe. Sie hat ja wirklich keine Zeit vergeudet.«

»Das kann man wohl sagen. Und das Tolle an der Sache ist Folgendes: Weil das alles so schnell ging, hat sie sich vermutlich jeden Anspruch auf Phils Nachlass zunichtegemacht. Ich meine, wenn sie sich jetzt auf das Vermögen eines anderen Mannes stürzt, warum sollte sie dann noch etwas von meinem bekommen?«

»Ja, ich kann mir vorstellen, dass das einen Unterschied macht.« Sie blickte an mir vorbei und blies eine dünne Linie Rauch aus. Dann sagte sie grinsend: »Ich glaube, die hat den Schock ihres Lebens bekommen, was? Nicht nur, dich zu sehen, sondern auch, dass finanziell gesehen die Katze aus dem Sack ist.«

»Früher oder später hätte ich es sowieso herausgefunden,

aber ja. Ich habe es bestimmt früher erfahren, als sie gehofft hatte. Ha!« Ich stieß ein seltsam klingendes Lachen aus. »Das hat sie sich selbst eingebrockt und muss es jetzt auslöffeln.«

»Setz dich, Poppy«, sagte Peggy sanft.

Ich ging zum Sofa und hockte mich, noch immer im Mantel, neben sie. Archie tauchte wieder auf und kam zu mir getapst, um auf meinen Schoß zu klettern.

»Warum rufst du nicht einfach deinen Anwalt an, um rauszufinden, wie deine Lage jetzt ist?«

»Wirklich?«

»Warum nicht? Erzähl ihm, was vorgefallen ist.«

Ich war schon auf den Füßen, setzte Archie ab und suchte nach meinem Handy. Nicht in meiner Manteltasche. In der Handtasche? Nein. Vielleicht seitlich ins Sofa gerutscht. Ich suchte verzweifelt und wiederholte dabei im Geiste: Hallo Sam, Poppy hier. Nein. Zu vertraulich. Guten Morgen, Sam, hier ist Poppy Shilling.

»Also, ich hatte eigentlich eher an Montag gedacht«, sagte Peggy gedehnt.

Ich drehte mich um, eine Hand zwischen den Sofakissen. Bestimmt sah ich enttäuscht aus. Vielleicht war mir meine Miene sogar ganz entglitten.

»Aber warum denn nicht heute?«, korrigierte sie sich rasch. »Heutzutage gibt es ja die komischsten Arbeitszeiten und viele Leute arbeiten am Wochenende.«

»Genau, das stimmt«, pflichtete ich ihr eifrig bei und fischte mein Handy aus den Tiefen des kackbraunen Sofas. »Und er hat mir sogar seine Handynummer gegeben.«

»Na siehst du.« Sie verzog keine Miene. »Hast du was zum Mittagessen, Poppy?«

»Oh, ja, da ist noch Käse im Kühlschrank.«

»Nein, da ist nichts.«

»Gut, dann sind da noch ein paar Eier.«

»Die sind ziemlich alt. Ein paar Wochen. Wie wär's, wenn du zu mir rüberkommst. Und bring die Kinder mit. Ich koche uns Nudeln.«

»Nein, nein, Peggy, wir kommen schon klar. Ich springe noch schnell in den Laden rüber.«

Ich blickte vom Handy auf und zu ihr hinüber, den Finger schon über den Tasten. Geh jetzt, Peggy, geh. Ich muss das hier alleine machen.

»Und vielen Dank, dass du auf die Kinder aufgepasst hast«, sagte ich atemlos, weil ich ihr natürlich keine Bezahlung anbieten konnte. Widerstrebend erhob sie sich. Nahm langsam ihre Schachtel Marlboro Light vom Tisch. Ich brachte sie zur Tür, sodass ihr wenig anderes übrig blieb, als wirklich zu gehen. »Bis später. Oder bis morgen«, versprach ich. »Jedenfalls bis bald. Vielen Dank, dass du da warst.«

»Pass auf dich auf, Poppy.«

Sobald sich die Haustür hinter ihr geschlossen hatte, brachte ich Archie in die Küche, wo ich ihn gemeinsam mit seiner Schwester samt Saft und Keksen an den Tisch setzte, die Hand nach dem Fernseher ausstreckte und ihn anschaltete. Ja, in Extremfällen kam er noch immer mal zum Einsatz. Dann huschte ich zurück ins Wohnzimmer. Adrenalinschübe rasten durch meinen Körper. Der Plan gefiel mir. Gefiel mir sogar sehr. Es half wirklich ungemein, einen Ausweg zu sehen. Mein Herz raste, während ich seine Nummer eintippte. Es klingelte ein paar Mal, dann ging er dran.

»Hallo!« Tief, aber freundlich. Nicht leise und misstrauisch, wie Phil sich gemeldet hätte, wenn er die Nummer nicht kannte. Kein Fragezeichen am Ende.

»Hallo, Sam. Tut mir leid, dass ich Sie an einem Samstag störe, hier ist Poppy Shilling.«

»Hallo, Poppy.« Ein Hauch von Überraschung, hatte ich den Eindruck.

Eilig fuhr ich fort, erklärte ihm die Lage, stolperte über meine eigenen Worte und brachte das eine oder andere durcheinander – ich hätte mich erst hinsetzen und mir alles überlegen sollen, mir einen Zettel mit Stichpunkten machen –, aber schließlich brachte ich doch das Entscheidende rüber: dass die Geliebte meines Mannes vor wenigen Augenblicken einem sicher nicht ganz unvermögenden Mann das Jawort gegeben hatte. So konnte ich sie doch bestimmt drankriegen?

»Und sie war so schockiert, mich zu sehen, Sam«, fuhr ich fort. »Ich singe im Chor, verstehen Sie, hab sie nicht verfolgt oder so, hab ihr nicht aufgelauert; sie hatte keine Ahnung, dass ich da sein würde. Bestimmt hat sie gedacht, es würde keiner merken!«

Es folgte ein langes Schweigen am anderen Ende. »Nun ja, ich fürchte, das kann ihr ganz egal sein, Poppy«, sagte er schließlich. »Es macht nämlich gar keinen Unterschied, ob sie heiratet oder nicht. Wenn sie irgendeinen Anspruch hat, dann bleibt der auch weiterhin bestehen.«

Ich starrte aus meinem Wohnzimmerfenster auf die Straße hinaus. Spürte, wie mein Magen in sich zusammenschrumpfte. »Aber – Simon Devereux hat Geld! Er ist ein Experte bei Sotheby's und arbeitet in der Bond Street ...«

»Bei Christie's. Ja, ich kenne Simon.«

»Ach ja? Na, dann wissen Sie ja Bescheid! Seine Mutter lebt in einer richtigen Villa – die habe ich schon gesehen – und die wird er offensichtlich erben. Sie kann doch nicht mein Geld nehmen, um dann mit ihm in Luxus zu leben!«

»Ich fürchte, genau das kann sie. Ich sehe mir die Sache noch einmal an, Poppy, aber sein Vermögen hat überhaupt nichts mit ihrem zu tun. Und eine Heirat, wie rasch sie auch sein mag, verhindert nicht eventuelle Ansprüche auf den Nachlass eines Exmannes, falls die denn bestehen.«

Das war freundlich gesagt, aber es nahm mir komplett den Wind aus den Segeln.

»Er war nicht ihr Ex. Er war meiner.«

»Ich weiß«, sagte er sanft. Und vielleicht schwang da auch ein Hauch von Mitleid mit.

Plötzlich fragte ich mich, was für eine Figur ich eigentlich bei der ganzen Sache machte: die getäuschte, betrogene Ehefrau, deren Ehemann eine Geliebte hatte, die just in diesem Augenblick die Gäste bei ihrem Hochzeitsempfang begrüßte, während ich in atemloser Panik zurückblieb. Sie war ziemlich albern, diese Figur. Jemand, den Frankie als Loser bezeichnet hätte. Plötzlich glitt mein Leben vor meinem inneren Auge vorbei. Ich sah mein jüngeres Ich, wie es selbstsicher durch London kurvte in dem R5, den mein Vater mir gekauft hatte und den ich pink angemalt hatte, manchmal schaffte ich drei Partys an einem Abend und zog durchaus den einen oder anderen Blick auf mich, üblicherweise an der Seite des gutaussehenden Ben, der ein Siegertyp war, ganz klar. Also wie in Gottes Namen hatte es nur so weit kommen können? Wer war diese atemlose Witzfigur, die, noch immer im Mantel, ihr Handy umklammert hielt und mit schriller werdender Stimme einem Mann etwas vorjammerte, von dem sie viel hielt, den anzurufen sie vielleicht nur einen Vorwand gebraucht hatte ... und bei dem sie sich nun beklagte, das sei einfach nicht fair? Wie hatte ich mir im Laufe der Jahre so verlorengehen können, wie Sand durch eine geballte Faust rieselt, bis nur noch ein winziger Rest in der Handfläche zurückbleibt.

»Es wäre doch unfair«, erklärte Sam, während ich ganz still dasaß, »würde man zwischen einer Frau, die vermutlich wieder heiratet, und einer, die das nicht tut, unterscheiden. Ein Richter kann unmöglich sagen: Also Sie sehen aus wie die letzte Gießkanne, Sie will bestimmt keiner mehr, deswegen geben wir Ihnen jede Menge Geld. Und zu jemandem wie Miss Harding: Sie kriegen nicht viel Geld, weil Sie gute Aussichten haben, wieder zu heiraten.«

»Haben Sie sie gesehen?«

»Nein, natürlich nicht.«

Aber er stellte sie sich vor. Und er hatte Recht. Sie sah gut aus. Nicht schön, aber attraktiv. Sexy, würde ein Mann sagen.

»Aber wie schon gesagt, ich bin nicht über die Gesetzgebung bezüglich dieser Situation im Bilde. Die Tatsache, dass sie mit Ihrem Mann gemeinsam dieses Geld verdient hat, ist ziemlich ungewöhnlich. Ich werde mich schlaumachen und mich dann wieder bei Ihnen melden. Ruhig, Tess.«

»Tess?« Ich blinzelte. Mit wem teilte er da meine beschämendsten Geheimnisse?

»Mein Pferd«, lachte er. »Sorry. Ich sitze gerade im Sattel. Bin mit den Armitages unterwegs. Aber keine Sorge, ich bin zurückgeblieben, als Sie angerufen haben. Sie sind außer Hörweite.«

»Die Armitages?«

»Ja.«

»Das amerikanische Ehepaar?«

»Ja, Chad und Hope. Sie wollen nächste Woche unbedingt bei der Jagd mitreiten und deswegen habe ich gesagt, dass ich ihnen zwei Pferde aus meinem Stall leihe. Und jetzt wollten wir sehen, wie sie zurechtkommen.«

In meinem Kopf schwirrte es nur so. Ich schüttelte ihn kurz. »Was haben Sie ihnen geliehen …?«

»Zwei Jagdpferde, die noch frei waren. Ehrlich gesagt, wird es ihnen guttun, mal wieder richtig bewegt zu werden.«

Ich starrte einen feuchten Fleck auf der Wand mir gegenüber an.

»Wo wohnen Sie eigentlich?«

Ich konnte nichts dafür. Es kam einfach so heraus.

»Mulverton Hall«, sagte er und klang überrascht. »Das ist in der Nähe von Leighton Park, gar nicht weit von Ihrem Dorf, um genau zu sein.«

Das kannte ich. Natürlich kannte ich es. Und ich kannte auch die Geschichte dazu. Alt, hübsch, nicht direkt baufällig, aber heruntergekommen. Und verpachtet, weil der Besitzer, den noch niemand je gesehen hatte, in Amerika lebte. Aber kürzlich war er zurückgekehrt, allerdings ohne seine schöne amerikanische Frau, die ihn vor einigen Jahren verlassen hatte. Und noch kürzlicher hatte er sein Haus in London aufgegeben und war in das Haus gezogen, in dem er aufgewachsen war. Hatte seine Karriere in der City hingeschmissen, um hier vor Ort zu arbeiten, ein neues Leben anzufangen. Er war Anwalt, hatte Angie zu wissen gemeint. Aber wie schon gesagt, eigentlich wusste keiner Genaueres über den Mann. Abgesehen von der Tatsache, dass er Pferde hielt. Ich holte tief Luft, atmete zitternd aus. Das hier war kein leicht chaotischer Anwalt in einem unordentlichen Büro am Ende einer knarrenden Treppe, einer, den ich in einem geheimen Winkel sofort gemocht, ja beinahe als seelenverwandt erkannt hatte und bei dem ich gedacht hatte, hier könnte ich vielleicht eine kleine Chance haben. Was sich nun abspielte, war ein ganz anderes Szenario als jenes, das ich mir verträumt in meinem Kopf geschaffen hatte. In dem er jeden Abend in seine kleine möblierte Einzimmerwohnung zurückkehrte, vielleicht über einem Laden, und sehnsüchtig an die junge Witwe dachte, die er tagsüber beraten hatte. Auf diesem hier stand in hell glitzernder Neonschrift geschrieben: *Außerhalb deiner Reichweite!*

Das hier war ein Mann, der sich prächtig mit Chad und Hope verstand, der Simon Devereux kannte – zweifellos waren ihre Familien befreundet, wie man das unter Großgrundbesitzern auf dem Land nun mal so war –, und bald würde er zweifellos auch Emma vorgestellt werden, Simons Frau. Und schwuppdiwupp würden sie sich gegenseitig zu Dinnerpartys einladen. Chad und Hope, Simon und Emma, Sam und … tja, wen nehmen wir denn da … Emmas beste Freundin, äh, Lucinda. Lucinda Worthington-Squiggle, Squiggs genannt. Eine langbeinige, pferdeverrückte Schönheit, die über den Tisch hinweg einen Blick auf Sam werfen würde, sein nettes Lächeln, seine relaxte Art, sie würde sein schönes Haus kennenlernen, von dem alle sagten, es sei himmlisch, aber es fehle die Hand einer Frau. Und ehe ich mich's versah, würde ich das *Gloria* schon bei der nächsten Hochzeit singen. *Gloria, Gloria, Gloria,* ich und Molly – zweifellos beide mit einer Pflegerin an unserer Seite –, bevor ich in mein Häuschen zurücktrullerte, um mir Leber mit Speck zu braten.

»Es tut mir leid, dass ich Sie gestört habe, Sam«, sagte ich und mein Atem war flach und unregelmäßig. »Ich, äh, warte dann, was ich von Ihnen höre. Falls Sie zu dem Schluss kommen, dass da für die getäuschte Ehefrau überhaupt noch etwas drin sein sollte«, konnte ich mir nicht verkneifen.

»Ich melde mich bei Ihnen«, versicherte er mir, während er sein unruhiges Schlachtross im Zaum halten musste, zweifellos nur darauf wartete, die anderen einzuholen, und daher meinen Unterton nicht registrierte, zum Glück, denn was sollte das eigentlich gewesen sein, Poppy? Sarkastisch? Bitter? Aber er musste weiter. Die Armitages galoppierten jetzt sicher schon durch seine gepflegten Parkanlagen unten beim See, über dem das elegante Haus oben auf dem Hügel thronte. Hope ritt im Damensattel in einem langen, schwarzen Kostüm; Chad in Kniebundhosen und ohne Kopfbedeckung; Sam in einem weißen Hemd, das sich ein wenig aufbauschte.

Wir verabschiedeten uns. Ich saß im Mantel auf meinem kackbraunen Sofa und drückte Knie und Hände fest zusammen, kalt und illusionslos. Ich sollte jetzt das Feuer anzünden und Mittagessen machen. In der Küche nach dem Rechten sehen. Nicht meine unter Fünfjährigen am Tisch allein lassen, auch wenn Archie sicher angeschnallt war, sondern mit ihnen zusammen dort drinnen Kekse backen, während *Nellie der Elefant* auf CD ganz mühelos für Fröhlichkeit sorgte. Aber mein Leben fühlte sich nicht fröhlich an. Ich richtete meinen Blick auf die feuchte Wand. Ich hatte gedacht, in Sam einen Menschen erkannt zu haben, der ein wenig so war wie ich, der ein paar Stiche an seinem Hemdsärmel brauchte und wie ich selbst auch ein paar Flicken auf seinem Leben. Aber sein Leben war gar nicht wie meins. Es war in weit besserem Zustand. Natürlich, er schien keine Kinder zu haben, das machte die Sache einfacher, aber selbst Angies Ex Tom, der ja eigentlich zwei Kinder hatte, war dennoch frei und ungebunden – obwohl Peggy meinte, auch seine neue Beziehung habe ihre Probleme. Da war offenbar eine Vorliebe für Extremsportarten aufgetaucht, die Tom nicht teilte, insbesondere Bungee-Jumping. Nun ja, Tom musste ja nicht den ganzen Tag Bungee-Jumpen, oder? »Ich hoffe, das verdammte Seil reißt«, hatte Angie gezischt. Und selbst wenn es zu Ende ging – mit der Beziehung, nicht mit Tom –, dann waren Männer per definitionem leichter fähig, sich aufzurappeln, sich den Staub aus den Kleidern zu klopfen, ein Lächeln aufzusetzen und zu sagen: Hallo, Lucinda! Ach, Squiggs, ja? Schön, dich kennenzulernen. Ein Glas Champagner?

Das Geräusch der Türklingel ließ mich zusammenzucken. Aus der Küche tönten die Stimmen der Kinder: inzwischen weniger glücklich, eher schrill und wütend. Ich sollte wohl besser eingreifen, bevor es kritisch wurde. Plötzlich schrie Archie vor Wut laut auf, weil Clemmie ihm zweifellos gerade seinen letzten Keks geklaut hatte. Ich kniff die Augen fest zusammen. Sollte ich zu meinen schreienden Kindern gehen oder an die Tür? Wieder klingelte es. Ein längeres und drängenderes Signal, und diesmal erhob ich mich mühsam. Langsam ging ich durch den Flur in die Küche, wo Archie, knallrot im Gesicht, aus vollem Halse schrie. Ruhig schnallte ich ihn aus seinem Hochstuhl und setzte ihn auf meine Hüfte, bevor ich in die Keksdose griff und ihm wortlos einen reichte. Er nahm den Keks und das Gebrüll hörte sofort auf, sein Gesicht war klitschnass, die Nase voll Rotz, kochend heiß hockte er an meinem Körper. Ich nahm einen weiteren Keks und reichte ihn meiner Tochter, die mit blassem Gesicht, still und abwartend mit dem Rücken zu mir vor dem Fernseher saß. Überrascht nahm sie den Keks und sah mich mit schlechtem Gewissen an. Es fielen keine Worte. Als dann die Türklingel zum dritten Mal ertönte, ging ich mit Archie auf dem Arm durch den Flur zurück, um aufzumachen. Nur ein ganz besonders aufmerksamer Beobachter könnte bemerkt haben, dass ich noch immer den Mantel nicht ausgezogen hatte und dass die meisten Mütter das patschnasse Gesicht ihres Kindes mit der Hand abgewischt hätten, bevor sie die Tür öffneten. Aber abgesehen davon, war alles wie immer. Ach ja, und normalerweise machte ich das Licht an, bevor ich die Tür öffnete, weil der Flur so dunkel war, aber ich konnte mich nicht dazu aufraffen. Ich konnte mich nicht mal aufraffen, das Licht anzumachen? Irgendwo in weiter Ferne ertönte schwach eine Alarmglocke, ich streckte rasch die Hand nach dem Schalter aus und hob ein wenig das Kinn, bevor ich die Tür aufmachte.

»Oh, hallo Pete.«

Fast sah es aus, als wäre er schon wieder auf dem Sprung, doch Pete Chambers drehte sich auf halbem Weg noch einmal um. Er trug eine alte Levis, ein weißes T-Shirt und einen leuchtend blauen Pullover mit V-Ausschnitt. Das sah nicht schlecht aus. Er schenkte mir ein strahlendes Lächeln, fuhr sich mit der Hand durch die blonden Haare und kam den Weg wieder heraufgesprungen.

»Hallo Poppy! Wo hast du denn gesteckt? Warst du auf dem Thron? Im kleinsten Raum des Hauses beschäftigt? Ich wollte schon aufgeben und mir alleine einen hinter die Binde kippen.«

»Tut mir leid. Archie hat geschrien. Hab die Klingel nicht gehört.« Ich hatte auch nicht die Kraft zu lächeln.

»Oh, verstehe.« Er zögerte, vielleicht etwas verunsichert von meiner versteinerten Miene. Und ich hatte ihn nicht hereingebeten.

»Na ja, vielleicht habe ich nicht fest genug gedrückt, man weiß nie so genau, ob es eigentlich drinnen oder draußen lauter klingelt.« Er leckte sich die Lippen, da ich keine Antwort gab. »Äh, Poppy«, fuhr er tapfer fort, vielleicht einen Tick nervöser als sonst. »Ich wollte fragen, ob du und die Kinder vielleicht mit mir Mittag essen wollt. Ich wollte mir eigentlich drüben im Rose & Crown was holen und die haben da nichts gegen Kinder, ich hab gefragt. Solange man nicht in den

Bar-Bereich geht, ist es okay. Und einen Kinderteller haben sie auch, Chicken Nuggets und Pommes.« Unsicher wartete er ab, wie ich seinen Vorschlag aufnehmen würde.

Ich dachte nach. Ein weiterer Grund, warum ich die Kirche so eilig durch die Seitentür verlassen hatte, war der, dass ich Pete hatte aus dem Weg gehen wollen, der gewiss nach dem Gottesdienst nach mir Ausschau halten würde. Ich war mir nämlich nicht so sicher, ob ich schon bereit war für den romantischen Werbefeldzug, den er, wie ich ahnte, auf mich richten würde. Ich wusste, dass ich seinem Drängen durchaus erliegen konnte, wenn er den Druck noch ein wenig verstärkte, was er offenbar vorhatte, dieser nette junge Mann mit seinem Megawatt-Lächeln, dem wuscheligen Blondschopf und den blauen Augen. Augen, die scheinbar nur mir galten.

Und plötzlich hatte ich gar keine Lust mehr auf mein kaltes Häuschen, meine streitenden Kinder, meine alten Eier im Kühlschrank zum Mittagessen. Dagegen durchaus auf die Wärme des gemütlichen Pubs gegenüber, mit den offenen Kaminen und ja, zugegeben, jeder Menge interessierter Dorfbewohner. Plötzlich war die Entscheidung ganz leicht.

Ich setzte ein Lächeln auf, das strahlendste, das ich unter den gegebenen Umständen zustande brachte. Spürte, wie es nur ganz leicht wackelte.

»Danke, Pete. Das wäre schön.«

# 19

Das nächste Treffen des Buchclubs sollte in dieser Woche bei mir zu Hause stattfinden, damit ich nicht schon wieder einen Babysitter organisieren musste, aber einer nach dem anderen riefen die Mitglieder an, um sich zu entschuldigen. Jennie war die Erste und sie kam gleich zur Sache.

»Ich komme am Dienstag nicht, Poppy, weil ich das Buch nicht gelesen habe. Ich komme einfach nicht über das erste Kapitel hinaus. Bei Wikipedia steht, dass es eines der schwierigsten Bücher in englischer Sprache überhaupt ist, und das glaube ich sofort. Ich habe es sechs Mal probiert und jedes Mal bin ich verwirrt, kapiere nichts und schlafe sofort ein. Tut mir leid. Das ist ganz offensichtlich zu kopflastig für mich.«

»Aber ich habe es doch auch nicht gelesen, Jennie«, sagte ich nervös. »Lass mich nicht hängen. Was soll ich denn machen? Es ist doch bei mir zu Hause. Muss ich da nicht den Vorsitz übernehmen oder so?«

»Nein, nein, mach dir da mal keine Sorgen, das übernimmt schon jemand anderes. Frag Angie; die macht das gerne. Oder sogar Angus – der wird es noch lieber tun. Dann kann er sich wichtig fühlen.«

Aber schon kurze Zeit später rief Angus an, um mir die Einzelheiten eines plötzlichen und geheimnisvollen Leidens anzuvertrauen.

»Tut mir leid, Poppy, altes Haus, aber ich weiß nicht, ob ich es diesmal schaffe. Hab mir irgendwie den Magen verdorben. Ja – und dann noch dieser blöde Reizhusten. Konnte die ganze Nacht nicht schlafen.« Er lieferte ein höchst überzeugendes Beispiel und bellte ins Telefon.

»Alles klar, Angus, kein Problem.«

»Schade, weil, das Buch ist nämlich ... super. Aber du sagst mir Bescheid, wenn ihr euch wieder mal einen Thriller vornehmt, ja? Wie wär's denn mit diesem dänischen Typen, Stieg irgendwas?«

Warum sollte ich eigentlich plötzlich für die Leseliste verantwortlich sein?

»Mach ich, Angus.«

»Übrigens: Schön, dass du dir neulich ein kleines Essen mit Pete gegönnt hast. Netter Kerl, nicht wahr?«

Ich knirschte mit den Zähnen und verabschiedete mich. Nicht nur für die Leseliste verantwortlich, sondern auch schon so gut wie verlobt.

Als Nächstes rief ein wenig aufgebracht die heilige Hilda an.

»Das ist einfach nicht meine Art von Buch, Poppy.« Als hätte ich es ausgesucht ... »Es tut mir leid, dass ich nicht kommen werde. Ich weiß, dass ich vorgeschlagen habe, wir sollten etwas lesen, das etwas anspruchsvoller ist, aber ich dachte da an etwas Aktuelles, so Booker-Prize-mäßig. Das hier ist, als würde man durch Treibsand waten. Und es ist ja schön und gut, sich an solchen schweren Klassikern zu versuchen, aber manche Leute haben nebenher auch noch einen Vollzeitjob. Da wollen wir nicht zu Hause gleich weiterarbeiten müssen.«

Ich hielt das Telefon ein Stück von meinem Ohr weg. Meine Güte noch mal.

»Außerdem denke ich, dass es ... nicht gut wäre.«

»Wieso?«

Ich hatte mich noch nicht von dem Seitenhieb gegen die untätigen Hausfrauen erholt. Meinte sie etwa, weil Pete da sein würde?

»Pete wird sicher da sein.« Aha. »Und er hat seine Gefühle ja scheinbar gegenüber dem gesamten Dorf deutlich gemacht. Ich kann nicht mit dir mithalten, Poppy, nicht in dieser Hinsicht.« Sie schluchzte erstickt auf und dann wurde die Verbindung mit einem Klicken unterbrochen.

Ich starrte verwundert das Telefon an. In welcher Hinsicht? Instinktiv blickte ich auf meine Brust hinunter. Nein, da hatte Hilda wirklich viel mehr zu bieten. Dachte sie etwa, ich hätte das Buch gelesen? Mein Hirn wäre leistungsfähiger? War sie nur bis Seite drei gekommen und hatte gedacht: Mannomann, wenn Poppy das gelesen hat, dann kann ich echt nicht mithalten?

Aber wie sich herausstellen sollte, würde auch Pete nicht da sein. Er rief an, um sich begeistert über unser Mittagessen zu äußern und zu sagen, wie sehr er es genossen habe; und es war auch wirklich sehr nett gewesen im Nebenzimmer des Rose & Crown, gemütlich am Kamin mit den Kindern. Pete hatte Clemmie beigebracht, einen Bierdeckel auf der Nase zu balancieren, und alle hatten gelacht, als Archie sich einfach einen auf den Kopf gelegt und beifallheischend in die Runde geblickt hatte. Aber leider, meinte Pete, hätte er am Dienstagabend einen beruflichen Termin.

»Schade, denn das Buch ist wirklich total fesselnd.«

»Ja, das ist es wirklich, Pete.«

»Hast du's gelesen?« In seiner Stimme klang eine gewisse Überraschung mit.

»Oh ja, von vorne bis hinten.«

»Ich auch«, sagte er rasch.

»Was hältst du davon, dass sich der Protagonist mittendrin einer Geschlechtsumwandlung unterzieht?«

Schweigen. »Ich fand, das war ... eine gelungene Wendung.«

Ich lächelte. »Ich hab's auch nicht gelesen, Pete.«

»Haha! Der war gut, Poppy.« Aber man konnte genau merken, dass er es nicht so toll fand, von mir vorgeführt zu werden. »Ich habe aber durchaus vor, es noch zu lesen.«

»Oh ja. Ich auch.«

»Und ich hatte mich gefragt, ob wir nicht vielleicht am Abend darauf etwas zusammen machen könnten? Uns einen Film ansehen oder so?«

»Kann ich mich noch mal bei dir melden, Pete? Wie immer muss natürlich zuerst die Kinderbetreuung gesichert sein.«

»Ich könnte auch zu dir kommen.«

Ich hielt den Atem an. Das war ganz klar der nächste Schritt und ich wusste nicht, ob ich den tun wollte. Bei mir zu Hause ein gemütliches Abendessen, eine Flasche Wein, die Kinder schliefen. Später dann Kaffee auf dem Sofa vor dem Kamin. Aber warum eigentlich nicht?

»Wir schauen mal«, versicherte ich ihm. »Ich rufe dich an.«

Ich legte das Telefon aus der Hand und eilte in die Küche. Anscheinend brauchte ich etwas Abstand. Aber schon wenige Minuten später war ich zurück, diesmal war Angie dran, die sagte, sie werde am nächsten Tag eine Jagd mitreiten und deswegen sollten wir nicht mit ihr rechnen, obwohl sie das Buch ganz *hinreißend* fand. Ja, sie hielt die Geschlechtsumwandlung für *absolut* plausibel und sie fand, es wäre ein passendes Motiv, um die Vergänglichkeit des Lebens aufzuzeigen. Ob ich nicht auch fände, es wäre äußerst emblematisch bezüglich der Kurzlebigkeit der dinglichen Welt.

Ermattet pflichtete ich ihr bei. Obwohl ich nicht einsah, warum einen eine Jagd am nächsten Tag von der Teilnahme an einem Buchclub abhalten sollte, und das sagte ich ihr auch.

»Ja, aber weißt du, ich bringe meine Sachen gerne schon am Abend vorher in Ordnung. Flechte meinem Pferd die Mähne und so was. Es ist das erste Stelldichein der Saison. Alles sehr hochgestochen.«

Es war allgemein bekannt, dass Angie das Jagen äußerst ernst nahm, was so weit ging, dass sie währenddessen einer Wesensveränderung unterlag, im Feld auf einschüchternde Weise Befehle blaffte und zu einem berittenen Handbuch der Jagdetikette wurde. Es bestand also kein Zweifel, dass ihr Pferd allen möglichen Reinigungsritualen unterworfen wurde. Allerdings war ich mir ziemlich sicher, dass sie eine ganze Armee von Helfern hatte, die das für sie übernahmen, aber ich wollte mich nicht mit ihr streiten.

»Außerdem muss ich natürlich entsprechend aussehen, weil der neue Jagdherr absolut göttlich ist, das hab ich dir doch schon erzählt?«

»Hast du.«

»Und der ist nämlich für mich reserviert«, erklärte sie nachdrücklich. »Mein Name steht direkt auf seinem schnuckeligen, knackigen Reithosenhintern. Single, reich, gutaussehend – heiß.«

»Alles deins, Angie.« Sollte das etwa eine Warnung in meine Richtung sein?

»Und Chad und Hope Armitage werden wohl auch dabei sein und sie werden natürlich in einem makellosen Outfit da aufkreuzen.«

»Ja, das habe ich schon gehört.«

»Woher hast du das denn gehört?«

»Ach … das hat mir jemand erzählt. Viel Vergnügen, Angie.«

»Werde ich haben. Übrigens, wie schön, dass du neulich mit Pete zu Mittag gegessen hast. Das ist wirklich süß, Poppy!«

Na dann war ja alles klar. Ich war versorgt. Die Leute sind einfach froh, wenn sie sich nicht mehr um mich kümmern müssen, dachte ich unfreundlich.

»Er ist nur ein Freund«, bemerkte ich genervt.

»Oh, ja *natürlich.*«

Und dabei beließen wir es.

Später traf ich Hope im Dorfladen. Ich hatte sie dort noch nie gesehen und angenommen, dass sie immer bei Fortnum & Mason einkaufte, bevor sie aufs Land fuhr. Sie sah aus, als wäre sie unterwegs zu einem Mittagessen in einem noblen Londoner Restaurant, während sie in Wirklichkeit nur Rice Krispies kaufen wollte. Ihre dunklen Haare waren zu einem eleganten Knoten zurückgekämmt und sie trug glänzende, flache schwarze Stiefel, einen kurzen grauen Glockenrock und eine adrette weiße Hemdbluse. Es war so ein lässig-stylisches Outfit, wie es in unserem Dorf sonst keiner zustande brachte.

»Oh – hallo, Poppy.« Sie wirkte verlegen. »Wegen des Buchclubs …«

»Keine Sorge, der ist schon abgesagt. Irgendwie schien die Begeisterung diese Woche nicht so groß zu sein, was doch komisch ist, wenn man bedenkt, dass wir einen der bedeutendsten Romane der Literaturgeschichte lesen, Hope.« Ich wiederholte bewusst genau ihre Worte.

»Wenn nicht den bedeutendsten überhaupt«, warf sie rasch ein. »Ich werde schon ganz kribbelig, wenn ich das Buch nur in die Hand nehme!«

»Oh, ich auch. Aber ich nehme an, dass Sie am Tag darauf bei der Jagd mitreiten, nicht wahr?«

»So ist es, genau. Ist dieser Stephen Dedalus nicht unglaublich gut?«, säuselte sie und legte eine Hand auf meinen Arm.

»Ist das der neue Jagdherr?«

Sie runzelte die Stirn. »Nein, das ist eine Figur aus *Ulysses.*«

»Oh.« Mir kam der Verdacht, dass ich hier tatsächlich auf die einzige Person gestoßen war, die das Buch wirklich gelesen hatte. »Traumhaft«, pflichtete ich ihr bei. »Bis zu der Stelle mit der Geschlechtsumwandlung.«

Sie sah mich lange und konzentriert an. »Ja-a ... Aber andererseits wird man keineswegs dazu verleitet, ihn als den traditionellen, romantischen Helden zu sehen, nach dem Muster eines Mr Rochester aus *Jane Eyre.*«

»Nein, keineswegs«, pflichtete ich ihr bei. Ich runzelte die Stirn. »Und finden Sie nicht auch, dass es emblematisch ist für die Vergänglichkeit des Lebens. Symptomatisch dafür, wie flüchtig die dingliche Welt sein kann?«

»Ja!«, sagte sie eifrig. »Genau so ist es, nicht wahr?«

»Obwohl das Buch, unter uns gesagt, nicht ganz den Reiz eines guten Schmökers hat wie zum Beispiel der von Jilly Cooper.«

Jetzt konnte sie mir nicht mehr folgen. Meine tiefgehende Analyse der zeitgenössischen Literatur war zu viel für sie um halb zwölf Uhr im Dorfladen. Sie wirkte verwirrt.

»Jilly ...?«

»Egal. Jedenfalls habe ich, wie schon gesagt, die Sache morgen abgeblasen.«

»Wie bedauerlich. Und es ist schade, dass wir uns nicht alle wiedersehen. Chad und ich haben uns beim letzten Mal so gut unterhalten. Aber ich denke, wir sehen uns bei der Jagd, oder? Da sind meistens auch eine ganze Menge Zuschauer dabei, die zu Fuß folgen«, fügte sie freundlich hinzu.

Ich blinzelte. »Ja, vielleicht.«

Sie bedachte mich noch mit einem hinreißenden Lächeln und schwebte auf einer Wolke von Diorissimo mit klimperndem Charm-Armband zur Tür hinaus.

»Gehst du da auch hin?«, fragte Yvonne mich, während sie die Bananen abwog, die ich ihr gereicht hatte.

»Wohin?«

»Zu der Jagd.«

»Ich weiß nicht. Wo findet die denn statt?«

»Mulverton Hall um elf. Das ist das Haus von dem alten George Hetherington, das jetzt seinem Sohn gehört. Kennst du es?«

Ich starrte sie an, als sie mir mein Obst in einer braunen Papiertüte zurückgab. »Na ja, nicht besonders gut. Aber ich weiß, wo es ist.«

»Er ist anscheinend aus London hergezogen, um es wieder zu übernehmen. Das Haus war jahrelang an alle möglichen Leute verpachtet, die sich nicht richtig darum gekümmert haben, bis der Alte gestorben ist. So ist es eben, wenn einem das Haus nicht gehört, stimmt's? Und den Garten haben sie total verkommen lassen, was man so hört. Eine Schande. Wär doch schön, wenn dem jemand ein bisschen Leben einhaucht, was? Außerdem ist es immer gut, wenn mal wieder frisches Blut in die Gegend kommt.« Sie grinste und gab dabei den Blick auf ihre ungewöhnliche Zahnausstattung frei.

»Danke, Yvonne«, sagte ich, als sie mir das Wechselgeld gab, und wandte mich zum Gehen. »Schönen Tag noch.«

»Dir auch, Poppy. Und es freut mich, dass du wieder auf die Füße kommst.«

Ich drehte mich zu ihr um. Sie hatte die Stimme konspirativ gesenkt, obwohl außer mir keiner im Laden war. »Dass du wieder mal rauskommst«, fuhr sie leise fort. »Und kümmere dich nicht um die, die meinen, es wäre noch ein bisschen früh. Man kann ja nicht ewig in Sack und Asche gehen. Ich weiß noch, als mein Bill gestorben ist, da bin ich monatelang nicht vor die Tür gegangen, aber das ist eben nicht bei jedem so, nicht wahr?« Sie warf mir noch einen mitfühlenden Blick zu, bevor sie sich geschäftig daranmachte, eine soeben eingetroffene Lieferung Toilettenpapier zu verstauen, die sich in einem bedrohlich hohen Stapel neben dem Postschalter türmte.

Nachdenklich ging ich nach Hause. Ihre Bemerkung ließ mich nicht kalt, aber sie erschütterte mich auch nicht. Nein, ich würde mich nicht darum kümmern. Yvonne konnte ja nicht wissen, dass es in meinem Leben schon seit vielen Jahren keinen Mann gegeben hatte; konnte nicht wissen, dass es keinesfalls zu früh, sondern höchstens zu spät sein könnte.

Archie war jetzt in seinem Buggy tief und fest eingeschlafen. Seine Wimpern formten perfekte Halbmonde, sein Mund stand leicht offen, der nasse Daumen war ihm auf die Brust gesunken. Als ich zu Hause angekommen war, hob ich ihn vorsichtig hoch und trug ihn nach oben in sein Bettchen, bevor ich wieder nach unten ging, um mit verschränkten Armen aus dem Fenster auf die Straße hinaus zu blicken.

Grauer Dunst hatte sich wie eine alte Daunendecke auf die Landschaft gelegt, die einst raschelnden, goldenen Blätter lagen jetzt feucht und matschig am Boden. Natürlich, es war ja die Jahreszeit dafür. Jagdsaison. Eine Zeit, zu der Schüsse in die Luft gefeuert wurden, Hörner ertönten und Lagerfeuer knisterten. Die lange Zeit der Vorbereitung auf Weihnachten, während der sich die Leute in den Städten ruhig zurückzogen und die auf dem Land erst richtig in die Gänge kamen, die Sporen polierten, die Trinkflaschen füllten, die Pferde startklar machten. Für die Jagd. Eine uralte Tradition, bei der sich, wie mir schien, noch immer die Spreu vom Weizen trennte. Zumindest war es bei uns im Dorf so. Zu Pferd waren dabei Chad und Hope Armitage, Angie Asher, Mary Granger, früher, als sie noch jünger waren, auch Angus und Sylvia, die sich nun von ihrem Enkel Hugo vertreten ließen, der gerade erst seinen Schulabschluss in Harrow gemacht hatte, und zweifellos auch Sam Hetherington. Zu Fuß folgten Leute wie ich, Jennie, Yvonne, Bob, Frank – ach ja, und natürlich Luke, der hier in der Gegend alle Pferde beschlug, ohne jedoch selbst eines zu besitzen.

Hope hatte mich ganz automatisch in die Fußvolk-Kategorie gesteckt, ohne auch nur darüber nachzudenken. Und sie hatte ja Recht. Ich war früher schon manchmal zu Fuß dabei gewesen und hatte beim Stelldichein mit herumgestanden. Bei dieser Jagd würde das ganze Dorf anwesend sein, es war die erste der Saison, da ging man einfach hin, wenn man kein ausgesprochener Jagdgegner war, was hier auf dem Land eher selten vorkam. Ja, alle würden da sein: die Reichen und Schönen im Sattel ihrer stampfenden, schnaubenden Tiere, mit klirrendem Zaumzeug und dieser gewissen Ausstrahlung von ... ja, was war das eigentlich? Sex? Geld? Status? Das niedere Volk, Leute wie ich, Jennie und Frankie würden staunend danebenstehen und dem Wirt helfen, den Portwein in kleinen Plastikbechern zu verteilen. Später würde die ganze Truppe dann mit Hörnerklang und erwartungsvoller Hundemeute elegant die Straße entlangtraben. Und Sam wäre mittendrin, flankiert vielleicht von Angie und Hope, beide äußerst sexy in ihren engen Reithosen, mit Haarnetz, Lippenstift und taillierten Reitjacken. Ich war mir ziemlich sicher, dass ich irgendwo noch so eine Jacke haben musste ...

Ich starrte in den Nebel hinaus. Eine Idee nahm in meinem Kopf Gestalt an, wurde immer dichter und verfestigte sich dann, genau wie der graue Dunst dort draußen. Plötzlich holte ich einer Eingebung folgend mein Handy aus der Hosentasche und hockte mich auf die Lehne des Sofas. Es klingelte eine Weile, bevor jemand dranging.

»Hallo Dad, ich bin's«

»Mein Schatz. Wie schön. Wie geht es dir?«

»Sehr gut«, versicherte ich ihm. Das war bis vor ein paar Tagen nicht der Fall gewesen, aber ich war entschlossen, dass es ab jetzt so sein würde. Dass ich keine Rückschritte mehr machen, nicht mehr in irgendwelche Löcher fallen würde. »Äh, Dad, du musst mir einen Gefallen tun.«

»Ja natürlich, Liebes, schieß los.«

»Kann ich mir ein Pferd leihen?«

»Ein Pferd?«

»Ja, hier findet übermorgen eine Jagd statt. Zur Eröffnung der Saison. Ich dachte, ich könnte vielleicht hingehen.«

Es folgte eine lange Pause. Als er schließlich etwas sagte, schwangen Unglaube und Freude in seiner Stimme mit. »Aber du bist doch schon seit Jahren nicht mehr geritten, Poppy!«

»Ich weiß, aber ich *kann* reiten, oder? So was vergisst man nicht.«

»Ja, klar, das ist wie Fahrradfahren, aber ...«

»Aber was?«

»Nun ja, eine Jagd ist eine ganz andere Sache, mein Schatz.«

»In welcher Hinsicht?«

»Nun ja, alles ist einen Gang höher geschaltet. Zäune, Gräben – das Pferd selbst. Mehr Adrenalin, viel höhere Geschwindigkeit.«

Ich stellte mir Sam vor, wie er seinem glänzenden Ross die

Sporen gab und selbstsicher dahingaloppierte, die Grangers direkt hinter ihm.

»Ich kann auch einen Gang höherschalten.«

»Natürlich kannst du das!«

Mein Dad hatte eine sagenhaft zupackende Art. Er hatte es als seine Pflicht angesehen, eine gewisse Warnung auszusprechen, was er hiermit getan hatte. Aber jetzt würde es kein Halten mehr geben.

»Komm morgen zu mir«, sagte er eifrig. »Ich werde sehen, was ich für dich finde. Tosca vielleicht. Oder sogar Badger? Eine ganz schöne Herausforderung. Ein Pferd für meine Tochter! Ja, komm morgen vorbei und dann kriegen wir das schon hin. Übermorgen hast du gesagt?«

»Ja.«

»Nun, dann nimmst du es am besten gleich in meinem Transporter mit und lässt deinen Wagen hier.«

»Aber … wo soll ich es denn hinstellen?« Ich sah mich fragend in meinem kleinen Wohnzimmerchen um.

»Hat deine Freundin Angie nicht einen großen Stall? Da kannst du es doch für die Nacht unterstellen.«

»Sie hat einen großen Stall …« Ich stand vom Sofa auf und erhaschte einen kurzen Blick auf mein Gesicht im Spiegel über dem Kamin: für meine Verhältnisse ziemlich gerötet. Ein Paar ungewohnt leuchtender Augen blickten mir entgegen. Ich leckte mir die Lippen. »Aber ich würde es gerne geheim halten. Und – du weißt schon – einfach so aufkreuzen. Alle überraschen.«

Das leuchtete meinem Vater sofort ein. Wenn es etwas gab, das er noch lieber mochte als eine Herausforderung, dann war es eine Überraschung. »Oh ja, das ist viel besser! Die werden Augen machen! Alle, die dich jetzt schon als verwelkte Witwe abgeschrieben hatten.«

»Ganz genau«, sagte ich rasch. Er hatte kapiert, worum es mir ging. Ich trat ans Fenster, den Arm noch immer um den Leib geschlungen. »Aber ... wo soll ich es dann bloß hinstellen, Dad? Meinst du, es würde hinten bei den Schafen auf der Weide gehen, wenn ich das mit dem Bauern kläre?«

»Die Bauern sind manchmal schrecklich eigen in diesen Dingen. Hast du nicht hinten im Garten so ein Nebengebäude?«

»Das nennt sich Schuppen, Dad. Und da sind ein Rasenmäher und Spaten und so was drin.«

»Na, den Rasenmäher kannst du doch woanders hinstellen, Liebes. Lass dich nicht von solchen Kleinigkeiten ausbremsen.«

Ich spürte, wie mein Vater sich immer mehr für diese Sache erwärmte. Es war ein offenes Geheimnis, dass er in der Vergangenheit schon ziemlich exzentrische Unterbringungsorte für seine Tiere gefunden hatte. Wir hatten einmal ein winziges Shetlandpony gehabt, das bei Regen in unsere Küche spaziert kam, um es sich neben dem Holzherd gemütlich zu machen. Und natürlich die Fische in der Badewanne. Ich spürte, dass ihn so ein kleines Problem nicht aufhalten konnte.

»Säg die Tür mittendurch«, wies er mich an. »Ich sehe den Schuppen nicht ganz vor mir, aber ich bin sicher, dass er groß genug ist. Mach dir deswegen jedenfalls keine Sorgen – da finden wir schon eine Lösung. Ich freu mich einfach so, dass du dir das zutraust, Poppy! Auf geht's, mein Mädchen. Das wird dir guttun.«

Nachdem ich aufgelegt hatte, kam mir der Gedanke, dass sich mein Vater in den letzten Wochen trotz seiner scheinbar entspannten Haltung vielleicht mehr Sorgen um mich gemacht hatte, als er nach außen hin gezeigt hatte. Er freute sich ganz offensichtlich ein Loch in den Bauch.

Während ich die Treppe hinaufsprang zu Archie, den ich oben weinen hörte, merkte ich plötzlich, dass ich vor mich hin summte. Ich hob meinen Sohn aus dem Bettchen, wirbelte mit ihm im Arm durchs Zimmer und er gluckste vor erstauntem Vergnügen. Ich drückte ihm einen dicken Schmatz auf die gerötete Wange. Nein, ich würde mich nicht abschreiben lassen. Jedenfalls noch nicht. Ich würde nicht still und leise im Halbschatten sitzen. Ich wollte einen Platz an der Sonne. Ich wollte mit Sam Hetherington zusammen die Straße entlangtraben, mit roten Wangen und glänzendem Lippenstift, ich war nicht die liebe Poppy Shilling, die langsam wieder auf die Füße kam; ich wollte dabei sein und mitreiten. Galoppieren vielmehr. Mit Archie im Arm schwebte ich aus dem Zimmer. Selbst wenn ich mir dabei den verdammten Hals brechen würde.

# 20

Als ich kam, saß mein Vater vor einer alten Elvis-DVD zusammengesunken auf seinem Sofa, bei dem man wegen der Sprungfedern genau wissen musste, wo man sich hinsetzen konnte. Ein paar Zwerghühner schienen ebenfalls zuzusehen von ihrem Platz oben auf dem Klavier aus, wo sie manchmal zwischen vergilbten Ausgaben der *Racing Times* brüteten. Die beiden Hunde lagen quer auf seinem Schoß. Dad spielte Luftgitarre, zupfte andächtig imaginäre Saiten und sang dabei leise vor sich hin. Als ich den Raum betrat, wandte er sich um und ich sah, dass seine wettergegerbten Wangen feucht von Tränen waren.

»Das ist die Stelle, wo sie ihm sagt, dass sie ihn nicht heiraten kann, weil sie an dieser schrecklichen Krankheit sterben wird, und er singt *This is My Heaven.* Gleich kommen die Hula-Mädchen.«

»Aha.«

Lächelnd ließ ich mich neben ihn fallen und schob Mitch ein Stück zur Seite. Ich war noch im Mantel, aber im Haus meines Vaters war es immer kalt; er trug seinen ebenfalls. Ich hatte den Film schon Millionen Male gesehen, war damit aufgewachsen wie mit all den anderen Schwarz-Weiß-Filmen in Dads Sammlung, aber er hatte noch immer einen gewissen Reiz und es dauerte nicht lange, bis auch meine Augen feucht wurden. Am Ende schunkelten wir sogar ein bisschen und winkten zusammen mit den Hula-Mädchen. Während mir beim Abspann noch immer die Tränen über die Wangen liefen, überlegte ich, ob sie Elvis und seiner verlorenen Liebe galten oder dem Gefühl, das mir dieses Haus immer vermittelte. Die Versuchung, den Daumen in den Mund zu stecken und für immer hierzubleiben und mit Dad alte Filme anzusehen, während das Foto meiner Mutter von der überfüllten Anrichte auf uns herunterlächelte. Hier in diesem Chaos aus Büchern, Zaumzeug, Flaschen, Zeitungen fühlte ich mich geborgen. Die meisten würden bestimmt zusehen, dass sie wegkamen von einem Ort wie diesem; warum also verspürte ich noch immer diesen unglaublichen Sog in mir?

»Okay. Die Party ist vorbei.« Das war Dads übliche Art, eine Decke über alle emotionalen Dinge zu breiten. Er schniefte gewaltig und erhob sich, bevor er ein rot-weiß getupftes Taschentuch aus der Hosentasche zog und sich kräftig schnäuzte. »Aber von Zeit zu Zeit ist es mal wichtig, dass man alles rauslässt«, bemerkte er rau.

Es war wichtig, dass man sich mal richtig ausheulte, wollte er damit eigentlich sagen. »Wo sind die Kinder?«, fragte er und stopfte das Taschentuch zurück in die Tasche, bevor er sich ein Glas Famous Grouse einschenkte, um die Nerven zu beruhigen. Nicht das erste des Tages, wie ich vermutete, und dabei war es noch nicht einmal elf Uhr.

»Bei Jennie.« Ich lehnte den Kopf an und blickte zu ihm empor. »Ich hätte sie nicht mit dem Transporter zurücknehmen können, Dad. Der hat keine Sicherheitsgurte.«

»Oh.« Wie erwartet machte er ein langes Gesicht. Er war enttäuscht. Er konnte nicht einsehen, warum meine Kinder, wo ich doch bereits unbeschadet in diesem Transporter durch die Gegend kutschiert war, das nicht ebenfalls konnten. Ganz gleich, wie oft ich ihm mit Gesetzen und Bußgeldern, ganz zu schweigen von schrecklichen Verletzungen, kam, er kapierte es einfach nicht.

»Aber dir ist doch auch nichts passiert«, sagte er dann immer. »Und ich fahre vorsichtig …«

»Ich weiß, Dad«, sagte ich dann verlegen und kratzte mich am Hals.

»Aber ich dachte, du könntest mit den beiden doch zu der Jagd kommen«, sagte ich zu ihm. »Vielleicht sogar ein wenig mitlaufen? Das würde ihnen bestimmt Spaß machen.«

»Und mir auch. Gute Idee. Das werde ich tun.« Zufrieden rieb er sich die Hände. »Jetzt komm. Lass uns mal schauen, was ich für dich habe.« Mal so richtig zu heulen, hatte ihn sichtlich erfrischt, dazu noch der Whisky und die Aussicht auf einen Ausflug mit seinen Enkelkindern, und so stapfte er munter zur Hintertür und zu seinen Stiefeln.

Ich erhob mich hastig. »Du willst damit sagen, dass du wirklich ein Pferd für mich hast?«

»Natürlich. Ich hab sogar zwei. Du hast die Qual der Wahl. Komm mit, sie sind drüben im Stall.

Ich spürte ein aufgeregtes Flattern in der Magengegend, während ich ihm nach draußen folgte. Puppen, Ponys, Jungs – das sind die drei Dinge, die angeblich die verschiedenen Stadien im Leben eines Mädchens bestimmen: die echten Übergangsriten. Und obwohl ich wohl nie zu Baby Born zurückkehren würde (wobei ich eingestehen muss, dass ich mich schon hin und wieder in Clemmies Zimmer auf dem Teppich wiedergefunden hatte, wo ich mit dümmlich verträumtem Gesichtsausdruck einer Barbie die Haare kämmte), so konnte ich mich in Krisenzeiten oder allgemeiner Dürre an der Männerfront durchaus darauf verlassen, dass Pferde meinen Herzschlag beschleunigten. Und so beschleunigte sich denn auch mein Puls, während ich meine

Schuhe gegen eines der vielen Paar Stiefel neben der Hintertür eintauschte und hinter meinem Vater her in den Stall eilte.

Um diese Jahreszeit standen die meisten seiner Pferde gut eingepackt in Pferdedecken draußen auf der Weide, nachdem sie die Nacht im Stall verbracht hatten, doch hier streckte nun in der ansonsten leeren Reihe von Stallabteilen ein gutaussehender Brauner seinen Kopf über die Tür. Er beobachtete uns, wie wir näher kamen. Er hatte ein freundliches, intelligentes Gesicht und seine Ohren waren gespitzt. In meiner Brust vollzog sich ein kleiner Tanz.

»Oooh ... Das ist aber ein Schöner.«

»Ja, nicht wahr?«, sagte Dad sanft. »Holländisches Warmblut. Reinrassig.«

Wir blieben vor seiner Box stehen und ich streichelte ihm über die samtene Schnauze, während er mir in die Hand blies. »Wie heißt er?«

»Also sein voller Name lautet Thundering Pennyford, aber er hört auf Thumper.«

»Thumper«, wiederholte ich. Mein Gott, war der hinreißend. Schlank, dunkel und köstlich. Außerdem ziemlich groß, dachte ich nervös, als ich über seinen gebogenen Hals in Richtung seines wohlgeformten Hinterteils schaute. Nebenan tauchte ein weiterer Kopf auf.

»Und wer ist das hier?« Ich ging zur Nachbarbox, wo eine kleinere, ein wenig struppige, gescheckte Stute neugierig nachsehen wollte, was die ganze Aufregung zu bedeuten hatte. Sie hatte blaue Augen und einen Rücken, der so breit war, dass man darauf den Tisch decken konnte.

»Agnes. Die sicherere Wahl.«

»Aha.« Ich streichelte auch ihr über die Stirn. »Soll das heißen, Thumper ist nicht sicher?«

»Oh doch, der ist auch sicher, aber er ist schnell. Er ist ein Warmblut, Poppy, hat einfach mehr Temperament.«

Temperament. Auf meiner ersten Jagd. Brauchte ich das? Oder brauchte ich Agnes? Solide und sicher. Thumper war aber schon toll. Und auf ihm würde ich natürlich viel besser aussehen in hautengen Reithosen und glänzenden Lederstiefeln. Und genau darum ging es ja. Agnes war süß, hatte aber nichtsdestotrotz einen Hauch von »Wo ist die Kutsche?« an sich.

Dad legte Thumper bereits die Zügel an. »Willst du ihn ausprobieren?«, fragte er ganz locker und führte ihn nach draußen.

»Klar. Warum nicht«, sagte ich ebenso locker.

Rasch legte Dad auch noch den Sattel auf.

»Dreh einfach mal ein paar Runden mit ihm dort drüben auf der Koppel und sieh zu, wie ihr klarkommt.« Mit einer zackigen Bewegung hatte er den Gurt festgezogen und rückte den Sattel am Steigbügelhalter zurecht.

Mit einem Satz war ich im Sattel, zufrieden, dass ich das noch immer ohne Hilfe konnte, denn wie gesagt, Thumper war nicht gerade klein. Dann fand ich den anderen Steigbügel und trabte lässig los. Natürlich hätte ich im Schritt anreiten sollen und Thumper erschrak ein wenig, als er so plötzlich aus dem Stand antraben sollte, aber abgesehen von einem kleinen Zucken meisterte er diese Überraschung problemlos. Beste Manieren, dachte ich, während wir weiterschwebten, und er gab der Trense nach, die ich zu meiner Freude noch immer kontrollieren konnte, sodass er seinen Hals entsprechend beugte. Fantastische Spannkraft, bester Gehorsam, kein Drängen. Aber Dad hatte immer nur beste Pferde in seinem Stall. Auf der Koppel ließ ich die Zügel locker und ließ ihn im Kanter gehen, den ich aber, beschloss ich, auf keinen Fall in einen vollen Galopp übergehen lassen würde. Dann wechselte ich die Hand und ritt alles noch einmal andersherum. Erhitzt und überglücklich kam ich schließlich zum Gatter zurück, wobei ich wie eine Dampflok schnaufte und kräftig schwitzte.

»Nicht so fit, wie du mal warst«, bemerkte mein Vater grinsend und lehnte sich gegen das Gatter.

»Von wegen! Seit wann soll es anstrengend sein, auf einem Pferd zu sitzen?«

»Das sagen sie alle. Aber auf Agnes brauchst du nicht so fit zu sein. Da kannst du wirklich einfach nur draufsitzen. Der hier verlangt seinem Reiter schon mehr ab.«

»Aber er ist himmlisch, Dad.« Ich lehnte mich vor und streichelte ihm über den Hals.

»Oh ja, das ist er«, pflichtete mein Vater mir freudig bei.

Wieder einmal hatte er seine Pflicht getan, indem er ein Wort der Warnung ausgesprochen und den Datsun angepriesen hatte, während er im Stillen hoffte, dass ich mich für den Ferrari entscheiden würde, was ich natürlich auch tat.

»Und du willst sie gar nicht ausprobieren?«

»Ich glaube, die Energie habe ich nicht mehr.«

»Für eine mehrstündige Jagd brauchst du aber ein bisschen mehr Sitzfleisch.«

»Ich weiß«, sagte ich leichthin, »aber das übernimmt dann der Adrenalinschub.«

»Um ganz ehrlich zu sein, Poppy, ich weiß nicht, ob Thumper schon mal eine Jagd mitgemacht hat. Ich habe ihn als Vielseitigkeitspferd gekauft. Dachte, er wäre vielleicht etwas für die kleine Wilkinson. Keine Ahnung, ob er für die Jagd taugt.«

»Mach dir keinen Kopf, ein Vielseitigkeitspferd taugt auch zur Jagd. Das sind doch alles Hecken und Gräben, oder? Das erledigt der doch mit links.«

Ich schwang mich aus dem Sattel. Wer war diese Frau? Die ihren waghalsigen Vater beruhigte und diesem Mann, der das Risiko liebte und immer hart am Wind segelte, versicherte, dass er sich unnötig Sorgen machte? Dass das Leben selbst ein Kinderspiel war? Die sich ganz locker in den Sattel eines unbekannten Vollblüters schwang, obwohl sie seit zehn Jahren nicht mehr geritten war? Die schon wieder ihre Kinder der Nachbarin überließ, um genau das zu tun? Es war eine Frau, die den Hauch eines anderen Lebens gerochen hatte. Einen verführerischen Hauch, der von der anderen Seite des Dorfangers herüberwehte, wo die Frauen viel graues Kaschmir trugen und wöchentlich zur Jagd gingen, bei Fortnum & Mason einkauften und sich die attraktiven Männer angelten. Hope, Emma … Ich knirschte mit den Zähnen. Eine Frau, die seit jenem Telefonat mit Sam vor ein paar Tagen jeden Abend im Bett gelegen und sich vorgestellt hatte, hinter einer braunschwarzen Hundemeute herzugaloppieren an der Spitze des Feldes, inmitten der roten Röcke. Sam und ich sprangen Seite an Seite über eine Hecke und lächelten uns bei der Landung erfreut zu, wobei er meinen Sitz bewunderte, und dann, vielleicht am nächsten Hindernis, sah Sam mich so bewundernd an, dass er es vermasselte, den Absprung falsch einschätzte und abgeworfen wurde. Ich ritt los, um sein Pferd einzufangen. Führte es dorthin zurück, wo er sich dreckverschmiert und beschämt aufrappelte. Hielt das unruhige Tier fest, während er wieder hinaufkletterte mit einer Platzwunde am Kopf und einem atemlosen »Danke, Poppy!«, bevor wir davontrabten, um zum Rest des Feldes aufzuschließen, wobei ich über die Schulter zurückschaute, um sicherzugehen, dass mit ihm alles in Ordnung war; er dagegen war noch etwas benommen – sei es angesichts meiner Schönheit oder auch wegen des

Schlags auf seinen Kopf –, aber wild entschlossen, mich nicht aus den Augen zu lassen, mich nicht entkommen zu lassen.

Ich hatte mich in eine Frau mit einem Ziel verwandelt. Aber das war alles, was ich wollte, redete ich mir selbst ein: ein bewundernder Blick, ein kurzes Reinschnuppern in ein anderes Leben, dann würde ich es bleiben lassen. Denn ehrlich gesagt, war es mir dann auch egal. Ich konnte in mein anderes Leben zurückkehren – mein kleines Haus, meine Kinder –, glücklich in dem Bewusstsein, dass ich Sam und dem Rest des Dorfes bewundernde Blicke entlockt hatte. Oh ja, natürlich hatten sie alles mit angesehen, hatten an genau dieser Hecke gestanden, als wäre es der berühmte Becher's Brook. Ich würde glücklich und zufrieden sein, dass sie mich alle in einem anderen Licht gesehen und sich gefragt hatten: »Wow, wer ist denn diese Frau?« Das war alles, was ich brauchte. Ehrlich.

Mein Vater und ich aßen noch rasch zusammen Mittag, für das mal wieder unser alter Freund Mr Heinz sorgte – Dad holte es aus der Dose mit einem Löffel, der eine mehr als faire Chance hatte, dass damit gerade erst das Katzenfutter verteilt worden war –, und dann, nachdem ich noch den neuen Kanarienvogel bewundert hatte, der sich im Badezimmer die Seele aus dem Leib sang, machte ich mich auf den Weg. Gemeinsam luden wir Thumper in den Transporter – natürlich ließ er sich traumhaft hineinführen, ohne die Hufe in den Boden zu stemmen –, dann ging ich im Geiste die Liste der Dinge durch, die ich brauchte.

»Zaumzeug, Decken, Heunetze – das ist alles vorne im Führerhaus. Alles okay, mein Schatz?«

»Danke, Dad.«

»Und ich hab noch ein paar Futter-Rationen eingepackt, eine für heute Abend und die andere für morgen.«

»Super.«

»Und du glaubst, dass es mit deinem Schuppen gehen wird?«

»Nein, ich hab noch mal geschaut, der ist winzig und zu voll mit Gerümpel, deswegen habe ich den Bauern mit den Schafen hinten angerufen, und er meinte, ich könnte ihn für die eine Nacht in die Scheune stellen, die er da hat.«

»Na, das ist doch ideal!«

»Genau«, pflichtete ich ihm bei, ohne hinzuzufügen, dass es sich bei dem Bauern um Schmuddelbob handelte, der es quasi als Heiratsantrag genommen hatte, als ich auf seinem *Hof der heulenden Hunde* vorbeigekommen war, um meine Bitte vorzubringen. Er hatte wie bescheuert von einem Ohr zum anderen gegrinst und sich mit einem ebenso vielsagenden wie nervigen Zwinkern einverstanden erklärt, auch wirklich keiner Menschenseele etwas zu verraten, als ich sagte, es sei ein Geheimnis, fast so, als hätten wir soeben geplant zusammen durchzubrennen. Er hatte sogar versucht, mir einen Kuss auf die Wange zu geben, als ich ging. Bob benahm sich noch immer sehr seltsam.

»Und du kommst auch bestimmt zum Stelldichein und hilfst mir?«, fragte ich meinen Vater besorgt. Während ich Bobs Hilfsangebote allesamt zurückgewiesen hatte, wollte ich die meines Vaters doch liebend gerne annehmen.

»Natürlich bin ich da. Obwohl ich mich gerade frage, wenn ich sowieso zum Stelldichein komme, dann könnte ich dir Thumper doch auch direkt dorthin bringen …« Er runzelte die Stirn und wir betrachteten nachdenklich das Pferd, das schon fix und fertig im Transporter wartete. »Aber andererseits möchtest du ihn auch noch ein wenig besser kennenlernen, oder? Vielleicht sogar noch mal auf ihm reiten? Vermutlich ist er am besten bei dir aufgehoben.«

»Ja«, stimmte ich zögernd zu. Wir sahen uns unsicher an.

»Ich weiß was«, erklärte er plötzlich. »Sobald meine Jungs und Mädels hier gefüttert und getränkt sind, was ich ganz früh erledigen werde, komme ich direkt zu dir, um dir beim Aufzäumen und Verladen zu helfen.«

»Oh, würdest du das tun, Dad?«

»Klar.« Er strahlte. »Was für ein Spaß. Gut gemacht, Poppy. Ich finde, du bist wirklich sehr mutig.«

Fand er das? Ich war nervös, als ich zehn Minuten später mit einer halben Tonne Pferdefleisch hinter mir im Transporter gen Heimat trullerte. Wenn mein Dad fand, ich sei mutig, dann war das schon beunruhigend. Genauso, wie seinen Transporter zu fahren. Den hatte ich in meiner Jugend natürlich des Öfteren gefahren, aber ich hatte vergessen, wie breit er war und dass man natürlich nicht in den Rückspiegel schauen konnte, sondern sich auf die Seitenspiegel verlassen musste. Bestimmt brauchte man einen LKW-Führerschein. Dad hatte nichts in der Richtung gesagt, aber das war bei ihm auch nicht zu erwarten.

Ganz untypisch für mich, hatte ich bereits in weiser Voraussicht Unterstützung für meine Ankunft angefordert, sodass sich mir ein erfreulicher Anblick bot, als ich die letzte Kurve in unserem Dorf nahm. Auf dem Rasen in Jennies Vorgarten hockten alle Kinder, alias das Empfangskomitee. Archie saß auf Jamies Schoß und Hannah und Clemmie knieten Schulter an Schulter, ganz damit beschäftigt, Rosenblätter in Marmeladengläser auszuquetschen, um Parfüm zu machen, etwas, das meine Tochter bestimmt in den siebten Große-Mädchen-Himmel versetzte. Beim Anblick des Transporters ließen sie ihre Parfümerie aber stehen und liegen, sprangen auf und kamen hergelaufen. Gleichzeitig flog die Haustür auf und Jennie eilte ihnen hinterher den Gartenweg entlang, während sie sich die Hände an ihrer überlangen weißen Schürze abwischte.

»Du hast ihn«, hauchte sie und blickte mir ungläubig durch das geöffnete Fenster des Führerhauses entgegen. Die Kinder sprangen aufgeregt neben ihr auf und ab.

»Natürlich hab ich ihn.« Gewandt sprang ich aus dem Führerhaus. »Jetzt müssen wir ihn nur ausladen und nach hinten auf die Weide bringen.« Ich lächelte ihr siegessicher zu, während ich zur Rückseite des Transporters marschierte. Dabei kam ich mir vor wie der Rattenfänger von Hameln, mit all den Kindern auf den Fersen.

»Alle aus dem Weg!«, rief ich. »Tretet zurück, Leute, das Ding fällt ziemlich zackig runter!«

Sie wichen zurück, als ich nach dem Seil griff, mit dem man die Rampe hinunterlassen konnte. Und sie kam in der Tat mit einem gewaltigen Rumms auf die Straße geknallt, da alle Federn längst den Geist aufgegeben hatten. Jennie zuckte zusammen und die Kinder kreischten. Ich lachte nachsichtig und mir wurde klar, dass ich es ganz spannend fand, hier mal diejenige zu sein, die alles unter Kontrolle hatte.

Ich musste mir dieses Gefühl bewahren. Das hatte ganz entschieden etwas.

Thumper drehte den Kopf und bedachte mich mit einem misstrauischen Blick, als ich zu ihm hineinging. Er war ein wenig verschwitzt, wie ich bemerkte, aber es war warm in der Box, also vermutlich kein Grund zur Sorge. Als ich das Seil an seinem Kopf löste und ihn die Rampe hinunterführen wollte, rannte er voraus und auf die Straße hinaus. Ich hängte mich an mein Ende des Seiles. Wie war das mit der Kontrolle?

»Oh mein Gott, der ist ja riesig!«, staunte Jennie und nahm

Archie auf den Arm. »Ich dachte, du würdest eher auf einem Pony reiten!«

»Nein, nein. Ein Pony wollte ich auf gar keinen Fall.«

Aber sie hatte Recht. Er war riesig. Er erschien mir noch größer als bei meinem Vater auf dem Hof, wie er da auf der Straße vor meinem Haus herumtänzelte. Er schnaubte viel und scharrte mit den Hufen, sein Hals war weiß vor Schweiß.

»Da brauchst du ja eine Leiter, um aufzusteigen, was? Oh, Poppy, ich finde dich ganz schön mutig.«

Noch eine, die sich Sorgen machte. Jennie hielt mich normalerweise für einen Feigling.

»Warum stampft er so mit den Hufen?«, fragte Hannah.

»Vielleicht hat er Angst, weil er sich hier nicht auskennt«, riet ich.

Und weil natürlich die beruhigende Hand meines Vaters fehlte – und, oh Gott, jetzt stieg er auch noch und riss mir das Seil aus den Händen. Gegenüber bewegte sich der Vorhang.

»Mach um Himmels willen das Gatter auf, Jennie«, zischte ich. »Kommt jetzt, wir wollen ihn wenigstens mal hier aus dem *Centre Ville* wegschaffen.«

Ein paar Leute waren in ihre Vorgärten geeilt, um zu sehen, was da vor sich ging, und mir wurde bewusst, dass das Überraschungsmoment meines Planes sich in Windeseile in Luft auflöste.

Ich hatte gehofft, ihn still und heimlich ausladen und dann nach hinten außer Sichtweite bringen zu können, aber natürlich konnte man in diesem Ort nicht mal furzen, ohne dass es alle merkten. Und Thumper tat weit mehr als das: Er hob den Schweif und ließ vor lauter Nervosität einen Schwall von grünem Schleim fahren. Die Kinder kreischten auf in einer Mischung aus Freude und Ekel, als die Masse vom Teer aufspritzte und in die Nähe ihrer Schuhe kam. Ihre schrillen Stimmen verschreckten das Pferd nur noch mehr.

»Mach doch einfach das verdammte Tor auf, Jennie!«, brüllte ich, während sie endlich losrannte, um genau das zu tun. Nicht ihr Gartentor, sondern das große Gatter, das neben ihrem Haus auf die Weide hinaus führte.

Meine eigenen Achseln konnten es inzwischen mit denen von Thumper aufnehmen, und dabei war Mrs Harper von nebenan auch keine Hilfe, die plötzlich dringend die Dahlien in ihrem Vorgarten ein wenig fester anbinden musste, genau wie Mr Fish von gegenüber es ungemein wichtig fand, just in diesem Augenblick die Milchflaschen auf seiner Eingangstreppe ordentlich hinzustellen.

»Wollen Sie auf dem Biest etwa morgen reiten, Poppy?«, rief er schließlich, ohne sich weiter um seine vorgeschobene Tätigkeit zu kümmern.

»Das ist der Plan«, erklärte ich ihm nervös und klammerte mich an das Seil, während Thumper, der das offene Tor und dahinter eine grüne Weide bemerkt hatte, hindurchraste.

»Alle Achtung. Viel Glück.«

Aber ich war schon weg. Hing an Thumper, der inzwischen über das Stück Niemandsland neben Jennies Haus donnerte: das überwucherte Grundstück, auf dem Dan seine Sammlung von ausgemusterten Autos abgestellt hatte, von denen einige ohne Räder auf Ziegelsteinen aufgebockt waren, alle in diversen Stadien des Verfalls, während die Hühner seiner Frau höchst idyllisch auf den Rückbänken brüteten. Sie flatterten auf und gackerten verängstigt, als wir an ihnen vorübereilten. Das nächste Gatter. Diesmal brauchte Jennie keine weiteren Anweisungen und rannte in ihrer Schürze an mir vorbei, um es zu öffnen. Die Schafe, die aus Neugier von der Weide zusammengelaufen waren, liefen jetzt wieder auseinander und teilten sich wie das Rote Meer, als ich zwischen ihnen hindurchschritt. Jennie war noch damit beschäftigt, das Tor hinter mir zu schließen, aber glücklicherweise war Frankie aufgetaucht. Sie hatte die Situation sofort erfasst und rannte hinüber, um die Tür der mitten auf der Weide stehenden Scheune zu öffnen. Innerhalb weniger Augenblicke hatte ich Thumper nach drinnen befördert, ihm das Halfter vom Kopf genommen, und noch bevor er wusste, wie ihm geschah, die Tür vor seiner Nase zugemacht, sodass mein Jagdpferd nun sicher untergebracht war.

»Er sieht nicht besonders glücklich aus«, bemerkte Frankie, als wir durch das Fenster nach drinnen linsten. Ihre Haare hatten, wie ich bemerkte, einen ziemlich schönen honigfarbenen Ton anstelle des üblichen, aggressiven Wasserstoffblonds.

»Dem geht's gut«, sagte ich zuversichtlich, während Thumper sich mit geblähten Nüstern um sich selbst drehte, schnaubte und in den Sägespänen scharrte, die ich schon zuvor für ihn dort hineingetan hatte. Was war nur mit ihm los? War er auf irgendeinem Drogen-Trip, bis zur Stirnlocke voller Barbiturate? Oder lag es an meinen Fahrkünsten? Ich hatte zugegebenermaßen den einen oder anderen Bordstein touchiert unterwegs. »Er muss sich nur eingewöhnen. Ist alles ein bisschen neu für ihn, verstehst du?«

»Aber er sieht ziemlich wild aus«, bemerkte Frankie. »Ich würde mich morgen nicht so gerne auf seinen Rücken klammern. Ich finde, du bist …«

»Erzähl mir jetzt nicht, ich wäre mutig!«, blaffte ich.

Ich ließ sie stehen und ging über die Weide zurück, um den Transporter irgendwo anders hinzustellen, wo er nicht so auffällig war wie mitten im Dorf. Tief in meinem Inneren wünschte ich, ich hätte all das nie begonnen.

Aber am Abend, als Clemmie und Archie bereits fest schliefen und Thumper ebenfalls zur Ruhe gekommen war – jedenfalls konnte ich ihn von meinem Schlafzimmer aus nicht mehr stampfen und schnauben hören, und zuletzt, als ich im Bademantel nach draußen geschlichen war, hatte ich gesehen, dass er ruhig, wenn auch mit einem etwas misstrauischen Gesichtsausdruck, an seinem Heu kaute –, als ich also an diesem Abend vor dem Spiegel stand, da war ich mir meiner Sache wieder sicher. Ich hatte mich in Schale geworfen und fühlte jetzt meinen Mut zurückkehren. Wann immer ich in meiner Jugend geritten war, hatte ich das in Jeans und Gummistiefeln getan, aber mein Vater hatte ein Mädchen aus der Nachbarschaft überredet, mir ihre Klamotten zu leihen. Ihre hautengen Reithosen und eine alte Jacke von mir, die extrem auf Figur geschnitten war, sorgten dafür, dass ich angemessen gekleidet war. Ich konnte natürlich kaum atmen, aber darum ging es doch schließlich, nicht wahr? Alle anderen Accessoires – lange schwarze Stiefel, Samtkappe, schneeweiße Halsbinde – waren von derselben Nachbarin meines Vaters geliehen und vervollständigten den glamourösen, sexy Look, wie ich mit einem erfreuten Blick auf mein Spiegelbild feststellen konnte. Meine Wangen waren gerötet und meine Augen glänzten, wozu nicht zuletzt auch eine ganze Flasche Wein beitrug, die ich fast ausgetrunken hatte, um mir Mut zu machen. Als ich mir mit der Gerte gegen den Stiefel schlug und knurrte: »Hau sie weg, Poppy. Zeig diesen hochnäsigen Schnöseln, dass du quasi im Sattel geboren wurdest«, war mir durchaus klar, dass ich besoffen war. Mein Spiegelbild kicherte zustimmend.

Später, nachdem ich vor dem Fernseher auch noch den letzten Rest der Flasche vernichtet hatte – wär ja schade drum gewesen –, ging ich nach oben ins Bett. Meine Reitausrüstung war inzwischen in Auflösung begriffen, alle engen Knöpfe und Reißverschlüsse gelöst und offen. Mit der Reitpeitsche in der Hand und noch immer in Stiefeln, schwankte ich quer durchs Schlafzimmer, um den Vorhang zuzuziehen, und kam mir dabei ein wenig wie John Wayne vor. Aber noch bevor ich das Fenster erreichte, fiel mein Blick auf mein Bild im Spiegel auf dem Frisiertisch und ich hielt inne. So, beschloss ich leicht schwankend, würde ich nach der Jagd aussehen, nach einem harten Tag im Sattel: vom Winde verweht, zerzaust, aber bester Laune. Ganz Frau. Ich hielt mich an der Lehne des Stuhls fest und setzte mich rücklings darauf, wobei ich mich umdrehte, um zu sehen, wie mein Po im Spiegel aussah. Nicht schlecht. Ich tat so, als würde ich antraben, um zu sehen, wie der Anblick beim Hoch- und Runtergehen war, auf dem Rückweg vom Stelldichein, um genau zu sein. Sehr passabel. Dann lehnte ich mich nach vorne über den Stuhl, um einen Galopp zu imitieren, den Hintern schwungvoll und leicht wippend aus dem Sattel gehoben. Plötzlich erstarrte ich mitten im Schwung. Mr Fish von gegenüber wich erschreckt von seinem Schlafzimmerfenster zurück und eilte weg, zweifellos um Mrs Fish zu holen und ihr zu sagen, dass die junge Witwe dort drüben nicht nur langsam wieder auf die Füße kam, sondern diese sogar in schwarzes Leder steckte und mit Sexspielzeug herumwedelte.

# 21

Als ich am nächsten Morgen in den Transporter kletterte, machte sich der Alkohol noch deutlich bemerkbar, allerdings mit ganz anderer Wirkung als am Abend zuvor. Mein Vater war wie versprochen früh gekommen und hatte mich im Badezimmer vorgefunden, wo ich mich eingeschlossen hatte. Dank eines lähmenden Katers und eines furchteinflößenden Pferdes fühlte ich mich weder sexy noch mutig. Als ich mit wehenden Bademantelschößen und Gummistiefeln nach draußen getappt war, um ihm höflich den Vorschlag zu unterbreiten, er könnte jetzt aufstehen und frühstücken, hatte Thumper mich mit derart wilden Augen und geblähten Nüstern angeblickt, dass ich kehrtgemacht hatte und geflohen war. Typisch Mann, dachte ich, als ich nach drinnen rannte. Verbringt die Nacht bei mir und tut am nächsten Morgen so, als hätte er mich noch nie im Leben gesehen.

»Ich komm hier nicht raus, Dad!«, plärrte ich durch die geschlossene Badezimmertür hindurch. »Der glaubt, er wäre in einem Schwarzenegger-Film!«

»Unsinn, er fremdelt nur ein bisschen. Ich gehe hin und rede mit ihm, Liebes.«

Und natürlich, als ich etwas später die Nase aus dem Badezimmer steckte, hatte sich Thumper brav der professionellen Führung meines Vaters unterworfen. Er war jetzt geputzt und aufgezäumt und stand vor der Scheune angebunden, sein Schweif noch immer ein wenig feucht, aber ansonsten geschniegelt und gebügelt, die Mähne geflochten, das glänzende Zaumzeug da, wo es hingehörte. Und dann war es unvermeidlich, dass auch die blassgesichtige Tochter derselben freundlichen, aber bestimmten Behandlung unterzogen wurde, und so wurde ich schon bald in mein Schlafzimmer gescheucht, um die Kleider anzuziehen, die sich nicht im Entferntesten so spektakulär anfühlten wie am Abend zuvor, und dann ab in den Transporter, wo ich meinem Vater allerdings zu verstehen gab, dass ich gleich kotzen müsste.

»Trink was«, befahl er und reichte mir seinen Flachmann, während er selbst von der anderen Seite ins Führerhaus kletterte und sich hinters Lenkrad setzte.

»Sei nicht albern, Dad, es ist halb elf und ich hab noch nicht mal gefrühstückt.« Ich hatte den Toast, den er mir vorgesetzt hatte, nicht essen und auch den Tee nicht trinken können. Konnte ja nicht einmal meine eigene Spucke hinunterschlucken.

»Ein Grund mehr, etwas zu trinken«, befahl er mir streng. »Keiner geht da nüchtern hin, Kind. Deine Freundin Angie hat mir erzählt, dass sie manchmal schon betrunken ist, bevor sie überhaupt beim ersten Zaun ankommt, bei so einer Jagd trinken alle erst mal einen Schluck. Und du trinkst deinen eben schon jetzt. Und überhaupt, du hast einen Kater und brauchst ein Gegenmittel.«

Er überredete mich. Und das war ehrlich gesagt nicht allzu schwer. Wenn die ganze schnieke Jagdgesellschaft ohnehin schon vor Mulverton Hall fröhlich vor sich hin pichelte, dann brauchte ich auf jeden Fall einen Vorsprung. Nervös schnappte ich mir den Flachmann und nahm einen gewaltigen Schluck.

»Siehst du, geht doch!«

Ich nickte nur, weil ich nichts sagen konnte wegen der Hitze, die mir die Kehle verbrannte. Aber Junge, Junge, tat das gut! Zur Sicherheit nahm ich noch einen Schluck und dann rumpelten wir los: Dad am Steuer, Thumper hinten in der Box, Clemmie und Archie folgten uns mit Jennie. Alle waren nur meinetwegen dabei. Als der Whisky meinen leeren Magen erreichte, fühlte ich mich ein wenig wie Scott in der Antarktis oder vielleicht wie sein weibliches Gegenstück, Amy Johnson; jedenfalls wie eine supercoole Heldin, die eine größere Expedition anführte.

Nachdem wir über ein Gewirr von kleinen Landsträßchen gekurvt waren, ratterten wir schließlich über einen Weiderost zwischen zwei bröckelnden Torpfosten aus Stein hindurch, wo eine matschige Wiese auf uns wartete. Jennie hinter uns gab Zeichen, dass sie noch ein Stück weiterfahren wollte, um irgendwo zu parken, wo es weniger dreckig war. Während wir auf die Reihe von sauber geparkten Transportern und Pferdeanhängern zurumpelten, blickte ich mich erwartungsvoll um. Überall wurden Pferde entladen, die alle vom Kopf bis zu den Fesseln makellos herausgeputzt waren, aber ihre Reiter waren, wie ich feststellte, noch in unterschiedlichsten Bekleidungszuständen. Ein paar, die bereits aufgesessen waren, waren komplett ausstaffiert, aber der eine oder andere war auch weniger formell gekleidet. Eine rothaarige Schönheit zum Beispiel, die gerade versuchte, den Sattelgurt festzuziehen, und dabei ihren großen, aufgeregten Grauschimmel anbrüllte, ›Halt still!‹, trug eine Barbour-Jacke und eine Jogginghose. Wenigstens habe ich das richtige Outfit, dachte ich hochnäsig, als mein Vater gekonnt den Transporter neben ihren stellte. Mit neugefundenem Selbstvertrauen sprang ich hinaus, mitten in einen Kuhfladen. Es spritzte an meinen schönen, lederbedeckten Knöcheln empor.

»Ich hab hier gar keine Kühe gesehen!«, rief ich entsetzt aus, nur um mich umzudrehen und einer kräftigen Holstein-Kuh gegenüberzustehen, die stumpf zurückglotzte.

»Der Weiderost war ein Hinweis«, bemerkte Dad milde und ging nach hinten, um Thumper auszuladen, während ich versuchte, alles am Gras abzuwischen. »Eigentlich ist man besser dran in Gummistiefeln, bis es wirklich losgeht.«

Neben mir zog die rothaarige Schönheit soeben Jogginghose und Barbour-Jacke aus und darunter kam ein makelloses Reiterkostüm zum Vorschein. Sie fügte noch sauber glänzende Stiefel hinzu und sprang lässig an Bord.

Während mein Vater Thumper die Rampe hinunterführte, musterte er nachdenklich die Landschaft. »Oh, ach so.«

»Was denn?«, fragte ich und quetschte mich in mein winziges Jäckchen. »Ich kann in dem Ding echt nicht atmen, Dad.« Ich stand ganz still und starr da, die Arme wie eine Vogelscheuche von mir gestreckt, als er Thumper nach vorne führte.

»Egal, du wirst sowieso nicht so viel zum Atmen kommen«, nuschelte er.

»Was?«

»Komm jetzt und steig auf.« Er half mir in den Sattel und dabei platzten zwei Knöpfe an meiner Jacke ab.

»Ich habe eben erst gemerkt, wo wir eigentlich genau sind«, sagte er und sah sich um. »Hier geht es gleich mit sechs oder sieben Sprüngen auf diesen Feldern hier los und dann kommt ein ziemlich heftiger Graben. Halt dich einfach an der Mähne fest und kümmere dich nicht darum, wenn die Zöpfe aufgehen. Das merkt keiner mehr, wenn es erst einmal losgeht.«

»Was? Sprünge? So bald schon? Muss ich? Oh Gott – sieh dir nur meine Jacke an!«, jammerte ich, aber mein Vater hatte bereits seelenruhig eine Sicherheitsnadel aus der Hosentasche gefischt und war schon dabei, mich wieder zusammenzustecken.

»Nun ja, nein, du musst nicht springen, wenn du nicht willst, du kannst dich auch bei den Nichtspringern halten. Davon gibt es immer ein paar. Aber deswegen sind wir doch eigentlich nicht hier, oder, Poppy?« Er bedachte mich mit einem scharfen Blick, wozu er auch manchmal fähig war. Dann befestigte er die Nadel mit einem entschiedenen Klicken. »Wir sind doch hier, um Rückgrat zu zeigen, oder etwa nicht?«

»Sind wir«, gab ich matt zu.

Ich fühlte mich auch schon ein wenig besser, seitdem ich im Sattel saß. Und obwohl die meisten Leute hier lässig und mühelos wirkten, wie zur Jagd geboren – eine blonde Schönheit, schlank wie eine Gerte, ritt an mir vorbei und rollte sich ganz nonchalant eine Zigarette auf ihrem knackigen Oberschenkel –, hatte ich auch den einen oder anderen unglücklichen Reiter gesehen, der mit seinem bockigen Pferd zu kämpfen hatte. Na gut, es war nur eine Reiterin gewesen, ein etwa achtjähriges Mädchen, das sich alleine mit einem zotteligen Palomino-Pony abmühte. Dad lief schnell hinüber, um das sich im Kreis drehende Pony festzuhalten, während sie aufsaß, und ich lächelte kumpelhaft zu dem Kind hinüber. Vielleicht konnten wir zusammen reiten? Sie trabte ganz locker davon, alleine, und winkte Freunden weiter vorne zu. Glücklicherweise schien sich Thumper mit Dad an seiner Seite wieder in *mein kleines Pony* zu verwandeln und zeigte tadellose Manieren. Konnte mein Vater vielleicht neben mir herlaufen? Die Zügel festhalten?

»Ich wünschte, ich hätte auch ein Pferd mitgebracht«, bemerkte er, während wir über die Wiese und durch ein Gatter gingen, in Richtung des Hauptfeldes der Jagd in der Ferne: eine Versammlung von eleganten Pferden mit Reitern in schwarzroten Röcken. Die Hunde, fachmännisch unter Kontrolle gehalten von einem Vorreiter im senfgelben Rock, umkreisten ihre Beine. Es sah aus wie eine Szene aus einem Gemälde. »Ich hätte mit dir reiten können«, sagte er wehmütig.

Betroffen blickte ich auf ihn herab. »Warum hast du das nicht gesagt?«, jammerte ich und meine Augen suchten verzweifelt nach einem herumstreunenden Pferd. »Oh Gott, das wäre perfekt gewesen! Warum sind wir nicht auf die Idee gekommen? Warum nicht? – *Nein, Dad, nicht loslassen!*«

Es war vielleicht nicht ganz der Auftritt, den ich mir in der Sicherheit meines Schlafzimmers vorgestellt hatte – mit verdreckten Stiefeln und von Sicherheitsnadeln zusammengehalten, klammerte ich mich auf lächerliche Weise an meinen Vater und summte manisch *My Favourite Things* vor mich hin, wie ich es in Stresssituationen immer tue. Aber wenngleich meine eigene Erscheinung enttäuschte, so war doch das Setting genau so, wie ich es mir gedacht hatte.

Das Stelldichein fand vor dem Herrenhaus statt, und um nicht den altehrwürdigen Rasen zu zertrampeln, war man aufgefordert, sich in der Einfahrt direkt vor dem Haus zu sammeln. Mulverton Hall war ein georgianischer Landsitz aus dem 18. Jahrhundert, honigfarben, freundlich und ein echtes Traumhaus, dachte ich, während ich bewundernd hinaufschaute. Bei näherer Betrachtung merkte man allerdings, dass der Zahn der Zeit daran genagt hatte, wie das bei älteren Herrschaften nun mal so war, auch der Putz an den Fensterbänken blätterte ab. Außerdem schien das Haus einige besorgniserregende feuchte Flecken zu haben, aber das konnte an der Ausstrahlung nichts ändern. Am Fuße einer Freitreppe aus Stein, die in einem extravaganten Schwung auf dem Kies endete, hatte sich die Jagdgesellschaft versammelt: Auf dem Rücken eines Pferdes sitzend, plauderte man und lachte, kippte ein Gläschen Portwein, die Pferde glänzten, das Zaumzeug klirrte und die Stimmen ertönten munter in der frischen Morgenluft. Es war ein perfekter Tag: strahlend blau mit einem leisen Lüftchen, um die Schweife aufzuplustern und das Lipgloss zum Glänzen zu bringen.

Ich entdeckte Chad und Hope sofort auf einem Paar gutmütig wirkender Brauner. Natürlich waren sie makellos herausgeputzt, obwohl, wie ich fand, die Sturzhelme mit extra starken Kinnriemen den Look ein wenig störten. Die altgedienten Reiter hatten, wie ich bemerkte, sich nur die Samtkappen übergestülpt und pfiffen auf die Sicherheitsvorschriften.

»Die da drüben kenne ich«, sagte ich zu meinem Vater, stellte mich in meinen Steigbügeln auf und winkte begeistert.

Chad erhaschte meinen Blick, wirkte erst überrascht und lächelte dann erfreut. Er machte Anstalten, zu mir herüberzureiten, aber als er Hope auf mich aufmerksam machte, wandte sie sich um, sah mich regungslos an, bevor sie ein dünnes Lächeln zustande brachte und sich dann wieder der roten Schönheit auf dem Grauschimmel zuwandte, mit der sie sich unterhalten hatte. Chad schien einen Augenblick zu zögern, winkte dann betont herzlich und blieb bei seiner Frau.

»Sie sind beschäftigt«, erklärte ich Dad und sank in meinen Sattel zurück.

»Aha.«

Glücklicherweise entdeckte ich Angie, die absolut umwerfend aussah in hautengen Reithosen und einem dunkelblauen Reitrock, den blonden Dutt im Haarnetz und mit einer Samtschleife zusammengehalten. Ach ja, das Haarnetz, dachte ich und wurde mir meiner eigenen Haarpracht bewusst, die sich ziemlich üppig über meinen Rücken ergoss. Aber auch wenn Angie mir bekleidungstechnisch überlegen war, so fiel sie doch fast von ihrem Pferd, als sie mich bemerkte.

»Poppy! Meine Güte. Was, um alles in der Welt, machst du denn hier?« Staunend drängte sie sich mit ihrem rassigen Fuchs durch die Menge bis zu mir.

»Überraschung!«, grinste ich. Ich fühlte mich leicht angesäuselt, dank dieses Flachmanns. »Dad hat mir ein Pferd geliehen. Ich dachte, ich sehe mir mal an, wie's auf dieser Seite des Lebens so aussieht.«

»Das hättest du mir ruhig sagen können! Dann hätte ich dir auch was zum Anziehen geliehen«, sagte sie und musterte einigermaßen entsetzt meine Jacke.

»Weißt du was, ich wünschte wirklich, das hätte ich getan«, gab ich ehrlich zu und beugte mich vertraulich zu ihr. »Es war alles etwas alptraumhaft. Angefangen damit, dass ich Thumper bei mir im Garten unterbringen musste und …«

»Du hast doch nicht wirklich …?«

»Nein, aber fast. Und dabei hätte ich ihn einfach bei dir mit unterstellen können, nicht wahr?«

»Natürlich hättest du das! Also ehrlich, du bist wirklich ein Dummkopf, Poppy.« Aber sie kam noch immer aus dem Staunen nicht heraus, was mir eine gewisse Befriedigung verschaffte. »Kannst du den reiten?« Sie deutete mit ihrer Reitpeitsche auf Thumper.

»Natürlich«, sagte ich siegesgewiss und mir fiel wieder ein, warum ich alles als Überraschung geplant hatte. Das hatte ich fast vergessen gehabt. Ich richtete mich im Sattel auf. »Vergiss nicht, dass ich mit Pferden aufgewachsen bin, Angie. Du erinnerst dich doch an meinen Dad, oder?«

»Natürlich.« Sie lächelte hinunter, wo sie ihn jetzt erst bemerkte. Dad hob seine Mütze. »Hallo Mr Mortimer. Dann stecken Sie also mit ihr unter einer Decke?«

»Peter«, sagte er lächelnd. »Ja, absolut. Und Poppy hat Recht, sie ist mit Pferden zusammen aufgewachsen, aber das bezieht sich in erster Linie auf die rein räumliche Nähe. Die Pferde waren draußen auf der Koppel und sie war im Haus und hat sich die Wimpern getuscht. Sie hat sie vom Fenster aus höchst interessiert betrachtet.«

»Dad«, protestierte ich, während die beiden in schallendes Gelächter ausbrachen. Aber das Beunruhigende war, dass er durchaus Recht hatte. Obwohl ich als Kind geritten war, hatte ich mich als Jugendliche eher für *Cosmopolitan* als für *Horse and Hound* interessiert. Hatte ich mir zu viel vorgenommen? Mit zitternden Händen nahm ich dankbar ein Glas Portwein entgegen, das ein Mädchen auf einem Tablett herumreichte.

»Hattest du auch schon eins?«, fragte ich Angie.

»Oh ja, natürlich, drei sogar. Mach ich immer so. Dann tut es weniger weh, wenn ich runterfalle.«

»Wir fallen runter?«, fragte ich beunruhigt.

»Nicht unbedingt, aber wer weiß? Kommt drauf an, wo wir hinreiten. Aber halt dich an mich, Poppy. Heute sind jede Menge Idioten unterwegs, wie immer bei der ersten Jagd, und das sind die, die gefährlich sind. Und halt dich fest. Ich will hier nicht die Krankenschwester spielen, wenn ich eigentlich Besseres zu tun habe.« Ihr Blick wanderte umher. »Hast du ihn schon entdeckt?«

»Wen?«

»Den neuen Jagdherrn.«

»Ich weiß doch gar nicht, wie er aussieht.« Sie hatte ja keine Ahnung, dass auch ich Besseres vorhatte.

»Na ja, er ist auf jeden Fall schon mal in Rot, oder? Dort drüben – auf dem Fuchs.«

Ich hatte eifrig die breitschultrigen schwarzen Röcke nach Sam abgesucht und war daher ziemlich verblüfft, dass der Mann in Rot, auf den sie deutete und der soeben seine Kappe hob, um einen Freund zu begrüßen, und dabei sein markantes Profil zeigte, Sam war.

Ich starrte ihn lange Zeit an. »Sam Hetherington ist der neue Jagdherr?«

»Ja.« Angie wandte sich überrascht zu mir um. »Du kennst ihn?«

»Er ist mein Anwalt.«

»Ach wirklich?« Sie machte ein überraschtes Gesicht. »Ja, genau, irgendjemand hat gesagt, er sei Anwalt. Meine Güte, das hast du nie erzählt!«, sagte sie vorwurfsvoll.

»Ich wusste nicht, dass du ihn kennst.«

Sie sah mich an, blinzelte. »Ich kenne ihn ja auch noch gar nicht«, gab sie zu. »Aber das wird sich ändern. Er ist hinreißend, findest du nicht auch? Aber lass es dir gesagt sein, der gehört mir«, fügte sie rasch hinzu. »Den werde ich mir schnappen. Er ist geschieden und das hier ist sein Landsitz und schon bald werde ich hier residieren und den Salon in Schuss bringen. Wenn du sehr viel Glück hast, lade ich dich zum Dinner ein.«

Mein Gott, sie hatte schon ein paar Gläser Portwein intus, genau wie ich, und ich wollte gerade den Mund aufmachen, um sie daran zu erinnern, dass in der Tat ich ihn zuerst kennengelernt hatte, und vielleicht noch hochnäsig hinzufügen, dass ich nicht im Traum daran dächte, mich hier mit ihr um einen Mann zu streiten, aber alles, was ich vielleicht gesagt oder nicht gesagt hätte, wurde von Sam selbst unterbunden.

*»Darf ich um Ihre Aufmerksamkeit bitten, Ladies und Gentlemen!«*

Sogleich senkte sich ehrerbietiges Schweigen herab. Er hatte sich in den Steigbügeln aufgestellt und lächelte gastfreundlich in die Runde. Ich schluckte. Wow. Er war wirklich ganz Herr der Lage und er sah einfach sensationell aus, als er nun galant seine Kappe – ohne Kinnriemen – vom Kopf zog und darunter seine wilden Locken zum Vorschein kamen. Ich hatte diese Fältchen um die Augen und dieses Lächeln, bei dem einem das Herz stehenblieb, schon fast vergessen gehabt. Angie und ich verfolgten hingerissen, wie er nun alle willkommen hieß, den örtlichen Landbesitzern und Landwirten dankte, dass wir über ihre Felder und Wiesen reiten durften – die größtenteils ihm gehörten, was er aber, ganz wie es sich gehörte, nicht weiter erwähnte –, uns an Gatter, bestellte Felder und Vieh erinnerte und natürlich auch an den bevorstehenden Jagdball. Er endete, indem er hinzufügte, dass er hoffe, es werde für alle ein richtig schöner Tag. Er sah aus wie der junge König Heinrich bei seiner Rede am St.-Crispins-Tag, der mit vom Wind zerzausten Haaren seine Truppen anfeuerte.

Aber es blieb keine Zeit, sich an diesem Anblick zu ergötzen, denn plötzlich wurde ich durch den lauten Klang eines Jagdhorns aus meinen Träumen gerissen und Thumper und ich wurden rücksichtslos zur Seite gedrängt vom Hundeführer mit seinen Hunden und dem Pikör, die in Richtung der offenen Landschaft davonritten. Der Rest des Feldes kramte geschäftig herum und wartete darauf, von Sam angeführt zu werden. Mit Feuer im Herzen und Portwein im Magen, konnte ich nicht anders als mich mit Thumper bis ganz nach vorne zu drängeln.

»Hallo Sam!«, rief ich mit glänzenden Augen und einem sehr breiten Lächeln im Gesicht.

Falls er überrascht war, so ließ er es sich nicht anmerken. Er legte eine Hand an die Kappe und lächelte zurück.

»Guten Morgen, Poppy.«

Aber anstatt sich nun mit mir auf ein gemütliches Schwätzchen von wegen, *na, so was, was machen Sie denn hier?*, einzulassen, war er einen Augenblick später schon verschwunden und trabte schnell die Einfahrt hinunter, den Hunden hinterher. Wie der Blitz war Angie neben mir.

»Du musst ihn immer, *immer* Master nennen«, zischte sie. »Selbst wenn du ihn privat als Schnuckiputzi kennst. Selbst wenn ihr die Nacht zuvor das Kopfkissen geteilt habt!«

Viele Köpfe nickten daraufhin ernst und zustimmend mit strengen Mienen. Ich hatte offenbar ein geheiligtes Gesetz gebrochen.

»Oh, okay. Es ist nur so, dass wir wirklich das Kopfkissen geteilt haben und er meinte, Sam wäre in Ordnung«, sagte ich leichthin und in offenbar katastrophal angetrunkenem Zustand.

Manche Leute fanden das ziemlich witzig und kicherten, wofür ich dankbar war, aber Angie nicht. Sie warf mir einen vernichtenden Blick zu und trabte davon, um sich dem vorderen Feld anzuschließen. Es war schwer, ihnen nicht zu folgen, da Thumper aufgeregt unter mir die Muskeln anspannte und in starkem Trab die Einfahrt hinunterlief. Es gelang mir aber, ihn ein wenig zu bremsen und etwas Abstand zu halten. Nachdem wir alle durch ein Gatter auf eine Weide hinaus geritten waren, verfielen wir alle in Galopp und ich musterte die Hintern von Angies Truppe vor uns. Auf einem Grauschimmel erkannte ich eine Schauspielerin, die in der Gegend wohnte; Hugo, Angus' Enkel auf einem nervösen Fuchs, mit ein paar seiner Schulfreunde aus Harrow an seiner Seite. Dann waren da die beiden schwulen Jungs, die das Gartencenter betrieben und die ständig miteinander stritten – selbst jetzt musste der eine den anderen mit seiner Peitsche ärgern. Ein Richter, den Dad kannte und dessen Pferd auf den Namen Staatsanwalt hörte, damit, falls jemand anrief, seine Sekretärin guten Gewissens sagen konnte: »Er ist mit dem Staatsanwalt unterwegs«; dann folgte ein höchst attraktives Paar, das ich zunächst nicht ganz unterbringen konnte, bis … Oh Gott. Simon und Emma Harding. Fast wäre ich vom Pferd gefallen. Warum waren sie nicht auf Hochzeitsreise, verdammt noch mal? Wollte sie eigentlich *überall* auftauchen, wo ich hinging?

Ich riss hart am linken Zügel und ritt schnell auf Angie zu.

»Angie – Emma Harding ist hier!«, keuchte ich, als ich neben sie galoppierte, was nicht schwierig war, da Thumper wie eine Dampflok zog.

»Ich weiß, unglaublich dreist, was?«, rief sie zurück und war trotz meiner bösen Bemerkung vorhin gleich wieder auf meiner Seite, die Gute. Wir ritten nebeneinander her. »Sie haben ihre Hochzeitsreise anscheinend verschoben«, erklärte sie mir. »Sie hat offenbar die Absicht, sich hier festzusetzen, wie Hundescheiße am Schuh – die traut sich was!«

»Ich werde sie outen«, zischte ich in den Wind. »Warte nur, was alle denken, wenn sie wissen, dass es *mein* Mann war, den sie … Scheiße verdammt. Wir springen doch nicht etwa da drüber?«

Vor uns erhob sich ein ordentlicher Weidezaun, an dem sich auch einige Zuschauer versammelt hatten. Ich entdeckte Jennie, Dad und meine Kinder, die aufgeregt die Köpfe zusammensteckten. Sam flog darüber hinweg, gefolgt von den beiden Schwulen, dann Hugo und Konsorten, dann Simon und

Emma. Gut, dann sollte das hier also mein Becher's Brook sein. Aber, Junge, Junge, war der hoch. Thumper zog bei dem Anblick aufgeregt nach vorn, und während Angie vor mir sicher darüber hinwegflog, folgte ich ihr dicht auf den Fersen. Allzu dicht sogar, aber es war zu spät, um daran noch etwas zu ändern, denn ich befand mich bereits in der Luft. Todesmutig klammerte ich mich an den Zöpfen fest und verlor die Zügel aus der Hand, als wir am Boden aufkamen, sodass Thumper nun machen konnte, was er wollte, woraufhin er richtig Gas gab und auf und davon raste. Während wir auf das nächste Hindernis zugaloppierten, eine kleine Hecke, die er ganz lässig nahm, wurde mir klar, dass hier etwas Besorgniserregendes vor sich ging: Ich hatte ein Problem, gleichzeitig im Sattel zu bleiben und die Zügel in der Hand zu behalten. Ich konnte beides nacheinander, jedoch nicht gleichzeitig, und schon gar nicht, wenn auch noch Sprünge ins Spiel kamen. Ich hatte größte Mühe, überhaupt im Sattel zu bleiben, und klammerte mich an seiner Mähne fest, was bedeutete, dass Thumper – der, falls er wirklich noch nie eine Jagd mitgemacht hatte, jedenfalls jede Minute davon genoss – quasi zügellos war und mit mir machen konnte, was und in welcher Gangart er wollte. Und er wollte schnell sein und an der Spitze laufen.

Gnadenlos außer Kontrolle, schoss ich wie eine Rakete an Angie, Simon und Emma vorbei, dann an der Schauspielerin auf dem Grauschimmel und an Hugo und Konsorten. Dann raste ich an Sam im roten Rock vorüber, der mir einen erschrockenen Blick zuwarf, dann am Hundeführer und den Pikören, in Senfgelb. Und schließlich – und es dauerte wahrlich nicht lange – sauste ich auch an den Hunden vorbei, die wie Quecksilberkügelchen auseinanderstoben, als ich zwischen ihnen hindurchgaloppierte und damit sicherstellte, dass ich innerhalb von fünf Minuten alle nur denkbaren Regeln übertreten hatte.

Als es mir schließlich gelang, einen gewaltigen Kreis weit draußen auf der nächsten Weide – dem nächsten Landkreis vermutlich – zu schlagen und zurückzureiten, wobei Thumper fröhlich dahingaloppierte, um sich seinen neuen Freunden anzuschließen, war Angies Gesicht ganz bleich vor Schreck. »Was machst du da!«, kreischte sie entgeistert.

»Konnte nicht anhalten«, keuchte ich, als ich neben ihr abbremste und zu einem uneleganten Halt kam, wobei mir die Kappe über die Augen rutschte. »Er ist mir durchgegangen.«

Am liebsten wollte ich sterben und ahnte, dass es vermutlich bald so weit sein würde. Mir war speiübel vor Angst und ich wusste nicht mehr ein noch aus.

»Aber du machst dich hier ja komplett zum Affen!«, zischte sie, während glücklicherweise das gesamte Feld aufholte und stehenblieb, um ein Wäldchen zu umstellen.

»Ich weiß«, jammerte ich. »Was soll ich tun, Angie? Soll ich nach Hause reiten?« Ich konnte Sam nicht ansehen.

»Nein, nein, gib jetzt nicht auf. Halte dich einfach weiter hinten bei den Nichtspringern. Komm schon, ich reite mit dir.« Sie wandte den Kopf ihres Pferdes zurück.

»Nein, Angie«, sagte ich rasch und wusste, dass das ein echter Freundschaftsbeweis gewesen war. »Bleib du hier vorne. Ich gehe alleine.«

»Na gut, siehst du die Truppe da drüben?« Sie deutete mit der Reitpeitsche nach hinten. »Die Alkies, die Anfänger und die Kinder – halt dich an die. Und komm um Himmels willen nicht mehr hier nach vorne.«

»Alles klar«, sagte ich gefügig und zog an den Zügeln, in

dem Versuch, Thumper zur Vernunft zu bringen, zumindest lange genug, um mich dem niederen Volk anzuschließen.

Als ich mit hochrotem Kopf auf sie zuritt, merkte ich, dass sie mich auslachten, allerdings nicht wirklich unfreundlich, und nachdem sie sich allesamt vorgestellt hatten, wurde mehr als deutlich, dass sie nicht nur unglaublich nett, sondern auch weit toleranter waren als der Rest der feinen Jagdgesellschaft. Sie störten sich kein bisschen daran, dass es meine erste Jagd war und ich gleich alle nur erdenklichen Regeln übertreten hatte. Nachdem sie sich erst einmal die Augen gewischt und mit dem Lachen aufgehört hatten, erzählten sie sogar, was bei ihnen schon so schiefgelaufen war und dass Angie im Jagdmodus wirklich kaum zu ertragen war. Sie halte sich selbst für das Gelbe vom Ei und wäre dabei doch nur hinter dem neuen Jagdherrn her. Treulos lachte ich mit ihnen mit und schwor mir im Stillen, es wiedergutzumachen.

Und schon ging es weiter, diesmal glücklicherweise in einem moderaten Tempo. Thumper, der nun den ersten Galopp hinter sich hatte, schien sich auch beruhigt zu haben; vielleicht hatte er wie ich erkannt, dass er den Darwin'schen Kampf verloren hatte, und sich mit seinem wahren Platz bei den Neulingen am Schluss zufriedengeben musste. Und ich amüsierte mich prächtig mit meinen neuen Freunden, zu denen auch die rothaarige Schönheit gehörte, die sich vor dem Stelldichein umgekleidet hatte, eine Krankenschwester namens Polly. Dann war da noch ein Elektriker namens Sparks, auf einem spritzigen ehemaligen Rennpferd; Ted, der örtliche Metzger, dessen Gesichtsfarbe mit dem seiner billigeren Koteletts konkurrieren konnte; und dann noch Grant, der Maler und Tapezierer, der uns mit dem Haus geholfen hatte, auf einem riesigen, bunten Kaltblut.

»Grant. Ich hab Sie ja mit Ihrer Kappe gar nicht erkannt! Wusste nicht, dass Sie bei so was mitmachen.«

»Jede Woche. Ein Bauer leiht mir immer sein Pferd. Hat es gern, wenn es mal richtig bewegt wird.«

Ein wenig beschämt ritt ich weiter. Ich hatte immer angenommen, das Jagdreiten sei ein Vorrecht der Superreichen, aber diese Leute hier waren keineswegs privilegiert. Die Jagd war ganz offensichtlich ein Sport wie jeder andere, und obwohl man natürlich die vier Beine unter sich brauchte, um mitmachen zu können, waren hier keineswegs nur verwöhnte, teure Pferde wie die von Angie, sondern auch zottelige Arbeitstiere, die man vom Feld geholt, sich erbettelt und geliehen hatte.

»Mein Bruder geht in Irland zur Jagd«, erzählte Polly mir außer Atem, als wir schließlich am Rand eines Waldes anhielten. »Und dort drüben folgen die Kinder auf Fahrrädern, Eseln und allem Möglichen. Man braucht kein Pferd zu haben. Hier ist es nicht ganz so, aber wir sind auch keineswegs nur Hochadel. Man muss sich nicht bewerben, um zugelassen zu werden, und wird auch nicht abgewiesen, wenn das Aussehen nicht ganz korrekt ist. Obwohl ich Ihnen beim nächsten Mal vielleicht doch ein Haarnetz leihen würde.« Sie grinste.

»Danke!« Ich grinste zurück und dachte dabei, dass es mir so schon viel besser gefiel. Und beim nächsten Mal würde ich das mit dem Aussehen auch hinkriegen, ohne Sicherheitsnadeln und Kuhfladen, aber vielleicht lieber auf Agnes, die weniger furchteinflößend war. Ja, ich würde es schaffen, aber ich würde es langsam angehen und es nicht so eilig haben. Das Feld setzte sich jetzt wieder in Bewegung und ich griff nach den Zügeln, um mich den anderen anzuschließen, doch in diesem Augenblick flitzte plötzlich ein einzelner brauner Jagdhund an mir vorbei. Thumper erschrak und trat mit der linken Hinterhand aus.

»Oh Gott, hoffentlich hat er ihn nicht getroffen«, sagte ich und sah mich geistesabwesend um, aber meine neuen Freunde waren bereits weitergeritten, zwar nicht im Galopp, aber doch in einem schnellen Trab zogen sie in einer langen Reihe hintereinander über ein umgepflügtes Feld. Ich war die Letzte. Thumper registrierte das und bekundete sein Missfallen, indem er seine Vorderhufe hob, als ich ihn zurückhielt, aber ich hielt ihn weiter, da ich etwas Braunes, Regloses im Gebüsch bemerkt hatte.

»Scheiße!«

Im Nu war ich abgestiegen, hatte Thumper die Zügel über den Kopf gezogen und zerrte ihn in Richtung Unterholz. Dort im Farnkraut lag der Hund: steif ausgestreckt, mit einer schrecklich klaffenden Wunde am Kopf. Entsetzt musterte ich ihn. Blut rann seine Lefzen hinunter. Oh Gott, war er etwa tot? Ich beugte mich vor und berührte ihn, schüttelte ihn. Er war tot, ganz sicher. Entweder das oder bewusstlos. Ich tastete nach einem Puls. Nichts. Erschrocken wich ich zurück. Oh Gott, ich hatte einen Jagdhund getötet. Oder vielmehr Thumper, was aber letztlich wohl ein und dasselbe war. Ich fuhr mir mit der Hand an den Mund.

»Das tut mir so leid!«, jammerte ich, beugte mich wieder über das Tier und strich ihm über das arme, braune Fell, die Zügel locker über den Arm geschlungen, während Thumper ungeduldig am anderen Ende herumtänzelte. »Du armes Ding!«, flüsterte ich. Eben war er noch fröhlich mit seinen Freunden herumgesprungen und jetzt lag er plötzlich mausetot da, und das alles nur meinetwegen. Tränen stiegen mir in die Augen, ich schluckte und rang verzweifelt die Hände.

Thumper ruckte unruhig, aber ich achtete gar nicht auf ihn. Ich hasste ihn sogar und fuhr herum, um ihm das in ganz klaren Worten zu sagen.

»Du blödes Mistvieh, du!«

Hilfesuchend blickte ich mich um. Einer nach dem anderen verschwand die Jagdgesellschaft über das gepflügte Feld auf die andere Seite der Hügelkuppe. Und bei allem Entsetzen spürte ich doch eine gewisse Erleichterung. Denn nun machte sich in meiner Brust etwas ganz anderes breit. Ein ganz anderes, überwältigendes Gefühl. Angst. Ich war mir ziemlich sicher, dass in der Liste der Jagdsünden diese hier die allerschlimmste war. Dass ich nicht die richtige Ausrüstung hatte. Dass ich den Jagdherrn nicht korrekt angesprochen, ihn, die Piköre, die Hundemeute überholt hatte – alles vergeben und vergessen. Doch dies hier war das Todesurteil. Nicht nur für den Hund, sondern auch für mich.

Mit ausgedörrtem Mund starrte ich auf den kahlen Horizont. Alle fort. Niemand zu sehen, nicht einmal in der Ferne. Und wenn ich auch kurzzeitig versucht war, mich wieder in den Sattel zu schwingen und einfach kehrtzumachen und zurückzureiten, in meinem Haus bei einer schönen Tasse Tee Zuflucht zu suchen, so widerstand ich doch tapfer. Nein. Was ich tun würde, was ich jetzt einfach so tun würde, war, wieder aufsitzen und die anderen einholen. Ja. Und dann genau sagen, was passiert war. Gestehen.

Mit klopfendem Herzen, flatterig und mit schweißnassen Händen, gelang es mir irgendwie mithilfe eines Baumstamms, wieder auf den tänzelnden Thumper zu klettern, der nervös war, aber nicht so nervös wie ich selbst, und schon machten wir kehrt. Wir galoppierten mitten über den matschigen, umgepflügten Acker, dann durch ein Gatter und dann scharf links über eine Wiese. Die Reiter in der Ferne bewegten sich jetzt in hohem Tempo und mir wurde klar, dass ich unterwegs den einen oder anderen Graben würde überspringen müssen, wenn ich zu ihnen aufholen wollte. Aber Gräben waren jetzt nur noch eine Kleinigkeit für mich. Selbst Kopf und Kragen zu riskieren, bedeutete mir nichts. Ja vielleicht wäre es noch bei weitem das Beste, sich den Hals zu brechen, anstatt ihn für das, was ich getan hatte, hinhalten zu müssen.

In kürzester Zeit ritt ich einen grasbewachsenen Hügel hinauf und kam keuchend neben Polly, der Krankenschwester, zum Stehen. Sicher war sie ein guter Mensch, ein netter Mensch. Man denke nur an die vielen Stunden, die sie arbeitete, das minimale Gehalt, die Bettpfannen. Sie würde verstehen. Und vielleicht war der Hund ja gar nicht tot? Vielleicht konnte sie noch eine Mund-zu-Mund-Beatmung durchführen?

»Polly …«

»Hallo, da sind Sie ja wieder! Wir haben uns schon Sorgen um Sie gemacht. Meine Güte, Sie müssen ja über diese Gräben gesprungen sein – Respekt!«

»Polly, ich …«

»Löcher auf der rechten Seite!«, rief sie warnend, als wir an einem Dachsbau vorüberritten.

Thumper machte eine heftige Seitwärtsbewegung, um den Kratern im Boden auszuweichen, natürlich hatte ich alle Hände voll zu tun, mich festzuhalten, an Reden war nicht mehr zu denken. Und mit jeder Achtelmeile, die wir galoppierten, entfernten wir uns ein Stück weiter von dem armen toten Hund. Einer von vielen natürlich. Von so vielen. Sieh nur, wie sie dort vorne auseinanderströmen. Massenweise, und da bemerkte natürlich keiner sein Fehlen. Aber ich musste dennoch meine Nachricht überbringen. Musste die bittere Wahrheit enthüllen. Wir sprangen jetzt über eine Reihe von kleinen Schlehdornhecken, nicht sehr hoch, aber als ich neben Pollys riesigem Grauen landete, kreischte ich. »Mir ist da was passiert – das muss ich Ihnen erzählen!«

Sie fuhr herum. Doch zu meinem Entsetzen war es gar nicht Polly, sondern Emma Harding.

Sie wirkte verärgert, dass man ihr mitten im Sprung etwas zurief. »Ach, Sie sind das!« Sie bedachte mich mit einem bösen Blick. »Ich hoffe, das dahinten in dem Getreidefeld waren nicht Sie.«

»Was?« Wir kamen vor einer riesigen Hecke zum Stehen, über die nicht einmal die Vorreiter springen konnten.

»Jemand ist mitten durch ein Getreidefeld geritten, dabei hat es ausdrücklich geheißen, man soll sich am Rand halten.«

Ich sah sie verwundert an. Sie hatte vier Jahre lang mit meinem Mann geschlafen, wollte meine Kinder um ihr Erbe bringen und wollte mir jetzt allen Ernstes erzählen, ich sollte nicht auf ein paar Weetabix-Sprösslingen herumtrampeln?

»Und Sie sollten ein rotes Band am Schweif von Ihrem Pferd haben, wenn es austritt.«

Ich wurde blass. Wusste sie Bescheid? Hatte sie etwas gesehen?

»Er tritt doch gar nicht«, hörte ich mich entgegnen.

»Eben hat er mein Pferd dort hinten fast erwischt. Ich hab gesehen, wie er ausgeschlagen hat.«

»Sie sind zu nah aufgeritten«, erwiderte ich. »Und wie können Sie es wagen, mir hier Vorträge darüber zu halten, wie ich mich zu verhalten habe, während Sie selbst sich so unsäglich benommen haben, geradezu verabscheuungswürdig, Sie Flittchen!«

All meine Wut, all meine aufgestauten Gefühle brachen aus

mir heraus, während ich sie dort oben sitzen sah auf ihrer grauen Stute, mit ihrem sorgfältig geschminkten Gesicht. So vieles, was ich sagen wollte, kochte und rumorte in mir, aber welche Worte sollte ich wählen? Bestimmt fiel mir noch etwas Besseres ein als Flittchen. Metze vielleicht? Während ich mich abmühte, ein zeitgenössisches Schimpfwort zu finden, das ich ihr an den Kopf werfen konnte, betrachtete sie mich verächtlich. Sie schürzte die roten Lippen, während sie mich von oben bis unten musterte.

»Nehmen Sie nur den Mund nicht zu voll, hm?«

Und damit war sie auf und davon. Direkt aus dem Stand in den leichten Galopp, während die übrigen die Hecke durch eine Reihe von Gattern umritten, bevor es wieder auf die freie Strecke hinausging. Ich war ihr auf den Fersen, ob es ihr gefiel oder nicht. Denn Thumper hatte schon wieder Lunte gerochen und schien entschlossen, sich fest an Miss Hardings Stute zu heften. Und natürlich ritt sie ganz nach vorne, sodass auch ich dort landen würde: bei Hope und Chad, bei Simon und bei Mary Granger, bei Angie, die große Augen machte, als ich schon wieder völlig außer Kontrolle an ihr vorbeiraste, und bei Sam, der ironisch eine Sie-schon-wieder-Augenbraue hob, als ich an ihm vorüberschoss. Ich zog mit aller Kraft an den Zügeln und bewegte mich dabei in einer Geschwindigkeit voran, die meine Augen tränen und den Wind in meinen Ohren sausen ließ. Immerhin gelang es mir, einen Kreis zu reiten, bevor ich die Hunde erreichte. Ungelenk hoppelte ich zurück, mit entgleisten Gesichtszügen, die Kappe über den Augen, während alle mich verwundert anstarrten und selbst die Kinder noch nie etwas Ähnliches erlebt hatten. Plötzlich merkte ich, wie mir die Zügel aus der Hand genommen wurden. Es war Angie und ihre Augen funkelten.

»Ich muss dich jetzt nach Hause bringen, Poppy«, erklärte sie mir. »Noch nie hab ich mich so geschämt!«

Ich war vollkommen außer Atem vor lauter Anstrengung, Thumper zum Stehenbleiben zu bewegen. So groß waren meine Angst und mein Mangel an Fitness. Ich konnte nur nicken und dabei versuchen, etwas Luft in die Lungen zu bekommen. Mir war speiübel. In diesem Augenblick rauschte ein grimmig dreinblickender Pikör in entgegengesetzter Richtung an uns vorbei.

»Einer der Hunde fehlt«, informierte uns Mary Granger, die mit unheilvoller Miene zu uns herangeritten kam. »Wir müssen hier eine Weile warten, während Martin zurückreitet und nachsieht. Der Hund ist buchstäblich nirgends zu finden. Scheint sich völlig in Luft aufgelöst zu haben.«

Sie ritt davon, um es den anderen zu erzählen; um den Rest des Feldes zu informieren. Ich sah ihr hinterher wie vom Donner gerührt.

# 22

Das wäre der richtige Augenblick gewesen. Natürlich. Ich weiß aber nur noch, dass ich den Blick von Marys sich entfernendem Rücken wandte und direkt in die blitzenden Augen von Angie schaute, die meine Zügel festhielt. Ich blickte mich hilfesuchend um: Ich sah, dass Simon und Emma mit Sam sprachen, besorgt und todernst. Mir schnürte sich der Hals zusammen vor Angst und das Herz gleich dazu. Ich wünschte so sehr, dass ich jetzt nicht vorne im ersten Feld wäre, sondern bei den Pollys und Grants dieser Welt. Ich konnte sie am anderen Ende sehen, wie sie Witze rissen und den Flachmann kreisen ließen, dabei schallend lachten und Grant sich sogar eine Zigarette anzündete. Bitte, lieber Gott, lass mich zu ihnen gehen, ihnen könnte ich es erzählen. Und dann könnten sie es weiterverbreiten wie Stille Post. Aber Angie hielt noch immer meine Zügel fest und erklärte mir mit leiser, gedämpfter Stimme, so wie man mit einem Kind reden würde, das auf die Straße hinausgerannt ist und einem einen solchen Schrecken eingejagt hat, dass man es zunächst angeschrien hat, es wäre natürlich nicht meine Schuld, weil ich ja noch nie dabei gewesen wäre, aber wenn ich nur zuerst zu ihr gekommen wäre, dann hätte sie mir schon etwas Passenderes geliehen.

»Du hättest nur zu fragen brauchen, dann hättest du Clarissas Pony gekriegt. Das hat schon sieben Jagdsaisons hinter sich und weiß genau, wie es sich zu verhalten hat. Du bist wirklich ein Dummkopf, Poppy.«

Ich hörte ihre Stimme wie von sehr weit entfernt. Gewiss sprach sie in einem Ton, der ihrem üblichen freundlichen Tonfall schon recht nahe kam, während sie den Griff um meine Zügel langsam lockerte. Und sie war ja auch meine Freundin, meine gute Freundin, der ich es doch gewiss erzählen konnte. Ich machte den Mund auf, aber der war so trocken, dass meine Zähne an der Oberlippe kleben blieben. Als ich sie schließlich freigeleckt hatte, war Sam neben sie geritten, das Handy am Ohr, und sprach mit ihr, wobei er Angie berichtete, was er hörte. Angie, die, wie ich plötzlich bemerkte, einen senfgelben Kragen an ihrem blauen Reitrock hatte. Gab ihr das eine offizielle Funktion bei dieser Jagd? War sie zum Beispiel Mitglied der Geheimpolizei? Mein verwirrter Geist wusste nicht recht, was er denken sollte, während sie Sam mit einem verführerischen Lächeln bedachte, bevor ihr klar wurde, wie unangemessen das war, woraufhin sie sogleich eine ernste Miene aufsetzte und sich anhörte, was er zu sagen hatte, was ich im Übrigen auch tat.

Man hatte den Hund gefunden, mausetot in einem kleinen Wäldchen. Mit einer hässlichen Wunde am Kopf. Getreten, wie es aussah. Und jemand hatte sogar noch die Dreistigkeit besessen, ihn unter ein paar Farnwedeln zu verstecken.

Angies Gesichtsausdruck war nun nicht länger künstlich, in ihrem Blick lag echtes Entsetzen, während sie scharf die Luft einsog. Selbst Mary Granger neben uns, die so sensibel war wie altes Nashornleder, legte eine Hand vor den Mund. Sam ritt mit bleichem Gesicht davon. Und dann breitete es sich wie eine Flutwelle im ganzen Feld aus. Der Hund hieß Peddler und gehörte Mark, dem Hundeführer. Er war sein Liebling. Mark hatte den Hund gezüchtet und selbst großgezogen. Ja, ganz eindeutig ein Tritt und dann unter eine Decke von Farnkraut verborgen – nein, es war sogar ein flaches Grab ausgehoben worden, um alles zu vertuschen. Noch nie zuvor hatte ich solche Angst gehabt. Noch nie hatte mein Herz so laut geklopft und noch nie hatte ich mich derart von einem Mob umzingelt gefühlt. Die Pferde standen dampfend und mit bebenden Flanken da, froh sich ein wenig vom Galopp ausruhen zu können. Sie warfen die Köpfe und ihr Zaumzeug klirrte, was in meinen Ohren klang wie das Klappern der Nadeln der *Tricoteuses* an der Guillotine.

Es dauerte nicht lange und um mich her verwandelte sich der Schock in Wut. Wie *konnte* derjenige nur? War es vielleicht eines der Kinder gewesen? Aber nein, die hatten alle genügend Reitstunden gehabt und hatten den *Pony Club* durchlaufen und wussten, wie man sich zu verhalten hatte. Außerdem waren die meisten Kinder in Begleitung hier. Nein, nein, undenkbar, es musste ein Erwachsener gewesen sein, wüteten sie. Aber was für ein Feigling. Die Nachricht erreichte auch den hinteren Teil des Feldes und ich sah, wie Polly, Grant und Konsorten das Lachen verging und ihre Münder vor Entsetzen offen stehen blieben. In diesem Augenblick sah ich auch, dass Emma Hardings harte graue Äuglein nach meinem Blick suchten. Unsere Blicke kreuzten sich, wenn auch nur kurz. Zitternd wandte ich mich ab. Als ich danach langsam den Kopf hob, sah ich, wie sie hinüber zum Master ritt, um mit ihm zu sprechen. Mit Sam.

Die Minuten vergingen. Angie war jetzt sehr lieb zu mir und bot mir sogar ihren Flachmann an, vielleicht hatte sie ein schlechtes Gewissen wegen ihres Wutanfalls von vorhin, aber jetzt konnte ich es ihr doch nicht mehr erzählen? Denn warum hatte ich es nicht gleich zugegeben? Plötzlich kamen mir alle Gefängnisse dieser Welt in den Sinn, aus denen heraus mich die Verurteilten anstarrten, während sie die Gitterstäbe umklammert hielten und ihre jammervollen Blicke zu sagen schienen: Siehst du? Genau deswegen sind wir hier. Weil wir unsere Schuld nicht eingestanden haben. Aber Unfälle passieren eben, schreckliche Unfälle – bei denen jemand überfahren wird und der Fahrer dann Fahrerflucht begeht oder die Frau im Streit geschlagen wird. Natürlich haben wir das nicht gewollt, aber jetzt sind wir hier gelandet, so läuft das eben. Fast wäre ich vom Pferd gefallen.

Der Pikör, der den Hund gefunden und die Nachricht bereits per Telefon mitgeteilt hatte, kam zurück. Er achtete nicht auf uns und ritt weiter, den Mund zu einer dünnen Linie zusammengepresst, in Richtung der Hundemeute, die sich in gewissem Abstand zum Rest des Feldes auf der nächsten Hügelkuppe befand. Wir sahen, wie er stetig zu Mark, dem Hundeführer, hinaufgaloppierte, der dort oben ganz alleine mit seinen Hunden weiter dem Wild nachspürte. Und der der Letzte war, der es erfahren sollte. Als ihm die Nachricht überbracht wurde, sah ich, wie Mark die Hand über die Augen legte, und an dieser Geste konnte ich ablesen, dass ich jemandem sehr wehgetan hatte. Einer der Helfer hatte, wie wir hörten, den Hund, Peddler, mit einem Quad-Bike aufgesammelt und brachte ihn jetzt in den Zwinger zurück, während die Jagd nun weitergehen sollte. *The show must go on.*

Und schon ging es los. Offenbar waren wir auf dem Weg ins benachbarte Tal. Und richtig, von unserem Aussichtspunkt auf dem Hügel aus konnte ich die Anhänger und Transporter sehen, die unten auf der Wiese parkten. Ein paar Frauen mit Kindern an Führzügeln lösten sich vom Feld und wünschten allseits noch einen schönen Abend, und ich ritt mit ihnen, was mir ein erleichtertes Lächeln von Angie eintrug und sogar ein: »Gut gemacht! Nicht einfach, so eine erste Jagd.«

Oh, sie war wirklich nett jetzt. Hatte vielleicht ein schlechtes

Gewissen, weil sie sich kurzzeitig nicht wie eine Freundin verhalten und mich unfreundlich angeblafft hatte. Natürlich verzieh ich ihr das; wir waren alle mal unfreundlich in der Hitze des Augenblicks. Aber was war mit meiner eigenen, weit größeren Verfehlung? Ob man mir das verzeihen würde? Wenn ich es nur offen eingestanden hätte! Sie wären schockiert und entsetzt gewesen, natürlich, aber hätten mir letztendlich doch verziehen. Aber jetzt nicht mehr. Nicht eine halbe Stunde später, dachte ich und mir war speiübel, während ich den gewundenen Pfad zu den Wirtschaftsgebäuden neben Sams Haus hinunterritt. Die beiden Frauen, denen ich mich stillschweigend angeschlossen hatte, unterhielten sich angeregt und bogen dann zu ihrem Anhänger ab, nachdem sie mir einen munteren Abschiedsgruß zugeworfen hatten. Und es gelang mir zumindest, ihnen zu antworten.

Mein Atem ging flach, während ich alleine weiterritt. Ich dachte, ich hätte inzwischen ein Alter erreicht, in dem ich nichts Neues mehr über mich selbst herausfinden würde. Interessant, dass es dennoch so war, und es war nichts Gutes gewesen.

Dad, Jennie und die Kinder drängten sich mit einer Gruppe von anderen Zuschauern in der Nähe des Transporters und suchten Schutz vor dem Wind, der inzwischen aufgekommen war. Dan war auch da, wie ich bemerkte, am anderen Ende der Wiese, wo er sich mit ein paar Landwirten aus der Gegend unterhielt, ebenso Angus, der sehr fesch ganz in Tweed gekleidet war. Viele Leute führten ihre Hunde an der Leine, darunter auch Leila mit ihrem gewaltigen Plastikkragen. Sie wären eine ganze Strecke hinter uns hergegangen, erzählten Dad und Jennie mir, als ich herangeritten kam. Das hatte Spaß gemacht, war aber anstrengend gewesen und sie wünschten, sie hätten das Auto genommen.

»Aber gut hast du deine Sache gemacht!«, riefen sie, als käme ich als siegreicher Held aus der Schlacht zurück, während ich mich endlich von dem vermaledeiten, verschwitzten Pferd gleiten ließ und meinem Vater dankbar die Zügel reichte.

»Super hast du das gemacht!«, erklärte Jennie mir mit glänzenden Augen, legte mir den Arm um die Schultern und drückte mich fest an sich. »Hattest du einen guten Tag?«

»Ich bin so stolz auf dich, Kind«, sagte mein Dad und tätschelte mir strahlend den Rücken. »Ich wusste, dass du es schaffen würdest!«

»Wir haben gesehen, wie du gesprungen bist, Mummy!« Clemmie warf sich in meine Arme. »Du bist über eine Hecke gesprungen und fast runtergefallen und du hast so ein komisches Gesicht gemacht – so.« Sie schnitt eine grässliche Grimasse und ich brachte mühsam ein Lächeln zustande. »Und dann bist du über einen Graben gesprungen und hast Sch… gesagt und dann war da ein Mann, der hat geschimpft und ›blödes Weibsstück!‹ gesagt, weil du dich vorgedrängelt hast!«

»Viele schimpfende Männer, mein Schatz«, hauchte ich. »Schimpfende Frauen auch.«

Ich umarmte meinen Sohn, der herbeigetapst kam, um von mir gedrückt zu werden. Er lehnte den Kopf gegen meine Oberschenkel und hielt meine Knie fest umklammert. Besuchsrecht, natürlich; vielleicht etwas großzügiger für Frauen mit Kindern. Dad würde sie vorbeibringen. Oder Jennie.

Die Kinder liefen wieder davon, um mit ein paar anderen Kindern aus dem Dorf, die sie kannten und die ebenfalls auf ihre Eltern warteten, einen Ball durch die Gegend zu kicken. Dan hatte sich ihnen angeschlossen, er war ja selbst noch ein großes Kind. Blieben also nur Dad und Jennie und ich.

»Ich hab einen Hund getötet«, stieß ich hervor.

Beide wandten sich zu mir um. Dad hatte gerade eine dünne blaue Decke über den dampfenden Thumper geworfen.

»Ich war's«, sagte ich stockend. »Ich hab ihn umgebracht. Er ist tot.«

»Wie?« Dad war ganz blass geworden.

»Thumper hat ihm einen Tritt verpasst. Hab ihn im Gestrüpp liegengelassen. Keiner hat's gesehen. Hab's keinem gesagt. Muss wegziehen. Frankreich am besten.«

Ich hatte es mir auf dem Rückweg schon genau überlegt. Da unten in der Nähe von Toulouse, ein kleiner Ort namens Gaillac. Ich war einmal vor vielen Jahren mit der Schule dort gewesen. Hübsch. Und ich würde ein kleines Geschäft aufmachen, genau wie diese Frau in *Chocolat,* die auch ein Geheimnis mit sich herumtrug. Keiner würde mich kennen, ich würde ein Mysterium bleiben, ich und meine beiden kleinen Kinder. Ja, ein Schokoladengeschäft.

»Oh Gott.« Selbst Jennie, die mit dem Reiten gar nichts am Hut hatte, wusste, dass das schlimm war.

»Das Haus wird sich schnell verkaufen lassen«, plapperte ich weiter. »Ich hab ständig solche Angebote von Immobilienmaklern in der Post. Und die Kinder werden zweisprachig aufwachsen, was ein großer Vorteil ist.«

»Jetzt halt doch mal die Klappe«, befahl sie mir, packte mich am Arm und setzte mich auf die Rampe. Dad, der inzwischen Thumper versorgt und ihn an der Seite des Transporters angebunden hatte, kam zu uns herüber. Er setzte sich.

»Bist du sicher, dass es keiner gesehen hat?«, fragte er leise.

»Ja.«

»Gut. Dann halt den Mund. So was passiert eben.«

Ich überlegte eine Weile. Plötzlich sprang ich wütend auf. Ich zeigte mit dem Finger auf ihn; er wackelte ein wenig.

»Siehst du? Genau daher hab ich das! Meine kriminellen Neigungen! Das ist anerzogenes Verhalten! Das ist es, was du mir beigebracht hast, was *du* tun würdest!« Ich starrte ihn vorwurfsvoll an.

»Nein, eigentlich nicht. Ich hätte es gleich zugegeben.«

»Wirklich?« Ich sackte entsetzt in mich zusammen. »Oh, Dad, es tut mir so leid. Ich hab's nicht so gemeint. Ich wünschte, ich hätte etwas gesagt!«, jammerte ich. »Aber in der Hitze des Augenblicks, und da waren so viele Leute, die so böse geschaut haben, und die haben mir Angst gemacht … Und jetzt ist es ein bisschen zu spät, nicht wahr?«

»Genau, jetzt ist es schon passiert. Jetzt lässt man schlafende Hunde am besten … nun gut.« Er hielt verlegen inne, als er merkte, dass dies nicht der passende Vergleich war. »Aber es ist ein schwerwiegender Vorfall in der Welt der Jagd, Poppy.«

*»Ich weiß!«*, sagte ich mit zitternder Stimme.

»Ach, Pustekuchen«, sagte Jennie resolut. »Die haben doch Hunderte von den blöden Viechern. Und jetzt wollen wir mal nicht übertreiben, *du* hast ihn doch nicht umgebracht. Das war Thumper. Wenigstens hat er kein Kind getreten.«

»Das wäre noch besser gewesen«, bemerkte ich düster.

Dad nickte in nüchterner Einschätzung der Lage. »Sie hat recht, Jennie.«

»Was nur mal wieder zeigt, wie absolut bescheuert die Jagerei ist! Ich meine, es ist doch das Ziel der ganzen Sache, ein Tier umzubringen, oder? Und es ist nur ein blöder Hund. Himmel, ich wünschte, es wäre Leila gewesen. Sie ist übrigens weggelaufen und hat sich kurzzeitig der Meute angeschlossen.«

»Echt?« Ich hob den Kopf. Selbst in meiner Verzweiflung fand ich das amüsant.

»Oh ja. Sie ist fröhlich mit der Meute mitgelaufen mit ihrem verrückten Kragen und sah dabei aus wie Vivienne Westwood, bis es deinem Dad gelungen ist, so einen Typ auf einem Quad-Bike zu überreden, sie einzufangen. Und du heulst rum, weil du glaubst, du hast dein Schulheft bekleckert.«

Ich wusste, dass sie versuchte mich aufzumuntern, aber als ich später mit ihrem Auto nach Hause fuhr, weil Jennie mit Dan gefahren war, der mit seinem Land Rover gekommen war, und mein Vater mit Thumper im Transporter zurückkehrte, hatte ich das Gefühl, die ganze Welt auf meinen Schultern zu tragen.

»Ab jetzt gelten die Chatham-House-Regeln, okay, mein Schatz?«, hatte Dad zum Abschied gesagt.

»Und das heißt?«.

»Kein Wort nach draußen.«

»Oh. Okay.«

Kein Wort nach draußen, dachte ich düster. Bis es doch irgendwann nach außen drang. Was bestimmt passieren würde. Und der Himmel mochte wissen, welches Wort das dann sein würde. Mörderin? Feigling? Hexe? Ich sank am Lenkrad in mich zusammen. Hinter mir brachte Clemmie Archie zum Lachen, indem sie mich nachmachte. »Mummy beim Reiten«, sagte sie, hielt sich imaginäre Zügel hoch unters Kinn, Augen und Mund weit aufgerissen, hüpfte sie in ihrem Autositz auf und ab. Und Archie lachte, wie nur ein Zweijähriger lachen kann: als würde er sich gleich übergeben. Ich versuchte, die positiven Dinge in meinem Leben zusammenzuzählen, und kam nur auf zwei. Die beiden dort hinten auf dem Rücksitz. Bei Sam hatte ich jetzt natürlich keine Chance mehr, das hatte ich vergeigt. Aber ich konnte mir ohnehin schon gar nicht mehr vorstellen, wie weltfremd ich eigentlich gewesen sein musste, mir einen solchen Gedanken überhaupt zu erlauben. Er war so weit außerhalb meiner Reichweite, mit seinen smarten Freunden und seinem Landsitz, dass er sich quasi schon in einer anderen Stratosphäre befand. Und wollte ich das alles überhaupt? Jede Woche zur Jagd gehen müssen? Regelmäßige Nahtod-Erfahrungen zu haben mit all diesen furchteinflößenden Leuten um mich herum? Nein. Ich schnurrte meine Straße entlang. Dieser ganze Lebensstil war nichts für mich: Er war zu schnell, zu glamourös, *zu viel.*

Als ich vor meinem Haus anhielt, sah ich, dass jemand vor der Tür stand und klingelte: ein Mann. Oh Gott, waren sie jetzt schon da, um mich zu holen? Ängstlich stieg ich aus. Aber als er sich umdrehte, sah ich, dass es nur Pete war, der lächelte, als er mich bemerkte. Ich entspannte mich. Dieser Mann hier, mit einem Gesicht, das sich bei meinem Anblick aufhellte, war viel eher meine Kragenweite. Warum war mir das bisher nie aufgefallen? Weil er ein bisschen übereifrig wirkte? Weil er mich mochte? Was zum Teufel sollte daran falsch sein, Poppy?

»Pete.« Ich lächelte ebenfalls und machte die Autotür zu, ehrlich erfreut, ihn zu sehen. Jeans und ein dunkelblauer Pulli. Frisch gewaschene Haare. Normal. Unkompliziert. Keine Sporen.

Ich hob Archie aus seinem Autositz und meine Kinder rannten auf die Rückseite des Hauses, um den Schlüssel zur Hintertür unter dem Geranientopf hervorzuholen. Clemmie kam gerade eben an das Schloss, um aufschließen zu können.

»Mein Gott, hattest du einen Unfall?«

Mein Herz tat einen Satz beim Gedanken an Peddler.

»N-nein, warum?« Hatte er es schon gehört?

»Du bist buchstäblich von oben bis unten mit Dreck beschmiert!«

»Oh.« Erleichtert blickte ich an mir hinunter. »Ach nein, das sind nur Randerscheinungen der Jagd. Komm rein, Pete.«

»Ach, so was machst du?«, sagte er und wirkte überrascht und auch ein klein wenig reserviert, wie es manche Leute waren, wenn von der Fuchsjagd die Rede war, und zwar aus Gründen, die mit dem Töten von Tieren weitaus weniger zu tun hatten als mit gesellschaftlichen Klassen und Exklusivität. Ich dachte an Polly und Sparks und Grant, konnte mich aber nicht aufraffen, darüber zu diskutieren.

»Jetzt nicht mehr«, erklärte ich ihm. »Wie kommt es, dass du nicht arbeiten musst?«

»Hab mir einen Tag Urlaub genommen«, sagte er und berührte mich leicht an der Schulter, während er mir einen Begrüßungskuss auf die Wange gab. Mr Fish, der in seinem Vorgarten die Rosen schnitt, nickte zu uns herüber.

»Und, hat er Sie abgeworfen, meine Liebe?«

Ich brauchte einen Augenblick, um zu kapieren, dass er von Thumper sprach.

»Oh, nein, Mr Fish, ich bin nur ein bisschen schmutzig geworden«, rief ich. Dann fügte ich leise zu Pete gewandt hinzu: »Hier kann man einfach gar nichts unbeobachtet tun. Ehrlich gesagt, hatte ich einen echt harten Tag und könnte einen sehr großen Drink gebrauchen. Leistest du mir Gesellschaft?«

»Würde ich gerne, aber ich muss in fünf Minuten unterrichten.« Er warf einen Blick auf seine Uhr.

»Unterrichten?«

Er machte ein verlegenes Gesicht. »Ja, genau, ich hab mich breitschlagen lassen und gebe ein paar Leuten im Dorf Klavierunterricht, zum Beispiel der Enkeltochter von Sylvia und Angus.« Er kratzte sich verlegen am Kopf und aus irgendeinem Grund fand ich das ungeheuer sympathisch. Wie süß. Er brauchte das Geld nicht. Er hatte einen Job in der City, bei einer Versicherung, einem florierenden Unternehmen, aber aus reiner Herzensgüte unterrichtete er Kinder. Mir gefiel die Vorstellung, wie er geduldig neben einem Klavier saß und sich Tonleitern anhörte und eine stümperhafte Version von *Für Elise*. Wie er das Kind ermunterte, lobte und keinesfalls in einem roten Rock auf einem gewaltigen Pferd herumraste und anderen Leuten böse Blicke zuwarf.

»Ich wollte nur rasch vorbeischauen, um zu sehen, ob wir noch immer zum Essen verabredet sind. Du hattest mich doch eigentlich anrufen wollen. Meine Schwester meinte, sie würde auf die Kinder aufpassen. Dann könnten wir irgendwo auswärts essen, wenn du magst.«

Gegen Ende errötete er leicht. Und ich gab nicht nur nach, sondern schmolz geradezu dahin. Er hatte sich um einen Babysitter für mich gekümmert. Wie viele Männer würden das tun? Und nachdem er ein Treffen bei mir vorgeschlagen hatte, waren ihm nachträglich Zweifel gekommen, ob er mich damit in der Geborgenheit meines eigenen Hauses nicht zu sehr bedrängte – Sofas, sanfte Beleuchtung, oben ein Doppelbett, wenngleich furchtbar nahe bei den Kindern. Ich blickte in sein besorgtes Gesicht mit den treuen, blauen Augen. Plötzlich trat ich einen Schritt vor, streckte den Arm aus, legte ihn um seinen Nacken und zog seine Lippen sanft auf die meinen.

»Ich habe eine bessere Idee«, raunte ich, als wir uns küssten. »Ja, bitte, was deine Schwester anbetrifft. Aber warum treffen wir uns dann nicht bei dir zu Hause?«

Seine Augen leuchteten nicht nur auf, sondern fingen an zu funkeln wie ein Spielautomat, der gerade eine 3er-Reihe mit Birnen gelandet hat. Oder vielleicht eher Melonen.

»Oh, Poppy«, hauchte er und blickte zu mir herab.

Oh, Poppy. So schnell ging das. Mehr brauchte es gar nicht.

Zum ersten Mal an diesem Tag hatte ich das Gefühl, die Dinge im Griff zu haben. Ich verabschiedete mich von ihm und ging den Weg zum Haus hinauf.

»Bis dann also«, rief er.

»Bis dann«, sagte ich über meine Schulter, während er mit federnden Schritten zu seinem Unterricht marschierte.

Beim Hineingehen wurde mir klar, dass ich ihn soeben in voller Sichtbreite des Dorfes geküsst hatte. Mr Fish stand jedenfalls mit vor Staunen offenem Mund an seinem Tor, die Gartenschere schlaff in seiner Hand, als ich mich umwandte, um die Haustür hinter mir zu schließen. Ebenso gut hätte ich eine Anzeige in die Lokalzeitung setzen können. Aber damit hatte ich eigentlich gar kein Problem. Weil Pete ein sehr netter Mann war. Er war in der Tat liebenswert. Und mit ihm an meiner Seite, würde ich mit allem fertig werden, dachte ich, mit dem Ärger, mit den furchteinflößenden Frauen und Männern bei der Jagd: mit all denen, die am liebsten Schweifbandagen aus meinen Innereien gemacht hätten.

Aber vielleicht wäre Italien doch besser, überlegte ich, als ich langsam nach oben ging, um mir Badewasser einzulassen. Ich gab einen Spritzer Schaumbad hinein, und während sich die Schaumberge auftürmten, nahm meine Idee Gestalt an: Pete und ich, wie wir ein baufälliges Haus in der Toskana herrichteten, ganz oben auf einem mit Zypressen bewachsenen Hügel. Pete und ich – jeder mit einem Pinsel in der Hand, ich in Latzhosen und mit Zöpfen –, wie wir von Zeit zu Zeit in der Arbeit innehielten, um uns zu küssen oder uns neckisch Farbe auf die Nase zu tupfen. Die Kinder rannten barfuß im Olivenhain umher. Ziegen gab es hier, Babyziegen. Ehrlich gesagt war es ja schön und gut, eine rätselhafte Erscheinung zu sein, aber es konnte auch ziemlich einsam werden. Ich hätte auch keine Ahnung, wie man ein Schokoladengeschäft führt. Ich zog meine dreckigen Klamotten aus und steckte einen müden Zeh ins Badewasser.

Später am Abend, als ich gerade die Kinder ins Bett brachte, klingelte das Telefon. Der Anrufbeantworter war angeschaltet, und so las ich weiter vor, obwohl mein Herz heftig klopfte. Dummerweise hatte ich eine Fabel von Äsop ausgesucht über einen Jungen, der ein Kalb umbringt, die Schuld nicht gesteht und letztlich aus der Stadt gejagt wird; und so hatte ich, als ich schließlich wieder nach unten ging, nicht nur Herzrasen, sondern summte auch manisch einen bekannten Song aus einem beliebten Juli-Andrews-Musical vor mich hin, der in letzter Zeit schon des Öfteren hatte herhalten müssen. Als ich am Anrufbeantworter vorüberkam, der mit blinkendem rotem Lämpchen auf der Anrichte stand, drückte ich auf ›play‹.

»Hallo, Poppy, hier spricht Sam.«

Das leere Babyfläschchen rutschte mit aus der Hand und sprang auf den Terrakottafliesen davon. Meine Hand erstarrte in einer krallenähnlichen Haltung.

»Äh, da gibt es noch eine Entwicklung, über die ich gerne mit Ihnen sprechen würde. Persönlich, wenn es Ihnen nichts ausmacht.« Er klang unbehaglich. »Es wäre vielleicht das Beste, wenn Sie zu mir ins Büro kommen würden. Sagen wir, gleich morgen früh? Um neun?«

Es folgte eine Pause. »Wenn ich nichts von Ihnen höre, gehe ich davon aus, dass es so passt«, endete er ein wenig barsch.

Ich taumelte ins Wohnzimmer, wobei ich mich an den Möbeln festhalten musste, erreichte mit Müh und Not das Sofa und ließ mich der Länge nach und vornüber darauf fallen. Dann legte ich mir ein Kissen auf den Kopf und stöhnte leise.

# 23

Am folgenden Morgen erwachte ich aus einem schrecklichen Traum, in dem ich in BH und Unterhose von Mary Granger die Straße hinuntergejagt wurde, während sie fortwährend »Sie böse, *böse* Frau, Sie!« kreischte. Ich zog mich angemessen an und fuhr in die Stadt. Schwarzes Shirt, schwarze Jacke, schwarze Wildlederstiefel. Nicht unbedingt Trauerkleidung – obwohl ich dieses Ensemble tatsächlich zum letzten Mal bei der Beerdigung meines Mannes getragen hatte, wie ich im Auto sitzend feststellte –, aber es war gedeckt, nüchtern und korrekt. Ich hatte den Tag zunächst in einem trotzigen Ich-bin-dann-mal-mit-meinem-Lover-weg-Outfit begonnen – pinke Hose, Boho-Shirt, hohe Wedges –, doch dann hatte mich auf halbem Weg der Mut verlassen und ich war zurückgerannt, um mich umzuziehen.

Archie war auch mit dabei. Ich hätte ihn bei Jennie lassen können – was eigentlich besser gewesen wäre, denn er konnte ziemlich grantig werden, wenn er seinen Vormittagsschlaf nicht bekam –, aber irgendwie brauchte ich den Schutz, den er bot, wie ich mir schuldbewusst eingestehen musste. Eine Frau mit einem Baby im Arm durfte man nicht schlagen, oder? Nicht dass Sam mich schlagen würde, aber doch verbal attackieren. Die Erinnerung an sein bitteres Gesicht, mit dem Handy am Ohr, hoch zu Ross, ließ mich erzittern. Archie, der hinter mir in seinem Autositz saß, blinzelte verschlafen in den Rückspiegel. Ich überlegte, ob ich ihn tragen sollte, in einen

Umhang gehüllt. Ganz auf die Mitleidsnummer setzen. Aber seine Kuscheldecke, an der er jetzt nuckelte, würde genügen. Ich konnte ihn darin einwickeln und ihn mir wie ein Findelkind an die Brust drücken.

Nachdem ich bei Waitrose geparkt hatte, hob ich meinen mittlerweile schlafenden Sohn in seinen Buggy und eilte mit ihm die High Street entlang. Drei Minuten vor neun. Aber ... warum rannte ich eigentlich so? Wozu die Eile? Vielleicht hatte ich ja keinen Parkplatz gefunden? Vielleicht war der bei Waitrose voll gewesen? Unwahrscheinlich, so früh am Morgen, aber vielleicht hatte ich Sams Nachricht auch gar nicht bekommen? Hatte den Anrufbeantworter nicht abgehört? Oder hatte alle Nachrichten versehentlich gelöscht? Diese und andere höchst fadenscheinige Entschuldigungen schwirrten mir im Kopf herum, während ich mich dem Gebäude von Sams Kanzlei näherte. Dann kamen die trotzigeren: Warum, zum Henker, sollte ich eigentlich gleich springen, wenn er rief? Und warum sollte er den Termin bestimmen und nicht ich? Nächste Woche Freitag würde mir viel besser passen. Oder sogar erst nächsten Monat. Weil ich die Beschuldigte war, darum, dachte ich und schluckte. Weil so eben das Rechtssystem funktionierte: Man wurde vorgeladen. Der Richter kam nicht zu einem nach Hause und machte es sich im Wohnzimmer mit einer Tasse Tee gemütlich.

Inzwischen stieg ich die Treppen hinauf, den schlafenden Archie im Arm, den Buggy zusammengeklappt in der anderen Hand. Oben klappte ich ihn wieder auseinander und setzte Archie hinein, aber nicht unbedingt so vorsichtig wie möglich. Ich schubste ihn dabei ganz ordentlich hin und her, damit er ... Damit er vielleicht aufwachte? Einen Wutanfall bekam und anfing, wie am Spieß zu brüllen, wie er es oft tat, wenn er aus dem Tiefschlaf aufgeweckt wurde, sodass wir dann bestimmt gleich wieder nach Hause gehen konnten?

»Was für ein süßer Kleiner«, flüsterte mir jemand über die linke Schulter.

Ich zuckte zusammen. Es war die Rezeptionistin, Janice, die mit frisch nachgezogenem rosa Lippenstift aus der Damentoilette auf dem Treppenabsatz kam.

»Oh. Danke.«

»Mrs Shilling, nicht wahr?«

»Äh, ja …« Ich warf einen sehnsüchtigen Blick zur Treppe hinüber.

»Um neun bei Sam? Er ist schon drinnen und wartet auf Sie.« Sie lächelte Archie strahlend an. »Möchten Sie ihn bei mir lassen?«

»Nein, nein, ich nehme ihn mit rein.«

»Das macht aber keine Umstände!«

»Vielleicht doch. Er ist ein kleines Monster.«

»Auf mich macht er einen ganz friedlichen Eindruck.«

»Nehmen Sie bitte die Hände von meinem Buggy.«

Sie schrak zusammen und wurde ganz blass. »Ich verstehe schon«, sagte sie rasch. »Sie haben Ihren Mann verloren, da kann man schon mal ein wenig gluckenhaft werden.«

Sie bedachte mich mit einem mitleidigen Blick und führte uns durch den Empfangsbereich und dann gab es kein Zurück mehr, denn sie war bereits vorausgeeilt, um eine weitere Tür zu öffnen, die in Sams Heiligtum führte.

Der Raum war noch immer so sauber und ordentlich wie bei meinem letzten Besuch, was ich irgendwie als schlechtes Omen deutete. Der Mann selbst saß hinter seinem Schreibtisch, Anzugjacke und Krawatte an Ort und Stelle, keine lässig aufgekrempelten Hemdsärmel mehr. Er telefonierte gerade und gab mir mit einem erhobenen Finger zu verstehen, dass er gleich fertig wäre. Sein Gesicht war ernst, ja beinahe steinern. Mit schwindender Hoffnung nahm ich ihm gegenüber Platz und zog Archies Buggy ganz nah zu mir heran. Nein, vor mich.

»Ich verstehe«, sagte Sam ernst. »Ja, das hatte ich mir schon gedacht.« Er massierte sich die Stirn mit den Fingerspitzen, die Ellbogen auf den Tisch gestützt, das Gesicht nach unten gerichtet. »Danke, dass Sie mir das bestätigen konnten.«

Seine dunklen Haare hatten, wie ich bemerkte, an den Schläfen die ersten grauen Strähnen. Vornehm sah er aus, attraktiv. Mein Vater hätte gesagt, ein Offiziersgesicht; er war selbst einmal Offizier gewesen, vor vielen Jahren, in der Kavallerie. Wie hatte ich diesen Mann jemals zum Fußvolk zählen können wie mich selbst? Plötzlich stieg Wut in mir auf. Dieses ganze Setting, über eine wackelige Hintertreppe hinauf in die Kanzlei eines Provinzanwalts, war nur Fassade gewesen, eine Täuschung, ein Versuch, als Mann des Volkes zu erscheinen. Aber ich hatte ihn vor seinem Landsitz hoch zu Ross in seinem roten Jagdrock gesehen. Oh ja, ich wusste es besser.

»Die Beweislage ist eindeutig«, sagte er gerade. »Ich stimme Ihnen voll und ganz zu. Sowohl die Indizien als auch die direkten Beweise. Und ganz offensichtliches Schuldbewusstsein zum Zeitpunkt der Tat. Schon allein die Flucht vom Tatort.« Er blickte zu mir auf. Fixierte mich. Ich errötete. Scheiße. Da war von mir die Rede. »Sie hat absolut keine Chance«, fuhr er fort. Meine Oberschenkel fühlten sich an, als wären sie im Fesselgriff meiner Strumpfhose gefangen. Ich saß da wie gelähmt.

Nach einer Weile verabschiedete er sich. Sein Gesicht war ernst, als er den Telefonhörer aus der Hand legte. Doch dann geschah etwas Seltsames. Er erhob sich, strahlte, kam um seinen riesigen, lederbezogenen Schreibtisch herum und beugte sich herab, um mich auf beide Wangen zu küssen.

»Poppy. Wie schön, Sie zu sehen. Sie haben überlebt, wie ich sehe! Ich muss schon sagen, ich fand es ungemein mutig, wie Sie da über die Hecken und Gräben geflogen sind, und das obwohl Sie, wie ich gehört habe, noch nie zuvor bei einer Jagd mitgeritten sind. Alle waren unglaublich beeindruckt und der alte Gerald Harper meinte sogar ganz laut zu mir, Sie hätten Mumm!« Er warf den Kopf zurück und lachte.

Ich blinzelte verwirrt. Ich dachte, mein letztes Stündlein hätte geschlagen, ich wäre erledigt. Dabei hatte ich scheinbar Mumm? Hatte er am Telefon vielleicht doch über jemand anderen geredet? Einen anderen Fall?

»Und ich kann Ihnen sagen, dass es wirklich keine einfache Strecke war. Manchmal trödeln wir nur endlos durch den Wald und es passiert nichts; aber gestern hatten wir einen Fünfender und Sie waren ganz vorne dabei, mitten unter den Besten!«

»Ja, nur ... manchmal ein bisschen zu weit vorne«, brachte ich mühsam hervor und fragte mich, was wohl als Nächstes kommen würde.

»Ach, na ja, das kann jedem mal passieren. Als ich das erste Mal dabei war, habe ich den Master, die Hunde und sogar den verdammten Fuchs überholt! Und bin schließlich meilenweit entfernt bei einem Bier in einem Pub gelandet, mein keuchendes Pferd draußen angebunden und zu viel Schiss, mich wieder draufzusetzen!«

»Herrlich, herrlich«, krächzte ich verblüfft. Seine Augen schienen mich geradezu bewundernd anzustrahlen und er stand immer noch ganz in meiner Nähe; er lehnte sich mit dem Rücken an seinen Schreibtisch, sein Hosenstall auf Augenhöhe.

»Äh, Sam, warum haben Sie mich hergebeten?«

Er wirkte überrascht. Fast ein wenig erschrocken, so als hätte er irgendeine Grenze übertreten.

»Verzeihung.« Er richtete sich auf. Ging zu seinem Schreibtisch zurück und machte wieder ein ernstes Gesicht, als er sich hinsetzte. Dann schob er einige Unterlagen hin und her und blickte zu mir auf. »Poppy, es gibt eine ziemlich interessante Entwicklung.«

Aha. Das war es also. Jetzt kam es. Mental ging ich wie vor einem drohenden Flugzeugabsturz in die Crash-Position. »Ach ja?«

»Wie es scheint, hat Emma Harding ihre Ansprüche auf die Erträge aus dem Unternehmen Ihres Mannes zurückgezogen.«

Ich starrte ihn verständnislos an. »Sie hat was? Warum?«

Er zuckte mit den Schultern. »Ich vermute, weil sie jetzt mit Simon Devereux verheiratet ist. Es würde mich nicht wundern, wenn das sein Einfluss oder der seiner Familie ist.«

»Aber warum?«

»Nun ja, mal abgesehen davon, dass er ein anständiger Kerl ist, den vermutlich schon die Vorstellung entsetzt, ist er zudem noch ein hoffnungsvoller Kandidat fürs Parlament. *Frisch angetraute Gattin des Abgeordneten erzwingt sich Erbe von der Witwe ihres verstorbenen Geliebten.* Nicht unbedingt die Schlagzeile, die Simon in der Lokalzeitung oder sogar der *Daily Mail* sehen möchte. Ich glaube nicht, dass es der Karrieresprung wäre, den er sich vorgestellt hat.«

»Nein – vermutlich nicht.«

»Und vielleicht hat Miss Harding es auch ein wenig mit der Angst gekriegt, nachdem Sie gestern mit uns geritten sind, und sie ist zu der Erkenntnis gekommen, dass Sie nicht so einfach aufgeben werden. Sich nicht leise zurückziehen.« Seine Augen begannen bedrohlich zu glänzen. Ich hatte das ungute Gefühl, er könnte gleich wieder das Wort Mumm erwähnen. »Jedenfalls hat irgendetwas, was immer es auch war, dazu geführt, dass sie einen Rückzieher gemacht hat, was Sie – mal abgesehen von den Shillings, die, wie ich wette, sich ohne Miss Hardings Unterstützung ebenfalls zurückziehen werden – zur Alleinerbin des Vermögens Ihres Mannes macht und damit auch zur Erbin aller Anteile an der Bank, die ihm als Mehrheitsteilhaber gehören.«

Wie wir bereits wussten, lief das auf eine ziemliche Menge Geld hinaus. Ich erinnerte mich an die Zahl, die er mir auf einem Stück Papier unter die Nase gehalten hatte. Doch zugleich war die Summe unter den gegebenen Umständen ziemlich irrelevant. Denn letztendlich war es doch nur Geld. Die Aussage dieses Satzes schoss mir wie ein Pfeil ins Herz. Nur Geld. Nicht Ehre oder Anstand oder Rechtschaffenheit. Ich rang mir ein Lächeln ab. »Danke. Wie wunderbar. Ja, das wird schon einen gewaltigen Unterschied machen.«

Er blinzelte. Ich hatte gerade das große Los gezogen und hatte nun nichts anderes zu sagen, als dass es einen Unterschied machen würde?

»Na, aber hallo! Das ist doch sicher eine riesige Erleichterung?«

Er schien sich wirklich für mich zu freuen. Wie süß. Ja, er wirkte richtig begeistert. Aber schließlich war es für ihn ein Coup, einen Fall für eine Klientin zu gewinnen. Das war etwas, das er heute Abend mit seinen Kumpels im Pub feiern konnte. »Gewonnen! Hab's dieser Harding-Tante gezeigt und für meine Klientin das Eisen aus dem Feuer geholt, eine ordentliche Menge Cash. Was willst du trinken, Dave? Die Runde geht auf mich.« Aber so war sein Leben ja gar nicht, das vergaß ich immer wieder. Dann eben im Billardzimmer bei ihm zu Hause im samtenen Hausrock, während er genüsslich mit einem Freund eine Zigarre schmauchte. »Konnte heute einen kleinen Coup landen, Peregrine. Hab eine Witwe vor dem Armenhaus bewahrt, wenn ich so sagen darf.«

»Na sieh einer an, gut gemacht, alter Junge«, knurrte Perry. »Noblesse oblige und so weiter. Du bist dran.«

Ich holte tief Luft.

»Und danke für Ihren Rat und die wertvollen Instruktionen.« War dies das richtige Wort? Vermutlich nicht. Und es war ja letztlich gar nicht so viel gewesen. Und jetzt war alles vorbei.

»Ach, keine Ursache«, erwiderte Sam wieder ganz in der Rolle des Anwalts. Er hatte sich zurückhalten müssen, um nicht allzu freundschaftlich zu werden, was ich mir noch vor einer Woche nur zu gerne hätte gefallen lassen. Ja, ich hätte ihn noch darin bestärkt. Aber jetzt nicht mehr.

»Natürlich sind da jetzt noch unzählige Hürden zu überwinden«, sagte er nun, setzte seine Brille auf – stand ihm gut – und erklärte mit Blick in ein ringgebundenes Manuskript: »Die Geschäfte Ihres verstorbenen Mannes waren profitabel, aber kompliziert; das muss man jetzt alles auseinanderdröseln. Ich habe schon ein paar Anrufe getätigt, mich vorab ein wenig informiert, und es scheint, als würde die Finanzaufsicht die Bank gerade untersuchen. Wussten Sie das?« Er blickte mich über den Rand seiner Brille hinweg an.

»Ja, das wusste ich«, antwortete ich mechanisch. »Ich habe einen Brief von einem der Partner bekommen.« Ted Barker hatte mir geschrieben, direkt nach seinem Kondolenzschreiben, um mir zu sagen, falls ich in der Finanzpresse irgendetwas davon lesen würde, dass die Bank untersucht würde, dann sollte ich mir keine Sorgen machen, das sei reine Routine. Finanzpresse? Ich hatte in letzter Zeit ja noch nicht mal mehr Revolverblätter gelesen.

»Das ist wohl eine reine Routineuntersuchung«, wiederholte ich nun für Sam.

»Ja. Obwohl …« Er zögerte.

Ich wartete. »Ja?«

»Nun, da gibt es offenbar gewisse Unstimmigkeiten in der Buchführung. Und es liegt eine Beschwerde eines Kunden vor.«

Ich zuckte mit den Schultern. »Das kam öfter vor, dass sich Kunden beschwert haben, wenn sie das Gefühl hatten, dass sich ihre Investition nicht richtig bezahlt machte. Das hat Phil immer gesagt.« Ich lächelte matt. »Mein Mann hatte viele Fehler, Sam, aber er war korrekt. Die werden nichts finden.«

»Bestimmt nicht, da bin ich sicher. Aber es wird noch eine Weile dauern, fürchte ich, bis Geld fließt. Aufgrund dieser Maßnahme muss jetzt alles bis ins Detail durchgekämmt werden, es wird also nicht ganz so glatt laufen.«

Was läuft schon jemals glatt, dachte ich bedrückt und hob das Plüschtier auf, das Archie fallen gelassen hatte.

»Aber ich denke, dass wir das innerhalb der nächsten sechs Monate klären könnten und bis zum Sommer dann hoffentlich eine Einigung erzielt haben.«

»Prächtig.« Ich lächelte bemüht. Stand auf.

Er machte ein überraschtes Gesicht. Beendete ich das Gespräch? Ja, das tat ich. Ich streckte die Hand aus – nein, kein Küsschen, Sam – und er erhob sich langsam und nahm die Brille ab.

»Und noch einmal vielen Dank für Ihren professionellen Rat.« Ich hörte mich an wie ein Politiker. Jeden Augenblick würde ich jetzt sagen: »Und abschließend möchte ich bemerken …« Aber egal, ich hatte es überstanden. War noch einmal davongekommen, könnte man auch sagen. Aber es fühlte sich nicht gut an. Ich hatte das Gefühl, ihn zu hintergehen.

Nach dem Händedruck ging ich mit meinem schlafenden Kind zur Tür. Das Gespräch, vor dem ich mich so sehr gefürchtet hatte, war vorüber und ich war auf dem Weg nach draußen. Außerdem war ich eine reiche Frau. Diese Tatsache und inwieweit sie mein Leben verändern könnte, würde mir bald bewusst werden, da war ich mir sicher. Vielleicht schon innerhalb der nächsten Augenblicke, dort draußen auf der High Street, wenn ich begriff, dass ich alles in den Schaufenstern kaufen konnte. Mir war irgendwie schwindelig. Ob es das Geld war?, überlegte ich. Nein, wohl eher nicht. Ich hatte nicht gefrühstückt, was die Sache natürlich nicht besser machte. Und wenn ich es mir recht überlegte, hatte ich auch gestern gar nichts gegessen. Kein Frühstück vor der Jagd – da hatte ich zu viel Angst gehabt. Kein Mittagessen – da war ich zu sehr damit beschäftigt, über verdammt hohe Hecken zu springen. Kein Abendessen – da war ich zu schockiert gewesen. Kein Frühstück heute Morgen – da hatte ich zu viel Angst gehabt. Ein richtiges Muster, was sich da abzeichnete.

Ich war mir bewusst, dass Sam mir hinterhersah, und so rief ich ihm über die Schulter noch ein fröhliches ›Wiedersehn‹ zu, doch als ich Archie an einer lächelnden Janice vorbei durch den Empfangsbereich schob, blieb ich plötzlich stehen. Mir war auf einmal so seltsam.

»Alles in Ordnung mit Ihnen?« Sie blickte stirnrunzelnd zu mir empor und meinte besorgt: »Sie sehen sehr blass aus!«

»Ja. Alles bestens, danke.« Ich hielt einen Moment inne. Wollte gerade weiterschieben und blieb wieder stehen. »Äh, könnten Sie vielleicht doch kurz auf ihn aufpassen?«

»Aber natürlich.«

Ich machte kehrt und ging mit unsicheren Schritten in Sams Büro zurück. Machte die Tür hinter mir zu. Dann trat ich an seinen Schreibtisch.

Er hatte sich noch nicht wieder hingesetzt, sondern stand in Gedanken versunken da und blickte auf den Ordner mit den Unterlagen hinab, die Fingerspitzen auf dem Schreibtisch gespreizt wie ein Pianist, der einen Schlussakkord hält. Er blickte auf, wirkte erfreut, wenngleich überrascht, während ich auf ihn zustolperte.

»Ich habe Ihren Hund getötet«, krächzte ich und klammerte mich an die Kante seines Schreibtischs.

»Meinen Hund?«

»Ja. Das war ich. Totgetreten.«

»Aber … Betsy? Ich hab sie doch eben erst gesehen. Da hat sie in ihrem Körbchen geschlafen …«

Wir starrten uns an. Langsam fiel der Groschen.

»Den Jagdhund«, sagte ich rasch.

Er runzelte die Stirn. »Peddler?«

»Genau. Ich hab ihn getreten. Oder vielmehr Thumper. Ist alles dasselbe. Und obwohl ich ihn nicht vergraben habe, habe ich ihn doch mit Farn bedeckt. Aber das war ganz instinktiv – aus Respekt sozusagen, wie eine Decke. Ich sehe ein, dass es den Eindruck macht, als hätte ich etwas verbergen wollen. So als hätte ich einen Mord vertuschen wollen.«

Mord. Ich schloss die Augen. Das war ein Fehler. Der Raum fing an sich zu drehen und ich verlor das Gleichgewicht, trat einen Schritt zurück und ließ den Schreibtisch los.

Rasch schlug ich die Augen wieder auf und streckte die Hand aus, um mich festzuhalten, doch da war nichts. Stattdessen fuhr meine Hand an meine Stirn, die feucht war. Dann sah ich den Fußboden auf mich zukommen und im Bruchteil einer Sekunde wusste ich, dass es zu spät war, ich wurde ohnmächtig.

# 24

Als ich wieder zu mir kam, lag ich ausgestreckt auf einem Chenille-Sofa in der Ecke eines mir unbekannten Zimmers, das eine Stuckrosette in der Mitte der Decke hatte und eine reich verzierte, wenngleich ein wenig rissige, Eckleiste aus Stuck. Sam und Janice blickten auf mich herab, Janice hielt ein Glas Wasser in der Hand.

»Archie …« Ich versuchte, mich hinzusetzen.

»Der ist hier«, sagte Sam rasch. Er schob mein noch immer schlafendes Kind in Sichtweite an meine Füße. »Es geht ihm gut.«

Ich sank zurück. »Bin ich umgekippt?«

»Allerdings. Ziemlich dramatisch. Aber ich nehme an, jede Ohnmacht ist dramatisch; ich habe das nur einfach noch nie miterlebt.«

»Mein Gott, wie peinlich. Es tut mir so leid.« Ich ließ den Blick schweifen. »Sollte ich jetzt sagen: Wo bin ich? Wo bin ich?«

Er grinste. »Im Büro meines Seniorpartners, es ist das einzige mit einem Sofa.«

»Meine Güte …« Ich versuchte mich aufzurappeln. Er legte mir eine Hand auf die Schulter.

»Keine Panik, er ist auf Mauritius. Sie könnten noch zehn Tage hier liegen bleiben, ohne dass er etwas davon mitbekommt.«

»Wasser?« Janice hielt mir besorgt das Glas entgegen.

»Ja, danke.« Ich schaffte es, mich halb aufzurichten, obwohl Sam mir dabei ein wenig helfen musste. Es war mehr als peinlich.

»Haben Sie gefrühstückt, Kind?«, fragte Janice, während ich einen Schluck nahm. »Oder haben Sie Ihre Tage?«

Ich errötete vor Scham, was bemerkenswert war, wenn man meine sonstige Blässe bedachte. »Äh, nein. Ich meine, ich habe nicht gefrühstückt.«

»Sehen Sie, das kommt davon«, schalt sie, während ich wieder zurücksank. »Ihr jungen Frauen müsst immer rumlaufen, ohne was im Bauch zu haben. Oh, dieses verflixte Telefon.«

Das sprang in der Tat fast vom Tisch hinter uns.

»Bitte, gehen Sie ran«, flehte ich sie an. »Mir geht es gut, wirklich.«

»Also, wenn Sie sicher sind …«, meinte sie skeptisch, sauste dann aber doch in ihren Empfangsbereich, nachdem sie Sam das Glas übergeben und ihm noch über die Schulter zugerufen hatte: »Aber lass sie noch nicht aufstehen!«

»Mussten Sie mich hierher tragen?«, fragte ich entgeistert, als er sich einen Stuhl heranzog. Unsere Anordnung hatte etwas von einer psychoanalytischen Sitzung an sich, als er jetzt neben meinem Kopf Platz nahm. Rasch löste ich die Finger, die ich über der Brust verschränkt hatte.

»Ganz im Vertrauen, ja. Aber Sie wiegen ja nicht viel, Poppy. Janice hat ganz Recht, Sie sollten mehr essen.«

Es war lange her, dass jemand so etwas zu mir gesagt hatte: Phil sicherlich nicht und Dad wäre es nicht aufgefallen. Mum also. Es musste meine Mutter gewesen sein. Ich blickte zu ihm auf. Schöne Augen. Grünlichbraun mit hellbraunen Flecken. Plötzlich fiel mir wieder ein, warum ich hier war.

»Scheiße – der Hund!«

»Ah, ja – Peddler. Aber wissen Sie, so etwas passiert eben, vor allem auf dem Land, Poppy. Die Leute regen sich dann einen Moment ganz furchtbar auf, aber er war schon ein alter Jagdhund und ist bei dem gestorben, was er am liebsten getan hat. Nicht die schlechteste Art, abzutreten.«

»Stimmt das? Dass er alt war? Kein junger Hund mehr?«

»Nein, nein, mindestens zwölf. Und *Sie* haben ihn ja nicht getreten, vergessen Sie das nicht. Und überhaupt, es war ja keine Absicht.«

»Ja, aber ich habe nichts gesagt.«

»Nun, das haben Sie aber jetzt getan. Und in dem Augenblick haben Sie vermutlich einfach Panik gekriegt. Das geht uns doch allen so.«

»Wirklich?« Ich blickte in das ruhige, freundliche Gesicht über mir. Kaum vorstellbar, dass es ihm je so gehen könnte. Ich musste jetzt aufstehen. Musste von diesem blöden Sofa runter. Ich kam mir so lächerlich vor.

Er hielt mich am Arm, während ich meine Beine zur Seite schwang, aber in der Eile verfing sich mein Rock, sodass ich weit mehr Bein zeigte, als mir lieb war, und ich sah, wie er verlegen den Blick abwandte. Aber es ging mir jetzt schon viel besser. Ich hatte mein Verbrechen gestanden. Und nun schien es auch gar nicht mehr so gewaltig. Er hatte recht: Es war mein Pferd gewesen und nicht ich, und der Hund war in seiner natürlichen Umgebung gestorben, während er seine Aufgabe erfüllte. Obwohl der Hundeführer es vielleicht nicht so sehen würde, vermutete ich. Ich erinnerte mich, wie er seinen Hut abgenommen hatte und sich mit der Hand über das erschütterte Gesicht gefahren war.

»Ich würde es dem Hundeführer gerne selbst erklären, Mark

heißt er, nicht wahr? Mich bei ihm entschuldigen. Ihm persönlich schildern, was passiert ist.«

Aus unerfindlichen Gründen machte Sam ein Gesicht, als hätte ich ihm soeben mein halbes Erbe übergeben. Seine Augen glänzten. »Wissen Sie was, ich glaube, darüber würde er sich sehr freuen. Danke, Poppy. Ich gebe Ihnen seine Adresse.«

Und das tat er, zusammen mit der Telefonnummer, nachdem ich ihm mit Archie im Buggy in sein Büro zurück gefolgt war. Als er sich umwandte und mir den Zettel mit der Adresse reichte, hielt er meinen Blick einen kleinen Augenblick länger fest, als unbedingt notwendig gewesen wäre.

»Und was macht der Buchclub?«, fragte er plötzlich.

Darauf war ich nicht gefasst und so blinzelte ich verwirrt. »Oh, der hat sich leider weitgehend aufgelöst. Ich glaube, die offizielle Version lautet ›aufgrund literarischer Differenzen‹.« Ich machte dabei ironische Anführungszeichen in der Luft, als mir klar wurde, dass ich selbst das bei anderen Leuten überhaupt nicht ausstehen konnte. »Die meisten von uns wollten richtig gute Unterhaltungsliteratur lesen, sich ein bisschen darüber unterhalten und einen netten Abend haben. Aber dann haben wir ein wirklich schweres Buch zu lesen gekriegt und alle haben aufgegeben.«

»Ach, wie schade. Wer hat denn das schwierige Buch vorgeschlagen?«

»Hope Armitage.«

»Aha.«

»Kluge Frau.« Ich schnitt eine Grimasse.

Er nickte. Wandte den Blick ab.

»Und eine schöne Frau«, sagte ich rasch, damit er nicht dachte, ich wollte sie schlechtmachen. »Sie hat so ziemlich alles. Schönheit, Charme, Hirn. Chad«, fügte ich mit einem kleinen Lachen hinzu und wünschte sofort, ich hätte es nicht getan. Ich spürte, wie ich errötete. Was plapperte ich da eigentlich? »›Hirntechnisch‹ konnten wir ihr nicht das Wasser reichen.« Schon wieder Anführungszeichen um hirntechnisch. Warum? »Nicht, dass wir ihr in irgendeiner anderen Hinsicht das Wasser reichen könnten«, laber, laber, »was das Aussehen anbetrifft natürlich schon gar nicht!« Hör jetzt endlich auf, Poppy.

»Mir war gar nicht klar, dass sie auch zu der Gruppe gehörte.« Sam war ans Fenster getreten, um auf die Straße hinunterzuschauen, und hatte mir den Rücken zugewandt. Er war plötzlich ein wenig steif. Keine Spur mehr von glänzenden Augen.

»Nun ja, die hat sich ja ohnehin so gut wie aufgelöst. Obwohl es schon ein paar Leute gegeben hat, die sich überlegt haben, ob sie nicht einen neuen Buchclub gründen sollten, eine Art radikale Abspaltung, nur ohne hochgestochenen literarischen Anspruch.«

Peggy war in der Tat vor ein paar Tagen zu mir gekommen, um den Vorschlag zu machen, dass wir das neueste Buch von Philippa Gregory lesen und uns dann bei ihr treffen sollten, um darüber zu diskutieren. Donnerstag um acht, ach ja, und es gab ein Motto für den Abend: »Was du getragen hast, als das Schiff unterging.« Und jeder sollte etwas zu trinken mitbringen. Angus hatte sein Kostüm anscheinend schon.

»Oh nein, das geht nicht, Peggy«, hatte ich gesagt. »Was sollen denn Chad und Hope denken?«

»Chad und Hope werden nichts davon erfahren«, erklärte sie mit Nachdruck und drückte ihre Zigarette in dem Busch mit Astern neben meiner Haustür aus.

Ich war mir nicht sicher, ob ich dieses Geheimnis mit Sam

teilen sollte. Chad und Hope Armitage waren seine Freunde, sie ritten gemeinsam aus und ohnehin war er schon gar nicht mehr dabei, meinen Blick länger als unbedingt notwendig festzuhalten, sondern blickte jetzt abwesend auf den Verkehr hinaus. Ich hatte seine Aufmerksamkeit verloren und hatte dafür jetzt seinen Rücken.

»Nun, ich werde dann mal gehen«, sagte ich nach einem Augenblick unbehaglichen Schweigens. »Vielen Dank für ... das Wasser. Und das Sofa.« Und seine furchtbar starken, männlichen Arme kamen mir auch noch in den Sinn, aber glücklicherweise nicht bis zu meinen Stimmbändern, obwohl es knapp war.

»Vergessen Sie Ihre Unterlagen nicht.« Er schien plötzlich wieder zu sich zu kommen und drehte sich um, um zu seinem Schreibtisch zu gehen und mir einen dicken Ordner zu reichen, der zweifellos die Details meiner gigantischen Erbschaft enthielt: die Mittel, meine Kinder im Cheltenham Ladies' College und in Eton zur Schule zu schicken und mich selbst in die Liga von Hope, Chad, Simon und Sam zu befördern, dachte ich plötzlich. Henley und Harrods, *here I come!* Warum nur war mein Schritt nicht so schwungvoll, wie er hätte sein sollen, als ich Sams Büro verließ?

Ich trug Archie die Treppe hinunter. Er war aufgewacht, strahlte mich mit roten Schlafbäckchen an und strampelte mit seinen Cord-Stiefelchen gegen meinen Bauch. Ich packte eines davon und gab ihm einen festen Kuss darauf. Ich hatte gemerkt, dass es die Erwähnung von Hope gewesen war, die ihn hatte verstummen lassen. Liebte er sie etwa? Es wäre kein Wunder. Aber sie war glücklich verheiratet. Ganz und gar unerreichbar. Wir wussten alle, dass Chad und sie die Finger nicht voneinander lassen konnten und kaum aus dem Schlafzimmer rauszukriegen waren. Ich erinnerte mich an das erste Mal, als Jennie und ich sie getroffen hatten auf der Suche nach Leila, und wo beide ziemlich postkoital ausgesehen hatten. Aber so etwas hatte das gute alte Herz noch nie daran hindern können, sich den Anweisungen des Kopfes zu widersetzen, oder? Auch wenn einfach alles dagegensprach, hatte das doch noch nie wahre Liebe hindern können – oder wahre Besessenheit. Ich seufzte.

Draußen auf der High Street setzte ich Archie zurück in seinen Buggy und wollte schon die Straße hinuntergehen, als ich noch einen Blick über die Schulter zurückwarf. Zu meiner Überraschung stand er diesmal dort oben am Fenster. Sah er mir hinterher oder war er nur zu seinen Tagträumen zurückgekehrt, die ihn vorhin so traurig gemacht hatten? Wir wandten uns beide schnellstmöglich weg, als sich unsere Blicke trafen, und ich eilte weiter in Richtung Waitrose.

Als ich nach Hause zurückkam, sah ich Jennie mit einem Ausdruck höchster Verzweiflung auf ihrem Gesicht von meiner verschlossenen Haustür zurückkommen. »Gott sei Dank!«, rief sie und blieb wie angewurzelt stehen, als sie mich mit Archie im Arm näher kommen sah.

»Was ist denn los?« Ich eilte auf sie zu.

»Schnell, geh rein.« Sie nahm mir die Schlüssel aus der Hand, rannte zurück, um meine Tür aufzuschließen, und schob mich nach drinnen. Dann knallte sie die Tür hinter mir zu und drehte sich im Flur mit weit aufgerissenen Augen zu mir um.

»Was ist?«, hauchte ich angsterfüllt. »Was ist passiert?«

Clemmie, war mein erster Gedanke: vom Baum gefallen im Kindergarten oder ein Unfall mit der Schere. Bei meinem allerersten Elternabend hatte Miss Hawkins mir mit unheilvoller

Stimme verkündet, Clemmie habe ein Problem. Mit klopfendem Herzen hatte ich so etwas wie Mobbing oder eine Frühform von Magersucht erwartet. Als mir mit großem Ernst mitgeteilt wurde, ihre Scherenhandhabung lasse leider zu wünschen übrig, hatte ich ein Lachen nicht unterdrücken können, aber jetzt lachte ich nicht mehr. Sie hatten natürlich versucht, mich zu erreichen, aber mein Handy war ausgeschaltet.

»Schnell, sag schon, was ist los?«

»Frankie ist schwanger«, keuchte sie.

Zu meiner Schande muss ich gestehen, dass ich erleichtert war. Es betraf nicht Clemmie, nicht meine kleine Süße. Ich brauchte einen Augenblick, um mich zu erholen. Mich zu sammeln. Ich stellte Archie auf die Beine und er tapste davon.

Ich richtete mich auf und fuhr mir mit der Hand an den Mund. Jennies Gesicht war sehr blass, ihre Lippen blutleer. »Woher weißt du das? Hat sie es dir gesagt?«

»Nein, aber ich hab das hier gefunden!«, zischte sie und holte einen Schwangerschaftstest aus der Manteltasche. »Im Mülleimer im Badezimmer!«

»Oh.« Ich starrte den Test an. Da war ganz deutlich eine leuchtend blaue Linie in dem Fenster. Sehr positiv. Sehr schwanger. Mir schwirrte der Kopf. Ich nahm Jennie am Arm und führte sie ins Wohnzimmer.

»Aber … ist der denn auch wirklich von ihr?«

»Nun ja, von mir ist er nicht und ich hoffe bei Gott, dass er nicht von Hannah ist!«

»Könnte er nicht von einer Freundin sein?«, schlug ich vor.

»Komm schon, Poppy. Ich weiß genau, welche Freundinnen in letzter Zeit bei uns zu Hause waren, und in letzter Zeit waren eigentlich gar keine da. Und ich hab den Mülleimer erst vor ein paar Tagen ausgeleert.« Jennie tigerte in meinem

Wohnzimmer auf und ab, die Arme verschränkt, das Kinn auf die Brust gedrückt, mit wild entschlossenem Blick. »Darum war ich ja überrascht, dass er schon wieder voll war, mit reichlich viel frischem Klopapier, um das hier zu verbergen. *Natürlich* ist der von ihr, dieser kleinen …« Sie unterbrach sich.

Ich schob sie aufs Sofa und hockte mich neben sie. Sie war außer sich, schnaufte und stöhnte.

»Atme ganz ruhig, Jennie, und denk nach. Du darfst das jetzt nicht falsch anpacken. Du musst ihr helfen, statt sie zu teeren und zu federn.«

Sie nickte, presste mit grimmiger Miene die Lippen zusammen und starrte stur geradeaus. Das war ihr schon klar, aber es war trotzdem schwer.

»Und wenn sie gerade erst den Test gemacht hat, ist sie vielleicht erst seit kurzem schwanger, dann ist ja noch nicht alles verloren.«

»Nicht unbedingt«, flüsterte sie.

»Nein, nicht unbedingt, aber jetzt warten wir doch erst einmal ab, bis wir genau wissen, was Sache ist. Ist sie mit einem Jungen zusammen? Hat sie einen Freund? Wer könnte es sein?«

»Das ist es ja!«, rief sie und drehte sich zu mir um. »Nein! Da ist weit und breit kein Freund, nicht mal einer, der einfach nur ein Kumpel ist, und glaub mir, das wüsste ich. Ich achte genau auf das, was dieses Mädchen tut. Und sie hat nie von irgendjemandem erzählt! Mir jedenfalls nicht.«

Plötzlich fiel mir Frankies Antwort auf meine Frage nach ihren Plänen für die Ferien wieder ein. »Ich dachte, ich könnte mich schwängern lassen.« Und ich hatte gedacht, das wäre ein Scherz gewesen.

Hastig stand ich vom Sofa auf; ging zum Kamin hinüber

und gab vor, an der Uhr herumzuhantieren, sie aufzuziehen. Mir war nämlich noch etwas anderes eingefallen. Aber Jennie kannte mich viel zu gut.

»Was ist?« Sie sprang auf. »Was ist?«

»Nichts, ich …«

»Poppy, du weißt etwas!« Sie drehte mich zu sich herum.

»Nein, Jennie, ehrlich, ich …«

»Poppy – *du musst es mir sagen!*«

Und das musste ich, das war mir klar. Sie hielt mich am Arm fest und musterte mich aus wütenden Augen.

Ich fuhr mir mit der Zunge über die Lippen. »Okay, okay, aber ich schwöre bei Gott, dass Frankie das nicht ernst gemeint hat, du weißt doch, wie sie ist.«

»Poppy …«

»Also, neulich Abend, nach dem Babysitten, ist sie ganz schnell über die Straße gesaust, um in ein Auto zu steigen. Der Motor lief und sie sind zusammen weggefahren.«

»Sie kennt aber keinen, der ein Auto hat.«

»Und zuvor, zu Beginn des Schuljahrs, hat sie, also … sie hat gesagt, dass sie auf einen Lehrer steht.«

Jennie starrte mich an. Dann erst machte sich der Schock auf ihrem Gesicht breit. Sie gab einen erstickten Schrei von sich und taumelte rückwärts, sank aufs Sofa, eine Hand vor den Mund gelegt. Dann blickte sie fassungslos zu mir empor und nahm schließlich die Hand wieder weg.

»Welcher denn?«, flüsterte sie.

»Welcher Lehrer? Äh, ich weiß nicht genau.« Und das stimmte, ich zerbrach mir den Kopf. »Könnte es Mathe sein? Oder Biologie? Ja, Biologie, glaube ich. Aber Jennie, das war bestimmt nur im Scherz gemeint. Ich bin sicher, dass sie mich nur auf den Arm nehmen wollte.«

»Hennessy!« Sie setzte sich mit einem gewaltigen Zischen auf.

»Aber ich bin mir nicht sicher, und wie gesagt ... Jennie, nein!«

Sie war aufgesprungen, marschierte schnurstracks aus meinem Wohnzimmer in Richtung Haustür und sah dabei sehr gefährlich aus. Jennie ist groß und stark und viel kräftiger als ich, aber ich sprintete an ihr vorbei den Flur entlang und warf mich in einer einzigen Bewegung zwischen sie und die Tür, wo ich rasch den Schlüssel im Schloss umdrehte.

»Nein!«, keuchte ich und stellte mich mit weit ausgestreckten Armen platt vor die Tür. »Du rennst hier jetzt nicht so raus, zerrst Mr Hennessy aus seinem Unterricht über Vererbungslehre und machst dich und Frankie vor der ganzen Schule lächerlich. Das lasse ich nicht zu!«

Sie starrte mit bitterbösem Blick und geblähten Nüstern auf mich herab. »Geh mir aus dem Weg!«

Ich krächzte: »Nein, Jennie!«

»Aus dem Weg!«

Ich starrte trotzig zurück, machte mich darauf gefasst, gleich angegriffen zu werden, und brachte mich entsprechend in Position. Dann sah ich sie plötzlich zusammenbrechen. Ihre Augen umwölkten sich und ihre Mundwinkel sackten nach unten. Fast wäre sie nach hinten gestolpert, als würden ihre Beine sie nicht mehr tragen, und sie sank auf den kleinen viktorianischen Stuhl am Telefontischchen in meinem schmalen Flur. Sie ließ den Kopf sinken und fuhr sich mit den Händen in die Haare und zerrte fest daran. Dann schluchzte sie. Sie schluchzte und schluchzte und ich hockte mich vor sie, hielt ihre Knie fest und ließ sie weinen.

»Es ist meine Schuld!«, keuchte sie, als sie wieder dazu in

der Lage war. »Es ist alles meine Schuld! Ich war nicht für sie da, habe ihr nicht genug geholfen, war keine gute Mutter für sie!«

»Das stimmt doch nicht«, sagte ich, packte ihre Knie und schüttelte sie. »Das stimmt ganz und gar nicht, Jennie! Das ist nur eine Phase, eine Teenager-Phase, und du hast immer für sie getan, was du konntest!«

»Ja, aber wenn ich ganz ehrlich bin«, sie schluckte, hob den Kopf und schniefte laut, bevor sie ein Taschentuch aus ihrem Ärmel zog, »dann hatte ich längst aufgegeben. Ich hab mir so viel Mühe gegeben, als sie klein war, Poppy, aus Liebe zu ihr natürlich, aber vor allem aus Liebe zu Dan. Aber in letzter Zeit – ach, ich weiß nicht. Sie war so schwierig und natürlich schaue ich Dan heutzutage auch nicht mehr ständig an und denke: Ich bete dich an. Also hab ich sie vielleicht etwas zu sehr aus den Augen verloren. Vielleicht hab ich insgeheim gedacht: Fahrt doch alle zur Hölle, wenn du verstehst, was ich meine.« Ein Schauer durchlief ihren Körper.

Ich verstand sie. Jennie war eine starke Frau und hatte ihre Familie fest im Griff, mit einer ganzen Menge heftigem Gebrüll und Geschimpfe, das ich durch die Wand hörte, und doch musste ich lächeln, weil ich genau wusste, dass sie es nicht so meinte, dass es nur heiße Luft war. Und sie hatte auch wirklich alle Hände voll zu tun mit den beiden lebhaften Jüngeren, mit einem Ehemann, der immer wieder in die Klemme geriet, und einer Stieftochter, die muffelig und wenig hilfsbereit sein konnte. Aber in letzter Zeit hatte ich das vertraute Schimpfen gar nicht mehr gehört und auf jeden Fall nicht im Zusammenhang mit Frankie. Das bedeutete natürlich trotzdem nicht, dass es Jennies Schuld war, wenn sie jetzt schwanger war, und genau das sagte ich ihr auch.

Niedergeschlagen blickte sie auf ihre Hände, die das Taschentuch umklammert hielten.

»Aber ich hätte mich mehr kümmern können. Nachfragen. Dieser ständigen schlechten Laune auf den Grund gehen können.«

Wir schwiegen einc Weile. »Die arme Frankie«, flüsterte sie schließlich. »Die arme, arme Kleine. Sie muss furchtbare Angst haben.«

Sie knüllte das Taschentuch in ihrer Hand zusammen. Ich wusste, woran sie dachte: an diesen entsetzlichen Augenblick, als die blaue Linie erschienen war und den furchtbaren Schreck, den Frankie bekommen haben musste, wie sie da auf dem Rand der Badewanne saß gestern Abend oder vielleicht heute Morgen, schon in ihrer Schuluniform. Dann der Weg zur Bushaltestelle, im Bus sitzen und wie betäubt die Welt an sich vorüberziehen sehen und denken: Alle anderen haben einen ganz normalen Donnerstag.

»Ich werde heute Abend mit ihr sprechen«, sagte sie.

»Möchtest du, dass ich mit ihr rede?«, schlug ich vor.

Wir wussten beide, dass Frankie mir vertraute. Manchmal war Jennie deswegen eifersüchtig gewesen. Aber ich wusste, dass so ein bisschen Eifersucht kein Hinderungsgrund sein würde, wenn es um das Wohl ihrer Tochter ging. Sie dachte darüber nach.

»Nein«, sagte sie schließlich. »Ich glaube, das mache ich lieber selbst. Und ich verspreche, dass ich nicht herumschreien werde. Keine Schuldzuweisungen.«

Ich nickte. »Und du lässt ihr die Wahl?«

Sie starrte mich entgeistert an. »Sie ist sechzehn, Poppy! Und kriegt möglicherweise ein Kind von einem Lehrer!«

»Okay, dann lass es mich noch einmal anders formulieren:

Du vermittelst ihr das Gefühl, selbst eine Wahl zu treffen, okay?«

Sie sah mich stumpf an, ihr blasses Gesicht war vom Weinen gerötet. »Ja, verstehe. Vorschläge machen. Auf die Schwierigkeiten hinweisen, falls sie es behalten sollte. Aber sie wissen lassen, dass ich trotzdem kein Problem mit meiner Rolle als Großmutter hätte.« Sie biss die Zähne zusammen.

»Genau, sodass die ganze Sache ihr eine Höllenangst macht und sie sich von ganz alleine dagegen entscheidet. Aber wenn du sie drängst, kann es passieren, dass sie sich anders entscheidet, nur um dir eins auszuwischen.«

Jennie blinzelte. »Du hast Recht. Ich werde ihr vor Augen halten, wie das wäre, mit dreißig einen sechzigjährigen Mann am Arm zu haben, mitsamt seinen älteren Kindern, dazu ihr eigener pampiger Vierzehnjähriger. Dann ist sie in der Frauenarztpraxis, bevor du piep sagen kannst.«

»Nun ja, ich könnte mir auch ein etwas freundlicheres Szenario vorstellen, aber das ist grundsätzlich die Idee dabei.«

Sie schluckte hart. Lehnte den Kopf gegen die Wand und blickte über meinen Kopf hinweg ins Leere. »Wir hatten so große Pläne, Poppy, du und ich, weißt du noch?«, sagte sie leise. »Als wir angefangen haben. Du mit Phil und ich mit Dan.«

Ich wusste, wo sie in Gedanken war. In unserer ersten Wohnung in London, die wir lila gestrichen und mit chinesischen Laternen geschmückt hatten. Jennie hatte es nach einer Dürreperiode genossen, von ihrem gutaussehenden älteren Freund zum Essen ausgeführt zu werden, während ich verzweifelt auf der Suche war, um mich dann mit einem Ersatz zufriedenzugeben. Was Jennie nicht getan hatte. Unsere Gemeinsamkeit endete also schon damit, dass wir uns die Wohnung geteilt hatten.

»Halte du nur an deinen Plänen fest, Jennie. Es ist noch nicht zu spät. Nur ich hab ja einen Fehlstart hingelegt.«

»Ja, das hast du wohl«, sagte sie und blickte mich liebevoll an. »Aber jetzt geht es richtig los.«

Ich hatte das Gefühl, dass sie damit Pete meinte. Rasch erhob ich mich. Zu rasch vielleicht, wenn man bedachte, dass ich seit einer Ewigkeit nichts gegessen hatte. Ich musste mich festhalten. »Ja, jetzt geht es richtig los«, wiederholte ich.

Jennie stand auf und sah dabei aus wie eine Hundertjährige. Ihr Gesicht war abgespannt und sie ging gebeugt in ihrem Tweedmantel, den wir damals, als sie ihn bei Primark entdeckt hatte, so trendig fanden mit dem ausgefransten Kragen und Manschetten, ein echtes Schnäppchen, das aber jetzt nur noch aussah wie ein alter, abgetragener Tweedmantel. Archie heulte in der Küche, nachdem er sich erst gefreut hatte, dass man ihn so lange unbeaufsichtigt ließ, war er jetzt sauer, weil ihn keiner beachtete. Außerdem war es Zeit, Clemmie abzuholen. Jennie seufzte noch einmal tief, bevor sie sich zum Gehen wandte, den Kopf gesenkt und mit hängenden Schultern. Ich nahm sie fest in den Arm.

»Viel Glück«, flüsterte ich ihr ins Ohr.

»Danke. Das kann ich brauchen.« Ich hielt sie lange im Arm. »Poppy«, stöhnte sie, »was, wenn sie schon im vierten Monat ist, was, wenn es schon zu spät ist, wenn ...«

»Denk nicht drüber nach«, sagte ich mit Nachdruck, zog mich zurück und packte sie bei den Schultern, um ihr fest ins von Panik gezeichnete Gesicht zu schauen. »Denk nicht an so was. Wir wissen doch noch gar nichts. Du darfst nicht vom Schlimmsten ausgehen.«

Sie nickte angstvoll.

»Bleib ruhig«, ermahnte ich sie.

»Das werde ich«, flüsterte sie.

»Und hör ihr zu. Halte ihr keine Vorträge!« Das war gewagt, Jennie hielt gerne Vorträge.

Im ersten Moment sah es aus, als würde sie explodieren, doch dann nickte sie wortlos, drehte den Schlüssel in der Tür und ging.

# 25

Als ich am folgenden Tag über die Landstraßen nach Wessington fuhr, dachte ich darüber nach, was für ein Wirbelsturm in den letzten paar Monaten durch unser Dorf gefegt war. Zuerst hatte Tom Angie verlassen und der Mini-Tornado hatte sich auf ihr Haus gesetzt; dann war Phil gestorben und der Mistral war die Straße hinunter bis zu mir gefegt; und jetzt war Frankie schwanger und die Windhose drehte sich heftig über meiner Freundin. War das einfach das Leben?, überlegte ich. Dass eine Familie in eine Krise gestürzt wurde, aus der sie sich mühsam herausarbeitete, um sogleich von der nächsten heimgesucht zu werden? Waren wir alle einmal dran, in ein Loch zu fallen? Mir schien es aber so, als würden einige Leute niemals hinfallen; dauerhaft standen sie auf der Sonnenseite des Lebens und waren immun gegen den Sog der schmutzigen Unterströmung des Lebens. Aus irgendeinem Grund kamen mir Chad und Hope Armitage in den Sinn. Ich seufzte.

Natürlich verbreitete sich die Nachricht in unserer eng verbandelten Gemeinschaft wie ein Buschfeuer. Ich hatte niemandem von Frankie erzählt, natürlich nicht, aber als Dan am Abend von der Arbeit nach Hause gekommen war und Jennie ihm von ihrem Fund erzählt hatte, ganz ruhig und vernünftig, ohne Schuldzuweisung oder Tadel, hatte er genauso reagiert wie Jennie hier in meinem Wohnzimmer. Er war schockiert gewesen, entsetzt, bekümmert. Sein kleines Mädchen. Und auch noch von einem Lehrer! Verdammte Scheiße! Und dann war Frankie zu spät heimgekommen, und bevor Jennie ihn hatte beruhigen können, war bei ihm die Sicherung durchgeknallt. Das wusste ich, weil ich es in meiner Küche gehört hatte. Obwohl ich im Wohnzimmer den Fernseher angestellt und die Finger in die Ohren gesteckt hatte. Und dann war wiederum Jennie die Sicherung durchgebrannt wegen Dan und dieser ganzen Geschichte, und es hatte sich die schlimmste und schrecklichste Szene entwickelt, die man sich nur vorstellen konnte.

»Ich habe einen Vortrag gehalten, habe nicht zugehört, war nicht ruhig, war nicht stark«, schluchzte sie voll Entsetzen. »Alles, was du mir gesagt hattest, was ich nicht tun soll, habe ich getan.«

»Aber doch nicht Frankie gegenüber?«, fragte ich besorgt. »Du bist doch nicht ihr gegenüber ausgetickt, oder?«

»Nein, das nicht. Vor allem gegenüber Dan.« Sie sah grau aus, wie sie da am Morgen nach der Alptraumnacht zusammengesunken an meinem Küchentisch saß, noch immer den Schlafanzug unter ihrem Mantel. »Ich habe versucht, Frankie vor ihm in Schutz zu nehmen, aber es war keine schöne Szene, Poppy. Keiner von uns beiden Erwachsenen hat sich in irgendeiner Weise korrekt verhalten. Du hast doch nichts gehört, oder?« Ermattet fuhr sie sich mit der Hand durch die wirren Locken.

»Nein, nein«, log ich.

»Gut. Aber Avril Collins auf der anderen Seite sah so hocherfreut aus heute Morgen, als sie die Milch von ihrer Treppe hereingeholt hat, da dachte ich nur: Oh, Mist.«

»Es spielt doch gar keine Rolle, wer es weiß«, erklärte ich ihr sanft. Was wieder nicht der Wahrheit entsprach, weil es natürlich doch eine Rolle spielte. »Weißt du jetzt, wie weit … sie ist?«, fragte ich vorsichtig.

»Du meinst wohl, ›wie lange der Braten schon in der Röhre ist‹, oder wie man das an sozialen Brennpunkten so nennt, Poppy?«, sagte sie und da war plötzlich ein Hauch der alten Jennie und aus ihren müden Augen blitzte ein mutiger Blick. »Wenn sich die ketterauchenden minderjährigen Mütter aus dem achtzehnten Stock unterhalten. Und man wird auch nicht ›schwanger‹, sondern man wird ›angebufft‹.« Sie schauderte. »Die Antwort ist: Ich weiß es nicht«, sagte sie verzagt. »Sie will es mir nicht sagen. Sie sagt eigentlich überhaupt nichts mehr. Deswegen ist Dan ja auch so wütend geworden.«

»Gar nichts?«

»Absolut null Komma null. Sie hat nur in das verzerrte Gesicht ihres Vaters gestarrt, als er da wie ein Wahnsinniger getobt und gewütet hat, und ist dann in ihr Zimmer hochgerannt, hat die Tür zugeknallt und abgeschlossen.«

»Und was nun?«

Sie zuckte mit den Schultern. »Keine Ahnung. Ich glaube, wir warten erst mal, bis sich alle ein wenig beruhigt haben. Und dann versuche ich heute Abend vielleicht mit ihr zu sprechen. Ein Tag mehr oder weniger wird auch keinen Unterschied machen.«

Sie seufzte. »Jedenfalls wollte ich mich nur erkundigen, ob du uns gehört hast.«

»Kein bisschen.«

Ich begleitete sie zur Tür, und da sie gekommen war, als ich gerade hatte gehen wollen, nahm ich meine Tasche mitsamt Archie und begleitete sie hinaus. Als ich die Tür hinter mir abschloss, bemerkte ich aus dem Augenwinkel vor dem Dorfladen eine kleine Versammlung von Regenmänteln und Schirmen. Avril Collins, Yvonne und Mrs Fish. Sie schauten mit großen Augen in unsere Richtung, um gleich darauf wieder die Köpfe zusammenzustecken. Rasch stellte ich mich zwischen sie und Jennie.

Doch Jennie war gar nicht in der Verfassung, irgendetwas zu bemerken. Sie stand mit Hausschuhen an den Füßen mitten auf meinem Gartenweg im Nieselregen, die Tröpfchen legten sich wie ein Spinnennetz auf ihre Wuschellocken.

»Ich dachte, ich hole sie heute Nachmittag von der Schule ab, gehe mit ihr zu Topshop und dann einen Burger essen. Meinst du, das würde ihr gefallen?« Sie wandte sich mit besorgter Miene zu mir um.

Normalerweise ja. Aber wenn Jennie unter den gegebenen Umständen einfach so am Schultor auf sie wartete …

»Vielleicht solltest du ihr vorher lieber noch eine SMS schreiben«, schlug ich vor. »Dann kann sie es sich überlegen.«

»Gute Idee.« Sie zog ihr Handy aus der Manteltasche. Sanft legte ich meine Hand darauf. »Und vielleicht gehst du erst mal rüber und überlegst dir, was du schreiben willst.«

Jennie riss die Augen weit auf und sah mich voll leidenschaftlicher Bewunderung an. Ich wollte sagen: Nein, Jennie, ich bin kein Guru, aber ich weiß, wie das ist. Wie ein kopfloses Huhn herumzurennen, den Weg von der Kirche hinunterzueilen und ganz zu vergessen, meinen Mann zu beerdigen, auf der Adrenalin-Welle zu schwimmen, die in der Folge des Schocks kommt. Das Erstbeste zu tun, was einem in den Sinn kam, impulsiv zu handeln. Und ich wusste auch, wie es dann weiterging, von der schrecklichen Depression, die dann folgte. Während der ich vergessen hatte, meinen Kindern etwas zu essen zu geben, sie anzuziehen, sie liebzuhaben. Ich schauderte, als ich meinen Schlüssel einsteckte. Ich wusste, dass es mir für den Rest meines Lebens leidtun würde. Ich wusste, wie uns Schuld – oder vielmehr ein ungerechtfertigtes Gefühl von Schuld – dazu bringen kann, dass wir uns unlogisch verhalten, uns gar nicht wiedererkennen, dass wir plötzlich sind, wie wir nie dachten, sein zu können.

All das sagte ich meiner Freundin aber nicht. Stattdessen sagte ich: »Geh jetzt und mach dir eine Tasse Kaffee und sortier dich ein bisschen, dann schreibst du ihr die SMS, okay?«

Sie nickte gehorsam. Rannte meinen Weg hinunter und ihren hinauf und es kam mir so vor, als wären wir wie ein Paar in einem dieser kleinen Wetterhäuschen, wie wir hier zwischen unseren Häusern hinaus- und hineinliefen und Regen oder Sonnenschein vorhersagten, je nach der aktuellen Krisensituation, und damit dem ganzen Dorf unsere Angelegenheiten kundtaten. Ach, rutscht mir doch den Buckel runter, dachte ich und hob Archie auf meine Hüfte, während ich den Weg hinunterging.

»Guten Morgen, Avril«, konnte ich mir nicht verkneifen, über Jennies Garten hinweg zu rufen, als ihre andere Nachbarin vom Laden zurückkam und neugierige Blicke über die Hecke warf. »Ja, ganz recht, im Apple Tree Cottage gibt es Probleme.« Ich warf ihr einen bösen Blick zu und marschierte zu meinem Wagen, wo ich einen überraschten Archie in seinen Sitz fallen ließ. Das tat mir natürlich sofort leid. Wenn *ich* mich schon derart echauffieren konnte, welche Hoffnung gab es dann für Jennie?

Während ich nun also an der Gemeindewiese entlang durch Wessington fuhr, dachte ich noch einmal in Ruhe über alles nach und fragte mich, ob Frankie wirklich so dumm sein konnte, sich von einem Lehrer verführen zu lassen. Ich hatte mir schon letzte Nacht überlegt, dass das letztlich unwahrscheinlich war. Aber wer war der Junge? Da würde es dann wohl noch eine Familie geben, die ähnlich erschüttert werden würde. Und aus schwer zu definierenden Gründen, die noch aus Urzeiten herstammten, gab man letztlich immer dem Jungen die Schuld. »Er hat sie in Schwierigkeiten gebracht«, würden die Avril Collinses dieser Welt sagen; nicht etwa: »Sie hat ihn in Schwierigkeiten gebracht.« Ich warf im Rückspiegel einen Blick auf meinen kleinen Sohn, während wir durch den schwachen, milchigen Sonnenschein sausten, der Mühe hatte sich durchzusetzen, nachdem der Regen nun nachgelassen hatte. »Sei bloß vorsichtig, mein Junge«, flüsterte ich. »Halt dich von den hübschen Mädchen fern.«

Er grinste zurück und zeigte dabei seine kleinen Zähne.

Die Hundezwinger lagen am Ende der Gemeindewiese, noch ein Stück einen holprigen, kleinen Feldweg entlang, der auf einem Bauernhof endete. Zwei funktionale Zwinger aus Leichtbausteinen lagen rechts und links parallel zu einem gepflegten Hof und ein weißes, viktorianisches Cottage duckte sich am anderen Ende. Ein paar Hunde bellten ein Willkommen, als ich ankam, aber die meisten waren schläfrig und still. Ich fuhr durch den Hof und parkte direkt vor dem Haus, damit ich von drinnen Archie würde sehen können, der mittlerweile eingeschlafen war. Aber beim Aussteigen merkte ich, dass es ein bisschen arrogant wirkte, so nahe an den Fenstern zu parken. Ich wollte schon zurückgehen und das Auto woanders hinstellen, als ich sah, dass Mark auf der Eingangstreppe des Hauses saß und mir zusah, es war also ohnehin zu spät. Einer seiner Jagdhunde lag auf dem Rücken zwischen seinen Beinen und er schien etwas mit seiner Pfote zu machen. Zögernd ging ich näher, während er mich mit der Pinzette in der Hand ansah. Der Hund zappelte kurz, war aber nach einem kurzen Befehl von Mark sofort wieder regungslos und gehorsam. Ich stand vor ihm.

»Ich bin gekommen, um mich bei Ihnen zu entschuldigen. Mein Pferd hat Peddler getreten und ich hab Panik gekriegt und es keinem gesagt. Ich wollte schon, ehrlich, aber alles ging so schnell und mir war klar, dass ich etwas Schlimmes getan hatte, und da hab ich mich nicht mehr getraut. Ich schäme mich sehr dafür und es tut mir so leid, dass ich Ihren Hund getötet habe.«

Er ließ seinen Blick weiter auf mir ruhen, wobei seine dunklen Augen in dem glatten, braungebrannten Gesicht wie zwei glänzende Kohlestückchen wirkten.

»Du bist die Tochter von Peter Mortimer, nicht wahr?«, sagte er schließlich in seinem langsamen, ländlichen Tonfall. »Ich bin Mark, kannst gerne du zu mir sagen.«

»Kennen Sie, ich meine, kennst du meinen Vater?«

»Jeder kennt deinen Vater. Wo, glaubst du denn, kriegen wir unsere Pferde her? Der Braune, den du da hattest, könnte ein gutes Jagdpferd werden, aber er hätte dir sagen sollen, dass er tritt.«

»Vielleicht wusste er das gar nicht.«

»Es ist aber sein Job, das zu wissen. Ich werde das vom Preis abziehen, wenn ich wieder mal ein Pferd bei ihm kaufe. Das hab ich ihm schon gesagt. Es ist übrigens alles okay, er hat mich schon angerufen.«

»Das hat mein Vater getan?«

Er nickte und setzte seine Untersuchung der Pfote fort, in der, wie ich nun aus der Nähe erkennen konnte, ein großer

Dorn steckte. Er zog ihn vorsichtig mit der Pinzette heraus und blickte dann wieder zu mir.

»Ich rechne es euch hoch an, dass du gekommen bist und dass dein Dad angerufen hat. Das würden nicht viele tun.«

»Oh.« Ich verspürte eine Welle der Erleichterung. Die Schlinge um meinen Hals lockerte sich ein wenig. »Aber du hattest ihn besonders gern, nicht wahr?«, fragte ich besorgt. »Peddler. Ich habe gehört, er war dein Liebling.«

»Taugt nichts, wenn man Lieblinge hat. Aber er war schon so lange bei mir. War der Älteste und Mutigste, das kann man so sagen. Aber auch der Ungehorsamste.« Er grinste und zeigte kurz sehr gelbe Zähne.

»Ach, wirklich?«

»Warum wohl sollte er sonst allein unterwegs gewesen sein? Der kleine Mistkerl hatte sich mal wieder aus der Meute davongeschlichen. Als wir vor ein paar Wochen bei euch in der Gegend, im Wald bei Massingham, gejagt haben, ist er uns auch verlorengegangen. Am Ende haben wir ihn erwischt, wie er es irgend so einer dahergelaufenen Promenadenmischung mit einem riesigen Plastikkragen um den Hals mal so richtig besorgte.«

Meine Güte. Leila.

»Er war ein alter Schlingel, das kannst du wohl glauben«, erklärte Mark. »Und ganz sicher war er irgendwo, wo er nicht hätte sein sollen, als dein Pferd ihn getreten hat. Es würde mich nicht wundern, wenn er mit einem Lächeln auf dem Gesicht gestorben wäre. Vielleicht hatte ich ihn deswegen so gern, den Halunken.« Er erhob sich und ließ den Jagdhund los, der sich sofort umdrehte und aufsprang, um die Pfoten auf Marks Schultern zu legen und ihm wie wild übers Gesicht zu lecken.

»So ist es nun mal auf dem Land, Mädchen, Dinge sterben«,

sagte er und drückte den Hund nach unten. »Dachse auf der Straße, Rehe, die sich in Zäunen verfangen. Wo immer du hinschaust, gibt es tote Tiere und Blutvergießen. Mach dir deswegen keinen Kopf.«

Ich seufzte dankbar. Ich sagte nichts, aber ich fühlte mich leichter, weniger gebeugt.

»Und wie gesagt, habe ich ja auch schon mit deinem Dad vereinbart, dass ich beim nächsten Mal Rabatt bekomme.« Das schien ihm sehr zu gefallen. »Und er hat dich übrigens nicht verpetzt. Ich wusste nämlich schon, dass du es warst, und er wusste, dass ich es wusste, deswegen hat er angerufen.«

Ich nickte beschämt.

»Tasse Tee?«, fragte er, als er sich umwandte, um nach drinnen zu gehen. Ich schaute zurück zum Auto. »Er schläft«, versicherte er mir, »und du kannst ihn vom Fenster aus sehen.«

»Danke.« Überrascht und erleichtert folgte ich ihm ins Haus. Ich kannte Mark Harrison nur vom Hörensagen, wusste aber genug über ihn, um zu wissen, dass er dumme Leute nicht ausstehen konnte und sich nicht viel aus menschlicher Gesellschaft machte. Außerdem war er sehr angesehen. Er war von undefinierbarem Alter, irgendwo zwischen leicht verlebten Dreißig bis hin zu munteren Fünfzig, und er war ein Mann wie mein Dad, einer, der Tiere leidenschaftlich liebte, aber dennoch ganz vernünftig und unsentimental mit ihnen umging. Aber falls ich hier drinnen ein Ebenbild der Wohnverhältnisse meines Vaters erwartet hatte, so wurde ich überrascht. Marks Haus war so ordentlich wie nur was. Keine Sättel, Zügel und Whiskyflaschen lagen hier herum, es gab eine blitzsaubere Sitzgruppe mit dicken, aufgebauschten Kissen, ordentlich gesaugten Teppichboden und eine Reihe von glänzenden Gläsern auf der Anrichte. Der einzige Hinweis darauf, dass es sich hier um den Haushalt eines pferdebegeisterten Menschen handelte, waren die gerahmten Fotos an einer Wand: Hunde, Pferde – und nur ganz selten Leute.

Als er verschwand, um Wasser aufzusetzen, ging ich hinüber, um die Fotos zu betrachten. Schöne Jagdpferde mit Hunden zu ihren Füßen, Welpen mit in die Höhe gereckten Schwänzen und wachen Augen; Mark als junger Mann, wo er fast genauso aussah wie jetzt: diese scharfen, leuchtenden Augen in dem glatten Gesicht, hauptsächlich die Kleidung und die Druckqualität deuteten darauf hin, dass die Aufnahme schon älter war. Einige der kleineren Fotos waren schwarz-weiß und stammten vermutlich aus der Zeit seines Vaters: Männer in Harris-Tweed und weiten Kniebundhosen. Ein Foto, klein und in Farbe, allerdings von der Sonne ausgeblichen, fiel mir besonders auf. Es war das einer Gruppe von jungen Leuten um die zwanzig: ein sehr hübsches Mädchen mit dunkler Sonnenbrille, zwei junge Männer rechts und links neben ihr, von denen einer Mark war und der andere …

»Ist das Sam Hetherington?«, überrascht zeigte ich auf den Jungen mit den langen Haaren, in Jeans und T-Shirt, als Mark mit zwei Bechern zurückkam. Er reichte mir einen und folgte meinem Blick.

»Genau, am Tag nach seinem einundzwanzigsten Geburtstag. Am Abend zuvor hatten wir alle ordentlich einen sitzen. Sieh dir nur unsere Augen an – wie Pisslöcher im Schnee.« Er lachte kurz und bellend auf. »Wir hatten viel Spaß zusammen, Sam und ich.« Er schlürfte nachdenklich seinen Tee. »Sein Vater war der Jagdherr, genau wie Sam es jetzt ist, und mein Dad der Hundeführer.« Er zeigte auf ein Schwarz-Weiß-Foto von zwei Männern in Jagdröcken, das vor vielen Jahren vor einem Herrenhaus aufgenommen worden war. »Dieses Cottage hier gehörte früher zu Mulverton Hall. Aber jetzt nicht mehr.« Er lächelte. »Ich hab's ihm abgekauft, ja, das hab ich. Sam war dankbar, denn er ist wirklich knapp bei Kasse. Die Erbschaftssteuer hat dieser Familie wirklich heftig zugesetzt«, bemerkte er bitter.

»Oh. Das wusste ich nicht.«

»Deswegen ist er ja nach Amerika gegangen, um ein bisschen Kohle zu machen.«

Ich hielt den Atem an. Irgendwie hatte ich das Gefühl, dass ich, wenn ich mich still verhielt, noch mehr erfahren würde. Mir war bewusst, dass da so Vieles war, von dem ich nichts wusste, und ich wollte mehr hören. Aber Mark war ein schweigsamer Mann und so musste ich schließlich doch noch einmal nachhaken.

»Dann hast du ihn also gekannt, als ihr noch klein wart?«

»Oh ja, Sam und ich sind zusammen aufgewachsen. Haben als Kinder jeden Tag zusammen gespielt. So ging das, bis er aufs Internat musste. Aber wenn er in den Ferien zurückkam, dann sind wir geritten und waren zusammen in Pubs einen trinken, bis er schließlich nach New York ging. Es war eine von den Freundschaften, die diese liberalen Fatzkes nie verstehen werden, ist ihnen einfach zu feudal. Sie kriegen es nicht in ihre engstirnigen kleinen Köpfe, dass ich in seinen Diensten stand, während er im Herrenhaus residierte – und trotzdem waren wir Freunde. Aber es hat funktioniert. Funktioniert noch immer. Sam ist ein guter Mann. Einer der besten. Wirklich schlimm, dass seine Frau mit diesem Chad Armitage abgehauen ist.«

Ich drehte mich um. Starrte ihn an. »Was?«

»Ich habe gesagt, es ist schlimm, dass seine Frau mit seinem besten Freund durchgebrannt ist. Sieh mal hier. Das ist sie.« Er wies mit dem Finger auf ein Foto und ich wandte mich wie in Trance um. Er zeigte auf das hübsche Mädchen mit der Sonnenbrille. Sehr kurze, fransig geschnittene Haare. Natürlich, das war Hope. Cool und selbstsicher lächelte sie in die Kamera, während die beiden verkaterten Jungs neben ihr verlegen grinsten. Ihr Kinn war leicht in die Höhe gereckt, das Gewicht hatte sie auf den einen Fuß verlagert. Ich wandte mich wieder Mark zu.

»Hope war mit Sam verheiratet?«

»Kurz, ja. Sie waren alle zusammen in Harvard. Sam und Hope haben sehr jung geheiratet, nicht lange, nachdem dieses Foto hier aufgenommen wurde. Dann hat sie sich in seinen besten Freund Chad verliebt. Jedenfalls hat sie sich von Sam scheiden lassen und hat stattdessen ihn geheiratet.«

»Aber …« Ich war wie vor den Kopf gestoßen. Versuchte meine Gedanken zu sortieren. »Aber sie sind doch noch immer so gut befreundet. Sie wohnen in der Nähe, reiten gemeinsam aus, jagen …«

»Oh, das ist alles schon viele Jahre her. Chad und Hope sind jetzt schon ewig zusammen, haben zwei Kinder und Sam wollte Chads Freundschaft nicht verlieren. Als er in den Staaten war, war Chads Familie wie seine eigene. Er hat die Ferien bei ihnen verbracht – in den Hamptons und so. Und Chad ist ein netter Kerl. Aber diese Hope. Sie macht ihn manchmal ziemlich fertig, weißt du?«

»Wen – Sam?«

»Genau.«

Mir schwirrte der Kopf. »Aber – warum ist er dann zurückgekommen? Warum ist er in ihrer Nähe?«

»Vielleicht muss er das sein.« Er sah mich unverwandt an. »Chad und Hope sind als Erste zurückgekommen, wegen

Chads Arbeit. Haben sich ein Haus in London gekauft und dann das Wochenendhaus hier draußen, weil Hope die Gegend natürlich noch kannte aus ihrer Zeit mit Sam, da war das ganz normal. Dann hat Sam plötzlich verkündet, dass er ebenfalls London verlassen und seinen Pächtern kündigen will, um in Mulverton Hall wieder selbst die Zügel in die Hand zu nehmen. Etwas, was er früher nie vorhatte. Wirklich komisch.«

»Weil er es nicht ertragen kann, von ihr getrennt zu sein?«, hauchte ich.

Mark zuckte mit den Schultern. »Wer weiß? Das geht mich nichts an.« Er zwinkerte. »Aber beim Jagen bekommt man so einiges mit. Überrascht mich, dass deine Freundin Angie dir das nicht alles schon erzählt hat, aber vielleicht weiß sie auch gar nichts davon. Sie war damals ja noch nicht hier, obwohl sie so tut, als wäre sie im Sattel geboren und aufgewachsen.«

Ich fuhr mir mit der Zunge über die Lippen. »Wie lange waren sie verheiratet?«

»Nur ein paar Jahre.«

»Also … war das keine ganz große Sache?«

»Abgesehen davon, dass er sie so geliebt hat, dass er ihr einen Ring an den Finger gesteckt und sich für den Rest seines Lebens an sie gebunden hat. Und Sam ist keiner, der so etwas leichtfertig tut.«

»Nein.«

Ich richtete meinen Blick wieder auf das Foto. Mein Gott, der arme Sam. Dieser lachende, sorglose junge Mann mit seinem Jugendfreund Mark und seiner amerikanischen Freundin, die er mit nach Hause gebracht hatte und die bald seine Frau werden sollte, obwohl sie nicht älter aussah als sechzehn. Und die er noch immer liebte? Und die, wie Mark es so gewandt ausgedrückt hatte, ihn von Zeit zu Zeit noch immer ziemlich fertigmachte. Kein Wunder, dass er einen gequälten Eindruck machte, wenn ihr Name fiel.

»Hat Sam dir das von Peddler erzählt?«, fragte ich plötzlich. Er hatte gesagt, mein Vater habe ihn angerufen, um es ihm zu erzählen, wobei er es aber bereits gewusst habe. »Dass es mein Pferd war, das ihn getreten hat?«

»Nein, das war Emma Harding.«

»Emma Harding!«

»Die Frau, die das Verhältnis mit deinem Mann hatte.«

Ich hielt den Atem an. Wer war dieser Mark Harrison? Dieser schlichte Mann in seinem einsamen Cottage, mit seinen Jagdhunden, der selbst kein Familienleben zu haben schien, der aber alles über alle wusste?

»Du hast meinen Mann gekannt?«

»War ja nicht zu übersehen. Die waren doch gleich hier um die Ecke. Dort drüben in dem Bruchsteinhäuschen.« Er deutete mit dem Kopf zum Fenster und mir wurde klar, dass Emmas Häuschen, an dem ich gerade vorübergefahren war, wirklich nicht weit entfernt lag. »Im Sommer gehe ich mit meinen Hunden an der Rückseite ihres Gartens entlang – wie sollte ich es da nicht wissen? Wie oft bin ich abends mit zwölf Paar Hunden dort vorbeigegangen und habe gesehen, wie er mit seinem Fahrrad an ihrer Hintertür ankam, so gegen sechs, von Kopf bis Fuß in blaues Nylon gekleidet. Der Auftritt war wirklich nicht zu übersehen.«

Sechs Uhr. Das war die Badezeit der Kinder. Zu der Phil angeblich nie nach Hause kommen konnte. »Scheinbar wusste es die ganze Welt«, sagte ich und schluckte.

»Aber den bist du ja nun endgültig los, nicht wahr?«, sagte er mit einem leisen Lächeln. »Und er hat seine wohlverdiente Strafe bekommen.«

»Das hat er«, pflichtete ich ihm bei und musste zurücklächeln. Ich hatte schon wieder vergessen, was für philosophische Ansichten der Mann über den Tod hatte.

»Sie hat gesagt, sie hätte gesehen, wie schuldbewusst du dreingeschaut hättest, als von Peddler die Rede war. Sie konnte an dem Abend gar nicht schnell genug über die Wiese zu mir herlaufen, um mir das zu erzählen, sie hatte noch nicht mal ihren Reitrock ausgezogen. Aber als sie dann nach Hause gefahren ist, wartete da auf sie auch schon eine unschöne Überraschung. Bei ihr stand nämlich die Polizei vor der Tür.«

»Die Polizei? Warum?«

Er zuckte mit den Schultern. »Keine Ahnung. Dachte, das wüsstest du. Scheinbar reden schon alle im Dorf davon. Irgendeine Form von Betrug. Wirtschaftsbetrug. Der Bruder von unserer Tierpflegerin ist hier Polizist und sagt, es sei etwas Geschäftliches. Habe mit ihrer Arbeit zu tun.«

»Mit ihrer Arbeit? Du meinst bei der Bank?«, fragte ich erstaunt nach.

Er machte ein ratloses Gesicht. »Keine Ahnung.«

Langsam ließ ich mich auf das Sofa hinter mir sinken; undeutlich nahm ich ein sehr dickes Kissen in meinem Rücken wahr. Gleichzeitig wurde mir aber etwas anderes umso deutlicher bewusst. Die Untersuchung der Bank durch die Finanzaufsicht, die ich für reine Routine gehalten hatte, weil Ted Barker mir das versichert hatte. Obwohl ... er immerhin so besorgt gewesen war, dass er mir geschrieben hatte. Um mich zu warnen. Etwas, das Ted vor vielen Monaten einmal bei einer Dinnerparty bei sich zu Hause in Esher gesagt hatte, kam mir plötzlich wieder in den Sinn: dass die Überfliegerin im Büro ein ziemliches Risiko einging. Er hatte das mit einem Lächeln gesagt, während er mir meinen Gin Tonic mixte, aber ich hatte doch einen besorgten Unterton herausgehört. Das hatte mir damals nicht viel gesagt. Ich hatte sie ja nie kennengelernt. Aber die Bank hatte sie ziemlich schnell abserviert, nicht wahr? Sofort nachdem Phil gestorben war. Ich spürte, dass Mark mich ansah.

»Sie hat krumme Dinger gedreht«, flüsterte ich.

»So heißt es. Und was immer es ist, was sie getan haben soll, ich kann es mir vorstellen. Diese Frau ist durch und durch falsch. Aber jetzt ist sie ja in Polizeigewahrsam.«

Ich starrte zu ihm empor. »Emma Harding wurde festgenommen?«, fragte ich ungläubig.

»Das habe ich doch eben gesagt.«

»Ja, aber …« Ich hatte Mühe, mir das Ganze vorzustellen. »Es kann doch nicht sein, dass man sie verhaftet hat und wirklich festhält. Sie ist eine erfolgreiche Geschäftsfrau!«

Er zuckte mit den Schultern. »Diebstahl ist Diebstahl, ganz gleich, wer man ist.«

»Sie haben sie noch an dem Abend mitgenommen?«

»Nein, nur befragt. Sind dann heute Morgen zurückgekommen. Um sieben standen sie bei ihr auf der Matte. Wenn Sie mir nicht glauben wollen, können Sie gerne Rob, den Stalljungen, fragen. Wir waren mit der Meute draußen am anderen Ende der Wiese und haben gesehen, wie sie im Morgenrock an die Tür ist, um dann mit bleichem Gesicht zu verschwinden und sich anzuziehen. Als sie den Weg hinunter zum Polizeiauto gegangen ist, sah sie aus, als hätte man auf sie geschossen.«

»Das glaube ich gerne.«

»Ihr Mann sah auch ziemlich finster aus. Er stand im Flur hinter ihr. Rob meinte, wenn je ein Mann einen Drink gebraucht hat, dann er.«

»Oh Gott!« Ich sog scharf die Luft ein. »Simon. Der ist sicher am Boden zerstört.«

»Das kann man wohl sagen.«

Mir schwirrte der Kopf, während ich versuchte, all dies zu verarbeiten. Emma Harding verhaftet. »Er ist ein guter Kerl, wissen Sie.«

»Schon, aber ein Dummkopf. Zugegeben, er ist nicht der Erste, der auf ein hübsches Gesicht reingefallen wäre.«

»Aber er ist ja schon vor Jahren auf sie reingefallen«, murmelte ich.

»Ich weiß. Und er hat gedacht, er kriegt immer noch dasselbe Mädel. Hat er letztlich auch. Sie war damals schon ein Miststück und ist es immer noch.«

Ich sah ihn überrascht an. »Du kennst sie schon lange?«

»Ich bin mit Emma Harding zur Schule gegangen. Es war nur die Dorfschule, auch wenn sie immer so piekfein tut. Sie hat einem die Süßigkeiten vom Tisch geklaut und die Radiergummis aus dem Federmäppchen. Sie war damals schon hinter dem Geld her und ist es immer noch.«

Wir schwiegen einen Augenblick. Ich dachte an sie dort auf der Polizeiwache. In einem kahlen Vernehmungsraum vielleicht, wo ein Beamter in Zivil sie verhörte.

»Wird er zu ihr halten? Was meinst du?«

»Simon Devereux? Keine Ahnung. Aber, wie du schon sagtest, er ist total in Ordnung, deswegen könnte ich es mir schon vorstellen. Vielleicht nicht ganz die Art von Publicity, die er jetzt brauchen kann.« Er nahm die leeren Becher und ging in Richtung Küche. *»Frau des Abgeordneten in Untersuchungshaft.«*

Als ich vom Hof fuhr, kreisten meine Gedanken um Emma Harding. Die Karrierefrau, die auf die Treibjagd ging und von der ich nun wusste, dass sie ein geschminktes Gesicht, eine scharfe Art und eine gewisse Wirkung auf Männer hatte, war jetzt in Polizeigewahrsam. Aber warum? Was hatte sie getan? In die eigene Tasche gewirtschaftet? Ein bisschen was abgezweigt? War sie raffgierig geworden? Aber … es ging ihr doch gut, sie hatte Geld, warum sollte sie das Risiko eingehen? Ich konnte nicht glauben, dass es das wert gewesen war. Aber vielleicht gab es ihr einen Kick, dass man sie nicht dabei erwischte? Genau wie mit meinem Mann. Er war es ebenfalls nicht wert gewesen. Ich schnurrte den Feldweg entlang und meine Hände hielten das Lenkrad umklammert. War das der Grund, warum sie ihre Ansprüche auf Phils Erbe fallengelassen hatte, überlegte ich. Weil sie wusste, dass ihre Angelegenheiten untersucht werden würden? Und da wollte sie schließlich nicht noch mehr Aufmerksamkeit erregen.

Ich bog in die Straße ein, die an der Gemeindewiese entlangführte, und hielt mit laufendem Motor vor dem kleinen Bruchsteinhäuschen an, wo Emma und mein Mann sich jahrelang heimlich getroffen hatten. Wo sie sich mit ihm in diesem Schlafzimmer dort oben vergnügt hatte. Ich blickte zu dem Fenster empor. Wo sie im Morgenmantel – zweifellos Seide – an die Tür geschwebt war, um ihn zu begrüßen. Und wo sie bei der einen oder anderen Gelegenheit – wenn er von der Arbeit nach Hause gekommen war und zu mir gesagt hatte, er sei nicht hungrig – Essen für ihn gekocht hatte. In diesem Haus hatte sie nicht nur Essen für ihn, sondern zugleich auch ihr ganz eigenes Süppchen gekocht und seine Bücher manipuliert. Und nun war sie schließlich daraus abgeführt worden. In Handschellen? Nein, das war unwahrscheinlich. Das hätte ich Mark noch fragen müssen.

Ich war mit einem Mann verheiratet gewesen, der sie geliebt hatte. Was hatte ich nur für ein Urteilsvermögen? Genau wie Sam mit einer Frau verheiratet gewesen war, die dann mit seinem besten Freund auf und davon gegangen war. Die beiden ohne Urteilsvermögen – vielleicht sollten wir uns einfach zusammentun.

Ich fuhr weiter und hielt den Blick starr auf die Straße vor mir gerichtet, während die Landschaft hinter mir verwüstet schien. Meine Vergangenheit. Von der ich mich jetzt endgültig verabschiedete. Es dudelte nicht wie sonst das Radio fröhlich vor sich hin, stattdessen saß ich sinnierend übers Lenkrad gebeugt. Aber ich machte Fortschritte, bekam mein Leben wieder in den Griff. Ich war mir zum Beispiel sicher, dass die Tablette, die ich gestern genommen hatte, die letzte gewesen war. Ich hatte das mit ziemlicher Gewissheit gespürt, als ich sie heruntergeschluckt hatte. Hatte gewusst, dass es diesmal nicht zu früh war. Und irgendwie hatte das, was Mark Harrison mir soeben erzählt hatte, alles nur noch bestätigt. Er hatte mir in dieser halben Stunde eine ganze Menge Neues anvertraut und nicht nur über Emma, sondern auch über Sam. Mein Verstand war noch immer dabei, das alles zu sortieren, als mein Handy klingelte.

»Hallo?«, flüsterte ich in die Freisprechanlage an meinem Armaturenbrett, nicht zu laut, um Archie nicht zu stören, der immer noch selig auf dem Rücksitz schlief.

»Hallo Poppy, ich bin's, Pete.«

»Hi, Pete.« Aus unerfindlichen Gründen war ich zusammengezuckt, fast so als hätte ich ein schlechtes Gewissen.

»Warum flüsterst du?«

»Weil Archie auf dem Rücksitz schläft. Ich bin im Auto.«

»Ach so, dann flüstere ich auch«, er senkte die Stimme. Ich lächelte, das gefiel mir. »Hast du schon das Neueste von Emma Harding gehört?«

»Habe ich. Mark, der Hundeführer, hat es mir erzählt. Anscheinend spricht schon das ganze Dorf darüber.«

»Vergiss das Dorf, die ganze City spricht über nichts anderes!«

»Echt?«

»Im Internet brummt es nur so! Falsche Buchführung, heißt es. Und dazu ein paar Scheingeschäfte und dann noch Diebstahl vom Konto eines Kunden. Es heißt, sie hätte unautorisierte Geschäfte gemacht. Ich meine, geht's noch?«

»Aber woher wissen die denn das alles?«, flüsterte ich und warf einen Blick auf Archie im Rückspiegel.

»Sie wissen gar nichts, das ist alles reine Spekulation, nur großkotziges Gerede. Aber wo Rauch ist, ist auch Feuer, Poppy, ein Teil davon wird schon stimmen, das kann ich dir versprechen. Und die Sache ist die, wenn man erst mal mit einer Sache davongekommen ist, dann wird man mutiger und probiert's mit dem nächsten Trick, deswegen ist das alles ganz plausibel. Eins muss man ihr allerdings zugutehalten, die Frau hat echt Nerven. Vor allem, wenn man bedenkt, dass sie mit einem der Partner geschlafen hat.«

»Genau«, sagte ich grimmig. Mit *meinem* Partner. Hatte ich da etwa einen Hauch von Bewunderung in seiner Stimme gehört?

»Jedenfalls hat man sie jetzt in flagranti mit den Fingern in der Kasse erwischt.«

»Die hätte man ihr gleich abgehackt, wenn es nach Phil gegangen wäre. Glied für Glied am besten.« Wirklich? Ich fragte mich, wie blind die Liebe wohl gewesen wäre. Aber nicht *so* blind, dachte ich. Phil war überkorrekt gewesen, wenn es um Geld ging

»Man hat sie nach London gebracht, damit sie dort vom

Dezernat für Wirtschaftskriminalität verhört werden kann; sie haben ihre Unterlagen beschlagnahmt, ihren Computer – alles. Die waren heute Morgen um sieben bei deinem Exmann im Büro – ein Kumpel von mir arbeitet nebenan. Diese Typen gehen so gründlich vor, dass die sogar noch deine Großmutter durchleuchten. Glaub mir, Poppy, die werden ihr Leben durchkämmen, das ahnst du nicht. Damit wird sie auf jeden Fall die diebischen Finger von deinem Erbe lassen.«

»Ja, vermutlich, obwohl sie ihre Ansprüche ohnehin schon zurückgezogen hat.«

»Ach, hat sie das? Das wusste ich ja gar nicht.«

Archie rührte sich hinter mir, seine Augenlider flatterten bedrohlich.

»Hör mal, ich sollte jetzt lieber auflegen, Pete«, flüsterte ich. »Ich muss Archie noch eine halbe Stunde schlafen lassen, sonst ist er nachher unausstehlich.«

»Okay, meine Liebe«, sagte er munter. »Dann sehen wir uns also heute Abend. Kann's kaum noch erwarten.«

»Ich auch nicht«, stimmte ich ein und drückte auf den Knopf, um das Handy abzuschalten.

Ich kniff die Augen zusammen und blickte zu den Hügeln empor, die sich im Hintergrund unseres Dorfes erhoben. Hatte ich Pete eigentlich etwas von Phils Testament erzählt? Oder von Emma Hardings Ansprüchen? Hatte ich überhaupt jemals mein Erbe erwähnt? Ich war mir fast sicher, dass ich das nicht getan hatte. Und das bedeutete … Was zum Teufel wusste er über diese Geschichte?

# 26

Als ich nach Hause kam, nachdem ich Clemmie vom Kindergarten abgeholt hatte, stand Jennie an ihrem Wohnzimmerfenster und blickte suchend die Straße herauf und wartete auf mich.

»Ja, und das hab ich eben so beschlossen«, erklärte mir Clemmie mit Nachdruck, als ich ihr aus dem Auto half.

»Aber Miss Hawkins ist damit gar nicht einverstanden, mein Schatz.«

»Ist mir egal. Das ist mein Leben.«

Meine Güte. »Wo hast du das denn her?«

»Was?«

»›Das ist mein Leben‹?«

»Das sagt Peggy immer, wenn sie sich eine Zigarette anzündet.«

»Oh. Ach so.«

Jennie kam mir in ihrer langen weißen Schürze entgegengeeilt. Trotz ihrer Probleme wusste sie, dass ich hier zwei müde und reizbare Kinder hatte, die aus dem Auto gehoben, nach drinnen gebracht und abgefüttert werden mussten. Sie hob Archie für mich aus seinem Autositz und wir marschierten ins Haus.

»Und genau das werd ICH TUN!«, rief Clemmie und stampfte bekräftigend mit ihren rosa Gummistiefeln auf, während sie vorauslief, sich umwandte und mich herausfordernd anstarrte.

Jennie hob fragend die Augenbrauen.

»Clemmies Erzieherin hat mir gerade erzählt, dass Clemmie jetzt nur noch eine Drei-Tage-Woche macht«, sagte ich leise, während wir den Weg hinaufgingen.

»Oh, wie lustig. Welche Tage denn?«

»Dienstag, Mittwoch und Donnerstag. Montags und freitags hat sie frei, legt die Buntstifte aus der Hand und macht manchmal sogar ein kleines Nickerchen im Spielhaus. Scheinbar bevorzugt sie ein langes Wochenende.«

»Gut für sie.«

»Na ja, ich bin mir nicht so sicher, ob Miss Hawkins das auch so sieht. Sie ist sehr darauf aus, den Kindern ein gewisses Arbeitsethos zu vermitteln.«

Jennie verzog das Gesicht. »Sie ist doch erst vier, Poppy. Das Arbeitsethos kann warten.« Sie wuschelte Clemmie durch die Haare und ich schloss die Tür auf. Clemmie rannte mit Archie im Schlepptau sofort in Richtung Küche. Ich wandte mich zu meiner Freundin um. Mir fiel auf, dass ihre Augen glänzten.

»Gibt es Neuigkeiten?«, fragte ich und musste dabei feststellen, dass ich selbst einiges zu berichten hatte.

»Na ja, ich hab ihr eine SMS geschrieben, genau wie du's mir gesagt hast«, berichtete sie mir atemlos, während sie mir den Flur entlang folgte, »und sie meinte, sie könnte mich in der Mittagspause treffen, vorausgesetzt, dass ich Dan nicht mitbringe.«

»Oh! Du hast dich also mit ihr getroffen?«

»Ja, wir sind zu Starbucks gegenüber der Schule gegangen.«

»Und?«

Ich hastete jetzt durch die Küche, holte Würstchen aus dem Kühlschrank, legte sie unter den Grill, schnappte mir eine Dose mit Mais. Jennie lehnte sich gegen die Spüle.

»Und … ich bin jetzt überzeugt, dass sie nicht schwanger ist.«

Ich drehte mich um, den Dosenöffner in der Hand. »Gott sei Dank! Hat sie dir das gesagt?«

»Nein, sie hat eigentlich kaum etwas gesagt, hat nur dagesessen, in ihrer heißen Schokolade gerührt und mich böse angeschaut. Aber sie war so wütend, Poppy, als fühlte sie sich zu Unrecht beschuldigt. Es war eine so selbstgerechte Wut, die nur aus einer Position der Macht heraus entstehen kann. Sie hat so was gesagt wie …«, Jennie setzte eine spöttische Miene auf: »Du findest also einen positiven Schwangerschaftstest und gehst sofort davon aus, dass der von mir ist, was, Jennie? Tickst du so? Wäre das nicht praktisch? Es würde doch all deine schlimmsten Befürchtungen über mich bestätigen, oder?«

»Oh. Wie verletzend.«

»Ich weiß, furchtbar. Aber, Poppy, ich war so froh. Ich hab sie so lieb und ich will einfach nicht, dass sie schwanger ist. Es ist mir ganz egal, wie sie mich beschimpft. Ich bin dort hingegangen, um ihr zu sagen, dass es ganz alleine ihre Entscheidung ist, wenn sie es behalten will, genau wie wir besprochen haben – aber letztlich habe ich gar nichts davon gesagt, hab nicht mal die kleine Ansprache gehalten, die ich mir ausgedacht hatte. Ich hab einfach nur in ihr wütendes kleines Gesicht geschaut und gedacht: War er denn nicht von dir, Frankie, der Test? War er wirklich nicht von dir?«

»Hast du das auch zu ihr gesagt?«

»Natürlich hab ich, aber sie hat keine Antwort gegeben. Ich kann mir vorstellen, dass es ihr eine gewisse Befriedigung verschafft, mich im Unklaren zu lassen. Sie hat mich nur vernichtend angeschaut und gesagt, dass es jetzt doch bestimmt an der Zeit sei, dass ich in den Bio-Saal rübermarschiere, Mr

Hennessy am Kragen packe und mich mit ihm über den Bunsenbrennern prügele.«

»Oh Gott, das ist alles meine Schuld.« Ich legte eine Hand vor den Mund. »Das habe ich dir erzählt.«

»Natürlich hast du, du musstest mir sagen, was du wusstest. Und ich habe es Dan erzählt, der sich dann gestern Abend verplappert hat. Aber weißt du was? Sie war so fuchtsteufelswild, dass ich dachte – nein. Hennessy ist es nicht. Und dann hat sie noch vorgeschlagen, dass ich alle Jungs aus ihrer Klasse antanzen lasse und sie einen nach dem anderen verhöre, und ich dachte – wieder nein. Sie ist erst sechzehn, sie hält sich für schlau, aber ich bin ziemlich sicher, dass ich sie durchschaut habe. Ich hatte den Eindruck, dass sie mir heimzahlen wollte, dass ich schlecht von ihr gedacht hatte. Bitte, lieber Gott, mach, dass es so ist.« Sie faltete die Hände und schloss flehend die Augen, das Gesicht gen Himmel gerichtet.

»Aber dann ... Wer um alles in der Welt könnte diesen Test benutzt haben? Mrs Briggs bestimmt nicht, da bin ich mir sicher.«

»Nur wenn sie irgendwelche Zauberpillen genommen hat.« Mrs Briggs half Jennie mit der Bügelwäsche und war gute fünfundsechzig. Jennie fischte mit spitzen Fingern ein Maiskorn aus dem Topf und steckte es sich in den Mund. Sie war jetzt schon viel munterer.

»Wer war denn sonst bei dir zu Hause in der letzten Zeit? Außer eurer Familie?«

»Nicht so viele. Glaub nicht, ich hätte mir darüber nicht auch schon den Kopf zerbrochen. Dieser Mülleimer wird nur einmal pro Woche geleert, weil ich so eine schlechte Hausfrau bin, und ich bin schon alle durchgegangen, die mir nur irgendwie einfallen und die da oben gewesen sein könnten. Du gehst natürlich bei uns ein und aus ...«

Ich schnaubte. »Wer's glaubt!«

»Genau, und Angie und Peggy …«

Ich drehte mich zu ihr um und hob fragend die Augenbrauen.

»Sei nicht albern, Poppy. Peggy ist viel zu alt.«

»Stimmt, aber du musst sie fragen«, erklärte ich ihr. »Ich weiß, dass es weit hergeholt ist, aber wenn sie im Haus waren, stehen sie sozusagen unter Verdacht und du musst sie in deine Ermittlungen einschließen. Ach ja, und wenn hier schon von Ermittlungen die Rede ist, dann muss ich dir doch rasch erzählen …« Und genau das tat ich. Nur in groben Zügen, da ich ja wusste, dass Jennie mit ganz anderen Dingen beschäftigt war, aber Jennies Bürde hatte sich in der letzten halben Stunde deutlich verringert. Und so war sie schon viel empfänglicher für die Außenwelt und lauschte angemessen fasziniert. Als ich zum Ende gelangt war, pfiff sie durch die Zähne.

»Tja, da hat sie ja nun wirklich die verdiente Strafe gekriegt, was? Man hat ihr auf die diebischen, kleinen Finger gehauen. Sollen wir sie mal im Gefängnis besuchen? Ihr ein Foto von Phil vorbeibringen?«

»Lieber nicht«, warf ich hastig ein.

»Könnte doch aber sein, oder?«

»Dass sie ins Gefängnis kommt? Keine Ahnung.«

»Das sollte sie, verdammt noch mal«, sagte Jennie mit Nachdruck. »Oder zumindest gemeinnützige Arbeit. Mein Gott, das würde mir gefallen, wenn sie in einer leuchtend gelben Jacke die Straße kehren müsste. Sie hat bestimmt gedacht, sie wäre unbesiegbar. So ist das mit Leuten, die über Jahre hinweg nicht erwischt werden, ganz gleich ob sie sich nun an anderer Leute Ehemänner oder an ihrem Geld vergriffen haben – bestimmt hat sie gedacht, die würden sie nie erwischen.« Plötzlich machte sie ein entsetztes Gesicht. »Der arme Simon.«

»Ich weiß.«

Sie nahm einen Holzlöffel und rührte nachdenklich im Mais herum. »Seltsam. Noch vor ein paar Monaten konnte ich nur an ihn denken. In jedem wachen Augenblick. Ich bin nachts an seinem Haus vorbeigefahren, habe Leila dort in der Nähe ausgeführt, habe ständig seinen Namen gegoogelt – ich kannte seine Website praktisch auswendig. Ich war einfach total verknallt, Poppy. Aber jetzt, vor allem mit dieser Frankie-Geschichte, kann ich das überhaupt nicht mehr begreifen und denke: Wer war diese Frau, die alle fünf Minuten nachgesehen hat, ob sie eine SMS hatte, in vollem Ornat mit dem Hund spazieren gegangen ist, wer war sie? Nach allem, was du mir jetzt erzählt hast, denke ich komischerweise nicht: Oh, wie gut, dann ist er ja vielleicht wieder zu haben.«

»Denkst du das nicht?«, fragte ich nach. »Nicht einmal ein kleines bisschen?«

»Nicht einmal ein kleines bisschen. Nicht für den Bruchteil einer Sekunde. Mir ist diese Frau peinlich, wie sie ständig den Lippenstift von ihren Zähnen geleckt und neue BHs gekauft hat, weil es angeblich an der Zeit war, die alten von Marks & Spencer endlich in die Tonne zu hauen – ich war wirklich kurz davor, mich zum Affen zu machen. Für Simon tut es mir ehrlich leid. Ich wünschte, sein Leben wäre nicht so, wie es jetzt gerade ist. Doch auf lange Sicht ist er ohne sie besser dran. Vielleicht ist es sogar ganz gut, dass es jetzt passiert ist.«

»Du meinst, besser als irgendwann später, wenn auch Kinder da gewesen wären.« So wie bei mir, dachte ich.

»Genau.« Sie seufzte und wir schwiegen einen Augenblick, während Jennie geistesabwesend zusah, wie ich die Würstchen auf zwei Teller verteilte und das Gemüse darauflöffelte. Plötzlich kam sie zu sich. »Jedenfalls habe ich jetzt andere Sorgen, als mich mit der Frage herumzuschlagen, ob Simon nun an der Gefängnispforte auf sie warten wird. Hier, meine Süße.« Sie nahm die Ketchup-Flasche und schüttelte etwas für Clemmie heraus, die hungrig und immer noch wutentbrannt in ihren Hochstuhl geklettert war. »Ja, ich habe weiß Gott andere Probleme«, sagte Jennie mit einem plötzlichen Grinsen. »Ich bin unterwegs, um meine gar nicht mehr so jungen Freundinnen zu fragen, ob sie, als sie neulich auf eine Tasse Kaffee vorbeigeschaut haben, mal schnell nach oben gegangen sind, um einen Schwangerschaftstest zu benutzen, der da zufällig im Badezimmerschränkchen lag.« Sie schnaubte verächtlich. »Wer's glaubt.«

Ich zuckte mit den Schultern. »Zugegeben, es ist sehr unwahrscheinlich.« Ich runzelte die Stirn, während ich Archie in seinen Hochstuhl hob und mich neben ihn setzte. »Und der war in deinem Badezimmerschränkchen?«

»Wer?«

»Der Test?«

»Ja, der gehörte mir. Man kriegt die heutzutage im Doppelpack, den anderen hatte ich vor einer Ewigkeit mal benutzt, als ich ziemlichen Schiss hatte, weil meine Periode überfällig war.«

Sie machte Anstalten aufzubrechen, und während ich auf ein Wurststückchen blies, das ich für Archie aufgespießt hatte, fiel mir ein, dass ich ihr gar nicht von Sam erzählt hatte. Dass er mit Hope verheiratet gewesen war. Nun, es hatte so viele andere Neuigkeiten gegeben. Aber ich hätte es schon erwähnen können, warum hatte ich nichts gesagt? Ich überlegte, ob ich ihn schützen wollte. Schließlich hatte Sam die Geschichte ja auch nicht im ganzen Dorf verbreitet – und Hope im Übrigen auch nicht, obwohl das vielleicht offensichtlichere Gründe hatte –, also würde ich es auch nicht tun. Aber da gab es noch etwas, das mich beschäftigte und von dem ich ihr nichts erzählt hatte. Die Sache mit Pete.

Archie gab mit weit aufgerissenem Mund einen ungeduldigen Laut von sich und ich beeilte mich, ihm das Würstchen in den Mund zu schaufeln.

Ganz zufällig traf ich später auch meine beiden anderen Freundinnen. Zuerst Peggy, als die Kinder und ich auf der Bank am Teich saßen und die Enten fütterten und sie auf dem Weg in den Laden vorüberkam. Sie sah höchst vergnügt aus und exotisch wie immer, mit einem lilafarbenen, perlenbestickten Samtmantel über den Jeans und den üblichen Wildlederstiefeletten. An ihren Ohren klimperten lange Silberohrringe.

»Rate mal, meine Liebe«, sagte sie, quetschte sich neben mich auf die Bank, zündete sich eine Zigarette an und schlug die mageren Beine übereinander. »Jennie ist zu mir gekommen, um mich zu fragen, ob ich in anderen Umständen bin. Also hör mal!« Sie warf mir einen amüsierten Blick aus blitzenden Augen zu und paffte heftig. »Ich wünschte, ich hätte ja gesagt. Ich wünschte, ich hätte gesagt: Der Vater meines ungeborenen Kindes ist Charles Dance und wir wollen es behalten. Charles und ich freuen uns so. Wir sind nur schnell zu dir rübergelaufen, um den Test zu machen – er hat unten Schmiere gestanden –, und als ich ihm vom Badfenster aus die gute Nachricht zugerufen habe, ist er in großen Sätzen die Treppe heraufgestürmt und wir konnten nicht widerstehen, schnell in euer Schlafzimmer zu schlüpfen für die nächste Runde wilden Sex zur Feier des Tages. Wir hatten so unglaublich lustvolle Momente in eurem Bett, das macht euch doch hoffentlich nichts aus?«

Ich kicherte, als sie zur Untermalung mit den Augen rollte.

»Wo lebt die eigentlich?«, fragte sie ungläubig.

»Sie geht einfach nur gründlich vor, Peggy. Es war übrigens mein Vorschlag, alle zu fragen, die im Haus waren. Sie dachte, es wäre Frankie.«

»Natürlich ist es nicht Frankie! Welches Mädchen würde schon einen Schwangerschaftstest machen, um ihn dann in den Papierkorb von ihrer Mutter zu werfen? Ich bitte dich!

»Stimmt eigentlich«, sagte ich und kam mir ziemlich dumm vor. Und ein schlechtes Gewissen hatte ich auch. Ich war zu schnell gewesen mit meinen Schuldzuweisungen. Die arme Frankie.

»Jedenfalls freue ich mich total, dass sie dachte, ich könnte es gewesen sein. Das gibt mir richtig Schwung. Gott sei Dank geht es jetzt mit dem Buchclub wieder weiter. Du hast die letzte Runde verpasst, aber es war wirklich witzig. Obwohl ich sagen muss, dass Angus in seiner Verkleidung als Schiffbrüchiger – in Unterhemd und Hosenträgern – mich jetzt nicht so angeturnt hat.« Sie schauderte. »Vielleicht lassen wir das mit dem Verkleiden wieder«, sinnierte sie. »Woher kommt es, dass Männer in unserer Vorstellung immer so viel besser sind als in der Realität?« Sie sah mit zusammengekniffenen Augen in die Ferne und zog gedankenverloren an ihrer Marlboro Light. Clemmie blickte fasziniert zu ihr empor.

»Wie viele rauchst du so am Tag, Peggy?«, wollte sie wissen.

»So viele wie möglich, mein Schatz«, erwiderte Peggy und lächelte zu ihr hinab. Sie nahm ein Stück Brot aus Clemmies Tüte und warf es einer Ente hin.

»Wie wäre es, wenn wir ein bisschen frischen Wind in den Buchclub bringen?«, sagte sie plötzlich. »In das alte Pfarrhaus im Nachbardorf ist gerade ein ziemlich attraktiver Witwer eingezogen. Ich habe ihn neulich gesehen, wie er im Buchladen gestöbert hat. Meinst du, er hätte vielleicht Lust auf ein bisschen Jodi Picault am Dienstag?«

»Keine Ahnung. Du willst also immer noch weitermachen? Ohne Chad und Hope Armitage?«, fragte ich nervös.

»Na ja, wenn sie wollen, können sie gerne kommen, aber sie müssen wissen, dass wir keinen Tschechow lesen«, sagte Peggy schnippisch. Plötzlich erstarrte sie und ihr Blick wurde wachsam. »Zehn vor zehn«, zischte sie.

Ich runzelte die Stirn. »Für den Buchclub? Ist das nicht ein bisschen spät?«

»Nein, der attraktive Witwer, bei zehn vor zehn.« Peggys verstorbener Ehemann war in der Royal Air Force gewesen. »Unauffällig, Poppy, unauffällig«, nuschelte sie, als ich mich umwandte, um einen ziemlich professoral wirkenden Herrn in einem abgetragenen Cordjackett anzuglotzen, der mit einem Jack Russell Terrier den Hügel herunter und in unser Blickfeld kam. Sie gingen auf den Dorfladen zu. »Wieder mit seinem Hund«, bemerkte Peggy, als er den Terrier vor dem Laden festband, »mit dem er dann durch den Wald zurückgeht, um ihn dort laufen zu lassen. Bis später, Poppy.« Sie drückte ihre Zigarette in dem kleinen Aschenbecher aus, den sie in ihrer Tasche mit sich herumtrug, und klappte ihn zu. Um ihren Mund zuckte es. »Ich gehe jetzt und leihe mir Leila aus.« Und damit schlenderte sie über die Straße in Richtung von Jennies Haus, wobei die samtenen Schöße ihres Mantels hinter ihr herwehten.

Angie dagegen war nicht sehr begeistert, als sie am selben Abend an meine Tür klopfte. Ich war ein wenig in Eile und erledigte die Dinge im Galopp, da ich die Kinder früh baden und ins Bett bringen wollte, um selbst genügend Zeit zu haben, mir ein Bad zu gönnen und mich auf mein abendliches Date vorzubereiten. Mein Date. Mein Herz machte einen Satz und meine Finger zitterten leicht, während ich das Brot in Streifen schnitt, damit die Kinder es in ihre gekochten Eier stippen konnten. Aber irgendetwas stimmte nicht, wie ich merkte. Es war nämlich keine freudige, erwartungsvolle Nervosität mit Schmetterlingen im Bauch, sondern eher eine ... nun ja, ganz normale Nervosität. Aber vielleicht war das jetzt eben so? Schließlich war es Jahre her, seit ich zuletzt mit einem Mann ausgegangen war, und ich hatte ja selbst den ersten Schritt gemacht, indem ich Pete auf die Lippen geküsst und ihm gesagt hatte, ich würde sehr gerne zu ihm nach Hause kommen. Damit hatte ich die Karten aus der Hand gegeben, dennoch bedeutete das noch lange nicht, dass es heute Abend mehr geben musste als ein angenehmes Essen. Pete war ein netter Typ, der doch bestimmt nichts anderes erwarten würde. Ich rief mir Petes strahlenden Blick in Erinnerung, angesichts dessen, was er als grünes Licht von meiner Seite aus wahrgenommen hatte, und ließ dabei prompt Archies Eierbecher fallen. Als ich die Porzellanscherben aufhob, beschloss ich, dass ich mich erst einmal beruhigen musste. Außerdem beschloss ich, dass ich nicht zu viel trinken, mir aber dennoch die Beine rasieren würde.

Und deswegen passte es nicht so besonders gut, als Angie um sieben an meine Tür klopfte. Und zwar so heftig, dass ich aus der Badewanne stieg und mit nassen Haaren und Bleichcreme auf der Oberlippe nach unten rannte.

»Ihr glaubt ja wohl beide ganz offensichtlich, dass ich das letzte Flittchen bin!«, wütete sie, schob sich an mir vorbei durch die Tür und marschierte in Richtung Küche, zum Glück ohne einen Kommentar zu meinem Schnauzbart zu machen.

Sie klappte die Kühlschranktür auf und schnappte sich eine Flasche Wein, obwohl sie ganz offensichtlich bereits den Großteil einer Flasche intus hatte; ihre Augen waren gerötet und glasig, was Angie immer verriet. Ich eilte im Bademantel hinter ihr her und wischte unterwegs die Bleichcreme ab, weil ich genau wusste, was sie meinte.

»Nein, das tun wir natürlich *nicht*, Angie«, versicherte ich ihr und dachte dabei, dass dies wirklich ein höchst unpassender Zeitpunkt war, während sie zwei Gläser aus meinem Schrank fischte und jeweils einen ordentlichen Schluck Chardonnay einschenkte.

»Ihr glaubt wohl, nur weil ich ein winziges bisschen in Luke verknallt war, springe ich gleich mit jedem dahergelaufenen Kerl ins Bett und lasse mich dabei auch gleich noch schwängern, was? Und anschließend werfe ich mit Schwangerschaftstests nur so um mich!«

Oh mein Gott. Sie war wütend. Fuchsteufelswild. Alles meine Schuld. »Nein, das sagt doch keiner, Angie. Es ist nur, dass wir wegen Frankie dachten …«

»Ich meine, wer sollte es denn eigentlich gewesen sein, hm?« Ihre Augen blitzten mich an, während sie ein ganzes Glas Wein mit einem Schluck hinunterkippte. »Schmuddelbob vielleicht? Dachtet ihr, ich hätte ihm seinen Regenmantel vom Leib gezerrt und es mit ihm in seiner widerlichen Rumpelbude getrieben? Oder vielleicht mit seinem Kumpel, Frank? Dachtet ihr vielleicht, ich könnte dem gezwirbelten Schnurrbart nicht widerstehen und hätte das brennende Verlangen, ihn bis auf seine Schuppen nackt zu sehen?«

»Sei doch nicht albern. Wir mussten nur alle ausschließen, die in Jennies Haus gewesen sind, das ist alles. Und die außerdem jung genug dafür sind«, fügte ich schmeichlerisch hinzu in der Hoffnung, dass sie nicht wusste, dass wir auch Peggy verdächtigt hatten. »Du weißt schon, um schwanger zu werden.«

Das besänftigte sie ein wenig. Sie zog sich einen Stuhl heran und ließ sich darauffallen, wobei sie besorgniserregend sesshaft wirkte. »Hm, na dann«, knurrte sie und füllte ihr Glas wieder auf. »Ja, natürlich *könnte* ich noch immer schwanger werden, so alt bin ich nun auch wieder nicht. Aber es gibt ja gar keinen Mann in meinem Leben im Moment.«

Sie sah jetzt eher traurig als wütend aus. Ihr Gesicht wirkte weich und verletzlich unter dem Make-up.

»Ich weiß, ich weiß«, sagte ich beruhigend und setzte mich neben sie.

»Ich bin ja noch nicht mal mit irgendeinem ausgegangen.«

»Ja, natürlich. Wie dumm von uns.«

»Und überhaupt liebe ich immer noch Tom.«

Ich sagte nichts, saß ganz still. Das war ein ziemliches Geständnis. Normalerweise hasste sie Tom. Sie schien mich aber gar nicht wahrzunehmen, sondern starrte nur ins Leere.

»Du weißt, dass er wieder allein ist?«, fragte sie schließlich, mehr zur Wand als an mich gerichtet.

»Nein, das wusste ich nicht. Seit wann?«

»Seit Tatjana nach Neuseeland zurück ist. Will scheinbar mehr ihren gefährlichen Sport verfolgen. Als ob es nicht gereicht hätte, mir den Mann auszuspannen.«

»Du meinst also … es gibt noch Hoffnung?«

»Das ist genau das, was ich mich gefragt habe«, sagte sie traurig, »als Clarissa es mir erzählt hat. Sie meinte, Daddy wäre jetzt wieder allein. Ich dachte: Vielleicht gibt es noch Hoffnung? Und dann bin ich Bella Stewart begegnet, die letzte Woche bei einer Dinnerparty neben ihm gesessen hat, und als er schon etwas angesäuselt war, hat er ihr gestanden, dass er ein blödes Arschloch gewesen sei. Und ich dumme Zicke, weißt du, was ich getan habe?«

»Was?«, sagte ich, obwohl ich es mir denken konnte.

»Ich habe ihn angerufen und ihm eine Nachricht auf dem Anrufbeantworter hinterlassen, die ich mir vorher nicht richtig überlegt hatte. Eine langer, atemloser Sermon – dass wir uns doch vielleicht den Kindern zuliebe zusammenreißen könnten, und vielleicht hätte er ja Lust, irgendwann mal zum Abendessen vorbeizukommen. Und dann ganz zum Schluss …«, sie schluckte und ihre Augen füllten sich mit Tränen, »… da hab ich gesagt, dass ich ihn vermisse.«

Ich streckte die Hand aus, legte sie auf ihre und drückte sie. »Das ist doch nicht schlimm, Angie.«

Sie senkte den Blick und eine Träne rollte ihr die Wange hinunter und tropfte auf ihren Schoß. Sie wischte sie mit einer heftigen Bewegung fort. »Ja, aber das war schon vor zwei Tagen und ich hab seitdem keinen Pieps von ihm gehört. Er ist nicht verreist. Verstehst du, ich dachte, wenn er einfach mal zum Abendessen vorbeikommt, in das schöne Heim, das wir im Laufe der Jahre zusammen geschaffen haben, dann würde er nicht widerstehen können – und mir auch nicht. Wenn die Mädchen jünger wären, müsste er sie hier zu Hause abholen und würde dabei merken, was er aufgegeben hat. Ich könnte in der Tür stehen, schön und sorgfältig gekleidet, mit einem Hauch von Duft. Rosen auf dem Tisch im Flur.«

»Ja, ja, das verstehe ich«, sagte ich sanft.

Sie schluckte. Versuchte ein tapferes Lächeln, das allerdings ziemlich wackelig ausfiel. »Weißt du, Poppy, es ist nämlich schon beleidigend genug, wenn man für eine andere Frau verlassen wird, aber für nichts und niemanden …« Sie verstummte. Fuhr mit der Fingerspitze über den Rand ihres Weinglases. Immer wieder im Kreis herum.

»Ich mache mich ständig nur lächerlich«, flüsterte sie.

»Das stimmt doch gar nicht.«

»Doch, es stimmt. Luke. Tom.« Sie schwieg. »Und auch mit Sam Hetherington«, sagte sie leise. »Nach der Jagd. Aber das ist jetzt auch schon egal.«

»Ach wirklich?« Ich spürte, wie sich alle meine Sehnen anspannten.

»Wir sind alle noch auf einen Tee zu ihm gegangen. Das ist sozusagen Tradition, dass alle sich da einfinden, wo der Start war, wo das Stelldichein war, aber eigentlich gibt es gar keinen Tee. Da werden die Whiskyflaschen hervorgeholt und alle trinken ordentlich, das kann ich dir sagen. Wie du ja weißt, hatte ich mir schon davor beim Stelldichein ein Schlückchen oder zwei gegönnt, weswegen ich bis fünf Uhr schon ziemlich dicht war. Vor allem musste ich ja warten, bis alle anderen wegfuhren, bevor ich … Du weißt schon …« Sie verstummte.

»Bevor du ihn anmachen konntest?«, fiel ich ihr atemlos ins Wort.

»Oh, ich hab ihn nicht angesprungen oder so«, versicherte sie rasch. »Nur gefragt, ob er schon mit jemandem zum Jagdball am Samstag geht, und ob wir uns nicht, da wir ja scheinbar beide auf uns alleine gestellt sind, einfach zusammentun sollten. Natürlich hab ich nur ganz harmlos gefragt.«

»Natürlich.« Ich hing an ihren Lippen. »Und dann?«

»Hat er irgendwie so gelacht und gemeint, er wüsste noch nicht so genau, wie seine Pläne sind. Und dann hab ich nachgebohrt. Werde ich es jemals lernen? Ich hab gesagt: ›Komm schon, du Märchenprinz, warum führst du Aschenputtel nicht zum Ball?‹ Und hab sogar noch eine Rose aus einer Vase gezupft und sie mir zwischen die Zähne gesteckt, während ich mich in meiner Reithose kokett auf seinen Küchentisch gehockt habe. Ich war natürlich einfach nur total besoffen.«

»Natürlich.« Ich musste mir Mühe geben, meine Spannung zu verbergen.

»Und er war furchtbar charmant. Hat die Rose genommen und mich zu meinem Pferdetransporter gebracht, wo Libby, mein Stallmädchen, schon auf mich gewartet hat. Er sagte, es täte ihm wirklich leid, aber als Gastgeber werde er ziemlich beschäftigt sein. Erst als ich dann noch die Arme um seinen Hals geschlungen habe – all das auch noch vor Libbys Augen, die gar nicht wusste, wo sie hinschauen sollte –, hat er sich von mir losgemacht und gesagt, da sei eine, über die er nicht hinwegkomme. Dass er noch nicht so weit sei, sich wieder mit jemandem ›einzulassen‹. Vermutlich seine Exfrau.«

»Ja, vermutlich.« Plötzlich hatte ich das Bedürfnis, mein Gesicht zu verbergen. Ich stand auf und trat ans Spülbecken, wo ich vorgab, den Spüllappen aufzuhängen, während ich hoffte, sie würde gehen. Ich wollte alleine meiner Verzweiflung nachgeben, nicht in Gesellschaft. Aber Angie machte keine Anstalten sich zu bewegen.

Sie seufzte. »So sieht es also aus.« Sie stieß ein kleines, ironisches Lachen aus. »Zwei ungebundene Männer, einer davon der Vater meiner Kinder, wollen beide lieber alleine sein als mit mir zusammen. Super, oder? Und weißt du was, Poppy, ich hätte wirklich nicht gedacht, dass ich mir in meinem Alter und in meiner Lebenslage über so etwas noch den Kopf zerbrechen müsste, anstatt nette kleine Dinnerpartys zu planen und ein bisschen im Garten zu buddeln. Hätte nicht gedacht, dass ich noch mal zurück auf den Single-Markt müsste. Da ruft mich Clarissa aus der Schule an mit Jungs-Sorgen und weint, weil irgendein Junge, den sie mag, mit einer ihrer Freundinnen angebandelt hat, und ich bin zu sehr mit meinem eigenen katastrophalen Liebesleben beschäftigt, um auch nur Mitleid für sie aufzubringen. Hab zu sehr damit zu kämpfen, dass ich selbst zurückgewiesen werde. Das ist doch zum Heulen, oder?«

Darauf schien keine Antwort nötig. Was war ich froh, dass Thumper sich schlecht benommen hatte und ich die Jagd eher hatte verlassen müssen. Sonst wäre vielleicht ich diejenige gewesen, die sich eine Abfuhr geholt hätte. Ich warf einen verstohlenen Blick auf die Uhr. Gott sei Dank hatte ich heute ein Date. Und zwar ein richtiges. Wenn ich nur langsam mal weitermachen dürfte, damit ich auch rechtzeitig loskam. Ich hatte das Gefühl, unter den gegebenen Umständen könnte es vielleicht nicht allzu taktvoll erscheinen, das zu erwähnen, aber es blieb die Tatsache, dass Pete jetzt vermutlich schon den Tisch deckte und die Gläser polierte, während meine Haare noch kreuz und quer standen. Außerdem würde in genau zehn Minuten Peggy – die ich anstellte von Petes Schwester gebeten hatte – hier sein und ich war noch nicht einmal angezogen. Der Wäschekorb stand unter dem Tisch und ich kramte darin herum. Schnappte mir ein Höschen und zog es verstohlen unter meinem Bademantel an.

Angie kniff misstrauisch die Augen zusammen. »Wo willst du hin?«

»Nirgends, warum?«

»Du hast dir eben ein Spitzenhöschen angezogen.«

»Ich … bin nur bei Pete zum Essen eingeladen, das ist alles.«

»Oha«, sagte sie schnippisch, und ich hatte das ungute Gefühl, dass die Kombination aus Herz-Ausschütten und zu viel Wein sie dazu bringen könnte, ausfällig zu werden, aber Angie war eine gute Freundin und hatte ein großes Herz. Ihre Miene entspannte sich.

»Gut. Das freut mich sehr. Er ist ein lieber Kerl.«

Ich entspannte mich ebenfalls, obwohl es mir lieber gewesen wäre, sie hätte den letzten Satz nicht hinzugefügt.

»Prima. Dann bin ich ja froh, dass ich deinen Segen habe«, sagte ich und wünschte zugleich, wenigstens ein kleines bisschen Privatsphäre zu haben und nicht in einem Dorf zu leben, wo sich alle in meine Angelegenheiten einmischten. »Und wenn du dich jetzt bitte vom Acker machen würdest, Angie«, sagte ich freundlich, »dann könnte ich mich vielleicht sogar anziehen und müsste es nicht bei dem Höschen belassen, ja?«

Sie rang sich ein Lächeln ab und erhob sich, wobei sie ihre Chanel-Handtasche über die Schulter schwang und zugleich ihr Glas leerte.

»Wohin führt er dich aus?«

»Er, äh … kocht für mich.«

Mit großen Augen blickte sie erfreut von ihrem leeren Weinglas zu mir. »Ach wirklich, Poppy? Wie aufregend! Kein Wunder, dass du dein Spitzenhöschen anziehst. Bist du sicher, dass du es überhaupt brauchen wirst?« Sie warf den Kopf in den Nacken und gackerte laut.

Ich warf ihr einen missbilligenden Blick zu. »Danke, Angie.«

»Keine Ursache«, grinste sie und hatte jetzt ganz offenbar Spaß an der Sache, nachdem ihr Selbstvertrauen einigermaßen wiederhergestellt war. »Ich hoffe, es läuft gut. Ihr passt perfekt zusammen, das sagen alle. Ihr hättet gleich von Anfang an zusammenkommen sollen, und genau das habe ich ihm auch gesagt, als ich ihn an dem Abend nach dem Buchclub im Garten mit der heiligen Hilda überrascht habe.«

»Hast du das?«, murmelte ich. Wie besoffen war sie eigentlich? Musste sie dieses Thema unbedingt aufbringen? »Und was hast du ihm sonst noch gesagt?«, fragte ich, während ich sie zur Tür drängte. Verdammt, ich konnte Archie oben weinen hören. Ich musste ihm noch ein Fläschchen geben und Peggy würde bald hier sein. Ich hatte mir noch nicht mal die Haare geföhnt.

»Oh, sonst nichts«, sie zwinkerte fröhlich und ließ ihre Autoschlüssel klimpern – Angie wohnte nur fünf Minuten entfernt, fuhr aber immer mit dem Auto. »Obwohl er so süß besorgt war, wie du jetzt alleine zurechtkommen würdest als verarmte Witwe und so weiter, aber in dieser Hinsicht habe ich ihn beruhigt. Tschüssi, Poppy! Viel Spaß heute Abend!«

Und mit elegantem Hüftschwung schwebte sie aus der Tür und den Gartenweg hinunter zu ihrem Auto.

# 27

Ich starrte auf die Tür, die sich hinter ihr schloss. Verharrte dann einen Augenblick regungslos und studierte gedankenverloren die Tapete. Dann ging ich ins Wohnzimmer hinüber und durch den Raum zum Fenster, um zu sehen, wie ihr Wagen auf die Straße einbog und sie die Scheinwerfer gegen die sich herabsenkende Dunkelheit einschaltete. Im Lichtstrahl glitzerte der leichte Nieselregen. Gegenüber ging auch bei den Fishs das Licht an und erhellte kurz ihr Wohnzimmer, bevor der Vorhang zugezogen wurde. Archie weinte noch immer, sein Heulen kam dort oben langsam in Fahrt, aber ich starrte weiter wie gebannt auf den Platz, wo Angies Wagen gerade noch gestanden hatte. Schließlich drehte ich mich um und ging automatisch zum Kühlschrank, um eine Flasche Milch zu holen, die ich in der Mikrowelle aufwärmte. Bestimmt war es nur ein Versprecher gewesen. Und außerdem aus dem Zusammenhang gerissen. Ich kannte ja die Unterhaltung nicht. Ich würde sie gleich noch einmal anrufen, wenn ich Archie sein Fläschchen gegeben hatte. Wenn sie Zeit gehabt hatte, nach Hause zu fahren und das Auto in die Garage zu stellen. Ich konnte ihre Stimme am Telefon schon jetzt hören: »Oh *nein,* Poppy, er war nur ehrlich besorgt um dich, und wie du wohl zurechtkommen würdest, das ist alles! Schließlich ist er im Finanzgeschäft tätig und hat sich vermutlich gefragt, ob du seinen Rat brauchst.« Ja, so war es wohl.

Als sich Archies Augen schlossen, legte ich ihn wieder hin;

ging nach unten und rief Angies Festnetznummer an. Aber während es klingelte und klingelte und als ich es gerade auf ihrem Handy probieren wollte, geschah etwas Seltsames. Plötzlich war ich mir gar nicht mehr so sicher, ob ich ihre Beteuerungen überhaupt hören wollte, ob ich hören wollte, wie sie sich abmühte, mir zu versichern, dass ich vollkommen auf dem Holzweg wäre. Ich wollte keine Schadensbegrenzung, weil ich nämlich, wie mir klar wurde, gar nicht unbedingt einen Grund suchte, ihr zu glauben. Eigentlich war ich ganz glücklich so. Es war fast eine Erleichterung. Wenn nicht gar eine Erleuchtung.

Leise legte ich den Hörer wieder auf. Das Telefon stand auf der alten Anrichte, die ziemlich altbacken wirkte in den Zeiten von spacigem Küchendesign, aber sie gefiel mir immer noch gut. Mir gefielen auch die blau-weißen Teller mit dem Asiatic-Pheasant-Muster, die darin standen, eine Sammlung, die ich im Laufe der Jahre Stück für Stück zusammengetragen hatte. Was mir nicht gefiel, war der Toby-Krug, der in der Mitte des obersten Regalbretts stand. Phil hatte ihn vor Jahren auf einer Reise nach Yorkshire gekauft: ein hässlicher alter Mann, dessen Bauch die Wölbung des Kruges darstellte. Phil hatte ihn dort in die Pole-Position gestellt, und da alles andere auf dieser Anrichte von mir ausgewählt worden war, hatte ich es nicht über mich gebracht, zu protestieren. Der Krug stand dort schon so lange, dass ich fast vergessen hatte, dass es ihn gab und dass er mir nicht gefiel. Und genauso setzten sich die Dinge eben fest im Leben. Man akzeptierte sie aus Pflichtgefühl, man gewöhnte sich an sie und schon waren sie dauerhaft installiert. Ich griff nach dem Krug, trug ihn zum Mülleimer in der Küche und ließ ihn hineinfallen. Der Mülleimer war leer und so zerbrach er auf dem Boden. Dann ging ich wieder zur Anrichte und nahm den Telefonhörer in die Hand.

Bestimmt hatte er sich Mühe gegeben, das wusste ich, hatte die Zutaten gekauft, etwas wirklich Leckeres zubereitet, nachdem er zuvor über Kochbüchern gebrütet hatte, oder sich vielleicht noch Rat geholt, vielleicht sogar bei seiner Schwester angerufen. Aber es ging einfach nicht anders. Besser jetzt als später. Denn wer konnte schon sagen, ob ich später noch den Nerv haben würde. Wer konnte sagen, ob ich diesen Riss nicht einfach übertünchen würde, wie ich es schon mit so vielen anderen getan hatte.

Seine Stimme klang munter, vielleicht ein klein wenig gehetzt, weil es ihm nicht passte, vom Telefon aus seinen kulinarischen Vorbereitungen geholt zu werden.

»Hallo?«

Meine Kehle schnürte sich zusammen. »Hallo, Pete, Poppy hier.«

»Poppy, hi! Ich bin gerade dabei, die Krabben zu pulen. Um ehrlich zu sein, hatte ich keine Ahnung, dass die noch in voller Montur sind, wenn man sie kauft; musste erst Delia fragen, wie man sie entkleidet. Schlüpfrige kleine Racker sind das.«

»Ja, vermutlich. Obwohl man sie tatsächlich auch schon fertig gepult kaufen kann. Pete, es tut mir furchtbar leid, aber ich schaffe es heute Abend doch nicht.«

Schweigen folgte. Dann seine enttäuschte Stimme. »Oh, wie schade. Warum denn nicht?«

»Es tut mir leid, aber mir geht's nicht so gut.«

»Wirklich? Du Arme, was ist los?« Er gab sich alle Mühe, seine Enttäuschung zu verbergen und besorgt zu erscheinen, aber seine Stimme hatte einen gewissen Unterton.

»Ich weiß nicht genau. Tut mir leid, Pete.«

Dass ich so kurz angebunden war, brachte ihn aus dem Konzept. Er schwieg. Dann fasste er sich. »Ach, na ja, macht nichts. Ich denke, ich kann es einfrieren. Sicher, dass du es dir nicht noch anders überlegst?«

»Ganz sicher, danke.« Ich merkte, dass ich jetzt auflegen musste. Bevor ich noch etwas sagte, das mir später leidtun würde. Ich merkte, dass ich wütend war.

»Lass uns bald mal wieder sprechen, ja? Ich rufe dich an, wenn du dich besser fühlst.«

»Bestimmt laufen wir uns über den Weg.«

Pete war nicht blöd. Überhaupt nicht. Er war sogar ziemlich schlau und erkannte die Endgültigkeit meiner Aussage. Und er merkte auch genau, dass ich mir nicht einmal die Mühe machte, mir irgendein Leiden auszudenken – über einen verdorbenen Magen oder Kopfschmerzen zu klagen oder darüber, dass ein Kind krank wäre –, und ich fragte mich für einen kurzen Augenblick, ob er wohl den wahren Grund für meine Absage kannte. Nein. Woher auch? Als wir uns verabschiedeten, klang er ein wenig mitgenommen.

Ich dagegen fühlte mich unglaublich gut. Na ja, ich schäumte zwar vor Wut, aber das fühlte sich vielleicht geil an! Ich räumte in meiner Küche herum wie ein tanzender Derwisch, hob ganze Armladungen von Spielsachen vom Fußboden auf, rettete ein Legomännchen aus dem Gemüsekorb, warf die gestrige Zeitung in die Papiertonne, wischte die Arbeitsfläche ab und putzte in Ecken, die noch nie zuvor geputzt worden waren. Dann schnappte ich mir den Schrubber und verpasste meinen Terrakottafliesen die Abreibung ihres Lebens. Und nachdem ich die Oberfläche versorgt hatte, ging ich in die Tiefe. Und so fand Peggy mich auf Händen und Knien vor, während ich mir meinen Aga-Herd mal so richtig vorknöpfte und die Fronten mit Inbrunst abwischte – in der einen Hand den nagelneuen Glitzi-Schwamm, in der anderen die ganz brutale Stahlwolle.

»Hallo Peggy.« Ich hockte mich hin und bedachte sie mit einem strahlenden Lächeln.

»Oh – ich dachte schon, ich wäre zu spät«, sagte sie atemlos und brachte einen Schwall kalter Luft mit sich, als sie in ihrem lila Mantel hereingestürmt kam. Sie machte die Hintertür hinter sich zu. »Wieso bist du nicht angezogen?«

»Ich gehe nicht«, erklärte ich ihr, klappte die Tür des Backofens auf und verschwand mit der Drahtbürste darin. »Hab mich umentschieden.«

»Okay«, sagte sie matt. Sie war noch immer außer Atem und sah mir nur einen Augenblick verwirrt zu. »Irgendwelche besonderen Gründe?«

»Mein Ofen muss mal richtig saubergemacht werden«, erklärte ich ihr und schrubbte dabei wild.

»Oh.«

Nach kurzer Zeit spürte ich, wie sie sich hinter mir an den Tisch setzte. Hörte das Klicken des Feuerzeugs. Roch Rauch.

»Und das ist wirklich wichtig, ja? An einem Freitagabend? Ein sauberer Ofen?«

»Allerdings. Total wichtig.«

»Und sonst hält dich nichts zurück?«

Ich hockte mich wieder hin. Drehte mich zu ihr um. »Na ja, wenn du schon fragst, da ist außerdem die ganz reale Tatsache, dass Angie Pete erzählt hat, dass Phil mir sehr viel Geld hinterlassen hat. Ich habe das Gefühl, dass er eigentlich gar nicht so sehr an mir, sondern eher an meinem Erbe interessiert ist. Ich glaube sogar, dass er es ursprünglich auf die heilige Hilda abgesehen hatte, es sich aber anders überlegt hat, als er hörte, dass ich eine reiche Erbin bin. Oder was man hier so dafür hält. Die Jackie Onassis der Chilterns«, schnaubte ich. »Ich habe ihm abgesagt. Ich gehe nicht, Peggy. Ich kann es mir nicht leisten, noch einmal einen Fehler zu machen, verstehst du?«

Ich spürte ihre nachdenkliche Anwesenheit hinter mir, während ich wieder anfing zu schrubben. Sie widersprach dem nicht, was ich soeben gesagt hatte, und war nicht mit eilfertigem Spott bei der Hand, denn Peggy war ein sorgfältiger Mensch, war erwachsen. Ich machte mich an die richtig verkrusteten Stellen auf dem Boden des Ofens, um die ich mich sonst nie kümmerte. Gleich werde ich noch den Kühlschrank vorziehen, beschloss ich, und dahinter saubermachen, was ich schon seit Monaten nicht mehr getan hatte. Vielleicht sogar seit Jahren. Dann den Gefrierschrank abtauen. Oh ja, es war der Tag des Jüngsten Gerichts.

Nach einer Weile sagte Peggy: »Vielleicht hat Angie gedacht, dass so ein kleiner Schubs euch beide vorwärtsbringen würde. Du weißt ja, wie sie ist. Sie meint es immer gut, liegt aber manchmal völlig daneben. Ich weiß, dass sie ihm erzählt hat, wie toll du bist, und er hat nur das Gesicht verzogen und gesagt: ›Zwei Kinder.‹ Vielleicht hat sie dann das mit dem Geld erwähnt.«

Ich setzte mich wieder auf die Fersen und starrte in die gusseiserne Höhle. Ich wusste, dass Peggy mich absichtlich aufklärte, mir sagte, wie es wirklich war, damit ich mir keine Illusionen machte. Ich konnte mir gut vorstellen, was für eine Grimasse er gezogen hatte. Mir wurde bewusst, dass mir das noch vor ein paar Wochen die Tränen des Selbstmitleids in die Augen getrieben hätte, dass ich nach meinen Pillen gegriffen hätte. Es tat gut zu wissen, dass es mir jetzt besser ging. Trotzdem hielt ich die Augen fest auf die Ofenwand gerichtet. Erst nach einer Weile drehte ich mich um.

»Da stimmte etwas nicht, Peggy. Dieser abrupte Wechsel der Gangart. Ich sollte eigentlich nach London fahren, um mich mit ihm zum Essen zu treffen, und dann hat er es plötzlich in ein Dinner im The King's Head geändert. Ich habe noch gedacht: Warum eigentlich so schick? Ich hatte die ganze Zeit das Gefühl, dass die ganze Sache einen strategischen Zweck erfüllte. Er war total lustig und wir haben uns gut amüsiert, aber als die Sprache darauf kam, dass er sich selbständig gemacht hat, wurde er plötzlich ganz schweigsam. Hat das Thema gewechselt, als ich nach dem Kapital gefragt habe. Und ständig hat er mir Komplimente gemacht, so als würde er etwas abhaken. Ich kam nicht dahinter, warum er plötzlich so ungeheuer bemüht war, nachdem er zuvor doch eher ein bisschen hochnäsig gewirkt hatte. Da hätte ich schon misstrauisch werden sollen.« Ich sah Peggy an. »Warum bin ich so anziehend für die, Peggy? Für diese Idioten? Stimmt vielleicht irgendetwas mit mir nicht? Warum suche ich mir Männer wie Phil und Pete aus? Oder sind sie gar keine Idioten? Sind Männer einfach so? Spricht in Wirklichkeit gar nichts dagegen, dass Phil eine Geliebte hatte – solange es niemand erfährt und niemand verletzt wird, oder dass Pete sich an mich heranmacht, weil ich genau das bin, was er braucht, wenn er ein neues Geschäft aufziehen will? Ist so der Lauf der Welt? Mache ich es mir zu schwer? Du hast vorhin gesagt, dass die Männer in unserer Vorstellung immer viel besser sind als in der Realität. Glaubst du wirklich, dass das so ist?«

Peggy aschte in ihre Handfläche und dachte nach. »Nein, das glaube ich nicht«, sagte sie mit Bedacht. »Ich habe übertrieben. Und du machst es dir auch nicht zu schwer. Die Tatsache ist einfach nur, dass du dir zwei Nullnummern ausgesucht hast.«

»Oder sie haben mich ausgesucht. Haben mich gesehen und gedacht: Ach ja, Poppy, die geht schon. Die ist einen Versuch wert, manipulierbar und dazu auch noch reich, jetzt zumindest. Wenn ich doch einfach nur liebenswert wäre.«

»Poppy«, ermahnte sie mich sanft.

Ich grinste. »Keine Sorge, ich werde deswegen nicht gleich zusammenbrechen. Glücklicherweise bin ich stinksauer, dabei aber ganz ruhig. Ich werde nie wieder heiraten, Peggy, nie wieder.« Ich sagte das vollkommen emotionslos und wusste, dass es stimmte. Ich erhob mich und warf meinen Glitzi-Schwamm ins Spülbecken. Dann wandte ich mich wieder zu ihr um. »Woher kommt es, dass ich von so wunderbaren Frauen und fantastischen Freundinnen umgeben bin, warum habe ich bei Frauen immer so unglaubliches Glück gehabt, aber noch nie mit einem Mann? Woher kommt das, Peggy?«

»Weil du nicht an den richtigen Stellen suchst«, sagte sie leichthin. Sie schenkte sich ein Glas Wein ein aus der Flasche, die Angie auf dem Küchentisch zurückgelassen hatte, und auch eines für mich. Ich setzte mich neben sie und nahm dankbar das Glas entgegen, das sie mir hinhielt. »Du hast im Ausverkauf herumgestöbert und hast dabei Phil gefunden, und als der weg war, bist du nicht weiter als bis zur Kirche auf der anderen Straßenseite gegangen, wo ein fünfunddreißigjähriger Organist rumhing, und da dachtest du dir: Der geht schon. Pete war buchstäblich der erste Mann, den du nach Phils Tod getroffen hast. Und warum ist der wohl noch Single? Mit fünfunddreißig? Warum ist er nicht verheiratet?«

»Ich weiß es nicht.«

»Du hast dir von all deinen Freundinnen einreden lassen,

dass er perfekt ist, weil sie dich versorgt und glücklich wissen wollen, und hältst dabei nicht ein einziges Mal inne, um dich zu fragen, ob du selbst ihn ebenfalls perfekt findest. Du würdest auf diese Weise doch keinen neuen Wintermantel aussuchen, Poppy; warum um alles in der Welt einen Mann? Das Problem ist, dass du deine Ziele nicht hoch genug steckst. Du hast kein Selbstvertrauen. Und wenn du niedrig zielst, dann landest du auch ganz weit unten und kriegst einen Verlierer. Dabei hast du wirklich einen Gewinner verdient. Und von denen gibt es dort draußen auch jede Menge. Ich weiß das, denn ich habe einen geheiratet.«

»Roger.«

Sie redete nicht viel über ihn. Eigentlich fast gar nicht, weswegen ich es auch nie tat. Angie bohrte manchmal nach, kam damit aber auch nicht weit. Einmal hatte Peggy gesagt, dass die fünfzehn Jahre ihrer Ehe die glücklichsten Jahre ihres Lebens gewesen waren. Er war mit fünfundvierzig an Hodenkrebs gestorben; keine Kinder.

»Ja, Roger. Und seinetwegen, weil er so ein Glückstreffer war …« Ihre Augen glänzten. »Oh Poppy, wenn du ihn nur hättest kennenlernen können. Er war so witzig, so voller Leben und unglaublich zuverlässig. Seinetwegen werde ich nicht wieder heiraten. Keiner wird es jemals mit ihm aufnehmen können. Oh, ich weiß schon, ich gebe zum Spaß vor, mit all den in Frage kommenden alten Junggesellen zu flirten, aber das ist wirklich nur zum Spaß. Ich war seit Rogers Tod nicht mehr mit einem Mann zusammen.«

Ich versuchte meine Überraschung zu verbergen. Roger war schon lange tot.

»Aber du wirst bestimmt jemanden kennenlernen«, fuhr sie fort. »Du bist jung, vielleicht wirst du sogar wieder heiraten,

Poppy, aber lass dich nie auf irgendetwas ein, das weniger als perfekt ist.« Sie musterte mich eindringlich über den Rand ihrer Brille hinweg. »Eine gute Ehe ist das Beste auf der Welt, aber eine schlechte ist das Allerschlimmste. Wenn du dir nicht ganz und gar sicher bist, bleib lieber für dich.« Sie lächelte und berührte mein Glas mit ihrem. »Dann sind wir eben zusammen zwei lustige Witwen. Abgemacht?«

Ich lächelte. »Abgemacht.« Ich spürte, wie meine Wut nachließ und so etwas wie Erleichterung durch meine Adern floss. So zu sein wie Peggy. Ein Leben zu führen wie Peggy, die ich immer schon bewundert hatte, wäre nicht das Schlechteste. Wäre eigentlich sogar ziemlich genial.

»Und es gibt durchaus ein paar nette Männer dort draußen«, sinnierte sie. »Jennies Dan zum Beispiel, auch wenn er so ein großes Kind ist.«

»Ja, Dan ist wunderbar«, stimmte ich ihr zu.

»Und Angies Tom auch.«

Wir mochten Tom beide sehr gern, auch wenn er sich so schlecht verhalten hatte. Mit Angie zusammenzuleben, war sicher nicht immer einfach.

»Habe ich dir erzählt, dass ich ihn neulich getroffen habe?«, sagte Peggy leichthin.

»Nein, hast du nicht. Wo denn?«

»Ich bin ihm in der Stadt über den Weg gelaufen. Und dann sind wir zusammen was trinken gegangen.«

»Echt?«, fragte ich neugierig. »Weiß Angie das?«

»Nein, sie weiß es nicht und du solltest es ihr auch nicht erzählen.« Sie nahm einen Schluck von ihrem Wein. »Anscheinend hat sie ihn angerufen.«

»Ja, das hat sie und er hat nicht zurückgerufen. Sie ist am Boden zerstört.«

Peggy sagte einen Augenblick nichts, dann: »Angie ist immer entweder am Boden zerstört oder himmelhochjauchzend. Niedergeschlagen oder euphorisch. Nie etwas dazwischen. Das kann ziemlich anstrengend sein. Tom weiß, dass er sich wie ein Arsch benommen hat, aber manchmal …« Sie zögerte. »Manchmal brauchen wir alle ein bisschen Abstand. Nur um die Dinge wieder aus der richtigen Perspektive zu sehen.«

Ich schnaubte verächtlich. »Abstand. Das klingt in meinen Ohren nach ziemlichem Psychogelaber, wie irgend so ein Mist, den ihm ein Therapeut erzählt hat. Und wenn ein nicht mehr ganz junger Mann mit einem sechsundzwanzigjährigen Stallmädchen abhaut und seine Frau und die Kinder zurücklässt, dann hat das meiner Meinung nach nichts mit Perspektive zu tun. Letzter Schluck?«

»Warum nicht«, sagte sie und musterte mich interessiert, während ich ihr einschenkte. Normalerweise stimmte ich ihr meistens zu, ließ mich leicht überzeugen. Aber so gerne ich den charmanten, gutaussehenden Tom hatte, in dessen Gesellschaft ich schon einige feuchtfröhliche Abende verlebt hatte, so war ich doch nicht gewillt, allzu viele Entschuldigungen für ihn zu finden.

»Gehst du da hin?«, fragte Peggy und wechselte das Thema. Sie nickte zur Anrichte hinüber, wo zwischen den blau-weißen Tellern die eine oder andere Karte steckte. Ich folgte ihrem Blick zu einer weißen Einladungskarte mit einer geprägten, verschlungenen Schreibschrift.

»Ach, dahin. Nein, ich glaube nicht.«

Es war eine Eintrittskarte für den Jagdball, die in meinem Briefkasten gesteckt hatte. Von Mark, wie ich annahm. »Mit den besten Empfehlungen der Jagd« hatte handschriftlich auf einem Zettel in dem Umschlag gestanden. Aber ich hatte auch eine ziemlich große Spende für die Jagd gegeben. Ein hübscher Scheck, den ich ihm in den Briefkasten gesteckt hatte. Und Mark hatte mich überwältigt angerufen.

»Dafür können wir die Zwinger renovieren, Poppy, und alle Angestellten behalten. Ich hätte sonst die Tierpflegerin entlassen müssen. Das ist so großzügig. Ich weiß gar nicht, was ich sagen soll.«

»Dann sag am besten gar nichts.«

Und kurz darauf hatte mir jemand die Eintrittskarte in den Briefkasten gesteckt. Ursprünglich hatte ich vorgehabt, heute Abend Pete zu fragen. Ob er mich begleiten würde. »Ich gehe ganz sicher nicht hin«, sagte ich mit einer gewissen Erleichterung und nur einem kleinen Bedauern beim Gedanken an das rauschende Fest, das mir, wie ich wusste, entgehen würde. Der Ball fand in Mulverton Hall statt, Sams Haus. Ein Grund mehr, dort mit Pete aufzukreuzen, hatte ein Teil von mir gedacht. Mir war klar geworden, dass ich mich auf geradezu lächerliche Weise hintergangen fühlte, seitdem ich erfahren hatte, dass Sam mit Hope verheiratet gewesen war. Ich hatte es ihm zeigen wollen. Aber warum eigentlich? Und natürlich waren alle in der Gegend ganz wild darauf, in diesem Jahr zum Ball zu gehen, nachdem feststand, dass er dort stattfinden sollte und nicht wie üblich in einem durchnässten Zelt auf einer Wiese, mit einer klebrigen Tanzfläche und überlaufenden Dixie-Klos, sondern im Herrenhaus selbst, in dem seit Jahren keiner mehr gewesen war. Oh ja, selbst die entschiedensten Gegner des Jagdsports würden da sein, denn der Neugier-Faktor war nie zu unterschätzen. Da war die Rede von einer schwarz-weißen Eingangshalle mit einer Galerie und einer geschwungenen Treppe – Mrs Briggs kannte eine Frau, die dort putzte – und an deren Fuß würde Sam stehen, elegant im Smoking, und Chad und Hope würden ebenfalls dort sein. Die drei in einem ewigen Dreieck. Ich fragte mich, wie sehr Hope genoss, dass Sam ihr kummervolle Blicke zuwarf. Nein, so etwas zu denken, war nicht nett von mir, ich kannte die Frau ja gar nicht. Ich gab mir innerlich einen Schubs. Das waren anderer Leute Leben. Kümmere dich um dein eigenes, Poppy.

»Ich vermute, dass du auch nicht hingehst?«, fragte ich Peggy und wickelte mir den Bademantel fest um die Beine. Peggy hatte eine Aversion gegen derartige gesellschaftliche Großereignisse und zog allemal ihre Ecke im Rose & Crown vor, wo sie mit ihren Trinkkumpanen Backgammon spielte.

»Doch, eigentlich wollte ich schon hingehen. Tom hat eine Eintrittskarte für zwei geschickt bekommen und ich dachte, ich könnte mit ihm hingehen.«

Das erstaunte mich. »Wirklich? Na, so was. Aber das solltest du erst mit Angie abklären, denkst du nicht auch?«

»Nein, ich denke nicht, dass ich das tun will«, sagte sie ruhig und leerte ihr Glas. »Tom möchte, dass es eine Überraschung ist.«

»Verstehe«, sagte ich staunend. Ziemlich gewagt von Tom, dort aufzutauchen, und noch gewagter von Peggy, ihn zu begleiten. »Das ist aber Angies Terrain«, wandte ich besorgt ein. »Sie wird die ungekrönte Königin des Abends sein und am Haupttisch sitzen.«

Peggy zuckte mit den Schultern. »Genau wie Tom es jahrelang an ihrer Seite getan hat. Und alle seine Freunde werden da sein, die er schon seit einer Ewigkeit nicht mehr gesehen hat. Und vergiss nicht, dass seine Töchter auch hingehen. Die werden sich freuen, ihn zu sehen. Ich habe schon mit Clarissa darüber gesprochen.«

»Ach wirklich? Ist die denn nicht in der Schule?«

»Schon, aber ich habe ihre Handynummer. Sie findet die Idee gut.« Sie musterte mich prüfend. »Wir werden sehen. Ich hab mich noch nicht entschieden. Gute Nacht, Poppy.« Sie erhob sich und warf mir eine Kusshand zu. Umarmungen waren nicht Peggys Ding. Wie überhaupt jede Art von Körperkontakt. »Und gut gemacht, Poppy.« Sie lächelte zu mir herab. »Gute Entscheidung, diesen Ofen zu putzen.«

Ich lächelte. »Danke.«

Peggy ging, genau wie sie gekommen war, durch die Hintertür. Ich erhob mich, stand in der offenen Tür und sah ihr hinterher, wie sie den Garten durchquerte, bevor sie durch das Tor verschwand und über die Wiese nach vorne ging. Plötzlich kam mir der Gedanke, dass sie Tom vielleicht gar nicht zufällig in der Stadt getroffen hatte, sondern sich vielleicht eigens mit ihm verabredet hatte, um mit ihm zu sprechen, ihn zu überreden, zu dem Ball zu kommen, in dem Wissen, dass er sicher eine Eintrittskarte geschickt bekommen hatte. Sie hatte es Angie zuliebe getan. Vielleicht arbeitete Peggy an einer Art Zauber, der seine Wirkung entfalten würde, nun, da Tatjana fort war und Angie ein wenig nachgiebiger zu sein schien, weniger bitter, nun, da die beiden einen gewissen Abstand und Zeit zum Nachdenken gehabt hatten. Denn so war Peggy. Sie konnte die Dinge gut einschätzen. Oder wies ich ihr da Eigenschaften zu, die sie gar nicht besaß? Irgendwie komisch, dass manche Leute so weise waren. Ob das eine Frage des Alters war? Oder war sie schon immer so gewesen? Während Peggys lila Samtmantel mit einem letzten Flattern durchs Gartentor verschwand, erinnerte mich dieses Bild an etwas. Ich kam nur nicht darauf, woran. Ach so, ja, an eine Illustration in einem von Clemmies Büchern. Merlin.

Nachdem sie gegangen war, stand ich noch lange in der offenen Tür. Die Schafe grasten jetzt ganz ruhig ohne Pervers, und ich genoss den Anblick des gewaltigen Kastanienbaums, der seine Äste über sie breitete. Im Sommer hingen die großen dunklen Blätter herab wie ein schützender, schwebender Schirm, und obwohl die Äste jetzt fast kahl waren, schienen sie noch immer eine gewisse Geborgenheit zu bieten. Die späte Kletterrose neben der Tür berührte meine Wange und ihr Duft rief wärmere Tage in Erinnerung und der Nieselregen benetzte mein Gesicht. In der sicheren Gewissheit, dass mein Pony ohnehin nicht mehr zu retten war, ließ ich unbesorgt den Regen darauf fallen. Mit Schrecken wurde mir klar, dass ich ziemlich zufrieden war. Dass ich es sogar genoss, alleine zu sein. Ich lächelte zu dem Kastanienbaum empor und wollte gerade hineingehen, als plötzlich nebenan die Terrassentüren aufflogen und Frankie den Kopf nach draußen steckte.

»Gott sei Dank, dass du da bist. Ich wusste doch, dass ich dich gehört hab. Wir brauchen dich, Poppy. Jennie ist jetzt komplett ausgetickt. Kann ich reinkommen?«

Noch ehe ich antworten konnte, war sie bereits über das kleine Mäuerchen gesprungen, das unsere Gärten trennte, und in meine Küche geschlüpft. Von nebenan konnte ich ärgerlich erhobene Stimmen hören. Dann einen wütenden Aufschrei, Gebrüll und dass Dinge geworfen wurden. Etwas knallte gegen die Wand zwischen den Häusern. Ich sprang zurück und packte Frankie am Handgelenk.

»Mein Gott. Was ist da los?«

»Jennie ist außer sich«, berichtete sie atemlos, während wir weiter nach drüben lauschten. »Sie ist jetzt überzeugt, dass es nicht mein Test ist, was ja verdammt noch mal stimmt, und sie weiß auch, dass er weder von dir noch von Peggy oder Angie ist und auch nicht nach unbefleckter Empfängnis von

Mrs B. Also ist sie zu dem Schluss gekommen, dass er logischerweise nur von Dad sein kann. Dass er eine Affäre hat und mit einer Frau hier war, die den Test dann in den Papierkorb geworfen hat.«

»Himmel noch mal!«, stöhnte ich ungläubig auf.

»Ich weiß, das klingt total bekloppt; aber ich sag's ja, sie ist völlig neben der Spur.«

Wir horchten und hielten uns aneinander fest, während Jennie, die ja bekanntermaßen laut genug sein konnte, um altehrwürdige Mauern zu durchdringen, Dan die Meinung geigte, und dann folgte etwas, das sich anhörte wie ein Toaster, der durchs Zimmer geworfen wurde. Dan schrie vor Schmerz auf.

»Mist – du blöde Kuh – mein Knöchel!«

»Soll ich rübergehen?«, hauchte ich.

»Oh ja, bitte«, flehte Frankie unter Tränen. »Sie bringt ihn sonst noch um, das weiß ich. Ich glaube wirklich, sie könnte ... Oh!«

Da er genau das offensichtlich ebenfalls glaubte, kam Dan in diesem Augenblick über die Gartenmauer gesprungen, und ehe wir's uns versahen, war er in meiner Küche und duckte sich schamlos hinter seine Nachbarin und die Tochter, wobei er sogar so weit ging, sich am Gürtel meines Bademantels festzuhalten. Seine Frau war ihm dicht auf den Fersen, sprang ihm über die Mauer hinterher und schwang dabei einen Golfschläger.

»Jennie, nein!«, schrie ich und schnellte vor, um sie am Handgelenk zu packen, sobald sie mit Eisen 5 in die Küche kam und dabei aussah wie Mrs Tiger Woods.

»Lass mich los! LASS MICH LOS!«, brüllte sie.

»Nein, Jennie!« Mit einer gewaltigen Anstrengung gelang es mir, ihren Arm nach links zu ziehen, sodass ihr der Golfschläger aus der Hand fiel. Sie sah ihm mit irrem, sehnsüchtigem Blick hinterher, wie er ein gerahmtes Poster von der Royal Academy traf und zerschlug. Aber selbst das Geräusch von zerbrechendem Glas konnte sie nicht zur Vernunft bringen, sondern schien sie nur noch mehr anzufeuern. Ihre Blicke suchten wieder nach ihrem Opfer, das sich mit bleichem Gesicht in den hinteren Teil der Küche zurückgezogen hatte.

»DU Mistkerl!«, schrie sie. Als Dan sich umwandte und floh, schob sie mich beiseite, aber als sie an mir vorbeirannte, gelang es mir herumzufahren und ihren Pulli zu packen. Ich hielt sie fest, während Frankie ganz schlau in Rugby-Manier ihre Knöchel umklammerte und sie damit zu Fall brachte. Es folgte ein heftiges Handgemenge, wobei Dan, wie ich bemerkte, nicht im Geringsten half. Er sah nur von seinem Versteck hinter der Tür aus starr vor Schreck zu, wie Frankie und ich seine Frau zu Boden drückten.

»Lasst mich hoch! LASST MICH HOCH!«, wiederholte sie hitzig.

Wir gaben nur ein klein wenig nach und erlaubten ihr vorsichtig, sich zumindest in eine Sitzposition an der Wand aufzurappeln, wo wir wie Gefängniswärter neben ihr hockten und Frankie sie am einen, ich am anderen Arm festhielt.

»In meinem Bett«, keuchte sie, »mit irgendeinem Schnuckilein, während meine Kinder geschlafen haben!«

»Jennie, jetzt sei doch nicht albern!«, brüllte ich sie an. »Du bist ja vollkommen verrückt geworden!«

»Du bist wirklich total bescheuert«, keuchte Frankie.

»So etwas würde er nicht tun, Jennie, das würde er nie tun!«, bedrängte ich sie. Dan schüttelte in hilfloser Zustimmung heftig den Kopf, hütete sich aber wohlweislich, irgendeinen Laut von sich zu geben. Aus dem Augenwinkel konnte ich meine andere Nachbarin, Mrs Harper, sehen, wie sie am hinteren Ende ihres Gartens über den Feuerdorn linste und sich dazu möglicherweise sogar auf einen Blumentopf gestellt hatte.

»Oh doch, er würde sehr wohl!«, zischte Jennie, der die Augen vor Wut fast aus dem Kopf fielen. Ihr Gesicht war feuerrot vor Zorn. »Das ist es ja, er würde so was tun! Er ist nicht so, wie du vielleicht denkst, Poppy, nicht der harmlose, liebenswerte Dan, der nichts dafür kann, dass er sich immer wieder in unmögliche Situationen hineinmanövriert. Er würde das sehr wohl tun und ich weiß, dass er es getan hat, weil ich einen schwarzen Spitzen-BH UNTER MEINEM BETT gefunden habe!«

»Der gehört mir!«, jammerte Frankie bekümmert. »Ich hab dir doch gesagt, der ist neu. Ich habe ihn in eurem Schlafzimmer anprobiert, weil ihr da den besten Spiegel habt. Danach hab ich ihn wohl dort liegengelassen!«

»Du lügst!«, keifte sie und ihr Kopf fuhr zu ihrer Tochter herum wie etwas aus *Der Exorzist.* »Ich wasche deine Unterwäsche doch dauernd, junge Dame, und du besitzt nichts dergleichen. Du lügst, um ihn zu schützen! Ihr lügt alle beide!«

»Nein!«, rief Frankie und die Tränen schossen ihr in die Augen, während in genau diesem Augenblick ihre jüngeren Geschwister im Garten auftauchten. Jamie und Hannah kamen jetzt im Schlafanzug über die Mauer geklettert. Jamie half Hannah hinunter. Verängstigt schlichen sie in meine Küche. Wenn es irgendetwas gab, das meine ausgesprochen mütterliche Freundin jetzt zur Vernunft bringen konnte, dann war es der Anblick ihrer beiden verängstigten, verletzlichen Kinder, die das Geschrei aus dem Bett geholt hatte und die jetzt mit verstörten Gesichtern dastanden, Hannah hielt noch immer ihren Teddy umklammert. Aber Jennie war nicht mehr zu bremsen. Bei ihr war endgültig die Sicherung durchgebrannt (falls es da jemals eine Sicherung gegeben haben sollte). Trotz ihrer beiden Gefängniswärter gelang es ihr, auf die Füße zu kommen, und sie ballte die Fäuste.

»NA GUT, VON WEM IST DER DENN DANN?«, blaffte sie mit seltsam bläulich verfärbtem Gesicht, während wir sie weiter fest an den Armen gepackt hielten. »Der beschissene Test? Wenn er nicht von dir ist und nicht von deinem Vater und nicht von Poppy oder Peggy oder Angie, VON WEM ZUM TEUFEL IST ER DANN?«, kreischte sie.

Es folgte Schweigen. Mir kam es vor, als ob das ganze Dorf kollektiv den Atem anhielt.

»Von mir«, ertönte eine Stimme zu unserer Linken.

Wir fuhren alle gleichzeitig herum. Da stand in seinem karierten Schlafanzug der zwölfjährige Jamie, der erst im Winter dreizehn werden würde und der zwar stündlich größer wurde, aber mit seiner Stupsnase und den Sommersprossen doch immer noch sehr kindlich aussah. Zwei rote Flecken zeigten sich auf seinen Wangen und ich sah, wie er schluckte. Erschreckt stöhnte die versammelte Mannschaft auf. Jennie, die noch immer im Ringergriff festgehalten wurde, hing plötzlich schlaff an unseren Armen. Sie ließ einen klagenden Aufschrei fahren, der an den Schmerzenslaut eines Tieres erinnerte. Dann senkte sie den Kopf und rutschte mit dem Po an der Wand entlang auf den Boden.

# 28

Er ist von dir?«, stieß Frankie hervor, nachdem es ihrer Mutter scheinbar die Sprache verschlagen hatte.

»Ja, von mir. Okay?«

Wieder stöhnte Jennie auf, aber diesmal nicht mehr so durchdringend. Es war jetzt eher der Schrei eines geschlagenen Kriegers am Ende seiner Kraft, kurz vor dem Zusammenbruch. Dan dagegen schien plötzlich neue Kraft zu schöpfen. Da er nicht mehr in akuter Lebensgefahr schwebte, stieg er über seine am Boden liegende Frau hinweg, um sich nun vor seinem Sohn aufzubauen.

»Du hast ein Mädchen geschwängert«, fauchte er entsetzt.

»Nein, natürlich nicht. Ich habe den Test mit Leila gemacht, weil ich dachte, sie könnte schwanger sein. Ich glaube, sie ist es.«

Tiefe Stille folgte auf diese Verlautbarung. Aller Augen waren auf den Jungen in dem karierten Schlafanzug gerichtet.

»Leila?«, hauchte seine Mutter schließlich wie vom Donner gerührt.

»Ja. Sie ist so dick geworden und hat so dicke Zitzen gekriegt und außerdem hab ich beobachtet, wie sie's mit einem anderen Hund getan hat. Und als ich gesehen hab, dass sie im Garten pinkelt, hab ich deinen Test genommen und ihn in die Pfütze gesteckt. Dann musste ich wieder hochlaufen, um die Anleitung auf der Packung zu lesen, und dann hab ich ihn einfach in den Müll geschmissen. Ich wollte es dir sagen, aber ich wusste, wie sauer du auf sie sein würdest.« Sein Gesicht war jetzt ganz bleich unter den Sommersprossen.

Seine Mutter schloss die Augen. »Gott sei Dank«, stöhnte sie. »Gott sei Dank.«

»Du freust dich?«, fragte Jamie verblüfft. »Ich dachte, du würdest total ausrasten. Sie zu einer Abtreibung bringen oder so.«

»Das werde ich vielleicht auch, aber ... ich freue mich ja so, mein Schatz!« Jennie rappelte sich auf und stolperte durch die Küche, um das Gesicht ihres erstaunten Sohnes mit beiden Händen zu umfassen. Sie gab ihm einen dicken Schmatz auf die Stirn und dann noch auf beide Wangen. »Ich bin so froh, dass es nicht dein Vater ist, aber noch mehr, dass du es nicht bist!«

»Ich!«, empörte er sich, aber sie hatte ihn bereits in einer gesichtsverändernden Umarmung an ihre Brust gedrückt, sodass sein Mund zu einer Acht gequetscht und damit jede Form des Sprechens unterbunden wurde.

Dan war mittlerweile, nachdem die erste Erleichterung vorüber war, vollauf damit beschäftigt, seine Frau verächtlich anzusehen. Er verschränkte die Arme vor der Brust in einer Haltung von hochnäsiger Herablassung. Er schürzte die Lippen. Aber er war nicht hocherhobenen Hauptes davongerannt, was manch anderer Ehemann in seiner Situation getan hätte, sondern er blieb stoisch an der Seite seiner Frau. Man konnte über Dan sagen, was man wollte, aber er stand über solchen Dingen. Andererseits waren die Augenblicke moralischer Überlegenheit in seinem Leben nicht gerade dicht gestreut, weswegen er sich diesen auch nicht entgehen lassen würde. Man konnte ja nie wissen, wann es wieder einen gab.

»Tut mir leid«, sagte Jennie leise zu ihm über den Kopf ihres Sohnes hinweg.

Dan blickte sie einen Augenblick lang kühl an, doch dann war er so großzügig, diese Entschuldigung so anzunehmen, wie sie gemeint war: als ehrliches Eingeständnis einer Frau, die von unerklärlichen Umständen in die Verzweiflung getrieben worden war und deren Phantasie sie innerhalb weniger Stunden von einer Teenager-Schwangerschaft über das außereheliche Kind ihres Mannes bis hin zu Sex unter Minderjährigen geführt hatte. Er neigte den Kopf zum Zeichen, dass er die Entschuldigung annahm.

»Hundebabys!«, hauchte Hannah selig in die Stille hinein. Sie strahlte ihre Mutter an. »Kriegt Leila Babys, Mum?«

»Offensichtlich«, sagte Jennie düster und legte das Kinn auf Jamies Kopf ab; er wand sich noch immer in ihrer engen Umarmung. Plötzlich legte sich ihr Gesicht in Lachfältchen. »Und wie ich unsere Leila kenne, macht sie auch keine halben Sachen. Bei ihr werden das nicht nur hübsche kleine Zwillinge. Nein, bei ihr müssen es schon 101 Dalmatiner sein!« Sie lachte befreit auf.

»Und können wir einen behalten?«, bettelte Hannah mit großen Augen.

»Nein, mein Schatz, das können wir nicht«, erklärte Jennie bestimmt. Auch wenn sie mehr als überglücklich war, so ließ sie sich doch nicht das Heft aus der Hand nehmen.

Hannah machte ein enttäuschtes Gesicht, ebenso wie Jamie, als er endlich freigelassen wurde.

»Och, bitte, Mum«, bettelte er.

Dan sah seine Frau mit fragend erhobenen Augenbrauen an. Noch hatte er die Oberhand und wollte seinen Vorteil ausnutzen. Jennie sah ihn an und zögerte, was ein fataler Fehler war.

»Komm schon, Mum!«, riefen sie im Chor.

Sie schwankte. »Von mir aus, wir werden mal sehen«, sagte

sie schließlich. Und nach dieser massiven Kapitulation ertönte ein einhelliger Jubelschrei bei ihrem Nachwuchs, einschließlich Frankie. »Ich habe gesagt, wir werden mal sehen!«, rief sie, aber allen war klar, dass sie keine Chance mehr hatte.

»Kommt jetzt.« Dan nahm Hannah bei den Schultern und drehte sie herum. Dann schob er von einem Ohr zum anderen grinsend seine Familie durch die offenstehende Hintertür hinaus. »Zurück ins Bett. Tut mir leid, Poppy.« Er drehte sich noch einmal zu mir um, während seine Kinder aufgeregt losliefen. »Bitte entschuldige, dass wir so bei dir eingefallen sind und dir den Abend verdorben haben, aber Gott sei Dank haben wir die Sache nun geklärt. Es wäre nur noch eine Frage der Zeit gewesen, bis sie mir vorgeworfen hätte, ich hätte ein uneheliches Kind irgendwo hier im Dorf versteckt und würde ein komplettes Doppelleben führen.« Diesmal konnte er sich den vernichtenden Blick auf seine beschämt wirkende Frau nicht verkneifen. »Eine Affäre«, sagte er fassungslos. »Wie denn? Und mit wem? Und wann sollte ich die Zeit oder die Gelegenheit dazu haben?« Letzteres erst, nachdem seine jüngeren Kinder sicher über die Mauer waren und Frankie hinterher.

»Eben«, murmelte Jennie und sah plötzlich erschöpft aus. Sie fuhr sich mit einer matten Geste durch die Haare. »Oder auch nur die verdammte Energie«, fügte sie wehmütig hinzu.

»Und dann auch noch im Ehebett. Für wen hältst du mich eigentlich?« Er schüttelte den Kopf und schürzte die Lippen. »Manchmal mache ich mir Sorgen um deine geistige Gesundheit, Jennie, wirklich.«

»Man hat mich ernsthaft provoziert«, erwiderte seine Frau trotzig. Bei ihr hielt Zerknirschung nie lange an. »Und da ich alle anderen Möglichkeiten ausgeschöpft hatte – oder dachte, ich hätte es getan … Natürlich ist mir, dumm wie ich bin, nicht in den Sinn gekommen, dass es dein Schnuckilein ist, die hier in der Gegend herumvögelt und auf Tests pinkelt …«

Jetzt schien Dan wirklich Gefallen an der Sache zu finden. Mit einem breiten Grinsen im Gesicht sagte er: »Eben erst hast du mir vorgehalten, ich wäre mit meinem Schnuckilein ins Bett gestiegen, und ich kann dir versichern, dass Leila und ich uns zwar sehr gerne haben, wir aber noch nie …«

»Ach, halt doch den Mund, Dan«, unterbrach Jennie ihn verärgert. »Du hast vielleicht jetzt für den Bruchteil einer Sekunde die Oberhand, aber wir wissen alle, dass das nicht lange anhalten wird und du schneller, als dir lieb ist, wieder in der Klemme steckst und um Hilfe winselst.«

»Genau, und deswegen muss ich es jetzt auch auskosten!«, rief er in gespielter Empörung, während die beiden bereits über den Rasen davonmarschierten und dabei im Gegensatz zu ihren Kindern den üblichen Weg zu meinem Gartentor hinaus und zu ihrem hinein wählten. Er legte ihr beim Gehen den Arm um die Schultern. »Warum glaubst du wohl, trete ich es so breit, was? Oh, guten Abend, Mrs Harper! Ja, das kleine Miststück ist wirklich schwanger, ist das nicht herrlich!« Eine graue Dauerwelle eilte verschreckt nach drinnen. »Ach, bleiben Sie doch noch«, rief Dan. »Lassen Sie uns doch den Abend genießen! Warum die Eile, wo es doch so viel zu feiern gibt? Die Nacht ist noch jung!« Wir hörten, wie eine Küchentür zugeknallt wurde. Dan grinste mich über die Schulter hinweg an. »Gute Nacht, Poppy.«

»Gute Nacht.« Ich lächelte und ging ins Haus.

Jennie allerdings kam schon am nächsten Morgen durch dieselbe Hintertür wieder herein, als ich gerade dabei war, meine Waschmaschine mit Bettwäsche zu beladen. Clemmie, die eine Erkältung hatte, spielte still im Wohnzimmer, und nachdem Jennie kurz den Kopf zu ihr hineingesteckt und hallo gesagt hatte, nahm sie mit einem Becher Kaffee an meinem Küchentisch Platz.

»Welpen!«, stöhnte sie.

»Moment mal, Jennie«, warf ich warnend ein und drehte mich von meiner Maschine um. »Das höre ich mir jetzt nicht an. Das sind supertolle Nachrichten. Gestern Abend warst du noch begeistert. Es heißt, juhu, Hundebabys! Schon vergessen?«

»Ja, ich weiß«, pflichtete sie mir bei. »Und ich war auch immer noch guter Laune, als ich zu Hause angekommen bin. Frankie hat mich ganz lieb in den Arm genommen und wir haben sogar ein paar Tränchen zusammen zerdrückt.«

»Echt? Oh, gut.«

»Und dann sind wir noch stundenlang wach geblieben und haben gequatscht. Sie war entsetzt, dass wir dachten, sie wäre schwanger, aber sie hat verstanden, warum. Sie hat außerdem gesagt, dass ich mich ein kleines bisschen besser verhalten habe als ihr Vater, was mich etwas aufgebaut hat. Sie meinte, sie habe keine Ahnung gehabt, dass ihr Vater derart ausrasten könnte. Ich habe ihr erklärt, das liegt nur daran , dass er sie so lieb hat, was sie widerstrebend eingesehen hat, aber dann hat sie, typisch Frankie, gemeint: ›Ach so, und bei dir ist es anders, weil du mich nicht so lieb hast?‹«

Ich lachte. »Das ist typisch Frankie.«

»Ich weiß und sie meinte das auch nicht böse. Sie wollte nur eine witzige Bemerkung machen, deswegen habe ich gar nicht darauf reagiert. Aber sie lässt reichlich oft zynische Sprüche ab.«

Ich zuckte mit den Schultern. »Das ist doch bloß eine Abwehrhaltung. Das verwächst sich mit der Zeit. Und sie ist schlau, Jennie. Viel zu schlau, um einfach so schwanger zu werden. Die wird es noch weit bringen, dieses Mädchen.«

»Ich weiß. Darüber haben wir auch geredet. Sie würde gerne die Oberstufe an der Frazer House School machen.«

»Oh. Könnt ihr euch das leisten?« Frazer House war eine Privatschule.

»Nein. Aber ich finde, wir sollten es versuchen. Sie wird da gut abschneiden. Ich werde Dan überreden, dass wir uns das Geld leihen, irgendwie die Bank überzeugen.«

Jennie war eigentlich gar nicht fürs Geldleihen zu haben, das widersprach all ihren Instinkten. Sie war ziemlich knauserig, aber sie sagte immer, das müsste sie sein. Dan würde alles beim Pferderennen verwetten, wenn er könnte.

»Na, da wirst du ja wohl kaum Schwierigkeiten haben«, bemerkte ich.

Sie lächelte. »Nein, ich weiß. Und ich weiß auch, dass ich manchmal eine kontrollsüchtige alte Schachtel bin, aber glaub mir, du wärst genauso bei meiner Familie.«

Ich wusste, ich wäre eher wie Dan; aber gut war das nicht. Leute wie Dan und ich warfen mit dem Geld um uns, bis nichts mehr da war – genau wie mein Vater auch, stellte ich fest und dachte gleichzeitig an den gewaltigen Scheck, den ich für die Jagd ausgestellt hatte. Weil Geld mich eigentlich nicht interessierte. Vorsichtige Menschen wie Jennie waren als Gegenpol zu jemandem wie mir ungeheuer wichtig. Aber das hatte ich auch bei Phil gedacht. Und dennoch hatte er sich als unvorsichtig herausgestellt. Nicht so sehr im Umgang mit Geld, aber im Umgang mit Gefühlen.

»Und es gibt da durchaus einen Jungen«, fuhr Jennie fort, noch immer beim Thema Frankie. Sie nahm einen Schluck von ihrem Kaffee. »Das einzige Problem ist, dass es Hugo ist.«

»Hugo!« Erstaunt hörte ich auf, die Laken in die Trommel zu stopfen. Hugo. Der nette, ziemlich gutaussehende Enkel von Angus und Sylvia, der in den Ferien zur Jagd ritt und momentan gerade ein Jahr im Pub jobbte, bevor er zum Studium nach Cambridge ging. Er war etwas ganz anderes, als ich erwartet hätte, und außerdem hätte ich ihn voll und ganz Angies Töchtern zugeordnet.

»Ich dachte, der wäre ein Herz und eine Seele mit Clarissa?«

»Das dachte Clarissa wohl auch und ist ziemlich sauer deswegen. Sie hält ihn für ihr Eigentum, obwohl die beiden nie zusammen waren. Sie weiß, dass er mit einer von ihren Freundinnen zusammen ist, aber sie weiß nicht, mit welcher. Er will es ihr schonend beibringen, deswegen ist die Sache auch noch geheim.«

Ich erinnerte mich daran, wie Frankie im Schutze der Dunkelheit zu einem Auto draußen vor dem Pub gelaufen war, und genau da arbeitete Hugo ja. Und mir fiel wieder ein, dass Angie mir erzählt hatte, Clarissa habe Kummer wegen eines Jungen.

»Wie schön für Frankie.« Ich konnte einfach nicht anders.

Sie grinste. »Ich weiß. Er ist ein netter Junge.« Plötzlich machte sie ein trotziges Gesicht. »Aber sie ist schließlich auch ein nettes Mädchen. Und interessant. Nicht von der üblichen Sorte, die über alles und jedes kichert und die Haare nach hinten wirft.«

»Genau.«

»Sie will sie wachsen lassen«, sagte sie geistesabwesend, »und ein bisschen dunkler färben, eher bräunlich.«

»Gute Idee.«

Wir schwiegen einen Augenblick. Meine Gedanken wanderten zurück zu Jennie vor vielen Jahren, wie sie mit diesem widerborstigen, eigensinnigen Mädchen gekämpft hatte, dessen alkoholkranke Mutter mehr und mehr das Interesse an ihr verloren hatte. Danach hatte es einige gute Jahre gegeben, zwischen neun und zwölf etwa, wo es nur darum ging, ob man im Winter ins Netball-Team kam oder im Sommer in die Baseball-Mannschaft. Jennie hatte sogar einmal eine Lehrerin mit Schoko-Brownies bestochen – aber dann folgten schwierige Jahre. Konnte es sein, dass sie und Frankie nun wieder am Beginn einer guten Phase standen? Und würde die diesmal andauern? Jennie hatte sich jedenfalls alle erdenkliche Mühe gegeben, selbst wenn sie zeitweise das Gefühl gehabt hatte zu scheitern.

»Dan freut sich bestimmt, dass ihr zwei euch wieder versteht«, sagte ich und drückte die Tür der überfüllten Waschmaschine zu.

»Ja, auch wenn es ein bisschen auf seine Kosten geht und er in die Rolle des tyrannischen Vaters gedrängt wird, wie aus einem Roman von Dickens.«

»Das war doch nur eine erste Schockreaktion.«

»Ich weiß und Frankie weiß es auch. Ja, Dan freut sich. Ich würde sogar sagen, dass er sich gestern Abend geradezu ins Fäustchen gelacht hat. Ich hätte gedacht, dass er bestimmt schon schläft, als ich nach meiner Session mit Frankie schließlich die Treppe hinaufgekrochen bin, aber da saß er mit glänzenden Augen aufrecht in den Kissen und hoffte darauf, dass ich sehr dankbar sein würde.«

»Aha.« Ich lachte. »Pech gehabt.«

»Eigentlich hab ich es sogar genossen. Kam mir diesmal gar nicht so sehr wie eine lästige Pflicht vor. Ich hab zur Abwechslung mal mitgemacht und es nicht ganz als Zuschauersport betrachtet.«

»Erspar mir die Details, Jennie.«

»Sorry. Wollte nur die Ringe unter meinen Augen erklären.« Sie grinste verlegen und nahm einen Schluck Kaffee. »Jedenfalls haben wir eine Art Pakt geschlossen, nach Weihnachten wollen wir für ein paar Tage alleine wegfahren. Uns wieder neu kennenlernen, wie man uns ja so gerne in den einschlägigen Frauenzeitschriften rät.«

»Gute Idee. Ich nehme die Kinder.«

»Danke, aber ich glaube, Frankie schafft das schon, wenn du nur ein wachsames Auge darauf hältst und von Zeit zu Zeit mal ein wenig frisches Obst über den Zaun schaufelst.«

Vor ein paar Wochen hätte Jennie Frankie das niemals zugetraut. Die beiden mussten wirklich ein sehr gutes Gespräch gehabt haben.

»Und was ist mit dir?« Sie musterte mich nachdenklich. Ich zuckte zusammen. Diesen Blick kannte ich nur zu gut. Sobald Jennie erst einmal ihr eigenes Leben im Griff hatte, tat sie nichts lieber, als sich um das anderer Leute zu kümmern. Ich wand mich unter ihrem Blick, steckte aber fest wie eine Motte auf einem Mikroskop-Träger. »Ich dachte, du wolltest gestern Abend ausgehen? Wieso hast du dann immer noch im Bademantel rumgegammelt, als wir hier wie die Addams Family hereingeplatzt kamen?«

»Ach. Na ja.« Ich erzählte ihr von Pete. Von Angie. Und schließlich von Peggy.

Sie machte ein nachdenkliches Gesicht, presste die Lippen zusammen. »Kleine Kurzschlussreaktion?«

»Von mir?«

»Angie erwähnt ganz beiläufig, dass du nicht gerade mittellos bist, und schon sollen seine Motive ganz falsch sein, er ist nur ein geldgieriger Heiratsschwindler und du lässt ihn fallen wie eine heiße Kartoffel?«

»Na ja …«

»Du bist schließlich nicht Jackie Onassis, Poppy.«

Ich errötete, weil mir wieder einfiel, dass ich mich erst am Abend zuvor mit genau dieser Frau verglichen hatte. »Nein, natürlich nicht.«

»Du hast gerade so viel geerbt, dass du dir davon ein schönes Haus kaufen und deine Kinder auf gute Schulen schicken kannst, was die Witwe eines erfolgreichen Geschäftsmannes, der ein Unternehmen aufgebaut hat, durchaus erwarten kann. Und du hast immer noch zwei Kinder, wie er Angie gegenüber sehr richtig bemerkt hat. Schleppst also immerhin Ballast mit dir rum.« Ich starrte sie an. »Was willst du damit sagen?«

»Ich will damit sagen, dass du voreilige Schlüsse ziehst und einen Fehler machst, wenn du auf Peggy hörst, die nur schwarzweiß denken kann. Roger war die Liebe ihres Lebens, und daher wird es nie einen anderen geben. Deswegen zieht sie rum und flirtet mit älteren Junggesellen, ohne sich je dazu durchringen zu können, sich mit einem von ihnen einzulassen. Ist es das, was du für dich willst?«

Ich ließ mich auf einen Stuhl sinken. »Also, wenn du es so sagst …«

»Das Leben ist nicht schwarz und weiß, Poppy, es ist ziemlich grau oder manchmal sogar gräulich. Da gibt es jede Menge Kompromisse und dunkle Flecken – frag mich und Dan. Nur weil du mit Phil so total danebengelangt hast, bedeutet das noch lange nicht, dass alle Männer Mistkerle sind und du gleich wieder den nächsten Fehlgriff landest.«

Ich staunte. »Hast du an der Wand gelauscht?«

»Wie meinst du das?«

»Na ja, das ist genau das, was ich Peggy gesagt habe – dass ich Angst habe, es wieder falsch anzugehen.«

»Das merke ich. Und Peggy ermuntert dich, kritisch zu sein und dich mit nichts anderem als Perfektion zufriedenzugeben. So würde sie es machen. Für sie gibt es nur alles oder nichts. Was okay ist, wenn man auch mit nichts zufrieden ist. Ich persönlich habe ganz gerne wenigstens etwas.« Sie schlug die Beine übereinander.

Ich schluckte und war entsetzlich verwirrt. »Oh Gott. Oh Gott, ich weiß nicht, was ich machen soll, Jennie!«, jammerte ich und raufte mir verzweifelt die Haare. »Wenn ich mit Peggy rede, denke ich: Recht hat sie!; und wenn ich mit dir rede, denke ich auch: Recht hat sie! Woran liegt das?«

»Weil du so leicht zu beeinflussen bist, genau wie mein Mann«, sagte sie ruhig. »Du bist nicht unbedingt blöd …«

»Oh, danke!«

»… aber sehr leicht zu überzeugen!« Sie fegte ein imaginäres Staubkörnchen von ihrem Knie und kam jetzt so richtig in Fahrt. »Dabei ist es eigentlich ganz einfach. Magst du ihn?«

»Wen? Pete?«

»Ja, natürlich Pete, nicht Dan. Obwohl du den auch gerne haben kannst, wenn du willst.«

»Öhm, ja.« Ich kaute auf meinem Daumennagel herum.

»Bist du gerne mit ihm zusammen? Hast du Spaß mit ihm?«

Ich dachte an unser gemeinsames Essen im Pub zurück, wo er mit Bierdeckeln herumgespielt hatte, um Clemmie zu unterhalten. Und wie er mich im King's Head zum Lachen gebracht hatte.

»Ja, ich bin gerne mit ihm zusammen.«

»Fandest du es schön, ihn neulich vor dem Haus zu küssen?«

Ich starrte sie an. »Ach, lass mich doch in Ruhe, Jennie«, murmelte ich und errötete.

»Liebst du ihn?«

»Nein. Ich meine … Ich weiß nicht.«

»Genau, natürlich liebst du ihn nicht! Und warum solltest du auch. Du kennst ihn ja erst seit ein paar Wochen. Aber gib ihm doch eine Chance, Poppy«, drängte sie. »Du musst dich doch nicht morgen entscheiden oder nächste Woche, noch nicht einmal nächstes Jahr, aber woher willst du es denn wissen, wenn du ihm noch nicht einmal eine Chance gibst? Und wenn dir die Geschichte mit dem Geld Kopfzerbrechen bereitet, dann frag ihn einfach danach.«

»Soll ich etwa sagen: Pete, bist du nur hinter meiner Kohle her?«

»Nein, aber du könntest ganz zufällig erwähnen, dass Angie immer wie verrückt übertreibt – was ja auch stimmt – und dem halben Dorf erzählt hat, du wärest reich wie Krösus. Mach einen Scherz daraus.«

Das halbe Dorf. Ich dachte an Bob, der mir einen Heiratsantrag gemacht hatte. Mich geradezu verfolgt hatte. Und an die heilige Hilda, die gemeint hatte, »in dieser Hinsicht« könne sie nicht mit mir konkurrieren.

»Vielen Dank, Angie«, sagte ich zu mir selbst.

»Er wird schon wissen, dass Angie immer übertreibt, und du könntest sogar sagen, dass sie die Sache total falsch verstanden hat und es in Wahrheit ganz anders aussähe – dann ist er so verwirrt, dass er gar nicht mehr weiß, was er glauben soll. Und dann kannst du ja sehen, ob er dranbleibt. Ich persönlich glaube ja, dass er das tun wird. Ich wette, das Geld hat gar nichts mit seinem Interesse an dir zu tun. Er ist ein netter Kerl, Poppy. Gib ihn nicht so einfach auf.«

»Ehrlich?«, fragte ich besorgt. »Findest du ihn wirklich nett, Jennie?«

»Ja, aber entscheidend ist, wie *du* ihn findest.«

»Aber das ist es ja gerade. Ich weiß es nicht!«, japste ich. »Ich weiß gar nicht mehr, was ich denken soll, weiß gar nicht, ob ich überhaupt noch denken kann.«

»Klar kannst du.« Aber das klang nicht sehr überzeugend und ich sank, den Kopf in die Hände gestützt, unglücklich am Tisch zusammen. Ich wusste, dass sie besonders angriffslustig war, weil sie sich am Abend zuvor derart zum Narren gemacht hatte und nun einfach zurückbellte, aber trotzdem ...

»Wann ist es denn bei Leila so weit?«, fragte ich und richtete mich plötzlich wieder auf in dem Versuch, sie an ihre eigene häusliche Krise zu erinnern.

»Leila«, sagte sie verächtlich. »Keine Ahnung. Hunde haben scheinbar eine Tragezeit von vierzehn Wochen, aber da sie ein halber Teufel ist, könnte es jederzeit so weit sein. Sie taugt nicht zur Mutter, Poppy. Mal ganz abgesehen von ihren psychischen Problemen treibt sie es einfach mit jedem und das ist nicht schön, oder? Ich würde ja den Tierarzt bitten, die Schwangerschaft zu beenden, aber das würden mir die Kinder nie verzeihen. Und wie soll man eine Teufelin davon abbringen, Nachwuchs zu produzieren? Sie wird schon einen Weg finden, den nach draußen zu befördern, und sei es, nur um mich zu ärgern.«

Ich grinste. Jennie machte jetzt ein großes Bohei und viel heiße Luft, aber ich wusste genau, dass sie sich zum entscheidenden Zeitpunkt sofort in eine Hebamme verwandeln würde. Sie würde die ganze Nacht wach bleiben, in Leilas Wurfbox hocken, sie locken und trösten und ihr unter den Wehen die Pfote halten und dann völlig verliebt sein in den Wurf, das Haus nicht verlassen, nur damit beschäftigt Weetabix aufzulösen und Eier darunter zu rühren. Es bestand sogar durchaus die Möglichkeit, dass sie alle Welpen behalten würde. Eine ziemlich lustige Vorstellung – acht ausgewachsene Leilas, die an acht Leinen Jennie mit Vollgas durchs Dorf zerrten – entfaltete sich vor meinem inneren Auge.

»Wer weiß, vielleicht wird das ihre große Stunde«, warf ich ein.

»Leila? Das bezweifle ich. Vermutlich wird sie sie in irgendeinem hässlichen, nassen Busch zur Welt bringen und gleich weiterlaufen auf der Suche nach dem nächsten Peddler für einen kurzen Fick. Hieß der Hund nicht so?«

»Peddler? Oh Gott, natürlich. Mark hat mir davon erzählt. Das könnten also Peddlers Kinder sein! Oh, Jennie, von denen hätte ich dann wirklich gerne einen.«

»Echt?« Sie wirkte überrascht. Dann hellte sich ihre Miene auf. »Okeydoke. Aber die Nachfrage könnte ziemlich groß sein, weißt du.« Sie straffte die Schultern. »Trotz meiner eigenen Bedenken ist Leila hier ziemlich beliebt. Könnte also teuer werden. Aber ich notiere mir schon mal deinen Namen auf der Liste.«

Das war typisch, echt typisch. Sie hatte wieder alles unter Kontrolle und sah sich schon zu Mrs Fish sagen: »Nein, Mrs Fish, ich bin nicht sicher, ob Ihr Garten groß genug ist.«

»Und sie ist definitiv schwanger?«, fragte ich vorsichtshalber nach. »Dieser Test könnte bei Hunden nicht richtig funktionieren.«

»Genau das dachte ich auch und hab deswegen beim Tierarzt angerufen. Er meinte, das wäre schon recht aussagekräftig, die Hormone sind so ziemlich dieselben. Und wie Dan bereits sehr passend bemerkt hat, entwickelt sie eine beachtliche Oberweite.«

»Okay. Mist, warum startet die nicht?« Ich schaute auf meine Waschmaschine.

»Weil du zu viel reingestopft hast.«

Ich wusste, dass sie Recht hatte, und stapfte hinüber, um die Maschine wieder zu öffnen und ein Laken herauszuziehen. Alles hatte sich ineinander verdreht, also zog ich an dem Wäschegewirr, doch es steckte fest, sodass schließlich, als ich energisch zerrte, der gesamte Inhalt der Trommel auf einmal herauskam und ich auf dem Hosenboden landete. Genau in diesem Augenblick klingelte es an der Tür.

»Soll ich aufmachen?«

»Ja, bitte.«

»Und dann lasse ich sie sterilisieren«, erklärte Jennie mir entschlossen auf dem Weg zur Haustür. »Das wird ihr den Wind aus den Segeln nehmen.«

»Dann werden sie fett und unleidlich«, warnte ich.

»Wer wird das nicht?«, schnaubte sie. »Sterilisiert oder nicht.«

Ich löste einen Doppelbettbezug aus dem Knäuel, stopfte den Rest wieder zurück und stellte das Programm neu ein. Schon schnurrte sie los.

»Danke«, hörte ich Jennie zu jemandem an der Tür sagen. Sie kam durch den Flur zurück. »Hey, sieh dir das an.«

Ich wandte mich um und sah sie mit einem großen Strauß weißer Rosen, dazwischen waren hübsche blaue Kornblumen gesteckt. Sie überreichte ihn mir. »Für dich, wie es scheint.«

Erstaunt nahm ich den in Papier eingewickelten Strauß entgegen. Dann setzte ich mich und öffnete das dazugehörige Briefchen. Es war lange her, seit mir jemand Blumen geschickt hatte.

»Sie sind von Pete«, sagte ich und las weiter. »Ich hoffe, es geht dir inzwischen besser, alles Liebe.«

Jennie linste über meine Schulter. »Oh, wie unglaublich blöd ist das denn«, sagte sie entschieden. »Wird in letzter Minute sitzengelassen und schickt dann noch Blumen. Ich bitte dich.« Sie verschränkte die Arme.

Nach einer Weile blickte ich schuldbewusst auf. »Ich habe ihn falsch eingeschätzt, nicht wahr?«

Sie zuckte mit den Schultern. »Keine Ahnung. Hängt davon ab, mit wem du zuletzt gesprochen hast. Sorry«, sagte sie dann rasch. »Hab's nicht so gemeint. Sag mir, dass ich mich um meinen eigenen Mist kümmern soll, Poppy. Es ist nur ... Ich wünsche mir so, dass du glücklich bist.« Sie beugte sich herab, um mich zu umarmen. »Und danke für gestern«, flüsterte sie mir noch rasch ins Ohr. »Ich wüsste gar nicht, was ich ohne dich machen sollte.«

Ich nickte gerührt. Aber nicht klüger als zuvor. Auf dem Weg zur Hintertür machte sie noch einmal kehrt.

»Übrigens, du ahnst nicht, was Angie mir noch erzählt hat.«

»Was denn?«

»Über deinen Anwalt, diesen Sam Hetherington. Der mit dem schicken roten Jagdrock.«

Ich spürte, wie mein Herz klopfte. Ich wusste es bereits.

»Er war früher mal mit Hope Armitage verheiratet.«

»Kaum zu glauben, oder? Da fragt man sich doch, warum die beiden überhaupt hergezogen sind. Wenn Sam hier lebt.«

»Sam war noch nicht hier, als sie hergezogen sind«, sagte ich mechanisch. »Er war noch in London. Das Haus war vermietet. Da waren Pächter drin.«

»Ja, aber du ziehst doch mit deinem neuen Mann nicht genau dahin, wo dein Ex herstammt, wenn da nicht noch irgendeine andere Anziehungskraft ist. Warum machst du so ein entsetztes Gesicht, Poppy? Und wann willst du endlich diese Tür ölen?« Sie hatte, genau wie alle anderen, mit dem Riegel meiner Hintertür zu kämpfen.

»Warte mal«, sagte ich plötzlich. Ich stand rasch auf und ging zur Anrichte hinüber. Dort zog ich die Einladung heraus und drückte sie Jennie in die Hand. Auf einmal war mir alles sonnenklar. Ich würde jetzt ganz sicher nicht mehr dort hingehen. »Mark, der Hundeführer, hat mir die geschickt. Warum gehst du nicht mit Dan da hin? Der halbe Landkreis wird da sein und ihr werdet euch bestimmt amüsieren.«

Skeptisch betrachtete sie die Einladung. »Bist du sicher? Willst du nicht selbst hingehen? Könntest du nicht Pete fragen?«

»Könnte ich und wollte ich auch. Ich glaube nur, dass das möglicherweise nicht ganz der richtige Ort ist. Ich werde ihn aber bestimmt nicht abschreiben«, versicherte ich rasch.

»Okay«, sie nickte. Dann hob sie den Blick von der Einladung. Ihre Augen blitzten. »Also wenn du dir sicher bist ... Wir würden da total gerne hingehen. Das ist genau das, was Dan und ich brauchen, weißt du. Eine richtig gute Fete. Ich danke dir.« Sie ließ die Karte gegen ihre Handfläche knallen und marschierte strahlend davon, wobei sie dem Riegel der Hintertür einen gewaltigen Schubs verpasste, sodass ihm gar nichts anderes übrigblieb, als sich zu bewegen.

Archie gurgelte auf dem Babyphon und ich stieg langsam die Treppe hinauf, um ihn zu holen. Mühsam zog ich mich an dem polierten Geländer empor. Auf dem Weg nach unten, mit Archie im Arm, ließ er mit dem Finger meine Unterlippe schnalzen, was mich normalerweise zum Lächeln gebracht hätte. Seltsam nur, dass ich heute gar kein Lächeln für ihn zustande bringen konnte.

# 29

Nachdem ich Archie mit Saft und einem Keks versorgt hatte, arrangierte ich die Blumen und betrachtete sie still. Clemmie kam vom Wohnzimmer herüber, wo sie die ganze Zeit, während Jennie hier gewesen war, mit ihren Playmobil-Figuren gespielt hatte. Sie konnte stundenlang still spielen, etwas, das mich bislang immer mit großem Stolz erfüllt hatte, mir aber in jüngster Zeit ein wenig Sorgen machte. Ein winziges Elternpaar in den Händen bestaunte sie die Blumen.

»Sind die im Garten gewachsen?«

»Nein, Süße«, lachte ich, während sie auf meinen Schoß kletterte und die Hand ausstreckte, um sie zu berühren. »Die hat jemand geschickt.«

»Warum?«

Ich zögerte. »Als Geschenk.«

»Wer?«

Ich holte tief Luft. »Erinnerst du dich an den Mann, der mit uns ins Pub gegangen ist? Pete? Er hat sie geschickt.«

»Der, der mit den Augenbrauen wackeln konnte?«

»Genau der.«

»Hast du Geburtstag?«

»Nein, er hat sie einfach nur so geschickt.«

»Da ist eine Karte.« Sie griff danach. Betrachtete sie aufmerksam. »Was steht da drauf?«

Ich schluckte und wünschte, ich hätte das etwas besser

durchdacht. »Da steht: ›Ich hoffe, es geht dir inzwischen besser, alles Liebe.‹ Ich … hatte eine kleine Erkältung.«

»Wann?« Sie drehte sich auf meinem Schoß zu mir um und schaute mich aus großen braunen Augen an. Mir stieg die Röte ins Gesicht.

»Äh, vor ein paar Tagen.«

»Oh.«

Wie sie mich so ansah, schien mir der gewaltige Abgrund zwischen Kindheit und Erwachsenwerden entgegenzustarren, wenn es mit ihrer eigenen, unschuldigen kleinen Welt aus Playmobil-Familien und Ehrlichkeit vorbei sein würde. Wenn sie Lügen wie die, die ich ihr soeben erzählt hatte, viel schneller enttarnen würde. Oh, ich hatte ihr schon viele Lügen aufgetischt: Zieh deinen Mantel an, es ist kalt draußen – es war nicht kalt gewesen, aber später am Tag würde es vielleicht kalt werden. Teddy will, dass du deine Karotten aufisst – woher wollte ich wissen, was im Hirn eines Plüschtiers vorging? Auf jeden Fall hatte ich früh angefangen mit den kleinen Notlügen. Hatte sie langsam daran gewöhnt wie an feste Nahrung. Aber das hier war eine echte Lüge. Ob sie es wohl gemerkt hatte? Wie groß war sie eigentlich schon? Erzog ich sie auch gut?

»Willst du ihn heiraten?«

Clemmie konnte man nichts vormachen. Vergiss die Erkältung, vorgeschoben oder nicht; komm direkt auf den Punkt. Nachdem ich einmal tief Luft geholt hatte, lachte ich nervös.

»Nein, natürlich nicht!«

»Oh.« Ihr Blick wanderte zu den Blumen zurück. »Als Beckys Mami geheiratet hat, durfte Becky Blumen streuen.«

Mein Herz machte einen Satz. »Und hat es Becky gefallen?«

»Ja, sie hatte ein rosa Kleid an und einen Kranz im Haar.«

»Und mag Becky ihren neuen Papa?«

Sie zuckte mit den Schultern, die näheren Details der Geschichte langweilten sie nur. »Wir haben im Erzählkreis Bilder angeschaut. Es war lang, ein richtiges Prinzessinnenkleid.«

»Wie schön.«

»Kann ich auch so eins haben?«

»Tja, mein Schatz, ich bin mir nicht sicher, ob ich überhaupt heiraten werde. Das würde bedeuten, dass du einen neuen Papa haben würdest, verstehst du?«

»Wir können ihn ja mal fragen.«

»Äh, also, nein.« Ich kratzte mich am Hals. »Ich glaube, das tun wir lieber nicht.«

»Wenn du heiratest, kann ich dann so ein Kleid haben?« Sie rutschte von meinem Knie. Nachdem scheinbar nur noch eine geringe Möglichkeit bestand, dass sie bekleidungstechnisch vor ihren Kindergartenfreunden glänzen konnte, hatte sie das Interesse an der Sache verloren.

»Clemmie, denkst du manchmal an Daddy?«

Die Frau vom Jugendamt hatte gesagt, dass ich solche Fragen stellen sollte, was ich aber nicht tat, weil es meinem Instinkt widersprach. Mein Instinkt schrie: Beschützen! Nicht erwähnen! Also hatte ich es nicht erwähnt. Clemmie war wieder auf dem Fußboden mit ihrer Miniaturfamilie beschäftigt. Die Ironie der Situation entging mir nicht.

»Ich weiß nicht«, sagte sie langsam, beinahe vorsichtig. Zu vorsichtig für eine Vierjährige.

»Kannst du dich noch erinnern, wie er ausgesehen hat?«

»Er war ein bisschen schlecht gelaunt«, sagte sie schließlich in Richtung Fußboden.

Und das stimmte. Phil hatte oft schlechte Laune gehabt, hatte die Kinder zunehmend als nervig empfunden, vor allem, wenn er versucht hatte zu arbeiten.

Es gefiel mir nicht, wie sie in ihrem Gedächtnis kramen musste, um wenigstens dieses Bild hervorzuholen. Aber ich hatte ihr schließlich auch kein anderes geliefert.

Clemmie hockte sich auf die Fersen und sagte mit triumphierender Miene: »Und er hatte ein rosa Hemd.«

Ich lächelte. »Ja genau, das hatte er, Clemmie.«

Später, als sie mit Archie zusammen nach dem Mittagessen Teletubbies schaute, suchte ich Fotos von Phil heraus, auf denen er lächelte. Ja, natürlich hatte er manchmal gelächelt. Das für Archie war im Urlaub auf Mallorca aufgenommen worden und das für Clemmie an unserem Hochzeitstag. Er hatte zwar seine Fehler gehabt, doch er war ihr Vater und den hat man nur einmal. Clemmie konnte sich an ihn nur schlecht gelaunt erinnern, aber das würde bestimmt verblassen und dann hätte sie dieses lächelnde Foto zur Erinnerung. Ich rahmte die Bilder und stellte sie nicht sehr offensichtlich auf, oben auf der Kommode, sodass sie die Bilder irgendwann später bemerken würden, wenn sie ein wenig älter waren, sie würden dann annehmen, die Bilder wären schon immer dort gewesen. Ich wollte nicht, dass Clemmie sich an einen schlecht gelaunten Vater erinnerte. Ich wollte, dass ihr Leben perfekt war, und das ging so weit, dass ich diese Erinnerungen ausradieren und sie durch schöne ersetzen wollte, genau wie ich ihre dreckigen Klamotten nahm und sie durch schöne, saubere ersetzte. Und ich würde mehr über ihn sprechen, beschloss ich, während ich nach unten ging. Über glückliche Zeiten, die würde ich einfach erfinden. Schöne Picknicks, Frühlingsspaziergänge. Hier durfte ich wirklich einmal für meine Kinder lügen. Beim Beladen der Spülmaschine überlegte ich, ob ich wohl so eine Art Held aus ihm machen konnte, der insgeheim in der SAS gedient hatte und als Krisenhelfer in Afghanistan war, was erklären würde, warum er nicht oft hier gewesen war. Aber wenn Clemmie eines Tages vielleicht eine berühmte Schauspielerin war, dann würden Journalisten in ihrem Leben herumstochern, und sie würde herausfinden, dass ihr Vater nur ein Radfahrfreak mit einer Geliebten im Nachbardorf gewesen war. Vielleicht also doch lieber nicht. Lieber bei dem Lächeln auf den Fotos und den Frühlingsspaziergängen bleiben.

So viel zu ihren Erinnerungen. Aber was war mit ihrem Leben? Sollte ich Phil nicht durch jemand Besseren ersetzen, sodass Archie und sie es bald gar nicht mehr anders kannten? Sie waren so jung, jeder Stiefvater würde bald wie ein richtiger Vater für sie sein. Wie bei Becky. Sie nannte ihren neuen Dad Papa. Er war Landwirt und Linda, ihre Mutter, war so glücklich wie nie zuvor. Ich kannte Linda. Kannte die Familie, von der Clemmie erzählt hatte. Linda war nicht unbedingt der Typ, mit dem ich beim Abholen vom Kindergarten ins Gespräch kam – wasserstoffblond, sehr kurze Röcke, immer ein Kaugummi im Mund –, aber ich fand sie nett. Ihr Mann war eines schönen Ostersonntags einfach ausgezogen und hatte sich mit einem jüngeren Fotomodel eingelassen. Er hatte sich auch ein Motorrad zugelegt, samt Lederkluft und allem Drum und Dran. Zwei Monate später war er auf der A41 ums Leben gekommen, als er mit seinem Motorrad auf Blitzeis geraten war. Linda lebte jetzt auf einem Milchbauernhof mit ihrer kleinen Tochter Becky und Beckys neuem Papa. Das manische Kaugummikauen hatte aufgehört, wie ich festgestellt hatte. Die Haare waren etwas dunkler. Weil Beckys Papa vielleicht kein Wasserstoffblond brauchte? Jedenfalls war das ein Happy End. Etwas, das man nicht vermasseln und sich auch nicht durch die Lappen gehen lassen sollte.

Für den Rest der Woche war ich vollauf mit den Kleiderfragen meiner besten Freundin beschäftigt. Wie Jennie höchst besorgt mitgeteilt hatte, war sie seit Jahren auf keinem Ball mehr gewesen, hatte nichts anzuziehen und überhaupt, was zog man eigentlich heutzutage zu einem Ball an? Lang und fließend oder eher kurz und cocktailmäßig? Diese und andere brennende Fragen, die größtenteils mit Schuhen und Accessoires zu tun hatten, hielten uns auf Trab. Denn genau wie ich nicht geradeaus denken konnte, konnte Jennie sich nicht anziehen – etwas, das mir so leicht fiel wie mein Selbstvertrauen zu verlieren. Ihr Mangel an Geschmack verwunderte mich immer wieder.

»Wie wär's damit?«, sagte sie und kam zum x-ten Mal in einem neuen unsäglichen Outfit durch meine Hintertür gestürmt. Diesmal hatte sie sich in eine paillettenbesetzte Scheußlichkeit gequetscht, die mir in Kombination mit den hochhackigen roten Schuhen beinahe den Atem verschlug.

»Beides: nein«, sagte ich bestimmt. »Und auf keinen Fall zusammen. Zu Schwarz kann man nur Schwarz tragen, Jennie. Bring die Schuhe zurück zu Angie und das Kleid zu Peggy. Zu ihr passt so was, weil sie exzentrisch ist und weil es an ihr schlabberig sitzt.«

»Während ich eher wie eine Nutte aussehe?«

Ich zuckte mit den Schultern und es gefiel mir gar nicht schlecht, zur Abwechslung mal die Oberhand über meine bestimmerische Freundin zu haben. Aber dann erbarmte ich mich, lud die Kinder ins Auto und ging mit ihr zum Shopping.

Am Ende trug sie ein graues, fließendes Teil, das ich bei Coast gefunden hatte: bodenlang, vorne hochgeschlossen, dafür hinten tief ausgeschnitten. Sie sah einfach umwerfend darin aus. Genau wie Angie in ihrem schwarzen Samtkleid, das sie aus einer Selfridges-Tüte geschüttelt und mitten in meiner Küche anprobiert hatte, und Peggy in dem Paillettenfummel, den sie Jennie großzügig angeboten hatte, der aber mit schwarzen Pumps und an ihrer mageren Figur hinreißend aussah.

»Wenn du nur auch dabei wärst«, sagten sie alle drei.

»Nein, wirklich, ich möchte nicht«, sagte ich und meinte es ernst. »Das ist nicht unbedingt etwas, wo man alleine hingeht, nicht wahr?«

»Nein, nein«, gaben sie im Chor zurück, dabei taten sowohl Angie als auch Peggy genau das.

»Das ist sowieso nicht so richtig dein Ding, oder?«, tröstete mich Angie.

»Ganz und gar nicht«, pflichtete ich ihr bei und verspürte einen Stich. Warum sollte das nicht mein Ding sein? »Ich fahre zu meinem Dad«, sagte ich rasch, um ihnen die Peinlichkeit zu ersparen. »Den hab ich schon seit einer Ewigkeit nicht mehr gesehen. Ich werde ihm was zum Abendessen kochen.«

»Oh, *gute* Idee«, sagten sie allesamt erleichtert und fühlten sich gleich viel besser. Zufrieden eilten sie davon.

Dad war allerdings keine große Hilfe, als ich beschloss, meinen Worten Taten folgen zu lassen. »Steak und Pommes«, erklärte ich ihm fröhlich, »und dabei schauen wir *Viva Las Vegas*. Ich bringe die Steaks mit.«

»Oh, tut mir leid, Poppy, aber ich gehe zu dem Jagdball.«

»Echt?« Jetzt war ich doch erstaunt.

»Ja, Mark hat mir eine Karte geschickt. Ist das nicht nett von ihm? Nur eine einzelne, aber die kosten hundert Pfund pro Stück, das ist doch total großzügig. Vor allem nach der Geschichte mit dem Hund. Gehst du denn nicht hin, Liebes? Der halbe Landkreis wird da sein.«

»Ja, ich wollte erst – er hat mir auch Karten geschickt – aber ich habe meine an Jennie weitergegeben.«

»Ach, verstehe. Nicht so dein Ding, was? Jedenfalls muss ich jetzt Schluss machen, ich muss noch die Pferde füttern, bevor ich mich in Schale werfe.«

Damit legte er auf und ich blieb irritiert zurück. Und diese Irritation steigerte sich noch, während ich die Kinder ins Bett brachte. Nicht mein Ding? Warum eigentlich nicht? Himmel noch mal, ich konnte doch genauso feiern wie alle anderen! Nur weil Phil und ich es nicht getan hatten – er trank keinen Alkohol und ging gerne früh ins Bett –, bedeutete das noch lange nicht, dass ich es nicht *konnte.* Verdammt, die hätten mich mal sehen sollen, damals in Clapham, wenn ich um drei Uhr früh barfuß, mit den High Heels in der Hand, die Treppe hinaufgeschlichen war. Als ich noch jung war. Aber ich war doch immer noch jung, oder etwa nicht? Wütend zog ich bei Archie den Vorhang zu. Durch den Spalt konnte ich das Licht im Schlafzimmer des alten Pfarrhauses sehen, wo Sylvia und Angus sich sicher gerade fertig machten: Angus beugte sich herab, um seine Fliege im Spiegel gerade zu rücken, während sich Sylvia an ihrem Frisiertisch die Diamantohrringe ansteckte. Wunderbar. Wie schön für sie. Ich schnappte mir den übervollen Windeleimer und marschierte nach unten. Aschenputtel am Feuer – mit einer heftigen Bewegung kippte ich die Windeln in den Müll – im Bademantel und in alten Schlappen. Prächtig.

Ich versuchte mir einzureden, dass ich am nächsten Morgen die besseren Karten haben würde, wenn alle anderen über ihren Kater klagten. Oh ja, das würden sie. Und zwar im Pub. Sie würden lachen und bei Bloody Marys den Abend noch einmal Revue passieren lassen. Hm. Alle würden sie heute

Abend da sein. Mark, Sam – nein, nicht über Sam nachdenken. Ich hatte ihn seit Tagen erfolgreich ausgeblendet; hatte mir verkniffen, ihn mir im eleganten Abendanzug vorzustellen, sogar während ich Jennie dabei half, ein neues Hemd für Dan zu kaufen. Ich würde jetzt nicht klein beigeben. Stattdessen genehmigte ich mir einen großen Gin Tonic, redete mir ein, um neun käme ein guter Film und ich könnte ja vielleicht sogar bis zum Ende wach bleiben. Ein bisschen das Leben genießen.

Es kam daher vollkommen überraschend, als es bereits viel früher, um acht, an meiner Tür klingelte und ich beim Öffnen meinen Vater, einen Mantel über dem Smoking, auf den Stufen stehen sah. Er schien ein wenig verblüfft, mich im Bademantel anzutreffen, denn er musterte mich mit hochgezogenen Augenbrauen von oben bis unten.

»Hast du meine Nachricht nicht gekriegt?«

»Was für eine Nachricht?«

»Ich hab dir auf die Mailbox von deinem Handy gesprochen. Wegen heute Abend. Mark hat angerufen, um zu sagen, dass Mary Granger die Kotzeritis hat und ob ich jemanden mitbringen will. Hast du sie nicht bekommen?«

»Nein!« Ich hätte ihn küssen können. Und schlagen. Typisch Dad, es nicht noch mal zu probieren. Einfach aufzutauchen und davon auszugehen, dass alles klar war.

»Ich kann nicht mitkommen«, sagte ich gereizt. »Ich hab doch die Kinder.«

»Kannst du nicht einen Babysitter holen?«

»Natürlich nicht, dafür ist es viel zu spät.«

»Was ist mit Jennies Tochter nebenan?«

»Die ist mit ihrem Freund unterwegs. Und die Kleinen sind auf einer Übernachtungsparty.«

»Oh.« Er machte ein ratloses Gesicht. Dann: »Und wenn wir sie mitnehmen?«

Normalerweise hätte ein solcher Vorschlag meines Vaters bei mir nur beißenden Spott hervorgerufen. Aber letztlich setzen sich doch die Gene durch und in vielerlei Hinsicht bin ich eben die Tochter meines Vaters und kann im Handumdrehen das entsprechende Verhalten an den Tag legen. Ich starrte ihn an.

»Okay.«

»Gut. Du ziehst dich um, kämmst dir die Haare, und ich trage sie zum Transporter.«

»Zum Transporter?«

»Na ja, das Auto ist doch schon seit Wochen kaputt, Poppy.«

Und da fuhr mein Vater einfach mit seinem Pferdetransporter und parkte das Ding zweifellos, ohne mit der Wimper zu zucken, auf dem Parkplatz vom Supermarkt, als wäre es ein Opel Cresta.

»Wir laden die Kinder in einen dunklen Lastwagen und lassen den dann auf einer matschigen Wiese stehen, wo sie halb erfroren und verängstigt aufwachen?«

»Nein, nein, wir nehmen sie mit ins Haus und finden ein Bett für sie.«

»Wir kommen bei einem festlichen Ball mit zwei schläfrigen Kindern an? Vergiss es, Dad. Viel Spaß.« Ich wollte ihm die Tür vor der Nase zumachen, aber er war bereits drinnen.

»Jetzt mach dir mal nicht ins Hemd, Poppy. Was glaubst du wohl, wie deine Mutter und ich jemals zu Partys gegangen sind? Wir waren nie organisiert genug für einen Babysitter. Wir hatten dich immer unter einen Arm geklemmt. Jetzt geh und zieh dein Kleid an und ich kümmere mich um die Kinder.

Es ist doch nur ein Abend, verdammt noch mal, das wird sie schon nicht umbringen. Alle gehen da hin, willst du die Einzige sein, die nicht dabei ist?«

Er wusste genau, auf welche Knöpfe er bei mir drücken musste. Außerdem war er schon halb die Treppe hinauf.

Zwanzig Minuten später saßen wir alle im Transporter – nur zur Erinnerung, das war der ohne Sicherheitsgurte – und ratterten über das Weidegitter an der Einfahrt zu Mulverton Hall, allerdings bogen wir diesmal unterwegs nicht auf den Weg ab, der in Richtung der Wirtschaftsgebäude und auf eine matschige Weide führte, sondern fuhren weiter zum Haupthaus. Vor uns erstreckte sich wie ein See eine weitläufige dunkelgrüne Rasenfläche. Dad fuhr vorsichtig drum herum und folgte dann den Zeichen zum Parkplatz auf der Koppel daneben, hinter der Einfriedung des Parks. Ich hatte mein altes schwarzes Kleid an und meine hastig gewaschenen Haare hingen noch etwas feucht auf meinem Rücken; zwischen uns auf dem Vordersitz saßen aufrecht und hellwach zwei aufgedrehte, hocherfreute Kinder.

Ich-glaub's-nicht-dass-ich-das-hier-tu-ich-glaub's-nicht-dass-ich-das-hier-tu war mein alles bestimmender Gedanke, während ein überraschter Parkwächter – überrascht zunächst über den Transporter, dann über die Kinder – uns auf die Wiese winkte. Dad winkte fröhlich zurück und kurbelte das Fenster hinunter.

»Hallo, Roy.«

»Hallo, Peter!« Er warf einen Blick zu uns herein. »Hast ja die ganze Familie mitgebracht, wie ich sehe!«

»Na ja, die sollen doch auch ihren Spaß haben«, sagte Dad ungerührt.

Er rollte von Roy weg durch das Tor. Am Ende der Reihe

der parkenden Autos schwenkte er gekonnt seinen Zwei-Tonnen-Brummi in Position. Neben uns hielt ein Mercedes und eine mit Diamanten behängte Frau in einem Fuchspelzmantel starrte verwundert vom Beifahrersitz zu uns empor. Mich verließ schlagartig der Mut.

»Dad …« Ich schluckte.

»Komm schon, Poppy, mach nicht so ein Gesicht, mein Schatz.« Er war bereits aus dem Führerhaus gesprungen und Clemmie rutschte über den Sitz in seine offenen Arme. Er ging ein wenig in die Hocke und stemmte sie dann auf seine Schultern. »Hoch mit dir!«

Aufgeregt schlang sie die Arme um den Hals ihres Großvaters und quietschte vergnügt. Dann knallte er die Fahrertür zu und stapfte davon. Mir blieb natürlich keine andere Wahl, als ihm zu folgen. Mit Archie im Arm stolperte ich über die Wiese und folgte der Phalanx von brennenden Fackeln, welche die Auffahrt säumten und das weitläufige Gelände erhellten. Mein Herz flatterte panisch, aber sobald wir über den Kies knirschten, wusste ich, dass es nun kein Zurück mehr gab. Die honigfarbenen Mauern ragten vor uns in die Höhe und oben erstrahlte eine Reihe Fenster in hellem Licht. Dad tänzelte voraus und spielte den Clown, jetzt hüpfte er von einem Fuß auf den anderen, sodass Clemmie in ihrem rosa Bademantel lachend auf seinen Schultern hin und her hoppelte. Auf wie vielen Festen dieser Art war ich als Kind wohl gewesen?, überlegte ich. Hatte es mir in irgendeiner Weise geschadet? Die Mortimer-Nummer hatte Mum es immer genannt, wenn Dad die ausgetretenen Pfade der Konvention verließ, seinen eigenen Weg ging, was öfter als gelegentlich vorkam. Aber das hier war schon mehr als nur eine Party. An den Fenstern sah man die Umrisse von Leuten in ihren prächtigen Gewändern: nackte Schultern, glitzernde Juwelen, der ein oder andere drehte sich um und glotzte neugierig zu uns her. Ich betete, dass Dad nicht mit Clemmie die herrschaftliche, von steinernen Greifen bewachte Eingangstreppe hinaufspringen wollte und durch das Eingangsportal stürmen, wo Diener mit Tabletts voller Champagnergläser standen. Aber mein Vater war ja wirklich nicht blöd, und ehe ich mich's versah, war er um die Ecke verschwunden. Verlegen eilte ich hinter ihm her und kam mir wie ein Einbrecher vor, aber Dad, der sich auf solchen alten Landsitzen auskannte – oder zumindest den Weg zu den Stallungen und zu einer Tasse Tee kannte –, ließ sich nicht beirren. In Windeseile hatte er eine Hintertür gefunden, die sich öffnen ließ, sodass er direkt hindurchmarschieren konnte.

Er ging absichtlich so schnell, dass ich ihn nicht einholen und zurückhalten konnte, und während ich ihm atemlos mit Archie in meinen Armen folgte, war er schon den halben Korridor entlanggelaufen. Gerahmte Bögen aus alten Ausgaben von *Punch* schmückten die Wände und kurz vor einer grünen Dienstbotentür bog Dad nach links in einen hell erleuchteten Raum ab, wobei er munter vor sich hin pfiff.

Ich folgte ihm zaghaft und fand mich in einer großen, in die Jahre gekommenen Küche mit einer sehr hohen Decke wieder. Cremefarbene Resopal-Hängeschränke mit verglasten Türen hingen an der einen Wand, auf dem Boden war Linoleum verlegt, fast wie bei meinem Dad, der einzige Hinweis auf den Status dieses Hauses war ein gigantischer Eichentisch, der in der Mitte thronte. Eine gut gepolsterte blonde Frau in einer weißen Schürze stand mit dem Rücken zu uns an der Spüle unter dem Fenster. Als sie sich überrascht umdrehte, erkannte ich sie sogleich. Es war Janice, die Rezeptionistin, vermutlich konnte sie mich so ohne jeden Kontext nicht gleich unterbringen und sie bekam ohnehin keine Chance dazu. Dad verlangte bereits ihre volle Aufmerksamkeit: Er umgarnte sie, flirtete geradezu mit ihr, erklärte, der Babysitter hätte uns im Stich gelassen, wackelte mit Clemmie, sodass sie am Ende der Geschichte, der sie mit großen Augen gefolgt war, ein strahlendes Lächeln zeigte und ihm versicherte, es sei überhaupt kein Problem und sie würde liebend gerne auf die Kleinen aufpassen. Sie würde sie im ehemaligen Kinderzimmer unterbringen, meinte sie, und ja, sie würde das Babyphon einstöpseln, das ich ihr nervös entgegenstreckte.

»Oh, hallo, ich dachte doch, dass wir uns kennen.« Begeistert strahlte sie Archie an.

Nein, wir sollten uns überhaupt keine Sorgen machen, fuhr sie fort. Wir sollten nur gehen und uns amüsieren. Anscheinend kannte sie meinen Dad von der Rennbahn her – wer kannte ihn nicht? War das in Warwick gewesen? Oder in Windsor? Nein, nein, Mr Hetherington hatte gewiss nichts dagegen, versicherte sie mir, als ich ihre Rennbahngeschichten unterbrach, um die Unterhaltung wieder auf die praktischeren Angelegenheiten zu richten. Aber sie redeten und redeten und dann, als sie sich gerade in Erinnerungen an das legendäre Rennen um halb sechs in Haydock letzten Sommer ergingen, bei dem Ransom Boy, ein krasser Außenseiter bei 100 zu 1, um eine Kopfeslänge gewonnen hatte, just in diesem Augenblick kam Mr Hetherington höchstpersönlich in einem flaschengrünen Frack samt Fliege, wahrscheinlich eine Jagduniform, in die Küche gestürmt.

Und er sah ganz und gar nicht begeistert aus, vielmehr wirkte er ziemlich düster. Aber es waren nicht die hochgezogenen Augenbrauen in seiner wütenden Miene, die mich beunruhigten. Was mich beunruhigte, war die Art, in der sich mein Magen zusammenkrampfte. Die Pulverisierung meines Brustkorbs durch etwas, das sich wie Nadeln anfühlte. Es war die schreckliche Ahnung, wie er so schneidig und in all seiner Pracht vor uns stand, dass das hier nicht nur eine unangemessene Schwärmerei war. Nein, es war etwas viel Ernsteres.

# 30

Es entstand ein kurzer, verblüffter Augenblick des Schweigens.

»Hallo Sam«, stieß ich mühsam hervor und rang mir ein Lächeln ab, während er mich anstarrte und diese exzentrische kleine Gesellschaft in sich aufnahm: diese Frau, die mit nassen Haaren als ungebetener Gast hier hereinplatzte mit ihrem alten Herrn und den Kindern in Schlafanzügen. Ich stotterte drauflos: »Äh, mein Vater hat mich eingeladen und ...«

»Und der Babysitter hat sie sitzengelassen«, schwindelte Dad und trat mit ausgestreckter Hand einen Schritt nach vorn. »Kaum zu glauben, wirklich! Im allerletzten Augenblick. Angeblich eine Blasenentzündung. Bitte tausend Mal um Entschuldigung, dass wir hier so mit der gesamten Familie hereinplatzen, aber wir hatten uns so auf den Abend gefreut. Peter Mortimer, der Vater von Poppy.«

»Sam Hetherington«, sagte Sam, der noch immer ziemlich verdattert dreinschaute und immer noch, aus unerfindlichen Gründen, selbst als er meinem Dad die Hand schüttelte, mich ansah.

»Janice hier hat uns versichert, die Kinder würden überhaupt keine Umstände machen. Sie sind aber auch unheimlich brav, wissen Sie, die weinen nie«, fuhr Dad fort. »Ich bitte dennoch um Verzeihung, das ist eine ziemliche Invasion.«

Sams Blick wanderte zu meinem Vater zurück. »Entschuldigung, was sagten Sie ...?«

»Das ist eine ziemliche Zumutung, ich weiß, aber uns ist einfach kein anderer Ausweg eingefallen.«

Sam fasste sich. »Oh, ach so. Auf jeden Fall. Nein, überhaupt nicht. Spielt gar keine Rolle. Ja, also, Janice, was schlägst du vor?« Er machte rasch auf dem Absatz kehrt und fuhr sich mit der Hand durch die Haare. »Könnten die Kinder vielleicht ins blaue Gästezimmer gehen, was meinst du?«

»Ich dachte eher an das alte Kinderzimmer. Das liegt näher an der Hintertreppe, so kann ich sie besser hören. Einverstanden, meine Kleine?« Dad hatte Clemmie von seinen Schultern gehoben und Janice ging zu ihr und nahm sie an die Hand.

»Meine Enkelkinder«, sagte mein Vater stolz und legte jedem der Kinder eine Hand auf die Schulter, als wären sie die Ehrengäste. Ich wand mich. Übertreib's nicht, Dad. Aber Sam spielte das Spiel mit.

»Es ist mir ein Vergnügen, euch beide hier zu begrüßen«, erklärte er Clemmie lächelnd.

Meine Tochter, durch und durch eine Mortimer, streckte die Hand aus, wie sie es bei ihrem Großvater gesehen hatte, und sagte feierlich: »Clementine Shilling.«

Sam ergriff hocherfreut ihre Hand und wir lachten alle. Ich hätte sie küssen können. »Guten Abend, Clementine. Ich hoffe, es wird dir hier gefallen.«

»Du kannst Clemmie zu mir sagen.«

Danach war alles ganz einfach, weil, wie Dad zu sagen pflegte, immer alles ganz einfach ist, wenn man das Getriebe mit einem Tröpfchen Humor und einem Schuss Charme ölt, oder wie in diesem Fall gleich mit ganzen Wagenladungen von beidem. Er und Sam unterhielten sich über Jagdrennen und Pferdeausstellungen, während Sam neues Eis holte – weswegen er ursprünglich gekommen war, da die Caterer, wie er erklärte, nicht genug mitgebracht hatten – was vielleicht seine düstere Miene erklärte, vielleicht aber auch nicht. Sie hatte sich jedenfalls deutlich aufgehellt. Und als er feststellte, dass er vor Jahren sogar schon einmal ein Pferd von meinem Dad gekauft hatte – und auch noch ein gutes, Gott sei Dank –, da hellte sie sich sogar noch weiter auf.

»Also dann, Poppy, wie schön«, wandte er sich mir zu, sein Gesicht jetzt ein einziges Lächeln. Aber ich fragte mich, ob es nicht seine kostspielige Erziehung war, die derartige Manieren hervorgebracht hatte. »Und dann sehen wir uns gleich, hoffe ich. Es ist übrigens rappelvoll da draußen, ich hoffe, Sie haben nichts gegen ein bisschen Gedränge, obwohl mir wohlinformierte Quellen versichern, das sei nicht Gedränge, sondern Stimmung.« Er schenkte mir noch ein strahlendes Lächeln. »Aber ich muss jetzt wirklich los, die Leute stehen rum mit warmen Drinks.« Und schon zog er mit einer Großpackung Eiswürfel los und sah dabei göttlich aus, dachte ich, während ich seinem breiten Rücken hinterherschaute.

Ich folgte Janice mit den Kindern den Flur entlang und die Hintertreppe hinauf. Unsere Schritte klapperten auf dem blanken Holz. Clemmie war hellwach und plapperte angeregt drauflos. Sie genoss ihren Status als Gast ungemein. Ihr Bruder gefiel sich auch zunehmend in dieser Rolle und sang, buchstäblich, für sein Abendessen, indem er in voller Lautstärke »Baa-baa Black Sheep« sang und im Rhythmus in meinen Armen schaukelte. Für die beiden war die Party in vollem Gange und mir wurde mit sinkendem Mut klar, dass ich sie jetzt nie zum Einschlafen kriegen würde. Ich hätte ebenso gut gar nicht erst zu kommen brauchen. Aber Janice war der Hit, selbst bei Archie, der sehr wählerisch ist. Als wir in dem

Kinderzimmer ankamen, setzte sie sich aufs Bett und zeigte auf die verblasste Bordüre mit Bauernhoftieren an den Wänden und fragte Archie, wie diese Tiere machten. Es war offensichtlich, dass dies hier wirklich ein Kinderzimmer war, wenn auch ein altes.

»War das früher mal Sams Zimmer?«, fragte ich überrascht über Archies ohrenbetäubendes »Muh!« hinweg.

»Gut gemacht«, sagte sie zu ihm, bevor sie sich mir zuwandte. »War es mal und die Pächter haben das Zimmer nicht benutzt und sich deswegen auch nicht die Mühe gemacht, es zu streichen. Haben sowieso nicht viel gemacht, wie Sie sehen werden. Nun ja, das Haus gehörte schließlich nicht ihnen, da lohnt sich die Investition nicht. Und Sam kommt gar nicht dazu, der hat ganz andere Sorgen mit dem Dach, das einzustürzen droht und so weiter. Also dann, junger Mann«, gab sie sich wieder mit Archie ab und deckte ihn zu. Sogleich strampelte er sich wieder frei und lachte dabei aus vollem Halse. Mein Sohn amüsierte sich prächtig.

»Und Sie, arbeiten Sie schon lange hier?«, fragte ich weiter. Sei mal kurz still, Archie. Ich setzte mich neben Janice aufs Bett. »Haben Sie auch schon für Sams Eltern gearbeitet?« Jedes Detail, und sei es noch so klein, half mir weiter.

»Insgesamt sind es dreißig Jahre«, sagte sie und kitzelte Archie am Hals. Er quiekte wie ein kleines Ferkel und drückte das Kinn auf die Brust. »Und als mein Stan noch gelebt hat, waren wir Haushälterin und Gärtner für die Familie. Sehr nette Leute. Tja, sie ist jung gestorben, wissen Sie? Krebs. Und er ist auch nicht alt geworden. Ich sage immer, er ist an gebrochenem Herzen gestorben. Wir haben im Cottage gewohnt, Stan und ich. Aber das ist schon lange verkauft, wegen der Erbschaftssteuer und so. Ich wohne jetzt im Dorf. Ich habe auch für die Pächter gearbeitet. Nette Leute waren das. Nur saubermachen und ein bisschen Silber putzen, ansonsten hatten sie immer Au-pair-Mädchen. Und die meiste Zeit waren sie sowieso in London. Und mehr mache ich jetzt auch nicht für Sam, ein bisschen putzen, weil ich tagsüber natürlich in seinem Büro bin und für ihn tippe. Hab ich mir übrigens selbst beigebracht vor einer Weile, als er dort mehr Hilfe brauchte als hier. Aber nur vier Tage die Woche. Freitags bin ich immer hier, um den Laden am Laufen zu halten. Mädchen für alles, das bin ich.« Sie grinste, als Archie die Arme vertrauensvoll um ihren Hals schlang. »Tja, sonst würde er ja gar nicht zurechtkommen und er hat niemanden. Es gab aber Zeiten, da hatten wir Gärtner und Stalljungen und ein Mädchen aus dem Dorf und was sonst noch alles, aber das ist vorbei.« Ich bemerkte, dass die Wand hinter ihrem Kopf von Rissen übersät war, der Teppich unter unseren Füßen war abgewetzt. Die Zeiten waren sichtlich schwieriger geworden.

»Und kann man gut für ihn arbeiten?«

Sie hörte auf, in Archies Ohr zu pusten, wandte sich mir zu, wobei sie das Kinn hob und mich geradeheraus anblickte. »Es gibt keinen besseren Mann als ihn.«

Diese Bemerkung klang so nach 18. Jahrhundert und noch dazu hatte ich ihn eben erst in einem entsprechend altmodischen Aufzug gesehen. Warum konnte sie nicht in dieser Sprache bleiben, ihn aber als Kanaille bezeichnen? Als Spitzbuben? Ich spürte, wie etwas in mir, das ich sorgfältig aufgebaut hatte, ein wenig zu wanken begann.

»Das heißt, Sie waren auch hier, als er Hope geheiratet hat?«, bohrte ich neugierig nach.

»Allerdings«, kam die eher knappe Antwort.

»Und ... es muss doch irgendwie komisch für ihn sein,

glauben Sie nicht? Dass sie jetzt wieder hier ist mit ihrem neuen Mann?« Ich errötete angesichts meiner unverhohlenen Neugier.

Sie taxierte mich mit einem Blick. »Ich weiß nicht, wie er es macht. Aber er hängt so an Chad, der ein netter Junge ist, und fühlt so mit ihm. Deswegen sind sie hier, denke ich.«

Das ergab für mich keinen rechten Sinn, aber noch während ich überlegte und versuchte, eine andere Frage zu formulieren, die natürlich nicht in Form von »Und, liebt er sie noch immer?« daherkommen konnte, stand Janice auf. Sie nahm mich beim Arm, ziemlich energisch sogar, führte mich zur Tür und sagte mir, ich solle jetzt gehen und mich amüsieren, sie werde sich um die Kinder kümmern. Sie denke da an eine Runde »Ich sehe was, was du nicht siehst« und dann eine Geschichte? Und vielleicht noch ein bisschen warme Milch? Clemmie und Archie stimmten begeistert zu und hüpften mit strahlenden Augen in ihren Betten herum. Sie erweckten ganz den Eindruck, als wäre mindestens Weihnachten und es täte ihnen ganz und gar nicht leid, ihre Mutter gehen zu sehen, die bestimmt gleich das Licht ausgemacht hätte.

Und so ging ich nachdenklich nach unten in meinem alten schwarzen Kleid, dann durch den Flur, folgte dem Lärm auf die Vorderseite des Hauses zur Eingangshalle, wo wir eigentlich hätten ankommen sollen, und als ich um die Ecke bog und unter einem Bogen hindurchging, lag sie vor mir und war genauso, wie ich sie mir vorgestellt hatte.

Eine große, geschwungene Treppe wand sich majestätisch hinunter in eine Halle mit schwarz-weißem Kalksteinboden, zwei Marmorsäulen stützten eine Galerie an einem Ende und eine Reihe von hochnäsigen Ahnen blickte stirnrunzelnd von den Wänden. Die Halle war voller Leute, es waren so viele, dass einige von ihnen halb die Treppe hinauf standen. Alle schienen sich bestens zu amüsieren und redeten laut durcheinander, übertönten sich gegenseitig, während der Champagner in Strömen floss. Viele kannte ich, aber sie sahen in Samt und Seide und behängt mit kostbarem Schmuck, die Männer elegant im Smoking, so elegant und fremd aus, dass ich den einen oder anderen erst auf den zweiten Blick erkannte. Ich ließ alles einen Augenblick auf mich wirken und freute mich unglaublich, dass ich hier war. Wir waren offensichtlich sehr spät dran und es schien eine generelle Bewegung in Richtung des Speisezimmers zu geben. Ich war mir nicht so sicher, ob ich da alleine hineingehen wollte, und ließ meine Blicke auf der Suche nach Dad umherschweifen. Anstelle meines Vaters fand ich Jennie, die in ihrer grauen Seide, die dunklen Locken professionell in sanften Wellen aus dem Gesicht gekämmt, vom Fuße der Treppe her auf mich zugeeilt kam. Mit großen Augen und konsterniertem Blick drängte sie sich durch die Masse.

»Ich dachte, du würdest nicht kommen!«

»Nein, wollte ich auch nicht, aber dann hatte Dad noch eine Karte übrig und ich dachte: Ach, was soll's? Du wirst es nicht glauben, Jennie, die Kinder sind oben bei der Haushälterin. Dad hat das mal wieder ganz locker hingekriegt. Ist das nicht typisch Mortimer?«

Normalerweise hätte sie sich köstlich darüber amüsiert, aber aus irgendeinem Grund tat sie das jetzt nicht. Nervös sagte sie: »Da ist Angie. Komm, wir gehen hin und sagen hallo.«

Sie packte mich am Arm, drehte mich um und wollte mich schon durch den überfüllten Raum führen. Doch sie tat das derart nachdrücklich und energisch, dass ich mich nun erst recht umdrehte und über meine Schulter blickte: die linke Schulter.

Pete stand, den Rücken zu mir, auf der Treppe. Eine Hand lag über seinem Kopf am Geländer, die andere hatte er in die Hüfte gestützt. Er beugte sich vor, redete vertraulich mit jemandem. Ich reckte den Hals. Mit der heiligen Hilda. Ich schüttelte Jennie ab. Sah genauer hin. Körpersprache ist faszinierend und diese hier war eindeutig. Die Art, wie er sich über sie beugte, ihr ins Ohr flüsterte, die Art, wie sie den Kopf zurückwarf und lachte, die Wangen gerötet. Sie trug ein mitternachtsblaues schulterfreies Kleid, das viel Dekolleté zeigte und alles andere als heilig aussah. Plötzlich bemerkte sie mich über seine Schulter hinweg. Sie wirkte überrascht, doch dann huschte ein triumphierender Ausdruck über ihr Gesicht. Einen Augenblick später wandte Pete sich um und folgte ihrem Blick. Er erschrak sichtlich. Ich ging zu den beiden hinüber.

»Hallo, Pete. Hallo, Hilda.«

»Oh, äh, hi, Poppy.« Pete strich sich nervös die blonde Mähne zurück und richtete sich auf. »Hatte gar nicht damit gerechnet, dich hier zu sehen.«

»Warum denn nicht?«

»Na ja, ich dachte, das wäre nicht so …«

»Oh, das hier ist durchaus mein Ding. Danke übrigens für die Blumen. Tut mir leid, dass ich neulich Abend nicht zu dir zum Abendessen kommen konnte. Ich hoffe, du hast jemanden als Ersatz gefunden, um all die leckeren Krabben zu essen?«

Hilda machte ein entsetztes Gesicht. Aha, ertappt. Wie interessant. Normalerweise war ich nicht so zickig, aber es fühlte sich überraschend gut an. Hildas Miene verfinsterte sich. Ich bedachte sie mit einem lieblichen Lächeln. Jetzt kannst du dir selbst eine Meinung bilden, nicht wahr? Es ist immer besser, informiert zu sein. Ich wandte mich an Pete, der aussah wie ein kleiner Junge, den man mit der Hand in der Süßigkeitendose ertappt hatte – oder mit heruntergelassenen Hosen. Aber seltsam, während ich ihn so ansah, wie er da stand und verlegen zu Boden blickte, wurde mir klar, dass ich keine weiteren bissigen Bemerkungen folgen lassen würde. Ich wollte ihn nicht noch mehr bloßstellen. Irgendwie bewunderte ich ihn sogar für seine Chuzpe. Vielleicht weil ich keine allzu nahe Bekanntschaft damit machen musste?

Ich ließ ihn ein Weilchen zappeln und lächelte dann schief. »*Bonne chance,* Pete«, sagte ich leise und merkte, dass ich es durchaus ernst meinte. Sein Blick suchte sofort den meinen und wir verständigten uns schweigend für einen Moment.

Er grinste. »Ja und dir auch, Poppy.«

Ich machte kehrt und ging davon. Mein Herz klopfte ein wenig, aber ich war nicht allzu sehr aus dem Konzept gebracht. Allerdings hätte ich nichts dagegen gehabt, rasch jemanden zu finden, mit dem ich mich unterhalten konnte. Jennie war verschwunden, aber zum Glück entdeckte ich Peggy in ihren schwarzen Pailletten neben dem Kamin. Sie schien in ein Gespräch mit Sylvia vertieft, hatte aber unsere kleine Szene genau verfolgt.

»Sylvia hat mir gerade erzählt«, meinte sie leise zu mir, als ich näher kam, »dass der Klavierlehrer vielleicht nicht ganz der ist, als der er erscheint.«

»Er hat gesagt, er würde meiner Enkelin Aramita Unterricht geben«, sagte Sylvia erbost. »Ich habe es ihr zum Geburtstag geschenkt und natürlich hatte ich nicht daran gedacht, ihn auf einen Preis festzulegen. Tja, meine Liebe, ich habe jetzt gerade eine Rechnung über hundertfünfzig Pfund für drei Unterrichtsstunden erhalten! Nicht zu fassen!«

»Ja, das kann ich mir vorstellen«, murmelte ich.

»Fünfzig Pfund pro Stunde! Für wen hält der sich? Elton John?«

»Andere sexuelle Orientierung«, sagte Peggy gerade, als Jennie aufgelöst zu uns stieß. »Und nicht annähernd so talentiert.«

»Tut mir leid, Poppy. Das hab ich verbockt«, murmelte Jennie.

»Kein Problem«, beruhigte ich sie. »Für meinen Geschmack ist er ohnehin ein bisschen zu grau.« Jennie zuckte zusammen, ich konnte förmlich sehen, wie sie sich schwor, mich nie wieder darüber zu belehren, dass das Leben nicht nur schwarz und weiß war.

»Grau?« Sylvia linste über den Rand ihrer Brille. »Nein, er sieht nicht grau aus. Aber er ist offensichtlich ein Abzocker. Lass bloß die Finger von dem, Poppy. Wir wollen doch nicht, dass du wieder so einen grässlichen Fehler machst.«

Das verschlug mir jetzt doch die Sprache. War ich öffentliches Eigentum? Mein Leben wurde selbst im alten Pfarrhaus besprochen? Beim Frühstück über dem Marmeladebrot? Plötzlich erschien mir London mit seiner Anonymität sehr reizvoll. Der Stadtteil Clapham vielleicht, wo ich viele glückliche Jahre verbracht hatte. Als ich mich in meinen Champagner vertiefte, stand Dad plötzlich neben mir.

»Alles okay, mein Schatz? Die Kinder im Bett?«

»Ja, danke, Dad.«

»Bist du froh, dass du mitgekommen bist?« Er streckte die Brust heraus und schien sehr mit sich zufrieden. »Und unser Gastgeber hat das doch ganz locker gesehen. Ein netter Mann, hab mich lange mit ihm unterhalten«, er wandte sich um und nickte in Sams Richtung.

Die Eingangshalle leerte sich langsam, da die Leute zum

Essen hinübergingen, und ich sah ihn drüben an einem der hohen Fenster stehen, das von uralten Gobelin-Vorhängen umrahmt war, im Gespräch mit Hope. Auf ähnliche Weise, wie Pete mit der heiligen Hilda gesprochen hatte. Konzentriert beugte er sich über sie, aber nicht flirtend, eher beschützend. Sie hatte den Blick auf den Boden gerichtet und war sehr schön in ihrer langen weißen Tunika. Sie errötete. Er redete weiter sanft auf sie ein. Die Körpersprache eines verliebten Mannes. Die ich jetzt schon Stereo gesehen hatte.

Die Welle von Eifersucht, die mich durchflutete, warf mich fast um. Augenblicklich wurde mir klar, warum es mir so wichtig gewesen war, hierher zu kommen, aus welchem Grund ich mit nassen Haaren und nicht zueinander passenden Kniestrümpfen in einen schmuddeligen Laster gestiegen war. Pete mit Hilda zu sehen, hatte mich irritiert. Sam mit Hope zu sehen, löste Verzweiflung in mir aus. Plötzlich fühlte ich mich unendlich einsam.

Ich hatte Sam Hetherington aus meinen Gedanken verbannt, hatte ihn in eine Kiste mit schweren Schlössern gesteckt, die ich nur von Zeit zu Zeit öffnete, wenn ich wusste, dass ich es verkraften konnte. Ich hatte mich selbst davor behütet, mich in ihn zu verlieben. Jetzt war er herausgeplatzt wie ein Kastenteufel und wirkte nur umso liebenswerter, wie er da seine Verletzlichkeit zeigte, seine Seele für alle sichtbar offenlegte. Drüben an der Tür zum Speisezimmer sah ich Chad stehen, der die Szene mit gehetztem Blick beobachtete. Mir stockte der Atem. Schnell wandte ich mich ab und meinem Vater zu.

»Ja, bin ich.«

»Was denn, mein Schatz?«

Er hatte seine Frage vergessen, so lange hatte ich für die Antwort gebraucht.

»Ich bin wirklich froh, dass ich mitgekommen bin. Es wird Zeit, dass ich mir mal über ein paar Dinge klar werde.«

Und damit nahm ich meinen Vater am Arm und zog ihn mit ins Speisezimmer zum Essen.

Ein Meer von runden, mit weißen Tüchern und Blumengestecken geschmückten Tischen, die von kleinen, goldenen Stühlen umgeben waren, standen dicht an dicht in den Raum gequetscht, der zwar groß, aber doch nicht zur Abfütterung von zweihundert Menschen gedacht war. Eine Sitzordnung hing an einer Pinnwand an einer der Türen. Während um mich herum der Lärmpegel dramatisch anstieg, suchte und fand ich meinen Platz. Natürlich war ich an diesem Abend Mary Granger und hatte daher natürlich einen tauben Achtzigjährigen auf der einen und Schmuddelbob auf der anderen Seite, der sich wie ein Schneekönig über sein Los freute, während ich nur dachte: *Beam me up, Scotty.*

Bob verbrachte den ersten Gang damit, mir zu erklären, wie patent er war: Er konnte Regale aufhängen, Wasserleitungen reparieren und sogar kochen. Letztes Jahr hatte er das gesamte Weihnachtsessen für sich und seine Tante gekocht. Ich nickte und lächelte höflich, während ich die ganze Zeit das Gefühl hatte, als müsste ich Wassermassen von meinem überquellenden Herzen abwehren. Ich entkam ihm während des Hauptgangs und lieferte mir mit dem alten Mann zu meiner Linken eine Brüll-Schlacht, während der eine Hand hinters Ohr legte und schrie: *»Was? Was?«* Dann wandte ich mich wieder ab und Bob machte mir einen Heiratsantrag. Fragte, ob ich ihn am Valentinstag heiraten wollte, das war ein Samstag, das hatte er schon überprüft. Er meinte, wir könnten erst mal bei ihm wohnen, bis wir etwas Größeres gefunden hätten. Und er mochte Kinder gern. Er drückte meinen Oberschenkel und ich schlug ihm auf die Hand. Während des Nachtischs legte er wieder die Hand auf meinen Oberschenkel und ich stand auf. Einige Leute drehten sich nach uns um. Ich setzte mich wieder und mir war klar, dass mein Gesicht glühte. Dann warnte ich ihn mit deutlichen Worten, sagte, dass ich ihm beim nächsten Mal eine kleben würde. Bob machte ein erstauntes Gesicht. Er fragte sich ganz offensichtlich, warum ich einen Mann schlagen wollte, der nun wirklich meine letzte und einzige Hoffnung war. Alles, was für Poppy Shilling noch auf dem Männermarkt übrig war.

Aus leicht ersichtlichen Gründen trank ich während des Essens eine ganz Menge Wein, und selbst mir fiel auf, dass ich mehr als gut getankt hatte, als ich etwas später in Richtung der Tanzfläche schwankte. Ich hatte mir Zeit gelassen und am Tisch gewartet, bis die meisten schon rübergegangen waren, einschließlich Sam und Hope, wie ich bemerkte. Schließlich folgte ich der Menge mit einem weiteren Glas in der Hand. In dem kleinen, dunklen Raum mit abgewetzten, ledergebundenen Büchern an den Wänden, vermutlich die Bibliothek, pulsierten der dröhnende Bass und die Lichtblitze des Stroboskops über dichtgedrängte, taumelnde Körper. Im aufblitzenden Licht sah ich Chad am Rande der Tanzfläche stehen. Er wirkte noch immer mitgenommen. Ich blickte in die andere Richtung, wo ich erwartete, Hope mit Sam tanzen zu sehen. Sie tanzte auch wirklich mit jemandem, aber es war ein blonder Typ. Ich konnte nur seinen Rücken sehen. Und es war keine enge Nummer, sie warf sich eher mit sexy Bewegungen herum, mit verstärkter Beckentätigkeit. Ich überlegte gerade, ob ich hingehen und mit Chad reden sollte, als ich eine Stimme an meinem Ohr hörte.

»Hallo, Poppy.«

Ich drehte mich um. Ein ungemein attraktiver älterer Mann mit silbergrauen Haaren über einer hohen Stirn und einem Glitzern in den blauen Augen lächelte auf mich herab. Er hielt mich am Arm fest, als ich gegen ihn zu kippen drohte »Tom! Hallo!«

»Alles okay mit dir?«

»Ja, danke.« Ich lächelte ihn an, während er mich stabilisierte. Ich freute mich maßlos, ihn zu sehen. »Ich hatte schon gehört, dass du kommst. Ziemlich gewagt, hier auf Angies Terrain, findest du nicht?« Alkohol löste in der Tat die Zunge.

Er lachte. »Möglich, aber jemand hat mir eine Karte geschickt und Peggy und die Mädels meinten, ich soll es wagen.«

»Die Mädels?«

»Clarissa und Felicity.«

Seine Töchter. Ich sah sie auf der anderen Seite des Raumes, von wo aus sie ihm wild gestikulierend Zeichen gaben.

»Ich glaube, du sollst ihre Mutter zum Tanzen auffordern.«

»Ich weiß«, sagte er und ich hatte Tom, den Charmeur, noch niemals nervös gesehen. Er fuhr sich mit der Hand über die Stirn. »Wird sie mir ins Gesicht lachen? Sie hat mir vor ein paar Tagen eine ermutigende Nachricht auf dem AB hinterlassen, aber ich bin ziemlich sicher, dass sie da nicht ganz nüchtern war und dass es ihr später leidgetan hat, deswegen habe ich nicht zurückgerufen. Ist sie noch immer wütend auf mich? Riskiere ich ein blaues Auge? Was meinst du?«

»Es gibt nur eine Art, das herauszufinden.«

Angie sah an diesem Abend wirklich hinreißend aus. Brillanten glitzerten an ihrem Hals und bis auf ihr schwarzes Samtkleid hinunter wie eine Handvoll Sterne am Nachthimmel. Ihre rotgoldenen Haare waren in losen Locken auf ihren Kopf getürmt. Sie stand auf der anderen Seite des Raumes und redete mit Jennie und mit … oh, Himmel, Simon. Natürlich war er ohne Emma hier, die den Gerüchten zufolge entweder bereits als Gast Ihrer Majestät einsaß oder dies bald tun würde. Ich sah, wie Tom seine Fliege zurechtrückte und hinüberging. Angie lächelte und sagte erwartungsgemäß und den Anweisungen ihrer Töchter Folge leistend ja. Ich erhaschte einen Blick auf Clarissa, die erleichtert lächelte. Was natürlich Jennie und Simon alleine übrigließ. Doch noch bevor Simon überhaupt einen Gedanken an alte Zeiten verschwenden konnte, kam Dan auch schon herbeigeschlendert. Er sah ausgesprochen gut aus in seinem Dinner-Jacket, das ich noch nie zuvor an ihm gesehen hatte. Still nahm er seine Frau am Arm und mit einem höflichen »Verzeihung« in Simons Richtung steuerte er sie zielsicher auf die Tanzfläche. Jennie sah zauberhaft aus in ihrem silbergrauen Kleid und ich seufzte. Wenn die Männer nur wüssten, wie einfach wir Frauen eigentlich waren, dachte ich. Alles, was wir wollten, war ein bisschen ritterliches Verhalten uns gegenüber und dass man uns das Gefühl gab, etwas Besonderes zu sein. Der Weg der Vergebung würde bei Angie und Tom natürlich etwas länger sein, überlegte ich und drehte mich nach den beiden um. Sie tanzten, nicht zu eng, aber es war gewiss ein Anfang. Und da man immer irgendwo anfangen muss, war ein öffentliches Zur-Schau-Stellen von Zuneigung vor allen Freunden und Nachbarn eine gute Idee. Ich sah, dass einige Leute sie bemerkt hatten und Angie erfreute Blicke zuwarfen.

Das Fest nahm schwungvoll seinen Lauf. Eine Band ersetzte die Disco und es gab eine offene Bar, eine hervorragende Idee, wenn man mich fragte, und ich bediente mich regelmäßig daran. Ich tanzte kurz mit Felicity und Clarissa, die sich aus unerfindlichen Gründen über mich kaputtlachten. Frankie und Hugo waren dem Fest ganz diplomatisch ferngeblieben, sodass Clarissa den Abend unbeschwert genießen konnte. Sie und ihre Schwester waren aber sehr süß mit mir und fanden einen Platz an der Wand, wo ich mich hinsetzen konnte, nachdem ich zu *Brown Sugar* mehr oder weniger die Tanzfläche geräumt hatte. Und so fühlte ich mich ganz wie eine alte Herzogin aus einem Roman von Jane Austen. Sie fragten mich immer wieder ziemlich besorgt, ob ich ein Glas Wasser haben wollte oder an die frische Luft gehen. Ich schlug beides aus.

Es war schon spät und ein paar Mädchen, die wie Zimmermädchen gekleidet waren, trugen Tabletts herum, die sie hoch über ihren Köpfen hielten und auf denen kleine blaue Gläser standen.

»Die sind tödlich«, warnte Peggy mich, die, meinen Vater im Schlepptau, auf dem Weg zur Tanzfläche war. Sie seufzte, als ich es hinunterkippte. Mein Gott, war das köstlich. Ich schnappte mir noch eines von einem vorbeikommenden Tablett und kippte auch das. Dann ging ich zur Toilette. Zweimal sogar. Dann beschäftigte ich mich mit dem unglaublich interessanten Riemen meiner Handtasche. Alle tanzten. Im Speisesaal befand sich buchstäblich nur noch eine Handvoll Leute – ich stand auf, um den Kopf durch die Tür zu stecken. Ein paar Leute – darunter auch Bob, der, oh Gott, direkt auf mich zukam. Ich machte kehrt und floh. Eilte zur Bibliothek zurück, um ihn abzuhängen, und drängelte mich dort auf die Tanzfläche.

»'tschuldigung, tut mir leid.« Ich tat, als würde ich nach jemandem suchen. Es herrschte drangvolle Enge. Würde irgendjemand bemerken, dass ich nicht wirklich mit jemandem tanzte? Vielleicht sollte ich mit Bob tanzen? Dann hätte ich wenigstens einen Partner. Ich machte kehrt und sah, wie er Yvonne aus dem Laden auf die Tanzfläche führte. Okay. Super. Yvonne hatte einen Damenbart.

Unsäglich betrunken schwankte ich dennoch zur Musik hin und her, doch die Handtasche über meiner Schulter stieß ständig gegen andere Leute, die beim ersten Mal noch amüsiert dreinblickten, beim zweiten Mal aber schon nicht mehr. Deswegen legte ich sie auf den Boden. Ah, ja, jetzt kapierte ich, was es damit auf sich hatte, warum Frauen das taten. Man konnte auf seine Tasche schauen, um seine Tasche herum tanzen, so tun, als wäre man in seine Tasche verliebt ... So etwas ... Ich schwankte, riss die Arme in die Höhe – »Youuuuu mye-eye, brown-eyed – uuups!«

Ein Mann hielt mich fest und sagte verärgert: »Herrgott noch mal!« Aber ich war nicht hingefallen, nur gestolpert. Plötzlich packte er mich bei den Schultern und ich drehte mich verärgert um.

»Hören Sie mal, ich tanze hier nur, okay?«, blaffte ich. Aber es war gar nicht derselbe Mann. Es war Sam. Und ich war in seinen Armen. Er tanzte mit mir. Sam Hetherington tanzte mit mir und nicht nur so ein Rumgehopse, nein, das war richtiger Engtanz. Ganz nah an seiner Brust. Ich war im siebten Himmel.

»Sam!«, rief ich ihm begeistert ins linke Ohr.

»Alles in Ordnung?«

»Perfekt!« Mein Atem ging stoßweise. »Absolut perfekt.« Ich schmiegte mich an seine Schulter. Wir wiegten uns im Takt der Musik oder zumindest tat er das; ich folgte. Und ich fühlte mich so viel besser, regelrecht getragen. Und plötzlich so voller Weisheit. Ich blickte zu ihm empor. Er war ein wenig verschwommen.

»Sam, ich weiß, dass Sie vermutlich nur mit mir tanzen,

um Hope eifersüchtig zu machen, aber ich will, dass Sie wissen, dass es von mir aus völlig in Ordnung ist. Wirklich. Ich liebe es.«

Sein Gesichtsausdruck wechselte blitzartig von heiter zu verärgert. »Reden Sie nicht so einen Unsinn, Poppy.«

»Sie ist sehr schön«, sagte ich träumerisch und erhaschte einen Blick, wie sie in ihrer Tunika über die Tanzfläche gewirbelt wurde. Von Chad? Das konnte ich nicht erkennen. Ich hoffte es. »Und als sie hierher gezogen sind, Hope und Chad, dachten wir, nun ja, wir dachten, sie wären so vollkommen. Das perfekte Paar. Ein Musterbeispiel für uns alle. Aber nichts ist vollkommen, nicht wahr, Sam?« Meine Güte, diese Drinks waren stark gewesen. Selbst ich wusste nicht, was als Nächstes kommen würde. »Sobald man an der Oberfläche kratzt, tauchen jede Menge Risse auf.«

»Könnten wir vielleicht über ein anderes Thema sprechen?«, sagte er ziemlich angespannt in mein Ohr. Ich nickte weise. Ach ja. Er konnte es nicht ertragen. Aber die Sache ist die, wenn mein Finger erst einmal über dem Selbstzerstörungsknopf schwebt, dann fällt es mir entsetzlich schwer, ihn dort wieder wegzuziehen.

»Ich habe das schreckliche Gefühl, dass ich mich in dich verliebt habe, Sam«, sagte ich heiser gegen sein Schulterblatt. Ich lachte bitter auf. »Wie ungeschickt. Wo du doch noch immer in Hope verliebt bist. Hope – wie die Hoffnung. Die Hoffnung stirbt zuletzt. Die Hoffnung stirbt ...« Aus unerfindlichen Gründen kam mir das entsetzlich komisch vor und ich brach in hilfloses Kichern aus.

Er führte mich jetzt von der Tanzfläche, aber nachdem ich sozusagen ein Geständnis abgelegt hatte, wollte ich mich nicht so leicht ablenken lassen. »Sam?« Ich musste laut schreien, um den Lärm zu übertönen. »Hast du gehört, was ich gesagt habe? Ich habe gesagt, dass ich glaube, ich …«

»Machen Sie sich nicht lächerlich, Poppy«, sagte er bestimmt und parkte mich auf einem Stuhl. Meinem alten Stuhl. Hallo Stuhl. »Warten Sie hier, bis ich Ihren Vater geholt habe.«

»Bis ich Ihren Vater geholt habe«, wiederholte ich streng und wackelte strafend mit dem Zeigefinger. Dann nieste ich und musste mir die Nase putzen. Aber ich blieb gehorsam sitzen und kicherte nur gelegentlich vor mich hin, wenn Leute vorbeikamen. Sie lächelten belustigt auf mich herab.

»Danke für die Karten!«, rief ich Mark zu, der mit einem hübschen blonden Mädchen vorbeikam.

»Damit hab ich nichts zu tun, Poppy«, grinste er. »Aber schön, dass du hier bist. Gefällt es dir?«

»Super!« Ich zwinkerte ihm kräftig zu. Na klar. Er wollte natürlich vor seiner Freundin nicht zugeben, dass er einer anderen Frau Karten geschickt hatte. Immer mehr Leute kamen vorbei auf dem Weg zur Tanzfläche.

»Guten Abend«, begrüßte ich den einen oder anderen. Nein, ich würde nicht sitzen bleiben. Das war unhöflich. Ich erhob mich. Mit Mühe. »Und vielen Dank, dass Sie gekommen sind.« Eine ältere Dame blinzelte mich erstaunt an. »Ja, es ist ein schönes Fest, nicht wahr? Nein, keine Ursache. Komm mal wieder vorbei.« Das galt Pete. »Du auch, Hilda.«

»Mein Gott, Kind, was hast du denn genommen?« Dad war plötzlich besorgt neben mir. Dabei gehört Besorgnis eigentlich nicht ins Repertoire meines Vaters. Er ist kein großer Mann, aber mit vollem Körpereinsatz gelang es ihm, mich zur Tür zu befördern. Wir kamen an einer Kellnerin vorbei. »Hey, warte mal, Dad.« Ich drehte mich um. »Da ist so ein kleines, blaues Glas, ja, mit diesem leckeren …« Aber sie war schon weitergegangen.

»Den Schnaps, dieses Teufelszeug? Das hast du getrunken?«, sagte er entgeistert.

»Drei«, erklärte ich feierlich. »Hätte nichts gegen noch einen.« Ich wollte dem Glas hinterherlaufen, doch mein Vater war ehemaliger Profi-Jockey und seine Arme waren stark. Er schob mich mit aller Macht nach draußen.

»Also, ich werde jetzt Folgendes tun«, sagte er in dem geduldigen Tonfall, den man normalerweise nur gegenüber geistig Minderbemittelten anschlägt, »ich bringe dich zum Laster, okay? Dann gehe ich zurück und hole die Kinder und dann juckeln wir nach Hause, ja?«

»Prima«, sagte ich fröhlich, während er mich die hell erleuchtete Kieseinfahrt entlangschob. Die Nachtluft traf mich wie eine Keule und plötzlich wurde mir ganz unsagbar schwindelig und auch ein bisschen übel. Musste ich mich übergeben? Ich zählte bis zwanzig, und nachdem ich meine Schuhe ausgezogen hatte, um die Wiese zu überqueren, fand ich mich im dunklen Führerhaus eines Transporters mitten auf einer Weide mit den Schuhen auf dem Schoß wieder. Dad eilte davon.

Damit mir nicht schlecht wurde und die Welt aufhörte, sich im Kreis zu drehen, sang ich. Ich sang mit höchster Konzentration eine Strophe von *My favourite things*. Aber da gab es so viele Lieblingsdinge, die mir alle gar nicht mehr einfielen. Regentropfen auf Rosen, Schnurrhaare, Kätzchen, Teekessel … Mist. Na gut, dann eben Edelweiß. Und schon trällerte ich weiter. Neben mir sprang ein junges Paar in einen Land Rover. Sie kletterten auf den Rücksitz und fingen an sich zu küssen. Ach ja. Alle schienen heute Abend Glück in der Liebe zu haben. Alle außer mir. Ich sang für die Sterne, genau wie

Maria für die Kinder sang, und irgendwann in Laufe der dritten Strophe tauchten meine eigenen Kinder auf. Genau wie die der Trapp-Familie, aber es waren nicht so viele, Gott sei Dank.

»Meine Süßen!«, begrüßte ich sie und breitete überschwänglich die Arme aus. Archie schlief tief und fest in eine Decke gewickelt, als Dad ihn mir durch die Fahrertür reichte. Dann ging meine eigene Tür auf und Clemmie war da, in Sams Armen. Sie machte große Augen.

»Warum hast du gesungen, Mami? Wir haben dich schon von ganz weit weg gehört.«

»Weil ich glücklich bin, mein Schatz! Oh, hallo«, raunte ich Sam zu. »Kannst dich gar nicht von mir fernhalten, was?«

»Halt die Klappe und rutsch rüber«, sagte mein Vater unnötig streng für seine Verhältnisse. »Hier, leg das über die Kinder.«

»Ein Sicherheitsgurt«, staunte ich. »Den hab ich auf dem Hinweg gar nicht bemerkt. Kommst du auch, mein Hübscher?« Ich zwinkerte Sam übertrieben zu.

»Das reicht jetzt, Liebes«, sagte mein Vater etwas sanfter. »Und sei jetzt mal so gut, seine Fliege loszulassen, ja?«

»Warum?«

»Weil er das nicht mag.«

Enttäuscht ließ ich los. Sams Kopf zog sich zurück, und ehe ich mich's versah, wurde mir die Tür vor der Nase zugeknallt. »Spielverderber«, schmollte ich. Dann kurbelte ich das Fenster hinunter. Doch Dad saß bereits am Lenkrad und ließ den Motor an. »Ein wunderbares Fest!«, flötete ich und hängte mich aus dem Fenster, während wir rückwärts ausparkten.

Als wir in Richtung der Ausfahrt abbogen, leuchteten die Scheinwerfer unseres Transporters über die Ladefläche des Land Rovers neben uns. Nackte Gliedmaßen zitterten in dem gelben Lichtstrahl: zwei Menschen, jeweils die untere Hälfte nackt, küssten sich auf dem Rücksitz liegend. Ein Paar leuchtend weiße Pobacken, ein breiter Rücken, noch immer im Dinner-Jacket, der Hinterkopf eines blonden Mannes, der über einem dunklen schwebte. Plötzlich erfasste der Scheinwerfer das schöne, aber überraschte Gesicht von Hope. Während wir über die Wiese davonrumpelten und Sam inmitten seiner Ländereien stehenließen, wurde mir bewusst, dass ich zwar nicht die Pobacken, wohl aber den Land Rover erkannt hatte. Er bretterte regelmäßig durch unser Dorf und gehörte dem Leidenschaftlichen Luke.

# 31

Den folgenden Morgen erblickte ich als radikal veränderte Frau. Nicht mehr in Topform. Nicht mehr in harmonischem Zwiegesang mit einer österreichischen Familie auf der Flucht vor den Nazis. Nicht mehr im siebten Himmel. Diese Frau befand sich in der Hölle und anstelle von Musik dröhnte ein heftig pochender Schmerz in ihrem Kopf. Ich war nicht in der Lage, mich aus dem Bett zu erheben oder die Zunge vom Gaumen zu lösen, nur die Augen aufzustemmen, gelang mir ganz kurz, bevor ich sie lieber wieder schloss – noch nie hatte sich ein Mensch so elend gefühlt. Vom Gewicht meiner eigenen Gliedmaßen niedergestreckt, die ich nur mit Mühe in eine fötale Position bewegen konnte, blieb ich regungslos liegen wie tot. Und schlief wieder ein.

Etwas später weckte mich ein Geräusch von drohendem Unheil nebenan. Ein grollender Vulkan. Eine gewaltige Menge geschmolzener Lava, die jeden Augenblick emporschießen musste. Ah, jetzt war es so weit. Archie kreischte wütend auf und Clemmie kam hereingerannt.

»Mami, ich glaube, Grandpa hat Archie die Windel verkehrt rum angezogen, aber als ich versucht habe, es zu machen, hat er geschrien. Er lässt mich nicht.«

»Ich komme schon«, versprach ich und wuchtete mich mit heldenhaftem Einsatz aus dem Bett. Vorsichtig probierte ich, ob meine Füße mich tragen würden, schwankte kurz und schlurfte dann nach nebenan.

Archie stand in seinem Gitterbett und hielt die Stäbe umklammert. In der Tat trug er die Windel verkehrt herum und dazu ein T-Shirt, das offenbar Clemmie gehörte. Aber immerhin waren sie noch am Leben, wenigstens hatte mein Vater es probiert, dachte ich dankbar, während ich hörte, dass er unten Tee machte. Ich hob meinen kleinen Sohn aus seinem Bettchen und wäre dabei fast umgekippt. Musste mich an der Wand festhalten. Irgendwie organisierte ich eine saubere Windel und zusammen gingen wir nach unten, mit meinem Sohn, der darauf bestand, jede Stufe alleine zu gehen, an der einen Hand, die andere an meine pochende Stirn gelegt.

»Morgen, Dad«, nuschelte ich, während mein Vater Archie auffing, der auf ihn zugelaufen kam. Er setzte ihn in seinen Hochstuhl. »Könntest du das bitte etwas leiser drehen?« Ich machte eine Handbewegung in Richtung des laut dudelnden Radios.

Dad grinste und sah dabei schrecklich munter aus, sichtlich frisch geduscht. Er streckte den Arm zum Radio aus und ich ließ mich an den Tisch sinken und legte den Kopf auf die Hände.

»Guten Morgen, mein Schatz«, gluckste er. »Alles in Ordnung?«

Es kam nicht oft vor, dass mein Vater »am Morgen danach« die Oberhand hatte, er musste es also auskosten. Ich hielt den Kopf gesenkt und grunzte undeutlich.

»Und wie geht es dir so?«

»Wunderbar.«

Furchtbar. Es erschien alles vor mir in leuchtenden Farben. Technicolor sozusagen. Da waren kleine, blaue Gläschen. Bob, der mich während des Essens lüstern anglotzte. Chads verzweifelter Blick. Hope, die über die Tanzfläche wirbelte.

Sam. Mit dem ich getanzt hatte, aber – oh Gott, was hatte ich gesagt? Ich setzte mich langsam auf. Legte die Hand vor den Mund, während mein Vater mir eine Tasse Tee und zwei Kopfschmerztabletten brachte.

»Dad, ich glaube, ich habe gestern Abend auf skandalöse Weise mit Sam Hetherington geflirtet.«

»Nein, nein, mein Schatz. Nicht so, dass es irgendjemandem aufgefallen wäre.«

»Wirklich?«

»Auf keinen Fall. Und sowieso, es spricht doch nichts gegen einen kleinen Flirt. Das hält die Welt in Gang.« Er setzte sich mir gegenüber und nippte an seinem Tee.

»Nein, es ist nur, ich glaube, ich bin vielleicht etwas zu weit gegangen …« In meinem Hirn herrschte Nebel. Ich versuchte, ihn zu durchdringen. »Habe ihm meine unendliche Liebe erklärt oder so. Mein Gott, glaubst du, das habe ich echt getan?«

»So was nimmt doch keiner ernst bei einer Party. Hier, tu dir da Zucker rein für deinen Kreislauf. War aber ein schöner Abend gestern, findest du nicht?« Er wuschelte Clemmie durchs Haar, als sie an uns vorbeirannte, um nebenan Fernsehen zu schauen.

»Du glaubst also nicht, dass er es bemerkt hat?«, fragte ich besorgt und erinnerte mich … Oh Gott, hatte ich wirklich an seinem Ohrläppchen geknabbert, als wir getanzt hatten? Es kam mir so vor, als erinnerte ich mich daran, dass er mich mit einem »Nein, Poppy« beiseitegeschoben hatte. Hoffentlich nicht.

»Keinen Augenblick«, versicherte mir mein Vater. »Und solche Leute kriegen sowieso die ganze Zeit Aufmerksamkeit. Wie Brad Pitt oder so, die denken da gar nicht drüber nach.«

Brad Pitt. Für so weit außerhalb meiner Liga hielt mein Vater Sam also. Interessant. Ebenfalls interessant war, dass ich vor einigen Wochen, also eigentlich vor gar nicht so langer Zeit, das Gefühl gehabt hatte, er wäre nicht nur in meiner Reichweite, sondern sogar ziemlich nahe. Aber das hatte sich geändert, auf seinem Landsitz, in seinem flaschengrünen Frack, der geborene Gastgeber, ganz der gutaussehende »Junggeselle im Besitz eines schönen Vermögens«. Junggeselle stimmte nicht ganz. Er war geschieden. Von Hope. Und beim Gedanken an Hope kam mir eine befremdliche Erinnerung, die mit Pobacken zu tun hatte. Ich runzelte die Stirn und versuchte mich zu erinnern. Gegenüber am Küchentisch stellte mein Vater optimistisch einen Ständer mit ein paar Scheiben Toast vor mich hin.

»Dad, auf der Wiese, beim Wegfahren, kannst du dich da an einen Land Rover neben uns erinnern?«

»Ich war zu sehr damit beschäftigt zu verhindern, dass du aus dem Fenster fällst, um mich an einen Land Rover zu erinnern. Was meinst du, kommst du klar, wenn ich jetzt gehe?« Er schüttelte besorgt seine Armbanduhr aus dem Ärmel. »Ich muss zu den Pferden zurück.«

»Ja, ja, ich komme klar.« Ich wedelte lässig mit der Hand, völlig erschöpft von den Anstrengungen der Erinnerung. »Geh nur. Geh.«

»Die Kinder haben vor ein paar Stunden gefrühstückt und dann hab ich Archie wieder hingelegt, er hat also schon sein Schläfchen gemacht.«

Ich blinzelte. »Echt? Mein Gott, wie spät ist es?«

»Elf.«

»Meine Güte. Okay.«

Das war wirklich lieb von meinem Vater. Seine Pferde verknoteten sich in ihren Boxen bestimmt schon die Beine. »Danke, Dad.« Ich blickte auf, als er seine Schlüssel holte und seine Brieftasche. Dann sah ich ein wenig genauer hin. Sein Gang hatte so etwas Federndes an sich. Und die Schiebermütze, die er jetzt aufsetzte, saß in einem kecken Winkel. »Hast du dich gut amüsiert gestern?«, fragte ich, einer plötzlichen Eingebung folgend.

»Ja, das habe ich wirklich.« Auf dem Weg zur Tür drehte er sich noch einmal um. »Ist diese Peggy nicht eine ausgesprochen nette Frau?«

»Das ist sie«, sagte ich zurückhaltend. »Aber sie ist nicht auf der Suche, Dad.«

»Oh, ich weiß. Wir haben darüber gesprochen. Haben uns richtig gut unterhalten und uns prächtig verstanden, bis mir gesagt wurde, meine Tochter wäre … egal. Wie gesagt, sie ist eine sehr nette Frau.«

»Worüber habt ihr geredet?«, fragte ich neugierig.

»Hm? Ach, über deine Mutter. Dass ich nie über ihren Tod hinweggekommen bin. Nie eine andere gefunden oder vielmehr nie eine andere gesucht habe. Und über sie und Roger. Ich hatte sie immer für eine ziemlich verrückte, frivole Schnepfe gehalten, aber sie hat eine ganz nachdenkliche Seite. Und das Komische ist«, gedankenverloren blickte er die Hintertür an, »ich habe das Gefühl, dass sie genau dasselbe über mich gedacht hat. Dass ich ständig Witze reißen muss.« Ich blieb ganz still am Tisch sitzen. »Das ist unser Panzer, glaube ich. Eine Schutzschicht. Damit keiner an unsere verletzlichen Stellen drankommt. Jedenfalls …«, er schüttelte den Kopf wie ein Pferd, das lästige Fliegen loswerden will. Dann schlüpfte er in seinen Mantel. »Wir dachten, wir gehen zur Jagd, zum Stelldichein am Freitagabend in Warwick. Nur so zum Spaß, weißt du«, fügte er rasch hinzu.

Ich nickte. »Guter Plan. Das wird ihr bestimmt gefallen.«

»Es ist manchmal so«, er blieb an der Tür stehen, »dass es langweilig ist, alles alleine zu machen, weißt du?« Er drehte sich zu mir um. »Wenn die ganze Welt für Paare gemacht ist. Restaurants, Partys, Kinos – das Leben. Es ist ermüdend. Manchmal ist es einfacher, zu zweit zu sein.«

Er verabschiedete sich. Nachdem er gegangen war, stellte ich fest, dass ich genau das am vergangenen Abend herausgefunden hatte. Dass es einfacher war, zu zweit zu sein, wenn man nicht auffallen wollte. Mein Dad war schon seit Jahren allein, Peggy ebenfalls, und mir war die Mühe nie bewusst gewesen, die das kostete. Sie machten beide ihre Sache sehr gut, trugen nach außen hin ein fröhliches Gesicht zur Schau, aber es war eine Aufgabe, kostete Kraft, dieses sehr bewusst gewählte öffentliche Erscheinungsbild aufrechtzuerhalten. Jahrelang waren sie beide am Abend alleine ins Bett gegangen und ich bin sicher, dass man sich daran gewöhnte, dass es mit der Zeit leichter wurde. Aber die öffentliche Seite wurde bestimmt nicht einfacher. Und wenn man dabei nicht langsam verschwinden und unsichtbar werden wollte, wie es bei manchen Leuten der Fall war, gehörte schon eine Menge Rückgrat dazu. Dass man unterhaltsam war. Und interessant. Und angenehme Gesellschaft. So wie Dad und Peggy. Und ich jetzt hoffentlich auch, selbst wenn ich noch viel zu lernen hatte. Respekt, Poppy.

Mir war nicht bewusst gewesen, dass ich es laut ausgesprochen hatte, aber mein Sohn, der mich von seinem Hochstuhl aus beobachtete, wiederholte es mit ernster Miene: »Refpekt«.

Ich lächelte und beugte mich vor, um das zerdrückte Stückchen Toast zu nehmen, das er mir hinhielt. In diesem Augenblick ging meine Hintertür auf und Angie streckte den Kopf herein.

»Hu-hu«, flüsterte sie und legte fragend den Kopf schief.

Ich legte Archies matschiges Brot auf den Tisch. »Komm rein.«

»Alles okay mit dir?« Sie schloss leise die Tür und schlich theatralisch auf Zehenspitzen durch den Raum, setzte sich dann betont vorsichtig an den Tisch und passte auf, dass die Kette ihrer Handtasche kein Geräusch machte. Sie war mordsmäßig aufgetakelt, wie ich bemerkte, trug ein rosa Kostümchen und viel Schmuck.

»Alles gut, danke, bin nur ein bisschen müde.«

»Meine Güte. Das überrascht mich nicht. Du hast gestern Abend ja genug gekippt, um eine kleine Flotte darauf schwimmen zu lassen. Ich hab noch nie jemanden gesehen, der so besoffen war. Darf ich?« Sie griff nach einer Scheibe Toast.

»Bitte sehr«, sagte ich trocken, fest entschlossen, ihr nicht zu sagen, dass ich beim Geruch der Orangenmarmelade garantiert würgen musste.

»Und es gibt nichts Schlimmeres«, sagte sie nachdrücklich und butterte eifrig drauflos, »als wenn einem am nächsten Tag jeder aus dem Weg geht und man vom ganzen Dorf schief angesehen wird, deswegen wollte ich schnell vorbeikommen und sagen, dass es überhaupt nichts macht. Wir fanden es sogar alle ganz toll, dass du dich auch mal aus der Reserve hast locken lassen. Besonders als du auf die Bühne gegangen bist und dir das Mikro geschnappt hast.«

Ich blickte sie entgeistert an. »Nein.«

»Mhm«, sie nickte mit vollem Mund. »Du hast allen gedankt, dass sie gekommen sind. Und dann gefragt, ob wir *Climb Every Mountain* hören wollen, aber Sam hat dich von der Bühne gezerrt.«

»Oh Gott«, flüsterte ich beschämt und ließ die Stirn auf die

Hände sinken. Daran konnte ich mich gar nicht erinnern. Komisch. Große Erinnerungslücken auf der einen Seite und wilde Halluzinationen bezüglich Pobacken auf der anderen. Was war in diesen Gläsern gewesen? Was war dieser Schnaps für ein Teufelszeug? Das gehörte verboten.

»Und ganz gleich, was du tust, du darfst nicht denken, dass das ganze Dorf über dich lacht wegen diesem Mann.«

»Tun sie das?«, japste ich und riss den Kopf in die Höhe.

»Nein, natürlich nicht. Das wollte ich dir doch gerade sagen. Deswegen bin ich hier. Ich wusste, dass du dich schlecht fühlen würdest – und natürlich hab ich das ja auch selbst schon hinter mir, hab mich in der Hinsicht ziemlich blamiert –, deswegen wollte ich dir sagen, dass du dir überhaupt keine Sorgen zu machen brauchst.«

»Ja, aber du hast ihn in deiner Küche in die Ecke getrieben und dir eine Rose zwischen die Zähne gesteckt«, sagte ich aufmüpfig. »So was hab ich nicht getan.«

»Nun ja, dafür hast du ihn im unteren Klo in die Ecke getrieben.«

»Nein!«

»Wir dachten, du wärst da drin ohnmächtig geworden und Sam wollte nach dir sehen. Du hast ihn reingezerrt und die Tür abgeschlossen. Er konnte dich gerade noch davon abhalten, den Schlüssel zu verschlucken.«

Entsetzt stand ich auf. Starrte aus dem Fenster in den Garten hinaus. Dann drehte ich mich wieder zu ihr um. »Oh Gott, ich hatte überlegt nach Clapham zu ziehen, aber das ist definitiv nicht weit genug«, flüsterte ich. »Es muss schon Sidney sein.«

»Da will Simon jetzt offenbar hin«, sagte sie leichthin, als würden wir gerade besprechen, ob wir noch schnell bei Ikea vorbeifahren sollten. »Jennie hat sich gestern Abend lange mit ihm unterhalten. Man hat ihm dort einen Job angeboten und er will noch mal ganz von vorne anfangen. Und sich scheiden lassen.«

Angie hatte ganz offensichtlich heute Morgen schon die Runde im Dorf gemacht.

»Ich werde mal Flüge raussuchen«, nuschelte ich und tappte zum Computer hinüber.

»Ach, sei nicht albern, jeder blamiert sich mal. Das ist doch nur erfrischend. Ich kann Leute nicht ausstehen, die das nicht tun. Bigotte Deppen. Und er ist ja auch wirklich sehr attraktiv, Poppy, das ist nicht deine Schuld.«

»Wessen Schuld ist es dann?«

»Die von Gott«, sagte sie nach einer Weile bestimmt. »Warum macht er auch solche Männer! Tom ist zurück«, sagte sie, wo wir schon beim Thema attraktive Männer waren. Sie errötete. »Oder zumindest war er das letzte Nacht. Ob er jetzt immer noch da ist, ist eine andere Frage. Vielleicht hätte ich nicht so einfach nachgeben sollen.« Sie sah mich besorgt an.

Aha. Das steckte also dahinter. Weil sie sich für ihr eigenes Verhalten schämte, war sie vorbeigekommen, um mich an meines zu erinnern. Aber warum sollte sie sich dafür schämen, dass sie mit ihrem Mann geschlafen hatte?

Das sagte ich ihr und sie packte mich über den Tisch hinweg am Handgelenk. »Findest du wirklich? Ich kam mir heute Morgen so billig vor, so leicht zu haben, deswegen hab ich mich davongemacht, um dich und Jennie zu besuchen. Ihm habe ich erzählt, ich wäre zum Mittagessen verabredet.«

Daher also das rosa Kostüm. »Du hast ihn zurückgelassen?«

»Na ja, soll er sich doch erst mal ein bisschen langweilen

ohne mich und dann in sein anderes Haus zurückfahren, um dort hoffentlich festzustellen, wie sehr er mich vermisst.«

Ich seufzte. »Angie, er wäre doch nicht zurückgekommen, wenn er es nicht ernst meinen würde.«

»Glaubst du?«

»Natürlich. Himmel noch mal, geh jetzt nach Hause. Er ist derjenige, der sich blamiert hat, nicht du. Wenn du schnell machst, ist er vielleicht noch da, und an eurer Stelle würde ich mich mit einer Kanne Kaffee und ein paar Keksen an den Küchentisch setzen und ein paar Dinge glattbügeln. Und dann einen Urlaub buchen.«

Schweigend betrachtete sie ihre Hände. Nach einer Weile stand sie langsam auf und schob sich die Kette ihrer Chanel-Handtasche über die Schulter. »Vielleicht hast du Recht. Und weißt du was? Du bist manchmal richtig weise, Poppy.«

»Es ist immer einfach, weise zu sein, wenn es um das Leben von anderen geht«, bemerkte ich düster.

»Wie wahr, wie wahr«, pflichtete sie mir bei. Dann zögerte sie. »Und es tut mir leid, dass ich hergekommen bin, um …«

»Dich an meinem Unglück zu weiden.«

»Du hast ihn nicht wirklich im Klo eingeschlossen.«

»Nicht?« Ich atmete erleichtert auf.

»Nee. Ihn nur den Flur entlanggejagt. Du weißt ja, wie solche Sachen aufgeblasen werden.« Sie grinste.

Ich versuchte, zurückzugrinsen, aber es wollte mir nicht ganz gelingen. Angie hauchte mir einen schnellen Kuss auf die Wange, bevor sie sich im Eiltempo durch die Hintertür davonmachte.

Später am Tag wagte ich mich in den Dorfladen, um Brot zu kaufen. Der eine oder andere grinste mir unterwegs vielsagend zu. Ich lächelte dünn zurück. Irgendjemand summte sogar *Edelweiß* hinter mir in der Schlange bei der Post. Ob das wohl eine familiäre Sache war? Genau wie mein Vater sich für Elvis hielt, wenn er zu viel getrunken hatte, wurde ich zu Julie Andrews. Das wäre ein gefundenes Fressen für einen Psychologen. Der würde vermutlich ein Kloster empfehlen. Und wäre ein Nonnenhabit nicht sowieso praktisch? Um sich darin zu verstecken? Ich schlich auf Zehenspitzen nach Hause.

Drei Tage später erhielt ich eine E-Mail von Janice:

> Liebe Poppy,
> ich hoffe, Ihnen und den Kindern geht es gut. Es hat mir viel Spaß gemacht, auf sie aufzupassen. Und ich hoffe, dass es Ihnen inzwischen schon wieder besser geht.

Ich zuckte zusammen und meine Zehen krallten sich in meine Turnschuhe.

> Sam hat darum gebeten, dass Sie noch einmal vorbeikommen und ein paar Dokumente unterschreiben. Er ist diese Woche unterwegs, muss aber dazu scheinbar auch nicht hier sein. Meinen Sie, Sie könnten morgen mal vorbeischauen?

Unterwegs. Rasch stand ich vom Computer auf. Ja natürlich war er das, meilenweit entfernt, wenn er recht bei Sinnen war. Was für Dokumente?, überlegte ich. Mein Blick wanderte über den Bildschirm hinweg zu dem feuchten Fleck an der Wand, der sich inzwischen ausgebreitet hatte und von dem die Farbe abblätterte. Ich zupfte daran und ein ganzes Stück löste sich. Das konnte ich von meinem Erbe in Ordnung bringen lassen. Ich konnte eine ganz neue Wand bauen lassen. Nicht dass mir dieser Gedanke besonders reizvoll erschienen wäre.

Am nächsten Morgen nahm Jennie mir die Kinder ab und ich fuhr in die Stadt. Die ersten Schneeflocken des Jahres wirbelten auf meine Windschutzscheibe herunter und schmolzen leise dahin. November. Bald war Weihnachten, mein erstes alleine, wie mir bewusst wurde. Ich wischte den Schnee mit den Scheibenwischern beiseite und wünschte, ich könnte auch andere Dinge einfach so beiseitewischen und ganz neu anfangen. Schweren Herzens parkte ich den Wagen, zog den Kopf ein unter dem aufkommenden Schneesturm und schleppte mich, während mir ein kalter Wind in den Nacken fuhr, in meinem alten braunen Mantel die Hauptstraße entlang. Ich schob die vertraute Tür auf, seltsamerweise bewirkte dieser Ort, dass sich Melancholie über meine Seele legte und sich ein Kloß in meinem Hals breitmachte, während ich die Treppe hinaufstieg. Ob ich wohl ein Taschentuch brauchen würde, wenn ich schließlich oben beim Empfang angekommen war? Stattdessen setzte ich ein Lächeln auf und überreichte Janice den Blumenstrauß, den ich für sie gekauft hatte.

»Oh, das wäre aber nicht nötig gewesen.« Sie nahm die Blumen lächelnd entgegen.

»Sie waren so nett und ich habe mich noch gar nicht richtig bedankt.« Dad hatte das sicher übernommen, als er die Treppe hinaufgerannt war, um die Kinder aus den Betten zu holen, aber dennoch.

»Ich war furchtbar betrunken, wie Sie vermutlich gehört haben.« Schonungslose Offenheit war angesagt, hatte ich beschlossen.

»Ich habe gehört, dass Sie ordentlich gefeiert haben.« Sie grinste.

»Ganz ehrlich, ich trinke sonst nie so viel. Mein Mann hat überhaupt nichts getrunken und so war es immer nur mal ein Schlückchen, wenn ich mit meinen Freundinnen unterwegs war, was nicht allzu oft vorkam.« Ich zuckte mit den Schultern. »Ich weiß, das ist keine Entschuldigung, aber was immer da bei diesem Jagdball serviert wurde, ist mir gehörig zu Kopf gestiegen.«

»Oh, ich könnte das Zeug gar nicht erst trinken und schon gar nicht vier oder fünf, wie Sie es offenbar getan haben. Gehen Sie rein, meine Liebe, er wartet schon auf Sie.«

Mir blieb der Mund offen stehen, nicht wegen der vier oder fünf, sondern ... »Er wartet auf mich? Ich dachte, er wäre unterwegs?«

»War er auch, aber er ist zurück.«

Janices Lächeln wurde immer breiter. Mit ausgebreiteten Armen scheuchte sie mich durch den Raum zu seiner Tür. Und so stand ich, ehe ich mich's versah, in seinem Zimmer, während die Tür hinter mir zuging. Ich weiß noch, dass ich wünschte, ich hätte nicht meinen alten Mantel und die ollen Stiefel an und dass meine Haare nicht so feucht an meinem Kopf klebten.

Sam saß nicht in Anzug und Krawatte an seinem Schreibtisch, sondern stand am Fenster mit dem Rücken zu mir. Er trug einen dunkelroten Pulli und Jeans und sah so unglaublich jung und gut aus, selbst von hinten. Mein Herz schlug schneller.

»Hallo.« Er wandte sich um, lächelte.

»Hallo. Sie sollten doch gar nicht da sein.«

»Ich weiß. Aber ich wusste nicht, wie ich Sie sonst treffen sollte. Und da ich Ihr Rechtsanwalt bin, dachte ich, ein paar Unterlagen, die in meiner Abwesenheit unterzeichnet werden müssten, wären genau der richtige Vorwand. Ich war mir nicht sicher, ob Sie so einfach gekommen wären, wenn Sie gewusst hätten, dass ich hier bin. Ich dachte, es wäre Ihnen vielleicht peinlich.«

»Es gibt gar keine Unterlagen?«

»Keine Unterlagen. Oder zumindest – noch nicht. Vielleicht später im Zusammenhang mit meiner Entlassung.« Er zuckte mit den Schultern. »Das hängt ganz von Ihnen ab.«

»Sie entlassen? Warum sollte ich das tun?«

»Oh … da gibt es eine ganze Reihe von Gründen.« Er schien einen Augenblick zu zögern. Wirkte überraschend unsicher. Mit gesenktem Blick ging er zu seinem Schreibtisch hinüber, umrundete ihn, wobei er die Finger über das grüne Leder streifen ließ. Als er den Blick schließlich hob, lag etwas darin, das ich nicht ganz zuordnen konnte. Er betrachtete mich eine ganze Weile prüfend. Dann massierte er sein Schmierpapier mit einer nervösen Fingerspitze.

»Ich hatte ganz vergessen, wie … wunderbar du bist, Poppy.«

Ich fühlte, wie mir der Atem aus den Lungen entwich. Damit hatte ich nun ganz und gar nicht gerechnet. Ich wartete, jeder Nerv, jede Sehne waren gespannt. Doch er ging nur weiter um seinen Schreibtisch herum und setzte sich hin, während ich auf der anderen Seite stehen blieb. Ich war baff. War es nach einem solchen Satz, wie überraschend er auch gekommen sein mochte, nicht quasi zwingend angesagt, dass man aufeinander zutaumelte und sich in die Arme fiel? Hatte ich mich verhört? Hatte er vielleicht gesagt: »… wie verwundbar Sie sind, Poppy«? Und ipso facto ein Loser? Nein, ich war sicher, dass er das nicht gesagt hatte. Dennoch konnte ich nicht vor seinem Schreibtisch stehen bleiben wie eine Viertklässlerin und so nahm ich mit klopfendem Herzen auf meinem üblichen Stuhl Platz. Er studierte, wie es schien, seine Schreibtischunterlage und trommelte leicht mit den Fingern darauf herum. Es war, als wären wir meilenweit voneinander entfernt und nicht nur geographisch gesehen; als wäre nicht nur der riesige lederbezogene Schreibtisch zwischen uns.

»Tut mir leid wegen neulich Abend«, platzte ich heraus, als ich es nicht mehr aushielt. »Dass ich mich so betrunken habe und dich den Flur hinuntergejagt und gesungen habe. Ich kann mich nicht an viel erinnern, um ehrlich zu sein. Ich trinke sonst nicht sehr viel und habe es offenbar übertrieben.«

Er blickte auf und lächelte, dann lehnte er sich in seinem Stuhl zurück und musterte mich gründlich, noch immer mit den Lachfältchen um die Augen. »Ich fand es schön.«

»Wirklich?«

»Ja, ich hatte gehofft, es wäre ein Fall von *in vino veritas*. Ein Anzeichen für deine Gefühle. Es entspricht jedenfalls meinen Gefühlen, obwohl ich die natürlich nicht zeigen konnte.«

»Natürlich«, flüsterte ich und dachte dabei: Warum nicht? Gab es da noch eine Frau?, überlegte ich fieberhaft. Nicht nur die eine? Würde Nummer zwei im nächsten Augenblick aus dem Wandschrank neben der Tür springen, von Kopf bis Fuß in Chanel?

»Poppy, ich habe mein Leben ziemlich in den Sand gesetzt«, sagte er leise und plötzlich wurde mir alles klar: Da musste gar keine zweite Frau sein. Eine war genug. Hope war der Grund für das alles. »Ich habe sehr jung geheiratet, war total verliebt und alles ist ganz furchtbar schiefgegangen. Ich war sehr verletzt.«

Ich nickte. »Und du liebst sie immer noch.«

»Oh nein.« Er machte ein erstauntes Gesicht. »Ich liebe dich.«

Alle Luft entwich aus meinem Körper. Bald würde ich völlig geplättet am Boden liegen, und zwar buchstäblich. Und es drängte mich, zu ihm hinter seinen Schreibtisch zu gehen. »Sam«, wagte ich mich vor. »Müssen wir hier so sitzen und das besprechen ... als wären wir in einer Vorstandssitzung?« Meine Blicke wanderten zu seinem Sessel in der Ecke hinüber, der schmal war, nicht gerade ein Sofa – das, wie wir ja wussten, ins Revier seines Seniorpartners gehörte –, außerdem mit Papieren übersät, aber die könnte ich ja rasch beiseiteräumen. Mit einer Handbewegung, um genau zu sein.

»Ja, natürlich müssen wir das«, sagte er kurz angebunden, geradezu streng. »Hör mich erst an, Poppy.«

Ich nickte. Das war seltsam. Aufregend. Eigentlich wunderbar. Aber seltsam.

Er blickte auf seine Schreibtischunterlage, dann zu mir her, diesmal plötzlich in defensiver Haltung. »Hope hatte eine Affäre, nachdem wir erst ungefähr zehn Monate verheiratet waren. Ich habe es herausgefunden und war natürlich am Boden zerstört, aber ich redete mir ein, sie wäre ja noch so jung. Und es tat ihr so leid und sie versicherte mir, dass es nie wieder vorkommen würde, und so habe ich ihr verziehen. Dann, weniger als ein Jahr später, hatte sie wieder eine Affäre. Mit einem anderen. Er wohnte nebenan.«

»Mein Gott.« Trotz des Aufruhrs in meinem Inneren war ich fasziniert.

»Und da habe ich sie verlassen. Wusste, dass es aussichtslos war. Und dann hat sie sich mit Chad eingelassen.«

»Noch während ihr verheiratet wart?«

»Nein, nein, da waren wir schon geschieden. Das hätte Chad mir nicht angetan.«

»Wusste er von den anderen Männern?«

»Ja. Ich hatte mich ihm zu der Zeit anvertraut, schließlich

war er mein bester Freund, ist mein bester Freund. Er wusste alles, schon weil ich mich oft genug an seiner Schulter ausgeweint hatte. Aber Männer ticken so, Poppy. Wir besitzen eine erstaunliche Arroganz, wenn es um Frauen geht. Wir glauben immer, dass wir derjenige sind, bei dem alles anders ist, für den sie sich ändern.«

»Nicht nur Männer.« Ich dachte an Phil. Wie ich selbst gehofft hatte, er würde sich ändern.

»Und Hope ist … faszinierend. Sehr schön, sehr charmant, sehr einnehmend. Wenn sie es auf dich abgesehen hat, wenn du in ihrem Bann stehst … Nun, ich bin noch einmal davongekommen. Chad hatte nicht so viel Glück.«

»Sie hat eine Affäre mit Luke, dem Hufschmied«, erklärte ich, als mir plötzlich alles klar wurde. »Ich hab die beiden zusammen gesehen in seinem Jeep auf dem Feld.«

»Ich hab die beiden auch gesehen. Das geht schon seit einer ganzen Weile so.«

Und darum mussten Angies Annäherungsversuche fehlschlagen, dachte ich mir jetzt: Luke hatte bereits eine Anlaufstelle, wo er hingehen konnte, wenn er alle Pferde des Dorfes beschlagen hatte. Und natürlich hatten er und Hope sich beim Buchclub kennengelernt. Ich konnte mich erinnern, dass Hope seine Erscheinung wohlwollend zur Kenntnis genommen hatte.

»Weiß Chad Bescheid?«

»Ich bin sicher, dass er etwas ahnt. Aber ich habe es ihm nicht gesagt. Ich habe allerdings Hope gesagt, dass ich es tun werde, wenn sie sich nicht bessert.«

Meine Gedanken flogen zurück zum Fest – wie Hope errötend vor Sam gestanden hatte, den Blick auf den Boden gerichtet, um dann zu ihm hinaufzublinzeln, während sie zweifellos versichert hatte, sie werde sich bessern.

»Das wird sowieso nichts. Solche Menschen gibt es einfach, viele davon sind Männer, aber es gibt auch überraschend viele Frauen. Und es tut mir unglaublich leid für Chad. Ich habe es geschafft, da rauszukommen, aber ich glaube nicht, dass es Chad jemals gelingen wird. Und Hope kann nicht verwinden, dass ich mich von ihr gelöst habe. Ich würde nicht so weit gehen zu behaupten, das wäre der Grund, warum sie hier leben, aber irgendwo bin ich der Überzeugung, dass Hope ihn nach England und in diese Gegend gelockt hat, weil sie wusste, dass ich irgendwann hierher zurückkehren würde. Sie hätte es gerne, wenn wir auf ewig eine Dreiecksbeziehung hätten, die uns alle langsam zugrunde richtet. Aber das Spiel spiele ich nicht mit. Ich kann ihr nicht ganz aus dem Weg gehen, weil ich meinen Freund so gern habe, aber ich verachte sie mittlerweile. Und dazu habe ich eine Weile gebraucht. Lange Zeit konnte ich nicht aufhören, sie zu lieben, und war verletzt.«

Ich schluckte und kam mir plötzlich sehr braunbemantelt vor und gänzlich unfaszinierend.

»Und warum erzählst du mir das alles?«

»Weil es das erste Mal ist, dass ich überhaupt wieder etwas empfinde. Als du zum ersten Mal hier reingeplatzt kamst, Poppy, mit deinem kleinen Sohn im Arm, da hat sich etwas in mir gerührt. Etwas in mir hat sich entspannt und gelockert und jedes Mal, wenn ich dich sehe, spüre ich dieselbe wachsende Freude, dasselbe überwältigende Glücksgefühl, und immer, wenn du gehst, frage ich mich, wann ich dich wohl wiedersehen werde. Dich, mit deinem süßen Lächeln und deiner leicht chaotischen Art, dich durchs Leben treiben zu lassen.«

Er schien es wirklich ernst zu meinen, und obwohl ich mehr als erstaunt war, stand ich doch kurz davor, mit einem einzigen Satz über den Schreibtisch zu springen. Der war doch sicher nicht mehr als einen guten Meter breit und ich hatte in der Schule Weitsprung gemacht. Aber ich riss mich zusammen.

»Und du hattest keine Ahnung davon?«, fragte er.

»Nicht die geringste!«

»Zu sehr mit diesem Orgelspieler beschäftigt«, bemerkte er bitter.

»Pete! Woher weißt du denn von dem?«

»Oh … ich weiß so ziemlich alles über dich, Poppy, das ist mein Problem. Mein Handicap.« Er massierte sich die Schläfen, wirkte beinahe verzweifelt.

Ich war baff vor Staunen. »Aber … du hast es mir in keiner Weise gezeigt oder angedeutet!«, sagte ich, nachdem ich endlich meine Stimme wiedergefunden hatte.

»Ich habe dir die Karten geschickt.«

»Welche Karten?«

»Für den Ball.«

»Das warst du?«

»Ja, ich hab sie in deinen Briefkasten gesteckt.«

»Aber … ich dachte, das wäre Mark gewesen! Warum hast du nichts gesagt?«

»Wie konnte ich etwas sagen? Kapierst du nicht, wie unmöglich das gewesen wäre?«

»Wie meinst du das?«

»Du bist meine Klientin, Poppy«, sagte er geduldig. »Es gibt bestimmte professionelle Verhaltensregeln. Und die schließen jede Annäherung aus. Ich weiß alles über dich.«

»Nun ja, in gewissen Grenzen.«

»Ich weiß, wie reich du bist.«

Das kam als kleiner Schock. »Ja«, sagte ich nach einer Weile. »Ja, das stimmt wohl. Aber …«

»Und jeder weiß, dass mein Haus zerfällt und dringend eine

kräftige Finanzspritze braucht. Nicht dass ich das jetzt noch unbedingt will«, sagte er barsch, ja beinahe abwehrend. »Vielleicht verkaufe ich es, damit ich nicht so gebunden bin, und gehe dann weg.« Er stand von seinem Stuhl auf und trat ans Fenster, die Hände in den Taschen vergraben, mit dem Rücken zu mir. Mein Herz fing an zu rasen.

»Du willst weggehen?«, wiederholte ich.

»Für eine Weile. Ich könnte malen, jedenfalls etwas anderes machen. Nicht mehr der Großgrundbesitzer sein, der Jagdherr, nicht mehr den Fußstapfen meines Vaters folgen, ohne sie jemals ausfüllen zu können. Italien vielleicht. Ich habe gehört, das Licht dort soll wunderbar sein.«

»Ich wusste gar nicht, dass du malen kannst.«

Er wandte sich um. Lächelte. »Und ich wusste nicht, dass du singen kannst.« Ich errötete. »Ziemlich gut sogar. Weiß gar nicht, warum ich überhaupt eine Band engagiert habe.«

»Das ist eine familiäre Schwäche«, erklärte ich ihm und stand von meinem Stuhl auf. Nein, ich würde hier nicht so sitzen bleiben. Konnte nicht mehr stillhalten. »Wir singen, wenn wir zu tief ins Glas geschaut haben.«

»Darauf freue ich mich schon.«

»Also … gibt es etwas, auf das *wir* uns freuen können?« Vorsichtig ging ich durch den Raum, tastete mich vor. Er hielt die Augen fest auf mich gerichtet und bewegte sich ebenfalls, aber langsam; so als ob wir unmerklich von einem unsichtbaren Faden aufeinander zu gezogen wurden. Er hielt einen Augenblick inne.

»Du müsstest mich natürlich erst feuern.«

»Natürlich«, stimmte ich zu und blieb ebenfalls stehen.

»Und dann wäre da noch das Geld.«

»Ich will das Geld nicht.«

»Aber du hast es nun mal.«

»Ich könnte es weggeben.«

»Das könntest du, daran hatte ich auch schon gedacht.«

Hatte er das? »An irgendeinen wohltätigen Zweck«, schlug ich ins Blaue hinein vor. »Save the Children?«

»Nein, eher an deine eigenen Kinder. Du könntest es auf ein Treuhandkonto tun, bis sie älter sind.«

»Oh, ja! Super Idee. Und ... Italien. Ich bin natürlich ein hoffnungsloser Fall, was Fremdsprachen anbetrifft, aber ich liebe die Sonne. Und Pasta und ...«

»Nein«, er lächelte, »es muss nicht Italien sein. Von mir aus auch Wigan, das ist mir ganz egal. Oder wir bleiben hier, wenn es dir hier so gut gefällt.«

Wir standen jetzt ganz nahe beieinander und ich spürte ein großes Verlangen nach ihm. Er streckte die Arme aus und nahm mich bei den Händen.

»Ich will hier nicht bleiben.« Und noch während ich das sagte, wusste ich, dass es wirklich so war. Wusste, dass ich fort wollte. Von dem Haus, das ich mit Phil gehabt hatte, von dem Dorf, von dem Klatsch, von allen, die alles über meine Angelegenheiten wussten. Nicht von meinen Freundinnen, die würde ich schmerzlich vermissen. Und Dad ebenfalls. Aber sie würden ja immer noch da sein, wenn ich mit Sam und den Kindern zu Besuch kam. Vielleicht mit noch mehr Kindern. Diese Gedankensprünge mochten meinen Verstand erschüttern, nicht jedoch mein Herz; das gar nicht verwundert war angesichts meines Wagemuts. Denn irgendwie wusste ich, nachdem ich es einmal so entsetzlich falsch gemacht hatte – nachdem wir beide es so falsch gemacht hatten –, dass wir es jetzt umso richtiger machen würden. Und ich wusste, dass Sam das ebenfalls wusste. Während er meine Hände losließ und die

Arme ausbreitete und ich mich hineinwarf, sah ich das Leuchten in seinen Augen; fühlte die Freude in unser beider Herzen, als seine Lippen sich auf meine legten. Als wir uns schließlich, nachdem er mich wirklich ziemlich gründlich geküsst hatte, voneinander lösten, einander mit klopfenden Herzen und stockendem Atem in den Armen hielten und uns mit glänzenden Augen ansahen, flüsterte er: »Du hast noch etwas vergessen.«

»Nein, habe ich nicht.« Ich lächelte und fragte mich dabei, ob mein Gesicht Risse bekommen würde, so lange hatte ich schon nicht mehr gelächelt, so eingerostet kam mir meine Wangenmuskulatur vor. »Und ich werde so bald wie möglich etwas Aussagekräftigeres unterzeichnen. Aber in der Zwischenzeit«, ich verschränkte die Hände hinter seinem Hals und zog seine Lippen wieder auf meine, »dürfen Sie sich als gefeuert betrachten, Mr Hetherington.«